Bram Stoker

Editora Pandorga
2ª Edição | Março de 2022

Título original: *Dracula*
Autor: Bram Stoker

Diretora Editorial
Silvia Vasconcelos

Coordenador Editorial
Michael Sanches

Editora Assistente
Jéssica Gasparini Martins

Projeto Gráfico
Rafaela Villela
Livros Design

Capa
Rafaela Villela

Diagramação
Livros Design

Tradução
Marsely de Marco

Preparação e cotejo
Michael Sanches
Nathalia Bertaglia

PandorgA

Dados Internacionais de Catalogação na Publicação (CIP) de acordo com ISBD

S874d Stoker, Bram

Drácula / Bram Stoker ; traduzido por Marsely de Marco. - Cotia : Pandorga, 2022.
512 p. ; 16cm x 23cm.

Tradução de: Dracula
Inclui índice.
ISBN: 978-65-5579-146-4

1. Literatura inglesa. 2. Ficção. 3. Vampiro. 4. Drácula. 5. Terror. 6. Gótico. I. Marco, Marsely de. II. Título.

2022-252 CDD 823.91
CDU 821.111-3

Elaborado por Vagner Rodolfo da Silva - CRB-8/9410

Índices para catálogo sistemático:
1. Literatura inglesa: ficção 823.91
2. Literatura inglesa: ficção 821.111-3

DRÁCULA

Sumário

APRESENTAÇÃO

Seria uma tarefa árdua falar de literatura ocidental sem falar de *Drácula*. Não apenas pela qualidade da escrita de seu autor, Bram Stoker, mas pelo estabelecimento de um marco literário tão forte que estremeceu os alicerces da literatura posterior e também da própria tessitura da arte. A figura do vampiro nunca mais, desde então, foi dissociada de conde Drácula, e qualquer representação, seja ela filmográfica, literária ou pictórica, nos traz, quase que inconscientemente, enquanto reminiscência, sua imagem.

A marca perpétua que Stoker tatuou na mente humana é legado que poucos autores tiveram a honra de ter. Literariamente falando, talvez somente Mary Shelley, autora de *Frankenstein,* tenha criado um personagem capaz de extravasar o texto literário com tanto ímpeto que de todas as margens de suas páginas escorresse ao mundo inteiro um horror tão universalizante. *Drácula* e *Frankenstein* são encarnações e exteriorizações de um medo que se escondia no inconsciente coletivo: o medo de um mal pior do que a própria morte. Alegorias da não-morte, demonstrações das consequências demoníacas de se profanar o direito divino de se conceder e de se retirar a vida.

Houve trabalhos anteriores a *Drácula* que abordaram a temática do vampiro. Desde o século XVIII, a presença de humanos hematófagos assombra a literatura ocidental. O primeiro registro que temos se dá na poesia. O autor alemão Heinrich August Ossenfelder publica em 1748 seu *Der Vampir*, um poema que abre a caixa de Pandora e libera ao mundo literário o mal noturno do vampirismo. No começo do século XIX, temos nosso primeiro registro do vampiro na prosa literária por ninguém mais ninguém menos que Lord Byron. Em 1819, é publicado, sem a autorização de Byron, um fragmento de romance com a temática do vampirismo. É exatamente essa história, juntamente com a própria singular figura de Lord Byron, que posteriormente John Polidori se inspiraria para escrever seu romance *The Vampyre*, abrindo as portas de uma vez por todas para a literatura vampírica. Mas é com a novela gótica *Carmilla*, de Joseph Sheridan Le Fanu, lançada entre os anos de 1871 e 1872, que Stoker dialoga mais fortemente, extraindo da figura da Condessa Mircalla Karnstein a vampiresca característica dicotômica entre horror e sensualidade e servindo-lhe de fonte para a caracterização das três irmãs que habitam o castelo de Drácula.

Embora todas essas obras precedam *Drácula*, publicado pela primeira vez em 1897, nenhuma foi tão bem-sucedida quanto a de Bram Stoker e os motivos disso podem ser explicados por meio da combinação perfeita de vários elementos na própria estrutura do romance. Stoker consegue fundir elementos orais do folclore da Europa Oriental com elementos históricos e rumores populares sobre o cruel príncipe da Valáquia, Vlad III, o Empalador e transforma essas informações em um todo orgânico dentro de um romance epistolar, em que diversas vozes falam por meio de cartas, diários, recortes de jornal etc., trazendo uma verossimilhança que era realista demais para não abalar as mentes humanas do final do século XIX.

A Europa Oriental tinha um lendário particularmente rico em detalhes sobre obscuras criaturas hematófagas, mortos-vivos e feiticeiros. Especialmente ao nordeste do Mar Adriático (Eslovênia, Croácia, Hungria) e ao leste do Mar Negro (Romênia, Bulgária). Muitos dos escritores que escreveram suas narrativas vampíricas ambientaram suas histórias nessas regiões, como o próprio Bram Stoker. O escritor italiano Alberto Fortis, em seu livro *Voyage in Dalmatia*, de 1774, reforça esse imaginário ao relatar que a crença em vampiros era muito difundida aos arredores do Mar Adriático. Isso nos faz pensar, também, se a conotação de horror que essas lendas ganharam na pena de autores do oeste europeu não foi devido a uma impressão intrinsecamente alheia e exótica que tinham do lado leste da Europa.

Todas essas questões, e muitas outras mais, são passíveis de serem discutidas quando lemos *Drácula*. A corrida de Mina e Jonathan Harker, bem como de Lucy Westenra e Dr. Van Helsing para salvar suas almas e o sangue de seus próprios corpos, está construída nessa sólida fundação de lendas, mitos, rumores e fatos históricos de que comentamos. Conde Drácula atravessa o leste da Europa inteira atrás de novas presas. E os relatos dessa intensa perseguição foram os que declararam ao mundo que Bram Stoker e seu *Drácula* seriam monumentos mais perenes que o bronze.

ARCHIVVM
DRACVLAE

01.

Drácula nos palcos?

Antes mesmo do romance *Drácula* de Bram Stoker ser lançado, uma versão dramática foi adaptada pelo próprio autor sob o nome de *Dracula: or the Un-Dead*. A peça, composta de um prólogo e cinco atos, teve sua performance de leitura dramática no *Lyceum Theatre* de Londres em 18 de maio de 1897, oito dias antes do lançamento do próprio romance, que se deu em 26 de maio.

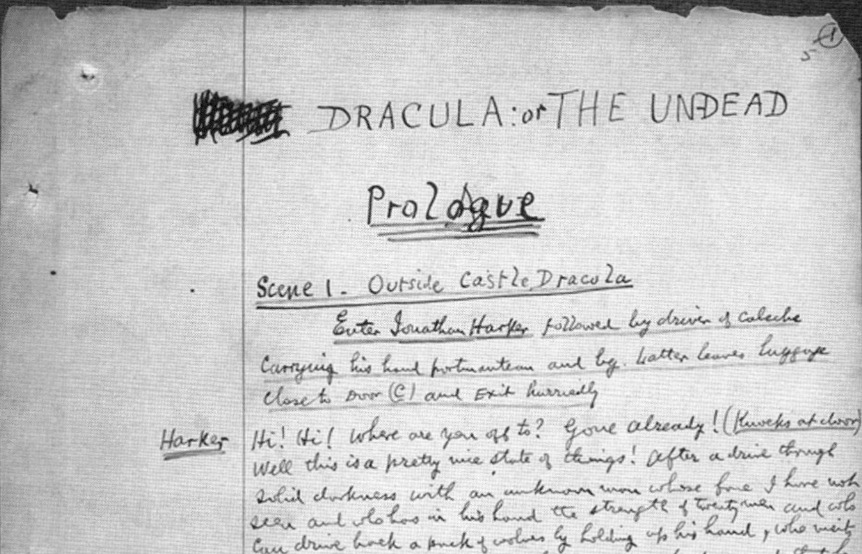

DRACULA: or THE UNDEAD

Prologue

Scene 1. Outside Castle Dracula

Enter Jonathan Harker followed by driver of caleche
carrying his hand portmanteau and bag. Latter leaves luggage
close to door (C) and Exit hurriedly

Harker Hi! Hi! Where are you off to? Gone already! (Knocks at door)
Well this is a pretty nice state of things! After a drive through
solid darkness with an unknown man whose face I have not
seen and who has in his hand the strength of twenty men and who
can drive back a pack of wolves by holding up his hand, who visits
mysterious blue flames and who wouldn't speak a word that he
could help; to be left here in the dark before a – a ruin. Upon my
life I'm beginning my professional experience in a romantic way!
Only passed my exam. at Lincoln's Inn before I left London, and here
I am conducting my business – or rather my employer Mr. Hawkins'
business with an accompaniment of wolves and mystery
(Knocks) If this Count Dracula were a little more attentive to a
guest when he does arrive he needn't have been so effusive in his
letters to Mr Hawkins regarding my having the best of everything
on the journey (Knocks) I wondered why the people in the hotel
at Bistritz were so frightened and why the old lady hung the
crucifix round my neck, and why the people on the coach
made signs against the evil eye! By Jove, if any of them had
this kind of experience, no wonder at anything they did – or thought.
(Knocks) This is becoming more than a joke. If it were my own affair I
should go straight back to Exeter; but as I act for another and have
the papers of the Count's purchase of the London estate I suppose I must
go on and do my duty – Thank God there is a light someone is
coming. Sounds of bolts being drawn, and a key turned – Door opens

Manuscrito com a caligrafia do próprio Bram Stoker para a adaptação dramática Dracula: or the Un-Dead

(BRITISH LIBRARY)

02. CENAS DELETADAS

Em 1914, um conto de Bram Stoker intitulado *Dracula's Guest* é publicado postumamente por sua esposa, Florence Stoker, em uma coletânea de narrativas curtas chamada *Dracula's Guest and Other Weird Stories*. A questão mais interessante é que a maioria dos críticos acreditam que *Dracula's Guest*, na verdade, era para ser originalmente o primeiro capítulo do romance Drácula, contudo fora cortado pelos editores por destoar do arco principal da narrativa e porque o estilo de escrita não estava em uniformidade com o restante do romance.

O enredo do conto *Dracula's Guest* discorre sobre os eventos que acontecem a um homem inglês, que apesar de não nomeado, acredita-se ser Jonathan Harker, quando, ao viajar para Transilvânia, faz uma parada em Munique no dia de Santa Valburga. Nessa parada, visita um vilarejo assombrado e se vê pego por uma tempestade de neve, correndo a um abrigo, se protege durante a noite dentro do mausoléu de um cemitério. Nesse lugar, avista a tumba de uma condessa atravessada por uma grande estaca metálica. A tumba é atingida, então, por um raio e o suposto cadáver lança um sepulcral grito. O viajante em completo terror ainda é atacado por um grande lobo que lambe sua garganta. Finalmente, é resgatado de lá, porém após algum tempo sente seu pescoço doer terrivelmente.

A referência à obra de Joseph Sheridan Le Fanu, *Carmilla*, que já é muito evidente no romance de *Drácula*, aqui se torna quase explícita. A inscrição "Condessa Dolingen de Graz, Estíria, procurou e encontrou a morte, 1801", gravada na tumba de *Dracula's Guest*, remete quase que diretamente à condessa vampira de Le Fanu, Mircalla Karnstein, que também tem seus eventos narrados na Estíria.

(WIKICOMMONS) *Capa da coletânea póstuma de contos de Bram Stoker contendo o conto* Dracula's Guest

03.

DRÁCULA NA SÉTIMA ARTE

Os horrores de conde Drácula foram representados e adaptados inúmeras vezes em produções cinematográficas, sendo uma das mais famosas e consagradas a adaptação de 1931, com a atuação do autor húngaro Béla Lugosi. No entanto, o que muitos não sabem é que não foi a primeira tentativa de se trazer Drácula para as telonas. O filme expoente do Expressionismo alemão de 1922, *Nosferatu*, de F. W. Murnau, por mais que retratasse o vampiro de uma forma bem diferente das descrições de Bram Stoker, foi, originalmente, intendido para ser uma adaptação direta do romance, porém os direitos não foram cedidos pela viúva do autor, Florence Stoker, e o filme acabou enfrentando muitos problemas judiciais e suas cópias tiveram de ser destruídas. Algumas, no entanto, sobreviveram e hoje o filme pode ser encontrado facilmente na internet.

Após a morte de Béla Lugosi, que fora inclusive sepultado com os trajes de conde Drácula a pedidos de seu filho e de sua esposa em 1956, o cinema foi um mar sem ondas para as representações de *Drácula* por mais de trinta anos. Somente em 1992, que o conde voltaria às suas prévias glórias no cinema, pois o famoso diretor Francis Coppola reúne um elenco hollywoodiano de peso (Winona Ryder e Keanu Reeves respectivamente como Mina e Jonathan Harker, Anthony Hopkins como Van Helsing e Gary Oldman como o sanguinolento conde vampiro) em uma produção vintage, pois Coppola desejava manter-se fiel à atmosfera lúgubre do romance de Stoker, para produzir um filme ganhador de vários prêmios Oscar.

Poster do filme de 1922, Nosferatu

(WIKICOMMONS)

Mais recentemente, já na era do *streaming*, a plataforma de filmes Netflix juntamente com a BBC One, transmitiu uma minissérie de três episódios chamada *Drácula*, em que uma personagem secundária do livro de Stoker, a irmã Agatha, que originalmente é quem apenas cuida de Jonathan Harker e entra em contato com Mina, após esse ter escapado do castelo do conde, faz parte da linhagem da família Van Helsing e ela e seus descendentes são os caçadores de vampiro que batalharão com o conde na vinda dele para Londres. A série foi aclamada pelo público, já que mostra uma interpretação e um ponto de vista mais intenso da presença feminina do que no livro de Bram Stoker, que fica reservado somente à Mina Harker, que mesmo assim, em alguns momentos, é impedida de exercer determinadas funções na luta contra Drácula.

Ator Béla Lugosi, um dos maiores intérpretes de conde Drácula no cinema em uma impressão do artista visual Andy Warhol de 1963

(THE BROAD)

04.

Condes e Condessas

Muito se fala da inspiração de Bram Stoker no medieval príncipe Vlad III, da Valáquia, conhecido por sua predileção sanguinária pela morte por empalação, que lhe conferiu o epíteto de o Empalador, mas pouco se fala de uma outra inspiração não menos sanguinolenta nem menos nobiliárquica: A condessa Bathory.

Condessa Elizabeth Bathory, também habitante do lado oriental da Europa, mais especificamente a Hungria, ficou conhecida como a Condessa de Sangue. Estima-se que entre o final do século XVI e início do XVII tenha matado mais de 650 jovens moças de forma sádica e se banhado e, até mesmo, ingerido o sangue de suas vítimas. Sua sede de sangue diz se ter originado de uma ocasião em que batera fortemente em uma serva que lhe tinha puxado o cabelo forte demais ao escová-lo. O sangue da serva respingou em sua mão e durante a noite a condessa teve a impressão de que a pele do local rejuvenescera. A partir daí começou um verdadeiro massacre de motivação cosmética. Seus crimes foram julgados e a condessa permaneceu em prisão domiciliar até sua morte, no entanto, a nódoa dos horrores que cometeu manchou a história de tal forma que Bram Stoker se inspirou em sua figura para traços das três irmãs de Dracula, bem como para certos maneirismos do próprio conde.

Condessa de Sangue Elizabeth Bathory

(WIKICOMMONS)

Vlad III Dracula, o Empalador

(WIKICOMMONS)

05.

- ORIGEM -

A etimologia do nome Drácula certamente tem origem latina. A palavra é um diminutivo de **draco**, que em latim significa dragão ou serpente, animais classicamente associados à figura do diabo. Dentre as razões para a forma de diminutivo, temos a explicação histórica de que Vlad II, pai do príncipe da Valáquia, Vlad III, o Empalador, pertencia à Ordem do Dragão (**Societas Draconistarum**), uma espécie de ordem de cavalaria. Vlad II ficou completamente obcecado com as representações de dragões, adotando-as em seu brasonário e até mesmo as incluindo em seu próprio nome: Vlad II Dracul. Sendo filho de Vlad II, Vlad III passou a ser chamado de Vlad Draculea, ou Vlad Dracula, ou seja, filho de Dracul, ou filho do dragão. A partir daí acredita-se que Bram Stoker chegou ao nome de conde Drácula.

Já a palavra "vampiro" tem uma etimologia bem diferente e muito mais controversa. Diversos linguistas debatem suas origens, alguns alegam que "vampiro" se originou da palavra eslávica **upyr**, que por sua vez se originou do turco **uber** e significa bruxa. Outros afirmam que a palavra pode ter surgido de uma origem grega, uma vez que o verbo **πι** significa beber. Há ainda os que afirmam, sendo essa uma das teorias mais aceitas, que a palavra "vampiro" advém da palavra sérvia **BAMIIUP**. Alguns mais radicais defendem que apesar das lendas de vampiros serem muito antigas, a palavra para designar o agente de vampirismo é uma palavra húngara moderna da qual não se encontra as origens antigas.

- CRÍTICAS -

Por séculos o livro de Bram Stoker tem produzido diversas críticas, sejam elas de cunho positivo ou negativo, de contemporâneos do autor e de posteriores. Sir Arthur Conan Doyle, autor do famoso Sherlock Holmes e amigo de Stoker chegou a escrever uma carta elogiando copiosamente **Drácula.** Bram Stoker compareceu ao casamento de Conan Doyle em 18 de setembro de 1907 e, em outro momento, conduziu uma entrevista a seu companheiro inglês de profissão, que seria publicada pelo jornal americano **The World** e posteriormente pelo londrino **The Daily Chronicle.**

Outro autor, embora um pouco mais jovem, mas ainda assim contemporâneo de Bram Stoker, a elogiar **Drácula** foi H. P. Lovecraft. Também escritor de horror, Lovecraft coloca **Drácula** com uma das melhores obras de horror e lhe concede o lugar permanente nas letras inglesas, além de ter inspirado uma boa parte das obras seguintes.

Os críticos modernos, no entanto, foram mais severos com Stoker. Jorge Luis Borges, famoso crítico argentino, em sua **Antologia da Literatura Fantástica** exclui Bram Stoker e chega até mesmo a falar que os vampiros e os castelos não tiveram uma passagem feliz e favorável pelos domínios da literatura. Já Gabriel García Márquez, consagrado escritor colombiano e ganhador do Nobel da literatura, diz que considera **Drácula** uma obra absolutamente fantástica, mas admite que é considerado sem valor pelos críticos. Não parece, no entanto, ter perdido o entusiasmo com a obra por causa disso, pois Márquez deu uma cópia de presente ao político Fidel Castro, que mais tarde confessara ter ficado acordado a noite toda em decorrência das perturbações causadas pela leitura do livro.

07. DRÁCULA VS. DORIAN GRAY

UM CONTATO INTERESSANTE QUE BRAM STOKER ESTABELECEU FOI COM O TAMBÉM ESCRITOR INGLÊS OSCAR WILDE, FAMOSO E POLÊMICO POR SEU LIVRO O RETRATO DE DORIAN GRAY. WILDE TAMBÉM SE INTERESSOU PELA MESMA MULHER DE STOKER, FLORENCE BALCOMBE, NO ENTANTO, A MOÇA OPTOU POR ESCOLHER O AUTOR DE DRÁCULA, SE TORNANDO, ASSIM, FLORENCE STOKER E VIVENDO CASADA COM ELE POR CERCA DE TRINTA ANOS. OSCAR WILDE PARECE APARENTEMENTE NÃO TER GUARDADO TANTO RANCOR ASSIM DE SEU RIVAL, POIS ESCREVERA UMA CARTA SOLICITANDO UM LUGAR NO LYCEUM THEATRE, ONDE STOKER ERA DIRETOR.

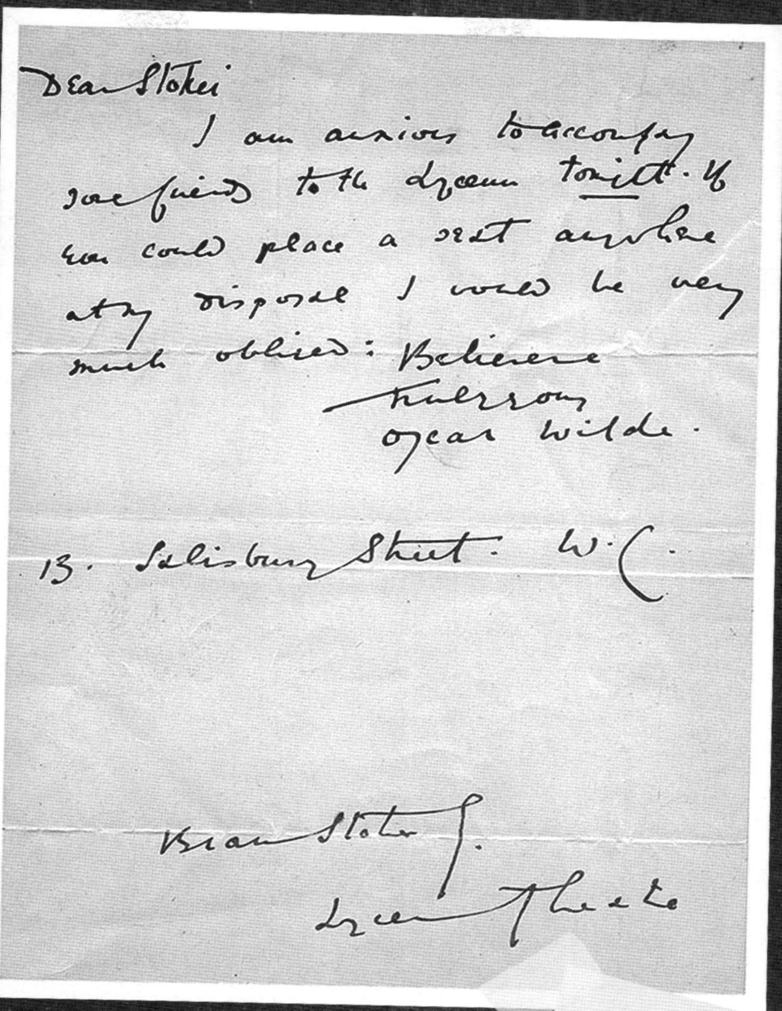

Dear Stoker

I am anxious to accompany a friend to the Lyceum tonight. If you could place a seat anywhere at my disposal I would be very much obliged: Believe me truly yours

Oscar Wilde.

13. Salisbury Street. W.C.

Bram Stoker Esq.
Lyceum Theatre

Carta de Oscar Wilde a Bram Stoker solicitando um lugar no **Lyceum Theatre.**

(FOLHA DE SÃO PAULO/REVISTA PIAUÍ)

Música Gótica

08.

São inúmeras as bandas que fizeram referência ao Drácula de Bram Stoker, no entanto, a banda britânica Bauhaus inaugurou um gênero próprio ao se apropriar desses elementos do vampiro Drácula. Influenciada pelo enorme sucesso da adaptação cinematográfica de Drácula em 1931, a banda Bauhaus em agosto de 1979 lança seu primeiro single chamado Bela Lugosi's Dead. Esse single cheio de imagens que remetem tanto ao tema do romance de Bram Stoker quanto à atuação cinemática de Béla Lugosi como conde Drácula é especialmente importante, pois é considerado como sendo a primeira música de Rock Gótico a ser lançada, dando, assim, origem a um gênero musical que se expandiria na década de 1980 e que teria vampiros como seus símbolos mais característicos. A subcultura gótica também desenvolvida nesse período leu Drácula quase com ímpeto bíblico e várias edições do período tiveram como público-alvo os góticos e apreciadores de gêneros musicais correlatos como post-punk, dark wave etc.

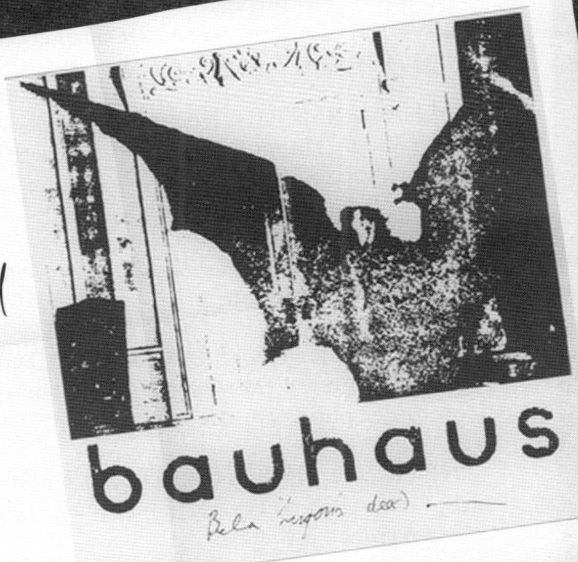

Capa do single
Bela Lugosi's Dead
da banda de Rock
Gótico Bauhaus

(WIKICOMMONS)

Referências

BRITISH LIBRARY. *Bram Stoker's stage adaptation of Dracula.* Disponível em: <https://www.bl.uk/romantics-and-victorians/articles/bram-stokers-stage-adaptation-of-dracula>. Acesso em: 07 out. 2021.

FOLHA DE SÃO PAULO/REVISTA PIAUÍ. Drácula rival de Oscar Wilde. Disponível em: < https://piaui.folha.uol.com.br/dracula-rival-de-oscar-wilde/>. Acesso em: 08 de out. 2021.

LOVECRAFT, H. P. *O horror sobrenatural em literatura.* São Paulo: Iluminuras, 2007.

THE ARTHUR CONAN DOYLE ENCYCLOPEDIA. *Bram Stoker.* Disponível em: < https://www.arthur-conan-doyle.com/index.php/Bram_Stoker>. Acesso em: 08 out. 2021.

THE BROAD. The Kiss (Bela Lugosi). Disponível em: < https://www.thebroad.org/art/andy-warhol/kiss-bela-lugosi>. Acesso em: 08 out. 2021.

WIKICOMMONS. Bela Lugosi's Dead. Disponível em: < https://upload.wikimedia.org/wikipedia/pt/e/ee/Bauhaus_Bela_Lugosi%27s_Dead.jpg>. Acesso em 08 out. 2021.

WILSON, M. K. The History of the Word "Vampire". *Journal of the History of Ideas.* v. 46, n. 4 (Out. - Dec., 1985), p. 577-583.

CAPÍTULO I

TRANSILVÂNIA

DIÁRIO DE JONATHAN HARKER

(taquigrafado)

3 de maio. Bistritz. — Saí de Munique às 20h35, em 1º de maio, e cheguei a Viena muito cedo na manhã seguinte; devia ter chegado às 06h46, mas o trem estava uma hora atrasado. Budapeste parece ser um excelente lugar, pelo que consegui ver da janela do trem e pelo rápido passeio que dei pela cidade. Tive receio de me afastar muito da estação, pois, como havíamos chegado lá com atraso, partiríamos o mais rápido possível. A impressão que obtive do lugar era como se eu estivesse saindo do Ocidente e entrando no Oriente; na extremidade oeste, as mais esplêndidas pontes sobre o rio Danúbio, que aqui tem grande extensão e profundidade, nos conduziram por entre as tradições do domínio turco.

O tempo estava muito bom quando partimos e chegamos a Klausenburg ao anoitecer. Passei a noite no hotel Royale. Lá jantei, ou melhor, ceei um excelente frango temperado com uma espécie de páprica. Estava muito bom, mas senti muita sede. (Nota: pegar a receita para Mina.) Perguntei ao garçom e ele disse que se chamava *"paprika hendl"*, e que era um prato nacional, portanto daria para conseguir a receita em qualquer lugar da região dos Cárpatos. Meu alemão enferrujado foi muito útil; para falar a verdade, não sei como teria me virado sem ele.

Antes de partir de Londres, como estava com tempo livre, fiz uma visita ao Museu Britânico e consultei livros e mapas referentes à Transilvânia. Algum conhecimento prévio sobre o país poderia vir a calhar ao lidar com o nobre que lá vivia. Descobri que a região por ele mencionada fica no extremo norte do país, perto das fronteiras de três Estados: Transilvânia, Moldávia e Bucovina, bem no meio dos montes Cárpatos, um dos lugares mais selvagens e menos conhecidos da Europa. Não consegui a localização exata do Castelo de Drácula em mapa algum, pois ainda não existem mapas deste país nem nada como nossa Ordnance Survey,[1] mas verifiquei que Bistritz, a localidade mencionada pelo conde Drácula, é bem conhecida. Registrarei aqui algumas anotações, pois elas poderão refrescar-me a memória quando for relatar minhas viagens à Mina.

A população da Transilvânia divide-se em quatro nacionalidades distintas: os saxões, ao sul, e misturados a eles os valáquios, descendentes dos dácios; os magiares,[2] a oeste, e os sículos,[3] a leste e norte. Estou viajando para a região habitada por esses últimos, que se dizem descendentes de Átila e dos hunos, o que pode ser verdade, pois quando os magiares conquistaram o país no século XI, encontraram os hunos, que já estavam estabelecidos ali. Li que todas as superstições conhecidas no mundo estão reunidas na região dos Cárpatos, como se fosse algum tipo de centro de redemoinho imaginativo. Nesse caso, minha estada promete ser muito interessante. (Nota: perguntar ao conde sobre essas superstições.).

Não dormi bem, apesar de minha cama ser bastante confortável, pois tive sonhos perturbadores. Durante a noite inteira, um cão uivou debaixo da minha janela e talvez tenha sido isso que atrapalhou meu sono, ou pode ter a ver com a páprica, pois bebi uma garrafa de água inteirinha e continuei com sede. Somente quando estava quase amanhecendo consegui adormecer, mas fui despertado por pancadas insistentes na porta do quarto, imagino, então, que estivesse dormindo profundamente mesmo.

Como café da manhã, deram-me mais páprica e uma espécie de mingau de farinha de milho, chamado *mamaliga*, e berinjela recheada com carne moída, o que resultou em um prato excelente, chamado *impletata*. (Nota: pegar a receita também.) Tive de comer apressadamente, pois o trem partiria um pouco antes das 8h, ou melhor dizendo, deveria

1. Ordnance Survey (OS) é a agência cartográfica nacional do Reino Unido formada em 1791. (N. E.)

2. Magiar é um outro nome para o povo conhecido modernamente como húngaro. (N. E.)

3. Os sículos, ou Székely em húngaro, são um povo de origem húngara que habita a região oriental da Transilvânia há muitos séculos. (N. E.)

ter partido esse horário, pois, após ter me apressado para chegar à estação às 7h30, tive que esperar mais de uma hora, sentado em meu vagão, até que ele partisse. Parece que quanto mais a gente avança rumo ao Oriente, menos pontuais são os trens. Como devem ser os da China?

Durante todo o dia, atravessamos lentamente uma bela região. Em toda parte havia vilarejos e castelos no topo das encostas íngremes, como os dos antigos missais; passamos por rios e córregos que, devido às largas margens rochosas de ambos os lados, pareciam estar sempre sujeitos a inundações. A água tem que ser muito abundante e vir em uma corrente forte demais para conseguir arrancar a vegetação das margens dos rios.

Em todas as paradas que fizemos havia pessoas, em algumas até multidões, que usavam todo tipo de roupas. Alguns pareciam camponeses ingleses, ou assemelhavam-se com os que vi quando fui à França e à Alemanha, com casacos curtos, chapéus redondos e calças rústicas. Contudo, havia algumas pessoas muito diferentes.

As mulheres da região até pareciam bonitas de longe, mas, aproximando-se delas, observava-se que eram bem desajeitadas ao redor do quadril. Todas usavam camisa branca de mangas longas, e muitas delas usavam cintos com várias fitas, que flutuavam como aquelas dos figurinos de balé, mas obviamente usavam anáguas por baixo.

Os mais estranhos eram os eslovacos, pois pareciam mais bárbaros que os demais grupos. Vestiam chapéus de caubói, calças largas e encardidas, camisas de linho branco e enormes cintos pesados de couro, quase trinta centímetros de largura, cravejados de rebites de latão. As botas eram altas e ficavam por cima das calças, os cabelos eram longos e negros e todos tinham bigodes espessos. Eram muito pitorescos, mas nada simpáticos. Se estivessem no teatro, dariam um belo grupo de assaltantes orientais. Mas, de acordo com o que fiquei sabendo, eram inofensivos, e parecia até faltar a todos um certo orgulho próprio natural.

O crepúsculo já se transformava em noite quando chegamos a Bistritz, e o lugar parecia antigo e intrigante. Situa-se bem na fronteira, pois se chega à Bucovina pelo passo Borgo. Bistritz ainda exibe as marcas da tempestuosa existência. Há cinquenta anos, houve uma série de incêndios que causou terríveis estragos em cinco momentos diferentes. No início do século XVIII, a cidade foi sitiada por três semanas e treze mil pessoas morreram, acrescentando-se fome e doenças às vítimas da guerra.

O conde Drácula havia sugerido o hotel Golden Krone e descobri que ele era bem antigo, o que me deixou muito feliz, pois assim conheceria ao máximo os costumes do país. Evidentemente já me aguardavam por lá, pois uma senhora de idade, muito simpática, me recebeu com entusiasmo, dando-me as boas-vindas, quando me aproximei da porta. Ela usava trajes tradicionais de camponesa, anágua branca com um duplo avental longo de tecido colorido, quase apertado demais para a modéstia.

— É o *Herr*[4] inglês? — perguntou com uma mesura.

— Sim — respondi. — Sou Jonathan Harker.

Sorrindo, ela fez um sinal a um senhor de camisa branca que a acompanhou até a porta, retirou-se e voltou em seguida com uma carta:

Meu amigo. Seja bem-vindo aos Montes Cárpatos. Espero ansiosamente por vossa companhia. Desejo que durma bem durante a noite. Amanhã, às três horas, pegue a diligência para Bucovina. Está reservado um lugar para você. No passo Borgo, minha carruagem o esperará para trazê-lo ao meu encontro. Espero que sua viagem de Londres até aqui tenha sido boa e estou certo de que sua estada em meu belo país será prazerosa.

Seu amigo,
Drácula.

4 de maio — Fiquei sabendo que o dono do hotel havia recebido uma carta do conde com instruções para reservar-me o melhor lugar da diligência.[5] Quando fiz perguntas sobre isso, porém, ele me pareceu reticente e fingiu que não estava entendendo meu alemão. Creio que

4. Pronome de tratamento alemão equivalente a "Sr.". (N. E.)

5. Diligência é um tipo de antiga carruagem de tração animal capaz de levar consideráveis pesos (passageiros, bagagens etc.) por longas distâncias. (N. E.)

não era verdade, pois até então ele havia me entendido perfeitamente; pelo menos, respondeu minhas perguntas exatamente como se as tivesse entendido. Ele e a mulher, a senhora que me recebera, entreolharam-se, denotando medo. Com um resmungo, ele disse que tudo o que sabia era que o dinheiro fora enviado dentro de uma carta. Quando perguntei a ele se conhecia o conde Drácula e se poderia me dizer algo sobre seu castelo, tanto ele quanto sua mulher fizeram o sinal da cruz e disseram que nada sabiam, recusando-se a continuar a conversa. Como estava perto da hora de partir, não tive tempo de perguntar qualquer coisa a mais ninguém. Tudo parecia conter certo mistério e ele não era nada tranquilizador.

Um pouco antes de partir, a mulher do dono do hotel veio ao meu quarto e perguntou, sem deixar de esconder forte nervosismo:

— O senhor tem mesmo que ir? Jovem *Herr*, tem mesmo que ir?

Estava tão alterada que custei a entender o que dizia. Parecia não estar mais dominando o pouco do alemão que conhecia e o misturava com alguma outra língua que eu desconhecia completamente. Só consegui compreendê-la depois de ter feito muitas perguntas a ela. Quando expliquei que não podia deixar de ir, pois estavam me esperando para um compromisso importante de negócios, ela perguntou de novo:

— Sabe que dia é hoje?

Respondi que era 4 de maio, mas ela sacudiu a cabeça e disse:

— É claro! Sei muito bem, mas sabe que dia é hoje?

Disse que não entendia o que ela estava falando, e ela afirmou incisivamente:

— Hoje é a véspera do dia de São Jorge. Não sabe que hoje, quando o relógio bater meia-noite, todos os espíritos malignos do mundo estarão à solta? O senhor sabe aonde vai e o que irá fazer por lá?

Parecia tão assustada que procurei acalmá-la, mas não consegui. Acabou ajoelhando-se na minha frente, suplicando que eu não partisse, que esperasse pelo menos mais um ou dois dias. Sua atitude pareceu-me verdadeiramente descabida e acabei ficando desconfortável. Reafirmei que tinha assumido um compromisso profissional e nada poderia interferir. Tentei tirá-la do chão, dizendo que agradecia muito, mas que precisava mesmo partir. Finalmente, ela acabou se levantando, enxugando as lágrimas e ofereceu-me um pequeno crucifixo que tirou do próprio pescoço. Como membro da Igreja Anglicana, fiquei sem reação, pois fui ensinado a considerar tais objetos idolatria, mas, ao mesmo tempo, não queria desapontar a velha senhora que estava tão bem-intencionada e com tal estado de espírito. Creio que ela tenha percebido minha hesitação, pois pendurou o rosário em meu pescoço, dizendo-me:

— Use-o pelo amor a sua mãe!

Logo depois, retirou-se do quarto.

Estou escrevendo este trecho do diário enquanto espero a diligência, já atrasada. Mantenho o crucifixo no pescoço. Talvez pelo pavor da velha senhora, ou pelas muitas histórias de fantasmas do lugar, ou até pelo próprio crucifixo, não sei dizer, mas, de fato, me sinto incomumente inquieto. Se este caderno chegar às mãos de Mina antes que eu volte para junto dela, aproveito para deixar-lhe o meu adeus.

A diligência está chegando!

5 de maio. O castelo. — As névoas da manhã desapareceram e o sol já está bem alto no horizonte distante, que daqui parece recortado por árvores ou talvez montanhas. Está tão longe que as coisas grandes se confundem com as pequenas. Não estou com sono e, como ninguém me perturbará até que seja hora de acordar, escreverei até o sono vir.

Há muitas coisas estranhas para registrar. Para que não leiam meu diário imaginando que exagerei no jantar antes de partir de Bistritz, deixarei escrito exatamente o que comi. Jantei o chamado *robber steak*, que é uma mistura de bacon, cebola e carne, temperados com pimenta vermelha, espetados em palitos e assados no forno, à moda dos humildes churrascos de gato londrinos! O vinho era um Golden Mediasch, que causa uma pontada estranha na língua, mas é bem agradável ao paladar. Tomei duas taças e nada mais.

Quando subi na diligência, o cocheiro estava conversando com a dona do hotel, e sem dúvida falavam sobre mim, pois me olhavam de soslaio. Algumas pessoas que estavam sentadas no banco, ao lado da porta — o qual era chamado por eles de "portador de palavras" —, vieram e ficaram ouvindo, a maioria virava-se para mim com expressão de piedade. Consegui ouvir, durante a conversa, diversas palavras muitas vezes repetidas, palavras esquisitas, faladas em várias línguas, pois aquele grupo era composto de diferentes nacionalidades. Sendo assim, discretamente tirei da bolsa meu dicionário poliglota e busquei alguns significados. As constatações não foram muito animadoras para mim, pois as palavras eram: "*Ordog*", satanás; "*pokol*", inferno; "*stregoica*", feiticeiro, e "*vrolok*" e "*vlkoslak*", ambas com o mesmo sentido, uma é eslovaca e a outra sérvia: significam algo como lobisomem ou vampiro. (Nota: perguntar ao conde sobre essas superstições.)

Quando partimos, todas as pessoas que estavam em frente ao hotel — e que agora eram um número considerável —, fizeram o sinal da cruz e apontaram dois dedos em minha direção. Com alguma dificuldade, consegui que um companheiro de viagem me explicasse o que aquilo significava. Ele não quis falar nada a princípio, mas, quando soube que eu era inglês, explicou-me que se tratava de um sinal de proteção contra mau-olhado. Não gostei nada daquilo, pois partia para um lugar desconhecido para me encontrar com um homem estranho. Mas todos pareciam tão bondosos e preocupados comigo, que não pude deixar de me comover. Nunca me esquecerei da última visão do pátio da hospedagem e do volumoso grupo de pessoas pitorescas persignando-se, enquanto se empertigavam ao redor do largo arco do pórtico, com um pano de fundo de folhas de oleandros e de laranjeiras nos canteiros verdes agrupados no centro do pátio. Então, o cocheiro, cujas calças largas de linho — "*gotza*", como eles as chamam — cobriam toda a frente do assento da diligência, estalou o longo chicote nos quatro pequenos cavalos, que saíram *pari passu*, iniciando a viagem.

Diante da beleza da paisagem, esqueci-me dos temores fantasmagóricos, embora talvez não fosse fácil sentir-me livre deles, afinal eu não sabia a língua, ou melhor, as línguas que falavam meus companheiros de viagem. Em nossa frente, estendiam-se encostas verdejantes, margeadas por florestas e bosques e, no alto das colinas, agitavam-se pomares ou casas de fazenda cujas empenas do telhado voltavam-se para a estrada. Em toda a parte, havia uma enorme quantidade de florescentes árvores frutíferas: maçãs, ameixas, peras e cerejas. Conforme passávamos pela região, pude perceber a grama verde debaixo das árvores cheia de pétalas caídas. Dentre as colinas verdejantes, que as pessoas locais chamam de "Mittel Land", seguia a estrada repleta de curvas cobertas por relva ou afuniladas pelas esparsas pontas dos pinheirais que, de vez em quando, desciam as encostas como labaredas. Apesar de a estrada ser íngreme, a carruagem parecia flutuar por ela com uma pressa que eu não podia compreender, mas era evidente que o cocheiro queria chegar rapidamente ao passo Borgo. Contaram-me que aquele caminho era excelente no verão, mas que ainda não havia sido consertado depois dos danos sofridos pelas nevascas do inverno. Nesse aspecto, é diferente das estradas nos Cárpatos, em que há uma velha tradição de sempre ficarem em mau estado. Mesmo em tempos antigos, os *hospodars*[6] não as restauravam para que os turcos não pensassem que estavam se preparando para receber soldados estrangeiros e assim apressassem uma guerra que, na realidade, estava sempre prestes a estourar.

Além das encostas verdejantes e ondulantes de Mittel Land, havia poderosas encostas arborizadas até as altas escarpas dos Cárpatos. Estendiam-se tanto à direita como à esquerda, com o sol do final da tarde caindo sobre eles e exibindo fantásticas cores da cadeia de montanhas; azuis profundos e roxos nas sombras dos picos, verdes e marrons onde a relva e a rocha se misturavam, e uma perspectiva infinita de rochas irregulares e pedras angulosas, e até elas mesmas se perdiam no horizonte, dando ênfase a imponentes picos nevados. Em vários locais havia majestosos penhascos nas montanhas, pelos quais, quando o sol começava a baixar, dava para ver os clarões de quedas d'água cristalinas. Um de meus companheiros de viagem tocou em meu braço quando um pico nevado de uma montanha bem alta parecia estar logo à nossa frente.

— Veja! *Isten szek!* O trono de Deus! — exclamou, fazendo o sinal da cruz respeitosamente.

Conforme seguíamos nosso caminho interminável, o sol ficava cada vez mais baixo atrás de nós, as sombras do anoitecer começaram a surgir. O topo da montanha coberto de neve ainda apresentava os sinais do crepúsculo e parecia reluzir com um discreto e delicado rosa. Passamos por tchecos e eslovacos, todos com trajes tradicionais, e infelizmente percebi que muitos apresentavam casos de bócio. Vi muitas cruzes na beira da estrada, e, passando por elas, todos os meus companheiros de viagem se persignavam. De vez em quando passávamos

---

6. Termo usado em línguas eslávicas para designar, geralmente, senhores de propriedades ou governadores. (N. E.)

por camponeses, homens e mulheres ajoelhados diante de um altar, e pareciam tão devotos que nem prestavam atenção ao mundo exterior. Eram tantas coisas novas para mim. Montes de feno nas árvores, lindos emaranhados de bétulas, com os troncos brilhando feito prata por entre o delicado verdejar das folhas. Ocasionalmente, uma carroça tradicional passava por nós. Era um veículo camponês comum, com estrutura comprida e articulada como vértebras helicoidais, projetado para adaptar-se às irregularidades da estrada. Transportavam um grupo de camponeses que voltavam para casa, tchecos com peles de ovelhas brancas e eslovacos com peles tingidas e longas lanças com machados nas extremidades.

À medida que anoitecia, passou a esfriar muito e o avanço do crepúsculo parecia fundir em uma bruma soturna as sombras de árvores, carvalhos, faias e pinheiros. Contudo, conforme subíamos através do passo, os abetos negros ainda se destacavam do fundo de neve recente em alguns locais dos vales que corriam lá embaixo nas encostas. Os bosques de pinheiros pareciam fechar-se sobre nós na escuridão. Enormes massas cinzentas encobriam as árvores em alguns pontos e produziam efeitos estranhos e solenes, ao mesmo tempo em que ainda faziam voltar à tona os pensamentos e imaginações assombrosos do início do dia. O pôr do sol trazia um estranho relevo às fantasmagóricas nuvens dos Cárpatos. Alguns trechos nas encostas eram tão irregulares que, apesar da pressa do cocheiro, os cavalos só conseguiam passar bem devagar. Quis descer e seguir a pé ao lado deles, como se faz na Inglaterra, mas o cocheiro não me autorizou.

— Não, não — disse ele. — Não se deve andar a pé aqui. Os cães são muito bravos.

E acrescentou, visivelmente com intenção de fazer graça, olhando em torno para ver o sorriso de aprovação das demais pessoas:

— E o senhor ainda poderá ver muita coisa desse tipo antes de dormir.

A única parada que fez foi momentânea para acender os lampiões. Quando escureceu de vez, a agitação entre os passageiros aumentou. A carruagem ia com muita velocidade, mas, ainda assim, os viajantes incitavam o cocheiro a avançar mais depressa. Ele açoitava os cavalos impiedosamente, estimulando-os, aos gritos, vibrando o comprido chicote. Na escuridão, avistei certa mancha de luz acinzentada à frente, como uma fenda nas montanhas. A agitação entre os passageiros cresceu. A diligência sacudia insanamente sobre as grandes molas de couro, como uma embarcação em mar agitado. A estrada tinha melhorado, parecíamos voar por cima dela e as montanhas aparentavam se aproximar de ambos os lados, fechando-se sobre nós. Estávamos entrando no passo Borgo. Um a um, vários dos passageiros ofereceram-me presentes, obrigando-me a aceitá-los com tamanha veemência que não dava para recusar. Eram presentes estranhos e diversos, mas todos oferecidos com boa vontade, acompanhados de palavras gentis, bênçãos e aquela mistura estranha de movimentos supersticiosos que vi na frente do hotel de Bistritz: o sinal da cruz e o sinal de proteção contra mau-olhado.

Depois, enquanto o cocheiro se debruçava sobre os cavalos que galopavam pela estrada, os passageiros olhavam pelas vidraças, observando avidamente a escuridão. Era evidente que algo muito excitante estava acontecendo, ou prestes a acontecer, mas, embora eu tenha perguntado a todos os passageiros, ninguém quis me dar uma explicação. A excitação permaneceu por algum tempo. Por fim, avistamos a entrada oriental do passo Borgo. Nuvens escuras e pesadas cobriam o céu, e o ar estava carregado e sufocante, prenunciando trovoadas. Dava a impressão de que a cadeia de montanhas separava duas atmosferas distintas e havíamos acabado de penetrar na tempestuosa.

Comecei a olhar para fora também àquela altura, procurando a carruagem que deveria levar-me ao conde. Esperava, a qualquer momento, ver o clarão dos lampiões, mas só via a escuridão. A única luz vinha dos lampiões da própria diligência em que estávamos e os seus feixes de luz mostravam as nuvens brancas formadas pela respiração dos cavalos ofegantes. Os passageiros se encostaram em seus assentos com suspiros de alegria que pareciam zombar do meu próprio desapontamento. Eu estava pensando no que deveria fazer quando vi o cocheiro consultar o relógio e dizer aos outros algo que mal consegui ouvir, pois seu tom de voz fora muito baixo. Achei ter ouvido o seguinte:

— Uma hora mais cedo.

Então, ele se virou para mim e disse em um alemão pior que o meu:

— Não há carruagem alguma aqui. O *Herr* não está sendo esperado. Deve ir conosco para Bucovina e voltar amanhã ou depois de amanhã. Será melhor depois de amanhã.

Enquanto falava, os cavalos começaram a relinchar e a bater as patas de forma tão enfurecida que o cocheiro precisou dominá-los. Naquele momento, entre os gritos dos camponeses que faziam o sinal da cruz, apareceu uma carruagem puxada por quatro cavalos que parou ao lado do cocheiro. Pude notar, pela luz dos lampiões, que os quatro animais eram todos pretos e tinham uma aparência magnífica. Vinham conduzidos por um homem bem alto, com uma barba castanha muito longa, que usava uma cartola negra, parecendo querer ocultar o rosto. Só consegui perceber que o brilho em seus olhos era muito vivo.

— Está adiantado hoje, meu amigo — disse ele ao cocheiro.

O homem respondeu, gaguejando:

— O *Herr* inglês estava com muita pressa.

O estranho retrucou:

— Talvez seja por isso que queria levá-lo para Bucovina. Não tente me enganar, meu amigo. Sei muita coisa e meus cavalos são velozes.

Ele sorria enquanto falava e a luz dos lampiões iluminou sua boca de contorno severo, com lábios muito vermelhos e dentes pontiagudos e brancos como marfim.

Um de meus companheiros de viagem murmurou para outro o verso de "Lenore" de Bürger:

"*Denn die Todten reiten schnell.*[7]"

O bizarro cocheiro ouviu aquelas palavras e olhou para nós, sorrindo. O viajante virou o rosto, fazendo o sinal da cruz ao mesmo tempo em que fazia o sinal de proteção com os dois dedos.

— Dê-me a bagagem do *Herr* — ordenou.

Rapidamente minhas malas foram colocadas na carruagem. Desci pela lateral da diligência e o cocheiro ajudou-me a subir na carruagem, pegando-me pelo braço com um punho de aço. Parecia ter uma força prodigiosa. Sem dizer uma palavra, sacudiu as rédeas, os cavalos viraram e mergulhamos na escuridão da passagem. Olhando para

7. "Pois os mortos viajam depressa". Trecho do poema de Gottfried August Bürger. Conta a história de Lenore, que é conduzida à morte por um homem misterioso que ela pensa ser o seu amado Wilhelm. (N. T.)

trás, vi a respiração dos cavalos na luz dos lampiões e meus companheiros de viagem fazendo o sinal da cruz. Em seguida, o cocheiro estalou o chicote, gritando para os cavalos e todos em direção à Bucovina. Vendo-os sumir nas trevas da noite, correu-me pelo corpo um estranho arrepio de frio e dominou-me a sensação de solidão, mas senti um manto ser atirado sobre meus ombros, um xale sobre meus joelhos e o cocheiro me disse em excelente alemão:

— A noite está fria, *mein Herr*, e, meu patrão, o conde, incumbiu-me de tomar conta do senhor. Debaixo do assento há uma garrafa de *slivovitz* (aguardente de ameixa da região), se o senhor quiser.

Não bebi, mas era um consolo saber que tinha a bebida ali à mão. Sentia-me confuso, mas não amedrontado. Acho que, se tivesse outra opção, eu a teria escolhido em vez de seguir nesta viagem em direção ao desconhecido.

A carruagem avançava com rapidez em linha reta, depois fez uma curva completa e entrou em outra estrada. Minha impressão era a de que passávamos constantemente pelos mesmos lugares e, de fato, tomando um ponto de referência, dei-me conta de que estava acontecendo isso mesmo. Não tive coragem de perguntar ao cocheiro o que tudo isso significava, e realmente temia em assim fazer, pois eu pensei que, na situação que me encontrava, qualquer protesto não surtiria nenhum efeito, caso ele estivesse deliberadamente atrasando a viagem. Logo, tive curiosidade, contudo, em saber as horas e, com um fósforo aceso, consultei o relógio. Faltavam poucos minutos para meia-noite. Isso me deixou assustado, pois creio que a difundida superstição a respeito da meia-noite intensificou-se em decorrência das minhas recentes experiências. Aguardei os acontecimentos com uma nauseante expectativa de suspense.

Logo em seguida, ouvi um cão uivar ao longe, em alguma casa de fazenda distante da estrada. Parecia um longo e atemorizante lamento. O uivo foi respondido por outro cão, depois por mais outro e por um terceiro, até que, trazido pelo vento, que agora soprava de leve sobre o desfiladeiro, chegou aos meus ouvidos um ganido selvagem, que parecia vir de muito longe, tão longe quanto a imaginação pode alcançar. Ao primeiro uivo, os cavalos começaram a ficar agitados, mas o cocheiro sussurrou algo e eles se aquietaram, porém ainda permaneceram trêmulos e suados como se tivessem fugido após um susto. Depois, muito distante, vindo das montanhas de ambos os lados, ouvimos um uivo mais forte e mais agudo. Era o som dos lobos, que afetou da mesma maneira a mim e aos cavalos. Tive vontade de pular da caleça e sair correndo, e os cavalos começaram a empinar e a se debater alucinadamente. O cocheiro precisou empregar toda a força que tinha para contê-los. Em poucos minutos, contudo, meus ouvidos se acostumaram àquele som e os cavalos ficaram tão calmos que o cocheiro pôde descer do carro e ficar em pé diante deles, acariciando-os e sussurrando-lhes em seus ouvidos, como eu tinha ouvido dizer que os domadores de cavalos costumam fazer. O resultado foi sensacional. Os animais ficaram totalmente calmos sob suas carícias, embora ainda tremessem. O cocheiro voltou para o seu lugar e sacudiu as rédeas, aumentando a velocidade. Dessa vez, quando chegou à extremidade do passo, virou, de súbito, para um caminho que fazia uma curva apertada para a direita.

Estávamos cobertos por árvores com galhos inclinados, e, em alguns trechos do caminho, arcos se formavam sobre a estrada de modo a parecer que estávamos passando por um túnel. Penhascos margeavam o caminho e enormes rochedos surgiram de ambos os lados. Apesar de estarmos abrigados, podíamos ouvir o sibilar do vento, que gemia e assobiava entre os rochedos, e os ramos das árvores se entrechocavam enquanto seguíamos em frente. O frio aumentava e a neve começou a cair em flocos muito finos, logo tudo ao nosso redor, incluindo nós, estava coberto por um manto branco. O vento ainda insistia em nos trazer os uivos dos cães, embora cada vez mais fracos. O uivo dos lobos, ao contrário, parecia cada vez mais perto, como se estivessem nos cercando. Tive receio de que os cavalos partilhassem do meu medo. O cocheiro, contudo, não parecia nem um pouco perturbado. Ele olhava ora para a esquerda, ora para a direita, mas eu não conseguia distinguir coisa alguma no meio da escuridão.

De repente, vi brilhar uma chama azul à esquerda. O cocheiro a viu no mesmo momento. Parou os cavalos imediatamente, saltou da caleça e sumiu na escuridão. Eu não sabia o que fazer, principalmente com o uivo dos lobos cada vez mais próximo. Contudo, enquanto estava pensando, o cocheiro reapareceu e, sem dizer palavra alguma, retomou seu assento e retomamos a viagem. Creio que adormeci e comecei a sonhar com o incidente, pois isso pareceu se repetir indefinidamente, e agora, pensando em retrospecto, tenho a impressão de que tenha vivido um pesadelo horrível. Em uma das ocasiões, a chama pareceu tão perto da estrada que, apesar da escuridão que nos cercava, pude notar os movimentos do cocheiro. Ele se dirigia rapidamente para o ponto em que aparecia a chama azul, que devia ser muito fraca, já que não parecia iluminar o local situado ao redor dela, e, apanhando algumas pedras, pareceu fazer certo arranjo. Em outro momento, ocorreu um estranho efeito ótico: quando o cocheiro ficou entre mim e a chama, não obstruiu a luz fantasmagórica e eu pude vê-la durante todo o tempo. Fiquei intrigado, mas o efeito foi momentâneo e conclui que meus olhos estavam me enganando devido ao esforço de enxergar na escuridão. Depois, as chamas azuis sumiram entre a escuridão, e nós aceleramos através da escuridão com o uivo dos lobos em torno de nós, como se os animais estivessem seguindo a carruagem em um círculo em movimento.

Por fim, houve uma ocasião em que o cocheiro se afastou mais do que das outras vezes e, durante sua ausência, os animais começaram a relinchar e pinotear, apavorados. Não compreendi a razão, pois o uivo dos lobos cessara inteiramente. No mesmo instante, a lua, irrompendo entre as nuvens escuras, surgiu atrás de um rochedo e, à sua luz, vi que estávamos rodeados por lobos, com os dentes pontiagudos e as línguas para fora, patas compridas e musculosas e o pelo desgrenhado. Eram muito mais terríveis naquele silêncio soturno do que quando estavam uivando. Senti-me paralisado pelo medo. É apenas quando um homem se vê face a face com tais terrores que ele pode entender seu verdadeiro significado.

Todos juntos, os lobos começaram a uivar, como se a lua tivesse algum efeito peculiar sobre eles. Os cavalos empinavam, desesperados, revirando os olhos de maneira angustiante, mas o círculo vivo do terror os cercava por todos os lados e eles tinham de ficar dentro dele. Gritei, chamando o cocheiro, compreendendo que a única solução seria tentar quebrar o círculo dos lobos para ajudá-lo a se aproximar. Comecei a gritar e bater com as mãos na lateral externa da carruagem, na esperança de assustar os lobos que estavam daquele lado e dar ao cocheiro uma oportunidade de regressar ao seu assento.

Não sei como ele chegou lá, mas o fato é que ouvi sua voz se erguer em um tom imperativo, e olhando para a direção de onde partia o som, eu o vi de pé na estrada. Agitou os braços, como que afastando algum obstáculo invisível, e os lobos recuaram. Naquele momento, uma pesada nuvem obscureceu a face da lua, e as trevas voltaram a reinar.

Quando consegui enxergar de novo, o cocheiro estava entrando na carruagem, e os lobos tinham desaparecido. Foi tão estranho que um pavor inenarrável tomou conta de mim e tive medo até de falar ou de me mexer. O tempo parecia interminável quando retomamos nosso caminho, agora na quase completa escuridão, com as nuvens que passavam escondendo a lua. Continuamos a subir, descendo às vezes, mas quase sempre subindo. De repente, notei que o cocheiro estava fazendo os cavalos entrarem no pátio de um vasto castelo em ruínas. Não vinha um só raio de luz das janelas do castelo e as ameias destruídas formavam uma linha denteada contra o céu.

CAPÍTULO II

O Castelo do Conde

DIÁRIO DE JONATHAN HARKER

(continuação)

5 de maio. Creio que adormeci, afinal, se estivesse inteiramente acordado, teria notado a aproximação de um lugar tão notável. Na penumbra, o pátio parecia muito grande e vários caminhos escuros davam para ele, sob grandes arcos arredondados, que talvez parecessem maiores do que na realidade eram. Ainda não consegui ver o pátio à luz do dia.

Quando a carruagem parou, o cocheiro saltou e me ajudou a descer. De novo não pude deixar de notar sua força prodigiosa. A mão dele parecia uma prensa de aço, capaz de esmagar a minha se quisesse. Em seguida, tirou minha bagagem e a colocou no chão ao meu lado, diante de uma grande e velha porta crivada com pregos de ferro, colocada em um umbral de pedras imensas. Mesmo na penumbra, dava para ver que as pedras eram altamente entalhadas, mas os entalhes estavam bem desgastados pelos anos e pela intempérie. Subindo de novo para a carruagem, o cocheiro sacudiu as rédeas. Os animais partiram e a caleça desapareceu em uma das passagens sombrias.

Permaneci parado e em silêncio onde estava, sem saber o que fazer. Não havia sinal de campainha ou aldrava, e não parecia provável que minha voz pudesse penetrar aquelas paredes e janelas escuras. Tive a impressão de ter esperado infinitamente, com dúvidas e temores que cresciam dentro de mim. Que lugar era aquele em que fui parar? Que tipos de pessoas viviam ali? Em que aventura sinistra havia embarcado?

Seria esse um incidente comum na vida de um advogado assistente que tinha de explicar a um estrangeiro sobre a compra de uma propriedade em Londres? Assistente! Mina não gostaria de me ouvir falando assim. Advogado, porque, pouco antes de sair de Londres, fiquei sabendo que tinha passado nos exames que fiz, e eu sou agora plenamente um advogado. Tive de me beliscar e esfregar os olhos para ver se estava acordado. Aquilo tudo me parecia um pesadelo horrível e esperava acordar de repente, em minha casa, com a madrugada penetrando lentamente pelas janelas, como sempre acontecia depois de um dia exaustivo de trabalho. Mas minha pele reagiu ao teste do beliscão e meus olhos não me iludiam. Estava realmente acordado, nos Cárpatos. A única coisa que me restava era ter paciência e esperar pelo amanhecer.

Exatamente quando chegava a essa conclusão, ouvi, por trás da porta, passos pesados que se aproximavam. Vi, pelas frestas, o clarão de uma luz em minha direção. Ouvi o som de correntes batendo e de uma tranca de ferrolhos maciços sendo puxada. Uma chave girou na fechadura, com um rangido característico do longo desuso, e a pesada porta se abriu.

No lado de dentro, estava de pé um velho alto, barbeado e com um longo bigode branco, vestido de preto da cabeça aos pés. Trazia na mão um velho lampião de prata, cuja chama ardia livremente, sem qualquer cúpula, e lançava nas paredes enormes sombras frementes, e o fogo tremeluzia com a corrente de ar da porta aberta. Com a mão direita, o velho fez um sinal para que eu entrasse. Foi cordial, falando excelente inglês, mas com uma entonação estranha:

— Seja bem-vindo à minha casa! Entre por livre e espontânea vontade!

Não fez menção alguma de avançar para vir ao meu encontro e ficou imóvel como uma estátua, como se seu gesto de boas-vindas o tivesse petrificado. Contudo, assim que entrei, ele adiantou-se, impulsivamente, e apertou minha mão com uma força que me fez recuar, o que foi atenuado pelo fato de sua mão ser fria como gelo, mais parecendo a mão de um homem morto.

— Seja bem-vindo à minha casa — disse de novo. — Entre por livre e espontânea vontade. Saia são e salvo e deixe aqui um pouco da felicidade que traz!

A força com que apertou a minha mão era semelhante à que eu havia notado no cocheiro, cujo rosto não vira, e, por um momento, imaginei se os dois não seriam a mesma pessoa. Para me assegurar, perguntei:

— Conde Drácula?

— Sou Drácula — respondeu ele com uma mesura cordial. — E desejo-lhe boas-vindas à minha casa, Sr. Harker. Entre. A noite está fria e o senhor deve estar precisando comer e descansar.

Enquanto falava, colocou o lampião em um nicho da parede e, antes que eu pudesse impedir, pegou minha bagagem. Protestei, mas ele insistiu:

— O senhor é meu hóspede. Já é tarde e meus criados não estão disponíveis. Deixe que eu mesmo cuido do seu conforto.

Fez questão de levar minhas bagagens por um corredor e depois por uma grande escada caracol, e em seguida por mais outro grande corredor. Nossos passos ecoaram ruidosamente pelo piso de pedra. Por fim, o conde abriu uma pesada porta e regozijei-me ao ver uma sala bem-iluminada, com uma mesa posta para a ceia e uma majestosa lareira em que crepitava um fogo recém-alimentado.

O conde parou, depositou minha bagagem no chão, fechou a porta e, atravessando o cômodo, abriu outra porta, que dava para uma pequena sala octogonal, iluminada por um simples lampião e que parecia não ter janela alguma. Caminhando através dela, abriu outra porta e fez sinal para que eu entrasse. A vista era agradável: tratava-se de um grande quarto bem-iluminado e aquecido por outra lareira cujas toras haviam sido acrescentadas recentemente, pois emitiam um rugido seco pela chaminé, denotando estarem frescas. O próprio conde colocou ali minha bagagem e se retirou, dizendo antes de fechar a porta:

— O senhor deve querer, depois da viagem, se refrescar, fazendo sua toalete. Espero que encontre tudo que deseja. Quando terminar, dirija-se ao cômodo ao lado, onde encontrará a ceia preparada.

A luz, o calor e a cortês recepção do conde pareciam ter acabado com as minhas dúvidas e receios. Voltando ao meu estado normal, percebi que estava faminto. Então, depois de fazer uma toalete rápida, fui para o outro aposento.

Encontrei a ceia servida. Meu anfitrião, que estava em pé junto à lareira, mostrou a mesa com um gesto cortês, e disse:

— Peço-lhe que se sente e ceie à vontade. Espero que me desculpe por não lhe fazer companhia, mas já jantei e não costumo cear.

Entreguei a ele a carta lacrada que o Sr. Hawkins havia enviado por mim. Ele a abriu e leu com cautela; depois, sorrindo amavelmente, entregou a carta a mim para que eu a lesse também. Pelo menos um trecho dela trouxe-me grande prazer:

Lamento que uma crise de gota, enfermidade que me ataca com frequência, impeça-me, em absoluto, de qualquer viagem por certo tempo vindouro, mas tenho o prazer de comunicar que posso enviar um substituto plenamente capaz, no qual deposito total confiança. É um jovem cheio de energia e talento, dono de fiel disposição. É discreto, fala pouco e amadureceu trabalhando comigo. Estará à sua disposição para ajudá-lo no que o senhor desejar durante a estada dele e obedecerá a suas instruções a respeito de todos os assuntos.

O próprio conde tirou a tampa de uma travessa e eu ataquei imediatamente um excelente frango assado. A carne de frango, acompanhada de queijo, salada e uma garrafa de um velho Tokaji[8], do qual tomei duas taças, constituiu minha ceia. Enquanto comia, o conde me fez muitas perguntas sobre a viagem e contei-lhe todos os pormenores do que tinha experienciado.

Quando acabei de cear, cedendo ao desejo de meu anfitrião, sentei-me em uma poltrona junto ao fogo e pus-me a fumar um charuto que me ofereceu, ao mesmo tempo que ele se desculpava pelo fato de não fumar. Tive, então, oportunidade de observá-lo e achei sua fisionomia altamente expressiva.

Era um rosto muito forte, aquilino, seu fino nariz tinha uma proeminente glabela e narinas dilatadas, arqueadas de forma peculiar, testa ampla e abaulada, a cabeleira já rareava nas têmporas, mas era muito abundante no resto da cabeça. Sua sobrancelhas eram muito espessas, unindo-se quase uma à outra sobre o nariz. A boca, pelo que pude ver sob o grosso bigode, era firme e dura, parecendo até cruel, com alvos dentes particularmente pontiagudos projetando-se entre os lábios, cuja cor escarlate demonstrava extraordinária vitalidade para a

8. Tokaji é a denominação dada por vinhos produzidos na húngara região vinícola de Tokaj-Hegyalja. (N. E.)

idade. No mais, as orelhas eram pálidas e muito pontudas, o queixo largo e forte e a face firme, embora magra. O que mais impressionava, no entanto, era a extraordinária palidez.

Até ali, só tinha notado o dorso das mãos dele que, quando postas sobre os joelhos à luz do fogo, pareciam ser brancas e finas. Mas, vendo-as mais de perto, pude notar que eram bem ásperas, largas, com dedos curtos e gordos. Por mais estranho que pareça, as palmas das mãos tinham pelos no centro. As unhas eram compridas e finas, cortadas em pontas afiadas. Quando o conde se inclinou sobre mim e tocou-me com suas mãos, não pude conter um tremor. Talvez tenha sido por causa do mau hálito, mas o fato é que senti uma horrível sensação de náusea, e não pude disfarçar, por mais que tentasse. Ficou evidente que o conde percebeu, e recuou. Com uma espécie de sorriso sombrio, que me permitiu ver melhor os protuberantes dentes, sentou-se novamente do outro lado da lareira. Ficamos em silêncio durante algum tempo. Ao olhar na direção da janela, vi a primeira faixa pálida que anunciava a aurora. Parecia haver uma estranha quietude sobre tudo, mas, prestando mais atenção, distingui lá embaixo, no vale, os uivos de muitos lobos.

— Ouça-os, os filhos da noite — disse o conde com um brilho no olhar. — Que música fazem!

E, notando, sem dúvida, meu estranhamento, acrescentou:

— Os senhores, habitantes da cidade, não conseguem compreender os sentimentos de um caçador.

Levantou-se e disse:

— Mas o senhor deve estar cansado. Seu quarto já está arrumado e amanhã poderá dormir até a hora que quiser. Estarei ausente durante toda a tarde. Durma bem e tenha bons sonhos!

E, com uma mesura cortês, abriu a porta do aposento octogonal para mim e entrei em meu quarto.

Sinto-me dentro de um mar de assombro. Duvido, tenho medo, penso coisas estranhas que não me atrevo a confessar nem a mim mesmo. Deus me proteja, ao menos para o bem daqueles que amo!

7 de maio — Descansei bastante nas últimas vinte e quatro horas e uma nova manhã começou. Dormi até tarde e ninguém me acordou.

Depois, vesti-me, dirigi-me à sala em que havia ceado e encontrei uma refeição fria, mas o café ainda quente, pois a cafeteira estava colocada sobre a lareira. Em cima da mesa, havia um cartão, que dizia:

Precisei me ausentar por um momento.
Não espere por mim. — D.

Ataquei a farta refeição e, quando estava saciado, procurei o sino, a fim de chamar os criados para retirarem a mesa, mas não encontrei nenhum. Havia, naquela casa, algumas estranhas anomalias que eram contraditórias às provas de riqueza que a cercavam. A louça era de ouro e tão bem trabalhada que devia ter um imenso valor. As cortinas e os estofados das poltronas, dos sofás e o dossel da minha cama possuíam os tecidos mais caros e belos. Em sua fabricação devem ter custado uma exorbitância, pois eram centenários, apesar de estarem em excelente estado. Vi algo semelhante em Hampton Court, mas os tecidos estavam gastos, esgarçados e comidos por traças. Em nenhum dos aposentos, nem mesmo no meu toucador, havia um espelho e tive de usar o espelhinho que havia trazido em minha mala para me barbear ou pentear os cabelos. Ainda não tinha visto um criado ou ouvido qualquer ruído no castelo, a não ser o uivo dos lobos.

Um pouco depois, ao terminar a refeição, que não sei se devo chamar de café da manhã ou jantar, pois eram cinco ou seis da tarde, procurei alguma coisa para ler. Não queria andar pelo castelo sem pedir licença ao conde. Não havia livro, jornal e nem mesmo material para escrever naquela sala. Abri a porta do quarto e encontrei uma espécie de biblioteca. No lado oposto, tentei abrir outra porta, mas estava trancada.

Na biblioteca, senti-me satisfeito ao encontrar muitos livros ingleses. Havia prateleiras inteiras cheias deles e volumes encadernados de jornais. No centro, havia uma mesa repleta de revistas e jornais londrinos, nenhum deles, contudo, possuía data recente. Os livros eram sobre assuntos variados — história, geografia, política, economia política, botânica, geologia, direito — todos relacionados à Inglaterra e à vida, aos hábitos e aos costumes ingleses. Havia até mesmo obras de referência, como a Lista de Endereços de Londres, os livros "Vermelho" e "Azul", o Almanaque Whitaker, as listas do Exército e da Marinha e, o que, de certa forma, me deixou feliz, o diretório jurídico.

Enquanto estava examinando os livros, a porta se abriu e o conde entrou. Saudou-me cordialmente e disse:

— Estou satisfeito que tenha achado o caminho para cá. Tenho certeza de que há aqui muita coisa que o interessará. Estes companheiros — disse, apontando para os livros — têm sido bons amigos para mim e já há alguns anos, desde que tive a ideia de ir para Londres, dão-me muitas horas de prazer. Foi com eles que aprendi a conhecer sua grande Inglaterra. Conhecer Londres significa apaixonar-se por ela, e não vejo a hora de estar no meio do turbilhão da humanidade, compartilhar de sua vida, das suas transformações, de sua morte e tudo mais que ela pode oferecer. Mas, infelizmente, só conheço seu idioma pelos livros. Quero aprender a falá-lo com o senhor.

— Mas o senhor fala inglês perfeitamente, conde! — disse a ele.

— Agradeço, meu amigo, por tamanha lisonja, mas ainda me falta muita coisa. Receio estar no início da estrada que desejo percorrer. Na verdade, conheço a gramática e as palavras, mas ainda não sei como pronunciá-las.

— Na verdade, a sua pronúncia é perfeita.

— Nem tanto — respondeu ele. — Bem, sei que se fosse para Londres, todos ali perceberiam que sou estrangeiro. Isso não é suficiente para mim. Aqui sou nobre. Sou um boiardo[9]. Os plebeus me conhecem e sou seu senhor. Mas um estranho em uma terra estrangeira não é ninguém. Os homens não o conhecem e por isso não dão importância a ele. Ficarei contente de ser como os outros de maneira que, quando eu falar, ninguém pense "Aha! É um estrangeiro!". Tenho sido um senhor de autoridade há tanto tempo, continuaria ainda a ser um senhor, mas, pelo menos, não quero ter que me rebaixar perante alguém. O senhor não veio aqui somente como agente de meu amigo Peter Hawkins, de Exeter, para conversar comigo sobre minha nova propriedade em Londres. Você deve, creio eu, ficar comigo por algum tempo, e dessa maneira, conversando com o senhor, conseguirei adquirir o sotaque inglês. Corrija-me, mesmo os pequenos erros de pronúncia. Peço desculpas

9. Título nobiliárquico usado nos países eslavos para designar grandes proprietários de terra. (N. E.)

por ter estado fora tanto tempo, mas sei que perdoará quem tem tantos negócios importantes para tratar.

Claro que concordei e pedi-lhe permissão para frequentar aquele aposento quando eu quisesse.

— Sim, é claro. O senhor pode andar por todos os lugares que quiser no castelo, exceto, naturalmente, onde as portas estiverem trancadas. Há um motivo para as coisas estarem como estão. Se você pudesse ver com meus olhos e tivesse meu conhecimento, talvez pudesse ter uma compreensão melhor — demonstrei ter certeza do que ele dizia e ele continuou. — Não se esqueça de que estamos na Transilvânia. Os costumes aqui são diferentes dos da Inglaterra e o senhor aqui poderá ver muitas coisas incomuns. Pelo que me contou sobre as experiências vividas até agora, já teve uma amostra das estranhezas que pode aqui haver.

Era evidente que estava disposto a conversar e fiz muitas perguntas relativas a fatos que tinham acontecido comigo ou que eu havia percebido. Às vezes, ele fugia do assunto, fingindo não compreender, mas, em geral, respondia com muita franqueza. Tornei-me mais audacioso e perguntei o que significavam as coisas estranhas vistas no dia anterior, como, por exemplo, o fato do cocheiro ter se dirigido aos lugares em que apareciam as chamas azuis. Ele me explicou que as pessoas acreditavam que em determinada noite do ano, a noite anterior, no caso, os espíritos malignos supostamente estariam à solta. Uma chama azul seria avistada em qualquer lugar em que houvesse um tesouro enterrado.

— De que há tesouros escondidos — respondeu ele — nesta região, não há dúvida; o solo foi disputado, durante muitos séculos, pelos valáquios, saxões e turcos. Ora, existem poucos palmos desta terra que não tenham sido regados com o sangue dos homens, sejam eles patriotas ou invasores. Antigamente, houve tempos de agitação quando os austríacos e húngaros invadiram o país em hordas, e os patriotas saíram para enfrentá-los. Homens e mulheres, idosos e crianças esperavam por eles nas rochas sobre os desfiladeiros a fim de causar avalanches artificiais para destruí-los. Quando o invasor triunfou, pouca coisa encontrou, pois, o que havia para roubar foi soterrado.

— Mas como esses tesouros ficaram tanto tempo escondidos, mesmo sendo tão fácil procurá-los? — indaguei.

O conde sorriu, seus lábios se repuxaram sobre suas gengivas, deixando à mostra os caninos compridos e afiados, e respondeu:

— Porque os camponeses são medrosos e tolos. Essas chamas só aparecem em determinada noite e, nessa noite, ninguém da região tem coragem de sair de casa. Meu caro amigo, mesmo que a pessoa saísse, não saberia o que fazer. Até o camponês mencionado por você, que marcou o local da chama, não saberia onde procurá-lo à luz do dia. Nem mesmo você, sou capaz de jurar, seria capaz de encontrar esses locais novamente, certo?

— Com certeza — concordei. — Sei tão pouco quanto os mortos sobre onde procurar.

Então mudamos de assunto.

— Mas falemos sobre Londres e minha futura residência.

Pedindo desculpas pelo meu descuido, fui até meu quarto para pegar os documentos em minha mala. Enquanto os organizava, ouvi barulho de porcelana e prata no outro aposento e, quando voltei, notei que a mesa havia sido tirada e que a lâmpada estava apagada, pois estava completamente escuro. Os lampiões estavam acesos na biblioteca e encontrei o conde, deitado no sofá, lendo o Guia Bradshaw[10] da Inglaterra.

No momento em que entrei, ele tirou da mesa os livros e papéis e começamos a discutir planos, dados e algarismos de todo o tipo. Ele estava interessado em tudo e fez uma infinidade de perguntas sobre o lugar e os arredores. Era óbvio que havia estudado muito o assunto e tinha mais informações do que eu mesmo. Quando comentei isso, ele retrucou:

— Ora, meu amigo, não acha fundamental que seja assim? Quando eu estiver lá, meu amigo Harker Jonathan... não, desculpe-me, ainda peco nesse hábito local de dizer o sobrenome primeiro... meu amigo Jonathan Harker não estará mais ao meu lado para dar-me todas as informações que necessito, pois, sem dúvida, estará em Exeter, a quilômetros de distância, provavelmente cuidando dos documentos jurídicos, ao lado de meu outro amigo, Peter Hawkins. Então...

---

10. O guia Bradshaw era uma tabela contendo todos os horários dos comboios de passageiros da Grã-Bretanha. Foi impresso de 1839 a 1961. (N. E.)

Passamos a tratar dos detalhes da aquisição da propriedade de Purfleet. Depois que dei ao conde as explicações, ele assinou os papéis necessários, e para acompanhá-los, escrevi uma carta ao Sr. Hawkins a ser postada assim que possível. Indagou-me como foi que tinha descoberto uma propriedade tão de acordo com seus requisitos. Li, então, para ele, minhas anotações que reproduzo aqui:

Em Purfleet, em uma das travessas, descobri uma propriedade que me pareceu adequada. Havia uma placa antiga anunciando sua venda. É cercada por um muro alto de pedras que há muitos anos não recebe conserto algum. Os portões são de carvalho e ferro corroído pela ferrugem. A propriedade chama-se Carfax, uma corruptela do antigo Quatre Face[II], em menção às suas quatro fachadas, posicionadas de acordo com os pontos cardeais. A propriedade deve ter uns nove hectares, cercados inteiramente pelo muro que já mencionei. Há muitas árvores que tornam o lugar sombrio, e há um tanque ou um pequeno lago profundo e escuro, evidentemente alimentado por alguma nascente, uma vez que a água flui para um córrego de bom tamanho. A casa é bem ampla. Creio que data dos tempos medievais, pois uma parte é feita de pedra extremamente espessa, com poucas janelas muito altas e fortemente protegidas por barras de ferro. Parece ter sido parte de um forte, e fica próxima a uma antiga capela ou igreja. Não deu para entrar na capela, que estava sem a chave da porta, mas tirei algumas fotografias de diversos ângulos com minha câmera. A casa foi ampliada ao longo do tempo, mas de uma forma tão confusa que não dá para calcular a extensão total que ocupa no terreno, porém deve ser bem grande. Existem poucas casas nas proximidades, uma das propriedades da vizinhança foi construída recentemente e transformada em um manicômio privado. Não dá, no entanto, para avistá-la da propriedade.

II. Quatro Faces em Francês. (N. E.)

Quando terminei minha leitura, o conde disse:

— Estou satisfeito em saber que se trata de uma casa grande e velha. Pertenço a uma família antiga e para mim seria a morte ter que morar em uma casa nova. Uma casa não se torna um lar de um dia para o outro e é preciso vários dias para compor um século. Estou satisfeito também por saber que há uma capela. Nós, nobres transilvanos, achamos que nossos ossos não devem jazer entre os mortos plebeus. Não estou procurando lazer ou distração, nem o prazer radiante do sol ou o brilho cintilante das águas que agradam os mais jovens e alegres. Não sou mais um jovem, e meu coração, após pesados anos lamentando pelos mortos, não está mais acostumado aos divertimentos. Os muros do meu castelo também estão destruídos. As sombras são tantas, o vento frio sopra por entre as ameias e os caixilhos quebrados. Adoro a penumbra, a sombra e ficar só com meus pensamentos quando eu posso.

Contudo, tive a sensação de que sua expressão não estava em sintonia com as palavras que dizia, ou melhor, que suas expressões acrescentavam ao sorriso algo malévolo e sombrio.

Logo em seguida, desculpou-se e saiu, pedindo-me para arrumar todos os papéis. Passei a examinar alguns livros e um deles tratava-se de um atlas, que se abriu como que por acaso exatamente no mapa da Inglaterra. Tive a impressão que aquelas páginas haviam sido folheadas com bastante frequência. Prestando mais atenção, vi que havia três localidades com um pequeno círculo feito a tinta. Notei que uma delas era a leste de Londres, especificamente onde ficava a nova proprieade do conde. As duas outras eram em Exeter e Whitby, na costa de Yorkshire.

Passara-se quase uma hora até que o conde retornasse.

— Ainda com os livros? — indagou. — Muito bem! Mas não deve trabalhar demais. Venha! Fui informado de que a ceia está pronta.

Tomou meu braço e levou-me à sala ao lado onde a mesa estava posta. Mais uma vez, o conde desculpou-se por não me fazer companhia, pois tinha jantado fora de casa. Contudo, conversou comigo enquanto eu comia, como fizera no dia anterior. Depois da ceia, fumei, também como na noite anterior, e o conde ficou perto de mim, conversando e fazendo perguntas sobre os mais variados assuntos durante horas seguidas. Percebi que estava ficando bem tarde, mas não mencionei nada, pois achava que era minha obrigação satisfazer as vontades do meu anfitrião de todas as formas possíveis. Eu estava sem sono, pois o longo descanso no decorrer do dia havia me restabelecido. Mesmo assim, não pude deixar de sentir aquele arrepio que costuma vir quando a manhã se aproxima, que é, à sua maneira, uma virada de maré. Dizem que pessoas que estão próximas da morte morrem à chegada do amanhecer ou quando a maré vira. Qualquer pessoa cansada demais, porém presa às obrigações, pode experimentar essa mudança e acreditar nisso. De repente, ouvimos o cantar de um galo, que cortou com uma sobrenatural estridência o ar calmo da madrugada. O conde deu um sobressalto e exclamou:

— Ora, eis aí o amanhecer novamente! Não devia tê-lo feito ficar acordado até essa hora. O senhor deve tornar menos interessante sua conversa sobre minha nova pátria, a Inglaterra, para que eu não me esqueça de que o tempo voa.

E, com uma mesura cordial, retirou-se.

Fui para o meu quarto e abri as cortinas, mas havia pouca coisa para apreciar. A janela dava para o pátio e a única coisa que conseguia ver era a aurora cinzenta. Assim, tornei a fechar as cortinas e me sentei para escrever estas anotações.

8 de maio — Tive receio de que estas notas ficassem cheias de rodeios e detalhadas demais, mas agora sinto-me satisfeito por ter anotado tudo minuciosamente desde o princípio, pois há algo tão estranho no castelo que não posso deixar de sentir certa inquietude. Queria estar bem longe dele, ou mesmo nunca ter entrado aqui. Talvez essa estranha existência noturna esteja me afetando. Mas quem dera que fosse apenas isso! Se pelo menos eu tivesse alguém para conversar! Só tenho o conde com quem conversar e ele a mim! Receio ser a única alma vivente neste castelo. Serei prosaico em relação aos fatos. Isso me ajudará a suportar a situação e a evitar que a imaginação comprometa o racional. Se isso acontecer, estou perdido. Deixe-me contar de uma vez minha situação atual — ou como parece estar.

Dormi apenas algumas horas. Quando fui para cama, vendo que não conseguiria dormir mais, levantei-me. Pendurei na janela meu espelhinho de barbear e estava começando a fazer a barba, quando subitamente senti que me seguravam pelo ombro e ouvi a voz do conde dizendo:

— Bom dia.

Fiquei surpreso, pois me intrigara o fato de não o ter visto entrar, mesmo tendo todo o aposento atrás de mim refletido no espelhinho. Ao ser surpreendido, cortei-me ligeiramente com a navalha, mas nem percebi a princípio. Tendo respondido à saudação do conde, tornei a olhar para o espelho para me certificar de que não estava enganado. Dessa vez, não havia dúvida, pois o homem estava ao meu lado e dava para vê-lo por cima de meus ombros. Mas sua imagem não estava refletida no espelho! Todo o quarto, por trás de mim, aparecia no espelho, mas não havia sinal de homem algum, a não ser eu mesmo.

Isso foi apavorante e, somando-se a tantas outras coisas, aumentava a inquietação que eu sempre sentia perto do conde. Contudo, naquele momento, vi que o corte sangrara um pouco e o sangue escorria pelo meu queixo. Abaixei a navalha e virei-me, procurando alguma coisa para estancar o sangue. Quando o conde olhou para o meu rosto, seus olhos chamejaram com uma fúria demoníaca e, subitamente, ele estendeu as mãos para agarrar meu pescoço. Recuei por instinto e sua mão tocou o rosário que prendia o crucifixo. A mudança de comportamento do conde foi imediata e sua fúria passou tão depressa que mal pude acreditar no que acabara de ocorrer.

— Tome cuidado — disse ele. — Tome cuidado para não se cortar É mais perigoso do que pensa nestas redondezas.

Depois, agarrando o espelhinho prosseguiu:

— Foi este maldito objeto o causador de tudo! É um ridículo instrumento da vaidade humana. Livre-se disso!

Abrindo a pesada janela, atirou o espelho que se fez em mil pedaços nas pedras do pátio lá embaixo. Depois, retirou-se sem dizer nada. Foi muito desagradável, pois agora não sei como farei a barba, a não ser que a caixa do meu relógio ou o fundo da tigela de barbear, ambos de metal, sirvam de espelho.

Quando cheguei à sala de jantar, a refeição matinal estava pronta, mas não consegui encontrar o conde em lugar algum. Comi sozinho. É estranho ainda não ter visto o conde comer ou beber. Deve ser um homem bem peculiar! Terminada minha refeição, decidi andar um pouco pelo castelo. Desci a escada e encontrei um aposento cuja vista apontava para o sul. A vista era magnífica e de onde eu estava havia toda a oportunidade de contemplá-la. O castelo fica à beira de um terrível precipício. Se uma pedra cair da janela, despencará por uns trezentos metros sem tocar coisa alguma! Até onde a vista podia alcançar, só havia as copas verdes das árvores, com um rochedo saliente de vez em quando. Por toda a parte, viam-se faixas prateadas de rios serpenteando pela floresta em ravinas profundas.

Não me sinto capaz de descrever belezas, pois, após verificar a paisagem, continuei a examinar o castelo. Portas e mais portas por toda a parte, e todas fechadas e trancadas. Não há qualquer saída além das janelas. O castelo é uma verdadeira prisão e eu sou seu prisioneiro!

CAPÍTULO III

As três irmãs

DIÁRIO DE JONATHAN HARKER
(continuação)

Quando me dei conta de que era um prisioneiro, senti uma irritação profunda. Corri, de cima a baixo, pelas escadas, tentando abrir todas as portas e verificando todas as janelas que encontrei. Tudo em vão. Depois de um tempo, senti que todos os meus esforços eram realmente inúteis. Quando voltei, depois de algumas horas, tive a impressão de haver enlouquecido, pois me comportei como um rato apanhado em uma ratoeira. Contudo, quando tive a certeza de que estava indefeso, sentei-me calmamente e comecei a refletir sobre o melhor que havia a se fazer.

Ainda estou refletindo e não cheguei a uma conclusão definitiva. Só tenho certeza de uma coisa: não devo permitir que o conde saiba o que estou pensando. Ele sabe muito bem que estou aprisionado. Foi ele mesmo que me prendeu e tem, sem dúvidas, seus próprios motivos para tê-lo feito; apenas iria me enganar se eu lhe revelasse os fatos. O que tenho a fazer é esconder meus próprios segredos e temores, ficando sempre de olhos bem abertos. Ou estou sendo enganado, como uma criança, pelos meus próprios medos, ou então estou em uma terrível enrascada. Se o segundo caso se confirmar, precisarei de toda a minha inteligência para sair dessa situação.

Mal cheguei a essa conclusão, ouvi o barulho da grande porta de baixo se fechar e percebi que o conde havia retornado. Ele não foi para a biblioteca de imediato, e, indo cautelosamente para o meu próprio quarto, encontrei-o arrumando a cama. Era estranho, mas confirmava as minhas suspeitas: não havia criados naquela casa. Quando, mais tarde, pela fresta da porta, vi o conde pondo a mesa da sala de jantar, não tive mais a menor dúvida. Aquilo era uma prova de que só havia uma pessoa no castelo, e, portanto, devia ter sido o próprio conde o cocheiro da carruagem que me conduziu àquele lugar.

Chegar a tal conclusão aterrorizou-me, pois, se assim for, pode-se dizer que o conde tem o poder de dominar os lobos, como fez na estrada, apenas levantando a mão em silêncio.

Por que toda aquela gente de Bistritz e da diligência tinha tido tanto medo por mim? O que significava o oferecimento do crucifixo, do alho, da rosa-silvestre e do freixo da montanha? Bendita seja a boa mulher que amarrou o crucifixo em meu pescoço! Tocá-lo traz-me força e confiança. É estranho que um objeto que fui ensinado a considerar, com desapreço, uma prova de idolatria, me proporcionasse ajuda em um período de solidão e de dificuldade. Dava-se isso porque haveria algo na própria essência do rosário ou porque ele seria um meio, uma ajuda tangível, de transmitir lembranças de empatia e de consolação? Mais tarde pensarei nessas questões para tentar chegar a uma conclusão. Por enquanto, preciso descobrir tudo que for possível sobre o conde Drácula, para que eu possa compreender melhor o que está se passando. De noite, talvez ele fale a respeito de si mesmo, se eu dirigir a conversa nesse sentido. Contudo, preciso ter cautela para não despertar suspeitas.

Meia-noite — Tive uma longa conversa com o conde. Fiz algumas perguntas sobre a história da Transilvânia e ele se entusiasmou com o assunto. Ao falar dos acontecimentos, especialmente das batalhas, parecia que ele realmente tinha presenciado tudo aquilo. Explicou-me depois, dizendo que, a um boiardo, o orgulho de sua casa e de seu nome é seu próprio orgulho, a glória e o destino desses são sua própria glória e destino. Quando se refere à sua casa, diz sempre "nós", e fala no plural majestático, como se fosse um rei. Queria poder transcrever tudo o que exatamente contou a mim, pois a forma como o fez deixou-me fascinado. Parecia que toda a história do país estava ali contida. Ele ficava mais animado à medida que falava e ia caminhando pela sala, passando a mão no bigode branco e segurando tudo o que vinha à mão como se fosse esmigalhar com a própria força. Tentarei transcrever uma das coisas que me contou sobre a história de seu povo com a maior riqueza de detalhes:

— Nós, os sículos, temos o direito de nos sentirmos orgulhosos, pois em nossas veias corre o sangue de muitas raças valentes que travaram lutas ferozes para a conquista. Aqui, neste local de raças europeias, a tribo úgrica trouxe da Islândia o espírito belicoso recebido por Thor e Odin e seus homens, os *berserkers*[12], que se lançaram com tanta gana nas praias da Europa, da África e da Ásia também, que os povos pensavam que eram lobisomens propriamente ditos. Também para cá vieram e encontraram os hunos, cuja fúria guerreira varrera a terra como uma lava vulcânica, até que os povos moribundos afirmassem ter nas veias o sangue das velhas feiticeiras que, expulsas da Cítia, acasalavam com demônios no deserto. Tolos, tolos! Que demônio ou bruxo foi tão grande quanto Átila, cujo sangue corre em nossas veias?

Ele ergueu seus braços e continuou:

— Por acaso é de se admirar que sejamos uma raça de conquistadores? Que nos orgulhemos? Que quando o magiar, o lombardo, o ávaro, o búlgaro e o turco alinharam-se aos milhares em nossas fronteiras, nós os fizemos recuar? Acaso foi estranho quando Arpad e suas legiões destruíram a terra húngara e nos encontraram aqui na fronteira? Que a *Honfoglalás*[13] foi concluída lá? E quando a invasão húngara avançou para o Oriente, fomos nós, os sículos, que foram considerados parentes pelos vitoriosos magiares. E a nós foi confiado por séculos o dever de guardar a fronteira, não, mais que isso, o dever sempiterno de vigiar a fronteira, pois, como dizem os turcos, "a água dorme, mas o inimigo não tem sono". Quem além de nós recebeu com mais deleite, dentre as quatro nações, a "espada sangrenta" ou que atendeu mais prontamente o chamado de guerra hasteando o estandarte do rei? Quando foi redimida aquela grande vergonha de minha nação, a vergonha de Kosovo, na qual as bandeiras dos valáquios e magiares se rebaixaram à bandeira do Crescente[14], quem, senão um homem de minha própria raça que, como

12. *Berserkers* eram guerreiros nórdicos ligados ao culto de Odin que lutavam arrebatados por um violento frenesi. (N. E.)

13. *Honfoglalás* é um termo em húngaro para a conquista da planície da Panônia. também chamada de bacia Cárpata, pelos húngaros. (N.E.)

14. Referência ao Império Otomano que tinha como símbolo uma lua crescente e uma estrela. (N. E.)

voivode[15], atravessou o Danúbio e derrotou os turcos em seu próprio terreno? Um Drácula, com certeza! Uma pena que seu indigno irmão, depois da derrota, vendeu seu povo aos turcos e trouxe a vergonha da escravidão sobre eles! Sim, foi esse Drácula quem inspirou o outro de sua raça, muito depois, que lançou suas forças pelo grande rio nas terras dos turcos. Quando foi abatido, voltou, e tornou a voltar muitas vezes, embora tivesse vindo sozinho do sangrento campo de batalha, onde suas tropas eram massacradas, pois sabia que, no fim, ele sozinho acabaria conquistando a vitória! Dizem que só pensava em si mesmo. Ignorantes! De que vale o povo sem líder? De que vale a guerra sem um cérebro e um coração para conduzi-la? Depois da batalha de Mohács, expulsamos o jugo húngaro, e nós, do sangue Drácula, estávamos entre os líderes, pois nosso espírito não admitiria o fato de não estarmos livres. Ah, meu jovem, os sículos, e os Drácula, como o sangue em seus corações, como seus cérebros e suas espadas, podem se gabar de feitos que povos breves como os Habsburgo e os Romanov jamais alcançarão. Os dias de conflito terminaram. O sangue é precioso demais nesses tempos de paz desonrosa e as glórias das grandes raças são apenas histórias que alguém conta.

Já estava quase amanhecendo quando fomos dormir. (Nota: este diário se parece horrivelmente com o começo de *As Mil e Uma Noites* e com as aparições do fantasma do pai de Hamlet, pois todas as conversas acabam ao cantar do galo.)[16]

12 de maio — Comecemos com os fatos — fatos simples, concretos, verificados por livros e cálculos, dos quais não há dúvida. Entretanto não os confundirei com experiências que necessitem das minhas observações ou lembranças. Ontem à noite, o conde veio ao meu quarto, fazendo perguntas referentes a assuntos judiciais e procedimentos em certos tipos de transações. Eu havia passado o dia dedicado exaustivamente aos livros e, simplesmente para manter a mente ocupada, comentei sobre alguns casos que havia examinado em Lincoln's Inn. Havia um

15. Título dado ao comandante militar em vários países eslávicos. (N. E.)

16. Referências ao livro *As Mil e Uma Noites,* em que a rainha Sherazade para de contar sua história a cada amanhecer na tentativa de permanecer viva; e *a Hamlet*, cujo fantasma do pai assassinado desaparece assim que o dia começa a clarear. (N. T.)

certo método nas perguntas do conde, então tentarei transcrevê-las na sequência. A informação talvez possa vir a ser útil em algum momento.

Quis saber, em primeiro lugar, se na Inglaterra é lícito uma pessoa ter dois ou mais advogados. Respondi-lhe que, quem quisesse, poderia ter até uma dúzia de advogados, mas que não era aconselhável ter mais de um empenhado numa transação, já que só poderiam agir um por vez, e que a mudança de um profissional para outro sem dúvida seria prejudicial aos seus interesses.

Ele pareceu entender completamente e em seguida perguntou se haveria alguma dificuldade de ordem prática em ter uma pessoa para atender aos seus interesses bancários, por exemplo, e outra para cuidar do transporte de seus pertences, no caso de haver necessidade, em lugar que não fosse o da residência do advogado bancário. Pedi-lhe para explicar melhor para não correr o risco de transmitir informações erradas, então ele disse:

— Exemplificarei. Nosso amigo comum, Sr. Peter Hawkins, que mora em Exeter, longe de Londres, compra para mim, pelo senhor, uma propriedade em Londres. Agora, deixe-me dizer, francamente, para que o senhor não ache estranho eu ter contratado os serviços de alguém que mora longe de Londres em vez de um profissional local: fiz isso, de fato, para que o único interesse a ser atendido fosse o meu. Uma vez que um advogado local talvez pudesse querer beneficiar a si próprio ou algum amigo, procurei um escritório fora de Londres, esperando que trabalhassem somente para atender os meus interesses. Agora, suponhamos que eu tenha muitos negócios e deseje, por exemplo, transportar mercadorias para Newcastle, Durham, Harwich ou Dover. Nesse caso, não seria mais conveniente que o trabalho fosse feito por alguém em um desses locais?

Respondi que sim, embora nós, advogados, tenhamos um sistema que prevê a transferência de um profissional da advocacia a outro, sendo possível realizar o serviço na cidade em questão sob ordens de qualquer advogado. Nesse caso, não seria necessário contratar senão um único profissional para cuidar de seus negócios, sem preocupações. Ao que ele indagou:

— Mas haveria a liberdade de atuar por conta própria, não é verdade?

— É claro — respondi. — Tal coisa é feita, frequentemente, por homens de negócios que não desejam compartilhar os detalhes de suas transações com terceiros.

— Ótimo! — disse ele, passando em seguida a fazer perguntas sobre as maneiras de ter suas exigências atendidas, expedir mercadorias e sobre os meios de se livrar de quaisquer dificuldades que pudessem surgir, evitando-as de antemão.

Expliquei todas as possibilidades da melhor forma que pude, e fiquei com a impressão de que ele seria um ótimo advogado, pois não havia nada que não tivesse pensado ou previsto com detalhes. Para alguém que nunca estivera na Inglaterra, e que pelo visto não estava acostumado a fazer muitos negócios internacionais, seu conhecimento e perspicácia eram magníficos. Quando ficou satisfeito com as respostas às suas perguntas — por mim verificadas da melhor forma que pude nos livros disponíveis — ele se levantou de repente e perguntou:

— O senhor escreveu, depois de sua primeira carta, ao nosso amigo, Sr. Peter Hawkins, ou a qualquer outra pessoa?

Foi com certa irritação que respondi que não. Eu não tivera ainda oportunidade de enviar cartas a quem quer que fosse.

— Pois então escreva agora, meu jovem amigo — disse ele. — Escreva ao nosso amigo e a qualquer outra pessoa e diga, se quiser, que vai ficar comigo durante mais um mês, a contar de hoje.

— Quer que eu fique tanto tempo? — perguntei, sentindo um frio no coração só de pensar na ideia.

— Desejo muito e não aceitarei nenhuma recusa. Quando seu patrão concordou em enviar uma pessoa em seu lugar, ficou combinado que seriam levados em consideração os meus interesses. Sem restrições. Não é mesmo?

Tive que concordar. Afinal de contas, eu estava ali representando os interesses do Sr. Hawkins e não os meus. Precisava pensar nele, não em mim. Além disso, enquanto falava, o conde Drácula deu a entender, pelo olhar, que eu era seu prisioneiro e tinha de fazer o que ele quisesse. O conde viu sua vitória em minha mesura e seu domínio diante da preocupação expressa em meu rosto, e começou a se valer disso na mesma hora, mas de maneira suave e irresistível:

— Peço-lhe, meu amigo — prosseguiu —, que só fale de negócios em suas cartas. Sem dúvida, seus amigos ficarão satisfeitos sabendo que o senhor vai bem e que anseia tê-los em sua companhia quando retornar para casa, não é mesmo?

Enquanto falava, o conde me passou três folhas de papel e três envelopes. Os materiais eram todos extremamente finos. Olhei para as folhas, depois para o conde, e notei o seu sorriso sereno, com os caninos afiados sobressaindo-se sobre o lábio vermelho. Entendi que era como se ele estivesse falando em voz alta que eu deveria tomar cuidado com o que iria escrever, pois ele leria tudo. Resolvi enviar apenas bilhetes formais por enquanto, mas quero compor uma carta mais longa ao Sr. Hawkins e para Mina, em segredo, e para ela poderia escrever em taquigrafia, o que despistaria o conde caso a descobrisse.

Ao terminar minhas duas cartas, sentei-me tranquilamente, lendo um livro, enquanto o conde redigia as próprias correspondências, consultando diversas obras sobre a mesa enquanto escrevia. Por fim, pegou minhas duas cartas, juntou às suas, e pôs de lado os papéis em que escrevia. No momento em que a porta fechou atrás dele, inclinei-me sobre as cartas viradas para baixo na mesa e as examinei. Não tive nenhum pudor ao lê-las, pois em tais circunstâncias sentia que precisava me proteger de todas as maneiras possíveis.

Uma delas era para Samuel F. Billington, no número 7 da The Crescent, Whitby, outra a *Herr* Leutner, em Varna, a terceira para o Coutts & Co., Londres, e a quarta aos *Herren* Klopstock e Billreuth, banqueiros, Budapeste. A segunda e a quarta não estavam seladas. Estava prestes a ler quando percebi que a maçaneta se movia. Voltei para o meu assento a tempo apenas de continuar a folhear meu livro, antes que o conde entrasse na sala, trazendo na mão ainda outra carta. Ele pegou os envelopes da mesa, selou-os cuidadosamente e anunciou, virando-se para mim:

— Espero que me desculpe, mas tenho muita coisa que fazer hoje à noite. Espero que encontre tudo o que desejar.

Chegando à porta, voltou-se para me advertir após uma pausa:

— Quero avisá-lo, meu jovem amigo, que, se sair destes aposentos, não deve, de modo algum, dormir em outra parte do castelo. É muito antigo e as pessoas que nele dormirem sem prudência terão maus sonhos. Considere-se avisado! Se tiver sono, volte para seu próprio quarto, ou para esses aposentos, aqui ficará em segurança. Mas se não tiver cuidado...

Ele interrompeu a fala de modo grotesco, mexendo as mãos como se as estivesse lavando. Compreendi a insinuação perfeitamente, mas duvidava que pudesse haver pesadelo pior que o mistério que me rodeava.

Mais tarde — Confirmo o que escrevi, mas agora não resta mais dúvida alguma. Não terei receio de dormir em qualquer lugar onde ele não esteja. Coloquei o crucifixo na cabeceira da minha cama, imaginando afastar os pesadelos, e lá ele ficará.

Quando o conde saiu, fui para meu quarto. Um tempo depois, como tudo estava em silêncio, saí e dirigi-me à escada de pedra, de onde podia olhar para o sul. Senti uma certa liberdade ao olhar para a imensidão do lado de fora, embora me fosse inacessível, em comparação com a estreiteza e a escuridão do pátio. Diante da vista, senti que estava mesmo em uma prisão e desejei respirar ar puro, mesmo em plena noite. Começo a sentir os efeitos da existência noturna. Está destruindo meus nervos. Assusto-me com minha própria sombra e os pensamentos mais horríveis me dominam. Deus sabe que há fundamento em meu medo aterrorizante aqui nesse lugar amaldiçoado!

Fiquei olhando a bela paisagem, banhada pelo luar levemente amarelado, até quase amanhecer. Sob a luz suave, as montanhas distantes pareciam estar derretendo e as sombras nos vales e as ravinas ganhavam uma negrura aveludada. A beleza tão pura pareceu me animar. Sentia paz e conforto a cada respiração. Debruçando-me na janela, meus olhos notaram algo se movendo no andar de baixo, um pouco à esquerda. Pela posição dos aposentos, supus que o local indicava exatamente as janelas do quarto do conde. A janela em que eu estava era alta e profunda, dividida ao meio por uma coluna de pedra que, embora mostrasse as marcas do tempo, ainda estava inteira, com exceção de seu caixilho. Afastei-me do parapeito e olhei para fora atentamente.

O que eu vi foi a cabeça do conde se projetando para fora da janela. Não vi o rosto, mas o reconheci pela nuca e pelo movimento das costas e dos braços. De qualquer forma, também não podia me enganar com aquelas mãos, que observei em tantas oportunidades. A princípio, eu estava interessado e um tanto distraído, afinal, qualquer coisa serve para distrair um prisioneiro. Mas meus sentimentos transformaram-se em repulsa quando vi todo o corpo do conde emergir da janela e descer, vagarosamente, rastejando pela parede rumo ao abismo sinistro lá embaixo. Ele estava de cabeça para baixo, com a capa agitando-se ao vento, pairando no ar como asas enormes e negras. Não acreditei no que via a princípio. Pensei que fosse uma ilusão causada pelo luar, alguma fantasmagoria bizarra suscitada pelas sombras. Mas, com meu olhar atento, não havia dúvidas. Os dedos dos pés e das mãos agarravam-se aos cantos das pedras da parede, cuja argamassa estava gasta pela erosão dos anos, e então usando toda a proeminência e iniquidade descia com certa velocidade, parecendo uma lagartixa.

Que espécie de homem era aquele, ou melhor, que criatura semelhante a um homem era aquela? Receio que o pavor sentido por aquele lugar horrível me enlouqueceria e não haveria meio de escapar dali. Estou apavorado e não tenho como fugir. Sinto-me tão horrorizado que não ouso pensar...

15 de maio — Outra vez vi o conde sair pela janela como um réptil. Desceu diagonalmente uns trinta metros e depois mais um pouco à esquerda. Ele desapareceu em alguma janela ou buraco. Quando não avistei mais sua cabeça, inclinei meu corpo para fora, procurando ter um ângulo de visão melhor, mas foi inútil, pois a distância era muito grande. Vi que tinha saído do castelo e resolvi aproveitar a oportunidade para procurar ver mais do que tinha me atrevido a ver até então. Voltei ao quarto e, pegando um lampião, experimentei todas as portas. Estavam trancadas, como esperado, e as fechaduras eram relativamente novas. Contudo, desci pela escada de pedra, chegando ao vestíbulo por onde entrei no castelo pela primeira vez.

Verifiquei que podia abrir facilmente os ferrolhos da porta e desprender as correntes, mas a porta estava trancada e a chave não estava por perto. Devia estar no quarto do conde. Preciso aproveitar alguma ocasião em que deixe a porta aberta para entrar lá, roubar a chave e fugir.

Continuei a examinar as várias escadas e corredores e tentei abrir as portas. Uma ou duas salas pequenas próximas ao saguão estavam abertas, mas não havia nada nelas, somente mobiliário antigo, gasto pelo tempo e devorado por traças. Contudo, finalmente encontrei uma porta no alto de uma escadaria que, embora parecesse trancada, cedeu levemente quando fiz força. Insisti e descobri que não estava realmente trancada, mas, sim, emperrada, pois as dobradiças haviam se soltado e deixaram a pesada porta apoiada no chão. Era uma oportunidade única, fiz mais força e, depois de muitas tentativas, consegui afastá-la o suficiente para entrar.

Estava agora em uma ala do castelo mais à direita que os aposentos que eu tinha visto, e um andar abaixo deles. Dava para ver pela janela que aqueles aposentos se situavam ao sul da propriedade, e as janelas do último abriam-se tanto para o oeste quanto para o sul. Um gigantesco precipício jazia sob ambos os lados. O castelo fora construído sobre um elevado rochedo, sendo impenetrável por três lados, cujas janelas eram grandes e fundas a fim de que arcos e canhões jamais conseguissem atingir o interior, mas garantissem luz e conforto, algo que não é possível em locais que precisam ser defendidos. A oeste, ficava um grande vale, e as colinas, erguiam-se ao longe, grandes cadeias de montanhas irregulares, com uma infinidade de picos e massivos rochedos juncados de freixos da montanha e espinheiros que se agarravam às fendas e rugosidades da rocha. Era evidente que aquela parte do castelo fora ocupada pelas damas nos velhos tempos, pois a mobília era mais confortável que nos aposentos vistos até então. As janelas não tinham cortinas, e o luar amarelado, que invadia as vidraças losangulares, permitia que se vissem até mesmo cores, ao mesmo tempo em que amenizava a poeira abundante que dominava o local e, de certa forma, disfarçava os estragos do tempo e das traças. Meu lampião parecia ter pouco efeito diante do luar brilhante, mas estava contente por tê-lo ali comigo, pois havia uma solidão tão horrorosa naquele lugar que esfriou meu coração e estremeceu meus nervos. Mesmo assim, era melhor do que ficar sozinho nos cômodos que passei a odiar devido à presença do conde. Após tentar controlar um pouco meus nervos, senti uma tranquilidade suave invadir meu ser.

Aqui estou, sentado junto à escrivaninha de carvalho — onde nos velhos tempos é bem possível que uma bela dama também tenha se sentado para escrever, com muito zelo e pudor, suas cartas de amor — ; taquigrafando em meu diário tudo o que aconteceu desde que o fechei pela última vez, no dia 12. É o século XIX atualizando à força a ancestralidade deste lugar. No entanto, a não ser que minha intuição esteja enganada, os séculos antigos possuíam, e ainda possuem, uma força própria que a simples "modernidade" não é capaz de destruir.

Mais tarde: manhã de 16 de maio — Deus conserve minha sanidade, pois é tudo que me resta. A segurança e a certeza de se estar protegido são coisas que ficaram no passado. Enquanto eu viver aqui minha única esperança é não enlouquecer, se é que eu já não esteja delirando. Mesmo ainda lúcido, é de fato enlouquecedor pensar em todas as coisas malignas que espreitam esse local pavoroso. O conde é o que menos me apavora e ele é o único a quem posso recorrer para me manter seguro, mesmo que seja apenas enquanto servir aos seus propósitos. Meu Deus do céu! Meu Deus misericordioso! Ajude-me a manter a calma, pois, sem ela não conseguirei evitar a loucura. Estou começando a ver sob nova ótica certas coisas que antes me intrigavam. Até agora nunca tinha conseguido entender completamente o que Shakespeare pretendia dizer ao fazer Hamlet dizer:

Minha lousa! Rápido, minha lousa!
Preciso registrar...[17]

Nesse momento, sentindo meu cérebro desorientado, ou como se eu tivesse perdido o juízo, recorro ao meu diário em busca de tranquilidade. O hábito de repassar com precisão os fatos deve me acalmar.

A misteriosa advertência do conde atemorizou-me quando foi feita e me atemoriza hoje mais ainda, pois, para o futuro, ele terá um terrível domínio sobre mim. Ficarei com medo até de duvidar de algo que ele possa dizer!

Depois que escrevi em meu diário e de, felizmente, ter colocado no bolso o caderno e a pena, senti sono. Lembrei-me da advertência do conde, mas senti certo prazer em desobedecê-la. Senti o cansaço vir, trazendo com ele a obstinação do sono. O luar me acalentava e a vastidão do horizonte lá fora trazia uma sensação de liberdade

17. Tradução do original de Hamlet, feita por Millôr Fernandes. (N. T.)

que me exaltava. Resolvi não voltar naquela noite aos aposentos sombrios, mas dormir aqui mesmo, onde certa vez as damas de outrora descansaram, cantaram e viveram docemente, ao mesmo tempo que sofriam no peito delicado a dor de terem seus homens em guerras distantes e impiedosas. Empurrei um grande sofá para um canto, de onde podia apreciar a bela vista para o sul e para o leste, e me preparei para dormir sem pensar nem me importar com a poeira. Creio que adormeci. Novamente, tenho a impressão de ter adormecido, mas tudo que se seguiu foi tão real que agora, em plena luz matinal, não consigo acreditar que foi um sonho.

Senti que não estava só. O aposento não se modificara absolutamente e eu podia ver, no próprio chão, iluminado pelo luar, as marcas que meus pés tinham deixado na poeira, iluminadas pela luz brilhante da lua. À minha frente, estavam três jovens mulheres. Presumi serem damas da nobreza pelas maneiras e modo de se trajarem. Pensei que fosse um sonho, porque embora o luar estivesse por trás delas, as sombras não apareciam no chão. Aproximaram-se de mim, olharam-me durante algum tempo e sussurraram algumas palavras umas para as outras. Duas eram morenas, com narizes aquilinos como o do conde, e grandes olhos escuros e vivos, que pareciam quase vermelhos em contraste com o pálido luar. A outra era extremamente branca, com espessos cabelos loiros e pálidos olhos cor de safira. Tive a impressão de conhecer aquele rosto, mas não pude me lembrar do local nem da ocasião. Todas as três tinham dentes extremamente brancos, que brilhavam como pérolas no meio do rubi dos lábios volumosos. Em seus lábios havia algo que me deixava inquieto. A sensação que provocavam em mim era estranha: desejo e pavor mortal ao mesmo tempo. Sentia uma vontade ardente que elas me beijassem com aqueles lábios vermelhos. Não devia escrever isso, pois algum dia Mina vai ler estas notas e sentirá ciúmes. Mas não posso mentir.

Depois de sussurrarem entre si, as três mulheres riram, o som das risadas era límpido e musical, mas havia algo tão forte em seu timbre que seria impossível ter sido feito por lábios humanos. O som parecia o intolerável tilintar doce de taças de vidro com água tocadas pelas mãos de um instrumentista habilidoso. A moça loira sacudiu a cabeça sensualmente e as duas outras a instigaram. Uma delas disse:

— Vá. Você primeiro e nós depois. Você tem o direito de começar.

— Ele é jovem e forte — acrescentou a outra moça. — Há beijos para nós todas.

Fiquei paralisado, olhando por entre pálpebras que quase se fechavam, sentindo a agonia de uma deliciosa expectativa. A moça loira foi adiante, deitou-se em cima de mim e pude sentir sua respiração. De certa forma, seu hálito era doce como o mel, e produzia o mesmo efeito em meus nervos que sua voz, porém com um amargor que superava a doçura. Era um amargor agressivo, similar ao sentido no cheiro de sangue.

Fiquei com medo de abrir os olhos, mas enxerguei perfeitamente. A moça ajoelhou-se, inclinando-se por cima de mim, e fiquei totalmente entregue àquele prazer maligno. Havia uma certa voluptuosidade que despertava excitação ao mesmo tempo que repulsa e, quando ela arqueou o pescoço, lambeu os lábios como se fosse um animal, revelando que sua boca estava úmida e que sua língua vermelha deslizava pelos dentes pontiagudos. Ela abaixou a cabeça ainda mais até sair do alcance dos meus lábios e do meu queixo, e parecia estar prestes a fechá-los em minha garganta. Subitamente parou e ouvi o som da língua dela deslizar pelos seus dentes e lábios, e o hálito quente em meu pescoço. Houve um formigamento na pele de minha garganta como acontece com a aproximação da mão que fará cócegas. Minha concentração voltou-se totalmente para o toque macio de seus lábios em meu pescoço hipersensível e em seus dois caninos pontiagudos, que somente me tocaram e fizeram uma pausa. Fechei os olhos em langoroso êxtase e esperei... esperei sentindo cada pulsar de meu coração.

Entretanto, naquele instante, a sensação mudou. Tive consciência da presença do conde e percebi que estava furioso. Abrindo os olhos involuntariamente, vi a forte mão agarrada ao pescoço da moça loira e com poder gigantesco puxou-a para trás, os olhos azuis da dama sobrepujados pela raiva, os dentes brancos à mostra mordendo colericamente, e as faces vermelhas ardendo de paixão. Mas o conde! Nunca imaginei tamanha fúria e ira, nem mesmo nos piores demônios. Vi que seus olhos chamuscavam. A luz vermelha neles era fulgurante, como se as chamas do fogo do inferno flamejassem por trás das órbitas. O rosto estampava uma palidez macabra, e as linhas de expressão estavam acentuadas, duras como cabos contraídos. As sobrancelhas espessas, que se uniam sobre o nariz, agora pareciam uma barra de metal flamejante. Com um movimento de força implacável, o conde atirou a mulher para longe e empurrou as demais para trás com um simples gesto. Foi o mesmo gesto imperioso que presenciei ser usado com os lobos. Com uma voz que, apesar de baixa, quase sussurrante, parecia cortar o ar e reverberava pela sala, ele as censurou:

— Como se atrevem a tocá-lo? Como se atreveram a pôr os olhos nele sabendo que estavam proibidas? Afastem-se, vocês todas! Este homem pertence a mim! Cuidado com a forma com que o tratam, ou terão de se ver comigo!

— Você jamais amou alguém! — exclamou a moça loira com uma gargalhada afetadamente áspera. — Você não sabe amar!

As outras a seguiram e gargalharam com tanta força que quase desmaiei ouvindo aquilo. Pareciam ser demoníacos risos de escárnio. O conde virou-se e, após olhar meu rosto atentamente, disse em voz baixa:

— Eu também sou capaz de amar. Vocês mesmas podem assegurar isso ao lembrarem-se do passado, não é mesmo? Agora, prometo que, quando não precisar mais dele, vocês poderão beijá-lo à vontade. Vão embora! Preciso acordá-lo. Há muito trabalho a fazer.

— E ficaremos sem nada para hoje? — perguntou uma das mulheres com um riso abafado, apontando para o saco que o conde atirara no meio da sala. O saco se movia como se houvesse um ser vivo lá dentro.

O conde fez um sinal com a cabeça em resposta. Uma das mulheres precipitou-se sobre o saco e o abriu. Se meus ouvidos não me enganaram, ouvi os suspiros e gemidos abafados de uma criança. Fechei os olhos horrorizado e, quando os abri, as mulheres tinham desaparecido com o horrível saco.

Não havia porta alguma perto delas, e não poderiam ter passado por mim sem que eu percebesse. Foi como se simplesmente tivessem sumido sob os raios do luar e saído pela janela. Na penumbra lá fora, vi por um momento as formas sombrias e imprecisas se distanciarem até desaparecerem completamente. Então o horror tomou conta de mim, perdi os sentidos e caí.

CAPÍTULO IV

As caixas de terra

DIÁRIO DE JONATHAN HARKER

(continuação)

Acordei em minha própria cama. Se não sonhei, o conde deve ter me trazido para cá. Procurei chegar a alguma conclusão sobre a situação, mas não obtive resultado satisfatório. Havia algumas pequenas provas de que eu não havia sonhado. Minhas roupas estavam dobradas de modo diferente do que costumo dobrá-las e meu relógio estava sem corda, embora rigorosamente tenha sempre o hábito de dar corda nele antes de ir dormir, entre tantos outros detalhes. Mas aquilo não era prova suficiente, poderia ser apenas uma evidência de que minha cabeça não anda bem e estou alterado por uma série de motivos. Preciso de provas. Uma coisa me deixou satisfeito: se o conde me trouxe para cá e tirou minha roupa, devia estar com pressa, pois não mexeu nos meus bolsos.

Tenho certeza de que esse diário seria um mistério que ele não autorizaria. Teria ficado com as anotações ou até destruído tudo. Contemplando o quarto, apesar de ter sido para mim cenário de tantos medos, vejo que é agora uma espécie de santuário, pois nada pode ser mais assustador do que aquelas mulheres horripilantes, que estavam — ou estão — apenas esperando para sugar meu sangue.

18 de maio — Novamente desci à luz do dia até aquela sala, pois preciso saber a verdade. Quando cheguei à porta no alto da escada, encontrei-a fechada pelo lado de dentro. Ela tinha sido recolocada com tamanha força que a madeira dos batentes estava lascada. Temo não ter sido um sonho e essa deverá ser a minha premissa para agir daqui em diante.

19 de maio — Estou enrascado, sem dúvida. Ontem à noite, o conde me pediu, todo cortês, que eu escrevesse três cartas, uma dizendo que meu trabalho aqui está quase pronto e que regressaria dentro de poucos dias. Outra dizendo que partiria no dia seguinte ao da carta, pela manhã, e a terceira dizendo que saí do castelo e cheguei a Bistritz. Na situação atual, seria loucura rebelar-me abertamente contra o conde. Estou sob o domínio dele e uma recusa poderia levantar suspeitas ou dar vazão a sua ira. O conde sabe que sei de muitas coisas e, por isso, não posso continuar vivo, pois represento um perigo para ele. Minha única esperança é ganhar tempo, esperando que surja uma oportunidade de fuga. Pode ser que algo venha a acontecer, dando-me chance de escapar. Percebo em seus olhos um pouco daquela fúria expressa no ataque à dama loira. Ele me disse que o correio nem sempre passava no castelo e que as minhas cartas deixariam meus amigos tranquilos. Disse-me veementemente que cancelaria as duas últimas cartas, interceptando-as em Bistritz, se minha estada no castelo se prolongasse por algum motivo. Contrariá-lo só traria novas desconfianças. Assim, fingi concordar e perguntei ao conde que datas deveria escrever nas cartas. Ele refletiu um pouco e disse:

— A primeira deve ser 12 de junho, a segunda 19 e a terceira 29 de junho.

Agora sei a extensão de minha vida. Deus me ajude!

28 de maio — Há uma possibilidade de fuga ou, pelo menos, de mandar notícias para a Inglaterra. Um grupo de ciganos[18] está acampado no pátio do castelo. São nativos da região, embora existam aliados espalhados pelo mundo. Há milhares deles na Hungria e na Transilvânia, e praticamente não vivem sob os preceitos da lei. Em geral, são associados a um grande nobre ou boiardo, passando a adotar o nome dele. Não têm medo nem religião, mas são supersticiosos e falam entre si com dialetos variantes da língua romani.

Vou escrever cartas e tentar fazer com que os ciganos as enviem pelo correio para mim. Já falei com eles pela janela do meu quarto. Foi uma forma de estabelecer contato e conhecimento. Eles tiraram os

18. *Szgany* no original, é uma palavra romena para designar os povos Romani, de hábitos, tradicionalmente, itinerantes.(N. E.)

chapéus, cumprimentaram-me e fizeram muitos sinais que não pude compreender, e também não entendi o que diziam...

Escrevi as cartas. A carta para Mina foi taquigrafada e outra mandei para o Sr. Hawkins, pedindo-lhe, apenas, que procurasse Mina, à qual expliquei a situação, mas sem contar os horrores que me cercam e que a deixariam morta de medo. Se as cartas não forem enviadas, o conde também não ficará sabendo o meu segredo e nem tudo o que descobri até agora...

Atirei as cartas pela janela, junto com uma moeda de ouro. Fiz sinais indicando que queria que fossem enviadas pelo correio. O homem que as pegou, apertou as cartas de encontro ao peito e curvou-se, tirando o chapéu. Era o máximo que eu podia fazer. Voltei apressadamente ao escritório e passei a ler. Já que o conde não apareceu, aproveitei para escrever estas linhas...

O conde entrou no aposento. Sentou-se perto de mim e disse, com absoluta calma, enquanto abria duas cartas:

— Os ciganos me entregaram duas cartas. Não sei de onde vieram, mas as enviarei com certeza. Veja! Uma é do senhor para meu amigo Peter Hawkins e a outra... — observou os símbolos estranhos ao abrir o envelope, fechou a cara e seus olhos brilharam de forma sinistra — A outra é uma... uma vilania, um ultraje à amizade e à hospitalidade! Bem, não está assinada, portanto, não nos importa.

Calmamente, atirou a carta e o envelope na chama da lareira. Depois, continuou a dizer:

— Naturalmente, enviarei a carta para Hawkins, uma vez que foi escrita pelo senhor. Suas cartas são sagradas para mim. Desculpe-me, abri o lacre inadvertidamente. Poderia fechá-la novamente?

Entregou-me a carta com toda a cortesia e não me restava outra coisa senão fazer o que me pedira, devolvendo-a em silêncio. Quando o conde saiu do aposento, ouvi o barulho da chave girando de leve na fechadura. Um minuto depois, tentei abrir a porta e vi que estava trancada.

Quando, uma ou duas horas depois, o conde voltou, entrando em silêncio, teve que me acordar, pois eu havia dormido no sofá. O conde parecia feliz ao perceber que eu havia adormecido durante sua ausência.

— Está cansado, meu amigo? — perguntou gentilmente. — Vá para a cama. Com certeza, lá poderá descansar melhor. Não posso ter o prazer de conversar hoje à noite, tenho muita coisa a fazer. Mas estou certo de que o senhor dormirá.

Fui para o meu quarto, deitei-me e, por mais estranho que pareça, dormi sem sonhar. Há calmaria no desespero.

31 de maio — Quando acordei, tive a ideia de tirar de minha mala papel e envelope e colocá-los no bolso a fim de escrever, se aparecesse alguma oportunidade, mas uma nova e desagradável surpresa me aguardava. Tinham desaparecido de minha mala todos os papéis em branco, assim como minhas anotações e todos os meus documentos, tudo que me seria útil ao conseguir sair do castelo. Também o terno com que viajara tinha desaparecido, assim como meu sobretudo. Não havia nem sinal deles. Isso pareceu-me um novo esquema maléfico...

17 de junho — Hoje pela manhã, quando estava sentado na cama, pensativo, ouvi o ruído de chicotadas e do galopar de cascos de cavalo no caminho que levava ao pátio. Corri para a janela e vi duas carroças, puxadas por oito cavalos cada uma, havendo um eslovaco junto delas, com seu chapéu característico, cinto largo cravejado de rebites, pele de ovelha suja e botas de cano alto. Em suas mãos havia compridos cajados. Corri para a porta pensando em descer e tentar alcançá-los pelo vestíbulo principal, pois o portão de entrada provavelmente estaria aberto. Talvez pudesse abrir a porta para mim. Mas mais uma decepção: minha porta estava fechada pelo lado de fora.

Corri para a janela e gritei para eles. Os homens olharam-me com expressão de ignorância e não atenderam ao chamado. O chefe dos ciganos apareceu naquele momento e disse algo que fez com que os demais rissem enquanto apontavam para a janela. A partir daquele momento sabia que nenhum esforço de minha parte, nenhum grito de piedade ou proposta agonizante faria com que sequer olhassem para mim. Convictos, me ignoraram de propósito.

As carroças possuíam enormes caixas quadradas e grossas alças de corda. Pela facilidade com que os eslovacos as carregavam e o som oco que faziam ao serem movidas bruscamente, era óbvio que estavam vazias. Após descarregá-las e empilhá-las em um canto do pátio, receberam um dinheiro do chefe dos ciganos e, cuspindo nas moedas para dar sorte, voltaram sem pressa para suas carroças. Pouco depois, ouvi o estalar dos chicotes sumir ao longe.

24 de junho, antes do amanhecer — Na noite passada, o conde se recolheu bem cedo, trancando-se no próprio quarto. Em seguida, enchendo-me de coragem, corri para a escada e olhei pela janela da ala sul. Pensei que veria o conde, pois sentia que alguma coisa estava acontecendo. Os ciganos estão hospedados em algum lugar do castelo, trabalhando em alguma coisa. Sei disso porque, de vez em quando, ouço um som abafado e distante como que de pás e picaretas. Seja o que for, deve ser a conclusão de alguma crueldade.

Fazia menos de meia hora que estava ali quando vi algo saindo pela janela do conde. Recuei, espreitando com toda atenção, e vi o corpo inteiro do homem rastejar para fora. Fiquei chocado ao descobrir que estava usando o meu terno de viagem e tinha pendurado no ombro aquele saco terrível que as mulheres tinham levado embora.

Não restava dúvidas do que pretendia, e com o meu terno! Então, esse era o novo esquema maléfico: fazer com que as pessoas me vissem, ou achassem que tivessem me visto, deixando assim uma prova de que eu tivesse ido às cidades ou aldeias postar minhas cartas. Dessa forma, qualquer maldade que ele viesse a fazer poderia ser atribuída a mim pelas pessoas da região. Irrita-me a ideia de que isso esteja acontecendo enquanto estou trancado aqui de forma impotente. Um verdadeiro prisioneiro, e sem a proteção da lei. Até criminosos têm esse direito que me é negado.

Achei que tivesse ouvido o conde chegar e permaneci sentado, contemplando a janela por um longo tempo. Naquele momento, prestei atenção em pequenas manchas estranhas que pairavam nos raios da lua. Pareciam pequenos grãos de pó que rodopiavam e formavam grupos, revoando como névoa. Senti-me aliviado e sereno ao observá-los. Acomodei-me recostado ao parapeito a fim de aproveitar ao máximo a visão das acrobacias aéreas.

Algo fez com que tivesse um sobressalto, um gemido baixo e agonizante de uivos caninos em algum ponto distante no vale, longe do meu alcance de visão. Pareciam ressoar em meus ouvidos cada vez mais alto. As nuvens flutuantes de pó tomaram novas formas com tal som e pareciam dançar à luz da lua. Senti como se me esforçasse para despertar para uma espécie de chamado dos meus instintos. Não, era a minha própria alma que lutava, e a minha sensibilidade, meio que esquecida, esforçava-se para responder àquele chamado. Estava sendo hipnotizado! A nuvem de pó dançava cada vez com mais velocidade. Os raios de luar pareciam tremer quando passavam por mim em direção à massa de trevas ao longe. A nuvem ficava cada vez mais unida até tomar obscuras formas fantasmagóricas. E então, retomei ao meu estado consciente e, plenamente desperto e em completa posse de minhas faculdades, saí dali correndo e gritando. Os espectros que se materializavam aos poucos sob o luar eram as três mulheres fantasmagóricas a quem eu estava condenado. Fugi e me senti um pouco mais seguro em meu próprio quarto. Lá eu não via a lua e o lampião brilhava com força.

Depois de algumas horas, escutei algo se movendo no quarto do conde, parecia um gemido agudo rapidamente sufocado. E então o silêncio voltou, um silêncio profundo e tenebroso que dava calafrios. Com o coração acelerado, girei a maçaneta, mas estava trancado em minha prisão, e não havia nada que pudesse mudar aquela situação. Simplesmente sentei-me e chorei, e foi então que ouvi um som vindo do pátio, um grito agoniado de mulher.

Corri para a janela e, abrindo-a, observei por entre as barras. Lá fora, havia de fato uma mulher de cabelos desgrenhados com as mãos no peito. Parecia estar cansada de tanto correr. Estava encostada na coluna do portão e, ao ver meu rosto na janela, aproximou-se e berrou com a voz repleta de ameaças:

— Monstro, devolva meu filho!

Caindo de joelhos, de braços para o alto, repetiu as mesmas palavras de um modo que me partiu o coração. Daí arrancou os cabelos e bateu no peito, entregando-se a todo tipo de violência e frenéticas emoções. Por fim, lançou-se para frente e, embora já não a pudesse ver, ouvi as batidas fortes de suas mãos enfurecidas na porta.

Em algum lugar acima de mim no castelo, provavelmente na torre, ouvi a voz do conde e emitiu um chamado áspero e metálico, que aparentemente foi respondido por uivos distantes e esparsos de lobos. Em poucos minutos, como se estivesse abrindo as comportas de uma eclusa, fez com que toda uma alcateia passasse pela larga entrada do pátio. Os gritos da mulher cessaram e o som dos lobos durou apenas um momento. Depois, saíram todos em fila, um por um, lambendo as presas. Não consegui lamentar sua morte, pois entendi o que havia acontecido ao bebê e, dessa forma, para ela, talvez fosse mesmo melhor morrer.

O que farei? Como será possível escapar de tamanha tortura? Como fugir dessa aterrorizante criatura da noite, das trevas e do pavor?

25 de junho, pela manhã — Só quem já sofreu durante a noite sabe como a aurora pode ser doce e desejada tanto ao coração quanto aos olhos. Quando o sol nasceu pela manhã, passando o topo do grande portão da entrada em frente à minha janela, foi como se ali houvesse pousado a pomba da arca[19]. Meu medo dissipou-se como se fosse uma veste vaporosa dissolvida no calor. Preciso tomar alguma atitude enquanto a coragem da luz do dia ainda tem algum controle sobre mim. Na noite passada, uma de minhas cartas datadas foi levada ao correio, a primeira da série fatal que vai acabar apagando da terra os últimos traços de minha existência. Não perderei tempo pensando nisso. Tenho que agir agora!

Percebi que era noite todas as vezes que fui atacado, ameaçado ou havia passado por algum perigo ou pavor. Ainda não tinha visto o conde à luz do dia. Será possível que ele dorme enquanto os outros estão acordados e que esteja acordado enquanto todos os demais dormem? Queria muito conseguir entrar no quarto dele! Mas sei que não existe a mínima chance. A porta está sempre trancada. É impossível entrar.

Bem, na verdade, há apenas uma forma de entrar, mas não sei se consigo me atrever. Será que outro corpo passaria por onde ele passou? Vi quando se arrastou pela janela. Será que conseguiria imitá-lo, chegando à sua janela da forma como ele mesmo faz? As probabilidades são mínimas de sucesso, mas minha situação é desesperadora demais. Arriscarei. O pior que pode acontecer é a morte. Mas a morte humana não é o fim como a de um animal; a temida Vida Após a Morte pode acalentar a minha alma. Que Deus me ajude! Adeus, Mina, caso eu falhe! Adeus, meu amigo e segundo pai! Adeus, a todos e, principalmente, à Mina!

---

19. Referência à pomba da Arca de Noé, solta para conferir se as águas do dilúvio haviam abaixado. (N. T.)

Mesmo dia, mais tarde — Deus me ajudou e voltei são e salvo ao meu quarto após minha tentativa. Preciso relatar todos os detalhes por ordem de acontecimentos. Tomado de coragem resolvi sair pela janela que dá para o sul e fiquei do lado de fora. Havia pedras grandes e irregulares, com a argamassa no meio delas desgastada pelas marcas do tempo. Tirei os sapatos e segui pelo perigoso caminho.

Durante o percurso, olhei para baixo apenas uma vez, somente para evitar que um relance acidental para o terrível abismo me desequilibrasse. Conhecia bem a direção e a distância da janela do quarto do conde e segui para lá da melhor forma que pude, aproveitando todas as oportunidades. Não senti tontura, acho que estava empolgado demais e o tempo pareceu passar tão depressa que logo me vi em pé no peitoril da janela, tentando abri-la. Quando consegui, olhei ao redor, procurando o conde, mas, com surpresa e alegria, fiz uma descoberta. O quarto estava vazio! Tinha pouca mobília e alguns objetos estranhos, que pareciam nunca terem sido usados. Os móveis eram semelhantes aos dos aposentos da ala sul e estavam cobertos de pó. Procurei pela chave, mas não a achei. A única coisa que encontrei foi um monte de moedas de ouro, de diversos países — romanas, britânicas, austríacas, húngaras, gregas e turcas — todas cobertas de poeira, de modo que pareciam estar ali há muito tempo. Nenhuma delas tinha menos de trezentos anos. Vi também correntes, enfeites e joias, mas tudo velho e com manchas.

Em um canto do quarto, havia uma porta pesada. Tentei abrir, pois já que não pude achar a chave da porta do quarto nem na porta do castelo, que era o meu principal objetivo, precisava continuar examinando para que meus esforços não fossem em vão. Abri-a e dava para um corredor de pedra que levava até uma íngreme e descendente escada caracol. Desci por ela, prestando atenção aos degraus, pois a única iluminação na escada vinha de algumas fendas na alvenaria. No fim da escada, havia outro corredor escuro, semelhante a um túnel, e senti um cheiro mortal de terra velha revirada recentemente. Conforme andava pelo corredor, mais forte o cheiro ficava. Finalmente, encontrei outra porta pesada entreaberta. Passei por ela e fui parar em uma capela arruinada, que evidentemente tinha sido usada como cemitério. O teto estava destruído e em dois locais distintos havia degraus que levavam a algumas sepulturas, mas dava para ver que o terreno tinha sido escavado há pouco tempo e a terra tinha sido colocada nas grandes caixas de madeira trazidas pelos eslovacos. Como não havia ninguém por lá, com calma tentei encontrar outra saída, mas não encontrei nenhuma. Então, examinei todos os cantos da capela, aproveitando a oportunidade. Procurei por toda a parte, até mesmo nas criptas sombrias, embora fazer isso causasse um profundo horror a minha alma. Em duas delas, havia apenas fragmentos de velhos caixões e poeira. Contudo, na terceira, fiz uma descoberta.

Havia cinquenta caixas grandes ao todo espalhadas pelo chão. Em uma delas, em um monte de terra recentemente escavada, estava o conde! Estava morto ou dormindo, não há como dizer, pois seus olhos estavam abertos e paralisados, mas sem o aspecto vítreo da morte e as faces expressavam o calor da vida, apesar da palidez. Os lábios estavam vermelhos como sempre. Entretanto, não havia sinal de movimento, de respiração, pulsação nem o coração batia. Debrucei-me sobre ele e tentei em vão procurar um sinal de vida. Ele não devia estar ali há muito tempo, pois o fedor da terra teria passado em algumas poucas horas. Ao lado da caixa estava a tampa, perfurada com alguns buracos, Resolvi ver se as chaves estavam com ele. Eu o encarei enquanto eu o revistava e reparei que seus olhos refletiam extremo ódio, mesmo estando inconsciente de minha presença. Saí depressa pelas escadas, saltei da janela do quarto do conde arrastei-me pela parede do castelo novamente. Chegando ao meu quarto, atirei-me na cama e tentei refletir sobre o ocorrido...

29 de junho — Hoje é a data de minha última carta, e o conde tomou todas as providências para que fosse verdade. Novamente o vi sair do castelo pela mesma janela, usando minhas roupas. Ao vê-lo descer pela parede como um réptil rastejante, quis ter um revólver, ou qualquer outra arma letal para poder destruí-lo. Contudo, não creio que qualquer arma feita por humanos tenha algum efeito sobre tal criatura. Não ousei esperar por sua volta, pois receava ver suas malditas irmãs mais uma vez. Fui para a biblioteca e li até adormecer.

Fui acordado pelo conde, que me encarava com tristeza profunda, e disse:

— Amanhã, meu amigo, devemos nos separar. O senhor regressará à Inglaterra. Eu tenho certo trabalho a fazer e, dependendo do desfecho, talvez nunca mais nos encontremos. Sua carta foi enviada. Não estarei mais aqui amanhã, mas tudo estará pronto para sua viagem. Pela manhã virão os ciganos, que têm de executar alguns trabalhos aqui, e alguns eslovacos. Quando tiverem partido, minha carruagem virá buscá-lo para levá-lo ao passo Borgo para tomar a diligência de Bucovina a Bistritz. Entretanto, espero vê-lo mais vezes no Castelo Drácula.

Desconfiei de suas palavras e resolvi testar sua sinceridade. Sinceridade! Parece ser uma profanação à palavra escrevê-la associada a tal monstro!

— Por que não posso partir hoje? — perguntei de súbito.

— Porque meu cocheiro e os cavalos não estão aqui.

— Mas eu poderia ir a pé. Quero ir embora de uma vez por todas.

O conde esboçou um sorriso tão suave, inteligente e diabólico que dava para imaginar que havia algum ardil por trás daquela simpatia.

— E sua bagagem? — retrucou.

— Não me importo. Posso mandar buscá-la depois.

O conde levantou-se, afirmando com suave cortesia que me fez até esfregar os olhos de tão verdadeira que parecia:

— Vocês ingleses têm um ditado que aprecio muito, pois o espírito é o mesmo que os dos nossos boiardos: "Boas-vindas na chegada, sem demoras na despedida." Venha comigo, meu caro jovem amigo. Você não vai ficar nem mais uma hora em minha casa contra a sua vontade, embora me entristeça a sua partida e o seu desejo repentino de deixar-me. Venha!

De forma solene, segurando o lampião, escoltou-me pela escada e ao longo do saguão. De repente, parou, exclamando:

— Ouça!

Pude ouvir o uivo de muitos lobos, que pareciam estar bem próximos. Era como se o som tivesse começado assim que o conde levantou a mão, como se fosse o condutor de uma orquestra regida pela sua batuta. Depois de uma breve pausa, ele aproximou-se da porta, com sua maneira imponente, puxou os maciços trincos, desprendeu as pesadas correntes e começou a abri-la.

Assombrado, vi que a porta não estava trancada. Contudo, olhei rapidamente em volta e não vi chave alguma. Mas, conforme se abria, o uivo dos lobos se tornava mais forte e feroz. Vi as mandíbulas vermelhas, os dentes protuberantes projetando-se pela fresta da porta, e as patas grossas saltando com suas garras.

Foi assim que tomei a consciência de que não adiantaria lutar contra o conde. Com aliados como aqueles sob seu domínio, não haveria nada que eu pudesse fazer. A porta continuou se abrindo lentamente, até que só havia o corpo do conde em pé impedindo a entrada dos lobos. Foi então que percebi que aquele poderia ser o momento e o método pelo qual ele se livraria de mim. Estava sendo entregue aos lobos, mediante minha própria solicitação. Havia uma crueldade diabólica naquela ideia que combinava com os métodos do conde, e, no último segundo, exclamei:

— Feche a porta! Esperarei até amanhã de manhã!

Cobri meu rosto com as mãos para esconder as lágrimas de frustração. Fazendo um gesto impetuoso com o braço, ele fechou a porta e as trancas fizeram um estrondo tão grande que seu som ecoou pelo saguão.

Voltamos em silêncio para a biblioteca. Em seguida, dirigi-me para o meu quarto. A última visão que tive do conde foi a de um beijo que ele me mandou com a mão; seus olhos brilhavam escarlates pela vitória obtida, seu sorriso causaria orgulho até mesmo a Judas no inferno.

Em meus aposentos, quando estava prestes a me deitar, tive a impressão de ouvir um sussurro junto à porta. Aproximei-me na ponta dos pés e ouvi a voz do conde:

— Voltem para o seu lugar! Sua ocasião ainda não chegou. Tenham paciência! A noite de hoje é minha. Amanhã será de vocês!

Houve uma risada baixa, zombeteira. Furioso, abri a porta e vi do lado de fora as três horríveis mulheres, lambendo os beiços. Vendo-me, soltaram uma gargalhada horripilante e fugiram.

Voltando ao quarto, caí de joelhos. Será que meu fim está tão próximo? Amanhã! Amanhã! Senhor, protegei-me e também aqueles que me querem bem!

30 de junho, pela manhã — Talvez essas sejam as últimas palavras que escrevo nesse diário. Acordei pouco antes da aurora e fiquei de joelhos, decidido a estar pronto a encarar a morte.

Finalmente, senti a sutil mudança no ar e notei que o dia havia nascido. Então veio o confortador canto dos galos e dei-me conta de que estava em segurança. Com ânimo, abri minha porta e corri até o saguão. Eu tinha visto a porta destrancada, portanto era possível ter esperança de fugir. Puxei os pesados ferrolhos e desprendi as correntes, mas a pesada porta não se moveu. O desespero tomou conta de mim. Eu puxei insistentemente e, sendo de dimensões massivas, apenas chocalhou no seu caixilho. Eu conseguia ver que a tranca estava fechada. Depois que me despedi do conde, ele deve ter trancado a porta.

Resolvi procurar a chave a todo custo. Decidi descer pela parede até o quarto do conde novamente. Ele poderia me matar, mas a morte agora me pareceu uma escolha feliz entre tantos males. Corri para a janela que ficava a leste sem demonstrar hesitação e escalei a parede até o quarto dele como já fizera antes.

O quarto estava vazio, como eu esperava. Não encontrei chave alguma, mas as moedas de ouro continuavam todas ali. Desci a escada em caracol que conduzia ao corredor subterrâneo e cheguei à capela, pois sabia onde encontrar aquele monstro agora. O grande caixote continuava em seu lugar, mas, dessa vez, com a tampa por cima. Não estava, no entanto, chumbada, pois os pregos apenas demarcavam a posição em que seriam martelados. Levantei-a, com cuidado, pois estava disposto a revistar os bolsos do conde em busca da chave de qualquer forma.

O que vi deixou-me aterrorizado. Era o conde mesmo, mas parecia mais jovem. Os cabelos e bigodes brancos tinham se tornado apenas um pouco grisalhos; as maçãs do rosto estavam cheias e a pálida pele mais enrubescida; a boca estava ainda mais vermelha que nunca; nos lábios, gotas de sangue fresco escorriam-lhe pelo canto da boxa e fluíam-lhe no queixo e no pescoço. Até os olhos profundos e fuzilantes pareciam ter sido postos ali por sobre a carne intumescida e as pálpebras e olheiras pareciam inchadas. Parecia que toda a criatura estava simplesmente preenchida com sangue. Lá estava ele, deitado como uma repulsiva sanguessuga, exaurido de tão farto banquete. Estremeci conforme me reclinava para tocá-lo e cada sensação que tive me remetia ao asco, mas eu tinha que procurar a chave ou seria o meu fim. Ao cair da noite, meu próprio corpo poderia igualmente servir de banquete àquelas mulheres pavorosas. Revirei todo o seu corpo em vão, pois não encontrei as chaves.

Desisti e parei para contemplar o conde. Parecia me olhar com um sorriso sarcástico e isso me tirava completamente do sério. Aquele era o ser que eu estava ajudando a levar para Londres, onde, talvez, durante os séculos vindouros, entre fervilhantes multidões saciaria sua sede de sangue e criaria um crescente círculo de semidemônios, que se desenvolveriam à custa dos indefesos. Enlouquecia só de imaginar e senti um desejo furioso de livrar o mundo de tal monstro. Não havia nenhuma arma letal à mão, mas agarrei a pá que os trabalhadores estavam usando para encher os caixotes e, erguendo-a bem alto, desferi um golpe, com a ponta da pá virada para baixo, no rosto horrendo. Mas, ao fazer isso, sua cabeça virou-se e seus olhos pareceram me fuzilar, com todo o seu fulgor de basilisco. Aquilo me deixou paralisado de horror e a pá, girando em minha mão, acertou de raspão a face do conde. Consegui apenas fazer um corte na testa dele. Depois, a pá escapou de minhas mãos, caindo de atravessado no caixote, e, enquanto eu a puxava de volta, a aba de metal enganchou-se na borda da tampa que despencou novamente por cima do caixote e o fechou, escondendo a cena horrorosa. A última visão que tive foi a de sua face túrgida, enodoada de sangue, lançando um sorriso maligno, que teria seu próprio lugar reservado no mais profundo inferno.

Pensei incessantemente em qual deveria ser meu próximo passo, mas meu cérebro parecia queimar por dentro e apenas esperava por algo, tamanho era o desespero que tomava conta de mim. Enquanto eu aguardava, ouvi a certa distância uma cantiga cigana sendo cantada por empolgadas vozes que se aproximavam. A música era permeada pelo ruído de rodas e pelo estalar de chicotes. Os ciganos e eslovacos, mencionados pelo conde, estavam chegando. Com uma última olhadela ao meu redor e à caixa em que estava o abominável corpo, corri para o quarto dele disposto a fugir quando a porta fosse aberta. Apurei os ouvidos e escutei a chave ranger lá embaixo e o ruído da grande porta que se abria. Tinha que haver mais uma entrada, ou então algum daqueles homens devia possuir a chave de uma das portas trancadas. Então surgiu um barulho de muitos passos marchando e desaparecendo rumo a alguma passagem, o que fez ressoar um eco metálico. Voltei de novo em direção à cripta para encontrar outra saída, mas naquele momento pareceu vir um sopro violento de vento e a porta da escada bateu com toda a força, fazendo esvoaçar a poeira dos dintéis. Ao tentar abri-la, vi que estava emperrada. Sou novamente prisioneiro e a condenação tecia suas teias no meu entorno.

Enquanto escrevo estas linhas, ouço passos no corredor embaixo junto com pesos sendo arrastados. Com certeza são os caixotes com os carregamentos de terra. Também escuto pancadas de martelo. Provavelmente é a caixa onde jaz o conde que está sendo pregada. Agora, ouço um passo pesado se afastar, caminhando pelo corredor, seguido de muitos outros mais lentos.

A porta foi fechada e ouvi o ruído da chave na fechadura, sendo retirada em seguida. Outras portas abriram e se fecharam também. Escuto o estalar de trancas e ferrolhos.

Ouço no pátio e nas pedras do calçamento o rolar das rodas pesadas, o estalo dos chicotes e o coro dos ciganos se afastando.

Estou sozinho no castelo com aquelas terríveis mulheres! Que ojeriza! Mina é mulher e não se parece nada com elas. São demônios das profundezas do inferno!

Não ficarei sozinho com elas. Tenho que tentar descer pelo muro do castelo ainda mais longe do que tentei até agora. Levarei um pouco das moedas de ouro comigo, posso precisar delas mais tarde. Talvez encontre uma forma de sair desse lugar horrendo.

Assim, conseguirei voltar para casa! Logo e no primeiro trem que vier! Longe desse maldito fim de mundo, dessa terra maligna em que o demônio e suas crias andam com pés humanos!

A misericórdia de Deus é melhor do que esses monstros e o precipício é profundo e íngreme. A seus pés, um homem pode encontrar repouso eterno — como homem. Adeus a todos! Mina!

CAPÍTULO V

PRETENDENTES

Carta da Srta. Mina Murray para Srta. Lucy Westenra

9 de maio

Minha querida Lucy,

Peço-lhe perdão por ter demorado tanto para escrever, mas estou simplesmente sobrecarregada de trabalho. A vida de uma professora assistente é, por vezes, muito trabalhosa. Estou ansiosa para estar com você, caminhar pela orla da praia, onde podemos falar livremente e perder-nos em devaneios. Tenho trabalhado muito ultimamente, porque quero me manter no ritmo de estudo de Jonathan, e também tenho praticado assiduamente taquigrafia, assim poderei ajudar Jonathan quando nos casarmos. Se eu puder estenografar bem o bastante, poderei anotar desse modo o que ele quiser dizer e depois passar a limpo na máquina de escrever, pois também tenho praticado datilografia com afinco. De vez em quando trocamos cartas estenografadas, e sei que ele também taquigrafa suas anotações de viagem. Quando estiver com você, escreverei um diário, também taquigrafado, que será ótimo para exercitar-me. Não me refiro àqueles diários de duas páginas por semana com um bloco espremido para o domingo, mas uma espécie de caderno de anotações em que poderei escrever sempre que tiver vontade. Creio que as pessoas não terão interesse nele, mas não escreverei para mostrar a outras pessoas. Talvez mostre a Jonathan algum dia, se houver algo que seja interessante de ser compartilhado. Tentarei fazer como os jornalistas. Entrevistarei, relatarei as descrições e tentarei me lembrar das conversas. Praticando bastante será possível me lembrar de tudo que vi e ouvi durante todo o dia. Vamos ver. Quando a encontrar, contarei todos os detalhes dos meus planos. Jonathan só me escreveu algumas linhas da Transilvânia. Está passando bem e regressará dentro de uma semana, mais ou menos. Estou ansiosa para ouvir todas as novidades que ele tem para contar. Deve ser tão bom conhecer países estrangeiros! Mas o relógio está batendo dez horas. Adeus.

Com amor,

Mina

Obs.: Conte-me tudo quando escrever. Há muito tempo que nada me conta. Ouvi certos boatos, em particular sobre um rapaz alto, moreno, de cabelos encaracolados...

Carta de Lucy Westenra para Mina Murray

Chatham Street, 17
Quarta-feira

Minha querida Mina,

Não tem razão em censurar-me tão injustamente por ser uma má correspondente. Já lhe escrevi duas vezes desde a última vez que nos vimos e, além de tudo, nada tenho para lhe contar. A vida na cidade segue de maneira muito agradável e temos ido bastante às galerias de arte e passeado no parque. Quanto ao rapaz alto, de cabelos encaracolados, creio que esteja se referindo ao que me acompanhou ao Concerto Popular. É claro que alguém anda espalhando boatos. Trata-se do Sr. Holmwood. Ele nos visita com frequência e se dá muito bem com mamãe, eles têm tanta coisa em comum. Conhecemos um rapaz que seria excelente para você, se já não fosse noiva do Jonathan. É um ótimo partido: bonito, rico e de boa família e, além disso, médico de muito futuro. Imagine! Tem apenas 29 anos e já dirige totalmente um imenso manicômio! O Sr. Holmwood apresentou-o a mim e ele veio nos fazer uma visita, e tem vindo muitas vezes depois. Creio que seja o homem mais resoluto que já vi e, no entanto, é muito calmo. Nada parece perturbá-lo. Imagino o maravilhoso poder que deve exercer sobre seus doentes. Tem o hábito curioso de encarar a gente bem nos olhos, parece estar querendo ler os pensamentos. Faz isso comigo o tempo todo, mas tenho muito orgulho de ser uma pessoa impenetrável. Sei disso, pois me olho no espelho. Você já tentou interpretar seu próprio rosto? Eu já, e considero um ótimo exercício. Mas, caso nunca tenha tentado, pode ser trabalhoso. Ele diz que eu represento um curioso estudo psicológico e, modéstia à parte, concordo com ele. Como você sabe, não me interesso muito por vestidos para poder lhe descrever a moda atual, mas não faz mal. Roupa é bobagem. Usei uma gíria novamente, mas não tem problema. Arthur diz isso todo dia. Aí está, disse tudo. Mina, nós sempre contamos nossos segredos uma à outra desde crianças. Já dormimos juntas, partilhamos refeições, rimos e choramos uma com a outra, mas, mesmo tendo lhe contado tantas coisas, agora quero lhe contar mais. Ó Mina, já não imagina? Eu o amo. Sinto-me envergonhada ao lhe escrever isto e, embora ache que me ame também, ele não se declarou a mim. Mas eu o amo, Mina, amo! Estou apaixonada! Pronto, fez bem colocar isso para fora. Queria estar com você, querida, sentada em frente à lareira, como fazíamos ao trocar de roupa, para contar-lhe como me sinto. Não sei como consegui escrever, mesmo que seja para você. Temo parar e rasgar a carta, mas não quero parar, pois quero lhe falar tudo. Escreva e me diga sua opinião o mais rápido possível. Pararei por aqui. Adeus, Mina. Reze por mim, reze pela minha felicidade.

Lucy

Obs.: Nem preciso dizer que isso é segredo. Boa noite mais uma vez.

L.

Carta de Lucy Westenra para Mina Murray

24 de maio

Minha querida Mina,

Muito obrigada mesmo pela sua amável carta. Foi tão agradável recebê-la! Foi tão bom poder dividir isso com você e saber que tenho seu apoio.

Minha querida, sabemos que depois da tempestade vem a bonança. Quão verdadeiros são esses provérbios antigos. Aqui estou eu, prestes a fazer vinte anos em setembro e nunca fora pedida em casamento, no entanto, só hoje fui pedida três vezes! Imagine! Três vezes, no mesmo dia. Tenho pena dos outros dois pobres coitados. Sinto-me tão feliz, Mina, que nem sei o que fazer! Três pedidos. Mas, pelo amor de Deus, não conte às outras moças, senão podem ter ideias erradas sobre isso e poderão se magoar caso não consigam ao menos seis propostas cada uma. Há moças tão fúteis! Eu e você, Mina, estamos noivas e podemos desprezar tal vaidade, logo nós seremos modestas mulheres casadas.

Bem, deixe-me falar sobre os três pedidos, mas, por favor, guarde este segredo de todas as pessoas, exceto ao Jonathan, é claro. Sei que vai contar a ele, pois eu, se estivesse em seu lugar, contaria tudo ao Arthur. A mulher deve contar tudo ao marido, você não concorda? Devo ser justa, pois os homens preferem que suas esposas sejam tão justas quanto eles. Mas, temo que nem sempre as mulheres são justas como deveriam ser. Bem, minha cara, vamos aos pedidos! O primeiro pretendente, que veio antes do almoço, é o Dr. John Seward, o médico e diretor que cuida do manicômio, sobre o qual já lhe falei. Tem maxilar forte e ampla testa. Por fora, demonstrava estar calmo, mas, na verdade, devia estar nervoso o tempo todo. Tinha, sem dúvida, ensaiado cada passo e cada detalhe, mas quase se sentou em cima de sua cartola, o que os homens em geral não fazem quando estão calmos, e ficou o tempo inteiro brincando com um bisturi, quase me fazendo dar um grito. Falou-me, Mina, muito diretamente. Contou-me que gostava muito de mim, embora me conhecesse tão pouco e, também, como seria sua vida comigo para auxiliá-lo e alegrá-lo. Estava prestes a dizer como ele seria infeliz caso eu não me interessasse por ele, mas, vendo-me chorar, exclamou que era um bruto e não iria me deixar ainda mais incomodada. Depois, perguntou-me se poderia amá-lo algum dia. Sacudi a cabeça negativamente e suas mãos ficaram trêmulas e, depois de hesitar um pouco, perguntou-me se eu gostava de outro. Ele fez uma boa escolha de palavras e disse que não queria arrancar uma confissão de mim, só queria saber, pois, enquanto o coração de uma mulher estivesse livre, um homem poderia ter esperança. Vi-me no dever de ser sincera com ele. Apenas lhe disse que havia alguém, e então ele se levantou, olhou-me fixa e solenemente e, tomando ambas as minhas mãos, desejou-me que fosse feliz e, se algum dia precisasse de um amigo, que poderia contar com ele. Não posso deixar de chorar, Mina, e até lhe peço desculpas por esta carta toda borrada. É muito bom receber um pedido de casamento, mas é desagradável demais ver um pobre homem, que a ama de verdade, ir embora de coração partido, e é pior ainda saber que, não importa o que seja dito naquele momento, ele sairá da sua vida. Minha querida, paro por aqui, pois me sinto muito mal, mesmo estando tão feliz!

Noite

Arthur acabou de sair e sinto-me muito melhor do que quando interrompi a carta, por isso continuarei a contar o que aconteceu durante o dia. O segundo pretendente apareceu depois do almoço. É um rapaz muito simpático, americano, do Texas, e parece tão jovem que custa a acreditar que tenha estado em tantos lugares e vivido tantas aventuras. Isso faz com que eu entenda Desdêmona após ter escutado um fluxo de perigos sendo narrados em seus ouvidos, mesmo que por um homem negro.[20] Eu acho que nós, mulheres, somos tão covardes que acreditamos que um homem nos libertará de todos os medos e, então, casamos com ele. Se eu fosse um homem e quisesse ser amado por uma garota, sei o que faria. Na verdade, não sei, pois o Sr. Morris me contou suas histórias, já Arthur nunca me contou nada e, mesmo assim... mas, minha querida, estou atropelando as histórias. Sim, estava sozinha quando Sr. Quincey P. Morris apareceu. Parece que os homens sempre aparecem quando estou sozinha, se bem que não, nem sempre, pois Arthur procurou por duas vezes criar a oportunidade e eu sempre o ajudei nessa iniciativa, o máximo que pude, não me envergonho de contar. Contudo, já lhe digo de antemão que o Sr. Morris nem sempre usa gírias, pelo menos nunca com estranhos ou com quem não conhece, mas notou que gosto de ouvi-lo dizer gírias americanas e sempre que estou presente e não há ninguém que possa se chocar, ele diz tais expressões engraçadas. No entanto, acho que ele as inventa, pois elas sempre se encaixam perfeitamente no que ele quer dizer. Sei que gírias são assim mesmo. Não sei se as usarei algum dia. Não sei se Arthur gosta, pois nunca o vi usando gírias. Mas, como ia dizendo, o Sr. Morris sentou-se

20. Referência a um trecho de Otelo, de Shakespeare. Otelo era um general mouro que ganhou o coração de Desdêmona, filha do senador Brabâncio de Veneza, após a narrativa de suas aventuras. (N. T.)

ao meu lado e me olhou da forma mais feliz que podia, porém notei seu nervosismo quando segurou a minha mão e disse tão docemente:

— Senhorita Lucy, não sou digno de atar os cadarços dos seus sapatos, mas, para encontrar um homem que seja digno da senhora, talvez tenha de esperar muito tempo e acabará unindo-se às sete mocinhas que seguram vela atrás de noivo.[21] Você não quer então atrelar sua égua à minha carroça e irmos os dois, estrada a fora, com dois cabrestos?

Parecia tão bem-humorado, que me foi muito menos difícil responder-lhe negativamente do que ao pobre Dr. Seward. Assim, disse-lhe, da forma mais despreocupada que consegui, que não sabia como atrelar nada e que ainda não me sentia pronta para um cabresto. Ele se desculpou dizendo que tentou falar de maneira mais descontraída, mas que se tivesse sido inoportuno em uma ocasião tão séria, que eu o perdoasse. E acabou, realmente, falando com uma seriedade que me contagiou. Eu sei, minha querida, que você vai me julgar pelo meu péssimo hábito de flertar — embora, nesse caso, não pudesse deixar de sentir certa exultação por ser o segundo pedido no mesmo dia. E então, cara Mina, antes que eu pudesse dizer qualquer coisa, ele começou a despejar uma enxurrada de galanteios e a lançar seu coração e alma aos meus pés. Foi tão sincero que nunca mais acreditarei que um homem brincalhão não pode ser levado a sério. Acho que ele notou algum obstáculo em meu rosto, pois parou de súbito e declarou com um fervor tão viril que eu percebi que poderia amá-lo caso não fosse comprometida.

— Lucy, sei que você tem bom coração. Se não acreditasse, do fundo da minha alma, que você está livre, eu não estaria falando com você como estou agora. Conte para mim, de amigo para amigo, há alguém que você ame? Pois, se existir, nunca mais perturbarei nem sequer um fio de cabelo seu, mas serei, com a sua permissão, um amigo muito fiel.

Querida Mina, como alguns homens podem ser tão grandiosos com mulheres que não são dignas deles? Eu estava aqui, quase zombando do enorme coração de um verdadeiro cavalheiro. Cai no choro. Creio, minha cara, que você pense que minha carta está piegas de tantas maneiras diferentes, mas eu realmente me senti muito mal. Por que

21. Referência à parábola das virgens sábias e das virgens tolas, presente em Mateus 25:1-10, no entanto, originalmente, eram dez virgens em vez de sete, como usada por Stoker. (N. T.)

uma garota não pode se casar com três pretendentes, ou com quantos quiser, evitando, assim, todo esse aborrecimento? Sei que estou falando uma heresia, nem deveria falar sobre isso. Estou feliz em dizer que, embora estivesse chorando, consegui olhar nos olhos corajosos do Sr. Morris, e lhe contei tudo abertamente:

— Sim, amo outra pessoa, mas ele ainda não declarou seu amor a mim.

Fiz bem em ter sido franca, pois seu rosto se iluminou, ele estendeu suas mãos e tomou as minhas, ou acho que eu mesma lhe dei as mãos, não me lembro, e me disse com muito pesar:

— Essa é a minha garota corajosa. Prefiro estar atrasado para uma chance de conquistá-la a estar adiantado com qualquer outra garota no mundo. Não chore, querida. Se for por mim, sou muito forte e não é qualquer golpe que me derrubará. Se esse outro rapaz não sabe a felicidade que tem, bem, é melhor que saiba logo, ou terá de se ver comigo. Minha querida menina, a sua sinceridade e a sua coragem ganharam a minha amizade, e isso é mais raro do que amor. De alguma forma é menos egoísta. Minha querida, vai ser um caminho solitário para mim daqui até o Juízo Final. Você não me concederia um beijo? Seria uma luz para afugentar a escuridão de vez em quando. Você sabe que pode, se quiser. Afinal, esse outro bom rapaz, e ele deve ser mesmo muito bom, um cavalheiro, ou você não o amaria, ainda não se declarou.

Aquilo me conquistou, Mina, pois foi ousado e doce da parte dele, e nobre também para um rival, não é mesmo? E estava tão triste que me inclinei e o beijei. Ele se levantou, segurando ambas as minhas mãos e, ao olhar para o meu rosto, creio que eu estava incrivelmente enrubescida, disse:

— Minha querida menina, seguro suas mãos após você ter me beijado, e se isso não nos torna amigos, nada mais nos tornará. Obrigado pela doce honestidade comigo, e adeus.

Ele apertou minha mão, pegou o chapéu, e foi embora sem olhar para trás, sem lágrima, sem tremor, sem nem sequer fazer uma pausa, e agora estou chorando feito um bebê. Ai, por que um homem como ele tem que sofrer tanto enquanto existem tantas garotas que adorariam até o chão pisado por ele? Sei que eu adoraria se estivesse desimpedida, só que não quero estar desimpedida. Minha cara, fiquei muito abalada, e não conseguirei escrever sobre minha felicidade agora, depois de ter lhe contado tudo isso. E não quero ainda falar do terceiro enquanto não estiver totalmente feliz. De quem sempre a adora,

Sua afetuosa amiga,

Lucy

Obs.: Não há necessidade de dizer o nome do terceiro, que você já deve ter adivinhado. E tudo aconteceu tão rápido e foi tão confuso! Quando me dei conta, eu já estava em seus braços e me beijava. Sinto-me transbordando de alegria e não sei o que fiz para merecer isso. Tudo que me resta no futuro é mostrar que não sou ingrata a Deus por me conceder tamanha bênção ao me enviar um companheiro, um marido e um amigo tão maravilhoso. Adeus.

DIÁRIO DO DR. SEWARD

(gravado em fonógrafo)

25 de maio — A maré vazante do meu coração levou embora meu apetite hoje. Não consigo comer nem descansar, então volto-me para os registros no diário. Depois da recusa que sofri ontem, sinto um grande vazio, parece não haver nada mais nesse mundo que valesse a pena fazer. Creio que o melhor remédio seja o trabalho. Escolhi um paciente que me promete ser um estudo muito interessante. Ele é muito peculiar e isso aumenta a minha determinação em compreendê-lo o máximo que puder. Acredito que hoje tenha conseguido chegar mais perto ainda do cerne de seu mistério.

Interroguei-o mais completamente do que eu já fizera alguma vez, para que pudesse entender melhor suas alucinações. Vejo agora que havia um pouco de crueldade no método que adotei anteriormente. Era como se quisesse mantê-lo na loucura, algo que evito com os pacientes como evitaria o próprio abismo no inferno. (Nota: em qual ocasião eu não evitaria o abismo do inferno?) *Omnia Romae venalia sunt.*[22] Até o inferno tem seu preço! *Verb. sap.*[23] É melhor começar logo, pois existe algo importante a ser decifrado nesse paciente, e pode ser que seja útil para reconstruir sua origem com acuidade.

R. M. Renfield, 59 anos. Temperamento sanguíneo[24], grande força física, animação patológica, períodos de depressão, terminando com alguma ideia fixa indistinta. Creio que o temperamento sanguíneo acabe resultando em atraso mental com a ajuda da influência perturbadora. É um homem potencialmente perigoso, provavelmente perigoso se não for egoísta. Os homens egoístas são menos perigosos por terem cuidado consigo mesmos e com seus inimigos. O que penso nesse momento é o seguinte: sendo o ego um ponto fixo, a força centrípeta equilibra-se com a centrífuga. Quando um dever ou uma causa são o ponto fixo, a centrífuga se sobressai, e apenas acidentes, ou uma série de acidentes, podem equilibrá-la.

Carta de Quincey P. Morris para o Ilmo. Arthur Holmwood

25 de maio

Meu caro Art,

Já contamos histórias à beira das fogueiras nas pradarias, já curamos as feridas um do outro após tentar desembarcar nas Ilhas Marquesas e brindamos à margem do lago Titicaca. Ainda há histórias a contar, feridas para curar e brindes a fazer. Por que você não vem amanhã à noite e faremos isso à luz da fogueira do meu acampamento? Não hesito em convidá-lo, pois sei que, amanhã, uma certa dama vai

22. "Tudo em Roma está à venda". Passagem adaptada por Stoker da obra *Bellum Iugurthinum* do escritor romano Salústio (86-34 a.C.). (N. T.)

23. Abreviatura de "*verbum satis sapienti*", que significa "uma palavra basta ao sábio". (N. T.)

24. Um dos quatro temperamentos segundo uma antiga tradição grega. O temperamento sanguíneo traz características negativas como impulsividade e explosividade. (N. E.)

estar ocupada com um jantar e você estará livre. Teremos apenas a companhia de outra pessoa, nosso velho amigo, Jack Seward[25]. Ele também virá para compartilharmos nossas mágoas em taças de vinho, e brindar ao homem mais feliz do mundo, que conquistou o coração mais nobre que Deus já fez, e o mais valioso de se conquistar. Prometemos calorosas boas-vindas, parabéns afetuosos e brindes tão verdadeiros quanto sua própria mão direita. Também juramos levá-lo para casa se você beber demais à saúde de um certo par de olhos. Venha!

Seu amigo, como sempre fui e serei,

Quincey P. Morris

Telegrama de Arthur Holmwood para Quincey P. Morris

26 DE MAIO

CONTE COMIGO SEMPRE. TENHO NOTÍCIAS QUE
O DEIXARÃO DE ORELHAS EM PÉ.
ART

25. Jack é um apelido inglês para John. (N. E.)

CAPÍTULO VI

SONAMBULISMO

DIÁRIO DE MINA MURRAY

24 de julho, Whitby — Lucy foi me esperar na estação e de lá fomos para a casa de sua família em Crescent, onde dividiremos o mesmo quarto.

É um lugar lindo. O rio Esk atravessa o vale, que vai se alargando à medida que se aproxima do porto. Um grande viaduto sustentado por pilastras altas atravessa a paisagem, e às vezes parece mais distante do que na verdade é. O vale possui um verde lindo e é tão íngreme que, quando se está no alto, enxerga-se perfeitamente o outro lado, a menos que se esteja perto o suficiente do precipício para olhar para baixo. As casas da cidade antiga, do lado oposto ao que estamos, possuem telhados avermelhados e parecem estar empilhadas umas sobre as outras, como aquelas gravuras que vemos de Nuremberg.

No alto da cidade fica a ruína da abadia de Whitby, saqueada pelos dinamarqueses no passado e que é cenário de parte do Marmion[26], em que a amante é emparedada viva. É uma ruína nobre, imensa e cheia de fragmentos bonitos e românticos. Existe uma lenda de que uma dama de branco aparece em uma das janelas. Entre a ruína e a cidade há outra igreja, a paróquia local, cercada por um grande cemitério, repleto de lápides. Para mim, é o lugar mais bonito de Whitby, pois fica bem no alto da cidade, e tem uma ampla vista do porto até o promontório denominado Kettleness, que se projeta sobre o mar. A encosta sobre o porto é tão íngreme que parte dela desabou e algumas lápides foram destruídas. Em um ponto, algumas delas se espalham pelo caminho de areia lá embaixo. O terreno da igreja tem umas trilhas com bancos em todo o percurso, e as pessoas passam o dia sentadas neles, contemplando

26. Espécie de romance histórico versificado escrito por Walter Scott publicada em 1808. (N. E.)

a vista admirável e sentindo a brisa. Eu mesma pretendo vir aqui para escrever sempre que puder. Na verdade, estou fazendo isso agora, com o caderno apoiado no joelho e ouvindo a conversa de três senhores idosos sentados ao meu lado. Parece que não fazem nada o dia inteiro além de se sentar para conversarem no cemitério.

O porto está logo abaixo, com um longo muro de granito avançando pelo mar na outra extremidade e uma curva aberta formando um quebra-mar, onde há um farol bem no meio. Entre o quebra-mar e o muro, fica a estreita entrada do porto, que então se alarga subitamente. É bonito na maré cheia, mas quando a maré abaixa não sobra nada, apenas o córrego do Esk, que atravessa bancos de areia, com rochas aqui e ali. Fora do porto, deste lado, há um grande arrecife de quase um quilômetro, começando logo atrás do farol sul. Ao final do arrecife, há uma boia com um sino, que soa quando o tempo está ruim e parece lançar sua lamentação ao vento. Outra lenda diz que os sinos tocam no mar quando um navio se perde. Preciso perguntar àquele senhor sobre isso. Ele está vindo para cá... e é bem peculiar. Deve ter muita idade, pois seu rosto é tão enrugado que parece o tronco de uma árvore. Disse que tem quase cem anos e que foi marinheiro de uma frota pesqueira na Groenlândia durante a época da batalha de Waterloo. Parece ser uma pessoa muito cética, pois, quando lhe perguntei sobre os sinos e a dama de branco da abadia, foi bastante brusco:

— Não me preocuparia com isso, senhorita. São coisas que já passaram. Veja bem, não digo que tais coisas nunca tenham existido, mas não são da minha época. Isso é conversa de forasteiro, de viajante, desse tipo de gente. Não é assunto para uma mocinha tão simpática como a senhorita. Esses turistas de York e Leeds, que só vêm aqui para comer peixe defumado, tomar chá e comprar azeviche mais barato, talvez acreditem. Não sei quem inventou essas mentiras para eles, nem os jornais caem nessa, e olha que os jornais estão cheios de bobagens.

Imaginei que ele seria uma ótima pessoa para me ensinar fatos interessantes e indaguei se poderia me contar sobre os tempos antigos em que havia caça às baleias. Então, ele estava prestes a começar a falar, mas, quando o relógio bateu seis horas, levantou-se com dificuldade e disse:

— Tenho que voltar para casa agora, senhorita. Minha neta não gosta de me esperar para o chá, porque demoro muito na escada. São muitos degraus e com certeza me atrasarei. Gosto de ter hora para comer.

Afastou-se mancando e pude vê-lo descer a escada o mais rápido que conseguia. A escadaria é uma característica do local. Vai da cidade à igreja e tem centenas de degraus, com uma discreta curva. A encosta é tão suave que dá até para passar a cavalo por lá. Creio que deve ter algo a ver originalmente com a abadia. Agora, devo ir para casa também. Lucy saiu para fazer umas visitas com sua mãe, mas eu não quis ir junto, pois eram apenas visitas formais. A essa hora, já devem ter retornado.

1º de agosto — Subi novamente ao cemitério com Lucy há uma hora e tivemos uma conversa muito interessante com meu velho amigo e outros dois que sempre costumam vir e acompanhá-lo. Ele se comporta como se fosse o Sr. Sabe-tudo dos outros dois, acho também que deve ter sido bem autoritário em seu tempo áureo. Não aceita nada como verdadeiro e caçoa de todos. Se sua argumentação não os convence, ameaça-os e considera o silêncio de seus companheiros como sinal de concordância com seu ponto de vista. Lucy estava linda com seu vestido de linho branco. Ganhou uma bela cor depois que chegou aqui. Percebi como os idosos não perdiam tempo em vir se sentar ao seu lado. Ela é tão amorosa com eles! Eu acho que eles todos se encantaram com ela logo de cara, até mesmo o meu velho amigo não pôde lhe resistir, não a contradizendo em momento algum; como consequência, passou a discordar de mim com veemência redobrada. Voltei ao assunto das lendas e ele começou logo um sermão. Tentarei lembrar do que disse e transcrever aqui:

— Isso não passa de bobagem. Pura, total e completa bobagem. É apenas isso e nada mais. Essas histórias de maldição, espíritos, aparições, cães demoníacos, duendes e tudo mais só servem para fazer crianças e mulheres que não têm nada na cabeça chorar. Não passam de fantasias. Isso e todos os presságios, sinais e avisos são invenção de vigários, espertalhões mal-intencionados e farsantes de estação de trem para assustar e confundir os desinformados, fazendo com que as pessoas façam coisas que não gostariam de fazer em circunstâncias diferentes. Fico furioso só de pensar. Ora, não contentes ao publicar mentiras nos jornais e pregá-las em seus púlpitos, insistem em gravá-las nas lápides. Olhe para qualquer lugar ao redor. Todas essas lápides, como cabeças erguidas para fora da terra tentando manter o orgulho, estão todas tortas e soltas com o peso das mentiras nelas escritas. Todas elas têm escrito "Aqui jaz o corpo" ou "Consagrado à memória", mas nem metade tem um corpo enterrado, e ninguém se importa com a memória, muito menos considera nada sagrado. É tudo mentira, não passa de mentiras! Meu Deus, que comoção vai ser o dia do Juízo Final quando eles vierem juntos, de mortalha, tentando arrastar as lápides para provar como foram bons. Alguns virão tremendo, apavorados, com as mãos tão enrugadas e escorregadias do tempo que ficaram no mar que não conseguirão sequer cerrar seus punhos ao redor delas.

Percebi, pelo ar de satisfação do senhor e o modo como olhou ao redor, buscando a aprovação dos colegas, que estava se exibindo para os demais. Para que ele pudesse continuar, afirmei:

— Ah, Sr. Swales, o senhor não pode estar falando sério. Creio que essas lápides não estejam todas erradas.

— Vai saber! Talvez algumas pobres coitadas estejam certas, exceto aquelas que retratam o defunto como bondoso demais, pois tem gente que vende gato por lebre, principalmente se for seu gato. Tudo não passa de mentiras! Veja só, senhorita. A senhorita vem aqui, forasteira, e olha esse adro...

Assenti, pois achei melhor concordar, embora não tivesse entendido exatamente o dialeto usado por ele. Sabia que tinha algo a ver com o cemitério da igreja. Ele continuou:

— E a senhorita acha que todas essas lápides são de pessoas mortas e enterradas aqui, como manda a tradição? — assenti novamente. — Pois bem, é aí que está a mentira. Ora, dezenas dessas tumbas estão vazias como a caixinha de rapé do velho Dun na sexta-feira à noite.

Ele cutucou um de seus companheiros e todos gargalharam.

— Meu Deus! Como podia ser diferente? Veja aquela ali, do outro lado da trilha. Leia!

Fui até lá e li:

— "Edward Spencelagh, comandante naval, assassinado por piratas na costa de Andres, em abril de 1854, aos trinta anos."

Quando voltei, o Sr. Swales disse:

— Quem trouxe ele para casa para enterrá-lo aqui? Assassinado na costa de Andres! E a senhorita acha que o corpo dele está aqui embaixo! Ora, posso citar uma dúzia de pessoas cujos ossos estão lá em cima, no mar da Groenlândia — ele disse, apontando em direção ao norte — ou em qualquer lugar em que as correntes os tenham carregado.

"E são essas lápides aí à sua volta. A senhorita pode, com seus olhos de moça, ler daqui a letra miúda dessas mentiras. Este Braithwaite Lowery, conheci o pai dele, morreu no Lively, perto da Groenlândia, em 1820. Andrew Woodhouse: morreu afogado no mesmo mar, em 1777; John Paxton: afogado na altura de cabo Farewell, no ano seguinte. E o velho John Rawlings, cujo avô navegou comigo, morreu afogado no golfo da Finlândia, em 1850.

"A senhorita acha que todos esses homens virão correndo para Whitby quando soarem as trombetas? Tenho as minhas dúvidas! Estou dizendo que, quando chegarem aqui, vão se amontoar, dando cotoveladas, e vai ser como as nossas brigas sobre o gelo nos velhos tempos, que duravam do raiar do dia ao anoitecer, quando tentávamos cuidar das feridas à luz da aurora boreal."

Claro que tudo não passava de uma piada local e o velho caiu na gargalhada, com seus companheiros unindo-se ao coro com toda vontade. Ponderei:

— O senhor não está com a razão, pois parte do pressuposto de que todas as pessoas, ou suas almas, terão que levar suas lápides consigo no dia do Juízo Final. O senhor acha mesmo que isso vai ser necessário?

— Para que mais servem as lápides? Responda-me isso, senhorita!

— Para consolar os parentes, creio eu.

— Para consolar os parentes, a senhorita crê! — ele repetiu zombeteiro. — Que consolo pode haver quando se sabe que essas lápides mentem e que todo mundo aqui também sabe que é mentira?

Ele apontou para uma lápide aos nossos pés que fora colocada no chão como uma espécie de lajota e sobre a qual nosso banco se apoiava, perto da beira do penhasco.

— Leia as mentiras dessa pedra — ordenou.

De onde eu estava, as letras ficavam de ponta-cabeça, mas Lucy, mais próxima da pedra, inclinou-se e leu:

— "Consagrada à memória de George Canon, que morreu na esperança da gloriosa ressurreição, no dia 29 de julho de 1873, ao cair das pedras de Kettleness. Esse túmulo foi construído por sua mãe, pesarosa pela perda de seu querido e amado filho. Ele era seu único filho, e ela era viúva."

— Sinceramente, Sr. Swales, não vejo nada de engraçado aqui! — comentou Lucy com severidade.

— Você não vê nada de engraçado! Há-há-há! Mas isso é porque a senhorita não sabe que a mãe pesarosa era uma megera que o odiava porque ele era aleijado, deformado, e detestava tanto a mãe que cometeu suicídio para que ela não recebesse o dinheiro do seguro que tinha feito para o filho. Estourou os miolos com uma espingarda que eles tinham para espantar corvos. E realmente a arma afugentou os corvos, mas lhe trouxe as moscas e os urubus. E foi assim que ele caiu das pedras. E quanto à esperança de ressurreição gloriosa, eu ouvi muitas vezes o rapaz dizer que preferia ir para o inferno, já que a mãe era tão devota que certamente iria para o céu e ele não queria ficar no mesmo lugar que ela. Pois então, esta lápide não lhe parece um monte de mentiras? — perguntou ele, batendo com a bengala na pedra. — E o Arcanjo Gabriel vai dar uma gargalhada quando George subir ofegante os degraus com a lápide equilibrada na corcunda e pedir para que seja considerada uma evidência de sua vida!

Não sabia o que dizer, mas Lucy levantou-se e mudou de assunto:

— Por que o senhor nos contou isso? Este é o meu banco preferido, e não posso escolher outro. Agora terei que me sentar aqui sabendo que estou sobre a tumba de um suicida.

— Isso não vai lhe fazer mal, minha linda, e ainda pode alegrar o pobre George ter uma moça tão bonita em seu colo. Não há problemas. Eu me sento aqui há quase vinte anos, e nunca me aconteceu absolutamente nada. Não se preocupe com o que está ou não está aqui embaixo! O dia em que a senhorita vir as tumbas se abrindo, e esse lugar vazio como um campo depois da colheita, pode começar a ter medo. Agora tenho que ir. Até mais ver, minhas damas! — E saiu, mancando.

A vista estava tão linda diante de nós que permanecemos sentadas mais um pouco, de mãos dadas, e ela me falou sobre Arthur e sobre o casamento que se aproximava. Aquilo causou-me certo aperto no coração, pois há um mês não recebo notícias de Jonathan.

Mesmo dia — Subi para cá sozinha, estou muito triste. Não havia carta para mim. Espero que tudo esteja indo bem para Jonathan. O relógio acaba de bater nove horas. Observo as luzes da cidade que aparecem em fileiras nas ruas e isoladas às vezes. Seguem o curso do Esk, desaparecendo na curva do vale. À esquerda, uma linha de telhados negros da antiga casa ao lado da abadia obscurece a visão. Ouço o balido de carneiros e ovelhas atrás de mim, e cascos de burros nas pedras da estrada embaixo. No quebra-mar, uma banda toca uma valsa em um bom compasso e, no cais, na esquina de uma viela, há uma reunião do Exército de Salvação. Decerto uma banda não ouve a outra, mas ouço os dois daqui onde estou. Penso em Jonathan. Onde será que ele está nesse momento? Será que pensa em mim? Queria que estivesse aqui comigo.

DIÁRIO DO DR. SEWARD

5 de junho — Quanto mais interessante se torna o caso de Renfield, mais consigo desvendar o homem. Ele possui determinadas qualidades muito desenvolvidas: egoísmo, sigilo e determinação. Queria saber qual é o objetivo da última característica. Parece ter arquitetado algum plano, mas ainda não sei bem do que se trata. Sua maior qualidade é o amor pelos animais, embora às vezes sua atitude oscilante me leve a crer que pode se transformar em crueldade anormal. Os animais de estimação são os mais inusitados. Seu novo passatempo é pegar moscas. Tem uma quantidade tão grande delas que, ao me queixar, pedi que lhes desse um fim. Para meu espanto, não ficou furioso como eu esperava que ficasse, mas considerou o caso com uma seriedade singela. Pensou por um momento, então perguntou:

— O senhor pode me conceder mais três dias? Irei me livrar delas.

Claro que eu concordei, mas ficarei de olho nele.

18 de junho — No momento, Renfield passou a se interessar pelas aranhas e mantém vários exemplares bem grandes, em uma caixa.

Alimenta-as com suas moscas, que obviamente diminuíram, embora ele tenha se utilizado de metade da sua comida para atraí-las.

1º de julho — O número de aranhas tem aumentado, tornando-se tão incômodas quanto as moscas, e hoje lhe ordenei que acabasse com elas. Como ele pareceu ter ficado muito triste, permiti que desse fim somente em algumas. Renfield concordou animado, e concedi o mesmo tempo de antes para que o fizesse. Senti muito nojo dele hoje, pois quando uma horrenda varejeira, cheia de carniça, entrou no quarto, ele a pegou, segurou-a exultante por alguns segundos entre o indicador e o polegar, e, antes que eu percebesse o que ia fazer, enfiou-a na boca e a engoliu. Briguei com ele por isso, mas argumentou calmamente que a varejeira era muito gostosa e saudável, que aquilo era vida, vida forte, e que a mosca lhe dava vida. Sua atitude começou a esboçar uma ideia em minha mente. Preciso observar como vai fazer para se livrar das aranhas. Evidentemente, Renfield possui um problema mental profundo, pois mantém um pequeno diário em que sempre está rabiscando alguma coisa. Páginas inteiras preenchidas por números, geralmente uma sequência de algarismos é acrescentada à lista, e então soma os totais, como se estivesse consolidando alguma contabilidade, como dizem os auditores.

8 de julho — Não há dúvidas de que há metodologia na loucura de Renfield. Uma ideia rudimentar germina em minha mente. Logo será uma ideia completa, e então, ah, pensamento inconsciente, você precisará ceder seu lugar ao seu irmão consciente. Afastei-me de meu amigo por alguns dias para notar se haveria alguma alteração. As coisas permaneceram como estavam, porém agora que se livrara de alguns de seus bichos, conseguiu outro. Ele, de alguma forma, conseguiu obter um pardal e já quase inteiramente domesticou um. Seu método para adestrá-lo é óbvio, visto que as aranhas já diminuíram. As que restam, contudo, estão bem alimentadas, pois ele continua atraindo moscas com sua comida.

19 de julho — Estamos progredindo. Meu amigo tem agora toda uma colônia de pardais e as moscas e aranhas estão quase esquecidas. Quando entrei, ele veio correndo e disse que precisava me pedir um enorme favor. Sua postura era submissa como a de um cão. Perguntei o que era e ele respondeu:

— Um gatinho, um simpático gatinho, pequeno, fofo e brincalhão, para que eu possa brincar e dar comida, muita comida!

Não me surpreendi com o pedido, já vinha percebendo que seus bichos de estimação continuavam aumentando em tamanho e vivacidade, mas não queria que aquela bela família de pardais domesticados fosse destruída como as moscas e as aranhas. Disse que veria o que poderia fazer e perguntei se ele não preferia um gato adulto em vez de um filhote. Ele mal podia conter a euforia:

— Prefiro um gato adulto! Só pedi um filhote para que você não me recusasse. Ninguém me recusaria um gatinho, não é mesmo?

Balancei a cabeça e disse que, no momento, temia não ser possível, mas veria o que eu poderia fazer. Ele ficou chateado, senti um sinal de perigo em sua expressão, aquele olhar subitamente feroz e enviesado escondia uma intenção assassina. O rapaz é um maníaco homicida que ainda não se desenvolveu. Farei experimentos abordando esse novo desejo para ver o que acontece e, então, saberei mais.

Dez da noite — Voltei a visitá-lo e o encontrei sentado em um canto, chorando. Quando entrei, atirou-se de joelhos diante de mim e implorou para que eu o deixasse ter um gato. Disse que sua salvação dependia disso. Mantive-me firme e disse que não seria possível. Renfield se afastou com a minha resposta, sentou-se calado no mesmo canto em que eu o encontrei e ficou roendo as unhas. Vou visitá-lo novamente amanhã.

20 de julho — Estive com Renfield hoje cedo, antes da ronda matinal do enfermeiro. Ele estava acordado e cantarolava. Espalhava açúcar pela janela, voltando a caçar moscas novamente. Seus modos eram animados e graciosos. Procurei os pássaros e, não os encontrando, perguntei-lhe onde estavam. Sem se virar para mim, respondeu que tinham fugido. Mas havia penas pelo quarto e uma mancha de sangue em seu travesseiro. Não fiz comentário algum e pedi ao guarda que me informasse caso algo estranho acontecesse no decorrer do dia.

11h da manhã — O enfermeiro acaba de me dizer que Renfield está passando mal e vomitou muitas penas.

— Doutor, acho que ele comeu os pássaros crus, com penas e tudo — disse ele.

11h da noite — Dei um forte opiáceo a Renfield esta noite. Foi uma dose forte o suficiente para fazê-lo dormir enquanto eu lia seu diário. Os pensamentos que agitavam minha mente nos últimos dias se concretizavam, provando minha teoria. Meu maníaco homicida é de uma espécie peculiar. Terei de inventar uma nova classificação para ele: maníaco zoófago (devorador de vida). O que ele deseja é absorver tantas vidas quanto possível e ele se propôs a alcançar isso de uma forma cumulativa. Deu muitas moscas a uma aranha, muitas aranhas a um pardal, e queria um gato para comer muitos pardais.

Quais seriam as etapas seguintes de seu plano? Talvez até valesse a pena completar o experimento, algo que poderia ser feito se houvesse um motivo suficiente. Os homens desdenharam a vivissecção, mas veja os resultados que temos hoje! Por que não promover o progresso da ciência em seu aspecto mais difícil e vital, o conhecimento do cérebro?

Se ao menos eu soubesse o segredo de uma mente dessas, se tivesse a chave para a fantasia de um único lunático, poderia elevar meu próprio ramo da ciência a um patamar em que os avanços da fisiologia de Burdon-Sanderson ou o conhecimento cerebral de Ferrier pareceriam minúsculos. Se apenas houvesse um motivo suficiente! Nem posso pensar muito nisso para não me sentir tentado. Um bom motivo talvez viesse a calhar, pois será que também não possuo um cérebro excepcional, congenitamente falando?

Como ele soube argumentar! Lunáticos sempre são bons de raciocínio no seu próprio escopo. Pergunto-me em quantas vidas ele calcula o valor de um homem, ou se uma já basta. Ele fechou a conta com precisão, e hoje começou um novo cálculo.

Quantos de nós iniciam uma nova conta a cada dia de nossas vidas? Para mim, parece que foi ontem que minha vida terminou junto com minha nova esperança e que comecei de fato um novo cálculo. Assim será até que o Grande Contador feche o meu balanço em termos de lucros e prejuízos.

Ah, Lucy, Lucy, não posso ficar irritado com você, nem posso ficar irritado com meu amigo que é a razão de sua felicidade, devo simplesmente seguir sem esperanças e trabalhar. Trabalhar! Trabalhar!

Se tivesse uma causa forte como meu pobre amigo louco aqui, uma causa boa, altruísta, que me fizesse trabalhar, isso seria, de fato, felicidade.

DIÁRIO DE MINA MURRAY

26 de julho — Sinto-me angustiada e expressar-me aqui me traz calma. Parece que sussurro as palavras em meu próprio ouvido ao mesmo tempo em que as escuto. Além disso, tem algo nos símbolos taquigráficos que torna o processo diferente daquele da escrita. Estou preocupada com Jonathan e com Lucy também. Não tinha notícias de Jonathan há muito tempo, até que ontem, o Sr. Hawkins, que é muito atencioso comigo, enviou-me uma carta dele. Tinha lhe escrito perguntando se recebera alguma notícia e ele me disse que o envelope tinha acabado de chegar. Há somente uma linha, uma data e o endereço do Castelo Drácula. A linha dizia que estava iniciando sua jornada de volta. Isso não é típico de Jonathan. Eu não consigo entender e isso me deixa ainda mais angustiada.

E Lucy preocupa-me também. Está saudável, mas voltou ao velho hábito de sonambulismo. Conversei sobre isso com a mãe dela e prometi trancar, todas as noites, com cuidado, a porta do nosso quarto. A Sra. Westenra está muito preocupada, acha que os sonâmbulos caminham pelos telhados e pela beira de precipícios, de onde subitamente desfalecem, despencando com gritos que ecoam por todos os lugares. Coitada, está naturalmente preocupada com a filha! Contou-me que o marido fazia a mesma coisa. Levantava-se, à noite, dormindo, vestia-se e saía para a rua, se não o impedissem.

Lucy vai se casar no próximo outono e está muito preocupada com o enxoval, o vestido e a decoração da casa. Isso me faz desejar ainda mais ardentemente o regresso de Jonathan. Entendo Lucy completamente, pois farei o mesmo com Jonathan, só que de uma forma simples, tentando achar uma maneira de bancarmos as despesas. O Sr. Holmwood, ou melhor, o Ilmo. Sr. Arthur Holmwood, filho único de lorde Godalming, virá se reunir a nós em breve, assim que puder sair da cidade, pois seu pai não está passando bem, e Lucy está contando as horas, ansiosa. Ela deseja levá-lo ao banco do jardim da igreja no alto do penhasco para mostrar-lhe toda a beleza da cidade de Whitby. Arrisco dizer que a espera seja a causa de sua perturbação. Ela ficará muito melhor quando o noivo chegar.

27 de julho — Continuo sem notícias de Jonathan, o que me preocupa muito, embora não saiba dizer exatamente o porquê. Desejava que me escrevesse, mesmo que fosse apenas uma linha! Lucy continua com o sonambulismo, dessa vez mais forte ainda, e todas as noites acordo com ela caminhando pelo quarto. Felizmente o tempo está bom e não há perigo de pegar um resfriado. Mas a ansiedade e a falta de sono está me afetando e estou ficando nervosa. Felizmente, Lucy está passando bem. O Sr. Holmwood continua preso em Ring junto ao pai, cujo estado de saúde está se agravando. Lucy ficou inquieta com a postergação de seu reencontro, mas não deixa que isso interfira em sua aparência. É bem obstinada, e as maçãs do rosto possuem um tom róseo adorável. Perdeu também aquele aspecto anêmico de antes. Tomara que continue assim!

3 de agosto — Mais uma semana se passou e não há notícias de Jonathan, nem mesmo para o Sr. Hawkins. Deus queira que não esteja doente! Com certeza ele teria escrito. Voltei a ler sua última carta e não estou satisfeita. Não soa como ele, embora, de fato, seja sua caligrafia, não resta dúvidas em relação a isso. Lucy não caminhou muito durante o sono na última semana, mas sua concentração me parece estranha, e não entendo o motivo. Mesmo durante o sono, é como se estivesse me vigiando. Tenta abrir a porta e, percebendo que está trancada, põe-se a procurar a chave pelo quarto.

6 de agosto — Outros três dias sem notícia. A expectativa é insuportável. Se ao menos eu soubesse para onde escrever ou para onde ir, iria me sentir menos preocupada. Não tive a menor notícia dele depois da última carta. Só me resta rezar a Deus, pedindo paciência. Lucy está bem, porém mais agitada do que antes.

Durante a noite passada o clima estava ameaçador, e os marinheiros achavam que uma tempestade se aproximava. Preciso me esforçar para observar e aprender a interpretar os sinais da natureza. O dia está bem nublado, vejo o sol escondido atrás das nuvens no alto de Kettleness enquanto escrevo. Com exceção do verde dos gramados, que parecem esmeraldas, tudo parece cinza, incluindo as rochas de um mineral acinzentado. Nuvens gris tingiam-se por esparsos raios de sol ao longe, pairando no alvacento mar que se estende sobre os bancos de areia como dedos igualmente cinzentos. O mar está quebrando na praia com um rugido abafado pela neblina que avança terra adentro. O horizonte sumiu na névoa cinzenta. Tudo é vastidão. As nuvens acumulam-se como gigantescas rochas. O marulho soa como um presságio do fim do mundo. Há vultos escuros em vários locais da praia, às vezes ocultos no nevoeiro, e parecem "troncos de árvore que andam como homens". Os barcos pesqueiros apressam-se para voltar para casa, subindo e descendo pelas ondas ao se aproximarem do porto, inclinando-se até as correntes das âncoras tocarem a água. Lá vem o Sr. Swales. Caminha em minha direção e, pelo modo como tirou o chapéu, vejo que está disposto a conversar. A transformação no pobre senhor consternou-me. Quando ele se sentou ao meu lado, comentou de forma muito gentil:

— Queria confessar uma coisa à senhorita.

Percebi que estava inquieto, então tomei sua mão enrugada e pedi que falasse abertamente.

Ele prosseguiu, mantendo a mão sobre a minha:

— Receio, minha cara, ter deixado a senhorita chocada com todas as crueldades que disse nas últimas semanas, sobre os mortos e afins. Não fiz por mal, quero que a senhorita se lembre disso quando eu for embora. Nós, velhos caducos, com um pé na cova, não gostamos de pensar nessas coisas, não queremos sentir medo, e é por isso que falo sobre o assunto com descontração, para aliviar um pouco minha própria angústia. Mas, senhorita, pelo amor de Deus, não tenho medo de morrer, nem um pouco, mas se puder evitar, bem, melhor ainda. Minha hora não deve tardar. Sou velho e cem anos é tempo demais para qualquer um. Estou tão perto que a Velha Ceifadora já afia a foice. Veja, madame, não consigo me livrar desse costume de me gabar sempre que posso. Um dia o Anjo da Morte soará sua trombeta para mim. Mas não há necessidade de choro nem vela, minha querida! — acrescentou, ao ver que eu estava com lágrimas nos olhos, e continuou — se ele vier hoje mesmo, não recusarei o chamado. Afinal, a vida não passa da espera de uma outra coisa diferente disso que estamos fazendo, e a morte é a única certeza que temos. Estou contente, pois ela está chegando para mim, minha querida, e vem depressa. Pode chegar enquanto estamos aqui olhando e devaneando. Quem sabe não está naquele vento lá no mar que vem carregado de perdição e desgraças, aflições sofridas e corações tristes. Olha só! — exclamou ele de súbito. — Tem alguma coisa naquele vento e nesse nevoeiro. É algo que traz o som, a visão, o gosto e o cheiro da morte. Está no ar. Sinto que se aproxima. Senhor, quando chegar a minha hora, que eu esteja disposto!

O Sr. Swales ergueu as mãos em devoção e tirou o chapéu. A boca continuou a se mover como se estivesse rezando. Após alguns minutos de silêncio, levantou-se, apertamos as mãos, ele me deu sua bênção, despediu-se e saiu manquitolando. Aquilo me deixou comovida, perturbada e repleta de tristeza.

Fiquei contente quando um guarda costeiro se aproximou, empunhando um binóculo. Parou para conversar comigo, como sempre faz, mas olhava atentamente para um estranho navio que despontava no mar.

— Esse navio está me intrigando. Pelo aspecto, deve ser russo — disse ele. — Todavia singra da forma mais estranha. Não parece ter direção. Deve estar vendo a tempestade se aproximar, mas parece que não sabe se segue para o norte ou se atraca em nosso porto. Olhe lá de novo! É muito estranha a forma como parece à deriva, como se não houvesse ninguém ao leme, mudando a rota a cada sopro do vento. Amanhã, até esse horário, já teremos ouvido falar desse navio.

CAPÍTULO VII

Deméter

RECORTE DO THE DAILYGRAPH DE 8 DE AGOSTO

(colado no diário de Mina Murray)

De um correspondente local:

Whitby

— Uma das maiores e mais violentas tempestades registradas na região, com resultados estranhos e únicos. Na noite de sábado, o tempo estava bom, apesar de abafado, o que é comum em agosto. Grupos de pessoas passeavam no Bosque de Mulgrave, na baía de Robin Hood, Rig Mill, Runswick, Staithes e demais lugares das vizinhanças de Whitby. Os barcos a vapor, Emma e Scarborough, realizaram incontáveis excursões pelo litoral e a cidade de Whitby estava muito movimentada. O dia estava excepcionalmente anormal até o entardecer quando alguns frequentadores do jardim do cemitério da igreja do East Cliff — que oferece vista ampla do mar a norte e leste —, alertaram para uma aparição repentina de nuvens carregadas no céu a noroeste. O vento a sudoeste apresentava uma brisa leve, equivalente ao grau dois na linguagem barométrica. O guarda-costeiro responsável emitiu rapidamente um alerta. Um velho pescador, que há mais de meio século observa os sinais do tempo no Rochedo Leste, previu, com assertividade, uma tempestade.

O crepúsculo foi belo, magnífico e repleto de nuvens maravilhosamente coloridas, com muitas pessoas na orla do penhasco do jardim do cemitério da antiga igreja para contemplar o espetáculo. Antes do sol se pôr atrás da escura massa rochosa de Kettleness, recortando ousadamente o céu ocidental, sua descida coloriu o céu com uma miríade de cores crepusculares — encarnado, verde, púrpura, rosa, violeta e muitos tons de dourado —, havia nuvens menores em algumas partes, porém completamente negras e delineadas por colossais silhuetas. A experiência do poente não passou em branco pelos pintores, e, sem dúvida, esboços do "Prelúdio à Grande Tempestade" ornarão as paredes da Academia Real e do Instituto Real no próximo mês de maio.

Muitos capitães decidiram ficar atracados no porto até o final da tempestade. O vento diminuiu no decorrer da noite, e, à meia-noite tomou conta do local um calor sufocante, uma calmaria mórbida, marcada por uma intensidade predominante que afeta as pessoas mais sensíveis à aproximação das trovoadas. Não havia muitas luzes no mar, pois as embarcações a vapor que navegam pelo litoral perto da costa mantiveram-se afastadas e somente poucos barcos pesqueiros foram avistados. Havia uma única vela visível de uma escuna estrangeira que parecia seguir para oeste. A inconsequência ou ignorância dos marinheiros dessa embarcação desencadeou muitos comentários, pois, enquanto ela permanecia à vista, avisos foram enviados para que a velocidade fosse reduzida, em face do perigo que estava correndo. Um pouco antes do anoitecer, viram a escuna com as velas soltas, deslizando sobre as ondas, "estática como um barco pintado/sobre uma pintura do mar".[27]

Pouco antes das dez horas, a atmosfera transformou-se e reinou uma quietude tão opressiva e um silêncio tão absoluto que se podia ouvir o latido de um cão na cidade e o balido de uma ovelha no campo. A banda no porto, com o animado ar francês, parecia estar em discordância com o silêncio da natureza. Pouco depois da meia-noite, ouviu-se um som estranho vindo do mar e um estrondo peculiar e obscuro dominou o ambiente.

Então, subitamente, deu-se início à tempestade. Toda a paisagem pareceu revolver-se ao mesmo tempo e com uma rapidez que até o momento parecia impossível e mesmo depois pareceu inconcebível. As ondas erguiam-se com fúria, uma maior que a outra, transformando o mar que em pouco

27. Verso da "Balada do Velho Marinheiro", de Samuel Taylor Coleridge. (N. T.)

minutos estava calmo em um monstro que rugia e destruía tudo. A espuma branca das ondas rebentava insanamente na areia da praia e batia nas pedras do penhasco. Havia ondas que estouravam nos quebra-mares, molhando as lanternas dos faróis de todo o porto de Whitby. O vento retumbava como um trovão e soprava com tanta violência que até mesmo os homens mais fortes não conseguiam se manter no chão sem se agarrar com força a grades e postes. Foi preciso dispersar toda a multidão de curiosos, pois poderia haver muitas mortes. Para deixar a situação ainda mais perigosa, o nevoeiro avançou pelo continente. Eram nuvens brancas e úmidas que pareciam destruir tudo por onde passavam e eram tão pesadas e tão frias que era preciso se esforçar muito para não pensar que os mortos no mar tinham vindo visitar os vivos com as mãos úmidas da morte, fazendo muita gente estremecer de medo com as brumas do mar que passavam como coroas fúnebres. O nevoeiro se dissipava em algumas ocasiões e dava para ver o mar debaixo dos clarões dos relâmpagos seguidos pelo estrondo repentino dos trovões, fazendo com que o céu todo tremesse com a força da tempestade.

A grandiosidade de algumas das cenas era tão incalculável que absorvia todo o interesse. O mar elevava-se como se fosse uma montanha de água a cada onda, levando ao céu a espuma branca que a tempestade parecia capturar e rodopiar em direção ao infinito. Em alguns locais avistava-se um barco de pesca com a vela destruída, buscando desesperadamente abrigar-se antes do próximo trovão; de vez em quando um pássaro marinho de asas brancas era levado pela tempestade. No topo do penhasco de East Cliff havia um novo holofote que seria utilizado pela primeira vez. Os encarregados o ligaram e, entre as rajadas de vento e névoa, perscrutavam a superfície do mar. O serviço provou sua eficácia vez ou outra quando um barco pesqueiro, com a trincaniz já submersa, se aproximava às cegas porto adentro e, com a ajuda do holofote, conseguia escapar do perigo de bater no cais. Conforme os barcos iam chegando ao porto em segurança, dava para ouvir o grito de alegria da multidão na orla, grito esse que parecia rasgara ventania, sendo levado embora por ela.

O holofote logo avistou uma escuna com as velas abertas mais adiante, parecia ser a mesma embarcação que foi avistada mais cedo. O vento naquele momento voltava-se para o leste e uma agitação dominou os curiosos no penhasco ao perceberem o risco que a embarcação corria. Havia um enorme arrecife entre a escuna e o porto e de vez em quando um navio se chocava contra ele. Com aquele vento era quase impossível conseguir acertar a entrada do porto. Já era quase maré cheia e as ondas eram tão imensas que dava quase para ver o fundo do mar no refluxo das águas. A escuna vinha com tanta velocidade com as velas abertas que nas palavras de um velho lobo do mar "vai atracar em algum lugar, nem que seja no inferno". Naquele momento, um nevoeiro ainda maior encobriu tudo como uma massa cinza e aos homens só restava ouvir o rugido da tempestade, o estrondo dos trovões e a batida das ondas poderosas que cruzavam a imensidão com ainda mais força que antes. Os feixes do holofote estavam focados a boca da enseada do outro lado do cais, pois esperava-se que lá fosse ocorrer o choque. Os homens ficaram por lá, aguardando preocupados. De súbito, o vento mudou para nordeste e a névoa se dissipou com isso. *Mirabile dictu*[28], a estranha escuna desviou-se do choque no meio dos quebra-mares e, saltando pelas ondas com toda velocidade, chegou ao porto em segurança. Todos sentiram um arrepio ao acompanhar o feixe do holofote, pois, preso ao leme, havia um corpo, com a cabeça caída, que balançava para frente e para trás a cada sacudida da escuna. Não se avistou nenhuma outra pessoa no convés. Houve grande alvoroço quando todos perceberam que o navio havia sido trazido ao porto por um morto! Parecia um milagre! De qualquer forma, tudo aconteceu mais rapidamente do que leva para se escrever essas palavras. A escuna não parou no porto, mas passou direto por ele e encalhou em um banco de areia e cascalhos, banhado pela força das marés e das tempestades, a sudeste do quebra-mar, abaixo do East Cliff, um cais conhecido localmente como Tate Hill.

O choque contra o banco de areia foi muito forte e cada mastro, corda e vela foi danificada, trazendo abaixo parte do aparelho de laborar do convés superior. O mais estranho de tudo foi que, no exato momento em que a embarcação tocou a costa, um enorme

28. Interjeição latina que significa "Fato admirável de se dizer", usada para exprimir espanto. (N. T.)

cão surgiu no convés — devia ter vindo de algum andar inferior e, como se fosse lançado pelo choque, correu para a proa, saltando na areia. O cão foi direto para o penhasco íngreme, onde o cemitério da igreja dava para o cais leste em uma viela tão escarpada que alguma das lápides— tumbas ou túmulos, como dizem em Whitby — na verdade, se projetavam para fora, no lugar que o penhasco cedeu. Depois, o cão sumiu na escuridão que parecia ficar cada vez mais forte um pouco mais além do feixe do holofote.

Não havia ninguém em Tate Hill naquele momento, pois todos os moradores das casas da região ou estavam dormindo ou estavam em meio à multidão no alto do penhasco. Sendo assim, o guarda-costeiro responsável pelo lado leste do porto desceu rapidamente pelo pequeno ancoradouro e foi o primeiro a subir a bordo. A entrada do porto foi iluminada e nada foi encontrado, então o feixe do holofote focou-se no local do naufrágio e lá ficou. O guarda foi correndo para a popa e, ao aproximar-se do leme, recuou subitamente ao examiná-lo, como que tomado por um choque repentino. A reação dele deixou todos ainda mais curiosos, e muitas pessoas correram para lá. Do penhasco de West Cliff até o cais de Tate Hill é uma boa caminhada pela ponte, mas esse jornalista que vos escreve é um bom corredor e chegou bem antes da multidão. Ao chegar lá, já havia algumas pessoas no ancoradouro e o guarda-costeiro e a polícia impediam a entrada dessas pessoas no navio. Por ser jornalista, o barqueiro deu-me permissão de subir ao convés e fiz parte do pequeno grupo que viu o marinheiro morto ainda preso ao leme.

Entendi a surpresa e o estranhamento do guarda-costeiro, pois não é todo dia que se vê algo do tipo. O homem estava preso com uma mão sobre a outra. Havia um crucifixo entre uma das mãos e a madeira, e o rosário amarrava os punhos ao leme com o reforço de cordas. Pode ser que o pobre homem até tenha se sentado em algum momento, mas a parte de trás do convés do navio se rompeu com o tremor das velas, arrastando-o para a lateral, fazendo com que as cordas lacerassem sua pele, cortando a carne até o osso.

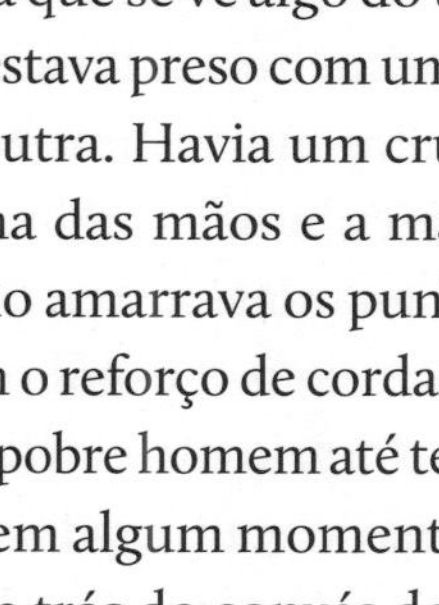

Após detalhada investigação do estado das coisas, um médico, o Dr. J. M. Caffyn, de 33 anos, de East Elliot Place, chegou ao lugar depois de mim, e atestou que o homem devia estar morto há dois dias no mínimo. Havia uma garrafa em seu bolso, fechada com todo o cuidado por uma rolha. A garrafa estava vazia, mas havia dentro um pequeno papel enrolado que parecia ser o adendo de um diário de bordo. O guarda-costeiro acreditava que o próprio homem deveria ter se amarrado, usando os dentes para dar os nós. O fato de que um guarda-costeiro tenha sido o primeiro a subir a bordo pode resultar em futuras complicações no Tribunal do Almirantado, pois os guardas-costeiros não devem ficar com o espólio, que é o direito do primeiro civil a entrar em um navio naufragado. Contudo, agitaram-se as línguas da lei por todo lado e um estudante de direito disse de forma categórica que os direitos do proprietário da escuna já tinham sido violados, pois o bem estava detido em desacordo com os Estatutos de Mortmain, já que o leme, que era um símbolo e até mesmo uma prova de posse delegada, estava na mão de um morto. Não preciso dizer que o marinheiro foi cuidadosamente retirado do local em que se manteve vigilante de forma honrosa até a morte, com uma nobre firmeza similar ao jovem Casabianca, sendo levado ao necrotério para averiguações.

A tempestade passou e os curiosos voltaram para casa. O céu começou a ficar vermelho nas colinas de Yorkshire. Enviarei mais pormenores para a próxima edição sobre a escuna abandonada que milagrosamente alcançou o porto no meio da tempestade.

Whitby, 9 de agosto

— Verificou-se que a escuna russa, de Varna, chamava-se *Deméter*. Estava navegando com lastro de areia branca, e havia apenas um pequeno carregamento de grandes caixotes de terra. O carregamento estava consignado a um advogado de Whitby. Sr. S. F. Billington, The Crescent, nº 7, que, pela manhã, foi a bordo e tomou posse dos bens. O cônsul russo também, agindo pelo contrato de fretamento, tomou posse formal do barco e pagou os devidos impostos à autoridade portuária.

Não se fala em outra coisa na cidade a não ser no estranho acontecimento. Oficiais da Câmara do Comércio foram muito rigorosos na certificação de que todos os protocolos e burocracias fossem respeitadas segundo a regulamentação vigente. Como se trata de um caso de comoção popular, estão todos obviamente empenhados a não dar motivos para qualquer tipo de reclamação posterior. O destino do cão também é de grande interesse. Alguns membros da Sociedade Protetora dos Animais, bastante ativa em Whitby, tentaram resgatar o animal. Para desapontamento geral, ele parece ter desaparecido totalmente da cidade. Pode ser que tenha se refugiado nos brejos, escondendo-se por puro medo. Muitas pessoas têm receio de que ele acabe se tornando um perigo, pois é enorme. Hoje cedo, um cão muito grande, mestiço de mastim, que pertencia a um comerciante de carvão que mora perto do cais de Tate Hill, foi encontrado morto na rodovia de frente com o jardim de seu dono. Com certeza esteve lutando e evidentemente teve um selvagem oponente, pois sua garganta estava estraçalhada e seu abdômen totalmente aberto, como por uma feroz garra.

Mais tarde — Graças à amabilidade do inspetor da Câmara de Comércio, pude examinar o diário de bordo do *Deméter*, com anotações dos últimos três dias. Não registra fato algum de interesse particular, a não ser o desaparecimento de alguns membros da tripulação. O documento mais interessante é o que estava dentro da garrafa e que foi hoje analisado no inquérito. Não me lembro de jamais ter encontrado narrativa mais estranha do que a relatada sobre os dois dias anteriores. Não há mais motivo para mantê-la em segredo. Estou autorizado a usá-la e a transcrevo aqui, omitindo apenas alguns pormenores técnicos. Parece que o capitão tinha problemas mentais antes mesmo de ter embarcado, mas seu estado mental foi ficando pior durante a viagem. Naturalmente, minhas informações devem ser aceitas *cum grano*[29], transcrevo o que ditou um empregado do cônsul russo, que teve a bondade de traduzir para mim, sendo o tempo tão curto.

29. Abreviação da expressão latina *cum grano salis* que demonstra que o que é dito deve ser considerado com parcimônia e reservas. (N. E.)

DIÁRIO DE BORDO DO DEMÉTER

(viagem de Varna a Whitby)

Escrito em 18 de julho. Estão acontecendo coisas muito estranhas. Farei anotações cuidadosas, a partir de agora, até chegarmos ao nosso destino. Segue uma breve retrospectiva do que já aconteceu:

Em 6 de julho, terminamos de embarcar a carga, que consiste em areia e caixotes cheios de terra. Ao meio-dia, partimos. Vento leste, fresco. Tripulação: cinco marinheiros, dois imediatos, o cozinheiro e eu (capitão).

Em 11 de julho, entramos no Bósforo ao amanhecer. Inspetores aduaneiros turcos vieram a bordo. *Backsheesh*[30]. Tudo em ordem. Partimos às 16h.

Em 12 de julho, atravessamos os Dardanelos. Mais inspetores alfandegários e uma lancha do esquadrão costeiro. Mais *Backsheesh*. Oficiais fazem inspeção completa, porém rápida. Querem que nossa saída ocorra logo. Atravessamos o arquipélago do Egeu à noite.

Em 13 de julho, passamos pelo cabo Tênaro. A tripulação mostra-se insatisfeita com alguma coisa. Parece amedrontada, mas não revelaram o motivo.

Em 14 de julho, fiquei preocupado com a tripulação. Todos os marinheiros eram homens corajosos, que já tinham viajado comigo antes. O imediato não soube dizer o que estava acontecendo. Os marinheiros apenas lhe disseram que havia alguma coisa estranha e fizeram o sinal da cruz. O imediato perdeu a calma com um deles e o agrediu. Esperava comoção, mas tudo terminou bem.

30. Gorjeta, propina, traduzido do persa. (N. T.)

Em 16 de julho, o imediato me comunicou que um dos homens, Petrofsky, desapareceu. É incompreensível. Na noite anterior, Petrofsky fizera a vigia de bombordo durante oito sinos e foi rendido por Abramoff, mas não voltou mais para o beliche. A tripulação está abatida como nunca vi igual. Alegam que vai acontecer o mesmo a eles todos, mas não dizem mais nada além de que há *alguma coisa* a bordo. O imediato está muito impaciente com eles. Temo problemas pela frente.

Em 17 de julho, ontem, um dos homens, Olgaren, procurou-me e me avisou que acha que existe um estranho a bordo. Disse-me que estava em seu posto quando, ao abrigar-se na cobertura do convés, devido a uma chuva torrencial, viu um vulto comprido e esguio, nada parecido com qualquer um dos homens a bordo, caminhar ao longo do deque e desaparecer. Acompanhou-o, pé ante pé, mas, ao chegar à proa, não encontrou ninguém e todas as escotilhas estavam fechadas. Está apavorado, tomado de um pânico supersticioso e receio que o medo contamine o resto da tripulação. Para tranquilizá-lo, percorrerei todo o navio, de proa a popa.

Mais tarde, reuni todos os tripulantes e disse-lhes que, como estavam achando que havia um desconhecido a bordo, iríamos dar uma batida completa no navio. O imediato irritou-se, achando que aquelas ideias tolas desmoralizariam os homens. Deixei-o no comando do leme enquanto os demais vasculhavam tudo com lanternas. Não deixamos de olhar nada. Só havia os grandes caixotes, não existindo canto algum em que uma pessoa pudesse se esconder. Os tripulantes ficaram tranquilizados. O imediato estava furioso, mas não fez comentário algum.

22 de julho — Mar agitado nos últimos três dias. Tendo toda a mente ocupada pelo manuseio das velas, os tripulantes não possuem tempo para medos e parecem ter esquecido os temores. O imediato voltou a se entender com a tripulação. Elogiou o bom trabalho dos marinheiros durante o mau tempo. Passamos por Gibraltar e saímos dos estreitos. Tudo ocorre bem.

24 de julho — Uma maldição parece pesar sobre o navio. Desapareceu outro homem, enquanto estava em serviço, assim que entramos no golfo de Biscaia em meio à tempestade. Assim como o primeiro desaparecimento, ele também estava de vigia durante à noite. O medo reina de novo. Os homens pediram para fazer a vigia de dois em dois. Receiam ficar só. O imediato está furioso. Pode ser que haja problemas, que ele ou a tripulação decida partir para violência.

28 de julho — Quatro dias de inferno, tempestade furiosa, um verdadeiro *mælstrøm*[31]. Ninguém dorme. Os homens estão exaustos. É difícil pôr alguém de vigia, já não há ninguém em condições. O segundo imediato se ofereceu para fazer a vigia e ficar no leme para que os homens possam dormir algumas horas. O vento está mais ameno, o mar ainda está muito turbulento, mas, como a escuna está mais estável, não sentimos tanto.

29 de julho — Outra tragédia. Tive de fazer turnos simples hoje, pois os homens estão muito cansados para fazerem duplos. Quando o vigia da manhã chegou ao convés, não havia ninguém além do timoeiro. Ele gritou e todos fomos até lá. Fizemos uma inspeção completa, mas não encontramos ninguém. Estamos agora sem o segundo imediato e a tripulação está em pânico. O imediato e eu resolvemos andar armados de agora em diante e esperar por algum sinal que pudesse indicar a causa desses acontecimentos.

30 de julho — Última noite. Felizmente estamos nos aproximando da Inglaterra. Tempo bom, todas as velas levantadas. Dormi profundamente, pois estava exausto. Acordei com o imediato me comunicando que tanto o homem da vigia noturna como o timoneiro tinham desaparecido. Só restamos eu, o imediato e dois marinheiros.

1º de agosto — Dois dias de nevoeiro e nenhuma vela à vista. Esperava que, no canal da Mancha, pudesse pedir socorro. Estamos navegando contra o vento. Nem me arrisquei a descer as velas, pois não iria conseguir içá-las sozinho depois. Estamos praticamente à deriva, rumo a uma condenação terrível. O imediato tornou-se o mais

31. Palavra nórdica que significa turbilhão. (N. T.)

arrasado de todos. Parece que sua natureza forte se voltou contra ele. Os marinheiros estão trabalhando com paciência e vigor. São russos, o imediato é romeno.

2 de agosto, meia-noite — Acordei após poucos minutos de sono, ouvindo um grito que parecia vir do lado de fora da minha cabine. Nada pude ver no nevoeiro. Corri para o convés e esbarrei com o imediato. Mais um homem desapareceu. Deus, tenha piedade de nós! O imediato acha que acabamos de passar pelo estreito de Dover, pois, quando o nevoeiro se dissipou, ele viu North Foreland no mesmo instante em que ouviu o outro homem gritar. Se estiver certo, estamos agora no mar do Norte, e só Deus poderá nos conduzir pelo nevoeiro, que parece se mover conosco, e Ele parece ter abandonado a todos nós.

3 de agosto — À meia-noite, fui render o timoneiro que estava no leme, mas não o encontrei. O vento estava muito forte e a embarcação seguia estável. Gritei pelo imediato que, alguns segundos depois, apareceu transtornado, com os olhos esbugalhados e de pijama. Temi que houvesse perdido a razão. Ele se aproximou de mim e murmurou ofegante no meu ouvido, como se tivesse medo que até o próprio vento pudesse ouvi-lo:

— Ele está aqui, agora sei. Eu o vi, na noite passada. A Coisa parece um homem alto e magro, que é branco como um fantasma. Debruçou-se na amurada. Aproximei-me dele e dei-lhe uma facada, mas a faca o atravessou sem feri-lo, como se tivesse cortado o ar. Mas ele está aqui, tenho certeza. Talvez dentro de uma daquelas caixas. Abrirei uma por uma. Fique no leme.

E afastou-se, com um olhar de alerta e um dedo nos lábios. A força do vento aumentou e eu não podia soltar o leme. Pouco depois, avistei-o subindo para o convés carregando uma caixa de ferramentas e uma lanterna. Deve ter enlouquecido. Não adianta contrariá-lo. Não há nada nas caixas. A nota diz que há apenas argila e abri-las não mudará nada. Assim, deixei-me ficar aqui, no leme, guiando e redigindo estas notas. Apenas me resta ter fé em Deus e esperar que o nevoeiro passe. Se conseguir chegar a qualquer porto com esse vento, arriarei as velas e farei sinal, pedindo socorro...

Estamos perto do fim. Ouvi marteladas no porão e tive esperanças de que o imediato ficasse calmo, porque o trabalho sempre lhe fez bem. Mas, de repente, ouvi um grito horrível que congelou meu sangue e o imediato apareceu correndo, tendo no rosto, uma expressão de pavor extremo.

— Socorro! Alguém me ajude! É melhor vir também, capitão, antes que seja tarde demais. Ele está aqui. Agora conheço o segredo. O mar é a nossa única salvação! É o que me resta! — ele exclamou, encarando a neblina que nos cobria. Seu tom era de desespero, mas a voz era firme.

E, antes que eu pudesse dizer alguma palavra, precipitou-se no mar. Creio que agora também sei o segredo. Foi aquele louco que se livrou dos homens, um a um, e agora os acompanhou. Deus, tenha piedade de mim! Como poderei contar todos esses horrores quando chegar ao porto? Será que algum dia chegarei?

4 de agosto — O nevoeiro permanece, e o sol não pode atravessá-lo. Sei que está de dia porque sou marinheiro. Não me atrevo a deixar o leme e descer até o porão, por isso, passei a noite toda aqui e o vi na penumbra. Esta noite eu o vi... Deus me perdoe, mas o imediato fez bem em se atirar ao mar. É melhor morrer como homem. Morrer como marinheiro nas águas profundas, não há nada a ser dito contra isso. Comigo, porém, o caso é diferente. Tenho de salvar minha honra de capitão e darei um fim nesse demônio ou monstro. Quando eu começar a enfraquecer, amarrarei minhas mãos ao leme e para isso usarei algo que ele... aquela *coisa* jamais ousará tocar. Dessa forma, salvarei minha alma e minha honra de comandante. A noite se aproxima e estou perdendo a força. Talvez eu não consiga agir se ele me olhar nos olhos. Se o barco naufragar, talvez esta escuna seja encontrada com esse frasco e poderão compreender o que ocorreu. Então, todos saberão que fui fiel ao meu posto. Que Deus, a Virgem Maria e os santos me ajudem a cumprir meu dever.

Naturalmente, o inquérito não pode contar com testemunhas, portanto o veredito é inconclusivo. Não há como provar ou não que ele tenha cometido todos os assassinatos. A opinião quase unânime é a de que o capitão foi um herói e será enterrado publicamente com toda a pompa. Decidiram que seu corpo será levado em um cortejo de barcos pelo rio Esk até chegar ao cais de Tate Hill. Lá subirão com o corpo pelos degraus da escada da abadia e ele será enterrado no cemitério da igreja do penhasco. Há centenas de proprietários de barcos interessados em participar do cortejo. Não se ouviu mais falar do cão, ao qual há muitos lamentos, pois, no presente estado das coisas, tudo indica que ele seria adotado pela cidade como mascote. O funeral será amanhã e assim terminará mais um "mistério do mar".

DIÁRIO DE MINA MURRAY

8 de agosto — Lucy esteve muito agitada durante a noite passada e eu também não consegui dormir. A tempestade rugiu furiosa a noite toda. Eu estremecia a cada estrondo nos dutos da chaminé. Pensei ter ouvido um tiro ao longe, quando percebi um estampido agudo. Apesar de parecer estranho, Lucy não acordou. Contudo, por duas vezes, levantou-se e vestiu-se. Felizmente, pude ver a tempo e, sem assustá-la, fiz com que se despisse e fosse deitar novamente. É realmente curioso esse estado de sonambulismo, pois assim que é impedida fisicamente, ela retoma quase exatamente a rotina de sua vida e esquece a intenção anterior, se é que existia alguma.

Levantamos cedo e fomos ao porto para ver se havia acontecido alguma coisa durante a noite. Havia pouca gente por lá. O sol estava brilhante e a atmosfera muito pura. O ar estava claro, fresco e as ondas saltavam altas e até pareciam escuras diante do contraste da espuma branca como a neve. Elas abriam passagem pela entrada do porto como se fossem um gigante impondo-se contra a multidão. Sinto-me realmente feliz ao lembrar-me de que Jonathan não estava ontem no mar, mas em terra. Ah! Mas estará ele, realmente, em terra ou no mar? Onde estará e como? Sinto-me cada vez mais angustiada por não ter notícia alguma. Se ao menos eu soubesse o que fazer!

10 de agosto — O enterro do desventurado capitão hoje foi emocionante. Marinheiros carregaram o esquife e uma enorme multidão o acompanhou. Todos os barcos do porto pareciam estar lá, e o caixão foi levado por capitães durante todo o trajeto do cais de Tate Hill até o cemitério da igreja.

Lucy e eu havíamos chegado antes ao cemitério e nos sentamos em nosso banco preferido, enquanto o cortejo de barcos subia o rio e voltava até o cais. Nossa vista era excelente e deu para ver quase toda a procissão. O enterro do pobre homem foi perto do nosso banco, assim, no momento certo, subimos em cima dele e vimos tudo.

Lucy está visivelmente abatida. Anda muito irritada e parece estar contrariada o tempo todo. Naturalmente as noites de sonambulismo a deprimem. Está especialmente estranha em um aspecto: não admite para mim que há uma razão para andar tão agitada, ou, se de fato há, talvez nem ela mesma saiba o que é. Soma-se a isso outro motivo, nosso pobre amigo, Sr. Swales foi encontrado morto, hoje de manhã, no banco onde costumamos nos sentar, com o pescoço quebrado. Segundo disseram, e de acordo com o médico, ele tinha caído do banco em uma espécie de profundo medo, pois a expressão de pavor estampada em seu rosto fez estremecer todos os que o viram, segundo disseram. Pobre senhor! Talvez tenha visto a morte com os olhos moribundos!

Lucy é tão meiga e sensível que sente mais pungentemente as influências dos eventos do que as outras pessoas. Agora mesmo ocorreu um pequeno acidente que nem mesmo eu dei atenção, embora seja apegada aos animais. Um dos marinheiros compareceu ao enterro acompanhado por um cão muito manso. O cão o acompanha sempre. São sempre muito silenciosos e nunca vi alteração por parte de nenhum deles. Durante o enterro, o cão não ficou junto do seu dono, que se sentou no banco conosco, mas um pouco afastado, latindo e uivando sem parar. O marinheiro chamou-o, a princípio com bons modos, depois furioso, mas o animal não o atendeu, nem parou de uivar e ladrar. Estava em uma espécie de cólera, com olhos raivosos e o pelo de seu corpo eriçado como a cauda de um gato ao armar seu bote. O marinheiro, afinal, perdeu a paciência, chutou o cachorro e agarrando o pobre animal pela pele da nuca, trouxe-o até a lápide em que o nosso banco estava fixado, meio que o arrastando meio que o atirando na lajota. Logo que bateu na pedra, o cão se acalmou, mas começou a tremer muito. Não tentou fugir, mas encolheu-se e enrolou-se, ainda tremendo. Estava em tal estado de terror que eu tentei, embora sem sucesso, alentá-lo.

Lucy ficou com muita pena dele, mas não tocou no cão, só o ficou observando, agoniada. Receio que, com sua extrema sensibilidade, sonhe com o incidente durante a noite. Com certeza, a soma dos eventos — o navio trazido ao porto por um defunto, a postura dele amarrado ao leme com um crucifixo e um rosário, o comovente funeral, o cão que se dividia entre fúria e pavor — servirá de conteúdo para os seus sonhos.

Acho que o melhor a ela será ir para a cama exausta fisicamente. Levá-la-ei, então, por uma longa caminhada, de ida e volta, aos arredores dos penhascos da baía de Robin Hood. Dessa maneira, ela não deverá ter muitas inclinações a ataques de sonambulismo durante a noite.

CAPÍTULO VIII

Irmã Agatha

DIÁRIO DE MINA MURRAY

(continuação)

No mesmo dia, às 11h da noite — Como me sinto cansada! Nem ousaria abrir meu diário agora se não tivesse tomado essa missão como dever. A caminhada foi maravilhosa. Após algum tempo, Lucy voltou a ficar animada, e eu acho que foi por causa de umas vacas simpáticas que se aproximaram de nós em um campo próximo ao farol, dando-nos um tremendo susto. Acredito que esquecemos tudo, exceto, é claro, o medo pessoal, e creio que foi isso que nos deu a possibilidade de um recomeço.

Tomamos um belo chá na Baía de Robin Hood, em uma simpática e antiga estalagem com uma janela bem próxima das pedras cobertas de algas da praia. Acho que teríamos chocado a "Nova Mulher"[32] com nosso apetite. Os homens são mais tolerantes, graças a Deus!

Por fim, voltamos caminhando com várias paradas para descansar e sentimos o coração acelerado todo o tempo devido ao medo dos bois selvagens. Lucy ficou realmente cansada, e pretendíamos ir direto para cama, mas o jovem pároco veio nos visitar, e a Sra. Westenra o convidou para a ceia. Lucy e eu tivemos que lutar contra o sono. Foi uma luta árdua para mim e me sinto uma heroína.

Espero que um dia os bispos se reúnam e decidam formar uma nova classe de párocos que, por mais que sejam pressionados, não fiquem para a ceia e percebam quando uma jovem estiver cansada. Lucy está dormindo e respira suavemente. Suas faces voltaram a ficar mais coradas e ela está linda. Se o Sr. Holmwood se apaixonou apenas ao vê-la na sala de estar, queria saber o que diria se a visse agora. Algum dia, um defensor da "Nova Mulher", vai lançar a ideia de que os homens

32. Referência ao livro "The New Womanhood", de Winnifred Harper Cooley, que aborda questões feministas (N. T.)

e as mulheres deveriam poder ver uns aos outros dormindo antes de fazerem ou aceitarem propostas de casamento. Mas creio que, no futuro, a própria "Nova Mulher" não se contentará apenas com aceitação. Ela mesma fará a proposta. E o fará de forma perfeita! Sinto um certo consolo ao pensar assim.

Estou feliz agora que a querida Lucy parece melhor. Realmente acredito que tenha se recuperado e que os problemas durante o sono acabaram. Ficaria muito feliz se tivesse notícias de Jonathan... Deus o abençoe e o proteja onde quer que esteja.

11 de agosto, 3h da madrugada — Diário, novamente. Não consigo dormir, portanto resolvi escrever. Vivemos uma aventura, foi uma experiência angustiante! Caí no sono assim que fechara meu diário, mas subitamente acordei e sentei-me na cama, com a horrível sensação de medo e de vazio ao meu redor. O quarto estava inteiramente escuro. Levantei-me e apalpei o leito de Lucy. Estava vazio. Acendi um fósforo e descobri que ela não estava no quarto. A porta estava fechada, mas não trancada. Para não acordar a mãe de Lucy, que não tem se sentido muito bem ultimamente, vesti-me sem fazer barulho. No momento em que ia sair, pensei que, dependendo da roupa que Lucy estivesse usando, teria uma pista de suas intenções. Se estivesse de roupão, poderia procurá-la pela casa; se estivesse de vestido, ela teria saído. Verifiquei que tanto o vestido quanto o roupão estavam nos devidos lugares, o que significava que Lucy não podia estar longe, graças a Deus, pois estava apenas de camisola.

Desci a escada e procurei em todo o andar inferior. Não encontrei nada. Ela não estava em nenhum dos ambientes da casa e senti meu coração gelar de medo. A porta da rua estava aberta. Não estava escancarada, mas estava destravada. A casa é sempre trancada toda noite, por isso tive receio de que Lucy tivesse saído daquele jeito mesmo. Não tinha tempo para pensar no que poderia acontecer e senti um medo indefinido tomando conta de mim e obscurecendo todos os detalhes. Enrolei-me em um pesado xale e saí correndo. O relógio da igreja marcava uma hora quando cheguei a The Crescent. Tudo estava deserto enquanto eu seguia pela orla do cais. Corri pela North Terrace, mas não havia sinal algum da silhueta branca que eu procurava. À beira do West Cliff, sobre o ancoradouro, olhei para o East Cliff, do outro lado do porto, com uma espécie de angústia ou esperança — não sei descrever bem o que senti — de ver Lucy sentada em nosso banco favorito. A lua cheia brilhava no céu, e pesadas nuvens passavam apressadamente, transformando o cenário em um fugaz diorama de *chiaroscuro*. Não consegui ver nada por certo tempo, pois uma nuvem encobriu a igreja de Sta. Maria e tudo ao redor dela. Consegui visualizar as ruínas da abadia em meio a paisagem, conforme a nuvem ia passando e um facho de luz estreito ia se movendo tão fino quanto o fio de uma espada; tornando a igreja e o cemitério visíveis gradualmente.

Foi então que minhas suspeitas se confirmaram: vi um vulto branco como a neve, reclinado em nosso banco favorito e iluminado pela luz prateada do luar. A nuvem passou com tanta velocidade que mal deu para distinguir a visão, pois a sombra acabou com a luz quase que instantaneamente. Contudo, parecia haver algo escuro, em pé, atrás do banco em que a alva silhueta era iluminada, e debruçava-se sobre ela. Não sei dizer se era um homem ou um animal. Não esperei até conseguir ver novamente, desci a escadaria correndo até o cais e continuei pelo mercado de peixe até a ponte, pois era o único caminho para o East Cliff. Não havia ninguém pela cidade, o que era muito bom, pois não queria que ninguém visse Lucy naquele estado. O percurso pareceu levar uma eternidade. Senti meus joelhos estremecerem e estava ofegante quando terminei de subir os degraus até a abadia.

Devo ter caminhado depressa, embora tivesse a impressão de que meus pés tinham se transformado em chumbo e as juntas de meu corpo pareciam estar enferrujadas. Quando cheguei ao topo, conseguia ver o banco e o contorno branco, já que estava perto o suficiente para enxergar mesmo através da escuridão. Havia sem dúvidas um alto vulto magro e negro inclinado sobre a silhueta branca.

— Lucy! Lucy! — gritei horrorizada.

Ela não se mexeu, mas, por trás dela, dois olhos ardentes e vermelhos me fuzilaram e percebi um rosto pálido. Corri até o portão do cemitério, mas, durante algum tempo, perdi Lucy de vista, oculta pela igreja. Quando cheguei junto dela, a nuvem havia passado e o luar banhava a cena de forma tão vívida que agora eu podia ver que ela estava inclinada com a cabeça caída para trás. Estava completamente sozinha e não havia sinal de nem uma alma viva sequer por perto.

Estava dormindo ainda, respirando com dificuldade. Os lábios estavam entreabertos, mas ela ofegava. Era uma respiração pesada, como se tivesse dificuldade de encher os pulmões de ar. Quando me aproximei mais, ela subiu a gola de sua camisola ao redor de seu pescoço. Enquanto ela fazia isso, arrepiou-se toda, como se sentisse frio. Atirei meu cálido xale sobre seu ombro e puxei as pontas ao redor de seu pescoço, pois não queria que ela se resfriasse naquele ar gelado, estando ela quase nua. Fiquei com medo de acordá-la subitamente, então prendi o xale com um alfinete de segurança para ficar com as mãos livres e poder auxiliá-la, mas parece que fui desajeitada na minha pressa e a perfurei com ele, pois, quando sua respiração se tornou mais leve, ela tornou a levar a mão ao pescoço e gemeu. Após tê-la agasalhado, calcei-a com meus sapatos e tentei acordá-la com cuidado. Inicialmente ela não reagiu, mas gradualmente foi se inquietando em seu sono, gemendo e suspirando ocasionalmente. Como o tempo estava passando rápido e por muitas outras razões, eu queria levá-la para casa de uma vez por todas, então, tive que sacudi-la com força. Acordou aos poucos e não pareceu surpresa ao me ver, como de costume, mas não sabia onde estava. Lucy sempre desperta de modo elegante e, mesmo numa ocasião como essa, quando seu corpo devia estar congelando de frio e sua mente atordoada por estar de camisola no cemitério da igreja no meio da noite, ela acordou com a mesma graciosidade. Abraçou-me trêmula. Levantou-se com a obediência de uma criança, sem sequer um palavra, quando lhe falei para voltamos para casa. Machuquei meus pés no cascalho durante o caminho de volta, e Lucy percebeu que sentia dor. Ela insistiu para que colocasse meus sapatos novamente, mas eu recusei. Assim que chegamos ao caminho do lado de fora do cemitério, havia uma poça d'água, resquício da tempestade, e cobri meus pés com lama para que ninguém percebesse que eu estava descalça, caso encontrássemos alguém no caminho de casa.

Tivemos sorte de não encontrar ninguém. Havia apenas um homem que não parecia estar sóbrio e passava pela rua na nossa frente. Ficamos escondidas na soleira de uma porta até o perdermos de vista em um dos becos de lá. São passagens pequenas e estreitas, que os escoceses chamam de *wynds*. Sentia meu coração bater com tanta força que pensei que fosse desmaiar. Eu receava muito, não somente pela saúde de Lucy, mas também por sua reputação, caso essa história vazasse. Depois de entrarmos e lavarmos os pés, rezamos e nos deitamos de novo. Antes de dormir, ela pediu, ou melhor, implorou que eu não contasse a ninguém sobre a aventura, nem mesmo à sua mãe. Hesitei, a princípio, mas acabei prometendo, principalmente devido ao estado de saúde de sua mãe. Ela temia que isso a deixasse apavorada, e também se preocupava com a distorção da história, caso se tornasse pública. O silêncio parecia ser o mais sensato a se fazer. Espero ter tomado a decisão certa. Fechei a porta e amarrei a chave no pulso. Lucy dormia profundamente. O reflexo da aurora já desponta elevado e lá longe em cima do mar...

Mesmo dia, à tarde — Tudo está bem. Lucy dormia tão profundamente que tive que acordá-la e parece nem sequer ter trocado de posição durante o sono. A aventura da noite não dá indícios de tê-la feito mal. Na verdade, ao contrário, a beneficiou, pois hoje de manhã parece estar melhor do estava há semanas. Infelizmente, percebi que meu descuido com o alfinete de segurança acabou ferindo seu pescoço. Na verdade, podia ter sido grave, pois a pele está trespassada. Devo ter espetado algum ponto em que a pele estava descolada da carne e a atravessei de um lado para o outro, pois há dois pontos vermelhos como furos de agulha, e havia uma gota de sangue na gola de sua camisola. Quando pedi desculpas e me mostrei preocupada, ela riu, pôs a mão em meu ombro e disse que nem havia sentido. Felizmente, não deve ficar cicatriz. Os furos são minúsculos.

Mesmo dia, à noite — Tivemos um dia feliz. O sol brilhava e havia uma brisa fresca no ar límpido. Almoçamos no bosque de Mulgrave. A Sra. Westenra foi de carruagem pela estrada e nós, caminhando pela passagem do desfiladeiro, nos encontraríamos com ela no portão. Sentia-me um pouco chateada, pois não conseguia parar de pensar quão *absolutamente* feliz teria sido se Jonathan estivesse comigo. Mas tenho que ter paciência. À noite, fomos ao Casino Terrace, ouvimos boa música do repertório de Spohr e Mackenzie e nos deitamos cedo. Lucy parece mais disposta do que nos últimos tempos e dormiu logo. Fecharei a porta e guardarei a chave, como fiz anteriormente, embora não espere nenhum problema nesta noite.

12 de agosto — Minhas expectativas estavam erradas. Duas vezes, durante a noite, fui despertada por Lucy querendo sair. Mesmo dormindo, pareceu muito contrariada ao encontrar a porta fechada e voltou para a cama, protestando.

Acordei com o amanhecer, ouvindo o canto dos passarinhos do lado de fora da janela. Lucy acordou também e fiquei contente ao ver que estava ainda melhor do que na manhã anterior. Toda sua graça de antes parecia ter voltado, e ela se aproximou, aconchegando-se ao meu lado, contando-me tudo sobre Arthur. Confessei como estava preocupada com Jonathan e ela tentou me consolar. Bem, acho que conseguiu. Embora a solidariedade não possa alterar os fatos, pode fazer com que se tornem mais suportáveis.

13 de agosto — Adormeci novamente com a chave amarrada em meu punho. Tornei a acordar durante a noite e encontrei Lucy sentada na cama, apontando para a janela, mas ainda dormindo. Levantei-me e abri a cortina. A noite estava linda, com o luar maravilhoso, causando um efeito sobre o mar e o céu, que se fundiam em um grande e silencioso mistério, de uma beleza que não podia ser descrita por nenhuma palavra. Entre mim e o luar um grande morcego voava fazendo círculos e uma ou duas vezes aproximou-se, mas acho que teve medo e fugiu, batendo as asas pelo porto em direção à abadia. Lucy tornou a deitar-se e dormiu com tranquilidade o restante da noite.

14 de agosto — Passei o dia todo no East Cliff lendo e escrevendo. Lucy gosta tanto quanto eu do lugar e não é fácil trazê-la para casa na hora das refeições. Ela fez um comentário estranho no período da tarde quando voltávamos para casa e paramos para observar a paisagem no topo da escada do West Pier, como sempre fazíamos. O sol poente estava bem baixo no céu, quase escondido atrás de Kettleness. Uma luz vermelha encobria o penhasco e a velha abadia parecia estar banhada de rosa. Ficamos caladas por um momento, mas, subitamente Lucy murmurou:

— Aqueles olhos vermelhos de novo! Iguais aos dele.

Foi uma observação tão insólita e sem propósito que me deixou perturbada. Afastei-me um pouco, para poder enxergar bem o rosto de

Lucy sem encará-la, e percebi que parecia estar sonhando acordada. Tinha uma expressão estranha que era indecifrável, então não disse nada, mas acompanhei a direção do olhar dela. Ela parecia estar olhando para nosso banco favorito e lá havia um vulto escuro sentado e sozinho. Por um momento, tive um sobressalto, pois ele parecia ter dois olhos que ardiam em chamas, mas, olhando com cuidado, tudo não pareceu passar de uma ilusão. Nas janelas da igreja de Sta. Maria, a luz do sol poente brilhava avermelhada, bem atrás do nosso banco, dando uma impressão de chamas em movimento. Mostrei a Lucy o efeito interessante e ela logo voltou a si, assustada, mas parecia muito triste ainda. Pode ser que estivesse se lembrando da noite terrível vivida lá no alto. Não falamos sobre isso e fiquei quieta.

Lucy estava com dor de cabeça e voltamos para casa. Ela foi para a cama logo após o jantar. Assim que ela dormiu, saí para fazer um passeio até os rochedos em direção ao oeste, melancólica, com saudade de Jonathan.

Quando voltei para casa, o luar era tão bonito e tão claro que, apesar de parte de Crescent estar tão escura, dava para ver tudo. Olhei para nossa janela e vi Lucy com a cabeça inclinada. Pensei que estivesse olhando para mim e abri meu lenço, agitando-o. Mas ela não pareceu notar. Nesse mesmo instante, a luz da lua iluminou a janela da casa. Lucy parecia estar dormindo e junto dela, no peitoril da janela, havia alguma coisa que se parecia com uma ave de bom tamanho. Não queria que ela pegasse um resfriado. Subi a escada correndo e entrei no quarto. Lucy dormia, respirando com dificuldade e levava constantemente a mão ao pescoço, como que para protegê-lo contra o frio.

Não a despertei, mas ajeitei suas cobertas e fechei a porta e a janela com cuidado. Achei Lucy mais pálida que de costume. Acho que está se preocupando com alguma coisa. Como eu queria saber com o quê!

15 de agosto — Levantamos mais tarde que de costume. Lucy estava cansada, mas, durante o café da manhã, houve uma boa surpresa. Chegou uma carta de Arthur. O pai dele está melhor e deseja que o casamento se realize o mais depressa possível. A Sra. Westenra mostrou-se muito satisfeita, evidentemente, pois sabe que não pode viver muito tempo e quer deixar a filha casada. Confessou-me que está à beira da morte.

Não contou a Lucy e me fez jurar segredo. Seu médico lhe disse que ela tem, no máximo, alguns meses de vida, pois seu coração está cada vez mais fraco. A qualquer momento, até mesmo agora, um choque súbito a mataria com quase toda certeza. Fomos prudentes em não contar sobre a terrível noite de sonambulismo de Lucy.

17 de agosto — Não tive ânimo para escrever durante dois dias. A casa está triste. Não tenho notícia alguma de Jonathan. Também Lucy está ficando cada dia mais fraca e mais pálida enquanto sua mãe parece estar chegando ao fim de seus dias. Não consigo entender por que ela está assim. Tem boa alimentação, dorme bem e aproveita o ar fresco, mas sempre que se levanta está cada dia mais lívida e prostrada. Durante seu sono eu a ouço respirando com dificuldade. Depois que passei a amarrar a chave em meu punho à noite, ela se levanta, anda pelo quarto e senta-se diante da janela aberta. Na noite passada, encontrei-a assim, tentei acordá-la, mas ela desmaiou. Tive muito trabalho para fazê-la recuperar os sentidos. Chorava e respirava com dificuldade.

Perguntei o que fazia junto à janela, mas apenas balançou a cabeça e não respondeu. Espero que ela não esteja doente assim por causa do acidente com o alfinete. Depois que dormiu de novo, fiquei olhando para ela e notei que os pequenos ferimentos do pescoço não cicatrizavam. Pareciam mesmo ter aumentado. São pequenos pontos brancos com os centros avermelhados. Se não melhorarem dentro de um ou dois dias, chamarei o médico.

Carta de Samuel F. Billington e Filho, Advogados, Whitby, para os Srs. Carter, Paterson & Co., Londres

17 de agosto

Prezados Senhores.

Encaminho, por meio desta, a fatura das mercadorias embarcadas pela Estrada de Ferro do Norte, as quais devem ser entregues em Carfax, perto de Purfleet, logo depois de desembarcadas na estação de King's Cross. A casa está vazia, mas enviamos as chaves em anexo, com todas as suas respectivas etiquetas de identificação.

Pedimos o favor de depositar os caixotes, cinquenta no total, na parte do prédio parcialmente em ruínas e marcada com um "A" na planta inclusa. Será fácil para o funcionário reconhecer o lugar, pois se trata da antiga capela da mansão. A mercadoria sairá no trem das nove e meia da noite e chegará no trem das quatro e meia da tarde de amanhã, na estação King's Cross. Nosso cliente deseja que a entrega seja feita o quanto antes, portanto, enviamos junto um cheque de dez libras para as despesas e pedimos que confirmem o recebimento. Se o custo for inferior a esse valor, pedimos que a diferença seja devolvida e, se for superior, enviaremos um cheque com o valor que faltar. Os senhores devem deixar as chaves no vestíbulo principal da casa, onde o proprietário as encontrará, entrando com sua própria cópia da chave.

Por favor, espero que não ache que nós estejamos ultrapassando os limites da cordialidade comercial ao pressioná-los de todos os modos a despacharem o mais rápido possível.

Atenciosamente,

Samuel F. Billington & Filho

Carta dos Srs. Carter, Paterson & Co., Londres, para os Srs. Billington & Filho, Whitby

21 de agosto

Prezados senhores,

Acusamos recebimento das dez libras e enviamos cheque no valor de uma libra, dezessete xelins e nove pence, referente ao troco, conforme o comprovante de recibo anexo. As mercadorias foram entregues exatamente de acordo com as instruções, e as chaves foram deixadas em um envelope no saguão principal, conforme orientação. Seguimos, caros senhores, à disposição.

Respeitosamente,

Carter, Paterson & Co. (por procuração)

DIÁRIO DE MINA MURRAY

18 de agosto — Estou feliz hoje e encontro-me escrevendo sentada no velho banco do cemitério. Lucy está muito melhor. Noite passada dormiu bem a noite toda, não me acordando nenhuma vez. Difusos rubores retornam à maçãs de seu rosto, o que me alegra muito, mas ainda continua abatida e pálida. Eu até entenderia sua palidez se ela estivesse anêmica, mas não se trata disso. Ela está cheia de vida e aquela hesitação sombria passou a ser coisa do passado.

Acabou de mencionar — como se eu pudesse ter esquecido — aquela noite em que a encontrei em meio a um ataque de sonambulismo nesse mesmo banco. Ao falar alegremente, bateu com o salto da bota na lápide e disse:

— Até que meus pobres pés não foram muito barulhentos naquela noite. Aposto que o infeliz Sr. Swales teria dito que é porque eu não queria acordar George.

Como ela parecia muito alegre, perguntei se havia sonhado naquela noite. Antes de responder, ela apresentou uma expressão doce e terna, como sempre; o olhar que Arthur — falo Arthur por influência dela — diz amar, e tenho certeza de que ama de fato. Em seguida, respondeu como se estivesse tentando se lembrar.

— Não sei se foi bem um sonho, pois tudo parecia muito real. Tudo o que queria era estar aqui e eu não sei o motivo, pois sentia medo de algo que não sei dizer o que era. Apesar de imaginar que estivesse dormindo, lembro-me de andar pelas ruas e pela ponte. Vi um peixe saltar e inclinei-me para ver. Ouvi cães uivarem ao subir a escadaria. Parecia que a cidade inteira estava cheia de cães uivando ao mesmo tempo. Tenho uma vaga lembrança de algo alto, escuro e de olhos vermelhos, como os que vimos no pôr do sol. Lembro-me também de sentir algo suave e ao mesmo tempo amargo em volta de mim. Subitamente, senti-me afundando em uma profunda água verde, havia um canto em meus ouvidos e tudo parecia estar se afastando de mim. Era como se minha alma tivesse saído do meu corpo e estivesse flutuando. Em certo momento, lembro-me de ter visto o farol oeste lá embaixo e de ter sentido uma agonia, como se estivesse no meio de um terremoto.

Quando voltei a mim, você estava me sacudindo. Vi-a fazer isso antes mesmo de sentir meu corpo.

Ela riu logo em seguida, mas não soou natural, e eu prendia a respiração ao ouvi-la. Nada disso me agradou e achei que era melhor não pensar naquilo. Assim, passamos a conversar sobre outras coisas e Lucy voltou a ser como sempre foi. Quando chegamos em casa, a brisa fresca tinha surtido efeito sobre ela, e o rosto pálido estava realmente mais corado. A mãe ficou exultante ao vê-la, e passamos as três uma noite muito feliz juntas.

19 de agosto — Alegria! Alegria! Alegria! Tive uma grande alegria, embora incompleta. Finalmente recebi notícias de Jonathan. Estava doente e era por isso que não escrevia. Não quero mais pensar nisso nem falar sobre isso, porque agora sei o que aconteceu. O Sr. Hawkins mandou para mim a carta que recebeu. Irei amanhã cedo encontrar Jonathan para que eu mesma ajude a cuidar dele e trazê-lo para casa. O Sr. Hawkins sugeriu que nos casássemos por lá. Chorei ao ler a carta da freira que o acolheu e apertei o papel contra meu peito, pois são notícias de Jonathan e o lugar dele é no meu coração. Já planejei toda a viagem e arrumei a bagagem. Levarei apenas uma troca de roupa. Lucy vai levar meu baú para Londres e vai ficar com ele até eu conseguir buscá-lo, pois pode ser que... Vou parar de escrever. Guardarei minhas palavras para Jonathan, meu marido. Essa carta, vista e tocada por ele, me servirá de consolo até nosso encontro.

Carta da irmã Agatha, Hospital De São José e Santa Maria, Budapeste, para a Srta. Wilhelmina Murray

12 de agosto

Prezada senhorita,

Escrevo a pedido do Sr. Jonathan Harker, que não possui força suficiente para isso, embora esteja cada vez melhor, graças a Deus, a São José e a Santa Maria. O Sr. Harker está sob nossos cuidados há quase seis semanas, sofrendo de violenta febre cerebral. Ele pede que enviemos seu amor e que informemos, por meio desta carta que escrevo em seu nome, ao Sr. Peter Hawkins, de Exeter, com o devido respeito, que lamenta o atraso, mas que todo o serviço está completo. Ele solicita algumas semanas para repousar em nosso hospital nas montanhas, mas depois retornará. Por fim, pede-me para dizer que não possui dinheiro suficiente aqui, mas que gostaria de pagar por sua estada para que possamos continuar ajudando os necessitados.

Creia-me sempre ao seu dispor,
Com solidariedade e todas as bênçãos,

Irmã Agatha.

Obs.: Aproveito que meu paciente adormeceu para abrir a carta e contar um pouco mais sobre os acontecimentos. O Sr. Harker contou-me tudo sobre a senhorita que em breve passará a ser sua esposa. Deus abençoe os dois! Segundo nosso médico, ele sofreu um choque preocupante e, durante o período em que delirava, as coisas que disse foram assustadoras. Falou sobre lobos, veneno e sangue, fantasmas e demônios, tenho medo até de repetir.

Por um bom tempo ainda, tome cuidado para que nada possa agitá-lo dessa forma. Os vestígios de uma doença como a dele não desaparecem facilmente. Devíamos ter escrito antes, mas não sabíamos a quem, ele também não possuía nada, e não conseguíamos compreender o que falava. Chegou de trem de Clausemburgo, e o guarda foi informado pelo chefe da estação que ele a invadiu aos berros pedindo uma passagem para casa. Percebendo, pelo comportamento violento, que era inglês, deram-lhe um bilhete para a última parada. Pode ter certeza de que seu noivo está sendo bem tratado. O Sr. Harker conquistou todos os nossos corações com sua doçura e gentileza. De fato, está cada dia melhor e não tenho dúvidas de que em poucas semanas voltará a ser o que era. Mas peço que tome cuidado, por segurança. Que vocês tenham muitos e muitos anos de felicidade. É o que rezo a Deus, a São José e Santa Maria.

DIÁRIO DO DR. SEWARD

19 de agosto — Mudança repentina na conduta de Renfield. Ontem, mais ou menos às 8h da noite, ficou agitado e começou a farejar como um cão que capta um rastro de cheiro. O enfermeiro o interrogou e o louco, que se mostra sempre cortês com ele, respondeu-lhe com brutalidade:

— Não quero mais conversar com você. Você não serve. Estou esperando o Mestre.

O enfermeiro estava convencido de que ele fora acometido por uma nova forma de mania religiosa. Em tal caso, será conveniente redobrar a vigilância. Não pode haver algo mais perigoso que um homicida com idolatria religiosa. Essa combinação é terribilíssima. Às 9h, fui vê-lo. Ele agiu comigo da mesma forma que agiu com o enfermeiro, pois não conseguia enxergar diferença entre nós no estado em que estava. Parece uma obsessão religiosa, e logo pensará que é Deus, pois as minúsculas diferenças entre os homens são supérfluas demais apenas para seres onipotentes. Como esses loucos se revelam tão facilmente! O Deus de verdade cuida até para que um pardal não caia do ninho, mas o Deus criado pela vaidade humana não sabe diferenciar um pardal de uma águia. Ah, se os homens soubessem!

Em um intervalo de meia hora, Renfield foi ficando cada vez mais agitado. Não falei abertamente que o estava vigiando, mas o mantive sob absoluta observação. Subitamente, ele apresentou aquele olhar alterado que ocorre sempre que um louco tem uma ideia, dando início aos espasmos da cabeça e das costas que os enfermeiros da instituição tanto conhecem. Acalmou-se, levantou-se e passou a olhar para o nada com olhos sem brilho.

Para verificar se tal indiferença era simulada ou não, procurei puxar assunto falando a respeito dos bichos, seus prediletos. Ele, a princípio não respondeu, depois disse, com maus modos:

— Todos eles são um tédio! Não me interesso nem um pouco com eles.

— Como? — exclamei surpreendido. — Já não se interessa mais pelas aranhas? — (Seu passatempo no momento são as aranhas, e ele preenche colunas com pequenos números em seu caderno.).

A resposta foi esquisita:

— As damas de honra causam regozijo aos olhos de quem espera a noiva, mas, quando a noiva aparece, as outras perdem o brilho.

Não quis dar mais explicações. Manteve-se, então, em silêncio obstinado. Estou cansado e deprimido hoje. Não posso deixar de pensar em Lucy. Se não conseguir dormir, recorrerei ao cloral, o Morfeu da modernidade: $C_2HCl_3O.H_2O$[33]. Não. Preciso ter cuidado para que não se torne um vício. Não, não tomarei hoje! Estou pensando em Lucy e não devo desonrá-la, misturando-a com a droga. Se precisar, passarei a noite em claro...

Mais tarde — Foi bom ter tomado tal decisão. Fiquei me revirando na cama por horas. Eis que, às 2h da madrugada, o guarda noturno foi me avisar que Renfield tinha fugido. Vesti-me e saí apressadamente. O doente é muito perigoso para ficar à solta. As ideias dele podem fazer com que outras pessoas corram riscos ao cruzarem com ele.

O enfermeiro estava me esperando e afirmou que, dez minutos antes, viu Renfield em seu leito ao olhar pela abertura de observação da porta, e ele estava dormindo. O que chamou atenção foi o ruído semelhante a uma jaula que se abria. Correu apenas em tempo de ver seu pé desaparecer pela janela. Imediatamente mandou me chamar. O paciente usava apenas um pijama e não poderia estar muito longe. O guarda achou mais útil observar para onde ele ia do que segui-lo, uma vez que poderia perdê-lo de vista caso deixasse a instituição pela porta de entrada. Ele é um homem corpulento que não poderia jamais passar pela janela, mas eu, como sou esguio, com sua ajuda, consegui passar, os pés primeiro, e como estávamos apenas a poucos metros do chão, aterrissei na terra sem nenhum ferimento. O guarda me disse que ele havia ido para a esquerda e seguido em linha reta, por isso corri o mais rápido possível. Cheguei a tempo de ver um vulto branco escalando o alto muro que separa o terreno do manicômio do terreno da mansão abandonada.

Voltei imediatamente e dei ordem ao guarda de arranjar três ou quatro homens para me acompanharem à propriedade de Carfax, caso o louco se mostrasse perigoso. Arranjei uma escada e pulei para o outro lado. Consegui avistar Renfield justamente quando ele estava sumindo em um dos canto da casa e corri atrás dele. Encontrei-o agarrado à velha porta de ferro e carvalho da capela do outro lado da construção. Parecia estar conversando com alguém, mas não me

33. Fórmula química do hidrato de cloral, um sedativo altamente viciante, mas comum no século XIX para tratar insônia. Hoje é vendido somente sob prescrição médica. (N. E.)

atrevi a me aproximar para ouvir o que estava dizendo, pois poderia se assustar e fugir.

Correr atrás de um enxame de abelhas não é nada comparado a correr atrás de um louco seminu que tem a oportunidade de escapar bem à sua frente! Um pouco depois, contudo, vi que ele não parecia notar o que ocorria ao seu redor, por isso, corri o risco de chegar mais perto, até porque meus homens já tinham pulado o muro e estavam prestes a cercá-lo. Nesse instante, pude ouvi-lo dizer:

— Aqui estou para cumprir suas ordens, Mestre. Sou seu escravo e sei que me recompensará, pois o servirei fielmente. Adoro-o há muito tempo mesmo estando longe e, agora que está perto, espero suas ordens. Sei que o Mestre não se esquecerá de mim na distribuição de suas benesses, não é verdade?

Tenho a certeza agora de que ele é um pedinte irrecuperável. Mesmo acreditando estar diante da presença de Deus, só pensa em barganhar pão e peixe. O conjunto formado por suas manias é perturbador.

Quando nos aproximamos dele, lutou como um tigre. Parecia mais uma fera que um ser humano, tamanha a força. Nunca tinha visto antes um lunático em um ataque tão furioso e espero nunca mais ver. Foi sorte termos descoberto sua força e o perigo que representa ainda a tempo. Com tamanho vigor e determinação, ele poderia ter cometido muitas barbaridades antes de ser preso. Agora está seguro em todos os sentidos. Nem o próprio Jack Sheppard conseguiria se livrar da camisa de força colocada nele. Está acorrentado à parede da sala acolchoada. Seus gritos são pavorosos, mas os silêncios que os intercalam são ainda piores, mudos como a morte. Cada feição e cada movimento transparecem carnificina.

Apenas agora, proferiu palavras coerentes pela primeira vez:

— Terei paciência, Mestre. Está chegando! Está chegando! Está chegando!

Aproveitei para voltar ao meu quarto. Não conseguia dormir de tanta agitação, mas o diário me acalmou e acho que conseguirei descansar esta noite.

CAPÍTULO IX

Van Helsing

Carta da Srta. Mina Harker para Srta. Lucy Westenra

Budapeste, 24 de agosto

Minha querida Lucy,

Sei que você está ansiosa para saber notícias minhas desde que parti de Whitby. Cheguei bem a Hull, e ali tomei o navio para Hamburgo, vindo parar aqui.

Sinto que mal consigo me lembrar de algo da viagem, exceto que estava vindo para Jonathan e que, como iria cuidar dele, deveria aproveitar aquele momento para dormir o máximo que pudesse. Encontrei-o em estado lamentável. Estava magro e abatido. Seus olhos perderam o viço de resolução e aquela calma dignidade, que lhe contara conter em sua face, desapareceu. Ele é apenas uma sombra do que foi e não se lembra de coisa alguma que lhe aconteceu há muito tempo. Pelo menos é o que parece estar querendo me fazer acreditar ser verdade. Resolvi não insistir. Sofreu um terrível choque e tenho medo de afetar ainda mais seu cérebro ao tentar fazer com que se lembre dos fatos. A irmã Agatha, que é uma ótima pessoa e uma enfermeira maravilhosa, contou-me que ele discorreu sobre coisas terríveis em seu estado de delírio. Pedi que me contasse tudo o que ele tinha falado para ela. Contudo, ela persignou-se e nada quis dizer, limitou-se a comentar que os delírios de um adoentado eram um segredo de Deus e se uma enfermeira com sua vocação os ouvisse, deveria respeitar esse direito. Ela é bondosa, uma alma pura, e no dia seguinte, vendo-me ainda perturbada, tocou no assunto novamente, repetindo que não poderia nunca contar-me sobre o que meu querido Jonathan delirara, mas adicionou:

— Eu posso lhe garantir isso, minha querida: ele não cometeu pecado algum e não há motivo para que você, sua futura esposa, se preocupe. Ele não esqueceu a senhorita e nem as promessas que lhe fez. O medo relatado por ele era relacionado a coisas grandiosas e horríveis, que não podem ser resolvidas por simples mortais.

Creio que a boa senhora tenha inferido que eu estava com ciúmes de Jonathan, pensando que ele havia se apaixonado por outra senhorita. Ciúmes de Jonathan! Contudo, minha cara, confesso baixinho a você que estremeci de alegria ao certificar-me de que não havia outra mulher por trás do ocorrido. Agora estou sentada à cabeceira da cama dele, contemplando seu semblante enquanto dorme. Ele está acordando!...

Quando acordou, pediu-me o casaco e queria procurar algo em seu bolso. Pedi à irmã Agatha, que trouxe tudo prontamente. Entre os pertences, vi seu diário e estava prestes a pedir para lê-lo, pois sabia que poderia conter os indícios de seus tormentos, mas suponho que ele tenha percebido o que desejava em meus olhos, já que me pediu para ir até a janela, dizendo que queria ficar sozinho por algum tempo. Depois, chamou-me novamente e, quando aproximei-me, ele estava com a mão pousada sobre o diário e disse com um tom solene:

— Wilhelmina — compreendi que era algo muito importante, afinal, só me chamou assim no dia em que me pediu em casamento —, você sabe o que penso sobre confiança mútua entre marido e mulher: não deve haver nenhum segredo, nada a ocultar. Tive um grande choque nervoso, e quando penso no que me acometeu, o mundo começa a girar diante dos meus olhos, e não consigo distinguir se o que aconteceu foi real ou as alucinações de um homem insano. Já sabe que eu tive uma febre cerebral e que isso é uma espécie de insanidade. O segredo está aqui e não quero mais saber dele. Quero recomeçar a vida daqui, com o nosso casamento, pois, minha querida, nós tínhamos decidido nos casarmos assim que as burocracias fossem resolvidas. Está disposta, Wilhelmina, a compartilhar da minha ignorância? Eis o caderno. Fique com ele, leia-o, se quiser, mas não me deixe saber, a não ser que um dever solene me force a reviver essas horas tão amargas, tenham sido elas vividas em sonhos ou acordado, na insânia ou na lucidez, mas que, de todo modo, aqui foram registradas.

Caiu, exausto, e eu coloquei o caderno debaixo de seu travesseiro. Pedi à irmã Agatha que providenciasse junto à madre superiora a realização do nosso casamento para esta tarde e estou esperando a resposta.

Ela acaba de me dizer que o capelão da missão inglesa foi chamado. Vamos nos casar dentro de uma hora, assim que Jonathan acordar...

Lucy, o momento finalmente chegou e já passou. Me sinto tão solene, mas muitíssimo feliz. Jonathan acordou um pouco depois da hora marcada, mas tudo já estava providenciado. Ele se sentou na cama e escoramos alguns travesseiros. Ele disse "sim" de forma forte e firme. Eu mal consegui pronunciar, pois sentia meu coração tão cheio que as palavras pareciam me sufocar. As irmãs foram todas muito gentis. Por favor, ó Deus, não me deixe jamais, jamais esquecê-las, nem as solenes e doces responsabilidades a que me comprometi! Tenho que contar a você sobre meu presente de casamento.

Quando o capelão e as irmãs me deixaram a sós com meu marido — é a primeira vez, Lucy, que escrevo as palavras "meu marido" —, peguei o seu diário debaixo de seu travesseiro e o embrulhei em um papel branco, amarrei-o com a fita azul que estava em meu pescoço e selei-o com um lacre de cera em cima do nó, carimbando-o com meu anel de noivado. Então o beijei e mostrei ao meu marido. Prometi a Jonathan não romper o selo senão em caso de extrema necessidade, para a segurança dele próprio ou do cumprimento de um dever. Aquilo era um símbolo da nossa confiança mútua e só seria aberto para o bem dele ou por extrema necessidade.

Em seguida, ele pegou minhas mãos e, Lucy, foi a primeira vez que segurou as mãos de *sua esposa* e disse que meu gesto tinha sido a coisa mais bela e importante do mundo todo. Afirmou, ainda, que reviveria todo o passado, se fosse preciso, para superá-lo. O coitadinho quis dizer que reviveria apenas uma parte do passado, as últimas semanas, mas não consegue raciocinar direito ainda em relação ao tempo, então não me surpreende misturar meses e até anos por enquanto.

O que posso dizer diante disso? Disse-lhe que era a mulher mais feliz do mundo e que tudo o que poderia dar a ele era eu mesma, minha vida e minha confiança, tudo isso acompanhado de meu amor e meus deveres pelo resto de nossos dias. Minha cara, quando ele me beijou e me trouxe para perto dele com as fracas mãos, foi como se tivéssemos selado um voto solene entre nós.

Sabe por que estou contando tudo isso a você? Não é somente por ser tudo lindo e muito importante para mim, mas pelo privilégio de ter sido sua amiga e mentora após a sua saída da escola para se preparar para o mundo. Assim, você verá aonde o dever me levou e, assim, que em sua própria vida de casada, você possa ser tão feliz como eu. Minha querida, pelo Deus Todo Poderoso, sei que sua vida poderá ser tudo o que promete: um longo dia ensolarado e sem ventos bruscos, com os deveres cumpridos e sem desconfiança. Desejo que nunca haja dor e espero que você seja *sempre* tão feliz como me sinto *agora*. Adeus, querida. Enviarei esta carta imediatamente e talvez lhe escreverei de novo em breve. Agora paro por aqui, pois Jonathan está acordando. Preciso cuidar do meu marido!

Com amor, sempre, de sua

Mina Harker.

Carta de Lucy Westenra para Mina Harker

Whitby, 30 de agosto.

Minha querida Mina,

Todo o amor do mundo e milhões de beijos, e que você possa logo estar em sua casa com seu marido. Queria que vocês ficassem mais um pouco aqui conosco. O ar vigoroso de Whitby faria com que Jonathan se recuperasse mais rapidamente. Eu me recuperei muito bem. Meu apetite está maravilhoso, sinto-me cheia de vida e estou dormindo bem. Você ficará feliz em saber que parei completamente com o sonambulismo. Creio que há uma semana que não saio da cama, isto é, depois de me deitar à noite. Arthur disse que engordei. Por falar nisso, esqueci de contar que Arthur está aqui. Passeamos e caminhamos, remamos, jogamos tênis e pescamos juntos. Estou mais apaixonada do que nunca. Ele *diz* que me ama mais agora, mas duvido, pois, a princípio, disse-me que não poderia me amar mais do que me amava naquele momento. Mas isso não passa de bobagem. Lá vem ele, está me chamando. Então, por enquanto, isso é tudo o que tenho para lhe dizer. Da sua amiga que a ama muito,

Lucy.

Obs.: Mamãe mandou lembranças. Ela parece estar melhor, pobrezinha.

Obs. 2: Vamos nos casar dia 28 de setembro.

DIÁRIO DO DR. SEWARD

20 de agosto — O caso Renfield está cada vez mais empolgante. Está tão calmo agora que consegue passar períodos maiores sem assomos de fúria. Durante a primeira semana após seu ataque, mostrou-se perpetuamente furioso, depois, certa noite, quando a lua acabava de surgir, acalmou-se de repente e murmurou para si mesmo:

— Agora posso esperar. Agora posso esperar.

O enfermeiro me comunicou e fui logo vê-lo. Ele ainda estava usando camisa de força no quarto acolchoado, mas o olhar vago tinha desaparecido, fazendo com que aquele ar suplicante e submisso retornasse. Dei ordem para deixá-lo mais à vontade. Os enfermeiros hesitaram. Foi estranho como teve a capacidade de perceber a desconfiança da equipe médica. Ele se aproximou de mim e sussurrou, olhando furtivamente para eles:

— Imagine! Acham que eu posso fazer mal *ao senhor*! Que imbecis!

Percebi com alívio que o pobre louco me diferia dos demais, mas não consigo entender sua forma de pensar. Será que ele pensa que temos algo em comum e estamos sob condições iguais? Ou será que meu bem-estar é necessário para que seja recompensado com algum benefício? Procurarei fazê-lo falar depois, hoje ele não falará. Mesmo a oferta de um gato filhote ou até de um gato adulto não lhe tentou. Apenas disse:

—Não tenho mais interesse em gatos. Tenho outras coisas para pensar agora. Posso esperar, posso esperar.

Depois de um tempo, eu o deixei. Os enfermeiros contaram-me que ele ficou tranquilo até a hora do raiar da aurora, depois foi de novo tomado por uma crise de fúria, à qual se seguiu uma espécie de coma por exaustão.

Há três dias que o quadro se repete: violência durante todo o dia, depois calma desde o crepúsculo até o nascer do sol. Gostaria de ter alguma pista do motivo. Parece que há uma influência instável. Esta noite farei uma experiência. Outro dia, ele fugiu sem nossa ajuda. Hoje fugirá com ela. Vou dar-lhe uma oportunidade e meus homens prontamente o seguirão, em caso de necessidade.

23 de agosto — "O inesperado sempre acontece." Disraeli[34] era um sábio em relação à vida. Renfield preferiu não fugir pela janela deixada propositalmente aberta. Ao menos provamos uma coisa, que os surtos de letargia duram tempo considerável. No futuro, poderemos soltar suas amarras por algumas horas todos os dias. Dei ordens ao guarda noturno para simplesmente deixá-lo trancado na sala acolchoada depois que ele se acalmasse até a hora do sol nascer. A pobre alma gostará de ter certo alívio, ainda que sua mente não saiba apreciá-lo. Ora, ora! O inesperado aconteceu mais uma vez! Estão me chamando. O paciente fugiu de novo.

Mais tarde — Outra aventura noturna. Renfield esperou, com todo cuidado, o enfermeiro entrar na sala para examiná-lo, então escapou passando por ele e, correndo, atravessou o corredor. Mandei os guardas irem atrás dele. Mais uma vez invadiu o terreno da casa abandonada, e o encontramos no mesmo lugar, agarrado à porta da antiga capela. Quando me viu, ficou furioso. Se os guardas não o tivessem segurado, teria me atacado e tentado me matar. Já estava detido quando uma coisa estranha aconteceu. Subitamente, Renfield redobrou as forças, para em seguida tornar a se acalmar de repente. Olhei para os lados instintivamente, mas não enxerguei nada. Então acompanhei o olhar

34. Adaptação da frase de Benjamin Disraeli, primeiro-ministro britânico. "Aquilo pelo que ansiamos raramente acontece; o que menos esperamos geralmente acontece." (N. T.)

do paciente, e não vi coisa alguma no céu enluarado, exceto um grande morcego, que batia as asas fantasmagóricas em silêncio, rumo a oeste. Morcegos em geral voam em círculos, mas aquele parecia seguir em linha reta, como se soubesse aonde estava indo ou tivesse alguma intenção própria. No mesmo instante, o paciente ficou calmo e disse:

— Não precisa me amarrar. Irei pacificamente!

Voltamos para a instituição sem qualquer transtorno. Sinto que há certo mau agouro em sua calma e não me esquecerei do que aconteceu esta noite...

DIÁRIO DE LUCY WESTENRA

Hillingham, 24 de agosto — Resolvi imitar Mina e escrever um diário. Dessa forma, conseguirei me lembrar de tudo que quero lhe contar quando ela voltar, me pergunto quando será. Gostaria que ela estivesse aqui comigo novamente, pois me sinto tão melancólica. Na noite passada, tive a impressão de estar sonhando de novo, como acontecia em Whitby. Talvez tenha sido a mudança de ar ou o fato de estar em casa de novo. Tudo é sombrio e horrível para mim. Não me lembro de nada, mas sinto-me vítima de um temor indistinto, e estou fraca e abatida. Quando Arthur apareceu para almoçar, ficou visivelmente impressionado ao me ver e não consegui mostrar-me animada. Verei se durmo hoje no quarto de minha mãe. Inventarei uma desculpa para que isso aconteça.

25 de agosto — Mais uma noite desagradável. Minha mãe não se mostrou entusiasmada com a minha proposta. Naturalmente, como não está passando bem, ficou com medo de me preocupar. Tentei ficar acordada até mais tarde, mas, quando soaram as doze badaladas, fui despertada do meu cochilo, portanto, havia caído no sono. Ouvi um arranhado ou bater de asas na janela, mas não me preocupei em saber o que era, e como não me lembro de mais nada, acho que devo ter adormecido. Tive mais pesadelos, gostaria de me lembrar deles.

Hoje amanheci muito fraca, pálida e meu pescoço dói muito. Devo estar com alguma coisa no pulmão, porque nunca pareço conseguir inspirar ar o suficiente. Preciso mostrar-me animada quando Arthur chegar ou sei que ficará muito mal em me ver nesse estado.

Carta de Arthur Holmwood para Dr. Seward

Hotel Albemarle,
31 de agosto

Meu caro Jack,

Desejo um favor seu. Lucy não está passando bem. Não tem uma doença definida, porém parece estar piorando a cada dia. Já lhe perguntei se haveria algum motivo, mas não me atrevo a conversar sobre isso com a mãe dela, cujo estado grave de saúde não lhe permitiria ter preocupações com a filha sem correr iminente risco de morte. A Sra. Westenra me confessou que está em estágio terminal, sofre do coração, e a pobre Lucy ainda não sabe disso. Tenho certeza de que há algo que consome os pensamentos da minha amada e sinto dor ao vê-la assim. Disse a ela que pediria a você para examiná-la e ela relutou no começo — sei bem o motivo, meu amigo — mas acabou concordando. Sei que será penoso para você, mas é para o bem *dela*, e sei que não devo hesitar em chamá-lo e você em agir. Venha almoçar amanhã aqui em Hillingham, assim a sua visita não fará a Sra. Westenra desconfiar de qualquer coisa e após o almoço Lucy terá a oportunidade de se encontrar a sós com você. Chegarei para o chá, e poderemos sair juntos. Estou muito aflito e quero conversar com você em particular logo que a tiver examinado. Não deixe de vir!

Arthur

Telegrama de Arthur Holmwood para Seward

1° DE SETEMBRO

FUI CHAMADO PARA VER MEU PAI, QUE PIOROU. ESCREVA-ME TUDO HOJE À NOITE PARA O ENDEREÇO EM RING. MANDE TELEGRAMA, SE FOR NECESSÁRIO.

Carta do Dr. Seward para Arthur Holmwood

2 de setembro

Meu caro amigo,

No que diz respeito à saúde da senhorita Westenra, apresso-me em dizer-lhe que, na minha opinião, não há distúrbio funcional ou moléstia que eu conheça. Ao mesmo tempo, seu estado preocupa-me, pois sua aparência mudou terrivelmente desde a última vez em que a vi. Claro que você deve ter em mente o fato de que não tive oportunidade de examiná-la plenamente como gostaria. Nossa própria amizade cria certa dificuldade que nem a ciência médica nem a prática podem superar. Seria melhor contar exatamente o que aconteceu para que você tire suas próprias conclusões. A seguir, relatarei o que fiz e o que proponho que seja feito.

Encontrei a Srta. Westenra aparentemente alegre. A mãe estava presente, e, em poucos segundos, concluí que a filha fazia tudo o que podia para enganá-la e evitar que ficasse preocupada. Mas, se ela ainda não sabe o que ocorre com a mãe, ao menos imagina que o caso da Sra. Westenra exija tal precaução. Almoçamos, esforçando-nos em demonstrar animação, e conseguimos, como que em recompensa por nossos esforços, sentir um entusiasmo genuíno por alguns momentos. Então a Sra. Westenra foi se deitar, e Lucy ficou sozinha comigo.

Fomos ao seu quarto, e até chegarmos ali o entusiasmo persistiu, pois havia criados passando. Assim que a porta se fechou, a máscara caiu de seu rosto e ela afundou na cadeira com um longo suspiro, escondendo os olhos com as mãos. Quando vi seu entusiasmo passar, tirei logo vantagem da reação em busca de um diagnóstico. Ela me disse com toda suavidade:

— Nem sei dizer como odeio falar sobre mim mesma.

Garanti-lhe que o sigilo do médico era sagrado, mas que você estava angustiado e preocupado com ela. Ela entendeu na mesma hora o que eu queria dizer e resumiu a situação em poucas palavras:

— Conte a Arthur tudo o que quiser. Não me importo comigo, só com ele, portanto, tenho certa liberdade!

Percebi facilmente que sofria de acentuada palidez, mas não consegui identificar os sinais mais comuns de anemia, e por acaso consegui testar uma amostra do sangue dela. Ao abrir uma janela emperrada, uma corda se rompeu e ela cortou levemente a mão em um caco de vidro. Não foi nada grave, mas tive a oportunidade de coletar algumas gotas para examinar. A análise qualitativa indica condição normal e demonstra saúde vigorosa. Quanto aos aspectos físicos, fiquei bastante satisfeito por não haver motivo para preocupações, mas como parece existir alguma outra causa, concluí que possa ser mental. Ela se queixa de dificuldade para respirar e do sono pesado e letárgico em alguns momentos, além de sonhos assustadores, dos quais, entretanto, não consegue se lembrar. Disse que, quando era menina, costumava andar dormindo, e que esse costume voltou em Whitby. Lá chegou, até mesmo, a andar à noite ao East Cliff, onde foi encontrada pela Srta. Murray. Porém, garantiu que o hábito não voltou a se manifestar nos últimos dias.

Fiquei em dúvida, então fiz o melhor que poderia fazer: escrevi ao meu velho amigo e mestre, o professor Van Helsing, de Amsterdã, que conhece mais a respeito de enfermidades obscuras que qualquer outra pessoa do mundo. Pedi que viesse examiná-la e, como você me pedira para deixar todos os encargos por sua conta, expliquei-lhe quem você era e quais eram suas relações com a Srta. Westenra. Isso, meu caro amigo, está de acordo com seus desejos, e ficarei, realmente, muito orgulhoso e feliz de fazer qualquer coisa que puder por ela.

Van Helsing atenderá, bem sei, quaisquer que sejam meus pedidos, por razões pessoais, portanto, não importa quais serão suas exigências, devemos aceitar suas recomendações. Aparentemente, é um homem esquisito, arbitrário, mas isso acontece por saber muito o que diz, melhor do que qualquer outra pessoa. É um filósofo, um metafísico e um dos mais avançados cientistas de nossos dias. Estou convencido de sua mentalidade totalmente aberta. Seus nervos são de aço, seu temperamento é frio como o gelo, possui uma determinação indomável, autocontrole e tolerância. Suas virtudes comparam-se até mesmo a bênçãos, pois possui o coração mais generoso que conheço. Essa são as armas usadas na nobre tarefa desempenhada para a humanidade, de forma teórica e prática, pois suas opiniões são tão abrangentes quanto sua simpatia. Conto-lhe tudo isso para que entenda o quanto confio nele. Pedi a ele que viesse o mais rápido que pudesse. Amanhã tornarei a examinar Srta. Westenra. Ela vai se encontrar comigo nas lojas para não assustar a mãe.

Sempre seu,
John Seward.

Carta de Abraham Van Helsing, Doutor em Medicina, Filosofia, Letras, etc., etc. para Dr. Seward

2 de setembro

MEU BOM AMIGO,

Acabo de receber sua carta e já estou indo ao seu encontro. Por sorte, consigo partir imediatamente, sem prejudicar ninguém que conte comigo. Mesmo que não pudesse seria uma pena para os que aqui precisassem de mim, pois partiria ao chamado de meu amigo a fim de ajudar as pessoas que lhe fossem queridas. Diga ao seu amigo que, quando você, com tanta habilidade, sugou de minha ferida o veneno daquela faca infectada que nosso outro colega, nervoso demais, deixou escapar, você fez mais por ele do que toda a sua grande fortuna poderia pagar.

Contudo, ajudar seu amigo traz-me um prazer adicional. É por você que vou. Arranje-me um quarto no Great Eastern Hotel para que eu possa ficar próximo, e, por favor, deixe combinado o encontro com a jovem dama amanhã, não muito tarde. É provável que eu precise voltar de noite mesmo a Amsterdã. Se for necessário, posso retornar em três dias e ficar mais. Até breve, adeus, meu estimado John.

VAN HELSING

Carta do Dr. Seward para Arthur Holmwood

3 de setembro

Meu caro Art,

Van Helsing veio e já voltou. Foi comigo até Hillingham para ver Lucy e, graças às providências dela, a mãe estava almoçando fora e ele conseguiu examiná-la melhor.

Ele ficou de conversar comigo e tentarei transmitir as orientações, porque, naturalmente, não estive presente durante todo o tempo. Confesso que o achei preocupado, mas me disse que tem de refletir sobre o caso. Ao dizer a ele sobre a nossa amizade e a forma como você me passou o caso, ele pontuou:

—Você deve dividir todas as hipóteses com ele, mas só conte o que eu acho se você conseguir adivinhar. Não, não estou brincando, isso não é brincadeira, é uma questão de vida ou morte, talvez mais do que isso.

Quis que explicasse melhor, pois seu tom era muito sério, mas ele não apresentou novos esclarecimentos. Já tínhamos voltado para a cidade e ele tomava uma xícara de chá antes de voltar para Amsterdã. Ele não me deu mais nenhuma pista. Não fique aborrecido comigo, Art, porque a própria reticência de Van Helsing é uma prova de que seu cérebro está trabalhando intensamente para o bem da senhorita Westenra. Ele dará seu diagnóstico com clareza quando julgar oportuno. Comentei com ele que simplesmente escreveria um relato da consulta, como se estivesse fazendo um artigo especial para o Daily Telegraph. Aparentemente, o professor não me ouviu direito e comentou que a poluição de Londres não estava tão ruim quanto na época em que vivera aqui como estudante. Receberei seu relatório amanhã, se ele conseguir terminá-lo. Em todo caso, Van Helsing escreverá uma carta.

Bem, com relação à visita, Lucy mostrou-se mais animada e certamente parecia ter melhorado desde o primeiro dia em que a vi. Perdeu um pouco da palidez macabra que o deixou preocupado e a respiração estava normal. Foi muito meiga com o professor (como sempre) e tentou deixá-lo à vontade, embora eu tenha notado que a pobrezinha estava se esforçando demais para isso. Acredito que Van Helsing também tenha percebido. Sob as suas sobrancelhas espessas, notei um olhar de relance que conheço muito bem. Ele então começou a comentar sobre diversos assuntos, exceto sobre nós mesmos e sobre doenças, com tamanha desenvoltura e simpatia que vi a animação fingida de Lucy tornar-se realidade. Em seguida, sem qualquer mudança aparente, o professor passou a falar delicadamente sobre sua visita, e acrescentou, com gentileza:

— Minha querida jovem, tenho um enorme prazer em ver que a senhorita é muito amada. Isso já é muita coisa, minha cara, ainda que haja muito mais sobre você que eu não conheço. Eles disseram que a senhorita estava desanimada, com uma palidez macabra. O que tenho a dizer a eles? Tolice! — E estalou os dedos na minha direção, antes de continuar. — A senhorita e eu mostraremos a eles como estão enganados. Como ele poderia saber alguma coisa sobre jovens senhoritas? — E apontou para mim fazendo a mesma expressão e o mesmo gesto que fazia na sala de aula durante, ou melhor, após um particular incidente que ele nunca me deixa esquecer. — Ele tem os seus loucos para brincar e para fazê-los voltar a serem felizes, bem como aqueles que os amam. É muito trabalho, mas há recompensas na restauração da felicidade. Entretanto, jovem senhorita! Ele não tem esposa, nem filha, e as moças não se abrem para os jovens, só para os velhos, como eu, que já viram muitas tristezas e seus motivos. Dessa forma, minha cara, vamos mandá-lo agora sair para fumar um cigarro no jardim, enquanto você e eu ficamos aqui jogando conversa fora.

Entendi a deixa e saí para um passeio, até que o professor apareceu na janela e convidou-me para entrar. Ele parecia preocupado, mas disse:

— Fiz um exame cuidadoso e não há nenhum problema fisiológico. Concordo com você que tenha havido perda de sangue. Houve, de fato, porém não há mais. No entanto, nada nela indica se tratar de anemia. Pedi que chamasse a criada para lhe fazer uma ou duas perguntas e não deixasse escapar nada. Sei bem o que ela vai me dizer. E, certamente, há uma causa, sempre há uma causa para tudo. Preciso voltar para casa e pensar. Envie-me um telegrama por dia e, se houver alguma alteração, voltarei. A doença, já que se trata de uma doença não estar bem, interessa-me, e a meiga e querida moça também. Ela me encanta e voltarei por ela, mais do que por você ou pela doença.

Conforme expliquei antes, ele não disse mais nada, nem mesmo quando ficamos a sós. E então agora, Art, você sabe tudo o que sei. Ficarei zelosamente atento. Espero que seu pai esteja melhor. Deve ser uma terrível situação, meu querido amigo, se ver colocado em uma posição em que se preocupa ao mesmo tempo com duas pessoas que ama tanto. Sei que o dever o prende junto de seu pai, mas, se houver necessidade, o avisarei imediatamente para vir ver Lucy. Sendo assim, não se angustie e aguarde as minhas notícias.

DIÁRIO DO DR. SEWARD

4 de setembro — O paciente zoófago continua a nos interessar. Teve apenas um outro surto ontem, em horário incomum. Pouco antes do meio-dia começou a ficar agitado. O guarda reconheceu os sintomas e pediu ajuda na mesma hora. Por sorte, os homens vieram correndo e chegaram a tempo. Ao meio-dia em ponto, Renfield ficou tão violento que precisaram de todas as forças para contê-lo. Cerca de cinco minutos depois, no entanto, voltou a se acalmar e, por fim, entrou em uma espécie de melancolia, estado em que está até agora.

O enfermeiro relatou que os gritos durante a convulsão foram realmente apavorantes. Eu estava ocupado na hora, atendendo outros pacientes, que ficaram assustados. Na verdade, posso entender muito bem o efeito. Os sons perturbaram até a mim, mesmo a certa distância. Agora está na hora do jantar dos pacientes, e Renfield resmunga sozinho em um canto com uma expressão aparvalhada, sombria, contrita, que parece mais sugerir do que demonstrar qualquer coisa específica. Não consigo entender exatamente o que ele sente.

Mais tarde — Outra alteração em meu paciente. Às cinco horas fui visitá-lo e o encontrei aparentemente alegre e bem-disposto como costumava ser. Estava caçando suas moscas e as engolindo, e anotava cada captura fazendo marcas com suas unhas na porta, entre as placas almofadadas. Ao me ver, aproximou-se, desculpou-se pelo mau comportamento e me pediu de modo humilde, constrangido, para ser levado de volta ao próprio quarto e que lhe devolvessem seu caderno. Achei que seria bom satisfazê-lo, então o paciente foi transferido para o antigo quarto com a janela aberta. Renfield espalhou o açúcar do chá no parapeito da janela e vem conseguindo coletar um bocado de moscas. Agora não as come mais, guarda todas em uma caixa, como fazia antes, e já está examinando os cantos do quarto em busca de uma aranha. Tentei fazê-lo falar sobre os últimos dias, pois qualquer indício de seus pensamentos seria extremamente útil, mas ele não disse mais nada. Durante alguns momentos, pareceu-me muito triste e seu tom era distante, como se falasse consigo mesmo e não comigo.

— Tudo acabado! Está tudo acabado! Ele me abandonou. Não há esperança para mim a não ser que eu faça tudo sozinho! — Então virou-se para mim, subitamente decidido, e disse: — Doutor, o senhor faria a gentileza de me trazer um pouco mais de açúcar? Creio que seria muito bom para mim.

— E as moscas? — perguntei.

— Isso! As moscas gostam, eu gosto delas, portanto, também gosto de açúcar.

E ainda existem pessoas tão desavisadas que pensam que os loucos não raciocinam. Trouxe-lhe uma porção dupla de açúcar e imagino ter feito dele o homem mais feliz do mundo. Quem dera pudesse penetrar em sua mente.

Meia-noite — Outra alteração nele. Eu tinha acabado de retornar de uma visita à Srta. Westenra, que apresenta considerável melhora, e estava de pé junto ao portão, olhando o sol se pôr, quando ouvi Renfield gritar outra vez. Como o quarto dele fica naquele lado da casa, pude ouvi-lo melhor do que pela manhã. Para mim, foi como um choque deixar a maravilhosa beleza da bruma do pôr do sol londrino — com luzes distintas, sombras fortes e todos os tons magníficos que se formam tanto nas nuvens poluídas quanto nas águas turvas do rio — e notar a severidade sombria de meu manicômio de pedra fria, com sua aura de angústia ofegante, só com meu próprio coração desolado para suportar tudo.

Cheguei ao quarto dele quando o sol já desaparecia e, de sua janela, vi o disco vermelho terminar de mergulhar no horizonte. Conforme sumia, Renfield foi ficando cada vez menos agitado e, quando a noite chegou, ele fraquejou nas mãos que o detinham, feito uma massa inerte, caindo no chão. É magnífico, contudo, o poder de recuperação dos lunáticos. Alguns minutos depois, levantou-se bastante sereno e olhou ao redor. Fiz sinal para que os enfermeiros não o agarrassem, pois estava ansioso para ver o que Renfield faria. Foi direto para a janela e tirou o restante de açúcar do parapeito. Em seguida, pegou a caixa de moscas e a esvaziou do lado de fora da janela, jogando-a fora. Depois, fechou a janela, atravessou o quarto e sentou-se na cama. Tudo aquilo me surpreendeu, então perguntei:

— Você não vai mais colecionar moscas?

— Não — respondeu ele. — Estou farto dessa tolice toda!

Certamente se trata de um caso maravilhosamente interessante. Gostaria de ter um vislumbre de sua mente ou do motivo de suas emoções súbitas. Espere. Se conseguíssemos descobrir por que seus ataques ocorrem ao meio-dia e ao entardecer, talvez pudéssemos encontrar uma pista finalmente. Será que existe alguma influência maligna do sol em períodos específicos, que afetam determinadas sensibilidades, como a lua por vezes faz com outras? Veremos.

Telegrama de Seward, Londres, para Van Helsing, Amsterdã

4 DE SETEMBRO

PACIENTE CONTINUA MELHORANDO.

---

5 DE SETEMBRO

PACIENTE MUITO MELHOR. COM APETITE; DORME NATURALMENTE; ANIMADA; CORES VOLTANDO.

---

6 DE SETEMBRO

TERRÍVEL MUDANÇA PARA PIOR. VENHA IMEDIATAMENTE NÃO PERCA UM SEGUNDO SEQUER. AGUARDAREI SUA CHEGADA PARA TELEGRAFAR PARA HOLMWOOD.

CAPÍTULO X

Transfusão de sangue

Carta do Dr. Seward para Arthur Holmwood

6 de setembro

Meu caro Art,

As notícias de hoje não são boas. Desde manhã Lucy não está passando bem. Mas há males que vêm para o bem. A Sra. Westenra ficou aflita e consultou-me como médico. Aproveitei a oportunidade e disse-lhe que meu velho mestre, o grande especialista Van Helsing, estava vindo me visitar e que eu o levaria para tratar de Lucy, dando-lhe também minha própria assistência. Desse modo, não precisamos assustar a velha senhora. Um choque poderia resultar em sua morte súbita, o que pode ser prejudicial à Lucy no estado fraco em que se encontra. Há dificuldades por todos os lados, caro amigo, mas elas serão superadas. Escreverei se preciso for, e caso não receba notícias minhas, é porque não há novidades. Desculpe-me a pressa.

Sempre seu,
John Seward.

DIÁRIO DO DR. SEWARD

7 de setembro — A primeira coisa que Van Helsing disse quando nos encontramos em Liverpool Street, foi:

— Contou alguma coisa ao seu jovem amigo, o noivo dela?

— Não — respondi. — Estava esperando sua chegada, como disse em meu telegrama. Escrevi apenas dizendo que o senhor viria, pois a senhorita Westenra não está passando muito bem.

— Fez muito bem, meu amigo! — disse ele. — É preferível que ele saiba o mais tarde possível e talvez nunca venha a saber. Rezo para que isso aconteça, mas contaremos tudo a ele se for necessário. Deixe-me avisá-lo, amigo John. Você trata dos loucos, mas todos os homens são loucos de certa forma, portanto, também aja com discernimento em relação aos enlouquecidos de Deus e ao resto do mundo, assim como age com seus loucos. Seus pacientes não sabem o que você faz e nem por que faz. Você não lhes conta o que está pensando. Dessa forma, que o conhecimento permaneça no lugar em que possa dar frutos atrelado a outros conhecimentos. Vamos manter o que sabemos aqui e aqui — disse ele, tocando-me no coração e na testa, e depois tocou a si próprio nos mesmos lugares. — Reservo algumas suspeitas para mim mesmo. Contar-lhe-ei, mais tarde, tudo o que penso.

— Por que não me conta agora? Pode ser útil e podemos chegar a uma conclusão juntos.

Ele olhou em meus olhos e respondeu:

— Meu amigo, quando o milho já está crescido, mesmo antes de amadurecer, enquanto a seiva da mãe natureza está percorrendo seu interior e o sol não começou a pintá-lo de dourado, o chefe da família pega uma espiga, esfrega nas mãos cheias de calos e lança a palha verde para longe, dizendo: "Veja, o milho está bom e dará uma boa safra quando chegar a hora certa."

Disse que não entendi a metáfora e ele puxou a minha orelha em tom de brincadeira, como fazia nos tempos em que era meu professor, acrescentando:

— O bom chefe de família diz que o milho está maduro, porque ele sabe que é hora certa da colheita, mas não antes. Você nunca verá um chefe de família desenterrar o milho plantado para verificar seu crescimento. Isso só quem faz é uma criança que brinca de fazenda, e não quem considera aquilo como sendo o trabalho de sua vida. Consegue entender agora, amigo John? Meu milho foi semeado, e cabe a natureza fazê-lo brotar, se é que, de fato, brotará. Está com um aspecto promissor e esperarei até a espiga crescer.

Ao perceber que eu havia entendido, Van Helsing parou de falar, mas acrescentou em tom solene:

— Você sempre foi um aluno caprichoso e seu caderno sempre foi o mais completo da turma. Você era apenas um estudante naquela época, mas hoje você é o mestre, e acredito que esse hábito salutar não tenha sido perdido. Lembre-se, meu amigo, o conhecimento é mais forte que a memória. Não devemos confiar no mais fraco. Mesmo que você não conserve mais o hábito de escrever um diário, o caso da sua querida senhorita Lucy pode vir a ser, atenção para o "vir a ser", um caso de nosso interesse bem como de interesse geral, obnubilando os outros, como se diz por aqui. Qualquer detalhe é precioso. Registre até mesmo suas dúvidas e hipóteses. Futuramente será interessante analisar se suas conjecturas se comprovam. Nós aprendemos com o fracasso e não com o sucesso!

Quando descrevi os sintomas de Lucy — os mesmos de antes, porém muito mais acentuados — ele se mostrou muito sério, mas nada disse. Levou uma maleta com vários instrumentos e remédios, o equipamento de um professor de medicina, que ele chamou em uma de suas aulas de "parafernália macabra do nosso ofício benevolente".

Quando chegamos, a Sra. Westenra veio nos receber. Estava preocupada, mas não tanto quanto eu esperava. A natureza, em um de seus lapsos de bondade, determinou que mesmo a morte tivesse um antídoto para seu próprio terror. Aqui, em um caso em que o choque pode ser fatal, os eventos estão tão ordenados que, por uma razão ou outra, os assuntos que não dizem respeito a sua saúde pessoal, sendo um deles inclusive a terrível mudança no aspecto de sua filha, a quem ela é profundamente apegada, não parecem lhe atingir. Há semelhanças com a forma como a Mãe Natureza envolve um corpo estranho em uma capa de tecido insensível evitando que qualquer mal danifique organismo por meio do contato. Se isso for uma autoproteção natural, temos que pensar muito bem antes de condenar alguém por ser egoísta, pois pode haver motivos mais profundos que sejam ignorados por nós. Com esses pensamentos, concluí que a Sra. Westenra não deveria ficar próxima da filha e nem pensar muito em sua doença. Ela concordou tão rapidamente que mais uma vez vi a ação da natureza a fazendo lutar por sua vida.

Van Helsing e eu fomos levados ao quarto de Lucy. Fiquei horrorizado com o seu aspecto. Estava com uma palidez mortal. A cor desaparecera até de seus lábios e gengivas e os ossos da face pareciam querer perfurar sua pele. Respirava com grande dificuldade. Van Helsing não escondeu a profunda preocupação. Lucy estava sem forças para falar e assim, por alguns minutos, ficamos todos em silêncio. Depois, Van Helsing fez um sinal e calmamente saímos do quarto. No instante em que fechamos a porta, caminhou depressa pelo corredor até a porta mais próxima, que estava aberta. Puxando-me rapidamente para dentro, girou a maçaneta e exclamou:

— Meu Deus! O quadro é grave, não temos tempo a perder. Ela morrerá por mera falta de sangue para bombear normalmente seu coração. Temos de fazer uma transfusão de sangue imediatamente. Quem será o doador? Eu ou você?

— Sou mais jovem e mais forte, professor. Eu darei.

— Então, prepare-se. Buscarei minha valise. Já estou pronto.

Desci ao andar térreo com ele, e uma pancada forte soou na porta. Quando chegamos, a criada tinha acabado de abri-la e Arthur entrou apressado.

— Jack, estou morrendo de aflição — disse ele. — Sua carta me assustou terrivelmente. Como meu pai melhorou um pouco, peguei o primeiro trem. Acaso este não seria o Dr. Van Helsing? Sou muito grato por ter vindo, doutor.

Inicialmente, o professor ficou irritado com a interrupção em um momento tão crítico, mas assim que percebeu a força e a virilidade de Arthur, seus olhos brilharam. Sem nem sequer uma pausa, disse-lhe seriamente enquanto ainda segurava sua mão:

— Chegou a tempo, senhor. Sua noiva não está nada, nada bem. Não, meu rapaz, não fique assim...

Arthur empalideceu e sentou-se em uma cadeira, quase desmaiando.

— Você vai ajudá-la. Você consegue fazer mais do que qualquer ser vivente e ainda tem a coragem ao seu lado.

— O que devo fazer? — perguntou Arthur com a voz rouca. — Minha vida é dela e darei, de boa vontade, até a última gota de meu sangue.

— Não lhe pedirei tanto — replicou o professor com um traço de humor que conheço bem. — Não até a última gota!

— Mas o que devo fazer? — perguntou Arthur com olhos ardentes, e narinas que dilatavam-se com obstinação.

— Venha. O senhor é um homem e é disso que precisamos. Você é melhor que eu, melhor que meu amigo John.

Arthur parecia desorientado. O professor então explicou com calma e gentileza:

— A jovem está muito mal. Precisa de sangue para não morrer. Meu amigo John e eu conversamos e estávamos para fazer o que se chama de uma transfusão de sangue, isto é, transferir sangue de veias saudáveis para veias vazias que precisam dele. John tinha se oferecido para doar, pois é mais jovem e mais forte que eu.

Nesse momento, Arthur pegou a minha mão e apertou com força sem dizer nada, e o professor continuou:

— Mas agora que você está aqui e é melhor do que nós dois, seja o velho ou o jovem, pois nosso trabalho opera muito no mundo dos pensamentos. Não temos os nervos tão calmos e nosso sangue não brilha tanto quanto o seu!

— Se apenas soubesse o quanto estou disposto a morrer por ela, você entenderia... — disse Arthur com voz embargada.

— Bom rapaz! — disse Van Helsing. — Logo ficará contente por saber que fez tudo o que podia por ela, quem você ama. Venha e fique em silêncio. Pode beijá-la antes de iniciarmos, mas, ao meu sinal, deverá sair. Não conte nada à mãe dela. Você sabe que ela não está bem. Não pode sofrer choques e saber o que está acontecendo aqui seria um. Venha!

Fomos para o quarto de Lucy. Van Helsing instruiu Arthur para não entrar no quarto. Lucy virou a cabeça e olhou para nós sem dizer nada. Não estava dormindo. Sentia apenas muita fraqueza para falar. O olhar falava por ela e isso bastava.

O professor tirou alguns instrumentos de sua valise e os posicionou em uma pequena mesa fora do campo de visão. Em seguida, preparou um narcótico e aproximou-se da cama.

— Agora, pequena moça, aqui está seu remédio. Tome isto como uma boa menina. Deixe-me levantar sua cabeça para ficar mais fácil de beber. Isso, assim. — disse a Lucy jovialmente.

Ela conseguiu beber com esforço. Foi espantoso o tempo que a droga levou para fazer efeito, o que indicava a extensão de toda a sua fraqueza. O período pareceu infinito até que suas pálpebras começassem a se fechar mais lentamente. Por fim, o narcótico começou a demonstrar sua potência e ela caiu em um sono profundo. Quando o professor estava satisfeito com o efeito, chamou Arthur e mandou-o tirar o casaco, dizendo:

— Agora pode beijá-la enquanto arrumo a mesa. John, venha me ajudar!

Assim, ninguém olhou quando ele se inclinou para beijar a noiva.

Van Helsing virou-se para mim e sussurrou:

— Ele é jovem, forte e tem o sangue puro. Não será preciso desfibrinar.

Van Helsing realizou o procedimento com destreza e metodologia. Durante a transfusão, a face de Lucy pareceu recobrar as cores e a vida, e ela reluzia em absoluta alegria contrastando com a palidez crescente na face de Arthur. Fui ficando agoniado, pois, apesar do vigor de meu amigo, a perda sanguínea estava lhe fazendo mal. Deu para ter uma ideia de como o sistema de Lucy sofria dificuldades. O que enfraquecia totalmente seu noivo a deixava apenas levemente recuperada. A expressão do professor era impassível e ele permaneceu em pé, com o relógio nas mãos e olhos fixos ora na paciente, ora em Arthur. Eu conseguia ouvir as próprias batidas do meu coração. Logo ele disse em uma voz suave:

— Não se mexa. Já é o bastante. John, cuide dele. Examinarei Lucy.

Fiz um curativo no braço de Arthur e vi como ele estava fraco. Segurei-o pelo braço para trazê-lo. Van Helsing comentou sem virar a cabeça, o homem parecia ter olhos em sua nuca:

— Creio que o corajoso namorado mereça agora outro beijo, que deverá dá-lo agora.

Depois de terminar o procedimento, apalpou o travesseiro de Lucy. Enquanto fazia isso, a tira de veludo preto que ela trazia sempre no pescoço, presa por um broche de diamantes, presente do namorado, saiu do lugar e deixou à vista a marca vermelha em sua garganta. Arthur não o notou, mas observei que Van Helsing inspirou profundamente, que é um de seus modos de demonstrar emoção. Ele não fez comentário algum, mas virou-se para mim.

— Agora, leve para fora o valente namorado — disse-me ele como se fosse uma ordem. — Dê-lhe um cálice de vinho do Porto e faça-o deitar-se por algum tempo. Depois, ele deve ir para casa e se alimentar e dormir bastante porque pode ser preciso doar mais sangue. Não deve ficar aqui. Espere! Sei que está ansioso para saber o resultado. De forma geral, posso dizer que o procedimento foi um sucesso. A vida dessa jovem foi salva e agora você pode ir descansar em casa com a consciência tranquila de que fez tudo o que podia. Quando ela melhorar, direi tudo a ela. Ela jamais deixará de amá-lo por tudo o que você fez. Adeus.

Quando Arthur se retirou, voltei para o quarto. Lucy estava dormindo sossegada, mas sua respiração era forte e dava para ver o peito arfando pelo movimento das cobertas. Van Helsing, sentado ao lado da cama, olhava atentamente para ela. Perguntei ao professor em voz muito baixa:

— O que acha daquele ferimento no pescoço?

— O que *você* acha?

— Ainda não examinei — respondi.

Tratei, então, de afrouxar a tira de veludo. Um pouquinho acima da veia jugular havia duas incisões, que não eram muito grandes, mas não tinham bom aspecto. Imaginei que talvez aquilo explicasse a perda de sangue, mas logo abandonei a ideia, pois toda a cama teria que estar encharcada de escarlate em decorrência da quantidade de sangue que a moça devia ter perdido para deixá-la tão pálida como estava antes da transfusão.

— E então? — insistiu Van Helsing.

— Não compreendo.

— Tenho de voltar para Amsterdã hoje à noite — disse o professor, levantando-se. — Preciso de certos livros e outras coisas que lá estão. Você deve ficar aqui a noite toda, sem perdê-la de vista.

— Não acha bom chamar uma enfermeira? — sugeri.

— Você e eu somos as melhores enfermeiras. Providencie para que ela se alimente bem e que ninguém a importune. Passe a noite acordado. Descansaremos depois. Regressarei o mais rápido possível. E então, poderemos começar.

— Poderemos começar? O que quer dizer com isso?

— Você verá. Lembre-se de todas as minhas recomendações. Se você a abandonar e ela recair, você se sentirá culpado para sempre.

DIÁRIO DO DR. SEWARD

(continuação)

8 de setembro — Fiquei sentado a noite inteira ao lado de Lucy. O efeito do opiáceo terminou perto do crepúsculo. Ela acordou naturalmente e seu estado está inteiramente diferente do que estava antes, mas eu conseguia notar as evidências do sofrimento que tinha passado. A Sra. Westenra não concordou com as instruções do Dr. Van Helsing de acompanhar a Lucy de perto, pois achava que a filha já havia recuperado as forças e estava de bom humor, mas eu me mostrei muito firme. Depois que a criada a preparou para dormir, entrei no quarto, tendo ceado nesse ínterim, e sentei-me ao lado da cama dela. Lucy não fez objeções, na verdade, fitava-me com gratidão sempre que nos entreolhávamos. Depois de um longo intervalo, percebi que começava a adormecer, mas logo esforçou-se para se recompor e espantar o sono. O fato se repetiu diversas vezes, sempre com muito esforço e com intervalos cada vez menores à medida que o tempo passava. Era como se não quisesse dormir, então fui direto ao ponto.

— Você não quer dormir?

— Não. Estou com medo.

— Medo de dormir! Mas por quê? É o prêmio pelo qual todos mais ansiamos.

— Não se você estivesse como eu... se o sonho lhe fosse um presságio do horror!

— Um presságio do horror! Mas o que você quer dizer?

— Não sei mesmo. Isso é o que mais me atormenta. Toda essa fraqueza vem no sono. Fico apavorada só de pensar.

— Minha menina, hoje você pode dormir. Estarei aqui vigiando e prometo que nada vai lhe acontecer.

— Então confiarei em você! — disse ela.

Aproveitei a oportunidade e acrescentei:

— Juro que se vir qualquer sinal de pesadelo, vou acordá-la na mesma hora.

— Jura que me acorda? Acorda mesmo? Você está sendo muito bom para mim, Jack. Então dormirei! — E quase ao mesmo tempo em que terminou de falar, soltou um profundo suspiro de alívio, recostou-se e adormeceu.

Fiquei a noite velando seu sono. Lucy nem se mexeu, dormiu longamente. Foi um sono profundo, revigorante, restaurador. Os lábios ligeiramente entreabertos, o peito ofegante, subindo e descendo como se fosse um pêndulo. Havia um sorriso em seu rosto, deixando claro que nenhum pesadelo tinha vindo perturbar sua paz de espírito.

No início da manhã, a criada entrou no quarto. Deixei-a cuidando de Lucy e fui para casa, pois estava aflito por muitas coisas. Enviei um breve telegrama para Van Helsing e outro para Arthur, contando o excelente resultado do procedimento. Meu trabalho, com suas muitas obrigações, tomou-me o dia inteiro. Quando consegui perguntar pelo paciente zoófago, já estava escuro. O relatório foi bom. Renfield ficou calmo boa parte do dia e da noite anterior. Durante o jantar, chegou um telegrama de Van Helsing, ainda em Amsterdã, sugerindo que eu passasse a noite na casa de Lucy, pois eu poderia ser útil, e dizendo que ele partiria para Londres naquela noite e me encontraria bem cedo na manhã seguinte.

9 de setembro — Estava muito cansado quando cheguei a Hillingham. Há duas noites que mal fecho os olhos e meu cérebro começou a demonstrar aquela dormência típica da exaustão cerebral. Lucy estava acordada e muito disposta. Insistiu comigo para não que não ficasse acordado:

— Nada de passar a noite em claro hoje. Você está esgotado. Já estou muito bem de novo. Estou mesmo. E se um de nós tiver de velar o sono do outro, sou eu quem velará o seu.

Não quis discutir a questão e fui fazer minha ceia. Lucy me acompanhou, e, entusiasmado por sua presença encantadora, fiz uma excelente refeição e bebi dois cálices de um excelente vinho do Porto. Então Lucy foi comigo até o segundo andar e mostrou-me um quarto ao lado do dela, ondea aconchegante lareira crepitava.

— Bem — disse ela —, você dormirá aqui. Deixarei a porta aberta, e a minha também. Deite-se no sofá se quiser, pois sei que nada fará vocês, médicos, usarem a cama enquanto houver um paciente por perto. Eu chamo se quiser alguma coisa, e você pode vir no mesmo instante.

Como estou muito cansado, diante de tal promessa, não pude deixar de concordar. Deitei-me no sofá e, esvaziando a mente, esqueci de tudo.

DIÁRIO DE LUCY WESTENRA

9 de setembro — Estou muito feliz hoje. Andei tão miseravelmente fraca que conseguir pensar e me movimentar pela casa é como sentir a luz do sol após uma longa rajada do vento leste em um céu cinzento. De alguma forma, Arthur parece agora muito mais próximo de mim. Sinto como se pudesse sentir sua presença mais calorosa ao meu redor. Imagino que a doença e a fraqueza sejam coisas egoístas que fazem com que o nosso olhar e a nossa simpatia se voltem para nós mesmos. Já a saúde e a força dão asas ao amor, e, em pensamento e em sentimento, ele pode voar por onde quiser. Sei onde meus pensamentos estão agora. Se ao menos Arthur também soubesse! Meu querido, seus ouvidos devem arder enquanto você dorme, como os meus ardem quando estou acordada. Abençoado repouso da noite passada! Como dormi bem com o querido e bom Dr. Seward a velar meu sono. E hoje à noite não terei medo de adormecer. Ele está por perto e posso chamá-lo. Obrigado a todos por serem tão bons para mim. Graças a Deus! Boa noite, Arthur.

DIÁRIO DO DR. SEWARD

10 de setembro — Acordei com a mão do professor na minha cabeça e levantei-me rapidamente. Aprendi a agir assim no manicômio.

— E a nossa paciente? — perguntou ele.

— Estava bem quando a deixei ontem, ou melhor, quando ela me deixou — respondi.

— Venha, vejamos — disse ele. E entramos juntos no quarto de Lucy.

A cortina estava fechada, e fui abri-la delicadamente, enquanto Van Helsing se aproximava do leito com passos de felino. Assim que abri a cortina e a luz da manhã penetrou em todo o quarto, ouvi a profunda inspiração do professor e, como sabia como aquela reação era rara, um medo mortal atravessou meu coração. Quando me aproximei, ele recuou, e sua exclamação de horror — *Gott in Himmel!*[35] — nem precisou do reforço de seu semblante agoniado. Van Helsing ergueu a mão e apontou para a cama. Seu rosto de ferro estava pálido, lívido. Senti a perna bamba. Ali na cama, aparentemente desmaiada, jazia a pobre Lucy, mais horrivelmente pálida e anêmica do que nunca. Até os lábios estavam brancos, e as gengivas pareciam haver se retraído, expondo os dentes, como vemos às vezes em um cadáver após longa enfermidade. Van Helsing ergueu a perna como quem fosse batê-la no chão com raiva, mas o instinto de toda uma vida e os longos anos de costume o acalmaram, e ele baixou o pé suavemente.

— Depressa! — exclamou Van Helsing. — Traga o conhaque.

Corri até a cozinha e trouxe a garrafa, ele colocou algumas gotas nos lábios de Lucy e, juntos, esfregamos suas mãos, pulsos e peito. Examinou o coração e depois de alguns momentos de suspense, exclamou:

— Não é tarde demais. O coração ainda está batendo, embora fracamente. Temos de começar tudo de novo. O jovem Arthur não está aqui. Desta vez, terei de apelar para você mesmo, amigo John. — falou ele, conforme pegava os instrumentos para a transfusão em sua maleta e enquanto eu já tirava o casaco e dobrava as mangas da camisa.

Não havia nem tempo nem necessidade de opiáceo. Portanto, sem demoras, iniciamos o procedimento. Após um tempo, que, na verdade, não pareceu curto, pois ter o sangue drenado, não importando a boa vontade do doador, causa um grande mas-estar, Van Helsing levantou o dedo como sinal de alerta:

— Não se mexa — advertiu. — Receio que, recuperando as forças, ela possa acordar, e isso seria um enorme perigo durante a transfusão. Aplicarei uma injeção hipodérmica de morfina nela por precaução.

Então, com destreza e agilidade, ele realizou o procedimento. O efeito sobre Lucy não foi ruim: o desmaio sutilmente se tornou um

35. "Deus do céu!", em alemão. (N. T.)

sono narcótico. Foi com uma sensação de orgulho pessoal que pude ver um discreto rubor retornando às faces e aos lábios pálidos. Só quem tem a experiência de ter o próprio sangue drenado para as veias da mulher amada sabe o que é essa sensação. O professor me olhava com uma expressão crítica.

— Já basta — anunciou.

— Já? — retruquei. — O senhor tirou muito mais de Art.

Ele abriu uma espécie de sorriso triste e respondeu:

— Ele é o namorado dela, o noivo. Você tem muito trabalho pela frente, muito mais a fazer por ela e por outros, e, por enquanto, isso será o suficiente.

Terminada a transfusão, Van Helsing cuidou de Lucy enquanto eu pressionava minha incisão e me sentia um pouco enjoado. Logo fez um curativo em mim e me recomendou descer para tomar uma taça de vinho. Quando estava saindo do quarto, disse-me sussurrando:

— Lembre-se, nada disso deve ser comentado. Se o namorado aparecer de surpresa, como antes, também não conte a ele. O rapaz ficaria ao mesmo tempo apavorado e com ciúme. Não queremos que nenhuma das duas coisas aconteça, certo?

Quando voltei, ele me olhou atentamente e disse:

— Você não está mais tão abatido. Vá para o quarto, deite-se no sofá e descanse um pouco, depois tome um bom café da manhã e retorne para ajudar.

Acatei suas ordens. Sabia que era o certo e o mais prudente. Tinha feito a minha parte, e agora minha próxima tarefa era me fortalecer. Estava muito fraco e, na fraqueza, não me sentia mais tão deslumbrado com o que havia acontecido. Adormeci no sofá. Mas imaginava incessantemente como Lucy poderia ter sofrido aquele retrocesso e como poderia ter perdido tanto sangue sem que houvesse nenhum indício dessa perda. Creio que continuei a me fazer tais perguntas em meus sonhos. Dormindo ou acordado, meus pensamentos sempre voltavam às duas pequenas perfurações no pescoço e à aparência lacerada das bordas das minúsculas feridas.

Lucy dormiu até mais tarde e, quando acordou, estava muito bem e forte, embora nem tanto quanto na véspera. Depois de examiná-la, Van Helsing saiu para dar uma volta e me deixou encarregado com instruções específicas de que eu não a deixasse sozinha nem por um momento. Ouvi sua voz no saguão, perguntando o caminho até o posto telegráfico mais próximo.

Lucy conversou comigo com desenvoltura e parecia não ter ideia alguma do que havia acontecido. Tentei mantê-la entretida e interessada. Quando a mãe subiu para vê-la, não pareceu perceber qualquer mudança na filha, mas me disse agradecida:

— Somos muito gratas, Dr. Seward, por tudo o que o senhor tem feito, mas agora o senhor realmente precisa ficar atento para não trabalhar demais. O senhor também está pálido. O que precisa é de uma esposa ou de uma enfermeira para atendê-lo e cuidar do senhor, isso sim!

Lucy enrubesceu após a fala da mãe, ainda que apenas momentaneamente, pois suas pobres veias não poderiam suportar muito tempo o sangue subindo-lhe à cabeça. A reação foi uma palidez excessiva enquanto me fitava com olhos suplicantes. Sorri e assenti com a cabeça, pousando um dos dedos sobre meus lábios. Com um suspiro, ela voltou a se recostar entre os travesseiros.

Duas horas depois, Van Helsing voltou e me disse:

— Agora vá para casa, coma e beba bastante. Fique forte. Eu mesmo ficarei aqui vigiando a nossa menina. Você e eu precisamos estar atentos ao caso dela e não podemos deixar mais ninguém saber. Tenho sérios motivos. Não me pergunte quais são. Pense o que quiser. Não tema pensar até mesmo o mais improvável. Boa noite.

Na saída, duas das criadas vieram me perguntar se poderiam ambas, ou pelo menos uma delas, passar a noite com a Srta. Lucy. Imploraram que eu deixasse, e quando respondi que era o desejo do Dr. Van Helsing que apenas ele ou eu ficássemos com ela, pediram de forma suplicante para que eu intercedesse junto ao "cavalheiro estrangeiro". Fiquei muito comovido. Já vi muitas e muitas vezes a generosidade feminina em circunstâncias similares, mas, talvez por estar fraco no momento, ou porque era o bem-estar de Lucy que estava em jogo, a devoção das duas me tocou. Voltei para casa a tempo de jantar e cumprir minhas obrigações. Está tudo bem, e escrevo esperando pelo sono que parece estar chegando agora.

11 de setembro — À tarde, fui a Hillingham. Encontrei Van Helsing bem-humorado e Lucy muito melhor. Pouco depois, chegou uma encomenda de fora do país e destinada ao professor. Ele abriu o embrulho e tirou de dentro um buquê de flores brancas.

— É para a senhorita Lucy — disse ele.

— Para mim? Oh, Dr. Van Helsing!

— É, sim, mas não é para se distrair. São medicinais. — Dito isso, Lucy fez careta. — Não, mas não são para nenhuma infusão ou para ser usado de modo nauseabundo. Não precisa torcer esse seu charmoso nariz, ou eu contarei ao meu amigo Arthur e ele ficará triste ao saber que a beleza que ele tanto ama está sendo distorcida por caretas. Ah, agora sim! Eis o lindo narizinho de volta ao lugar. Com estas flores, farei uma guirlanda, para colocar em torno de seu pescoço e na janela. Sim! São como as flores de lótus, que afastam os males e fazem com que os problemas sejam esquecidos. Têm um aroma muito parecido com águas do rio Lete[36] e a fonte da juventude procurada pelos conquistadores na Flórida, porém encontrada tarde demais.

— Oh, professor, o senhor está pregando uma peça em mim — disse Lucy, depois de cheirar as flores e atirá-las para um lado, meio risonha, meio enojada. — Não passam de meras flores de alho!

Para minha surpresa, Van Helsing se levantou e disse com toda sua severidade, sua mandíbula de aço contraiu-se e suas sobrancelhas espessas se encontraram.— Não preguei peça nenhuma! Eu nunca faço piada ! Tudo que eu faço tem um propósito. E recomendo-lhe não me desobedecer. Isso tudo é muito sério e exijo obediência, seja para o seu bem ou para o bem das outras pessoas.

Ao ver Lucy assustada, emendou com mais suavidade:

— Minha querida, não precisa ter medo. Tem que acreditar em mim quando digo que essas flores comuns terão, sobre sua saúde, um efeito benéfico. Eu mesmo farei a guirlanda e, além disso, espalharei as flores pelo quarto. Mas veja, nada de contar isso a pessoas que a aborrecerão com muitas perguntas. É preciso obedecer e a discrição é parte da obediência que levará a senhorita de volta aos braços de quem tanto a ama e que aguardam seu restabelecimento. Agora, sente-se

36. Rio do esquecimento segundo a mitologia grega, (N. E.)

tranquilamente por enquanto. Venha, amigo John, me ajude a colocar as flores de alho, que a propósito, vieram todas de Haarlem, onde meu amigo Vanderpool as cultiva em estufas durante todo o ano. Foi preciso enviar um telegrama ontem para que elas chegassem hoje.

Espalhamos as flores por todo o quarto. A atitude do professor foi muito estranha, sem dúvida, pois nunca vi tal tratamento em nenhum tratado farmacológico. Fechou cuidadosamente as janelas e esfregou as flores em todos os caixilhos, a fim de que o ar que entrasse no aposento ficasse impregnado com seu cheiro. Fez a mesma coisa na porta e na lareira. Tudo aquilo me pareceu um tanto bizarro, e disse:

— Sei que tem motivo para fazer o que está fazendo, mas isso não deixa de me intrigar — observei. — Ainda bem que não há nenhum cético aqui, pois ele poderia jurar que o senhor está fazendo um feitiço para afastar algum mau espírito.

— Talvez esteja! — respondeu ele, enquanto começava a fazer o colar que Lucy deveria usar durante a noite.

Esperamos que Lucy fizesse sua toalete e, quando ela se deitou, o próprio Van Helsing colocou a guirlanda de flores de alho em torno do seu pescoço. As últimas palavras que ele disse foram:

— Tenha cuidado para não deixar a guirlanda se soltar. E, mesmo se o quarto parecer abafado, não abra a janela nem a porta.

— Prometo — disse Lucy. — E agradeço-lhe mil vezes por sua bondade comigo! Ah, o que eu fiz para merecer amigos tão bons?

Partimos na minha carruagem, que já estava nos esperando. Van Helsing acomodou-se e disse:

— Esta noite, posso dormir tranquilo. Depois de duas noites de viagem, muita leitura, muita ansiedade e noites de vigília, preciso muito dormir. Procure-me amanhã cedo para irmos ver a moça. Ela estará mais forte por causa do meu "feitiço". Ha, ha!

A confiança de Van Helsing parecia a minha própria duas noites atrás, e a lembrança do desfecho desastroso aterrorizou meus pensamentos. A fraqueza que sentia não me permitiu comentar nada com meu amigo, mas guardei minhas inseguranças assim como quem engole o choro.

CAPÍTULO XI

O ALHO E O LOBO

DIÁRIO DE LUCY WESTENRA

(continuação)

12 de setembro — Estão todos sendo muitos bondosos comigo! Adoro o querido Dr. Van Helsing. Não sei por que ficou tão bravo com as flores, e, de fato, me deixou assustada, pois foi muito rígido. Mas ele deve ter razão, já que me sinto melhor com elas perto de mim. De alguma forma, não me assusta mais a ideia de passar a noite sozinha, e poderei dormir sem medo. Não deixarei que o barulho de asas batendo do lado de fora da janela me perturbe. Que esforços terríveis tive de fazer ultimamente contra o sono: a dor da insônia, a dor do medo de dormir e enfrentar os horrores desconhecidos que se apresentam para mim! Benditos aqueles cujas vidas seguem sem medos, pavores, e para quem o sono é uma bênção que chega com a noite, trazendo apenas bons sonhos. Bem, aqui estou hoje à noite, torcendo para adormecer, deitada como Ofélia na peça, com "guirlandas virgens e adereços de donzela"[37]. Nunca gostei de alho, mas hoje acho uma delícia! Existe uma paz nesse aroma. Sinto o sono chegando. Boa noite a todos.

DIÁRIO DO DR. SEWARD

13 de setembro — Encontrei-me com Van Helsing no hotel Berkeley e ele foi pontual como sempre. Havia uma carruagem nos esperando no hotel. O professor levava sua valise da qual ultimamente não se separava.

Vou anotar tudo exatamente como aconteceu. Chegamos em Hillingham às 8h da manhã. O sol brilhava e o frescor do outono dava completude ao trabalho que a natureza fazia todos os anos. As folhas ainda não caíam das árvores e possuíam todos os tons das cores da

37. Referência à Ofélia, de Hamlet. (N. T.)

estação. Ao entrarmos, fomos recebidos pela Sra. Westenra, que tem o hábito de acordar cedo. Ela nos cumprimentou animada e disse:

— Os senhores ficarão felizes de ver como Lucy está bem. Ainda está dormindo. Abri a porta do quarto dei uma espiadela, mas não entrei para não a acordar.

O professor abriu um grande sorriso, e parecendo jubilante, esfregou uma mão na outra e disse:

— Ah rá! Pelo que vejo, meu diagnóstico estava certo, uma vez que o tratamento está funcionando.

Ao ouvir isso, a Sra. Westenra replicou:

— Não deve atribuir todo o crédito só a si mesmo, doutor. O estado de Lucy esta manhã se deve, em parte, a mim.

— O que está querendo dizer, minha senhora? — perguntou o professor.

— Esta noite, fiquei um pouco apreensiva por causa de minha filha e fui vê-la. Ela estava dormindo a sono solto, e não acordou com a minha presença. Mas havia um cheiro sufocante no quarto, que estava completamente fechado. Também, não era para menos, pois estava cheio daquelas flores horríveis por toda a parte e até em torno do pescoço dela. Tive medo daquele forte fedor fazer mal à coitadinha, estando tão debilitada. Tirei tudo e abri a janela para que o ar fresco pudesse entrar. Com certeza ela melhorou muito, vocês vão ver.

A Sra. Westenra se retirou para seu toucador, onde costumava tomar o café da manhã mais cedo. Enquanto falava, observei o rosto do professor e notei como perdia a cor. Ele conseguiu disfarçar e manter o controle na presença da pobre senhora, pois sabia de sua condição e de como um choque lhe seria terrível. Chegou até a sorrir ao manter a porta aberta para ela passar. Mas assim que a mãe de Lucy desapareceu, Van Helsing me puxou para a sala de jantar, brusca e subitamente, e fechou a porta.

Então, pela primeira vez na vida, eu o vi perder o controle. Levou as mãos à cabeça em uma espécie de desespero mudo, em seguida bateu as palmas como um sinal de desolação. Depois, sentou-se em uma poltrona e, com as mãos cobrindo o rosto, começou a soluçar alto, soluços secos que pareciam vir do fundo do coração. Por fim, ergueu os braços mais uma vez, como se suplicasse ao universo inteiro.

— Deus! Deus! Deus! — exclamou. — O que fizemos, o que essa pobre criatura fez para merecer sofrer tanto assim? Será que existe ainda uma maldição contra nós, vinda desde o antigo mundo pagão, para que essas coisas aconteçam, e dessa maneira? Essa pobre mãe, que tudo ignora, por melhor que seja sua intenção, age de modo a condenar o corpo e a alma da própria filha, e não podemos lhe contar nada. Não podemos alertá-la, do contrário morreria, morreriam as duas. Ah, tanta maldição sobre nós! Todas as forças demoníacas estão contra nós!

E então, de repente levantou-se num pulo e continuou:

— Venha, precisamos examiná-la e agir. Sejam demônios ou não, seja uma legião de dêmonios de uma só vez, não importa. Precisamos combatê-los com todos os meios que tivermos.

Ele foi até a porta da entrada, em busca de sua maleta, e subimos juntos até o quarto de Lucy.

Abri as cortinas enquanto Van Helsing ia até o leito. Dessa vez, ele não se espantou ao ver no pobre rosto a mesma palidez intensa e pavorosa. A expressão em seu olhar foi de tristeza sincera e infinita compaixão.

— Como eu esperava — murmurou, com aquela inspiração que dizia tudo.

Sem nem mais uma palavra, foi até a porta e trancou-a, então começou a organizar sobre a mesinha os instrumentos para outra transfusão de sangue. Eu já havia percebido a necessidade do procedimento e comecei a tirar o paletó, mas o professor me deteve com a mão em riste.

— Não! — anunciou. — Hoje você conduz a operação. Eu serei o doador. Você já está enfraquecido. — Enquanto falava, tirou o paletó e arregaçou a manga da camisa.

Outra transfusão. De novo o narcótico. Novamente a volta do rubor na face pálida e da respiração regular do sono saudável. Dessa vez, fiquei de vigília enquanto Van Helsing se recompunha e descansava.

Por fim, ele aproveitou o ensejo para dizer à Sra. Westenra que não retirasse nada do quarto de Lucy sem consultá-lo, que aquelas flores tinham valor medicinal e que respirar seu aroma fazia parte do processo de cura. Então assumiu a supervisão, dizendo que ficaria acordado aquela noite e na seguinte, dispensou-me e disse que mandaria me chamar quando precisasse.

Depois de uma hora, Lucy despertou de seu sono, revigorada, radiante e aparentemente recuperada de sua terrível provação.

Qual o significado de tudo isso? Estou começando a me perguntar se o costume de viver entre os insanos não estaria afetando meu próprio cérebro.

DIÁRIO DE LUCY WESTENRA

17 de setembro — Quatro dias e quatro noites de paz. Estou ficando outra vez tão forte que mal me reconheço. É como se tivesse vivido um longo pesadelo e acabado de acordar para ver a beleza do sol e sentir o frescor do ar da manhã ao meu redor. Há uma vaga lembrança de longos momentos de angústia e temor, de uma escuridão em que não havia sequer a dor da esperança para tornar a aflição mais pungente. E então longos períodos de esquecimento, e a volta à vida, como que um mergulhador emergindo de uma enorme pressão aquática. Mas, desde que o Dr. Van Helsing veio ficar comigo, todos esses sonhos ruins parecem ter passado. Os ruídos que costumavam me apavorar, o barulho das asas batendo nas janelas, as vozes distantes que pareciam soar tão perto de mim, os sons ásperos que vinham não sei de onde e me ordenavam fazer coisas das quais não me lembro, tudo isso ficou para trás. Vou para a cama agora sem medo de dormir. Nem tento me manter acordada. Acabei me acostumando ao alho, e todos os dias chega um carregamento novo de Haarlem. O Dr. Van Helsing vai embora hoje, ele tem de passar um dia em Amsterdã. Mas não preciso mais que alguém fique comigo. Estou bem o suficiente para dormir sozinha. Obrigado, ó Deus, pela minha mãe, pelo meu querido Arthur e por todos os nossos amigos que têm sido tão bons! Nem mesmo sentirei a diferença, pois ontem à noite o Dr. Van Helsing dormiu na poltrona por um bom tempo. Encontrei-o duas vezes cochilando quando acordei. Mas não tive medo de voltar a pegar no sono, mesmo com os galhos de árvore ou os morcegos ou qualquer outra coisa que tenha arranhado quase que furiosamente minha janela.

Pall Mall Gazette

18 de setembro

LOBO EM FUGA
UMA PERIGOSA AVENTURA DO NOSSO REPÓRTER

Entrevista com o zelador do Zoológico

Após muitas tentativas e recusas, sempre usando as palavras *Pall Mall Gazette* como uma espécie de amuleto, consegui localizar o zelador do setor do zoológico em que ficam os lobos. Thomas Bilder reside em um dos chalés do terreno, atrás da jaula do elefante, e se preparava para o chá da tarde quando o encontrei. Thomas e a esposa são pessoas acolhedoras, idosos, sem filhos, e se a hospitalidade que me ofereceram for uma regra, suas vidas devem ser bastante confortáveis. O zelador não quis responder minhas perguntas até terminarmos a refeição e estarmos todos satisfeitos. Quando a mesa foi retirada, acendeu o cachimbo e anunciou:

— Agora o senhor pode me perguntar o que quiser. O senhor me perdoe num falar de assuntos profissionais antes da refeição. Também alimento os lobo, os chacal e as hiena antes de fazer qualquer pergunta pra eles.

— Como assim, fazer perguntas a eles? — indaguei, tentando fazê-lo falar.

— Bater com um porrete na cabeça dos bicho, por exemplo. Ou coçar as oreia deles, quando os visitante quer se exibir para as moça. Num me incomodo de bater neles com o porrete antes de dar o jantar, mas costumo esperar eles tomar seus café, digamos assim, antes de coçar as oreia. Veja só — acrescentou, em tom filosófico —, existe uma mesma natureza nos animal e nos humano. O senhor vem aqui perguntar do meu trabaio e eu mal-humorado, e se num fosse por essa sua meia libra, era como se tivesse metido o porrete na minha cabeça antes de conversar qualquer coisa. Veio todo espetado, ameaçando falar com o superintendente, pra falar que eu tenho que responder suas pergunta. Sem ofensa, mas eu num mandei o senhor pro inferno?

— Mandou, sim.

— E quando o senhor disse que ia reclamar dos meu modo de falar, foi outra porretada na minha testa. Mas a meia libra deixou tudo em ordem. Eu num queria discutir, então esperei a comida, e uivei igual faz os lobo, os leão e os tigre. Mas, bendita seja, agora que a véia me encheu de bolo e me lavou por dentro com um bule de chá, fiquei aceso, e agora o senhor pode coçar minhas oreia o quanto quiser que não vou rosnar. Pode vir com suas pergunta. Já até sei o que quer, é por causa do lobo que escapou, num é?

— Exatamente. Gostaria do seu ponto de vista sobre o caso. Só me diga o que aconteceu, e assim que souber de todos os detalhes, vou querer também a sua opinião sobre o motivo da fuga, e como o senhor acha que o caso terminará.

— Certo, patrão. Ó, a história é o seguinte: o lobo, que aqui chamamos de Bersicker, era um dos três cinzento que vieram da Noruega pro tal do Jamrach, e nós compramo dele há quatro anos. Era um bom lobo, adestrado, nunca deu trabalho que eu me lembre. O que mais me espantou foi o fato de ter sido ele que fugiu, e não qualquer outro bicho. Mas aí é que tá: não se pode confiar nem em bicho, nem em mulher.

— Não o leve a mal, senhor! — interveio a Sra. Tom com uma gargalhada. — Ele cuida dos bicho faz tanto tempo que ele mermo virou um lobo véio! Mas num diz com maldade, não.

— Então, patrão, ontem, umas duas horas depois de alimentar o fujão, ouvi uma confusão. Estava ajeitando um leito na jaula dos macaco prum puma jovem que ficou doente. Mas quando ouvi os gemido e os uivo, saí correndo. Lá tava Bersicker, forçando a grade muito brabo, como se quisesse sair de qualquer jeito. Num tinha muita gente ontem, só um sujeito alto, magro, de nariz curvado e barba pontiaguda, com alguns fio branco na cabeça. Tinha uma expressão dura, fria e os zóio vermelho. Eu num simpatizei com ele, parecia estar irritano os animais. Usava luvas brancas, e apontou para a jaula e disse:

— Zelador, esses lobos parecem perturbados com alguma coisa.

— Vai ver é você — respondi, pois num gostei da arrogância dele. Mas o rapaz não se incomodou como achei que fosse se incomodar. Deu só um sorriso maldoso com aquela boca cheia de dente branco afiado.

— Ah não, eles não gostariam de mim — respondeu.

— Sim, eles ia gostá, sim — retruquei, imitando. — Eles sempre gosta dum ossinho pra roer e limpar os dente na hora do chá, coisa que o senhor tem de sobra.

"Bom, foi uma coisa esquisita, mas quando os bicho viu a gente conversano, se deitaram e, quando fui até Bersicker, ele me deixou fazer carinho nas oreia como sempre. Então o sujeito veio, e num é que ele também passou a mão pela grade e fez carinho nas oreia do lobo? Aí eu disse pra ele tomar cuidado, pois Bersicker era um lobo ligeiro, e ele me disse para não me preocupar, pois estava acostumado. Perguntei, tirando meu chapéu, se ele também trabaiava na área, pois um homem que também trabaia com lobos, e tal e coisa, pode ser um bom camarada, e ele disse que não exatamente, mas que já tinha tido muitos lobo de estimação.

"Depois de falar isso, tirou o chapéu como um nobre e saiu andano. O velho Bersicker ficou olhando até ele sumir de vista, depois voltou a deitar em um canto e num saiu mais a tarde inteira. Na noite passada, assim que a lua apareceu, os lobo tudo aqui começaram a uivar. Não tinha motivo. Num tinha ninguém por perto, só uma pessoa chamando um cachorro no fundo do jardim na rua do parque. Saí uma ou duas vez pra ver se tava tudo bem, e os uivos pararam. Pouco antes da meia-noite, fui fazer uma última ronda antes de dormir e, juro pro senhor, quando cheguei na jaula do velho Bersicker, vi as barra quebrada e torcida, e nenhum sinal dele. E isso é tudo que sei."

— O senhor sabe se alguém mais viu alguma coisa?

— Um dos nosso jardineiro tava voltano duma noitada nessa hora e viu um grande cão cinzento saindo pelo jardim. Pelo menos foi o que ele disse, mas eu mesmo num acredito, pois ele não falou nada pra esposa quando chegou em casa, mas só depois que a fuga do lobo foi divulgada, e passamos a noite fazendo busca no parque, e foi aí que ele se lembrou de ter visto alguma coisa. Minha opinião é que a noitada afetou a cabeçona dele.

— Certo, Sr. Bilder, e o senhor tem alguma explicação para a fuga do lobo?

— Então, senhor — respondeu ele, com certa modéstia desconfiada —, eu diria que sim, mas num sei se o senhor vai gostar da minha teoria.

— Claro que vou. Se alguém como o senhor, que possui experiência com os animais, não puder arriscar uma boa teoria, quem mais poderia?

— Pois bem, senhor, tá aí o que penso. Pra mim, ao que parece, o lobo fugiu... porque simplesmente quis.

Pela gargalhada que Thomas e a esposa deram, percebi que a piada já havia sido usada antes, e que toda aquela explicação era só um ardil elaborado. Eu não poderia competir com Thomas em matéria de piadas, mas julguei conhecer um caminho mais seguro e direto para persuadi-lo:

— Caro Sr. Bilder, consideremos que a primeira moeda de meia libra tenha cumprido sua missão, e que a irmã dela aqui esteja esperando que o senhor me diga o que acha que vai acontecer com o lobo.

— Tem razão, senhor — respondeu ele, bruscamente. — Sei que vai me discurpá pela brincadeira, mas a minha senhora aqui piscou para mim, me dando corda pra continuar brincando.

— Ora! Eu, não! — exclamou a velha senhora.

— Minha opinião é a seguinte: o lobo tá escondido em algum canto. O jardineiro, que antes não se lembrava de nada, depois falou que o lobo correu pro norte, galopando mais depressa que um cavalo, mas num acredito nele, porque, o senhor sabe, lobo não galopa, nem os cachorro. Não foram feito pra isso. Os lobo dão medo nos livro de história, quando se juntam e caçam alguma coisa que tenha medo deles. Aí sim eles faz um estrago baruiento e come o que quer que seja. Mas Deus sabe que, na realidade, o lobo é só bicho estúpido, e num tem metade da esperteza e da coragem dum bom cão, e menos de um quarto da ferocidade. Este que fugiu num tá acostumado a brigar nem a se alimentar sozinho, então é mais provável que ele teja aí pelo parque, escondido e tremendo de medo e, se for capaz de pensar, tá pensano em como vai arranjar um café da manhã. Ou talvez tenha ido um pouco mais longe e se enfiado num porão. Imagina o susto que a cozinheira vai ter quando der com os zóio verde dele brilhano pra ela no escuro! Se ele num conseguir comida, vai ter de procurar sozinho, e pode dar sorte de achar um açougue. Se não encontrar, e uma babá se distrair enquanto deixa a criança no carrinho... bem, então num vou me surpreender se o censo do ano que vem acusar um bebê a menos. Só isso.

Eu estava prestes a lhe dar a outra meia libra, quando alguma coisa passou perto da janela, e o rosto do Sr. Bilder se transformou em espanto.

— Meu Deus do Céu! — exclamou. — E num é que o velho Bersicker voltou pra casa sozinho?!

O zelador foi até a porta e a abriu, procedimento que me pareceu inteiramente desnecessário. Sempre considerei o animal selvagem mais bonito quando existe uma grade intransponível entre nós. Depois dessa experiência pessoal, minha convicção intensificou-se em vez de diminuir.

Mas nada como o hábito, contudo, pois nem Bilder nem a esposa se assustaram e trataram o lobo como eu trataria um cachorro. O animal era tão pacífico e bem-comportado como o pai de todos os lobos dos livros infantis: o ex-amigo da Chapeuzinho Vermelho quando estava conquistando a confiança da menina disfarçado.

A cena foi uma perfeita tragicomédia. O lobo mau, que durante metade de um dia havia paralisado Londres e deixado todas as crianças da cidade tremendo, estava ali feito um penitente arrependido e foi recebido e acarinhado como uma espécie de filho pródigo lupino. O velho Bilder examinou-o com terna solicitude e, depois de terminar a avaliação do penitente, concluiu:

— Pois aí está: sabia que esse véio camarada acabaria arranjando pobrema. Eu num disse? Vê só, tá com a cabeça toda cortada e cheia de caco de vidro. Deve ter pulado algum muro. É um absurdo que as pessoa coloquem garrafa quebrada nos alto dos muro. É isso que acontece. Vamo lá, Bersicker.

O zelador levou o lobo, trancou-o em uma jaula com um pedaço de carne que, pelo menos em quantidade, equivalia a um bíblico bezerro cevado [38]. Em seguida, foi avisar aos seus superiores o retorno do lobo.

Também fui embora para relatar com exclusividade a única informação que se tem hoje sobre a estranha fuga do zoológico.

---

38. Referência ao banquete da parábola do filho pródigo. Lc. 15:11-32. (N. E.)

DIÁRIO DO DR. SEWARD

17 de setembro — Após o jantar, eu estava ocupado em meu escritório, colocando em dia minha contabilidade, que, devido à pressão de outros afazeres e às muitas visitas a Lucy, infelizmente estava atrasada. De repente, a porta foi aberta com toda força, e meu paciente entrou correndo, com uma expressão desfigurada de cólera. Levei um susto, pois um paciente sozinho invadir o escritório do diretor é algo praticamente inédito para mim. Veio na minha direção sem hesitar por um instante sequer. Tinha na mão uma faca, e vendo que aquilo era perigoso, tentei manter a escrivaninha entre nós. Mas ele foi rápido e era forte demais para mim e, antes que eu conseguisse me equilibrar, me atacou e cortou gravemente meu pulso esquerdo. Contudo, antes que conseguisse me ferir de novo, acertei-o com a mão direita, e ele caiu de costas no chão. Meu pulso sangrava, formando uma pequena poça no tapete. Vi que o paciente não pretendia mais me atacar e tratei de fazer um curativo no pulso, sem deixar de vigiar atentamente a figura prostrada. Quando os guardas entraram, e voltamos nossas atenções para ele, sua atitude deixou-me nauseado. Estava deitado de bruços no chão, lambendo o sangue que havia escorrido de minha ferida feito um cão. Foi imobilizado com facilidade e, para minha surpresa, saiu placidamente com os enfermeiros, repetindo apenas:

— O sangue é a vida! O sangue é a vida!

Não tenho como perder sangue nesse momento. Já perdi muito sangue e estou sentindo o peso do mal-estar físico e da tensão prolongada causada pela doença de Lucy. Sinto-me agitado e exausto ao mesmo tempo. Preciso de descanso. Que bom que Van Helsing não me chamou hoje e poderei dormir. Não conseguiria passar mais uma noite em claro.

Telegrama de Van Helsing, Antuérpia, para Seward, Carfax

(Enviado para Carfax, Sussex, pois não fora mencionado o Condado; entregue ao destinatário com atraso de 22 horas)

17 DE SETEMBRO

NÃO DEIXE DE ESTAR EM HILLINGHAM HOJE. SE NÃO FIZER VIGÍLIA A NOITE TODA, VISITE LUCY COM FREQUÊNCIA E VEJA SE AS FLORES ESTÃO NO LUGAR, É MUITO IMPORTANTE, NÃO FALHE. ESTAREI COM VOCÊ O MAIS CEDO POSSÍVEL, ASSIM QUE CHEGAR.

DIÁRIO DO DR. SEWARD

18 de setembro — Estou prestes a tomar o trem para Londres. O telegrama de Van Helsing deixou-me desolado. Uma noite inteira perdida, e sei, por amarga experiência, o que pode acontecer em uma noite. Claro que é possível que esteja tudo bem, mas e se algo tiver acontecido? Sem dúvida, uma maldição horrível paira sobre nós para que todo tipo de acidente possível frustre quaisquer de nossas tentativas. Levarei este cilindro comigo para completar minhas anotações no fonógrafo de Lucy.

MEMORANDO DEIXADO POR LUCY WESTENRA

17 de setembro, à noite — Escrevo estas linhas e deixo-as à mostra para que ninguém se prejudique por minha causa. Eis aqui um registro preciso de tudo que ocorreu hoje à noite. Sinto-me morrer de fraqueza, e mal tenho força para escrever, mas deve ser feito, mesmo que morra no processo.

Fui para a cama como de costume nestes últimos dias, depois de verificar se as flores estavam colocadas de acordo com as instruções do Dr. Van Helsing, e não tardei a dormir.

Despertei com o barulho de bater de asas contra a vidraça, som que começou desde o dia em que caminhei dormindo até o rochedo de Whitby e fui salva por Mina. Somente agora começo a conhecê-lo bem. Não tive medo, mas gostaria que o Dr. Seward estivesse no quarto ao lado, como o Dr. Van Helsing disse que estaria, pois, assim, poderia chamá-lo. Esforcei-me para dormir de novo, mas não consegui. Então novamente fui dominada pelo velho medo de dormir e decidi, portanto, permanecer acordada. Perversamente o sono tentava vir quando eu não queria. Meu medo de ficar sozinha aumentou a tal ponto que abri a porta e gritei:

— Tem alguém aí?

Ninguém respondeu e, receando acordar minha mãe, tornei a fechar a porta. Então, ouvi, vindo do mato, do lado de fora, um uivo como de um cão, porém mais alto e mais forte. Aproximei-me da janela e nada consegui ver, exceto um grande morcego, que evidentemente era a criatura que batia sua asas de encontro à vidraça. Tornei a ir para a cama, mas determinada a não dormir. Logo depois, a porta se abriu e minha mãe apareceu. Ao perceber minha agitação e falta de sono, entrou no quarto e sentou-se ao meu lado, dizendo:

— Estava preocupada com você, minha filha, e vim ver se está passando bem — comentou com mais meiguice ainda que de costume.

Com medo que ela se resfriasse sentada na cadeira, pedi-lhe que se deitasse junto de mim, o que fez sem tirar o roupão, pois pretendia ficar só um pouco e depois voltar para o seu quarto. As pancadas na janela recomeçaram e minha mãe se assustou e perguntou o que era, trêmula. Tentei acalmá-la e por fim ela se aquietou, mas percebi que seu fraco e precioso coração batia muito forte. Algum tempo depois, ouvi de novo o uivo e a janela se partiu em milhares de pedaços, espalhando cacos de vidro por toda parte. O vento invadiu o quarto, ergueu a cortina, e pela abertura da vidraça estilhaçada, apareceu a cabeça de um grande e esguio lobo cinzento.

Minha mãe gritou, horrorizada, e se sentou, instintivamente agarrando-se a qualquer coisa próxima que pudesse ser de alguma ajuda, mas, no desespero, arrancou a guirlanda que o Dr. Van Helsing colocara em meu pescoço. Por um breve instante, ela ficou sentada, apontando ao lobo e um estranho gorgolejo brotou de sua garganta, então ela caiu, dura, para trás, como se tivesse sido atingida por um raio, batendo com a cabeça em minha testa, o que me fez ficar tonta. Tive a impressão de que tudo estava girando. Fiquei olhando friamente para a janela, mas o lobo tinha retirado a cabeça e uma miríade de pequenas partículas pareciam entrar por entre o vidro quebrado e rodopiar e turbilhonar como coluna de poeira que os viajantes escrevem quando ocorre uma tempestade de areia no deserto. Tentei me mexer, mas parecia dominada por um encantamento e, o cadáver de minha mãe, já frio, pois o coração cessara de bater, pesava sobre o meu. Não me lembro mais do que aconteceu, pois fiquei inconsciente.

Não deve ter se passado muito tempo, mas foi tudo um completo horror até que recuperasse a consciência. Um sino tocava nas vizinhanças. Os cães uivavam e bem perto de nossa casa um rouxinol cantava. Sentia-me inteiramente confusa, dominada pelo sofrimento, pelo terror e pela fraqueza, mas o canto do rouxinol parecia a voz de minha mãe reconfortando-me do além. O barulho parecia ter acordado também as criadas, pois ouvi o ruído de seus passos do lado de fora de meu quarto. Chamei-as e entraram depressa; assim que viram o que acontecera, puseram-se a gritar. Uma rajada de vento entrou pela janela quebrada e fez a porta bater com tudo. Tiraram o corpo de minha mãe e colocaram-no na cama, recoberto com um lençol, após eu ter me levantado. Estavam tão assustadas e esbaforidas que recomendei que fossem para a sala de jantar para tomarem um cálice de vinho. A porta se escancarou por um momento e bateu em seguida. As criadas gritaram mais uma vez e correram para a sala de jantar se acotovelando. Depositei sobre o peito de minha querida mãe todas as flores que tinha ao meu redor. Lembrei-me da recomendação do professor para não tirar a guirlanda do pescoço, mas não quis desfazer o arranjo. Além disso, decidi pedir às criadas para ficarem comigo no quarto, mas demoraram para responder e achei esquisito. Decidi ir até a sala de jantar para ver se estava tudo bem.

Fiquei aterrorizada com a cena. Encontrei as quatro caídas no chão, respirando com dificuldade. A garrafa de xerez estava aberta pela metade, mas tinha um cheiro esquisito. Percebi que era cheiro de láudano. E, de fato, encontrei vazio o vidro de láudano que o médico receitara para minha mãe. O que farei agora? O que eu faço? Voltei para o quarto e fiquei junto da minha mãe. Estou sozinha, as criadas estão desacordadas e não posso deixá-la aqui sem ninguém. Sozinha com a morta! Alguém drogou as criadas. Não sairei daqui, pois tudo o que ouço é o uivo do lobo pela vidraça quebrada.

O ar parece cheio de partículas, flutuando e circulando, e as luzes se empalideceram em um tom azulado. O que farei? Que Deus me ajude e me proteja dos perigos dessa noite. Guardarei esse papel em meus seios, onde encontrarão quando vierem me ajudar. Minha querida mãe se foi! Já é tempo de eu ir também. Adeus, meu amado Arthur, caso não sobreviva a essa noite. Que Deus lhe guarde, meu amor, e que, agora, Ele me ajude!

CAPÍTULO XII

O ÚLTIMO BEIJO

DIÁRIO DO DR. SEWARD

18 de setembro — Cheguei cedo a Hillingham e, pedindo ao cocheiro que me aguardasse no portão, subi sozinho até a entrada. Bati com cuidado, para não acordar Lucy nem sua mãe, esperando que apenas a criada viesse abrir. Não sendo atendido, bati com mais força várias vezes, mas em vão. Fiz a volta da casa, na esperança de encontrar algum meio de entrar. Amaldiçoei a indolência das criadas por estarem todas dormindo até aquela hora, pois já eram 10h da manhã. Apesar de haver culpado as criadas até aquele momento, um pavor terrível passou a tomar conta de mim. Será que estavam todas mortas e eu teria chegado tarde demais? Eu sabia que qualquer atraso de minutos ou até mesmo de segundos era equivalente a horas de perigo para Lucy, caso tivesse tido uma daquelas pavorosas recaídas.

Contornei a casa para achar qualquer meio possível de ingresso. Não achei nenhum acesso. Todas as portas e janelas estavam fechadas, voltei para a varanda. Enquanto voltava, ouvi o baque rápido de cascos de cavalos e das rodas de uma carruagem. Parou no portão, e alguns segundos depois avistei Van Helsing correndo em direção à entrada. Quando me viu, perguntou-me, arfando:

— Então é você, e pelo visto acabou de chegar. Como ela está? É tarde demais? Não recebeu meu telegrama?

Respondi o mais depressa e da forma mais coerente que consegui que só recebi o telegrama naquela manhã e que havia chegado naquele minuto e até o momento ninguém de dentro da casa tinha ouvido os meus chamados. O professor parou e ergueu o chapéu, anunciando solenemente:

— Então receio que chegamos tarde demais. Seja o que Deus quiser! — Recuperou a energia como de costume e prosseguiu: — Vamos. Se não há entrada, talvez precisemos criar uma. Agora tempo é tudo para nós.

Fomos para o fundo da casa, onde ficava a janela da cozinha. O professor pegou um serrote cirúrgico da maleta e me entregou apontando para as grades da janela. Comecei a cortar as barras e em pouco tempo concluí a tarefa. Depois, com uma faca comprida e afiada, empurramos o trinco e abrimos a janela. Ajudei o professor a entrar e fui em seu encalço.

Não encontramos ninguém na cozinha e nem nos quartos das criadas, mas ao chegarmos à sala de jantar, que estava parcialmente iluminada pelos raios solares, encontramos as quatro caídas no chão. Não estavam mortas; a respiração difícil e o cheiro acre de láudano mostravam o que ocorrera.

Van Helsing e eu nos entreolhamos e seguimos o caminho.

— Podemos cuidar delas mais tarde — disse Van Helsing.

Subimos até o quarto de Lucy e, parados do lado de fora, não ouvimos nenhum som. Pálidos e tensos, abrimos a porta com cautela e entramos.

Como descrever o que vimos ali? Na cama jaziam duas mulheres: Lucy e sua mãe. A última, coberta por um lençol branco, e, a seu lado, Lucy, mortalmente pálida. Provavelmente uma corrente de ar fez o lençol voar um pouco, descobrindo o pálido e repuxado rosto de terror da Sra. Westenra. As flores que compunham a guirlanda feita para Lucy estavam no peito de sua mãe e os dois pequenos ferimentos que nós notáramos antes em seu pescoço estavam esbranquiçados e lacerados.

Sem nenhuma palavra, o professor curvou-se sobre o leito e aproximou a cabeça sobre o peito de Lucy.

— Ainda não é tarde demais! — exclamou. — Depressa, depressa! Pegue o conhaque!

Corri ao andar de baixo e trouxe a garrafa, tomando a precaução de sentir o cheiro e o gosto antes para checar se não estava intoxicado como a garrafa de xerez que encontrara na mesa. As criadas pareciam estar respirando com mais velocidade e tudo indicava que o sedativo estava perdendo o efeito. Não aguardei para me certificar disso e fui até Van Helsing. Como da outra vez, ele passou a bebida nos lábios, gengivas, pulsos e nas palmas de suas mãos e, enquanto esfregava o líquido, Van Helsing disse-me:

— É a única coisa que posso fazer por enquanto. Vá acordar aquelas criadas. Esfregue o rosto delas com uma toalha molhada, com bastante força. Faça com que elas preparem um banho quente. Antes de mais nada, temos que aquecer esta infeliz que está tão fria quanto a outra ao seu lado. Precisa se aquecer antes de qualquer outra coisa.

Não tive dificuldade em despertar três das mulheres. A quarta, que era apenas uma garota, estava pior e coloquei-a no sofá, para dormir. As outras, inicialmente, estavam zonzas, mas assim que a lembrança do que ocorrera lhes veio à mente, vociferavam e choravam histericamente. Tive de controlá-las energicamente, impedindo-as de falar. Disse-lhes que havia uma vida em risco e que se não trabalhassem com presteza, sacrificariam a vida da senhorita Lucy. Chorando e desculpando-se, elas correram à cozinha, onde, felizmente, as lenhas ainda estavam acesas e conseguimos providenciar água quente sem demora.

Levamos Lucy até a banheira que lhe fora preparada. Quando estávamos esfregando seus braços e pernas, uma das criadas apareceu e anunciou que havia um cavalheiro lá embaixo com um recado do Sr. Holmwood. Eu apenas pedi que o avisasse que teria de esperar. Não podíamos receber ninguém naquele momento. Quando ela saiu, nos focamos em nosso trabalho e logo me esqueci do homem.

Em todo o tempo que o conheço, nunca vi o professor trabalhar com tanta dedicação. Assim como ele, eu sabia que estávamos lutando com a morte. Quando lhe disse isso, ele respondeu de uma forma que não compreendi:

— Se fosse só isso, eu pararia por aqui, deixá-la-ia descansar em paz. Não vejo luz na vida além do horizonte. — E voltou a esfregar com mais afinco e dedicação que antes.

Aos poucos, nós dois percebemos que o calor estava surtindo efeito. O batimento cardíaco de Lucy podia ser ouvido pelo estetoscópio e seus pulmões reagiam. A face de Van Helsing ostentava alívio quando ele a retirou da banheira e a enrolou em uma toalha grossa.

— A primeira batalha está ganha. Colocamos o rei em xeque!

Levamos Lucy para o outro quarto, que já estava preparado, e, depois de colocá-la na cama, entornamos algumas gotas de conhaque em sua garganta. Percebi que Van Helsing fizera um curativo em seu pescoço. Ela continuava inconsciente e em estado grave, talvez até pior do que já a vimos até agora.

O professor chamou uma das criadas e a orientou a não sair do lado da dama. Depois me chamou para fora do quarto.

— Precisamos deliberar sobre o que fazer — ele me disse ao descermos as escadas.

No corredor, ele abriu a porta da sala de jantar, nós entramos e ele a fechou cuidadosamente em seguida. O cômodo estava um pouco escuro, pois as cortinas estavam fechadas devido ao luto, algo que as mulheres inglesas de classes inferiores seguem à risca, mas era o suficiente para o que precisávamos. A dureza de Van Helsing estava suavizada pela perplexidade. Estava evidentemente torturando sua mente a respeito de algo. Depois de um instante, disse:

— O que faremos agora? Onde buscaremos ajuda? Precisamos fazer outra transfusão na jovem. Você está exausto e eu também. Eu temo confiar naquelas criadas depois de terem sido drogadas, mesmo que elas tenham coragem de se submeter a isso. O que teremos que fazer para que alguém queira abrir suas veias para nós?

— Por que não eu?

A voz veio do sofá, do outro lado da sala. Era Quincey Morris que estava lá. Senti um grande alívio ao vê-lo e ouvi-lo. Van Helsing inicialmente fechou a cara, mas logo sua atitude mudou quando me viu receber a visita efusivamente.

— Quincey Morris! O que o trouxe aqui? — Perguntei enquanto apertava sua mão.

— Fui enviado pelo Art. — disse ele, entregando-me o seguinte telegrama:

> "SEWARD NÃO ME MANDA NOTÍCIAS HÁ TRÊS DIAS, E ESTOU MUITO AFLITO. NÃO POSSO PARTIR. MEU PAI NO MESMO ESTADO. COMUNIQUE-ME COMO LUCY ESTÁ. NÃO ATRASE. HOLMWOOD."

— Creio que cheguei no momento certo. Basta dizer o que devo fazer — ofereceu-se.

— O sangue de um cavalheiro corajoso é a melhor coisa que existe para uma dama em dificuldade — disse Van Helsing. — O senhor é um homem de coragem, é evidente. O diabo pode trabalhar contra nós, com tudo de que dispõe, mas Deus nos envia ajuda quando precisamos.

Mais uma vez, começou o terrível procedimento. Não tenho ânimo de descrever os pormenores. O choque sofrido por Lucy foi horrível e as consequências foram mais graves que anteriormente. Mesmo com a enorme quantidade de sangue entrando em seu corpo, Lucy não reagiu ao tratamento como das outras vezes. Seu esforço feito para recobrar a vida era algo pavoroso de ser visto e ouvido. Contudo, coração e pulmão pareciam melhorar e Van Helsing aplicou-lhe uma injeção de morfina, que teve o mesmo bom efeito que das outras vezes. Ela caiu em um sono profundo e o professor ficou ao lado dela.

Terminada a transfusão, conduzi Quincey Morris ao andar de baixo, e pedi a uma das criadas que fosse pagar ao cocheiro que aguardava. Deixei Quincey Morris descansando com uma taça de vinho e ordenei ao cozinheiro que preparasse um café da manhã reforçado. Então tive um pensamento que me fez subir para o quarto em que Lucy estava. Ao adentrar suavemente, encontrei Van Helsing com duas folhas de papel na mão. Era evidente que havia lido, pois sentava-se com a mão na testa, pensativo. Havia um aspecto de satisfação macabra em seu rosto, como se tivesse desvendado um mistério. Entregou os papéis e disse:

— Estava nos seios de Lucy e havia caído quando a levamos para o banho.

Após terminar a leitura, fiquei parado por um tempo e perguntei ao professor:

— Em nome de Deus, o que significa tudo isso? Ela estava ou está doida? Ou que perigo horrível está sofrendo?

— Esqueça-se disso por enquanto — respondeu Van Helsing. — Saberá na hora certa. É melhor manter a concentração no momento presente. O que você veio me dizer?

Aquilo me trouxe de volta aos fatos e me recompus.

— É melhor conversarmos sobre a certidão de óbito. Se não agirmos corretamente e com prudência, pode haver um inquérito, e teremos de mostrar esse papel. Espero que não haja necessidade de uma investigação, pois, se houver, isso certamente mataria a pobre Lucy, se ela não morrer antes. Eu sei, o senhor sabe, e o outro médico que cuidava da Sra. Westenra sabe que ela sofria de uma doença cardíaca, e podemos provar que morreu disso. Expediremos a certidão logo, e eu mesmo a levarei para o cartório e para o agente funerário.

— Muito bem, meu amigo John! Bem pensado! É certo que a Srta. Lucy, se está triste pelos inimigos que a afligem, pelo menos pode ficar feliz pelos amigos que a amam. Um, dois, três, todos abriram suas veias por ela, além deste velho aqui. Sim, eu percebi, amigo John. Sei que tem sentimentos por ela. Não sou cego! Gosto ainda mais de você por isso! Agora, pode ir.

No saguão, encontrei Quincey Morris com um telegrama para Arthur em que explicava que a Sra. Westenra havia morrido, que Lucy também havia passado mal, apesar de estar agora convalescente, e que Van Helsing e eu estávamos cuidando dela. Expliquei-lhe aonde ia, e ele me apressou, mas quando já estava de saída, perguntou:

— Será que podemos trocar duas palavras sozinhos quando você voltar, Jack?

Assenti em resposta e parti. Não houve problemas no cartório, e combinei com o agente funerário do bairro que viesse à noite tirar as medidas para o caixão e acertar os detalhes do enterro.

Quando voltei, Quincey estava me esperando. Disse que falaria com ele assim que soubesse como Lucy estava e subi até o quarto dela. Ainda dormia, e o professor parecia não ter saído de sua cabeceira. Ao me ver, levou o indicador aos lábios, e entendi que esperava que ela acordasse a qualquer momento e não queria apressar a natureza. Então desci para falar com Quincey e o levei para a copa, que, por estar com as cortinas abertas, me pareceu um lugar mais alegre, ou menos soturno, do que os outros cômodos da casa. Quando estávamos a sós, ele me disse:

— Jack Seward, não quero me meter onde não sou chamado, mas não se trata de uma situação comum. Você sabe que eu adoro essa garota e quis me casar com ela, mas embora isso tudo seja passado, não consigo evitar de me sentir angustiado da mesma forma. O que está acontecendo com ela, afinal? Esse holandês... vi que é um senhor simpático, seu velho amigo... ele disse, quando vocês estavam na sala de jantar, que precisavam fazer *outra* transfusão de sangue, e que vocês dois estavam exaustos. Sei que médicos são sigilosos, e que ninguém pode querer saber o que dizem em particular. Mas, seja o que for, não se trata de uma situação comum, e eu fiz a minha parte. Não fiz?

— Fez — concordei.

Ele continuou:

— Suponho que você e Van Helsing já fizeram o mesmo que fiz hoje. Não é verdade?

— Fizemos.

— E imagino que Art também. Quando o encontrei há quatro dias, na casa dele, estava abatido. Nunca vi nada assim acontecer tão depressa desde uma vez em que estava nos Pampas e tinha uma égua de que eu gostava muito e que bateu as botas da noite para o dia. Um daqueles morcegos grandes que eles chamam de vampiro atacou minha égua à noite, e pelo tanto que bebeu e pela veia deixada aberta, na manhã seguinte, não havia sangue suficiente para fazer com que ela se levantasse, e precisei meter uma bala em sua cabeça. Jack, se você puder me contar sem trair a confiança de alguém, me diga: Arthur foi o primeiro a doar sangue, não foi?

Enquanto falava, o pobre rapaz parecia terrivelmente aflito. Torturado pelo suspense em relação à mulher que amava, sua total ignorância do terrível mistério que a envolvia só intensificava a dor que sentia. Seu coração sangrava, e precisou de toda a sua virilidade, que não era pouca, para não desabar. Fiz uma pausa antes de responder, pois não queria trair o que o professor desejava manter em segredo. Mas Quincey já sabia de tantas coisas e intuíra tantas outras, que não havia motivo para não responder, portanto o fiz de forma sucinta.

— Foi.

— E quando isso começou?

— Há dez dias.

— Dez dias! Então, Jack Seward, imagino que a pobre e linda criatura que todos adoramos recebeu em suas veias o sangue de quatro homens fortes. Rapaz, nem caberia tanto sangue no corpo dela. — Aproximando-se de mim, acrescentou com um sussurro feroz: — O que o retirou?

Balancei a cabeça.

— Essa é a questão — respondi. — Van Helsing está simplesmente desesperado sobre isso, e eu não sei o que pensar. Não consigo nem arriscar uma suposição. Uma série de pequenas circunstâncias desagradáveis impediu que vigiássemos Lucy adequadamente. Mas isso não acontecerá de novo. Aqui ficaremos até que tudo esteja bem, ou mal.

Quincey estendeu a mão.

— Contem comigo — afirmou. — Você e o holandês só precisam me dizer o que fazer, e eu farei.

Quando Lucy acordou, no meio da tarde, seu primeiro movimento foi apalpar o peito e, para minha surpresa, tirar o papel que Van Helsing me dera para ler. O cuidadoso professor o havia recolocado no lugar, para que, ao despertar, ela não ficasse preocupada. Seus olhos se iluminaram e se alegraram ao nos ver. Em seguida, percorreram o quarto, e, reparando onde estava, ela estremeceu, gritou e cobriu o rosto pálido com as mãos finas. Ambos entendemos que havia se dado conta da morte da mãe. Então fizemos o que podíamos para consolá-la. Sem dúvida, a solidariedade lhe diminuiu um pouco a dor, mas Lucy estava muito triste e debilitada, e chorou calada e fraca por um longo tempo. Dissemos que um de nós ou os dois ficaríamos com ela o tempo todo, e isso pareceu consolá-la.

Ao cair da noite, ela adormeceu. Foi então que uma coisa estranha aconteceu. Enquanto dormia, tirou do peito o papel e o rasgou em dois. Van Helsing se aproximou e pegou os pedaços de sua mão. Mesmo assim, ela continuou o movimento de rasgá-los, como se ainda os segurasse; por fim, estendeu as mãos e as abriu como se para espalhar os fragmentos. Van Helsing pareceu surpreso, e suas sobrancelhas se juntaram como que movidas por um pensamento, que guardou para si.

19 de setembro — Lucy teve o sono entrecortado a noite toda, tinha sempre medo de adormecer e acordou bem fraca. Eu e o professor nos revezávamos cuidando dela, que não ficou sozinha nem um minuto sequer. Quincey Morris não falou nada sobre o que pretendia, mas sei que ficou de guarda do lado de fora da casa a noite toda.

Ao raiar do dia, a luz nos mostrou como Lucy estava com a saúde fragilizada. Ela mal conseguia virar a cabeça; se alimentou muito pouco e o tanto que comeu não pareceu fazer bem a ela. Dormia de vez em quando e, tanto Van Helsing quanto eu, notamos a diferença que se dava entre seu período de sono e seu período de vigília. Ao dormir parecia mais forte, embora mais exaurida, sua respiração se suavizava, a boca se abria, mostrando a pálida gengiva retraída dos dentes, que, assim, pareciam maiores e mais aguçados que habitualmente; quando acordava, a expressão de seus olhos adoçava sua fisionomia, que parecia mais branda, mas, ao mesmo tempo, a de uma moribunda. Ao meio-dia, perguntou por Arthur e telegrafamos chamando-o. Quincey foi esperá-lo na estação.

Quando ele chegou eram quase 18h e o sol estava se pondo. Quando a viu, Arthur ficou em estado de choque com a emoção e nenhum de nós conseguiu dizer coisa alguma. Nas horas que se seguiram, ela parecia penetrar por muito mais tempo no estado de coma que costumava mergulhar e os momentos em que a conversa era possível passaram a ser menores. A presença de Arthur, contudo, pareceu agir como um estimulante. Lucy reavivou-se um pouco e conversou com ele melhor do que fizera desde que tínhamos chegado. Ele procurou controlar suas emoções e conversou com ela da forma mais alegre que conseguiu.

É quase 1h da manhã e Arthur e Van Helsing estão sentados ao lado de Lucy. Vou rendê-los daqui quinze minutos, e estou gravando este diário no fonógrafo de Lucy. Eles vão procurar descansar até as seis horas. Tenho medo de que essa seja nossa última noite de vigília. Deus nos ajude, pois a pobre alma não está mais conseguindo se recuperar.

Carta de Mina Harker para Lucy Westenra

(Não foi aberta pela destinatária)

17 de setembro

Querida Lucy,

Parecem ter se passado eras desde que recebi notícias suas, ou, de fato, desde que eu mesma lhe escrevi. Você também, estou certa, vai desculpar meu silêncio, ao saber o que tenho para contar. Trouxe meu marido de volta, graças a Deus. Em Exeter, havia uma carruagem nos esperando e nela estava o Sr. Hawkins, embora tivesse tido uma crise de gota. Levou-nos para sua casa, onde tinha preparado para nós dois belos e confortáveisquartos. Nós jantamos juntos e, logo após, o Sr. Hawkins disse:

— Meus caros, quero beber à sua saúde e prosperidade. Conheço-os desde crianças e os vi crescer com amor e orgulho. Quero que fiquem aqui nesta casa comigo. Não tendo filhos, deixei tudo para vocês em meu testamento.

Confesso que chorei quando Jonathan e o bom velho deram-se as mãos. Passamos uma noite muito, muito feliz.

Estamos, assim, instalados nessa magnífica mansão. A vista é linda do meu quarto e da sala de estar vejo os enormes olmos da catedral, com os imensos galhos negros contra as pedras de tom amarelo e antigo do muro da catedral, ouço também o grito das gralhas e o tagarelar das pessoas. Não é preciso dizer que tenho estado muito ocupada com os cuidados da casa. Jonathan e o Sr. Hawkins andam atarefados o dia todo. Agora, Jonathan é seu sócio e o Sr. Hawkins quer que ele saiba tudo sobre todos os clientes.

Como vai sua querida mãe? Queria passar pela cidade um ou dois dias para vê-la, mas agora não posso, com tantas responsabilidades, e Jonathan ainda precisa de cuidados. Ele começou a ganhar peso de novo, mas estava terrivelmente fraco depois do longo padecimento. Até hoje, por vezes, se agita no sono e acorda de repente, todo trêmulo, até que eu o acalme e ele volte à habitual placidez. Seja como for, graças a Deus, com o passar dos dias essas ocasiões têm ficado menos frequentes, e espero que com o tempo desapareçam de vez. Agora que lhe contei todas as minhas novidades, quero saber de você. Quando, onde e quem fará a cerimônia de seu casamento? O que vestirá? Vai ser um casamento público ou privado? Conte-me tudo, querida, conte-me tudo, não há nada que seja do seu interesse que não seja importante para mim também. Jonathan pediu que lhe mandasse "cordiais saudações", mas não acho que seja o suficiente de um sócio minoritário da importante firma Hawkins & Harker. Assim sendo, como você me ama, e ele me ama, e eu amo ambos com todos os modos e tempos verbais do verbo "amar", envio da parte dele simplesmente "amor" em vez de cordiais saudações. Adeus, queridíssima Lucy, e que Deus a abençoe.

Da sua amiga,

Mina Harker

Relatório de Patrick Hennessey, Doutor em Medicina, Membro do Colégio Real de Cirurgiões, Licenciado pelo Colégio de Médicos do Rei e da Rainha, etc., etc. para John Seward, Doutor em Medicina

20 de setembro

Prezado Senhor,

De acordo com suas instruções, envio relatório referente a tudo que foi deixado aos meus cuidados. No que diz respeito ao paciente Renfield, há mais a dizer. Teve ele uma nova crise que podia ter sérias consequências, o que, felizmente, não ocorreu.

Hoje à tarde, estacionou, diante do manicômio, uma carreta de mudança com dois homens, a qual se destinava àquela mansão vizinha, para onde o paciente fugiu duas vezes e que estava vazia. Os dois homens pararam diante da porta do manicômio, a fim de pedir informações sobre a área, que não conheciam muito bem. Na ocasião, eu estava à janela do escritório, fumando após o jantar, e vi um dos homens se aproximar. Quando passou diante da cela de Renfield, o paciente começou a xingá-lo de dentro do quarto de todos os nomes que o senhor pode imaginar. O rapaz, que parecia ser boa pessoa, apenas o mandou calar a boca suja de pedinte e o paciente o acusou de roubo e de ter vindo aqui para assassiná-lo. Disse que não se entregaria sem luta. Abri a janela e fiz sinal ao homem para não se importar e ele, após analisar o edifício, entendeu a que tipo de lugar viera parar e comentou:

— Deus o abençoe, doutor. Não me incomodarei com as palavras de um louco que está internado aqui. Sinto muito pelo senhor e pelo meu patrão por terem de viver perto de um animal selvagem desses.

Em seguida, pediu-me informações de forma educada e expliquei como chegar ao portão da mansão. Partiu sendo insultado mais uma vez pelo nosso paciente. Desci à cela de Renfield, a fim de acalmá-lo, e fiquei surpreso ao ver que ele se mostrava bastante tranquilo e cordial. Quando lhe falei a respeito do incidente, desconversou, fingindo não entender. Levou-me a acreditar que ele se esquecera completamente do ocorrido. Foi, no entanto, apenas outra demonstração de suas artimanhas, pois cerca de meia hora depois, fugiu pela janela e desceu, correndo, a avenida. Saí, acompanhado de dois guardas, em busca dele e conseguimos alcançá-lo perto da entrada da propriedade vizinha. A carroça que passara diante do manicômio estava parada ali e vi em cima dela alguns grandes caixotes. Os dois homens estavam em cima da carroça, limpando o suor do rosto. Antes que pudéssemos impedir, Renfield atirou-se contra os homens e, puxando um deles para fora da carroça, começou a bater várias vezes sua cabeça no chão. Creio que o teria matado, se eu não o tivesse agarrado. O outro homem saltou da carroça e desferiu um terrível golpe na cabeça do louco com o cabo de um chicote que trazia na mão. Foi um golpe e tanto, mas pareceu não surtir efeito em Renfield, que o agarrou também e lutou contra nós três, nos empurrando para os lados como se fôssemos três gatinhos. O senhor sabe que não sou pequeno e os outros dois são robustos também. Finalmente o dominamos, e o colocamos em uma camisa de força, enquanto ele, furioso, gritava:

— Não deixarei! Não vão me roubar! Não me matarão aos poucos! Lutarei por meu Mestre e Senhor!

Conseguimos trazê-lo de volta com muita dificuldade e o trancamos em uma cela acolchoada. Hardy, um dos enfermeiros, teve um dedo quebrado. Já foi atendido e está bem.

Os dois homens da carreta a princípio ameaçaram apresentar queixa e denunciar-nos à justiça, mas as ameaças eram mais uma oblíqua desculpa por terem sido derrotados por um louco frágil. Disseram que estavam cansados por carregar as pesadas caixas na carroça, senão teriam dominado o doente. Eles deram uma outra desculpa pela derrota, uma terrível sede proveniente da natureza poeirenta de suas ocupações e a repreensível distância entre a localidade de seu trabalho e localização de qualquer lugar público que lhes pudesse oferecer algum entretenimento. Entendi aonde queriam chegar e tudo foi resolvido com um copo, ou melhor, mais de um copo, de rum e uma libra em cada bolso. Saciados e com dinheiro no bolso, fizeram pouco caso do ataque e disseram que topariam com loucos piores e só para ter o prazer de encontrar um camarada tão bacana quanto este que lhe escreve. Tomei nota de seus nomes e endereços, para o caso de necessidade. São eles: Jack Smollet, de Dudding's Rents, King George's Road, em Great Walworth, e Thomas Snelling, de Peter Farley's Row, Guide Court, em Bethnal Green.

Ambos trabalham para a Harris & Filhos, Companhia de Transportes e Navegação que se localiza em Orange Master's Yard, no Soho.

Vou manter o senhor informado de qualquer assunto de interesse do manicômio e, em caso de urgência, enviarei um telegrama assim que possível.

Creia-me, caro senhor,
Fielmente seu,
Patrick Hennessey

Carta de Mina Harker para Lucy Westenra
(Jamais foi aberta pela destinatária)

18 de setembro

Minha querida Lucy,

Fomos atingidos por um rude golpe. O Sr. Hawkins morreu repentinamente. Pode haver quem pense que não temos motivo para sentir tristeza, mas a verdade é que o estimávamos tanto que, para nós, é quase como se tivéssemos perdido um pai. Não tive pai nem mãe e a morte de um senhor tão querido foi muito dura para mim. Jonathan está muito abatido. Lamenta profundamente a morte do amigo tão querido que o conhecia desde criança, e que, no fim da vida, o tratou como filho e deixou uma herança que é um verdadeiro sonho para nós. Diz ele, também, que a responsabilidade que recai sobre seus ombros o deixa nervoso. Está começando a duvidar de si mesmo. Felizmente, eu acredito nele e isso o ajuda a ter mais confiança em si. Mas a verdade é que o grande choque pelo qual passou o afetou profundamente. Ah, amiga, como é doloroso pensar que uma natureza tão doce, simples e vigorosa como a dele — uma natureza que o possibilitou por intermédio de nosso querido e bom amigo, elevá-lo de assistente a sócio em poucos anos — tenha sido tão prejudicada que a própria essência de sua força evanescera. Peço perdão por importuná-la com meus problemas enquanto você vive um momento tão feliz, mas preciso desabafar com alguém. O esforço de parecer sempre confiante para Jonathan tem me deixado exausta e não tenho ninguém aqui em quem possa confiar. Não acho nada agradável a perspectiva de ir a Londres, como devemos fazer depois de amanhã, pois o Sr. Hawkins, em seu testamento, disse que queria ser enterrado no mesmo túmulo em que seu pai. Como ele não deixou um só parente, Jonathan terá que fazer as honras. Farei de tudo para vê-la, meu bem, nem que seja apenas por alguns minutos. Desculpe-me preocupá-la com minhas questões. Deus a abençoe.

Com amor,

Mina

DIÁRIO DO DR. SEWARD

20 de setembro — O registro de hoje é fruto do costume e da determinação. Estou angustiado, desanimado e cansado de tudo, até mesmo da própria vida e nem me importaria se ouvisse as asas do Anjo da Morte baterem para mim. Sinto-me profundamente abatido com essa sucessão de mortes: a mãe de Lucy, o pai de Arthur e agora o Sr. Hawkins. Mas deixe-me registrar tudo em ordem.

Rendi a Van Helsing na vigília de Lucy. Foi com grande dificuldade que conseguimos fazer com que Arthur saísse de perto dela para descansar um pouco. Ele só aceitou quando enfatizamos que sua ajuda poderia ser necessária no decorrer do dia e que não podíamos nos render ao cansaço pelo bem de Lucy. Van Helsing disse gentilmente:

— Venha, meu filho. Venha comigo. Você está doente, fraco e passou por muitos sofrimentos e dores mentais, além da provação que sua força física passou, como bem sabemos. Não deve ficar sozinho, pois a solidão o dominará de medo e de inquietação. Vamos para a sala de estar, perto da lareira, pois há dois sofás por lá. Você se deitará em um e eu ficarei no outro e consolaremos um ao outro com nossa companhia, mesmo que em silêncio e mesmo que consigamos dormir.

Arthur acompanhou o professor e olhou uma vez mais para o rosto de Lucy que estava tão branco quanto os lençóis. Ela estava praticamente imóvel. Percorri todo o quarto para ver se tudo estava sob controle. Notei que o professor havia colocado alho por todo esse quarto, assim como fizera com o outro. Havia alho na janela e em volta do pescoço de Lucy, em cima do lenço de seda que Van Helsing a obrigava usar. Havia uma coroa mais grosseira feita das mesmas flores aromáticas. A respiração de Lucy era agonizante e suas feições estavam piores que nunca. A boca entreaberta exibia as gengivas pálidas e os dentes pareciam mais compridos e pontiagudos do que pela manhã, principalmente os caninos, aparentavam estar maiores e mais afiados que os demais dentes. Sentei-me ao lado dela e ela pareceu inquieta. No mesmo instante, ouvi um bater de asas que pareciam pancadas na janela. Aproximei-me com o maior cuidado e olhei pela fresta. A lua estava cheia e havia um morcego voando em círculos. Tinha sido atraído pela fraca luz e as asas batiam contra a janela vez ou outra. Ao voltar para a poltrona, vi que Lucy havia arrancado as flores do pescoço. Recoloquei a guirlanda no lugar e sentei-me ao seu lado.

Ela logo acordou e a alimentei de acordo com as orientações do Dr. Van Helsing. Comeu bem pouco. Parecia que não lutava mais pela vida e para recobrar as forças de antes. Assim que acordou, apertou as flores contra o peito, mas sempre que dormia afastava as flores de alho e só as trazia para perto de si ao acordar. Ela repetiu esse movimento inúmeras vezes enquanto revezava entre períodos de sono e de vigília.

Às 6h da manhã, Van Helsing veio me render. Deixou Arthur dormindo, pois ele havia acabado de cochilar. Quando viu o rosto de Lucy, ouvi o som sibilante e profundo de sua inspiração.

— Abra a cortina. Preciso de luz! — Ordenou-me ele sussurrando. Obedeci e ele se curvou sobre Lucy, examinando seu pescoço. Tirou as flores de alho e levantou o lenço de seda.

— *Mein Gott!*[39] — Exclamou, recuando.

Aproximei-me, olhei e senti um arrepio percorrer todo o meu corpo. Os ferimentos tinham desaparecido inteiramente.

Durante cinco minutos, Van Helsing ficou olhando seriamente para Lucy, depois virou-se para mim e murmurou:

— Vai morrer dentro de pouco tempo. Para mim, haverá uma grande diferença se ela morrer acordada ou dormindo. Vá chamar o

39. Meus Deus! — em alemão. (N. T.)

pobre Arthur para despedir-se dela. Ele confiou em nós e prometemos que iríamos avisá-lo.

Arthur estava dormindo na sala e eu o acordei. Ele ficou confuso por um tempo, mas ao ver o sol entrar pelas frestas da janela, ele ficou assustado pensando que tinha perdido a hora. Disse que Lucy ainda dormia, mas que Van Helsing e eu temíamos que seu fim estivesse próximo. Ele ficou imóvel com o rosto coberto com as mãos e logo ajoelhou-se perto do sofá e rezou com toda a tristeza que sentia. Peguei sua mão e o levantei, dizendo:

— Vamos, amigo, reúna suas forças e venha. Assim será melhor e mais fácil para ela.

Quando entramos no quarto vi que Van Helsing tinha arrumado todo o lugar, escovado os cabelos dela que se espalhavam pelo travesseiro com as ondulações que pareciam raios de sol, Lucy abriu os olhos e vendo o noivo murmurou:

— Arthur! Ah, meu amor, estou tão feliz por você ter vindo!

Arthur aproximou-se dela para beijá-la, mas Van Helsing fez-lhe um sinal para recuar.

— Ainda não! — sussurrou. — Segure a mão dela. Isso a confortará mais.

Arthur ajoelhou-se junto do leito, segurando a mão de Lucy. A totalidade de seu ser resplandeceu no ápice da formosura, todos os seus traços delicados confluíam para a beleza angelical de seus olhos. Então, gradualmente, fechou devagar as pálpebras e mergulhou em um sono profundo. Por alguns instantes, percebemos seu peito se estufando ao ritmo suave de sua respiração, como a de uma criança cansada.

E, então, insensivelmente, ocorreu a estranha mudança que eu observara durante a noite. A respiração de Lucy tornou-se ofegante, a boca se abriu e as gengivas brancas se retraíram, fazendo com que os dentes parecessem mais compridos e afiados que antes. Em uma espécie de delírio sonâmbulo, ela abriu os olhos vidrados e arregalados, que tinham se tornado cruéis, e murmurou, com uma voz voluptuosa, que eu nunca ouvira saindo de seus lábios:

— Arthur! Meu amor, estou tão alegre por você ter vindo! Beije-me!

Arthur ansiosamente debruçou-se para beijá-la, mas Van Helsing — que, assim como eu, ficou assustado com a voz de Lucy — precipitou-se sobre ele, afastando-o do leito com as duas mãos agarradas ao seu pescoço. Arrastou-o para longe do leito com uma força furiosa que eu nunca imaginara que ele poderia ter e praticamente o atirou para o lado oposto da sala.

— De forma alguma! Não! Por sua vida, por sua alma e pela alma dela! — vociferou ele.

E posicionou-se entre os dois, como um leão defendendo sua presa.

Arthur ficou tão espantado que, durante alguns minutos, não soube o que dizer. Antes de pensar em reagir com alguma violência, lembrou-se do lugar e das circunstâncias e ficou em silêncio aguardando.

Eu mantive os olhos fixos em Lucy, do mesmo modo que Van Helsing, e vi um espasmo de ira tremular como uma sombra em seu rosto. Cerrou os dentes afiados, então fechou os olhos e a respiração ficou ofegante de novo.

Logo depois, reabriu os olhos e foi possível reconhecer uma expressão suave e doce em seu rosto. Esticou sua mão pálida e magra, puxou a mão bronzeada de Van Helsing e, trazendo-a até seus lábios, beijou-a.

— Meu verdadeiro amigo — disse, com uma voz muito fraca, mas emocionada —, meu verdadeiro amigo e dele também! Oh, proteja-o e dê-me paz!

— Eu juro! — disse Van Helsing, solenemente, ajoelhando-se junto ao leito e tomando suas mãos como alguém que firma uma promessa.

Depois, voltou-se para Arthur:

— Venha, meu filho. Pegue na mão dela e beije-a na testa apenas uma vez.

Foram seus olhos que se encontraram em vez de seus lábios, e foi assim que se despediram. Os olhos de Lucy se fecharam. Van Helsing, que supervisionava tudo, segurou Arthur pelo braço e o afastou da cama.

A respiração de Lucy tornou-se pesada de novo, até que parou.

— Acabou — disse Van Helsing. — Está morta.

Segurei Arthur pelo braço e levei-o para o aposento vizinho, onde se sentou e, escondendo o rosto nas mãos, começou a soluçar de tal forma que quase me faz chorar também.

Voltei para o quarto e Van Helsing examinava Lucy com uma expressão mais séria do que nunca. Parecia ter havido uma mudança no corpo dela. A morte trouxe de volta parte de sua beleza e a testa e as faces pareciam ter recuperado os contornos delicados. Os lábios não mais apresentavam a palidez mortal. Parecia que o sangue, não mais necessário para que seu coração funcionasse, tivesse tornado o aspecto de morte menos brutal, na medida do possível.

"Pensamos que morria, enquanto ela dormia,
e que dormia, enquanto ela morria."[40]

Voltei para o lado de Van Helsing, contemplei-a e exclamei:

— Pobre moça! Afinal alcançou a paz! É o fim.

— Infelizmente, é apenas o começo — respondeu com grave solenidade.

Quando perguntei o que ele quis dizer com isso, apenas balançou a cabeça e retrucou:

— Por enquanto, nada podemos fazer. Aguarde e veja.

40. Versos do poema *The death bed*, de Thomas Hood. (N. T.)

CAPÍTULO XIII

O conde em Londres

DIÁRIO DO DR. SEWARD

(continuação)

O enterro foi marcado para o dia seguinte, a fim de que Lucy e a mãe pudessem ser enterradas juntas. Todas as abomináveis formalidades fúnebres foram cumpridas e a equipe da funerária nos tratou com muita cortesia e delicadeza. A senhora que cuidava dos preparativos fúnebres comentou comigo em segredo ao sair da câmara funerária:

— Que belo cadáver, senhor. Que privilégio podermos cuidar dela. É sem exagero algum que digo que ela trará prestígio ao nosso estabelecimento.

Van Helsing não se afastou em momento algum. Isso foi possível porque a casa estava em absoluta desordem. Elas não possuíam parentes próximos e, como Arthur precisou voltar no dia seguinte para cuidar do enterro do pai, não pudemos avisar ninguém que pudesse vir à cerimônia. Sob essas circunstâncias, Van Helsing e eu cuidamos de toda a parte burocrática. Ele insistiu em cuidar de todos os documentos de Lucy pessoalmente. Perguntei o motivo dessa insistência, pois tinha medo de que ele deixasse passar alguma exigência da lei britânica, uma vez que era estrangeiro, e, por desconhecimento, isso acarretasse algum problema desnecessário. O professor respondeu:

— Eu sei, eu sei. Mas você se esqueceu de que sou também advogado além de médico. Contudo, isso não é totalmente para a lei. Você sabia disso quando evitou chamar o legista. Eu tenho mais do que ele para evitar. Pode haver outros papéis como este aqui.

Enquanto falava, tirou de sua agenda o memorando que Lucy rasgara dormindo e continuou:

— Quando você descobrir quem é o advogado da Sra. Westenra, sele todos os papéis e escreva para ele hoje à noite. Quanto a mim, ficarei aqui neste quarto e no antigo quarto da senhorita Lucy, durante toda a noite, vasculhando. Não convém que os próprios pensamentos dela caiam nas mãos de estranhos.

Realizei minha tarefa e meia hora depois já estava com o endereço do advogado da Sra. Westenra e com uma carta redigida para ele. Os papéis da boa senhora estavam todos em ordem e havia orientações diretas em relação ao enterro. Tinha acabado de selar o envelope quando fui surpreendido com a entrada de Van Helsing, que disse:

— Como posso ajudar, amigo John? Estou livre agora e estou à sua disposição se for útil em alguma coisa.

— O senhor encontrou o que procurava?

— Não havia algo específico a ser procurado. Procurei e encontrei algumas cartas, alguns *memoranda* e um diário que ela havia acabado de começar. Está tudo aqui e é melhor não comentarmos com ninguém sobre isso. Visitarei o pobre noivo amanhã e pedirei sua autorização para estudar o material.

Quando terminamos nossos afazeres, o professor disse:

— Amigo John, vamos descansar. Precisamos dormir para recuperarmos as forças. Amanhã teremos muito o que fazer, mas agora não há nada a ser feito, infelizmente.

Fomos ver Lucy antes de dormirmos. O agente funerário tinha feito um excelente trabalho, pois o quarto havia se transformado em uma capela mortuária e havia todo tipo de flores brancas, deixando a morte menos repulsiva possível. O rosto estava coberto por uma mortalha, mas quando o professor gentilmente afastou o sudário de sua face, ficamos admirados com sua beleza. Pudemos ver bem, pois havia colossais velas acesas para fornecer luz suficiente ao local. Todo o encanto da bela Lucy havia voltado com a morte, e o tempo passado, em vez de deixar os traços dos "dedos aniquiladores da Decadência"[41], devolveram-lhe a beleza da vida e eu nem conseguia acreditar que estava diande de a um cadáver. O professor estava profundamente solene. Não a amava como eu, por isso não sentia vontade de chorar.

---

41. Verso do poema *"The Giaour, a fragment of a Turkish tale"*, de Lorde Byron. (N. T.)

— Fique aqui até eu voltar — disse-me o professor. E saiu do quarto.

Voltou trazendo um punhado de flores de alho que tirou de uma caixa que estava no vestíbulo ainda sem abrir, e espalhou as flores entre as outras que já estavam no aposento e também em torno do leito. Tirou do peito um pequeno crucifixo de ouro e colocou-o sobre os lábios de Lucy. Em seguida, ajeitou o sudário sobre a cabeça e nós nos retiramos.

Eu estava trocando de roupa em meu quarto quando ouvi batidinhas na porta, e em seguida Van Helsing disse sem demora:

— Amanhã, quero que você me traga, antes do anoitecer, um jogo de bisturis para autópsia.

— Teremos que fazer alguma autópsia? — perguntei.

— Sim e não. Preciso fazer uma operação, mas não da forma que imagina. Vou lhe dizer do que se trata, mas não diga uma só palavra a ninguém. Quero decepar a cabeça de Lucy e retirar seu coração. Ora, ora, você, um cirurgião, não deveria ficar tão chocado! Você, que já vi fazer operações tão difíceis, que fariam qualquer um estremecer, sem sequer vacilar a mão ou impressionar o coração! E não estou me esquecendo, caro amigo John, que você a amava. Mas preciso de ajuda. Eu preferiria fazer a operação hoje à noite, mas não posso, por causa de Arthur. Ele ficará livre depois do enterro do pai, amanhã, e vai querer vê-la, ou melhor... ver *a coisa*. Depois que o caixão tiver sido lacrado para o enterro no dia seguinte, deveremos ir, enquanto todos dormem, e abri-lo. Faremos a operação e tornaremos a lacrar o caixão, sem deixar ninguém saber.

— Mas, para que mutilar o cadáver da infeliz sem necessidade? Ela está morta! É monstruoso! Nem a ciência e nem o conhecimento ganharão com isso — indaguei.

Respondeu colocando a mão em meu ombro e disse com ternura:

— Meu amigo John, me condoo com seu coração partido e o amo ainda mais porque suporta ele partido. Se pudesse, carregaria esse fardo por você. No entanto, há coisas que você não sabe, embora tenha de saber, e deve dar graças a Deus porque eu as sei, apesar de serem absolutamente desagradáveis. Você me conhece há tanto tempo! Já me viu fazer alguma coisa sem um motivo justo? Posso errar, pois nada mais sou do que apenas um homem, entretanto acredito no que faço. Não foi por isso que me chamou quando os problemas começaram? Sim! Você não ficou espantado, ou talvez mesmo horrorizado, quando não deixei Arthur beijá-la, embora ela estivesse morrendo, e eu o puxei para longe dela com toda a força? Sim! No entanto, viu que ela me agradeceu, com seus belos moribundos olhos e com sua débil voz, e beijou as minhas mãos. Viu que fiz uma promessa a ela? Após ouvi-la, fechou seus olhos de maneira grata.

"Tenho bons motivos para fazer o que pretendo. Você confiou em mim por muitos anos, você tem confiado em mim nas últimas semanas, quando estranhos eventos ocorreram. O seu direito de duvidar é totalmente compreensível, mas preciso que confie em mim agora, nem que seja um pouco, pois não me será agradável contar-lhe o que tenho em mente. Terei que agir de qualquer forma, com ou sem a sua confiança. Garanto que meu coração estará pesado e me sentirei sozinho por não ter podido contar com sua ajuda quando mais precisava."

Interrompeu sua fala por um momento, então completou:

— Amigo John, dias estranhos e ruins virão pela frente. Que nós nos tornemos um só corpo de ação em favor de objetivo em comum. Terei sua confiança?

Apertei-lhe a mão, e prometi-lhe minha confiança. Segurei a porta para que deixasse o aposento. Vi-o entrar em seu quarto e fechar a porta. Enquanto aguardava, sem me mexer, vi uma das criadas silenciosamente transpor o limiar do quarto em que Lucy estava. Suas costas estavam voltadas para mim, por isso não me avistou. Fiquei comovido com aquela prova de dedicação, algo tão raro nos dias de hoje que nossa gratidão se volta àqueles que a demonstram aos nossos entes queridos sem serem requisitados. A pobre moça, vencendo o medo tão natural da morte, decidiu ficar junto da patroa por quem tinha tanto afeto, para que seus restos mortais não ficassem sozinhos até que fossem colocados no descanso eterno.

Devo ter dormido profundamente, pois o sol já estava alto quando Van Helsing veio me acordar. Aproximou-se da cabeceira e disse:

— Não precisa mais se preocupar com os bisturis — disse ele. — Não faremos mais o que eu pretendia.

— Por quê?

— Porque é tarde demais, ou cedo demais — respondeu. — Veja! — acrescentou, mostrando o pequeno crucifixo de ouro. Isto foi roubado na noite passada.

— Roubado? Então como está com ele?

— Porque o tomei da cretina desgraçada, ladra amaldiçoada que rouba de vivos e mortos. Seu castigo certamente virá, mas não por meu intermédio. Ela não sabe a gravidade do que fez. Um simples furto e agora temos que esperar.

Afastou-se, então, deixando-me às voltas com um novo mistério. Mais um para alimentar meus pensamentos.

O período da manhã foi muito triste, até que, ao meio-dia, o advogado da família apareceu. Era o Sr. Marquand, da Wholeman, Filhos, Marquand & Lidderdale. Mostrou-se grato pelas providências que tínhamos tomado e se encarregou de todos os detalhes que ainda fossem necessários dali em diante. Durante o almoço, contou-nos que a Sra. Westenra vinha esperando, desde algum tempo, morrer subitamente devido a sua doença cardíaca e pusera todos os seus negócios em ordem. Com exceção de alguns bens vinculados ao pai de Lucy e que, agora, terão de ser herdados por parentes afastados, todos os bens, móveis e imóveis, serão transferidos a Arthur Holmwood. Dito isso, comentou:

— Sinceramente, fizemos todo o possível para evitar essa disposição do testamento e apontamos situações que poderiam deixar a filha totalmente sem recursos financeiros ou sem liberdade no caso de um matrimônio. De fato, insistimos muito no assunto e quase houve um conflito, pois ela foi incisiva ao dizer que suas vontades deveriam ser realizadas. Nossa única alternativa foi aceitar. Sei que estávamos certos em nossa opinião, contudo, a situação atual mostra que qualquer outra disposição não tornaria possível que os desejos da senhora fossem satisfeitos. Como ela morreu antes da filha, essa última teria herdado todas as propriedades, e mesmo que ela tivesse falecido cinco minutos após a mãe, sua propriedade seria, em caso de não haver testamento — e um testamento seria praticamente impossível em tais circunstâncias — considerada sucessão *ab intestato*[42]. Assim, lorde Godalming não teria direito à herança, apesar de ser próximo da família. Mesmo distantes,

42. Expressão do latim jurídico para "sem testamento". (N. E.)

dificilmente herdeiros teriam renunciado ao seu direito por razões sentimentais em prol de uma pessoa desconhecida. Garanto-lhes que o resultado foi perfeito e sinto-me extremamente satisfeito.

Era um bom homem, mas demonstrar satisfação com a ínfima parte, a que oficialmente ele mantinha algum interesse, de uma tragédia daquelas foi um excelente exemplo dos limites da compaixão.

Ele ficou pouco tempo e disse que voltaria mais tarde para falar com lorde Godalming. Sentimos certo alívio com sua vinda, contudo, pois isso nos deu a garantia de que não seríamos criticados por nossas decisões. Arthur chegaria às cinco horas e fomos antes disso para a câmara mortuária que agora abrigava mãe e filha. O agente funerário tinha arrumado tudo da melhor forma possível e a atmosfera fúnebre do ambiente nos deixou absolutamente desolados.

Van Helsing determinou que tudo deveria voltar para a arrumação anterior, pois seria menos chocante ao lorde Godalming ver sua noiva a sós. O agente funerário ficou envergonhado com a própria atitude e fez o maior esforço para deixar tudo exatamente como estava na noite anterior para que Arthur não ficasse tão abalado.

Pobre Arthur! Estava extremamente triste e abatido. O esforço das emoções do momento tinha feito diminuir até mesmo sua virilidade. Sempre foi muito dedicado ao pai e perdê-lo bem naquele momento tinha sido um duro golpe. Foi carinhoso comigo como sempre, e cortês com Van Helsing. Mas senti certa restrição em relação a ele. O professor também percebeu e pediu que eu acompanhasse Arthur até o quarto. Pensei que quisesse ficar sozinho com ela, mas ele pegou em meu braço e me levou para dentro com ele, sussurrando gravemente:

— Você também a amava, meu caro. Ela me disse tudo e nenhum outro amigo ocupava um lugar tão distinto no coração de Lucy como você. Não sei como agradecer tudo o que você fez por ela. Ainda não consigo pensar direito...

E assim desabou. Entrelaçando os braços em meus ombros, aninhou sua cabeça em meu peito e chorou:

— Ah, Jack! Jack! O que farei agora? Minha vida parece ter acabado subitamente, nada mais faz sentido para mim.

Procurei consolá-lo da melhor forma que consegui. Homens não têm necessidade de falar tanto em casos como esses. Um aperto de mão e um abraço firme são manifestações caríssimas de solidariedade. Permaneci em silêncio e imóvel enquanto ele soluçava, então disse com carinho:

— Vamos, venha vê-la.

Levei-o ao quarto onde estava o corpo e levantei o sudário de seu rosto. Meu Deus, como estava bonita! Parecia estar ficando mais linda a cada hora que passava. Assustou-me e fascinou-me, mas Arthur estremeceu, demonstrando dúvida. Depois de uma longa pausa, perguntou-me, quase sem voz:

— Jack, ela está mesmo morta?

Assegurei-lhe que, infelizmente, essa era a verdade, pois não queria que tal mórbida esperança se instaurasse por mais um instante sequer, e completei dizendo que era comum que o rosto da pessoa morta restabelecesse a beleza da juventude, principalmente quando a morte é causada por um sofrimento extremo e prolongado. Meu comentário acabou com qualquer dúvida que ele pudesse ter. Ele se ajoelhou ao lado dela e a olhou com amor, de forma demorada. Avisei que devia se despedir dela, pois o caixão tinha de ser preparado, então beijou-lhe a mão e a testa. Saiu da sala olhando-a carinhosamente por sobre o ombro.

Levei-o, depois, para a sala de visitas, onde estava Van Helsing, e eu fui avisar o agente funerário que poderia dar seguimento aos preparativos e fechar o caixão. Quando voltei, relatei ao professor a dúvida de Arthur e ele comentou:

— Não estou surpreso. Agora há pouco encontrei-me fazendo a mesma pergunta!

Jantamos juntos e percebi que Art esforçava-se para amenizar a situação. Van Helsing manteve-se calado durante todo o jantar e começou a falar apenas quando acendemos os charutos:

— Lorde...

Arthur o interrompeu imediatamente.

— Não, não, absolutamente não! Pelo amor de Deus! Ainda não, de forma alguma. Perdoe-me, senhor, pois não tive a intenção de ofendê-lo. É apenas porque a perda está muito recente para mim.

O professor foi muito delicado em sua resposta.

— Usei o título porque não posso chamá-lo de "senhor" e gosto muito de você, meu caro menino. Sim, eu aprendi a amá-lo como Arthur.

Arthur estendeu a mão com carinho ao professor e disse:

— Pode me chamar como quiser. O título que desejo ter para sempre com o senhor é o de amigo. Não tenho palavras para lhe agradecer por toda a sua bondade com a minha amada. — Parou de falar por um tempo e continuou: — Tenho certeza de que Lucy sentiu a sua bondade ainda mais do que eu. E peço perdão por ter sido rude de alguma forma naquela ocasião em que o senhor agiu tão... o senhor se lembra...

O professor apenas assentiu e disse com ternura:

— Sei que não foi fácil confiar em mim naquele momento, é preciso muito discernimento para entender tal violência. Entendo o fato de ainda não confiar em mim, de verdadeiramente não conseguir fazê-lo, mas isso se dá, pois ainda não entende a situação. Vai chegar um dia em que você terá de confiar totalmente em mim e que passará a entender esse caso com toda a clareza, como se os próprios raios de sol o iluminassem. É nesse momento que me agradecerá por tudo, pelo seu bem e pelo bem dos demais e de nossa querida, a quem jurei proteger.

Arthur concordou afetuosamente:

— Senhor, não tenho dúvidas disso. Sempre confiarei no senhor. Eu sinto e acredito que o senhor tem um coração muito nobre. É amigo de Jack e era amigo dela. O senhor deverá fazer tudo conforme achar melhor.

O professor pigarreou algumas vezes, como se estivesse prestes a falar, e finalmente perguntou-lhe:

— Posso lhe fazer uma pergunta?

— Certamente.

— Sabe que a Sra. Westenra lhe deixou todos os seus bens?

— Não, pobre coitada! Nunca pensei que faria isso.

— E, como tudo é seu, o senhor tem o direito de fazer tudo o que bem entender. Queria que me desse permissão de ler todos os papéis e cartas da senhorita Lucy. Creia-me, não se trata de mera curiosidade, mas tenho um bom motivo, o qual ela certamente aprovaria. Coletei todos os documentos antes de saber que você era o herdeiro legal a fim de que não parassem nas mãos de estranhos que olhariam para a alma dela através de suas palavras. Se concordar, ficarei com eles. Nesse momento, nem mesmo você poderá vê-los, mas tenha certeza de que estarão seguros comigo. Examinarei cada uma das palavras e os devolverei assim que possível. Sei que não é um pedido fácil, mas, pelo bem de Lucy, você me daria sua permissão?

— Dr. Van Helsing — exclamou Arthur, com seu modo franco —, pode fazer conforme lhe aprouver. Sinto que, ao dizer-lhe isso, estou realizando um desejo de minha querida Lucy. Não irei o incomodar com questionamentos até que o momento adequado chegue.

— E tem razão — disse solenemente o velho professor, levantando-se. — Haverá sofrimento para todos nós, mas não será somente dor, nem ela será eterna. Nós e você, especialmente você, atravessaremos águas amargas para alcançarmos as águas doces. No entanto, devemos ser corajosos e abnegados, cumprir o nosso dever e tudo ficará bem!

Dormi naquela noite em um sofá, no quarto de Arthur. Van Helsing passou a noite em claro, andando de um lado para o outro, patrulhando a casa, sem perder de vista o aposento onde estava Lucy em seu caixão, rodeada de flores de alho selvagem que emanavam um odor pesado e intenso pela noite, sobrepondo-se aos lírios e rosas.

DIÁRIO DE MINA HARKER

22 de setembro — No trem para Exeter, Jonathan está dormindo. Parece que foi ontem que escrevi neste diário pela última vez, e quanta coisa já aconteceu de lá para cá. Eu em Whitby, Jonathan longe, sem dar notícias, e agora eu casada, ele rico e dono do próprio negócio, o Sr. Hawkins morto e enterrado, e Jonathan prestes a ter mais um ataque que pode prejudicar sua saúde mental. Pode ser que um dia ele me pergunte sobre isso, portanto deixarei tudo anotado. Estou enferrujada na taquigrafia — veja o que a inesperada prosperidade faz conosco — e poderei usar o exercício para recordar-me.

A cerimônia fúnebre foi muito simples e muito solene. Apenas estávamos nós, os criados, um ou dois velhos amigos de Exeter, seu agente em Londres e um representante do Sr. John Paxton, da Sociedade de Advogados. Jonathan e eu mantivemos as mãos dadas e lamentamos a perda do nosso melhor e mais querido amigo.

Eu e Jonathan voltamos calados para a cidade, tomamos um ônibus até o Hyde Park Corner. Jonathan pensou que eu quisesse parar um pouco pelo parque, na Row, e nos sentamos, mas havia pouca gente e nos sentimos muito tristes ao ver tantos assentos vazios, pois lembramos que em casa também havia uma cadeira vazia. Levantamo-nos e caminhamos por Piccadilly, Jonathan segurava meu braço do jeito que fazia antigamente, antes da minha partida para a escola. Parecia não ser apropriado, pois não há como passar alguns anos ensinando etiqueta e decoro a outras garotas sem que o pedantismo volte para você. Entretanto era Jonathan, e ele era meu marido. Além disso, não conhecíamos as pessoas que nos olhavam nem ligaríamos se nos conhecessem, portanto, continuamos a caminhar. Eu reparava em uma moça muito bonita, de chapéu largo, sentada em uma carruagem vitoriana em frente à joalheria Giuliano's quando Jonathan exclamou, de repente, apertando meu braço até doer:

— Meu Deus!

Sempre fico aflita com Jonathan, pois temo que qualquer colapso nervoso possa abalá-lo. Virei-me rapidamente para ele e, notando sua palidez, perguntei-lhe o que havia de errado.

Seus olhos arregalados revelavam terror e surpresa. Acompanhando a direção do seu olhar, percebi que fitava um homem alto e magro, de nariz aquilino, bigode preto e cavanhaque, que, por sua vez, também admirava a linda moça. Olhava para ela tão intensamente que não notou nossa presença e, por isso, pude ter um vislumbre completo de sua figura. O rosto do homem tinha uma expressão de maldade e seus dentes, que pareciam mais brancos por causa dos lábios muito vermelhos, eram pontudos como os de um animal. Jonathan não parava de encará-lo e fiquei com medo que ele pudesse notar. Também tive medo que ele nos levasse a mal, pois tinha uma aparência brutal e cruel. Perguntei o que estava acontecendo ao meu marido e ele respondeu pensando que eu sabia tanto quanto ele:

— Está vendo quem é?

— Não, querido — respondi. — Quem é? Não o conheço.

Sua resposta me chocou, parecia que não era comigo que ele estava falando:

— É ele em pessoa!

Evidentemente meu pobre marido estava aterrorizado com alguma coisa, muito intensamente horrizado. Creio que teria caído se eu não estivesse ali para sustentá-lo. Continuava a encará-lo fixamente. Um funcionário saiu da loja com um pequeno pacote e o entregou à dama que, então, partiu sem demora. O homem sem tirar os olhos da moça na carruagem, fez sinal a um coche que passava e, quando a carruagem subiu a Piccadilly, ele seguiu na mesma direção. Jonathan continuou olhando para ele e disse, como que para si mesmo:

— Acho que é o conde, mas ficou mais jovem. Como isso é possível, meu Deus! Se eu soubesse! Se eu soubesse!

Estava tão perturbado que achei melhor não fazer mais perguntas e fiquei em silêncio. Retomei a caminhada calmamente e, como ele segurava meu braço, me acompanhou sem resistência. Andamos mais um pouco até um banco confortavelmente posicionado debaixo de uma sombra no Green Park, onde nos sentamos. O dia estava bem quente para o outono. Depois de alguns minutos contemplando o vazio, Jonathan fechou os olhos e adormeceu silenciosamente, com a cabeça no meu ombro. Achei que era a melhor coisa para ele, portanto, não o perturbei. Cerca de vinte minutos depois acordou e disse jovialmente:

— Que coisa, Mina! Como dormi! Desculpe-me ter sido tão grosseiro. Venha. Vamos tomar um chá em algum lugar.

Sem dúvida, ele tinha se esquecido do sujeito moreno, do mesmo modo que, estando enfermo, se esquecera do que isso o tinha feito se lembrar. Não gostei desse lapso de memória. Isso pode fazer com que algo se agrave em seu cérebro. Não devo lhe perguntar nada, vai fazer mais mal do que bem. Todavia preciso saber o que aconteceu com ele na Transilvânia. Acho que chegou a hora de abrir o diário e saber o que ele contém. Ah, Jonathan, sei que você vai me perdoar se estiver fazendo algo de errado, mas é para o seu próprio bem!

Mais tarde — Que tristeza voltar para casa e encontrá-la vazia. Sentimos falta daquele bom companheiro que fora tão bom para nós. Jonathan anda pálido e abatido por conta de uma recaída da sua enfermidade, e, para completar, agora recebemos um telegrama de Van Helsing, que não sei quem é, dizendo:

"LAMENTO COMUNICAR-LHE QUE A SRA. WESTENRA MORREU HÁ CINCO DIAS E QUE LUCY MORREU ANTEONTEM. AMBAS FORAM ENTERRADAS HOJE."

Quanta tristeza em tão poucas palavras! Pobre Sra. Westenra! Pobre Lucy! Partiram para sempre, nunca mais voltarão! E pobre, pobre Arthur, perder tamanha doçura na vida! Deus nos ajude a suportar tanto sofrimento.

DIÁRIO DO DR. SEWARD

22 de setembro — Tudo terminou. Arthur regressou a Ring, em companhia de Quincey Morris. Quincey é um bom amigo. Acho que está sentindo tanto a morte de Lucy como qualquer um de nós, mas ele suportou tudo com uma moral Viking. Se a América continuar a ter homens como ele, certamente vai se tornar uma potência mundial. Van Helsing está descansando um pouco para a viagem. Vai esta noite para Amsterdã, mas disse que voltará amanhã à noite, pois apenas precisa tomar algumas providências que só podem ser tomadas pessoalmente. Na volta, se puder, se encontrará comigo. Diz que tem negócios a tratar em Londres que o reterão durante algum tempo. Que pena de meu velho amigo! As últimas semanas afetaram a sua saúde antes inabalável. Percebi que passou o enterro todinho tentando controlar as emoções. No final da cerimônia, Arthur falava da transfusão de seu sangue para as veias de Lucy. Van Helsing empalideceu e enrubesceu. Arthur dizia que se sentia casado com ela desde aquele momento e que ela era sua esposa aos olhos de Deus. Nenhum de nós fez qualquer comentário sobre as demais transfusões e jamais faremos.

Fui com ele levar Arthur e Quincey à estação e, quando voltamos, Van Helsing, na carruagem, começou a rir histericamente. Ele negou-me, desde então, ter sido um ataque de histeria e insistiu ser apenas seu senso de humor se estabilizando após tais tragédias. Riu até chorar e fechei as cortinas para que ninguém nos visse e tirasse conclusões errôneas. Então chorou até rir novamente, e de repente começou a rir e a chorar ao mesmo tempo, da mesma forma que, por vezes, faz uma mulher. Tentei falar sério com ele, da forma que se repreenderia essa mulher durante sua crise, mas não tive sucesso. Homens e mulheres são tão diferentes nas manifestações da força ou da fraqueza dos nervos. Então, quando se tornou mais sério e toda a euforia do momento passou, perguntei o motivo de tanto riso em um hora como essa. Sua resposta foi típica de seu gênio, pois continha a mesma dose de lógica, contundência e enigma:

— Você não entende, amigo John. Não pense que não estou triste, apesar do riso. Veja, eu chorei mesmo quando a risada me engasgava. Mas também não pense que sou apenas tristeza em meu choro, pois a risada veio da mesma forma. Lembre-se sempre de que o riso que bate à porta e pede licença para entrar não é verdadeiro. Não! O riso é um rei que vem quando e como quer. Não pede licença e não escolhe a hora. Simplesmente chega. Eu, por exemplo, estou de luto pela menina tão jovem e tão doce. Dei meu sangue por ela, mesmo estando velho e cansado. Doei meu tempo, meus conhecimentos e meu sono. Deixei outros pacientes sem nada para dar tudo a ela. E agora rio em sua sepultura, rio ao ver a pá do coveiro jogar terra sobre o seu caixão e o som que bate na tampa de seu ataúde ressoar em meu coração até sentir o sangue voltar para a minha face.

"Senti meu coração sangrar por aquele pobre garoto. Se meu filho tivesse sobrevivido, teria a mesma idade que ele e é por isso que gosto tanto de Arthur. Até seus olhos e cabelos se parecem. Ele diz coisas que tocam meu coração de marido, e meu coração de pai sente mais saudade dele do que jamais senti por outro homem... nem mesmo por você, amigo John. Somos muito mais parecidos em nossa experiência do que como pai e filho e, mesmo nessa hora, o Rei Riso vem gritar e berrar, anunciando sua chegada aos meu ouvido, fazendo o sangue ferver em meu rosto. Amigo John, o mundo é estranho e triste demais, cheio de sofrimentos, dores e problemas. E quando o Rei Riso chega, faz com que todos dancem de acordo com a música que ele toca. Tudo passa a fazer parte da dança e da música que o riso faz com a boca que não sorri: corações sangrando, ossos secos no cemitério e lágrimas ardentes. Pode acreditar, amigo John, que se trata de um rei bom e generoso e que somos todos cordas tensionadas que uma força violenta puxa para diferentes direções. Então, como a chuva, as lágrimas vêm para molhar as cordas e contraí-las até que, talvez, a força seja tão extrema que as rompa. O Rei Riso vem como um raio de sol para aliviar a tensão e assim continuarmos com nossas tarefas, sejam elas quais forem."

Não quis ofendê-lo fingindo que não entendia seu ponto de vista, mas não conseguia entender o motivo de tanto riso e perguntei novamente qual seria sua causa. Seu semblante ficou sério enquanto respondia e ele mudou totalmente o tom de voz:

— Foi por causa de toda a ironia macabra da situação. A jovem adorável com a guirlanda de flores, tão bela que chegamos ao ponto de nos perguntarmos se estaria mesmo morta, deitada na capela de mármore no cemitério solitário da igreja, junto com vários de sua linhagem, como a própria mãe, que tanto a amava, e que ela, em retorno, amava a mãe na mesma intensidade. E aquele sagrado sino que badalava de forma lenta e melancólica. E os homens santos com túnicas brancas que fingiam ler os livros e se perdiam nas páginas a todo o momento, e nós ali, desolados, de cabeça baixa. E por que tudo isso? Ela morreu e pronto, não é?

— Juro por tudo que é mais sagrado, professor, que ainda não consigo entender o motivo das gargalhadas. Sua explicação deixa-me ainda mais sem resposta do que antes. Mesmo que houvesse graça na cerimônia, e o coitado do Art e sua tristeza? Ele estava inconsolável.

— Sim. E ele disse que a transfusão de sangue para as veias dela tinha feito com que ele sentisse que Lucy era sua esposa.

— Sim, e foi uma ideia que trouxe consolo para ele.

— É verdade, mas é aí que vejo o dilema. E os outros doadores? Ha, ha! Então, seria essa tão doce donzela adepta à poligamia? Até eu, com minha pobre esposa morta para mim, mas viva pela lei da Igreja, apesar de ter perdido a lucidez completamente, seria uma bígamo, mesmo sendo fiel à minha esposa ausente.

— Também não vejo graça nisso — reclamei, pois não gostei das coisas que estava ouvindo. O professor se desculpou, tocando meu braço.

— Desculpe-me, amigo John — disse Van Helsing. — Não demonstrei meus sentimentos para os outros, mas apenas para você, velho amigo, em quem posso confiar. Se você pudesse ver dentro do meu coração enquanto estou rindo, teria mais pena de mim que de todos os outros.

Fiquei comovido com o tom de sua voz e perguntei o porquê.

— Porque eu sei — respondeu ele.

Agora nos separamos, e por muitos longos dias a solidão pousará em nossos telhados com suas asas melancólicas. Lucy jaz na tumba de seus ancestrais, em uma capela no cemitério solitário de uma igreja, longe da agitação londrina, onde o ar é fresco e o sol nasce atrás de Hampstead Hill, e onde as flores silvestres crescem livremente.

Assim posso encerrar este diário, e só Deus sabe se um dia começarei outro. Se o fizer, ou mesmo se retornar a este, será para tratar de outras pessoas, de outros assuntos, pois aqui, no final, onde o romance de minha vida está contado, antes de retomar o trabalho de minha vida, digo infeliz e sem esperança: **FINIS.**

• WESTMINSTER GAZETTE •

25 de setembro

O MISTÉRIO DE HAMPSTEAD

Está ocorrendo, nos arredores de Hampstead, uma série de acontecimentos que parecem se emparelhar com aqueles que fizeram surgir manchetes berrantes como "O Horror de Kensington", "A Mulher do Punhal", ou "A Mulher de Preto". Durante os últimos dois ou três dias, várias crianças desapareceram, ou não retornaram de suas brincadeiras em Heath. Todas elas eram tão novas que, ao serem encontradas, ainda não tinham a cognição desenvolvida para descreverem adequadamente onde tinham estado, mas todas se desculpavam dizendo que tinham estado com uma "dama bunita"[43]. Todas desapareceram a altas horas da noite e duas só foram encontradas na manhã seguinte. Supõe-se que a primeira criança desaparecida inventou que a "dama bunita" a convidou para dar um passeio, as outras pegaram a frase e usaram quando a ocasião lhes fosse conveniente, o que parece natural, pois muitas crianças gostam de

43. Bram Stoker usa no original a expressão "Bloofer Lady", um registro que pretende decalcar a pronúncia de uma criança com a fala ainda não plenamente desenvolvida para a expressão "Beautiful Lady", isto é, "Dama Bonita". Uma equivalência perfeita é impossível de se obter na tradução, por isso, a fim de nos mantermos fiel à escolha do autor usaremos a expressão "Dama Bunita". (N. E.)

pregar peças nos adultos. Um leitor escreveu comentando que é muito divertido ver os pequenos imitando a "dama bunita". Deu-nos também a sugestão de pedir que nossos caricaturistas aprendessem algo com a ironia do grotesco ao comparar a realidade e o imaginário, e que a "dama bunita" deveria ser um papel popular nas apresentações ao ar livre. Esse mesmo leitor acrescentou, de forma ingênua, que nem mesmo Ellen Terry teria a capacidade de ser tão sedutora quanto muitas das crianças de rosto sujo fingem, ou acreditam, ser.

Há, contudo, um aspecto do caso que parece sério, pois algumas das crianças desaparecidas à noite apresentaram ferimentos no pescoço. Os ferimentos parecem ter sido produzidos por um rato ou cão de pequeno porte e, embora não tenham muita importância por si mesmos, parecem indicar que o animal que os produz tem um certo método. A polícia recebeu instruções para ter o máximo de cuidado com crianças encontradas a sós em toda a região de Hampstead Heath, especialmente as muito pequenas, e com qualquer cão solto pelas ruas ◆

• WESTMINSTER GAZETTE •

25 de setembro

Edição Especial Extraordinária

O HORROR DE HAMPSTEAD OUTRA CRIANÇA FERIDA

A "Dama Bunita"

Acabamos de ser informados que outra criança, desaparecida durante a noite passada, só foi encontrada nas últimas horas da manhã de hoje em um matagal de Hampstead Heath do lado do Monte Shooter, lugar pouco movimentado. A criança tinha o mesmo ferimento no pescoço observado nos outros casos. Estava em um estado de grande fraqueza e muito pálida. Quando melhorou, contou a mesma história, dizendo ter sido atraída pela "dama bunita" ◆

CAPÍTULO XIV

FÉ

DIÁRIO DE MINA HARKER

23 de setembro — Jonathan está melhor depois de ter passado mal à noite. Estou contente, pois ele tem bastante trabalho para fazer, de modo que pode se esquecer daquelas coisas terríveis. Fico muito feliz por ele não mais se sentir sobrecarregado com sua nova posição no escritório. É muito bom ver que ele tem levado bem o ritmo de trabalho e cumprido todos os seus deveres. Vai ficar fora até tarde e me disse que não vai poder vir para o almoço. Já arrumei a casa, e agora poderei fechar-me em um quarto para ler o diário que escreveu naquela viagem.

24 de setembro — Não tive ânimo de escrever ontem à noite. Aquelas coisas horríveis registradas por Jonathan me abalaram tanto! Coitado! Como deve ter sofrido, quer fossem verdade, quer fossem apenas imaginação! Será que algum dos acontecimentos foi deveras real? Será que foram os delírios da febre que fizeram com que ele escrevesse aquelas coisas terríveis ou a febre foi consequência de ter vivido aquilo tudo? Creio que nunca saberei, pois não tenho coragem de tocar no assunto. Mas e aquele homem que vimos ontem? Jonathan parecia ter tanta certeza. Pobrezinho! Acho que ficou muito nervoso com o enterro e isso fez sua mente voltar no tempo. Mas o fato é que acredita em tudo. Lembro-me do dia em que nos casamos, ele disse: "a não ser que um dever solene me force a reviver essas horas tão amargas, tenham sido elas vividas em sonhos ou acordado, na insânia ou na lucidez...". Contudo, parece haver na história certo eixo de continuidade.

Aquele horrível conde estava prestes a vir para Londres. Caso seja verdade, e ele estiver na cidade, com seus milhões de habitantes, isso pode se enquadrar em um dever solene e não deveremos nos acovardar. Preciso estar preparada. Começarei a copiar o diário à máquina imediatamente e o transcreverei totalmente. Dessa forma, estaremos prontos se outras pessoas tiverem de lê-lo. Caso seja preciso, se eu puder, e Jonathan não se incomodar, serei a voz dele e assim evitarei qualquer tipo de perturbação. Se algum dia Jonathan vencer o nervosismo, pode querer me contar tudo, e eu poderei lhe fazer perguntas e esclarecer muitas coisas, além de procurar uma forma de confortá-lo.

Carta de Van Helsing para Sra. Harker

24 de setembro
(Confidencial)

PREZADA SENHORA,

Peço perdão pela liberdade que tomo em lhe escrever, pois sou desconhecido a você, embora tenha sido eu o portador da triste notícia da morte da Srta. Lucy Westenra. Por bondade de Lorde Godalming, li as cartas e documentos deixados por Lucy e estou muito preocupado com certas questões de grande importância. Entre os documentos, encontrei cartas suas e notei como eram grandes amigas e como a senhora a amava. Imploro-lhe, madame Mina, por esse amor, que me ajude. É pelo bem de outros que lhe peço, a fim de serem redimidos grandes males e evitadas muitas dificuldades que podem ser muito maiores do que a senhora imagina. Poderei vê-la? Pode confiar em mim. Sou amigo do Dr. John Seward, de Lorde Godalming (esse é o novo título de Arthur, viúvo da Srta. Lucy). Por enquanto, isso deve permanecer estritamente entre nós. Irei a Exeter para vê-la, imediatamente, se me permitir. Imploro seu perdão, madame, mas li sua correspondência com Lucy e sei o quanto a senhora é boa e o quanto seu marido sofre, portanto, peço-lhe, se for possível, para não lhe contar nada a fim de não lhe fazer mal. Mais uma vez, desculpe-me.

VAN HELSING

Telegrama da Sra. Harker para Van Helsing

25 DE SETEMBRO

VENHA HOJE NO TREM DAS DEZ E QUINZE, SE PUDER TOMÁ-LO. POSSO VÊ-LO A QUALQUER HORA.

WILHELMINA HARKER

DIÁRIO DE MINA HARKER

25 de setembro — Espero ansiosa a visita do Dr. Van Helsing. Talvez ele possa esclarecer um pouco as tristes experiências de Jonathan. Como assistiu aos últimos momentos da pobre Lucy, poderá me falar a respeito dela. É por isso que vem: tem a ver com Lucy e seu sonambulismo e não por causa de Jonathan. Jamais saberei o que realmente aconteceu com ele! Como sou tola! Esse horroroso diário dominou meus pensamentos e tudo parece estar obscuro para mim. Claro que o doutor quer saber de Lucy. O sonambulismo deve ter voltado e a coitadinha padeceu por causa daquela noite horrível no penhasco. Fiquei tão absorta em meus próprios problemas que quase me esqueci como ela ficou doente depois daquele dia. Lucy deve ter contado a ele sobre o que passou no penhasco; deve ter falado ainda que eu estava com ela e agora ele quer saber todos os detalhes daquela noite. Espero que a decisão de não ter contado nada para a Sra. Westenra tenha sido adequada. Nunca poderei me perdoar se minha atitude, ou minha omissão, tiver causado algum mal à minha adorada Lucy. Tomara que o Dr. Van Helsing não me culpe por isso. Tenho sofrido tanto que não sei se será possível suportar mais angústias no momento.

Talvez seja bom chorar, para poder limpar o peito, tal como a chuva faz com o ar. Creio que a leitura do diário tenha me deixado perturbada. Jonathan saiu hoje de manhã para passar todo o dia e toda a noite fora e é a primeira vez que se separa de mim depois do casamento. Espero que não aconteça nada que o deixe nervoso. Já são duas da tarde e o Dr. Van Helsing deve chegar em breve. Não lhe direi nada sobre o diário de Jonathan, a não ser que ele me pergunte. Felizmente, datilografei meu próprio diário e poderei entregar-lhe, caso queira saber de Lucy, evitará um interrogatório.

Mais tarde — O doutor veio e já foi embora. O encontro foi um acontecimento tão estranho que sinto a minha cabeça girando; parece que tudo não passou de um sonho. Poderia tudo ser verdade ou pelo menos parte? Se não tivesse lido o diário de Jonathan, nunca aceitaria essa mera possibilidade. Ah, meu amado Jonathan! Quanto não deve ter sofrido! Que Deus permita que nunca mais passe por uma provação dessas. Tentarei poupá-lo, mas talvez até sirva de consolo para ele, por mais que as consequências sejam terríveis, saber que não foi enganado por seus olhos, ouvidos e mente, e que tudo é verdade. Talvez ele consiga superar melhor o choque sofrido quando não houver mais dúvidas, pois pode ser a incerteza que o assombre. O Dr. Van Helsing parece ser um bom homem. É certamente muito inteligente, pois é amigo de Arthur e do Dr. Seward, sendo trazido da Holanda só para cuidar de Lucy. Percebo que tem caráter nobre, além de ser bom e generoso. Perguntarei sobre Jonathan quando ele voltar amanhã. Espero que a tristeza e a angústia desapareçam. Antes eu achava que gostaria de entrevistar pessoas. Jonathan tem um amigo que trabalha no Exeter News e disse que a maior ferramenta para essa tarefa é ter uma boa memória e saber transcrever exatamente tudo o que for dito, mesmo que seja preciso filtrar um pouco depois. Esta foi uma peculiar entrevista. Tentarei, então, anotar tudo o que foi falado ontem *verbatim*[44].

Eram duas e meia quando bateram à porta. Tomei coragem, à *deux mains*[45], e aguardei. Minutos depois, Mary abriu a porta e anunciou o Dr. Van Helsing.

Levantei-me e o cumprimentei. Ele veio na minha direção, um homem de porte mediano, forte, com os ombros erguidos sobre um

44. Exatamente nas mesmas palavras — em latim (N. E.)

45. Expressão francesa que produz uma imagem palpável da coragem, sendo passível de ser tomada com as duas mãos. (N. T.)

peito largo, e o pescoço bem equilibrado no tronco, assim como a cabeça sobre o pescoço. A postura da cabeça me impressionou de imediato, indicava tanto inteligência quanto força. A cabeça é nobre, de bom tamanho, ampla atrás das orelhas. O rosto, bem escanhoado, exibe um queixo duro, quadrado, uma boca grande e resoluta, flexível, e um nariz considerável, reto, mas com narinas ágeis e sensíveis, que parecem se abrir quando as sobrancelhas espessas descem e a boca se contrai. A testa é larga e bem talhada, no começo ergue-se quase linearmente e então se curva para trás no alto de duas calosidades ou protuberâncias bem afastadas, uma testa que o cabelo arruivado jamais poderia cobrir, mas que faz com que ele caia naturalmente para trás e pelos lados. Os grandes olhos azuis escuros são bem afastados e se alternam entre vivazes, ternos e austeros conforme os humores do homem. Ele me perguntou:

— Sra. Harker, não?

Assenti.

— Anteriormente Srta. Mina Murray?

Assenti novamente.

— Eu vim para ver Mina Murray, que foi amiga daquela pobre e terna moça, Lucy Westenra. Madame Mina, é representando os assuntos dos mortos que eu venho.

— Senhor — eu disse —, não poderia ter maior crédito comigo do que ser amigo e médico de Lucy Westenra.

Estendi-lhe minha mão. Ele a tomou ternamente e disse:

— Oh, Madame Mina, sabia que a amiga da pobre menina devia ser boa pessoa, mas eu agora tenho certeza — terminou a fala com uma mesura cortês.

Perguntei-lhe sobre o que gostaria de falar, e ele começou sem rodeios:

— Li suas cartas para a Srta. Lucy. Perdoe-me, mas precisei começar a investigação por algum ponto, e não havia ninguém a quem perguntar. Sei que a senhora esteve com ela em Whitby. Lucy chegou a começar um diário... não se assuste, madame Mina, isso foi depois que a senhora foi embora, e foi uma imitação do seu hábito de escrever... Nesse diário, ela faz inferências a respeito de certos eventos ocorridos durante um episódio de sonambulismo do qual diz que a senhora a salvou. É com grande perplexidade, portanto, que venho aqui e pergunto se a senhora faria a gentileza de me contar o que puder lembrar a respeito disso.

— Creio, Dr. Van Helsing, que posso contar tudo.

— Então a senhora tem boa memória para os fatos, para os detalhes? Isso não é muito comum entre as jovens damas.

— Não, doutor, mas deixei tudo por escrito na ocasião. Posso lhe mostrar, se o senhor quiser.

— Madame Mina, ficarei muito grato. Seria um grande favor.

Não resisti à tentação de surpreendê-lo um pouco — imagino que seja um resquício da maçã original que permanece em nossas bocas —, e entreguei-lhe o diário em taquigrafia. Ele o segurou agradecendo e perguntou:

— Posso ler?

— Se o senhor quiser — respondi da forma mais humilde que consegui.

Ele abriu o diário e, por um instante, ficou espantado. Levantou-se e novamente agradeceu.

— Que mulher inteligente! — exclamou. — Eu já sabia que o Sr. Jonathan era um homem muito sortudo, mas vejo que a esposa realmente tem todos os méritos. A senhora me faria a honra de lê-lo para mim? Infelizmente, não sei taquigrafia.

Àquela altura a graça havia passado, e me senti quase envergonhada. Então peguei a cópia datilografada em minha pasta de trabalho e entreguei para ele.

— Perdão — disse. — Não consegui evitar. Imaginei que o senhor gostaria de fazer perguntas sobre a querida Lucy, e que talvez não tivesse tempo para esperar... não por mim, mas porque sei que seu tempo é precioso, por isso transcrevi à máquina para o senhor.

Ele pegou as folhas e seus olhos brilharam.

— A senhora é muito generosa — disse. — Posso ler agora? Talvez queira lhe fazer algumas perguntas quando terminar.

— Será um prazer — respondi. — Leia enquanto peço o almoço, e então o senhor poderá me fazer suas perguntas enquanto comemos.

Ele fez um gesto de agradecimento, sentou-se em uma poltrona de costas para a luz e se deixou absorver pelos papéis enquanto saí para providenciar o almoço e garantir que nada o interrompesse.

Quando voltei, encontrei-o andando apressado de um lado para outro da sala, o rosto vermelho de excitação. Correu até mim e segurou minhas duas mãos.

— Madame Mina — exclamou —, como retribuir tudo o que lhe devo? Este papel é como a luz do sol. Ele abriu um portal para mim. Estou deslumbrado, ofuscado por tanta luz, e, no entanto, as nuvens ainda a encobrem a todo instante. Mas isso a senhora não compreende, nem poderia compreender. Como sou grato à senhora, que mulher inteligente. Madame — acrescentou, muito solene —, se algum dia Abraham Van Helsing puder fazer qualquer coisa pela senhora ou pelos seus, quero que me diga. Será um prazer e uma honra poder servi-la como amigo e, como amigo é que deixo tudo que eu já aprendi à sua disposição, tudo o que puder fazer, será pela senhora e por aqueles que a senhora ama. Existem trevas na vida, e existe a luz. A senhora é uma dessas luzes. A senhora terá uma vida feliz, uma vida boa, e o seu marido dará graças pela sua companhia.

— Ora, doutor, o senhor me elogia demais, mas... mas nem me conhece.

— Como não a conheço? Justo eu, que sou um velho que estudou os homens e as mulheres a vida inteira, que me especializei no cérebro e em tudo que diz respeito a ele ou que dele decorre! Que li seu diário, tão gentilmente transcrito para mim e que transpira verdade a cada linha. E que li sua carta tão meiga para a pobre Lucy, contando do seu casamento e da sua confiança. Como poderia não a conhecer? Madame Mina, mulheres sinceras contam suas vidas inteiras, dia a dia, hora a hora, e minuto a minuto, coisas que os anjos podem captar. E nós, homens que desejamos aprender, temos olhos de anjos. Seu marido é de natureza nobre, e a senhora também, pois confia, e não existe confiança em naturezas perversas. E quanto a seu marido, conte-me sobre ele. Está bem? A febre passou, já está forte e vigoroso?

Percebi uma brecha para lhe perguntar sobre Jonathan, então comentei:

— Estava quase recuperado, mas ficou muito abalado com a morte do Sr. Hawkins.

Ele interrompeu:

— Sim. Eu sei. Eu sei. Eu li as duas últimas cartas da senhora.

Prossegui:

— Imagino que isso o tenha perturbado, pois quando estávamos na cidade, na quinta-feira passada, teve outra espécie de choque.

— Um choque, logo depois de uma febre! Isso não é bom. Que tipo de choque foi esse?

— Pensou ter visto alguém que lhe fez lembrar de algo terrível, algo que deve ter provocado a febre.

E então tudo aquilo se abateu sobre mim subitamente. A pena que sentia por Jonathan, o horror pelo que ele passou, todo o mistério assustador de seu diário e o medo que se agitava em mim desde então, tudo me arrebatou convulsivamente. Imagino que tenha ficado histérica, pois me atirei de joelhos aos pés de Van Helsing, ergui os braços e implorei que fizesse meu marido ficar bom de novo. O doutor segurou minhas mãos e me levantou, em seguida me levou até o sofá e sentou-se ao meu lado. Tomando minha mão na sua, disse com uma doçura infinita:

— Minha vida é amarga, solitária e tão repleta de trabalhos que não tive muito tempo para amizades, mas, desde que fui chamado por meu amigo Jack Seward, conheci tantas pessoas boas e vi tamanha nobreza que sinto, mais do que nunca, a solidão de minha vida... e ela só tem aumentado com o passar dos anos. Acredite, portanto, que venho aqui cheio de respeito pela senhora, e a senhora me dá esperança. Esperança não no que estou procurando, mas de que ainda existem mulheres sinceras que tornam a vida feliz, mulheres boas, cujas vidas e cujas verdades podem servir de lições valiosas para as crianças que ainda virão. Estou contente, contente que eu possa ser de alguma utilidade para a senhora. Se seu marido está sofrendo, ele sofre de algo dentro do meu espectro de estudo e experiência. Prometo que farei com prazer *tudo* o que puder por ele, tudo para que ele volte a ser forte e viril, e a senhora volte a ser feliz. Agora a senhora precisa comer. Está sobrecarregada e talvez angustiada demais. Seu marido Jonathan não gostaria de vê-la tão pálida, e ver desgosto em quem ama não lhe fará bem. Portanto, pelo bem dele, a senhora precisa se alimentar e sorrir. A senhora já me contou sobre Lucy, por isso não falaremos mais nela, para evitar aflição. Passarei esta noite em Exeter, pois preciso pensar muito no que a senhora me contou, e depois de pensar lhe farei algumas perguntas, se me permitir. E então a senhora também vai me explicar o máximo que puder sobre os problemas de seu marido Jonathan. Agora coma, depois me conte tudo.

Terminado o almoço, voltamos à sala de estar, e ele me pediu:

— Agora quero saber tudo sobre ele.

Quando chegou a hora de falar com aquele homem importante, comecei a temer que ele fosse me considerar uma tola, uma fraca, e Jonathan, um louco. Aquele diário era tão estranho e hesitei em prosseguir. Mas o doutor foi tão meigo e gentil. Havia prometido me ajudar, então, confiei nele, por isso, disse:

— Dr. Van Helsing, o que tenho para lhe dizer é tão estranho que o senhor não pode rir de mim e nem de meu marido. Desde ontem, estou com uma espécie de dúvida febril. O senhor precisa ser bondoso e não me julgar tola por acreditar um pouco em coisas tão inusitadas.

Ele me tranquilizou com gestos e palavras, dizendo:

— Minha cara, se a senhora soubesse como é estranho o assunto pelo qual estou aqui, seria a senhora que daria risada. Aprendi a não desdenhar das crenças de ninguém, por mais inusitadas que pareçam. Tento manter a mente aberta, e não são as coisas comuns da vida que podem fechá-la, mas as peculiares, as extraordinárias, as que fazem a pessoa duvidar se está louca ou sã.

— Obrigada, mil vezes obrigada! O senhor tirou um peso de minha consciência. Se me permite, lhe darei os papéis inteiros por escrito. É extenso, mas eu os datilografei. Isso explica o meu problema e o de Jonathan. É uma cópia dos diários dele no estrangeiro, com tudo o que lhe aconteceu. Não arrisco dizer nada a respeito. Leia o senhor mesmo e dê seu veredito. E então, quando nos encontrarmos, talvez o senhor possa fazer a gentileza de me dizer o que pensa.

— Prometo — jurou ele, quando lhe entreguei os papéis. — Se me permite, visitarei a senhora e o seu marido amanhã de manhã, o mais cedo que puder.

— Jonathan vai chegar às 11h30. O senhor pode almoçar conosco. Em seguida, o senhor pode tomar o trem expresso das 15h34, que vai deixá-lo em Paddington antes das 8h da noite.

O Dr. Van Helsing ficou surpreso com meu conhecimento sobre os horários dos trens de cabeça, mas é porque não sabe que estudei todos os trens que chegam e partem de Exeter para ajudar Jonathan em caso de urgência.

E assim ele levou os papéis consigo e partiu. Desde então estou sentada aqui, pensando... pensando e não sei exatamente em que penso.

Carta do Dr. Van Helsing para Sra. Harker
(manuscrita)

25 de setembro, 18h

PREZADA MADAME MINA,

Li o fascinante diário de seu marido. Pode dormir sabendo que, por mais estranho e terrível que pareça, é verdade! Juro pela minha própria vida! Ainda pode haver graves consequências para outros, mas para ele e a senhora nada há a temer. Seu marido é um homem nobre. Posso lhe afirmar pela minha experiência na essência dos homens que o que ele fez, escalando aquela parede, entrando naquele quarto por duas vezes e fugindo do castelo, não seria feito por um homem suscetível a ficar definitivamente prejudicado por um choque. Seu cérebro e coração estão perfeitos. Juro até mesmo sem vê-lo a fim de tranquilizar a senhora. Tenho muitas perguntas a lhe fazer. Agradeço imensamente por ter vindo hoje, pois fiz tantas descobertas que estou pasmo.

Do seu mais leal,
ABRAHAM VAN HELSING

Carta da Sra. Harker para Van Helsing

25 de setembro, 18h30

Meu caro Dr. Van Helsing,

Agradeço-lhe mil vezes por sua carta, que me livrou de uma grande preocupação. Mas, ao saber que tudo é real, não consigo parar de pensar que este mundo é lar de coisas terríveis e o perigo que corremos se aquele monstro realmente estiver em Londres! Tenho pavor só em pensar. Enquanto escrevia, recebi um telegrama de Jonathan dizendo que partirá hoje de Launceston às 18h25 e estará aqui em casa às 22h18, portanto, não terei medo de passar a noite sozinha. Assim, em vez de vir almoçar, não poderá o senhor vir tomar café conosco, às 8h da manhã, se não for muito cedo? Se estiver com pressa, poderá partir no trem de 10h30 que o deixará em Paddington às 14h35. Caso o senhor não responda esta carta, saberei que virá para o café da manhã, portanto, não se preocupe em respondê-la, se for o caso.

Muito grata,

Mina Harker

DIÁRIO DE JONATHAN HARKER

26 de setembro — Pensei que nunca mais iria escrever neste diário de novo, mas a hora chegou. Ontem, depois que cheguei e que ceamos, Mina me falou sobre a visita de Van Helsing e disse-me que havia dado a ele os dois diários copiados e manifestado quão tem estado apreensiva a meu respeito. Mostrou-me uma carta do médico, dizendo que tudo que escrevi era verdade. Isso me transformou em um novo homem. A dúvida de tudo que eu havia vivido era o que estava me derrubando. Sentia-me o tempo todo no escuro, impotente e desconfiado. Agora que *sei*, não tenho medo, nem mesmo do conde. Ele conseguiu, afinal, chegar a Londres e foi ele quem eu vi. Conseguiu rejuvenescer, mas como? Van Helsing será capaz de desmascará-lo e persegui-lo, se ele for como Mina diz. Ficamos acordados e conversando sobre isso até tarde. Mina está trocando de roupa e daqui a pouco buscarei o doutor no hotel.

Ele pareceu surpreso ao me ver. Quando cheguei no *hall* e me apresentei, Van Helsing segurou meus ombros, virou-me para a luz, examinou meu rosto minuciosamente e disse:

— Mas a madame Mina me disse que o senhor estava muito mal!

Era engraçado ouvir aquele velho robusto e de fisionomia bondosa chamar minha mulher de "madame Mina".

— Eu *estive* doente, eu *entrei* em choque, mas já estou curado — respondi. — O senhor me curou.

— Como?

— Com sua carta para Mina ontem à noite. Eu estava em dúvida, e tudo parecia tão irreal, não sabia no que acreditar, nem mesmo na evidência de meus próprios sentidos. Sem saber o que fazer, simplesmente continuei trabalhando, pois o trabalho sempre foi meu norte. Mas nem isso eu conseguia fazer mais. A rotina deixou de me bastar, e passei a duvidar de mim mesmo. Doutor, o senhor não sabe o que é duvidar de tudo, até de si mesmo. Não, o senhor não sabe, e nem poderia, com sobrancelhas como essas.

Ele pareceu contente e riu ao dizer:

— Pois então você é um fisionomista. Aprendo mais a cada hora com vocês. Será um grande prazer tomarmos café da manhã juntos, e, meu jovem, perdoe os elogios deste velho, mas a sua esposa é uma verdadeira bênção.

Eu poderia ficar um dia inteiro ouvindo os elogios dele para Mina, mas simplesmente assenti com a cabeça e fiquei em silêncio.

— Ela é uma das mulheres de Deus, feita pelas mãos Dele para mostrar a nós, aos homens e às outras mulheres, que há um Céu onde podemos entrar, e que a luz pode existir aqui na terra. Tão sincera, tão meiga, tão nobre e altruísta, e isso é muito nesta época tão cética e egoísta... E você... Li todas as cartas para a pobre Srta. Lucy, e algumas delas falam de você, de modo que o conheci há alguns dias, quando conheci os outros, mas só consegui desvendá-lo verdadeiramente ontem à noite. Você me daria sua mão? Sejamos amigos pelo resto da vida.

Nós nos cumprimentamos, e ele se mostrou tão franco e gentil que embargou minha voz.

— E agora — prosseguiu —, posso lhe pedir sua ajuda? Tenho uma grande tarefa pela frente, e para começar é preciso conhecimento. Você vai poder me ajudar nisso. Pode me contar o que aconteceu antes de sua ida à Transilvânia? Mais adiante posso precisar de mais ajuda, de um outro tipo, mas a princípio isso me basta.

— Veja bem, senhor, o que precisa fazer está relacionado ao conde? — perguntei.

— Sim, está — respondeu solene.

— Sendo assim, estou com o senhor de corpo e alma. Vou lhe passar todos os papéis, mas, como o seu trem parte às 10h30, o senhor não vai ter tempo de ler tudo. Pode levá-los consigo e examiná-los no trem.

Após o café da manhã, levei-o até a estação. Ao se despedir, Van Helsing perguntou:

— Você viria à cidade se eu o chamasse, e traria também a madame Mina?

— Ambos iremos quando o senhor quiser — garanti.

Havia comprado os jornais matinais e os vespertinos da tarde anterior de Londres para ele e, enquanto conversávamos junto à janela do trem, esperando a partida, ele folheava os exemplares sem compromisso. Seus olhos, de repente, depararam-se com alguma notícia — pela cor do papel, era o *Westminster Gazette* — e ele empalideceu. Leu absorto, resmungando consigo mesmo:

— *Mein Gott! Mein Gott!* Mas já!? Tão cedo!

Não creio que estivesse falando comigo naquele momento. Então o trem apitou e partiu. Ele voltou a si, esticou-se para fora da janela e acenou.

— Minhas saudações à madame Mina. Escrevo assim que puder.

DIÁRIO DO DR. SEWARD

26 de setembro — De fato, nesta vida, nenhuma decisão é definitiva. Há menos de uma semana escrevi a palavra "Finis" em meu diário e agora começo um novo, ou melhor, dando continuidade aos mesmos registros. Não tinha motivos para relembrar o que já se passou até a tarde de hoje. Renfield parece ter recuperado a sanidade de antes, dentro do possível. Está com uma boa coleção de moscas e começou a reunir aranhas também, e assim não me dá trabalho. Recebi uma carta de Arthur, escrita no domingo, que mostra que ele está lidando muito bem com a situação. Quincey Morris está com ele e isso o tem ajudado bastante, pois Quincey é uma fonte inesgotável de bom humor. Ele também me escreveu, informando-me que Arthur começou a recuperar uma parte de seu ânimo, portanto, em relação a eles minha mente está tranquila. Quanto a mim, debruçava-me sobre meu trabalho com o mesmo afinco que costumava ter e poderia dizer que as feridas deixadas em mim pela pobre Lucy estavam começando a se cicatrizar. Todas elas, no entanto, estão agora reabertas e quando será o fim desse tormento só Deus sabe.

Eu suspeito que Van Helsing acha que ele também sabe, mas apenas revelará o suficiente para aguçar a curiosidade. Ontem ele foi a Exeter e passou a noite toda lá. Hoje, está de volta e entrou no meu gabinete apressado, por volta das 17h30, e entregou-me o exemplar do *Westminster Gazette* de ontem.

— O que me diz disso? — perguntou-me, empertigando-se e cruzando os braços.

Li uma notícia sobre o desaparecimento de criancinhas durante a noite em Hampstead. Não me interessou muito, até que cheguei ao parágrafo que falava a respeito de pequenos ferimentos no pescoço. Estremeci. Uma ideia me veio à mente e olhei para ele.

— Então? — perguntou o doutor.

— É como a pobre Lucy! — exclamei.

— E o que deduz disso?

— Simplesmente que há uma causa comum. O que quer que seja que feriu Lucy também feriu as crianças.

— Isso é verdade indiretamente, mas não diretamente.

— O que está querendo dizer, professor? — perguntei, não entendendo bem a resposta que me dera.

Estava propenso a levar sua seriedade com leveza, pois quatro dias de descanso e o fato de não estar mais vivendo aquela angústia sufocante foram suficientes para restabelecer meu humor. Mas desisti ao ver a expressão no rosto dele. Nem quando estava tão desesperado pela pobre Lucy vi sua expressão ser tão severa.

— Conte, por favor! Não quero arriscar palpites. Não sei o que pensar nem tenho dados suficientes para formular hipóteses.

— Está querendo dizer, amigo John, que não desconfia do que a desventurada Lucy morreu? Nem mesmo depois de todas as pistas fornecidas, não só pelos eventos, mas por mim também?

— Creio que tenha sido consequência de uma prostração nervosa, seguida de uma grande perda de sangue.

— E qual foi a causa da perda de sangue? Você é inteligente, mas tem muitos preconceitos. Você não deixa seus próprios olhos verem e suas próprias orelhas ouvirem e considera que aquilo que está fora do campo de sua vida corriqueira não lhe é digno de consideração. Não acha que existem coisas que não podemos compreender, mas que existem? Que algumas pessoas veem coisas que os outros não podem ver? Existem coisas velhas e novas que não podem ser contempladas pelos olhos dos homens, porque esses sabem, ou pensam saber, determinadas coisas que os outros ensinaram a eles. Nossa ciência é a culpada, pois quer explicar tudo e não podendo explicá-las, alega que não há nada a explicar. Há novas crenças se desenvolvendo a cada dia, mas, na verdade, não passam de velhas crenças que se fingem de novas, como as atrizes na ópera. Creio que você não acredite na transferência corporal, não? Na materialização ou na projeção astral? Telepatia? Também não? Hipnose...

— Bem, a hipnose foi perfeitamente provada por Charcot[46] — observei.

— E você está satisfeito com isso, certo? — disse Van Helsing sorrindo. — E é claro, então, que você entende como isso opera e pode seguir a mente do grande Charcot, pobre coitado que já não se encontra entre nós, até dentro da própria alma do paciente que ele hipnotiza. Não? Então, amigo John, posso afirmar que você simplesmente aceita o fato e está satisfeito em deixar o caminho entre a premissa e a conclusão ser um espaço em branco. Não? Então diga-me, pois eu sou um estudante do cérebro, por que aceita a hipnose e não acredita na telepatia? Vivemos rodeados de mistérios. Quero lembrar-lhe que existem coisas feitas hoje pela engenharia elétrica que teriam sido consideradas absurdas pelos próprios homens que descobriram a eletricidade e que, por sua vez, teriam sido, não muito antes, queimados como feiticeiros. Por que será que Matusalém viveu novecentos anos e Old Parr cento e sessenta e nove[47], mas a pobre Lucy, mesmo com o sangue de quatro homens em suas veias não conseguiu sobreviver mais um dia? Se tivesse sobrevivido mais um dia, teríamos conseguido salvá-la. Você conhece todos os mistérios da vida e da morte? Você sabe toda a anatomia

46. Jean-Martin Charcot foi um neurologista francês conhecido por tratar histeria, entre outras doenças psíquicas, com sessões de hipnose no início do século XIX, seu trabalho foi tão influente que teve reverberações até nas obras de Sigmund Freud. (N. E.)

47. Thomas Parr foi um inglês que alegadamente teria nascido no final século XV e morrido no começo do XVII. (N. E.)

comparada e consegue me dizer por que algumas qualidades animais aparecem em certos homens e não em outros? Por que há aranhas que morrem pequenas e há aquela que viveu séculos no alto da torre da antiga igreja espanhola e que cresceu tanto que bebia o óleo de todas as lamparinas da igreja ao descer da teia? Por que será que nos Pampas há morcegos que saem durante a noite e abrem as veias do gado e dos cavalos sugando seu sangue? Por que em algumas ilhas dos mares do ocidente há morcegos pendurados em árvores durante todo o dia, e os que viram os descrevem como gigantescas nozes ou sementes, mas quando os marinheiros dormem no convés, porque a noite está muito quente, esvoaçam sobre eles e os atacam? Sabia que os marinheiros são encontrados mortos e sem cor como a senhorita Lucy?

— Deus do céu, professor! O senhor está dizendo que Lucy foi mordida por um morcego e esse morcego está em Londres em pleno século XIX?

Van Helsing fez um gesto com a mão pedindo silêncio e continuou:

— Sabe me dizer por que a tartaruga vive muito mais do que gerações de homens? Por que o elefante sobrevive a dinastias e o papagaio nunca morre, a não ser que seja abocanhado por um gato, cachorro ou similares? Por que será que, em todas as eras e lugares, há pessoas que acreditam que alguns seres podem ser imortais, se lhe permitirem? Que há homens e mulheres que não podem morrer? Sabemos o que a ciência nos disse, que há sapos enclausurados em rochas há milhares de anos, presos em buracos tão pequenos que eles os mantêm lá desde o início dos tempos. Consegue dizer como o faquir indiano conseguiu se fazer de morto, ser enterrado, ter a sepultura lacrada, tendo sido cultivado e colhido milho em cima dela por várias estações até ter sua sepultura aberta por homens que o viram jazer lá, vivo, levantando-se e andando entre eles como antes?

Fui obrigado a interrompê-lo naquele momento, pois estava ficando tonto. Foram tantas excentricidades e impossibilidades que senti minha cabeça inchar. Percebi que ele queria me ensinar uma lição, como fazia em Amsterdã quando eu ainda era seu aluno. Mas naquela época ele sempre me dizia qual era a questão e eu a mantinha em minha mente enquanto o ouvia. Agora não tinha essa ajuda, mas, ainda assim, eu queria acompanhar seu raciocínio, por isso, pedi a ele:

— Professor, deixe-me ser seu aluno favorito novamente. Explique sua tese para que eu possa aplicar os conhecimentos conforme o senhor for prosseguindo. Estou desnorteado, tentando seguir sua linha de pensamento. Sinto estar preso em um atoleiro na neblina, pulando de um lado para o outro no mero esforço de prosseguir, sem saber como sair nem para onde ir.

— Essa é uma boa imagem — elogiou ele. — Bem, eu lhe direi. Minha tese é a seguinte: desejo que você acredite.

— Em quê?

— Nas coisas em que não consegue acreditar. Deixe-me dar um exemplo. Uma vez, um norte-americano definiu fé como sendo a qualidade que nos permite acreditar em coisas que sabemos que não são verdadeiras. Concordo com ele. Devemos manter a mente aberta e não deixarmos uma pequena parcela de verdade impedir o caminho da grande verdade, como uma pequena pedra impedindo um trem. Primero vem a pequena parcela de verdade. Ótimo! Nós a conservamos e a valorizamos, mas não devemos pensar que é a verdade absoluta do universo.

— Então, veja se entendi a lição: não devo permitir que minhas convicções prévias impeçam a receptividade da minha mente para assuntos estranhos. É isso?

— Ah, você ainda é meu aluno favorito. Dá gosto ensiná-lo. Agora que quer entender, dê o primeiro passo rumo à compreensão. Acredita que os furos feitos nos pescoços das crianças foram feitos por quem causou os furos no pescoço da Srta. Lucy?

— Suponho que sim.

Ele se levantou e disse solenemente:

— Então está redondamente enganado. Antes fosse isso, mas infelizmente é muito, muito pior.

— Em nome de Deus, professor Van Helsing! O que está querendo dizer?! — eu exclamei.

Com um gesto de desespero, se deixou cair em uma cadeira e colocando os cotovelos na mesa, escondeu o rosto com as mãos e respondeu:

— Os furos no pescoço das crianças foram feitos pela própria Srta. Lucy!

CAPÍTULO XV

MORTA-VIVA

DIÁRIO DO DR. SEWARD

(continuação)

Durante alguns momentos, uma raiva furiosa me dominou. Era como se Van Helsing tivesse esbofeteado Lucy quando ela estava viva. Bati na mesa com força, levantei-me e, indignado, perguntei:

— Dr. Van Helsing, está louco?

— Antes estivesse — respondeu ele, levantando a cabeça e olhando-me com uma ternura que me fez acalmar um pouco. — Seria preferível a loucura à certeza que tanto me faz sofrer! Oh, meu amigo, acha que eu iria dizer uma coisa destas só para torturá-lo? Por que acha que fiz tanto rodeio para dizer algo tão simples? Porque odeio você e o odiei por toda minha vida?! Porque queria me vingar por você ter salvado minha vida de uma morte horrível?! Não!

— Perdoe-me — pedi-lhe.

— Meu amigo, fiz isso porque queria atenuar a situação, pois sei que você amava aquela doce jovem. Mesmo agora, não espero que você acredite em mim. Aceitar imediatamente qualquer verdade abstrata é tão difícil que podemos até duvidar que ela sequer seja possível, uma vez que sempre temos acreditado em seu oposto. Muito pior é aceitar uma verdade concreta, ainda mais de uma pessoa como a Srta. Lucy. Hoje à noite, posso provar que, infelizmente, é a verdade. Tem coragem de vir comigo?

Fiquei desconcertado. Um homem não gostaria de provar tal verdade. Da categoria de verdades que não devemos provar, Byron excluiu somente aquelas que dizem respeito ao ciúme. "Provar a si mesmo a verdade que mais abomina."[48]

48. Referência a *Don Juan*, de Byron. (N. T.)

O professor disse, tentando aplacar minha hesitação:

— A lógica é simples, nada de lógicas absurdas dessa vez, não se sentirá preso em um atoleiro na neblina. Se não for verdade, a prova será um alívio, na pior hipótese, não fará mal. Contudo, se for verdade, a situação será pavorosa, mas o pavor pode ser usado a nosso favor, pois nele há a necessidade de crer. Venha, lhe direi o que pretendo fazer. Em primeiro lugar, veremos a criança no hospital. O Dr. Vincent, do Hospital do Norte, onde o jornal diz que a criança está, é meu amigo. Acho que seu também, pois tiveram aulas juntos em Amsterdã. Se não liberar o acesso a dois amigos, certamente não impedirá dois médicos de entrar. Não lhe diremos nada, apenas que desejamos entender. E depois...

— E depois?

Tirou uma chave do bolso e continuou:

— Depois, você e eu passaremos a noite no cemitério onde Lucy está. Esta é a chave de seu túmulo. O homem da empresa funerária me deu para entregá-la a Arthur.

Senti um aperto no coração, pois pressenti que estávamos prestes a passar por uma terrível provação. Não conseguia, no entanto, fazer nada a respeito, por isso, enchi-me do máximo de coragem que tinha e disse que era melhor andar depressa, pois a tarde corria solta.

Encontramos a criança acordada quanto chegamos. Tinha dormido, se alimentado e passava bem. O Dr. Vincent tirou a bandagem da garganta da criança e nos mostrou o ferimento em seu pescoço. Era igualzinho ao que eu observara no pescoço de Lucy. Eles eram menores e as bordas pareciam mais recentes, mas eram inegavelmente iguais.

Perguntamos a Vincent a que ele atribuía o ferimento, ele respondeu que parecia ser a dentada de algum animal, talvez um rato, mas que, de sua parte, estava inclinado a acreditar que fosse algum morcego, muito comum na zona norte de Londres.

— Entre os morcegos inofensivos, pode haver algum de outra espécie, mais selvagem e maligna, vinda do sul; ou pode ter sido trazido por um marinheiro e tenha conseguido escapar; pode até ser um morcego filhote, fugido do Jardim Zoológico, ou ainda ter sido cruzado com um morcego vampiro, por exemplo — explicou ele. — Estas coisas acontecem. Apenas dez dias atrás, um lobo fugiu para aqueles mesmos lados. As crianças só brincavam de Chapeuzinho Vermelho em Hampstead

Heath a semana toda, até aparecer a tal da "dama bunita". Esse pequenino, por exemplo, acordou perguntando se poderia ir embora. A enfermeira indagou o motivo e ele disse que queria brincar com a "dama bunita".

— Espero que, quando mandar a criança para casa, você aconselhe os pais a manterem estrita vigilância — disse Van Helsing. — Essas fantasias de perambular são extremamente perigosas e se a criança passar mais uma noite na rua, provavelmente será fatal. Contudo, creio que ele ainda não terá alta por alguns dias, não é mesmo?

— Certamente que não. Pelo menos não durante uma semana. Até mais, se as feridas não se fecharem.

Nossa visita ao hospital tomou mais tempo do que planejávamos, e o sol já havia se posto antes mesmo de sairmos da instituição. Quando Van Helsing viu quão escuro estava, ele disse:

— Não precisamos correr. Já é mais tarde do que eu pensava. Vamos comer alguma coisa e depois seguiremos o caminho.

Jantamos no Jack Straw's Castle junto com um grupo de ciclistas e outras pessoas bem barulhentas. Saímos do *pub* mais ou menos às 22h. Estava bem escuro nas ruas e, por contraste, os postes de luz pareciam deixar o breu ainda maior quando saíamos da sua área de iluminação. Dava para notar que o professor havia estudado todo o percurso, pois seguia sem hesitação. Eu, por outro lado, estava bem perdido. As ruas iam ficando cada vez mais vazias conforme avançávamos pelo caminho. O único movimento que nos surpreendeu foi o cavalo da polícia montada em sua ronda noturna.

Quando finalmente chegamos ao cemitério, pulamos o muro. Com alguma dificuldade, devido à escuridão e porque o lugar parecia tão estranho para nós; por fim, encontramos o jazigo da família Westenra. Van Helsing, tirou a chave do bolso e abriu o portão de ferro, que rangeu ameaçadoramente e, com muita educação, quase de forma inconsciente, convidou-me a entrar primeiro. Havia uma cômica ironia na oferta e na afetada cortesia ao dar-me a preferência em uma situação tão macabra. Ele seguiu-me apressado e, depois de ter fechado o portão e verificado o tipo de fechadura para garantir que não havia o perigo de ficarmos presos lá dentro, cuidadosamente tirou um fósforo e uma vela da valise, e logo iluminou o ambiente. Aquele jazigo, que durante o dia era enfeitado com flores frescas e mesmo assim já me parecera lúgubre alguns dias antes, era ainda mais horrível à noite. Tendo passado alguns dias, as flores haviam murchado, seus tons cândidos agora estavam encardidos, seus verdes, marrons. As tarântulas e as baratas retomavam sua dominância entre a pedra escura e as grades enferrujadas. Quando as pedras desbotadas pelo tempo, o empoeirado reboco, o enferrujado ferro úmido, e a opacidade dos objetos de prata e latão foram iluminados pela débil luz da vela, tudo isso causou um angustiante efeito que transmitia a ideia de que a vida animal não era a única a passar pela putrefação.

Van Helsing prosseguiu com a sua tarefa sistematicamente. Levantou a vela para poder ler as placas dos caixões e procurou pelo nome de Lucy, deixando pingar gotas de cera que se endureceram ao entrarem em contato com o metal. De repente, tirou da valise uma chave de fenda.

— O que vai fazer? — perguntei.

— Abrir o caixão. Você ainda precisa ver com seus próprios olhos.

Imediatamente começou a tirar os parafusos, levantou a tampa, revelando um revestimento de chumbo embaixo. Aquilo foi demais para mim. Pareceu-me que seria para a morta uma profanação igual a que teria sido desnudá-la em seu sono enquanto ainda estava viva. Cheguei a segurar a mão de Van Helsing para detê-lo.

— Você vai ver — disse ele, agora tirando uma serra da valise.

E, depois de golpear o revestimento de chumbo com a chave de fenda, o que me fez estremecer, fez uma pequena abertura, ampla o suficiente para introduzir a ponta da serra. Preparei-me para sentir o gás que emanaria do cadáver enterrado há uma semana e fui para perto da porta, pois nós médicos, que já tivemos que estudar a decomposição estamos acostumados com ela. O professor não parou nem por um instante. Serrou por volta de meio metro na lateral do caixão e depois perpendicularmente, e, por fim, serrou o outro lado. Levantou a ponta solta, dobrando-a para trás, iluminou a abertura com a vela e mandou-me olhar para dentro.

Aproximei-me e olhei. O caixão estava vazio. Fiquei surpreso e chocado. Van Helsing manteve-se imperturbável, totalmente seguro de si e mais encorajado a prosseguir com sua tarefa.

— Está convencido agora, amigo John? — perguntou-me o professor.

— Estou convencido de que o corpo de Lucy não está aí dentro — respondi. — Mas isso só prova uma coisa.

— E o que seria, caro John?

— Que seu cadáver não está aí.

— Sua lógica tem coerência — disse ele —, mas como você poderia explicar o fato de não estar aqui?

— Alguém pode tê-lo retirado. Um funcionário da funerária pode ter roubado o corpo.

Tive a sensação de estar falando asneiras, mas não conseguia pensar em outra coisa.

— Está bem! Precisamos de outras provas — disse o professor, dando um suspiro. — Venha comigo.

Tornou a fechar o caixão, reuniu todos os seus objetos, apagou a vela e os colocou em sua valise. Depois que saímos do jazigo, ele fechou a porta pelo lado de fora e ofereceu-me a chave:

— Não quer ficar com ela? — disse. — Assim, terá mais confiança.

— Uma chave não quer dizer nada — retruquei, rindo sem humor nenhum, e fiz um gesto para que ficasse com ela. — Pode haver outras cópias e essa não deve ser uma fechadura difícil de abrir.

Sem nada dizer, Van Helsing tornou a guardar chave no bolso, depois me disse para vigiar de um lado do cemitério, enquanto ele vigiaria do outro. Escondi-me atrás de um cipreste e vi o vulto de Van Helsing caminhar entre as árvores e os túmulos até desaparecer de vista. Foi uma vigília solitária. Logo após tomar meu posto, ouvi um relógio distante bater meia-noite, depois 1h e 2h da manhã. Sentia muito frio, estava aflito e furioso com o professor por ter me convencido a fazer isso, e ainda mais furioso comigo por ter me deixado ser convencido. O frio e o sono me faziam não ser um atento vigilante, mas não sonolento o suficiente para me descuidar da tarefa, portanto, passei uma noite enfadonha e miserável.

De súbito, tive a impressão de ver um vulto branco movendo-se entre duas árvores escuras no lado do cemitério mais afastado do jazigo e, ao mesmo tempo, vi um vulto negro mover-se no lado onde estava o professor e se encaminhar rapidamente rumo ao primeiro. Avancei, contornando lápides e tropeçando nos túmulos. O céu estava coberto de nuvens e um galo cantou ao longe. Um pouco ao lado, ao longo de uma fila de juníperos que margeavam o caminho da igreja, um vulto tênue e esbranquiçado avançava em direção ao jazigo, que estava escondido pelas árvores, de modo que não vi onde o vulto desapareceu. Eu ouvi ruídos emanarem de onde eu tinha visto o vulto branco. Corri naquela direção e encontrei o professor com uma criança pequena em seus braços. Quando ele me viu, dirigiu-se a mim perguntando:

— Está convencido agora?

— Não! — respondi de modo agressivo.

— Não está vendo a criança?

— Estou. Mas quem a trouxe aqui? Está ferida?

— Veremos — disse ele e se afastou com o bebê dormindo em seu colo.

Depois de nos afastarmos um pouco, entramos em uma moita de árvores e acendemos um fósforo para examinar o pescoço da criança. Não havia coisa alguma.

— Está vendo? — exclamei triunfante.

— Chegamos justamente a tempo — disse o professor satisfeito.

Tínhamos de resolver o que iríamos fazer com a criança. Não podíamos levá-la a um posto policial, para não sermos interrogados sobre o que estávamos fazendo durante a noite. Teríamos de, pelo menos, explicar como encontramos a criança. Resolvemos, portanto, levá-la para Hampstead Heath e, quando víssemos um policial, a deixaríamos de tal modo que ele não pudesse deixar de encontrá-la. Realmente não tardamos muito a ouvir os passos de um e, deixando a criança no caminho, nos escondemos e observamos até que ele a avistou enquanto iluminava de um lado para o outro com sua lanterna. O policial ficou muito espantado com o que encontrou e nós nos afastamos, sem sermos vistos. Por sorte, encontramos uma carruagem de aluguel perto do Spaniards e viemos para a cidade.

Não consigo dormir, por isso, decidi fazer esse registro agora. Mas preciso tentar dormir algumas horas, pois Van Helsing ficou de me buscar ao meio-dia. Faz questão que eu o acompanhe em outra expedição.

27 de setembro — Somente às 14h conseguimos uma oportunidade para nossa aventura. O enterro realizado ao meio-dia tinha acabado e o coveiro fechou o portão pelo lado de fora. As últimas pessoas por lá não pareciam ter pressa em sair, mas vimos o coveiro trancando o portão. Sabíamos que teríamos até a manhã seguinte para fazer o que quiséssemos, mas o professor me disse que não seria necessário mais de uma hora.

Voltamos ao jazigo. Tive uma sensação horrível da realidade dos fatos e percebi claramente os perigos da lei que estávamos infringindo com nossa sacrílega tarefa. Além disso, eu realmente via apenas grande inutilidade em tudo aquilo. Considerei um ultraje termos violado o caixão da recém-falecida para garantir que estava mesmo morta e agora tinha a certeza de que estávamos à beira da loucura ao abrirmos novamente o caixão, uma vez que já sabíamos que estava vazio. Dei de ombros, no entanto, e não comentei minha opinião com Van Helsing, pois ele sempre fazia as coisas ao seu modo, mesmo sob os protestos das pessoas. Ele pegou a chave, abriu o mausoléu e convidou-me novamente a entrar em sua frente. O lugar era menos lúgubre que à noite, mas era um espetáculo insuportável de ser visto, mesmo iluminado pelo sol. Van Helsing aproximou-se do caixão de Lucy e eu o segui. Puxou a ponta solta novamente e senti-me dominado por uma terrível surpresa.

Lá estava Lucy, como a tínhamos visto na noite da véspera do enterro. Parecia mais bela que nunca, e eu não podia acreditar que estivesse morta. Os lábios estavam vermelhos, mais vermelhos que antes, e, nas faces, havia um rubor delicado.

— Isso é um truque? — indaguei-lhe.

— Está convencido agora? — perguntou Van Helsing que, enquanto falava, estendeu a mão e levantou os lábios da morta, provocando-me um arrepio de horror. — Veja, os dentes estão ainda mais aguçados que antes. Com estes caninos é que as criancinhas são mordidas. Acredita agora, amigo John?

De novo, a revolta se apossou de mim. Eu não *podia* aceitar uma realidade tão horrível quanto a que ele sugeria. Então, com uma tentativa de argumentar, a qual mesmo naquele momento me fazia ficar envergonhado, eu disse:

— Ela pode ter sido colocada aí depois desta madrugada.

— Acha mesmo? Interessante, e por quem teria sido?

— Eu não sei, mas alguém deve ter feito.

— Mas ela está morta há uma semana. Depois de tanto tempo, os mortos não têm esse aspecto.

Não encontrei argumentos para refutá-lo. Ele não pareceu notar meu silêncio e não demonstrou reação nem de tristeza e nem de vitória. Van Helsing examinava atentamente o rosto da morta, levantando as pálpebras e examinando de novo os dentes. Depois, observou:

— É um caso diferente de todos os outros que se tem registro, trata-se de uma dupla vida que não é comum. Foi mordida pelo vampiro, quando estava em transe, em estado de sonambulismo... Ah, você não sabe disso, caro John, mas saberá de tudo depois. Em transe seria mais fácil para beber mais sangue. Morreu em transe, e também é uma morta-viva nesse transe. É nisso que se difere de todos os outros. Habitualmente, quando um morto-vivo dorme em casa — e fez um gesto sugestivo, mostrando o cemitério, que é a "casa" de um vampiro —, seu rosto mostra a real aparência, mas Lucy, quando deixa de ser morta-viva, volta para os mortos comuns. Não há maldade aqui, veja, e, por isso, será para mim uma tarefa penosa ter que matá-la em seu sono.

Senti um arrepio de frio e comecei a compreender que estava aceitando as teorias de Van Helsing, pois, se ela estivesse realmente morta, por que a ideia de matá-la causava-me tamanho horror? Van Helsing naturalmente notou a expressão de meu rosto e perguntou, quase jovialmente:

— Está acreditando agora?

— Não me force a aceitar tudo ao mesmo tempo — respondi. — Estou disposto a acreditar. Como fará esse trabalho macabro?

— Cortarei a cabeça, encherei a boca de alho e lhe atravessarei o corpo com uma estaca.

Senti um arrepio de horror à ideia de mutilar o corpo da mulher que amava, mas não foi tão intenso quanto eu imaginava, pois a ideia da existência desse ser — dessa morta-viva, como chamava Van Helsing — fazia-me estremecer ainda mais e sentia que passava a odiá-la. Será que pode haver objetividade na subjetividade do amor? Esperei por um bom tempo Van Helsing começar, mas ele parou, envolto em pensamentos. Logo, ele fechou sua valise com um baque e disse:

— Estive pensando, e decidi-me sobre o que é melhor. Se simplesmente seguisse minhas inclinações, eu acabaria com tudo agora mesmo, fazendo o que deve ser feito. No entanto, há outros procedimentos que devemos seguir e coisas muito mais difíceis de compreender do que imaginamos. A questão é simples. Ela ainda não tomou a vida de ninguém, embora seja uma questão de tempo e, agindo agora, eliminaríamos o perigo para sempre. Mas há o Arthur, e pode ser que precisaremos dele mais tarde. Se você, que viu os ferimentos no pescoço de Lucy e da criança, que viu o caixão vazio ontem e hoje com o corpo dela, sem deterioração nenhuma, pelo contrário, mais bonita e rosada depois de estar morta por uma semana inteira, e viu uma silhueta branca trazendo a criança para o cemitério ontem de noite, custou a acreditar, imagine ele. Como posso querer que ele acredite se nem mesmo sabe de todas essas coisas? Ele teve dúvidas do meu comportamento quando o impedi de beijá-la no leito de morte. Perdoou-me por considerar que eu tivesse me enganado ao impedir-lhe de se despedir como deveria. E ele poderia pensar que, por um engano ainda pior, essa mulher tenha sido enterrada viva e, na pior das hipóteses, que nós a tenhamos matado. Ele alegaria que nós, os enganados, a assassinamos com nossas ideias. Isso o deixará infeliz para sempre. Ele pensará que o amor da sua vida foi enterrado vivo e conjecturará em seus pesadelos os horrores que ela deve ter passado. Talvez, novamente, acreditará que nós estejamos certos e que sua amada era, depois de tudo, uma morta-viva. Não, eu lhe disse uma vez, e desde então aprendi bastante. Agora, já que sei que tudo é verdade, mil vezes mais sei que ele terá que passar pela provação que fará com que enxergue tudo. O pobre rapaz terá uma hora que fará o próprio paraíso se tornar um inferno, então, assim, poderemos trazer a paz que ele merece. Já tomei a minha decisão e você voltará ao seu manicômio para garantir que tudo esteja bem. Eu passarei a noite aqui sozinho no cemitério. Amanhã à noite, você vai me procurar no hotel Berkeley, às 22h. Mandarei chamar também Arthur e aquele simpático norte-americano que doou seu sangue. Mais tarde, teremos todos que agir. Eu irei com você só até Picadilly para jantar, pois devo estar de volta antes do pôr do sol.

E, assim, fechamos o jazigo, pulamos o muro do cemitério e voltamos para Piccadilly.

Bilhete deixado por Van Helsing para Dr. John Seward em sua valise no hotel Berkeley

(Não entregue)

27 de setembro.

AMIGO JOHN,

Escrevo para o caso de acontecer alguma coisa. Irei sozinho vigiar aquele cemitério. Quero que a morta-viva, senhorita Lucy, não saia esta noite, para amanhã à noite estar mais ansiosa para sair e mais faminta. Por isso, levarei algumas coisas de que ela não gosta: alho e um crucifixo para vedar a porta do túmulo. Ela é uma morta-viva jovem e se aquietará. Além disso, esses objetos apenas a impedem de sair, mas podem não a impedir de entrar, pois os mortos-vivos são desesperados, e devemos oferecer o mínimo de resistência possível, qualquer que seja ela. Passarei a noite toda em claro e assim, se houver algo mais a descobrir, saberei. Não tenho medo quanto a ela. Mas o outro que aqui está, e que a tornou morta-viva, tem o poder de encontrar seu túmulo e achar abrigo. Ele é astucioso, pelo que sei do Sr. Jonathan e pelo jeito que ele nos enganou quando apostou conosco a vida de Lucy, e nós perdemos. De muitas maneiras, os mortos-vivos são fortes. Ele tem a força de vinte homens, mesmo nós quatro tendo passado nossa força para a senhorita Lucy, de certa forma, passamos para ele também. Além disso, ele pode invocar seus lobos e Deus sabe o que mais. Assim, se ele aparecer esta noite, me encontrará, e mais ninguém. Mas, possivelmente, não tentará ir lá, pois não tem motivos para isso. Seu terreno de caça é mais cheio de presas do que um cemitério onde jaz uma morta-viva e que um velho homem vigia.

Escrevo, portanto, caso aconteça alguma coisa. Tome os papéis que estão guardados com este, os diários do casal Harker, leia-os, depois procure esse grande morto-vivo, corte a cabeça, queime seu coração ou crave uma estaca em seu peito para que o mundo fique livre dele.

Se assim for, adeus.

VAN HELSING

DIÁRIO DO DR. SEWARD

28 de setembro — É maravilhoso o que uma boa noite de sono pode fazer por nós. Ontem estive prestes a aceitar as ideias monstruosas de Van Helsing, mas agora elas parecem brotar furtivamente diante de mim como ultrajes ao bom senso. Não tenho dúvida de que ele acredita naquilo tudo. Pergunto-me se seu cérebro não estaria começando a vacilar de alguma forma. Tem de haver alguma explicação racional para todas essas coisas misteriosas. Será possível que o próprio professor tenha feito tudo isso ele mesmo? É tão anormalmente inteligente que, caso tenha enlouquecido, seria capaz de levar a cabo seu intento no que diz respeito a alguma ideia fixa de modo assombroso. Odeio pensar nisso e, a bem da verdade, descobrir que Van Helsing está ficando louco seria um espanto tão grande quanto aceitar sua teoria. De qualquer forma, observarei suas atitudes com toda atenção. Talvez consiga alguma pista para elucidar esse mistério.

29 de setembro — Ontem à noite, um pouco antes das 22h, Arthur e Quincey nos encontraram no quarto de Van Helsing, que nos disse o que queria fazer, mas dirigindo-se especialmente a Arthur, como se as nossas ações dependessem da dele. Começou dizendo que esperava que todos nós o acompanhássemos, pois havia um sério trabalho a se fazer.

— Temos uma missão a ser cumprida. Você ficou surpreso com minha carta? — perguntou especificamente a lorde Godalming.

— Sim. Ela me preocupou, de fato. Passei por tantas atribulações nos últimos tempos que poderia muito bem passar sem isso, mas fiquei curioso também ao que você se referia. Quincey e eu conversamos sobre o assunto, mas quanto mais falávamos, mais confuso ficava, a ponto de não vermos mais sentido em nada disso.

— Concordo — Quincey Morris comentou, lacônico.

— Os senhores estão mais próximos do entendimento do que nosso amigo John. Para ele, é preciso percorrer um longo caminho até chegar ao menos no início.

Van Helsing deixou claro que percebeu que minhas dúvidas anteriores haviam retornado e eu nem havia feito comentário algum. Virou para os dois e disse com seriedade:

— Peço permissão para fazer o que acho que devo fazer esta noite. E, assim, quero que me façam uma promessa, sem saberem do que se trata, para que, mais tarde, embora os senhores possam ficar com raiva de mim durante algum tempo, não fiquem com remorso de coisa alguma.

— Gosto desta franqueza! — exclamou Quincey. — Não entendo exatamente o que planeja, mas sinto que ele é honesto. E isso é o bastante para mim.

— Agradeço, e sinto-me honrado em ser seu amigo e tal apoio é precioso para mim — disse o professor ao apertar a mãos de Quincey.

— Dr. Van Helsing — disse Arthur, muito sério —, não gosto de atirar no escuro, se o senhor me garantir que o que prometerei não afeta minha honra de cavalheiro e minha fé de cristão, darei meu consentimento imediatamente, embora não consiga entender aonde quer chegar.

— Aceito sua reserva! — exclamou Van Helsing. — Vamos, portanto, fazer o que o dever nos impõe e peço-lhe que, antes de condenar qualquer uma das minhas atitudes, apenas reflita bastante e esteja satisfeito que não violam nenhuma de suas reservas.

— Certo — concordou Arthur. — Parece-me justo. Agora que as negociações foram feitas, posso lhe perguntar o que estamos prestes a fazer?

— Muito bem. Gostaria que os senhores me acompanhassem, em segredo, até o cemitério em Kingstead.

Arthur apresentou uma expressão de espanto e indagou:

— Onde Lucy foi enterrada?

O professor assentiu e Arthur indagou uma vez mais:

— E quando chegarmos lá?

— Vamos entrar no mausoléu!

Arthur levantou-se de uma só vez.

— Professor, o senhor está falando sério ou isso é alguma brincadeira monstruosa? Perdão, pelo visto o senhor fala sério. — Voltou a sentar-se, mas reparei que estava mais ereto e orgulhoso, como se tivessem mexido com seus brios. Fez-se um silêncio, até que voltou a perguntar: — E o que faremos lá dentro?

— Abriremos o caixão.

— Assim já é demais! — vociferou ele, irritado, voltando a se levantar. — Estou disposto a ter paciência em tudo o que for razoável, mas isso, essa profanação do túmulo, de alguém que... — quase se engasgou de indignação.

O professor o fitou com pena.

— Se pudesse poupá-lo dessa dor, meu pobre amigo — disse ele —, Deus sabe que o faria. Mas hoje à noite nossos pés deverão trilhar caminhos penosos, caso contrário, mais tarde e para sempre, os pés que o senhor ama trilharão chamas eternas!

Arthur encarou-o lívido e o alertou:

— Cuidado, senhor, muito cuidado com o que fala!

— Não seria melhor ouvir o que tenho a dizer? — perguntou Van Helsing. — Assim, pelo menos, o senhor vai entender o limite de minha proposta. Devo prosseguir?

— Parece justo — interveio Morris.

Depois de uma pausa, Van Helsing continuou, evidentemente com dificuldade:

— A Srta. Lucy morreu, não é mesmo? Sim! Portanto, não é possível lhe causar mal algum. Mas se ela não estiver morta...

Arthur se pôs de pé, sobressaltado:

— Santo Deus! — exclamou. — O que o senhor quer dizer com isso? Houve algum engano e ela foi enterrada viva? — Ele emitiu um gemido de angústia que nenhuma esperança poderia atenuar.

— Eu não disse que ela está viva, meu filho. Nem pensei nisso. Não direi nada mais, exceto que ela possa ser uma morta-viva.

— Morta-viva! Mas não viva! O que o senhor quer dizer? Isso é tudo um pesadelo ou o quê?

— Existem mistérios sobre os quais os homens só podem formular hipóteses e que, ao longo das eras, serão solucionados apenas em parte. Acredite, estamos agora diante de um desses mistérios. Mas ainda não terminei. Preciso de permissão para cortar fora a cabeça da falecida Srta. Lucy.

— Por Deus, não! — gritou Arthur em um arroubo de fúria. — Por nada no mundo consentirei em nenhuma mutilação do cadáver dela. Dr. Van Helsing, o senhor está me provocando além dos limites. O que fiz para o senhor me torturar assim? O que essa pobre menina, tão meiga, fez para que o senhor queira causar tamanha desonra em sua própria sepultura? É o senhor que está louco por dizer essas coisas, ou o louco sou eu por lhe dar ouvidos? Nem ouse pensar nessa profanação. O senhor não tem o meu consentimento para nada. Tenho o dever de proteger o túmulo de Lucy contra qualquer ultraje e, por Deus, é o que farei!

Van Helsing levantou-se do lugar em que estava sentado e disse, sério e austero:

— Meu caro lorde Godalming, também tenho um dever com os outros, com o senhor e com a morta. E, por Deus, cumprirei esse dever! Tudo o que quero por enquanto é que venha comigo, que observe e escute. Se mais tarde, quando eu lhe pedir o mesmo que pedi agora, o senhor não se mostrar mais ávido que eu para a execução da tarefa, então... Então assumo a responsabilidade sozinho. E, nesse momento, se for esse o desejo de lorde Godalming, estarei à disposição para responder pelos meus atos, basta o senhor dizer onde e quando.

Sua voz ficou embargada, mas ele prosseguiu com um tom cheio de compaixão:

— Mas eu imploro, não fique com raiva de mim. Em minha longa vida de obrigações, nem sempre muito agradáveis, que algumas vezes me doeram o coração desempenhar, jamais tive tarefa tão difícil quanto esta agora. Acredite, se em algum momento o senhor mudar de ideia ao meu respeito, basta um olhar seu para esquecermos esta hora triste, pois eu faria o que fosse preciso para poupá-lo da tristeza. Pense bem. O que me faria dedicar tanto trabalho e tanta tristeza? Saí de minha terra e vim para cá fazer todo o bem que podia, a princípio para satisfazer um pedido de meu amigo John, e depois para ajudar uma doce e meiga dama a quem também vim a amar. Por ela, envergonho-me até de dizer, mas digo de bom grado, dei o mesmo que o senhor, o sangue de minhas veias. Doei, eu que nem era, como o senhor, seu namorado, mas apenas seu médico e amigo. Doei também minhas noites e meus dias, antes da morte, depois da morte. E se a minha própria morte puder lhe fazer algum bem, mesmo agora que é uma morta-viva, é o que ela vai ter de mim, de boa vontade.

O professor disse isso com um orgulho solene e doce, e Arthur ficou muito emocionado. Apertou a mão do velho e respondeu com a voz embargada:

— É difícil pensar nisso, não consigo entender, mas pelo menos irei com o senhor para ver o que vai acontecer.

CAPÍTULO XVI

A DUPLA MORTE

DIÁRIO DO DR. SEWARD
(continuação)

Faltavam exatamente quinze minutos para a meia-noite quando entramos no cemitério pelo muro baixo. A noite estava sombria e apenas ocasionalmente a luz da lua conseguia irromper através das pesadas nuvens. Todos nós permanecemos juntos, conduzidos pelo professor, que estava ligeiramente à frente. Quando chegamos perto do mausoléu, olhei para Arthur, pois tinha medo que a proximidade de um lugar que trazia lembranças tão tristes pudesse afetá-lo, mas ele estava se controlando bem. O mistério de toda aquela missão parecia agir como uma espécie de antídoto contra o luto. O professor destrancou a porta e, vendo entre nós uma natural hesitação, proveniente de várias razões, resolveu o problema entrando primeiro. Nós acompanhamos o professor e fechamos a porta. Van Helsing acendeu uma lamparina e apontou para o esquife. Arthur avançou hesitante.

— Você esteve aqui ontem comigo. O corpo da Srta. Lucy estava neste caixão? — Van Helsing perguntou a mim.

— Estava — respondi.

O professor olhou para os demais e disse:

— Os senhores ouviram o mesmo que eu, mas ainda assim não acreditam em mim.

Ele pegou a chave de fenda e desparafusou a tampa do caixão. Arthur olhava, pálido, mas não dizia nada. Deu mais um passo à frente assim que a tampa foi removida. Não sabia que havia revestimento de chumbo por dentro, ou não se lembrava disso. Mas sentiu o sangue ferver-lhe a face assim que viu o rasgo no chumbo, mas controlou-se, e permanecendo com uma palidez macabra, continuava sem dizer uma palavra.

Van Helsing abriu o esquife e todos olhamos para dentro, recuando subitamente. Estava vazio!

Durante vários minutos ninguém disse uma palavra. O silêncio foi interrompido por Quincey Morris:

— Eu coloquei a mão no fogo por você, professor. Só quero sua palavra. Eu nem faria uma pergunta dessas, jamais cometeria a desonra da suspeita, mas isso é um enigma que extrapola a honra e a desonra. Foi o senhor que tirou o corpo daqui?

— Juro por tudo que é mais sagrado que não a toquei e nem a removi — respondeu Van Helsing. — O que houve foi o seguinte: há duas noites, meu amigo Seward e eu viemos aqui com a melhor das intenções. Abri o caixão que estava lacrado e ele estava vazio, como agora. Esperamos e vimos um vulto branco passar pelas árvores. No dia seguinte, voltamos no decorrer do dia, e ela estava aí dentro, deitada. Não estava, amigo John?

— Estava.

— Na primeira noite, conseguimos chegar a tempo. Havia outra criança desaparecida e nós a encontramos, com a graça de Deus, no meio dos túmulos. Nada havia lhe acontecido. Vim para cá antes do escurecer, pois os mortos-vivos saem ao sol poente, e esperei a noite toda, mas não vi nada. Muito provavelmente porque em torno da sepultura depositei flores de alho, que os mortos-vivos não toleram, e outros itens que os repelem. Noite passada não houve nenhuma saída, portanto, hoje, antes do sol se pôr, tirei o alho e os outros objetos. E, por isso, encontramos o caixão vazio. Mas esperem comigo, do lado de fora, escondidos e calados, e verão coisas ainda muito mais estranhas. Vamos sair.

Apagou a lamparina, abriu a porta e saímos, ele foi por último e passou a chave na fechadura. O ar da noite estava fresco e puro após o terror daquele mausoléu. Foi prazeroso perceber as nuvens correndo pelos céus, os clarões do luar em meio ao ir e vir das nuvens cerradas, movimento similar à alegria e à tristeza de um homem. Ah, era doce respirar o ar fresco, sem sentir o odor da morte e da decrepitude, quão humano era ver as luzes avermelhadas da cidade além da montanha e ouvir os rugidos abafados que caracterizam a vida metropolitana. Cada um de nós sentia-se solene e tocado à sua maneira. Arthur estava calado e, eu podia ver, esforçava-se para achar o cerne e um propósito para o mistério. Eu estava mais paciente e meio inclinado a afastar a dúvida e a aceitar as conclusões de Van Helsing. Quincey Morris estava impassível, com o jeito de homem que aceita qualquer perigo, e os aceita com sangue frio e coragem, mesmo sabendo que tudo está em jogo. Como ele não podia acender um cigarro, cortou um pedaço de tabaco e mastigou. E Van Helsing não ficou parado: primeiro, tirou da valise uma massa fina que parecia ser hóstia enrolada delicadamente em um guardanapo, depois uma espécie de substância pastosa e alvacenta, e, esfarinhando a hóstia, misturou-a com a pasta e fez tiras bem finas, com as quais começou a encher as fendas entre a porta e o batente do jazigo. Eu fiquei confuso com essa atitude e perguntei-lhe o que estava fazendo. Arthur e Quincey se aproximavam, curiosos, então, ele respondeu:

— Estou fechando o túmulo, para que a morta-viva não possa entrar.

— E essa coisa que você colocou aí vai servir? — perguntou Quincey.

— Servirá sim.

— E o que é isto? — perguntou Arthur.

Van Helsing tirou o chapéu, ao responder:

— Hóstia sagrada. Trouxe-a de Amsterdã. Tenho uma autorização da igreja.

Foi uma resposta que até o mais cético de nós aceitaria sem discussão. Não havia como desconfiar de algo que o levava a usar recursos tão sagrados. Em silêncio respeitoso, cada um tomou o seu lugar designado ao redor da tumba, mas escondido do campo de visão de qualquer um que se aproximasse. Tive pena dos outros dois, principalmente Arthur. Nas outras visitas, já havia sofrido o terror dessa vigília e eu, que até uma hora atrás ainda rejeitava as provas do professor, sentia o coração apertado de medo. As sepulturas nunca pareceram mais sinistramente pálidas. Nunca os ciprestes, os juníperos e os teixos encarnaram tão funesta melancolia. Jamais o vento na copa das árvores e na relva farfalhou tão agourento ou seus galhos rangeram com mais mistério. Nunca o distante uivo dos cães lançou tão pesaroso presságio noite afora.

A demora nos pareceu interminável, um profundo e penoso vazio. Então o professor pediu que fizéssemos silêncio. Por fim, apontou e, na aleia de ciprestes, surgiu um vulto branco carregando uma pequena forma escura em seu colo. O vulto parou e um raio da lua que atravessou as espessas nuvens iluminou com surpreendente nitidez uma mulher de escuros cabelos longos, vestida em uma mortalha. Não pudemos ver seu rosto, pois estava inclinado sobre a forma escura, que vimos ser uma criança loira. Houve uma pausa e ouviu-se um pequeno gemido, igual àqueles que as crianças costumam dar quando dormem ou os cães quando se aninham diante da lareira e sonham. Instintivamente, demos um passo adiante, mas Van Helsing, parado atrás de um cipreste, nos fez sinal para parar. A figura esbranquiçada avançou de novo e tornou-se bem visível ao luar. Meu próprio coração pareceu parar de bater e pude ouvir o sobressalto na respiração de Arthur ao reconhecermos as feições de Lucy Westenra. Lucy Westenra, sim, mas como estava mudada! A doçura de sua fisionomia transformou-se em uma expressão de crueldade adamantina e a pureza em devassidão e luxúria.

Obedecendo a um gesto de Van Helsing, avançamos e nós quatro nos colocamos em linha diante da porta do jazigo. Então o professor levantou a lamparina fazendo a luz incidir no rosto de Lucy, e pudemos ver que o sangue fresco que tingia seus lábios vermelhos escorria pelo queixo e manchava a mortalha branca que a envolvia.

Estremecemos de horror. Dava para ver, pelo tremeluzir da luz, que até os nervos de Van Helsing estavam abalados. Arthur estava ao meu lado e se eu não tivesse agarrado seu braço e o segurado firme, ele teria caído.

Quando Lucy — foi assim que decidi chamar a criatura, pois ainda mantinha a sua aparência — nos viu, recuou com um rosnado agressivo, como se fosse uma felina surpreendida. Seus olhos nos fuzilaram, ainda conservavam a forma e a cor dos olhos originais, mas, no lugar das órbitas delicadas e puras que conhecemos um dia, estavam órbitas impuras que fulguravam com as chamas do próprio inferno. Naquele momento, o amor que me restava transformou-se em ódio e repulsa. Eu a mataria com brutal prazer se fosse preciso. E meu horror cresceu quando vi seus olhos arderem com uma luz pecaminosa e um sorriso voluptuoso perpassar pelos seus lábios. Ó meu Deus, como essa visão fez-me estremecer. Com um gesto descuidado feito um demônio cruel e rosnando como um cão rosna sobre um osso, largou a criança que até agora mantinha firme em seu colo, essa caiu no chão, gemendo. O ato foi executado a sangue frio, fazendo Arthur não conter um grito; e, quando ela avançou na direção dele, de braços estendidos e com uma expressão devassa, ele recuou e escondeu o rosto com as mãos. Ela continuou se aproximando dele, chamando-o com toda a sua volúpia:

— Venha, Arthur! Deixe os outros e venha comigo. Meus braços estão ávidos por você. Venha, e poderemos descansar juntos. Venha, meu marido, venha!

Havia uma meiguice diabólica em seu tom de voz. Parecia um tilintar de copos que ressoava em nossas mentes, mesmo sendo palavras dirigidas a Arthur, que estava como que dominado por um encantamento. Tirando as mãos do rosto, ele abriu os braços. Ela rapidamente ia em direção a eles, quando Van Helsing se interpôs entre os dois imediatamente, mostrando um pequeno crucifixo de ouro. Lucy recuou com uma expressão de ódio deformando seu rosto e correu para entrar no jazigo.

A um passo ou dois de distância, porém, parou, como que detida por uma força inelutável. Ela se virou e o seu rosto foi iluminado pelo luar e pelo feixe da lamparina, que agora não mais tremia sob os nervos de aço de Van Helsing. Nunca vira tamanha perversidade e assombro em uma expressão e espero que jamais sejam novamente avistados por olhos humanos. A cor outrora bela deu lugar à lividez, os olhos flamejavam faíscas infernais e as sobrancelhas arqueavam como se fossem as escamas das serpentes da Medusa. A boca encharcada de sangue transformou-se em uma abertura quadrada, como nas máscaras trágicas dos gregos e dos japoneses. Se alguma vez uma expressão facial retratou a morte, se alguma vez um olhar pudesse matar, nós vimos ambos naquele instante. E durante meio minuto, que pareceu uma eternidade, permaneceu parada entre o crucifixo e a porta do jazigo. Van Helsing rompeu o silêncio, perguntando a Arthur:

— Diga-me, meu amigo, devo continuar com o meu trabalho?

Caindo de joelhos e escondendo o rosto nas mãos, Arthur respondeu:

— Faça o que quiser, meu amigo. Não poderá haver jamais horror pior do que esse — respondeu Arthur, abatido, e deixou escapar um gemido de dor.

Quincey e eu fomos acudi-lo e o seguramos pelos braços. Aproximando-se da porta, Van Helsing retirou das frestas um pouco da proteção sagrada que colocou na entrada. Quando recuou, nós todos contemplamos, horrorizados, a mulher, cujo corpo era tão real naquele momento quanto os nossos, passar por uma fresta tão estreita que uma lâmina de faca mal teria passado.

O professor apanhou a criança no chão e disse:

— Vamos, meus amigos. Não poderemos fazer mais nada até amanhã. Haverá outro enterro aqui ao meio-dia e voltaremos depois a esse mesmo lugar. Até as duas da tarde o cortejo já deverá ter saído e, após o coveiro trancar o portão, ficaremos aqui dentro. Teremos muitas coisas a fazer, mas serão diferentes das de hoje. Quanto a este pequeno, não sofreu muito e amanhã à noite já estará bem. Vamos deixá-lo em algum lugar que a polícia possa encontrá-lo, como da outra vez, e depois vamos para casa.

Acrescentou, ao aproximar-se de Arthur:

— Meu amigo Arthur, você passará por uma dolorosa provação, mas um dia, quando olhar para trás, verá como foi necessário viver esse momento. Você está agora no meio do turbilhão, meu filho. Mas amanhã a esta hora, se Deus quiser, já terá passado pela tempestade e estará na calmaria. Portanto, não se lamente demais. Até lá, não pedirei seu perdão.

Arthur e Quincey vieram para casa comigo e todos nós procuramos nos animar mutuamente no caminho. Deixamos a criança em segurança e, como estávamos exaustos, caímos na baça realidade do sono.

29 de setembro, à noite — Um pouco antes do meio-dia, Arthur, Quincey Morris e eu fomos procurar o professor. Foi interessante notar que estávamos todos de preto, sem combinação prévia. Arthur por causa do luto, claro, mas nós o fizemos por instinto. Dirigimo-nos ao cemitério às 13h30, enrolamos um pouco sem chamar muita atenção. Quando os coveiros terminaram suas tarefas e os vigias fecharam o portão, acreditando que não havia mais ninguém dentro, ficamos com o lugar inteiro à nossa disposição. Em vez de sua valise preta habitual, Van Helsing trouxera uma maleta de couro, mais comprida e extremamente pesada.

Quando vimos que não havia mais ninguém ao redor, acompanhamos o professor até o jazigo em silêncio, como se estivéssemos obedecendo ordens. Ele abriu a porta e entramos, fechando-a por dentro. Van Helsing tirou da maleta a lamparina, que acendeu, e duas velas de cera, que também acendeu, e colocou sobre outros esquifes para iluminar bem o interior do túmulo. Arthur não parava de tremer. Quando o caixão de Lucy foi aberto, lá estava seu corpo em toda a beleza mortal, mas não havia mais amor em meu coração, nada além da aversão pela Coisa impura que havia tomado a forma de Lucy, mas sem ter sua alma. A expressão no rosto de Arthur foi endurecendo à medida que olhava para ela.

— É realmente o corpo de Lucy ou algum demônio sob sua forma? — perguntou Arthur com esforço.

— É seu corpo e ao mesmo tempo não é — respondeu Van Helsing. — Mas espere um pouco e vai vê-la como era, e é.

A criatura parecia uma versão de Lucy em um pesadelo. Dentes pontiagudos, as manchas de sangue, a boca voluptuosa que dava calafrios só de olhar e toda a aparência carnal e sem espírito. Assemelhava-se a um escárnio demoníaco em contraste à doce pureza de Lucy. Com seu metódico jeito de agir, Van Helsing começou a retirar vários objetos da maleta. Primeiro um ferro de soldar e um pouco de solda de estanho, depois uma pequena lamparina a óleo — que ao ser acesa na tumba exalou gás e uma chama azul — os bisturis e, finalmente, uma comprida estaca de pau com cerca de oito centímetros de largura e quase um metro de comprimento. Uma das extremidades havia sido endurecida no fogo e afiada com precisão. Tirou ainda uma marreta, dessas usadas para quebrar carvão. Para mim, em qualquer operação, os preparativos de um médico são sempre estimulantes e demandam muita concentração; mas para Arthur e Quincey, no entanto, aquilo causou certa perturbação. Mesmo assim, ambos se mantiveram corajosos e permaneceram calados e firmes.

Quando tudo estava pronto, Van Helsing disse:

— Antes de mais nada, quero explicar que isso tudo vem da experiência e do conhecimento dos antigos e de todos que têm estudado o poder dos mortos-vivos. Quando se tornam assim, há uma mudança no curso da imortalidade, ou seja, não podem morrer, mas devem continuar pelos anos afora acrescentando novas vítimas e multiplicando os males do mundo, pois todos os que morrem como presas dos mortos-vivos tornam-se, eles próprios, mortos-vivos. E assim o círculo vai se alargando. É o que lhe aconteceria, amigo Arthur, se a pobre Lucy o tivesse beijado antes de falecer, ou depois, na noite anterior, em que abriu os braços para ela. Também teria se tornado um *nosferatu*, como dizem no Leste Europeu, e passaria a produzir para sempre mais desses mortos-vivos que nos enchem de horror. A carreira da desventurada menina mal começou. Aquelas crianças cujos sangues sugou ainda não constituem coisa grave, mas, se ela continuar vivendo como morta-viva, elas irão perder sangue cada vez mais e irão procurá-la pelo poder que ela exercerá e ela sugará o deles com essa boca diabólica. Porém, se ela morrer de verdade, tudo cessará. As minúsculas feridas no pescoço das crianças vão desaparecer e voltarão a brincar sem nunca saber o que aconteceu com elas. Contudo, a maior bênção de todas, quando a morta-viva descansar na verdadeira morte, será novamente dar liberdade à alma da pobre dama que todos amamos. Em vez de fazer o mal durante a noite e, em degradação, assimilá-lo durante o dia, ela tomará seu lugar entre os anjos. Assim, meu amigo, há de ser abençoada a mão que desfechar o golpe que a libertará. Estou disposto a isso, mas há entre nós alguém com mais direito do que eu. Não será uma alegria pensar depois, no silêncio da noite, quando o sono não chega, que a mão mais querida por Lucy foi a que a enviou para junto das estrelas? Que foi a mão daquele que mais a amou, a mão que ela própria teria escolhido, se lhe fosse dada a oportunidade. Não há uma mão, entre nós, que tem mais direito de fazer essas honras?

Nós todos olhamos para Arthur. E ele também entendeu a infinita bondade da sugestão. Sabia que era sua tarefa devolver Lucy à nossa lembrança sagrada, apagando a profana. Pálido como a neve e com as mãos trêmulas, ele disse, contudo, com a voz firme:

— Meu verdadeiro amigo, agradeço-lhe do fundo de meu coração amargurado. Diga-me o que tenho de fazer e não hesitarei!

— Muito bem, valente rapaz! — disse Van Helsing, pousando a mão em seu ombro. — Um momento de coragem e tudo estará acabado. É preciso atravessá-la com esta estaca. Será uma provação horrível, não negarei, mas será rápido e depois seu júbilo ultrapassará sua dor, dessa câmara mortuária você sairá como que levitando. Não deve fraquejar quando tiver começado. Estaremos ao seu lado o tempo todo.

— Prossiga — disse Arthur com a voz embargada. — O que devo fazer?

— Segure a estaca com a mão esquerda, pronto a colocá-la bem sobre o coração, e o martelo na mão direita. Depois, quando começarmos a rezar a Oração dos Mortos, conforme o livro de rezas que eu trouxe, crave a estaca, em nome de Deus, para que tudo fique bem com a morta que amamos e a morta-viva desapareça.

Arthur segurou a estaca e o martelo sem que suas mãos tremessem. Van Helsing abriu o missal e começou a ler, e eu e Quincey o acompanhávamos da melhor forma que podíamos. Arthur posicionou a ponta da estaca sobre o coração da criatura, pressionou-a levemente e, olhando de perto, dava para ver a carne branca de seu peito. Então martelou com toda a força.

A Coisa que estava no caixão contorceu-se, e um grito horrível, jorrando sangue, saiu de seus lábios vermelhos. Os dentes brancos e aguçados cravaram-se nos lábios, lacerando-os, e a boca se cobriu de uma espuma escarlate. Mas Arthur não fraquejou em nenhum momento. Parecia uma imagem de Thor, com o braço firme subindo e descendo, batendo cada vez mais fundo na estaca que concede a misericórdia. O sangue do coração perfurado lavava o ambiente, esguichando para todos os lados. O rosto impassível de Arthur expressava a sensação de um dever cumprido. Essa visão trouxe coragem a todos nós, e nossas vozes ecoavam dentro do pequeno mausoléu. E então, o tremor e as contorções do corpo foram diminuindo, os dentes soltaram a carne, relaxando a face. Finalmente, o corpo se imobilizou. A terrível tarefa estava terminada.

Arthur largou o martelo e teria caído se não o tivéssemos segurado. Enormes gotas de suor pingavam de sua testa, e a respiração ofegava. Havia sido um tremendo esforço, e, se não tivesse sido obrigado a tal tarefa por considerações sobre-humanas, jamais teria tido forças para executá-la. Ficamos tão concentrados nele que durante algum tempo nos esquecemos de olhar para o caixão. Quando olhamos, contudo, não pudemos conter um grito de surpresa. Fitávamos o caixão tão avidamente que Arthur se levantou com rapidez do chão para ver o que acontecia. Uma luz estranha de satisfação surgiu em seu rosto e afastou de uma só vez a sombra de horror que o havia tomado. O que estava no caixão agora não era mais aquela criatura repulsiva, e sim a nossa Lucy. A expressão de doçura e pureza que tinha em vida voltou, e marcada, é verdade, também pelo sofrimento e desgaste como em seus últimos dias. Mas mesmo isso era importante, pois trazia de volta a parência humana que nós conhecíamos. Todos entendemos que a serenidade sagrada que pairava como a luz do sol sobre o corpo devastado era apenas uma amostra da paz que reinaria para sempre daqui para frente. Van Helsing se aproximou, colocou a mão no ombro de Arthur e perguntou:

— E agora, Arthur, meu amigo, meu caro rapaz, estou perdoado?

A reação àquele esforço terrível veio quando ele tomou a mão do velho e, puxando-a para perto dos lábios, beijou-a, respondendo:

— Está perdoado! Deus abençoe o senhor por devolver à minha amada sua alma e me trazer a paz.

Ele pôs as mãos nos ombros do professor e, deitando a cabeça em seu peito, chorou por um tempo, enquanto permanecíamos ali, imóveis diante da cena. Quando Arthur levantou o rosto, o professor disse:

— Agora, meu filho, pode beijá-la. Beije seus lábios mortos se quiser, como Lucy faria nos seus, se pudesse. Agora ela não é mais um diabo sorridente, não será mais uma Coisa vil por toda a eternidade. Agora, está morta de verdade e sua alma está com Deus!

Arthur beijou a morta e depois pedimos que ele e Quincey saíssem do jazigo. O professor e eu serramos a parte de cima da estaca, mas deixando a ponta cravada no corpo de Lucy. Em seguida, cortamos a cabeça dela e enchemos sua boca de alho. Soldamos o caixão de chumbo, fechamos a tampa e, reunindo nossos pertences, nos retiramos. O professor entregou a Arthur a chave do jazigo.

Ao chegarmos ao lado de fora, a brisa era leve, o sol brilhava e ouvindo os pássaros, pareceu-nos que toda a natureza vibrava em sintonia. Havia em tudo júbilo, alegria e paz, pois estávamos tranquilos e aliviados, embora o alívio se misturasse ao pesar.

Antes de nos despedirmos, Van Helsing disse:

— Agora, meus amigos, uma etapa do nosso serviço está feita, a que nos era mais angustiante, entretanto resta uma ainda maior: temos de descobrir o autor de todos esses males e eliminá-lo. Tenho pistas que podemos seguir, mas será uma tarefa longa e difícil, e envolverá perigos e muito sofrimento. Posso contar com a ajuda de vocês? Todos aprendemos a acreditar, não é mesmo? Dessa forma, sabemos qual é o nosso dever, não sabemos? Podemos prometer continuar até o fim, mesmo que ele seja amargo?

Apertamos, um por um, a mão do professor e prometemos. Van Helsing continuou:

— Daqui a dois dias, jantaremos juntos, às 19h, na casa do amigo John. Apresentar-lhes-ei duas outras pessoas que ainda não conhecem. Amigo John, venha comigo, pois temos muito que conversar. Hoje à noite parto para Amsterdã, mas devo estar de volta amanhã à noite. E então nossa grande busca vai começar. Mas, antes, devo explicar-lhes tudo para que saibam o que fazer e o que temer. Então, repetiremos nossas promessas. Temos uma tarefa terrível pela frente e, depois que iniciarmos, não poderemos voltar atrás.

CAPÍTULO XVII

CRONOLOGIA

DIÁRIO DO DR. SEWARD

(continuação)

Quando chegamos ao hotel Berkeley, Van Helsing encontrou um telegrama que havia chegado em sua ausência:

"CHEGAREI POR ESTRADA DE FERRO. JONATHAN ESTÁ EM WHITBY. TENHO NOTÍCIAS IMPORTANTES
MINA HARKER."

O professor ficou eufórico.

— Ah, a madame Mina é uma pérola! — disse ele. — Ela está chegando, mas não posso esperá-la. Você deve ir recebê-la na estação e levá-la para sua casa, amigo John. No caminho, mande a ela um telegrama para que esteja preparada.

Depois de enviar o telegrama, tomamos uma xícara de chá. Em seguida, contou-me de um diário escrito por Jonathan Harker no estrangeiro e deu-me uma cópia datilografada desse, bem como o diário da Sra. Harker quando estava em Whitby.

— Leia estes papéis e estude-os bem — disse-me ele. — Quando eu voltar, você estará bem a par desses assuntos e poderemos tomar as providências necessárias. Mantenha os papéis seguros, pois representam um tesouro. Você vai precisar de toda a sua fé, mesmo tendo passado por uma experiência como a de hoje. O que está escrito aqui — e, ao falar, colocou a mão pesada sobre os papéis — pode ser o princípio do fim para você, para mim e muitos outros, ou pode ser o alerta fúnebre dos mortos-vivos que andam pela terra. Rogo que leia com a mente aberta, e se puder acrescentar alguma coisa à história aqui, faça isso, pois tudo é importante. Você escreveu um diário sobre todas essas coisas estranhas, não escreveu? Então! Verificaremos tudo juntos quando nos encontrarmos.

Ele se preparou para partir e pegou uma carruagem até Liverpool Street. Segui para Paddington e cheguei cerca de quinze minutos antes do trem da Sra. Harker parar na estação. Após a agitação do desembarque nas plataformas, a multidão se dispersou, e eu já estava começando a ficar preocupado de ter me desencontrado da convidada, quando uma jovem de rosto meigo e aparência delicada aproximou-se de mim e, após nos olharmos brevemente, indagou:

— O senhor é o Dr. Seward, não é?

— A senhora deve ser a Sra. Harker! — respondi prontamente e ela estendeu a mão para mim.

— Reconheci-o pela descrição feita pela pobre Lucy, mas... — interrompeu a fala e ficou corada.

Eu também corei e esse sentimento de constrangimento mútuo pareceu nos deixar mais à vontade, pois era uma tácita resposta a ela mesma. Peguei sua bagagem, que incluía uma máquina de datilografar, e, depois que enviei um telegrama pedindo à minha criada que preparasse uma sala e um quarto para recebermos a Sra. Harker, pegamos o metrô até Fenchurch Street.

Pouco depois, chegávamos ao manicômio. É claro que a Sra. Harker sabia para onde iríamos, mas percebi que não conseguiu conter um tremor ao entrarmos. Ela me disse que, se possível, gostaria de ir imediatamente à minha sala, pois tinha muitas coisas a dizer. Então aqui encerro este registro diário em meu fonógrafo enquanto espero por ela. Ainda não consegui ler os papéis que Van Helsing deixou comigo, embora estejam bem na minha frente. Preciso mantê-la ocupada para ter tempo de ler tudo que é preciso. Ela não sabe o quanto nosso tempo é precioso, nem o tipo de tarefa que teremos pela frente. Devo tomar cuidado para não a deixar apavorada. Aí vem ela!

DIÁRIO DE MINA HARKER

29 de setembro — Depois de ter me aprontado, fui ao gabinete do Dr. Seward. Parei por um momento junto à porta, pois o ouvi conversando com outra pessoa. Entretanto como me pediu para vir depressa, bati à porta e ele me mandou entrar.

Fiquei surpresa ao encontrá-lo sozinho. Na mesa diante dele, havia um aparelho que conhecia apenas por descrições, tratava-se de um fonógrafo, coisa que eu nunca vira antes e que me deixou muito interessada.

— Espero não tê-lo feito esperar muito, é que ouvi sua voz e achei que houvesse alguém com você, então esperei — disse a ele.

— Ah, não. Estava atualizando meu diário — respondeu.

— Seu diário? — perguntei surpresa.

— Sim. Gravo aqui nesta máquina.

Enquanto falava, pousou a mão sobre o fonógrafo. Fiquei tão entusiasmada que exclamei:

— Isso supera a taquigrafia! Posso ouvir alguma coisa gravada?

— Claro! — respondeu empolgado e levantou-se para preparar a máquina, mas hesitou por um momento e detectei um ar preocupado em seu rosto. — O único problema é que meu diário é quase exclusivamente acerca de meus casos, e o conteúdo pode ser estranho aos seus ouvidos...

E não falou mais nada, parecia constrangido. Para livrá-lo de seu embaraço, sugeri:

— O senhor assistiu à morte de Lucy. Ficarei muito grata por tudo que souber a respeito dela. Ela era muito, muito querida para mim.

Fiquei espantada com a reação de horror que surgiu em seu rosto:

— Contar-lhe a morte dela? Por nada nesse mundo!

— Mas por que não? — insisti, tendo um pressentimento horrível.

Ele ficou em silêncio novamente e parece que tentou arranjar um pretexto. Muito sem jeito, ele se desculpou, dizendo que não sabia localizar uma parte determinada de seu diário. Enquanto dizia isso, a ficha pareceu cair. Depois, com tom de voz diferente e despretensioso, disse com a inocência de um menino:

— Juro para você! Juro pela minha honra. Palavra de escoteiro!

Não pude deixar de sorrir e ele também. Acrescentou:

— Dessa vez acabei me entregando, mas saiba que, apesar de ter feito registros durante meses, nunca parei para pensar em como faria para encontrar um trecho específico que quisesse consultar mais tarde.

Àquela altura, estava convencida de que o diário de um médico que acompanhou Lucy poderia ter algo a acrescentar a tudo que sabíamos sobre aquela criatura terrível que buscávamos, portanto fui ousada e arrisquei:

— Então será melhor o senhor me deixar passar a limpo em minha máquina de escrever — propus.

— Não, não! — protestou ele, empalidecendo mortalmente. — De maneira alguma! Não a deixaria ouvir aquela história horrível!

Então tinha sido mesmo terrível. Minha intuição estava certa! Pensei por um momento, examinando o escritório de forma inconsciente em busca de alguma coisa ou oportunidade que pudesse me ajudar. Meus olhos se depararam com uma grossa pilha de folhas datilografadas sobre a mesa. Ele me olhou fixamente e, de forma intuitiva, seus olhos seguiram na mesma direção que os meus. Quando percebeu os papéis, o Dr. Seward entendeu o que eu queria dizer.

— O senhor não me conhece — repliquei. — Quando tiver lido meu diário e o do meu marido, datilografado por mim, irá me conhecer melhor. Dediquei todos os meus pensamentos e o meu coração a essa causa. Mas, é claro, o senhor ainda não me conhece... portanto, não devo esperar que confie em mim de imediato.

Indubitavelmente, o Dr. Seward é um homem de natureza nobre. A pobre Lucy estava certa em relação ao seu caráter. Ele se levantou e abriu uma gaveta, na qual havia vários metálicos cilindros ocos, cobertos com cera escura.

— Tem razão — disse. — Não confiei na senhora porque não a conhecia, mas agora já a conheço e, preciso confessar, eu já deveria ter conhecido você há muito tempo. Sei que Lucy falou de mim para a senhora. Ela também falou de você para mim. Deixe-me fazer a única reparação possível. Leve estes cilindros e os escute. Os seis primeiros são apenas sobre minha vida pessoal e não deverão horrorizá-la, mas farão a senhora compreender melhor quem eu sou. Quando terminar, o jantar será servido. Enquanto isso, lerei esses documentos para poder entender melhor certas coisas.

Ele mesmo levou o fonógrafo para minha sala e o preparou para mim. Agora, sei que ficarei sabendo de coisa agradáveis, estou certa, pois descobrirei a outra parte de uma história de amor verdadeiro sobre a qual só conheço um dos lados por enquanto.

DIÁRIO DO DR. SEWARD

29 de setembro — Fiquei tão absorto com a leitura dos incríveis diários de Jonathan Harker e de sua esposa que nem percebi a passagem do tempo. Quando a criada veio chamar-me para o jantar, a Sra. Harker ainda não havia descido, então disse:

— Deve estar cansada. Adiaremos o jantar para daqui a uma hora. — E continuei com a leitura.

Quando a Sra. Harker entrou, eu havia acabado de terminar de ler seu diário. Ela estava elegante, porém muito triste, e com os olhos vermelhos de tanto chorar. Aquilo acabou me comovendo. Deus sabe que ultimamente tenho tido motivos para chorar! Mas não posso me dar ao luxo de derramar lágrimas. A visão daqueles olhos meigos, iluminados por lágrimas recentes, atingiu fundo meu coração e eu disse, da forma mais delicada possível:

— Peço desculpas por tê-la feito sofrer.

— Oh, não sofrer — disse ela —, mas fiquei profundamente comovida com o pesar demonstrado pelo senhor. Esta é uma incrível máquina, no entanto, carrega uma verdade cruel. Pude perceber, em cada tom, a angústia do seu coração. Era como uma alma clamando pelo Deus Altíssimo. Ninguém mais deve ouvi-lo em voz alta! Por isso, tentei ser útil e datilografei tudo na minha máquina de escrever. Agora ninguém mais precisa ouvir os próprios batimentos do seu coração como eu os ouvi.

— Ninguém precisa saber... ninguém deve jamais saber... — sussurrei. Ela pôs a mão na minha e contestou, muito gravemente:

— As pessoas precisam saber, sim!

— Precisam? Por quê? — perguntei.

— Porque isso faz parte de uma história terrível, faz parte da morte da pobre Lucy e de tudo o que levou a esse triste fim. Porque, na luta que temos diante de nós para destruir esse monstro horrível, precisaremos de todo o conhecimento e toda a ajuda que conseguirmos.

Creio que esses cilindros possuam mais do que o senhor pretendia que eu soubesse. Contudo há muitas luzes para esse mistério sombrio em seus registros. Deixará ajudá-lo ou não? Já sei de tudo até certo ponto e, embora tenha chegado apenas até o dia 7 de setembro em seu diário, entendo como a pobre Lucy sofreu e que destino terrível se abatia sobre ela. Jonathan e eu temos trabalhado noite e dia desde que o professor Van Helsing foi nos visitar. Ele foi a Whitby para obter mais informações e estará aqui amanhã para nos ajudar. Não precisamos de segredos entre nós. Trabalhando juntos e com total confiança, certamente seremos mais fortes do que se algum de nós não soubesse de tudo abertamente.

Ela olhou para mim com tanta doçura e, ao mesmo tempo, com tanta coragem e decisão em sua expressão, que concordei com suas ideias.

— Tem razão — assenti. — Você deve proceder como achar melhor. Deus me perdoe se estiver cometendo um erro! Ainda há coisas terríveis para ficarmos sabendo, mas se a senhora veio até aqui atrás da história da morte da pobre Lucy, sei que não ficará satisfeita enquanto não souber de tudo até o final. Ou melhor: o verdadeiro final, que lhe dará um lampejo de paz. Mas, agora, venha jantar. Precisamos estar muito fortes para executar a tarefa que temos pela frente. Depois a senhora vai saber tudo o que deseja. Responderei qualquer pergunta que queira fazer se houver algo que não tenha entendido, mesmo que seja evidente para nós que presenciamos tudo.

DIÁRIO DE MINA HARKER

29 de setembro — Depois do jantar, fui com o Dr. Seward para o seu escritório. Ele trouxe de volta o fonógrafo e eu a máquina de escrever. Posicionou-me em uma poltrona confortável, arranjou o fonógrafo para que pudesse manuseá-lo sem me levantar e mostrou-me como pará-lo, caso desejasse pausá-lo. Por fim, foi gentil o bastante para pegar uma cadeira e ficar de costas para mim, deixando-me o mais à vontade possível, e começou a ler. Aproximei o auscultador de metal dos meus ouvidos e continuei os registros.

Quando a terrível história da morte de Lucy, e tudo o que aconteceu depois dela, terminou, recostei-me, impotente, na poltrona. Ainda bem não sou predisposta a desmaios. Assim que me viu, o Dr. Seward levantou-se subitamente da cadeira e, com uma expressão de pavor, pegou rapidamente uma garrafa no armário e serviu-me uma dose de conhaque, o que me ajudou a me recompor em poucos minutos. Sentia a cabeça explodir e, se depois daquela imensidão de horrores, não houvesse por fim um raio sagrado de luz para dar paz à minha querida Lucy, não teria suportado tudo aquilo sem um colapso. Era tudo tão horrível, misterioso e estranho que, se eu não tivesse lido o diário de Jonathan na Transilvânia, não acreditaria na horrível história da morte de Lucy. Mesmo assim, confesso que não sei mais em que acreditar e precisei me distrair para me recuperar. Tirei a capa da minha máquina de escrever e disse ao Dr. Seward:

— Tratarei de escrever tudo para que esteja pronto quando o Dr. Van Helsing chegar. Telegrafei a Jonathan, e disse-lhe para vir para cá assim que chegar a Londres. As datas são primordiais neste caso, e sinto que se conseguirmos preparar todo esse material e colocarmos todos os dados em ordem cronológica, será um grande avanço. O senhor me disse que lorde Godalming e o Sr. Morris também virão. Será bom podermos contar tudo a eles quando chegarem.

O Dr. Seward reduziu a velocidade do fonógrafo e comecei a transcrever o diário a partir do começo do sétimo cilindro, tirando três cópias em papel carbono, como havia feito com o resto.

Já era tarde quando terminei, e o Dr. Seward havia saído para visitar os pacientes. Quando acabou, voltou e sentou-se perto de mim e ficou lendo, para que não me sentisse sozinha enquanto datilografava. Ele é muito bom e atencioso. O mundo parece estar cheio de homens bons, ainda que existam monstros também. Antes de sair da sala, lembrei do que havia lido no diário de Jonathan sobre a inquietação do professor ao ler algo no jornal de Londres, na estação de Exeter, e vi que o Dr. Seward havia guardado esses jornais. Peguei emprestadas as edições da *Westminster Gazette* e da *Pall Mall Gazette* e as levei para o meu quarto. Lembrei de quanto os recortes do *Dailygraph* e da *Whitby Gazette* nos ajudaram a entender os terríveis acontecimentos em Whitby, quando o conde Drácula aportou, e, por isso, lerei todos esses jornais desde aquela data. Quem sabe eles poderão trazer alguma luz para o caso. Estou sem sono, e o trabalho vai me ajudar a ficar mais calma.

DIÁRIO DO DR. SEWARD

30 de setembro — O Sr. Harker chegou às 9h. Tinha recebido o telegrama da esposa pouco antes de sair. É um homem de extraordinária inteligência, e sua aparência denota isso. Percebi que possui muita energia também. Se o diário dele for verdadeiro, e, a julgar pelas experiências extraordinárias dos últimos tempos, deve ser, é também um homem de grande coragem. A sua segunda descida à cripta foi uma prova de ousadia notável. Depois de ler seu diário, esperava encontrar um homem corpulento e viril, em vez do recatado cavalheiro com ar executivo que chegou em minha casa.

Mais tarde — Depois do almoço, Harker e a esposa foram para seus aposentos. Passei por lá há alguns minutos e ouvi o bater da máquina de escrever. Estão extremamente empenhados no caso. A Sra. Harker contou que estão organizando em ordem cronológica cada evidência que possuem. Harker conseguiu as cartas trocadas entre o destinatário das caixas em Whitby e a transportadora de Londres responsável por elas. Agora está lendo a transcrição que a esposa fez do meu diário. Queria saber o que estão achando dele.

É estranho que nunca tenha reparado que justo a mansão vizinha pudesse ser o esconderijo do conde! Deus sabe que tivemos muitas pistas, como a conduta do paciente Renfield, por exemplo! A pilha de cartas associada à compra da casa veio junto com a transcrição. Se ao menos tivéssemos lido isso antes, talvez pudéssemos ter salvado a pobre Lucy! Ah, não posso pensar assim! É desse modo que a insanidade se instaura![49] Harker voltou ao quarto e está novamente compilando o material. Ele diz que até a hora do jantar vão poder apresentar uma narrativa coesa. Acha que, nesse meio-tempo, seria bom visitar a cela de Renfield, pois até então ele parece ter sido uma espécie de marcador das idas e vindas do conde. Ainda não sou consigo entender claramente, mas quando puder conferir os dias exatos, imagino que consiga. Que bom que a Sra. Harker transcreveu meus cilindros! De outro modo não teria como localizar as datas.

49. Essa frase no original "*That way madness lies!*" é uma citação de William Shakespeare, mais precisamente, de sua peça *Rei Lear.* (N. E.)

Encontrei Renfield sentado com toda tranquilidade em seu quarto, com as mãos entrelaçadas e um sorriso amoroso. Naquele momento, pareceu-me são como qualquer outra pessoa sã que já vi. Sentei-me e conversei com ele sobre vários assuntos, temas que o paciente tratou com naturalidade. Foi ele mesmo que tocou no assunto de ir embora para casa, algo que, até onde sei, jamais havia sugerido durante todo o seu período de internação. Na verdade, falou com bastante segurança sobre receber alta imediatamente. Creio que se não tivesse conversado antes com Harker e lido as cartas e as datas das crises, estaria pronto para assinar sua alta após um breve período de observação. Agora já não sei, tenho suspeitas obscuras. Todos os surtos foram associados de alguma forma à proximidade do conde. O que explicaria então a absoluta placidez? Será que ele estaria instintivamente satisfeito com o triunfo supremo do vampiro? O paciente é zoófago e, em seus ataques na frente da porta da capela da casa abandonada, falava em um "mestre". Isso tudo parece confirmar nossas suspeitas. De todo modo, pouco depois fui embora. Meu amigo parece muito sensato no momento para instigá-lo demais com questões profundas. Ele pode começar a pensar, e então... Por isso saí. Desconfio desse humor pacato dele e, em vista disso, pedi ao enfermeiro que ficasse de olho e que deixasse uma camisa de força preparada caso fosse necessário.

DIÁRIO DE JONATHAN HARKER

29 de setembro, no trem para Londres — Quando recebi a atenciosa carta do Sr. Billington, prontificando-se a me dar qualquer informação, pensei que o melhor era ir a Whitby conversar com ele pessoalmente. Meu primeiro objetivo é descobrir para que lugar de Londres foi o sinistro carregamento do conde. O filho do Sr. Billington, um moço simpático, apanhou-me na estação e me levou à casa do pai. Eles decidiram que era melhor que eu passasse a noite lá. São hospitaleiros, verdadeiros anfitriões de Yorkshire, daqueles que oferecem tudo ao hóspede e o deixam completamente à vontade. Sabiam que eu estava ocupado e que minha estada seria breve, por isso, o Sr. Billington pôs à minha disposição todas as cartas relativas ao transporte das cargas. Fiquei ligeiramente nauseado ao rever uma das cartas que havia visto sobre a mesa do conde na Transilvânia, antes de conhecer seus planos diabólicos. Tudo havia sido pensado meticulosamente, e feito com metodologia e com precisão. Ele parecia estar preparado para todo tipo de obstáculo que tivesse de enfrentar. Não estava disposto a correr risco algum, e a absoluta minúcia com que suas instruções eram levadas a cabo era simplesmente o resultado lógico de suas precauções. Vi a fatura e anotei os dados: "Cinquenta caixas com terra comum para fins experimentais". Também vi a duplicata da carta à firma de Carter Paterson e sua resposta. Fiz cópias de ambas. Essas foram as informações que o Sr. Billington pôde me fornecer.

Depois, fui até o cais e conversei com os funcionários da alfândega e da guarda costeira, que me falaram sobre a estranha chegada do navio, a qual já se tornava um lenda local, mas nenhum conseguia acrescentar nada mais à simples descrição "cinquenta caixas com terra comum". Então vi o chefe da estação, que gentilmente me pôs em contato com os homens que tinham, de fato, recebido o carregamento. A quantidade de caixas descrita por eles estava de acordo com a nota fiscal, e não tinham mais nada a acrescentar, exceto que eram "enormes e mortalmente pesadas" e que carregá-las foi um trabalho difícil. Um deles acrescentou que o pior foi não haver nenhum cavalheiro "como o senhor, doutor", para demonstrar a satisfação por seus esforços com um agrado. Um outro comentou em tom de brincadeira que até agora não conseguiram saciar a sede gerada pela execução do árduo trabalho. Não foi necessário dizer que, antes de partir, fiz questão de aplacar suas reclamações de forma definitiva e apropriada.

30 de setembro — O chefe da estação de Whitby foi gentil e escreveu ao chefe de King's Cross, seu velho amigo. Assim, quando cheguei lá de manhã, pude fazer sem rodeios as perguntas sobre as caixas. Ele, assim como o outro, me pôs em contato com os funcionários encarregados do serviço e confirmei que a quantidade recebida por eles também estava de acordo com a nota original. O trabalho aqui não gerou sede anormal, fizeram o serviço, no entanto, de maneira tão nobre que, mais uma vez, me vi obrigado a lidar com o assunto de forma *ex post facto*[50].

50. Depois de ocorridos os fatos — em latim. (N. T.)

De lá, segui para ao escritório central de Carter Paterson e fui recebido com muita cordialidade. Eles verificaram a transação em seus registros de correspondência e telefonaram na mesma hora para o escritório de King's Cross a fim de obter mais detalhes. Felizmente, os homens que fizeram parte da equipe de carregamento estavam livres e o oficial pediu para aparecerem ao escritório imediatamente munidos de recibos e todos os papéis referentes à entrega das caixas em Carfax. Novamente, o total estava de acordo com a nota fiscal original. Os carregadores forneceram mais detalhes que eu não conseguia encontrar nas anotações. Logo descobri que esses detalhes eram quase unicamente associados à natureza sombria do serviço e à consequente sede provocada pela tarefa. Algumas moedas foram o suficiente para abrandar o transtorno e serviu para um dos homens comentar:

— Aquela casa, doutor, é o lugar mais estranho em que já estive. Amaldiçoada! Parece que faz cem anos que ninguém entra lá. A camada de pó era tão grossa que dava para dormir em cima sem machucar os ossos. E o lugar estava tão abandonado que dava para sentir o cheiro da velha Jerusalém lá dentro. A antiga capela era o pior lugar de todos! Eu e meu amigo saímos o mais depressa possível daquele lugar. Deus do céu! Não aceitaria menos que uma libra por minuto para ficar lá até de noite.

Conhecendo o local, acreditei nele, mas se soubesse o que sei, tenho certeza de que teria subido o preço.

Depois de várias indagações, uma coisa é fato: *todas* as caixas vindas do *Deméter* foram colocadas na velha capela de Carfax. Ali deve haver cinquenta caixas, a não ser que alguma tenha sido removida, como receio, pelo que li no diário do Dr. Seward.

Preciso procurar os transportadores que levaram as caixas de Carfax quando Renfield os atacou. Podemos apurar informações essenciais seguindo essa pista.

Mais tarde — Mina e eu trabalhamos o dia inteiro e colocamos todos os papéis em ordem.

DIÁRIO DE MINA HARKER

30 de setembro — Estou tão feliz que mal consigo me conter. Imagino que seja uma reação ao medo assombroso que senti de que este caso terrível pudesse reabrir a antiga ferida de Jonathan, agindo contra ele. Vi quando ele partiu rumo a Whitby: havia coragem em seu semblante, mas passei mal de tanta apreensão. A viagem, contudo, fez bem a ele. Nunca o vi tão resoluto, tão forte e cheio de energia como está agora. Justamente como o querido e bom professor Van Helsing disse, Jonathan é um homem de fibra e está melhorando diante dessa pressão que teria matado uma criatura mais fraca. Voltou cheio de vida, esperança e determinação. Deixamos tudo em ordem para hoje à noite. Sinto-me eufórica de excitação. Imagino que devêssemos sentir pena de alguém tão perseguido quanto o conde. A questão é justamente esta: aquela Coisa não é humana, nem mesmo chega a ser um animal. Ler o relato do Dr. Seward sobre a morte da pobre Lucy e o que se seguiu a ela é o bastante para secar as fontes de compaixão no peito de qualquer um.

Mais tarde — Lorde Godalming e o Sr. Morris chegaram mais cedo do que esperávamos. O Dr. Seward tinha saído com Jonathan, de maneira que tive de recebê-los. Foi um encontro penoso, pela lembrança de todas as esperanças de Lucy de apenas alguns meses atrás. Claro que os dois já tinham ouvido Lucy falar de mim, e parecia que o Dr. Van Helsing também havia me elogiado muito, como disse o Sr. Morris.

Pobres rapazes, nenhum deles tem consciência de que sei tudo sobre as propostas de casamento de cada um a Lucy. Ficaram sem saber o que dizer e fazer, pois não estavam certos do quanto eu tinha de conhecimento sobre isso. Dessa forma, nossa conversa foi absolutamente neutra. De todo modo, tudo aquilo fazia parte do passado, e concluí que o melhor a fazer seria atualizá-los sobre o caso até a data de hoje. Sabia, pelo diário do Dr. Seward, que os dois estiveram presentes na hora da morte de Lucy — da sua morte definitiva — portanto, não precisava temer revelar nenhum segredo antes da hora. Expliquei, da melhor maneira possível, que havia lido todos os papéis e diários e que, depois de datilografar tudo, meu marido e eu havíamos acabado de colocá-los em ordem cronológica. Dei a cada um deles uma cópia dos diários para lerem na biblioteca.

Quando Lorde Godalming recebeu a sua cópia e a folheou — era uma pilha e tanto — perguntou-me:

— A senhora datilografou tudo isso, Sra. Harker? — Assenti, e ele prosseguiu: — Não consigo entender qual é o propósito de tudo isso, mas vocês são pessoas tão boas e generosas, e têm trabalhado com tanto afinco e honestidade, que tudo o que posso fazer é acatar cegamente suas ideias e tentar ajudá-los. Já tive uma lição sobre aceitar os fatos que tornariam um homem humilde até o último minuto de sua vida. Além do mais, sei que você amava minha Lucy... — Ele se virou e cobriu o rosto com as mãos.

Pude ouvir as lágrimas contidas em sua voz. O Sr. Morris, com instintiva delicadeza, apenas pousou a mão no ombro do amigo por um momento e saiu em silêncio da sala. Imagino que exista algo na natureza da mulher que permita que um homem desabe diante dela e expresse os sentimentos do seu lado mais terno ou emocional sem que isso comprometa sua virilidade, pois quando Lorde Godalming percebeu que estava sozinho comigo, sentou-se no sofá e começou a falar direta e abertamente. Sentei-me ao lado dele e peguei sua mão. Espero que não tenha achado ousado da minha parte, e que essa ideia nunca passe por sua cabeça caso reflita sobre esse momento. Que insulto o meu, *sei* que jamais vai pensar uma coisa dessas. Trata-se de um cavalheiro legítimo. Pude ver seu coração partido e disse a ele:

— Eu amava a querida Lucy e sei o que ela significava para você e o que você significava para ela. Éramos como irmãs e, agora que ela se foi, você deixaria eu ser sua irmã nessa sua aflição? Sei as tristezas pelas quais você passou, embora não possa avaliar a profundidade delas. Se a simpatia e a compaixão puderem ajudar em seu pesar, você deixaria eu oferecer minha solidariedade em nome de Lucy?

No instante seguinte, o pobre e querido rapaz estava tomado de tristeza. Pareceu extravasar de uma única vez tudo o que tinha sofrido calado nos últimos dias. Ficou bastante histérico e, erguendo as mãos abertas, bateu-as na perfeita agonia do luto. Depois, levantou-se e sentou-se de novo; as lágrimas escorriam pelo seu rosto. Senti uma pena infinita daquele homem e abri meus braços sem pensar. Com um soluço, ele deitou a cabeça em meu ombro e chorou feito uma criança exausta, trêmulo de emoção.

Nós, mulheres, temos algo de mãe que nos faz suplantar problemas menores quando o espírito materno é invocado. Senti aquela cabeça grande de um homem triste descansando em mim como se fosse a do bebê que um dia poderá vir a deitar em meu colo, e fiz carinho em seus cabelos como se ele fosse meu filho. Na hora, nem pensei em como tudo aquilo era estranho.

Pouco depois, seus soluços cessaram, e ele se levantou e pediu desculpas, embora não disfarçasse a emoção. Disse que fazia dias e noites — dias exaustivos e noites insones — que não conseguia falar com ninguém do modo como um homem deve fazer em um momento de tristeza. Não havia nenhuma mulher com cuja solidariedade pudesse contar ou com quem ele pudesse falar abertamente devido à terrível circunstância de sua tristeza.

— Agora sei como sofri — disse, enxugando os olhos —, mas ainda não entendo, e ninguém jamais poderá entender, o alívio que foi a sua doce compaixão comigo hoje. Logo compreenderei melhor, e, acredite, embora já seja muito grato à senhora, minha gratidão crescerá com essa compreensão. Posso ser um irmão para você, por toda a vida, em nome da querida Lucy?

— Por nossa querida Lucy — prometi, e nos demos as mãos.

— Sim, e por você também — acrescentou ele —, pois se a estima e a gratidão de um homem são dignas de conquistar, hoje você conquistou a minha. Se um dia, no futuro, você precisar de ajuda, creia, basta me chamar. Deus queira que isso nunca aconteça e que nada apague a luz da sua vida, mas caso algum dia isso aconteça, prometa que irá me avisar.

Ele foi tão franco, e sua tristeza era tão forte, que achei que aquilo iria consolá-lo, então assegurei-lhe:

— Prometo.

Quando saí para o corredor, vi o Sr. Morris olhando pela janela. Ele se virou ao ouvir os meus passos e perguntou:

— Como está Art? — Então, notando meus olhos vermelhos, prosseguiu: — Vejo que a senhora o estava consolando. Pobre rapaz!

Ele bem que precisa. Ninguém melhor que uma mulher para ajudar um homem com problemas do coração. Ele não tem ninguém para consolá-lo.

Suportava a própria dor com tamanha bravura que meu coração sangrou por ele. Vi o manuscrito em sua mão e entendi que, quando o lesse, ficaria sabendo tudo que eu já sabia, então lhe disse:

— Quem dera eu pudesse consolar todos aqueles que sofrem por problemas do coração. Você me aceita como sua amiga e promete que virá me procurar quando precisar de consolo? Mais tarde vai entender o que quero dizer.

Ele viu que eu falava com sinceridade, então aproximou-se, pegou minha mão, ergueu-a até os lábios e beijou-a. Parecia pouco consolo a alguém tão corajoso e altruísta, e, impulsivamente, inclinei-me para a frente e beijei seu rosto. As lágrimas vieram aos seus olhos, e pude notar que um nó se formou em sua garganta. Recuperou-se e disse com toda calma:

— Minha querida menina, enquanto viver, jamais esquecerei dessa bondade em seu coração! — E entrou no escritório do amigo.

"Minha querida menina"! A mesma maneira como se referia a Lucy, e que bom amigo ele se mostrou ser!

CAPÍTULO XVIII

VAMPIRO

DIÁRIO DO DR. SEWARD

30 de setembro — Cheguei em casa por volta das cinco horas e vi que Godalming e Morris não só já haviam chegado como já haviam analisado todas as transcrições dos vários diários e cartas que Harker e sua encantadora mulher organizaram. Harker ainda não tinha voltado da sua visita aos transportadores, os quais foram mencionados pelo Dr. Hennessey em sua carta. A Sra. Harker nos ofereceu uma xícara de chá, e posso dizer honestamente que, pela primeira vez desde que me mudei para cá, esta velha casa parecia um *lar* de verdade.

— Dr. Seward, posso lhe pedir um favor? — perguntou Sra. Harker, após terminarmos de beber o chá. — Queria ver seu paciente. O que o senhor disse a respeito dele no diário me interessa muito!

Ela era tão atraente e bonita que não pude recusar e não havia motivo para fazê-lo, portanto, levei-a comigo. Quando cheguei ao quarto de Renfield, disse-lhe que uma dama estava querendo vê-lo.

— Por quê? — retrucou ele.

— Está visitando a casa e quer ver todo o mundo aqui — respondi.

— Está bem — disse ele. — Pode trazê-la, mas espere um pouco. Farei uma limpeza aqui no quarto.

Seu método de limpar era bem peculiar: engoliu todas as moscas e aranhas das caixinhas antes que eu pudesse impedir. Era bem evidente que ele temia, ou estava enciumado, por alguma interferência. Quando terminou sua repulsiva tarefa, anunciou, jovialmente:

— Pode mandar a dama entrar.

Sentou-se na cama, de cabeça baixa, mas com os olhos levantados. Por um momento, tive medo de que estivesse com intenções homicidas, pois lembrei-me de como ficara quieto bem antes de atacar-me em meu próprio escritório. Por isso, fiquei ao lado dele, pronto para agir se fosse preciso.

A Sra. Harker entrou tranquila e sorridente, cumprimentando com serenidade o louco. A serenidade é uma das qualidades mais respeitadas pelos loucos. Ela foi até ele, sorrindo simpática, e estendeu-lhe a mão.

— Boa noite, Sr. Renfield — cumprimentou. — Sabe, conheço o senhor, pois o Dr. Seward me contou a seu respeito.

Ele não deu resposta imediata, mas observou-a durante algum tempo com a testa contraída. Esse semblante logo tornou-se um de espanto, que imiscuiu-se ao de dúvida. Então, para minha surpresa, disse:

— A senhora não é a moça com quem o doutor queria se casar, não é? Não pode ser, pois sei que ela está morta.

— Ah, não! — respondeu ela, sorrindo gentilmente. — Eu já era casada antes de conhecer o Dr. Seward. Sou a Sra. Harker.

— Então, o que está fazendo aqui?

— Meu marido e eu viemos fazer uma visita ao Dr. Seward.

— Então, não demore.

— Por quê?

Achei que a conversa não devia estar agradando a Sra. Harker e intervi, perguntando:

— Como soube que eu queria me casar com alguém?

Ele fez uma expressão desdenhosa e parou de falar, tirando os olhos da Sra. Harker para me fitar por um momento, antes de voltar a encará-la e dizer:

— Que pergunta mais idiota!

— Eu não acho, Sr. Renfield. — disse a Sra. Harker em minha defesa.

— A senhora deve compreender — disse o doido voltando-se para ela com uma cortesia e respeito inversamente proporcionais ao desdém demostrado a mim — que, quando um homem é estimado como é o nosso hospedeiro, tudo que lhe diz respeito é de interesse de nossa pequena comunidade. O Dr. Seward é estimado não apenas pelos seus parentes e amigos, mas também pelos seus pacientes, alguns dos quais, devido ao desequilíbrio mental, costumam confundir a causa com o efeito. Eu mesmo como interno de um manicômio não posso deixar de observar que as tendências sofisticadas de alguns dos doentes conduzem a erros *non causa* e de *ignoratio elenchi*[51].

Arregalei meus olhos, espantado com esse novo avanço. Como seria possível meu próprio louco de estimação — o mais grave dos casos desse tipo com que eu já me deparei — estar falando sobre filosofia e se portando como um cavalheiro? Questiono-me se não foi a presença da Sra. Harker que resgatou algum traço de sua memória. Seja essa nova fase espontânea, ou, de alguma forma, causada pela influência inconsciente da Sra. Harker, o fato é que ela devia ter alguma qualidade ou poder raro para levá-lo a agir dessa forma.

Continuamos a conversar e, vendo que ele parecia inteiramente razoável, a Sra. Harker se aventurou a falar sobre o assunto favorito dele depois de me ter consultado com um olhar. De novo fiquei assombrado. Ele respondeu com a imparcialidade de uma pessoa mentalmente sã. Chegou até a usar ele mesmo de exemplo ao mencionar certas características da doença.

— Ora, eu mesmo sou o exemplo de um homem que tive uma estranha crença. Não é de se admirar que meus amigos tenham se alarmado e tratado de me colocar sob vigilância. Costumava imaginar que a vida era uma concreta e perpétua entidade e que ao consumir uma multidão de seres vivos, não importando quão baixos eram na escala da criação, poderia prolongar a vida indefinidamente. Algumas vezes, acreditei com tanta convicção que tentei matar seres humanos. O doutor aqui pode confirmar que, certa vez, tentei matá-lo a fim de aumentar minhas forças vitais pela assimilação em meu corpo da sua vida, através do sangue, baseando-me, naturalmente, na frase bíblica: "Pois o sangue é vida". Na verdade, o vendedor de certas panaceias vulgarizou a verdade até o ponto de se tornar desprezível, não é mesmo, doutor?

Fiz que sim com a cabeça, pois estava espantado demais para saber o que dizer ou pensar. Não podia acreditar que há menos de cinco minutos aquele homem estava comendo moscas e aranhas. Consultei o relógio e vi que estava na hora de buscar Dr. Van Helsing na estação. Disse à Sra. Harker que precisávamos ir. Ela me acompanhou no mesmo instante, depois de dizer ao Sr. Renfield:

51. Expressões latinas para "sem motivo aparente" e "conclusão equivocada", termos bastante usados nos estudos da filosofia aristotélica. (N. T.)

— Adeus, espero vê-lo mais vezes e em situações mais agradáveis para o senhor.

Ele a respondeu para o meu espanto:

— Adeus, minha querida. Espero nunca mais ver seu rosto bondoso. Que Deus a abençoe e a proteja!

Fui sozinho encontrar Van Helsing na estação. Acho que desde antes de Lucy ficar doente não via o pobre Art tão disposto, e Quincey também parece ter recobrado o entusiasmo que há muito tempo não demonstrava.

Van Helsing saltou do vagão com a avidez descuidada de um menino. Logo me viu e correu na minha direção, dizendo:

— Amigo John, como vão as coisas? Bem? Certo! Andei ocupado, pois vim para cá para ficar por bastante tempo, se preciso for. Todos meus assuntos estão acertados e tenho muito o que contar. Madame Mina está com você? Sim. E o belo esposo? E Arthur e meu amigo Quincey também? Ótimo!

No caminho de casa, relatei a ele o que havia acontecido. Quando comecei a explicar como meu diário foi útil a partir da sugestão da Sra. Harker, o professor me interrompeu:

— Ah, a magnífica madame Mina! Ela tem o cérebro de um homem — um cérebro que um homem teria se ele fosse muito brilhante — e o coração de uma mulher. Acredite em mim, o bom Deus tinha um propósito ao fazê-la, para se valer dessa excelente combinação. Amigo John, até agora a sorte fez dessa mulher um grande auxílio para nós. Mas, depois desta noite, ela não vai mais precisar se envolver neste caso tão terrível. Não é bom que corra um risco tão grande. Nós, homens, estamos determinados a destruir esse monstro. Determinados, não, obrigados por juramento, não é mesmo? E isso não é tarefa para uma mulher. Mesmo que nada lhe aconteça, seu coração talvez fraqueje diante de tantos e tamanhos horrores, e ela pode vir a sofrer tanto acordada, dos nervos, quanto dormindo, por seus pesadelos. Além do mais, sendo uma mulher tão jovem e recém-casada, pode ter outras coisas em mente com o tempo, se não agora. Você disse que ela transcreveu tudo, então devemos consultá-la, mas amanhã ela dirá adeus a esse trabalho e seguiremos sozinhos.

Concordei calorosamente com ele e lhe contei o que havíamos descoberto em sua ausência: que a mansão que Drácula havia comprado era vizinha da minha. O professor ficou espantado e pareceu acometido de uma grande preocupação.

— Se soubéssemos disso antes! — exclamou. — Talvez pudéssemos ter chegado a tempo de salvar a pobre Lucy. De todo modo, "não se deve chorar pelo leite derramado", como vocês dizem. Não vamos pensar nisso, vamos seguir nosso caminho até o fim.

Então mergulhou em um silêncio que durou até entrarmos pelo portão de casa. Antes de nos prepararmos para o jantar, dirigiu-se à Sra. Harker:

— Fiquei sabendo, madame Mina, pelo meu amigo John, que a senhora e seu marido ordenaram cronologicamente todo o material de que dispomos até o momento.

— Até este momento, não, professor — respondeu ela, impulsivamente —, só até hoje de manhã.

— E por que não até agora? Já tivemos boas provas de como os pequenos detalhes podem dar clareza ao conjunto. Compartilhamos nossos segredos, e até agora ninguém se considerou prejudicado por isso.

A Sra. Harker começou a enrubescer e, tirando um papel do bolso, disse:

— Dr. Van Helsing, será que o senhor poderia ler isto e me dizer se também deve fazer parte dos registros? É meu registro de hoje. Também senti a necessidade de escrever tudo, por mais trivial que fosse, mas há pouca coisa aqui que não seja pessoal. Será que deve entrar?

O professor leu tudo seriamente e devolveu o papel, dizendo:

— Não precisa entrar se a senhora não quiser, mas espero que entre. Isso só fará o seu marido amar ainda mais a senhora, e todos nós, seus amigos, honrá-la ainda mais, bem como estimá-la e apreciá-la.

Ela pegou o papel, corando outra vez, e abriu um sorriso.

E assim, até este momento, até esta hora exata, todos os registros que temos estão completos e em ordem. O professor levou uma das cópias para ler depois do jantar, antes da hora de nosso encontro, que foi marcado para as nove horas. O restante de nós já leu tudo, de modo que, quando nos reunirmos, nós estaremos inteirados de todos os fatos e poderemos traçar nosso plano de batalha contra esse inimigo terrível e misterioso.

DIÁRIO DE MINA HARKER

30 de setembro — Duas horas depois do jantar, que se iniciou às 18h, estávamos reunidos no gabinete do Dr. Seward. Inconscientemente formamos uma espécie de comitê. O professor Van Helsing tomou a cabeceira, guiado por um gesto feito pelo Dr. Seward ao entrar na sala. Fez-me sentar à sua direita, exercendo as funções de secretária; Jonathan sentou-se perto de mim. À frente estavam lorde Godalming, o Dr. Seward e o Sr. Morris — lorde Godalming ao lado do professor e o Dr. Seward no meio.

— Suponho — começou o professor — que todos nós estamos inteirados acerca dos fatos contidos nesses papeis compilados.

Após todos nós termos assentido, ele continuou:

— Então, creio que deva dizer algumas coisas que descobri sobre o inimigo que temos de enfrentar. Contar-lhes-ei a sua história, a qual me foi apurada, para traçar os nossos planos e tomar os cuidados necessários.

"Os vampiros existem. Alguns de nós têm evidências dessa existência. Mesmo que não tivéssemos prova pela nossa própria pesarosa experiência, os ensinamentos e registros dos antigos são provas suficientes para pessoas sãs. Admito que, no início, eu mesmo era um cético. Se não fossem os longos anos em que eu mesmo me treinei, não seria capaz de acreditar até que a verdade ribombasse em meus ouvidos "Veja! Veja! Está provado, está provado." Ai de mim. Se no início eu tivesse o conhecimento que tenho agora... não, se ao menos tivesse uma conjectura sobre ele, uma preciosa vida poderia ter sido poupada a todos nós que a amávamos. Mas isso já é passado e temos o dever de trabalhar para que outras almas não pereçam quando podemos salvá-las.

"O *nosferatu* não morre como a abelha quando aferroa alguém, mas fortalece-se e, dessa maneira, torna-se cada vez mais potente para praticar o mal. Esse vampiro que está entre nós é mais forte que vinte homens; é mais astucioso que qualquer mortal, pois sua astúcia advém do acúmulo de várias gerações e se vale, ainda, da necromancia, que é, como sua etimologia sugere, o poder da revelação por meio dos mortos e todos os mortos de que ele se aproxima são subjugados por seu domínio. Ele é bruto, mais que bruto, ele é a personificação do diabo, cruel e sem coração. Pode, dentro de certas limitações, aparecer à vontade, sob qualquer das formas de que dispõe. No escopo de seu domínio, estão o controle dos elementos: a tempestade, o nevoeiro, o raio; o comando de seres inferiores: o rato, o morcego, a coruja, a raposa e o lobo; pode, ainda, crescer e tornar-se pequeno; e pode, às vezes, desaparecer e tornar-se desconhecido.

"Não será fácil destruí-lo. Então, por onde devemos começar? Como descobrir seu esconderijo e, quando descobrirmos, como matá-lo? Meus amigos, sei que é demasiado, empreenderemos uma terrível tarefa e suas consequências podem fazer até mesmo os mais corajosos estremecerem. Pois se perdermos essa batalha, ele com certeza vencerá a guerra. Qual será nosso final então? A vida não é nada, não me preocupo com ela. O que está em jogo aqui, se perdermos, não é apenas vida e morte, mas nos tornarmos como ele, abjetas criaturas da noite, sem coração ou consciência, predando os corpos e as almas daqueles que amamos. Nesse caso, os portões do paraíso nos seriam eternamente interditados, pois quem os abriria para nós de novo? Atravessaríamos o tempo sendo repugnante a todos, uma mácula na solar face de Deus, uma seta cravada no flanco Daquele que morreu pelo homem. Nos encontramos, todavia, cara a cara com o dever e, nesse caso, devemos recuar? Quanto a mim, digo que não, mas sou velho e a vida com seu brio, com seus belos lugares, com os cantos dos pássaros, sua música e seus amores, ficou para trás. Mas vocês são jovens, tem muito a desfrutar da vida ainda. O que me dizem?"

Enquanto Van Helsing falava, Jonathan segurava minha mão. Quando o vi estendê-la na direção da minha, tive muito medo de que a natureza horrível de nossos perigos o estivesse afetando, mas seu toque foi como se a vida tivesse voltado ao meu corpo. Tão forte, confiante e decidido. A mão de um homem corajoso fala por si mesma, não é nem preciso o amor de uma mulher para saber interpretar sua melodia. Quando o professor terminou, meu marido e eu nos entreolhamos, e ele exclamou:

— Respondo por mim e por Mina.

— Conte comigo, professor — disse Quincey Morris, com seu usual laconismo.

— Estou com o senhor — disse lorde Godalming — em nome de Lucy, antes de qualquer outro motivo.

O Dr. Seward limitou-se a um aceno de cabeça. O professor se levantou e, depois de colocar o crucifixo sobre a mesa, estendeu as mãos para que as segurássemos. Peguei sua mão direita, e lorde Godalming, a esquerda. Jonathan pegou minha mão direita com sua esquerda e se esticou sobre a mesa para segurar a do Sr. Morris. E assim, quando todos demos as mãos, nosso pacto solene foi firmado. Senti meu coração gelar, mas em momento algum pensei em voltar atrás. Retomamos nossos lugares, e o Dr. Van Helsing continuou com entusiasmo, revelando que a tarefa havia realmente começado. Era uma tarefa a ser levada a sério, como uma transação comercial ou qualquer outro negócio na vida:

— Muito bem — prosseguiu o Dr. Van Helsing. — Já sabem contra o que temos de lutar, mas nós, também, não estamos desamparados. Temos o apoio mútuo do nosso lado e esse poder de combinação os vampiros não têm. Temos a ciência, temos liberdade de agir e raciocinar e podemos dispor tanto das horas do dia quanto da noite. De fato, no que diz respeito às nossas forças, elas são ilimitadas, e somos livres para usá-las. Lutamos com devoção por uma causa, para alcançar um fim de maneira altruísta. Tudo isso tem grande importância.

"Vejamos as limitações dos vampiros em geral e, em particular, daquele contra o qual temos que lutar. Tudo o que precisamos consultar são as tradições e as superstições. Não parece ser muita coisa a princípio, quando se trata de uma questão de vida ou morte, ou até mais do que isso. Contudo, devemos ficar satisfeitos, primeiro porque não temos escolha, pois não há mais nada que possamos usar, e segundo porque, no final das contas, as tradições e as superstições representam tudo. Por acaso, a crença das pessoas em vampiros não se baseia exatamente nessas tradições e superstições? Não para nós, infelizmente, pois agora sabemos que existem. Um ano atrás, quem aqui aceitaria essa possibilidade, em pleno século XIX? Na era mais científica, cética e prática que vivemos? Custou a acreditar, mesmo com evidências diante de nossos próprios olhos.

"Vamos supor que o vampiro e a crença em suas limitações e em sua cura estejam momentaneamente fundamentados no mesmo alicerce. Saibam que ele é conhecido em todos os lugares em que o homem viveu: na Grécia e na Roma Antiga; por toda a Alemanha, na França, na Índia e até no Quersoneso, na China, e em todos os locais distantes de nós. Até lá ele já esteve, e ainda hoje existem crias suas. Ele seguiu o rastro de *berserkers* islandeses, do huno filho do diabo, dos eslavos, dos saxões e dos magiares. Até agora, então, temos tudo o que precisamos para agir, e essas crenças são justificadas pelo que descobrimos em nossa infeliz experiência. O vampiro não morre com a passagem do tempo simplesmente; fortalece-se quando pode consumir sangue dos vivos. E mais do que isso, vemos que pode mesmo rejuvenescer, que suas funções vitais crescem intensamente e parece que se revitalizam quando há o bastante de seu peculiar *pabulum*[52]. Mas não pode se fortalecer sem essa dieta de sangue, pois não come como os vivos. O amigo Jonathan, que morou com ele durante algumas semanas, jamais o viu comer. Não produz sombra, nem se reflete no espelho, como Jonathan também pôde constatar. Tem uma força prodigiosa, outra constatação feita por Jonathan quando ele fechou a porta diante dos lobos e quando ele o ajudou na diligência. Pode se transformar em lobo, como deduzimos pela chegada do navio a Whitby quando abriu a garganta do cão; pode se transformar em morcego, como a madame Mina viu na janela em Whitby e como foi visto na janela do quarto de Lucy e ao redor da casa respectivamente por John e por Quincey. Pode comandar a névoa, como mostrou o nobre capitão do navio, mas parece que esse nevoeiro é limitado e só fica em torno dele próprio. Também pode vir por meio do luar sob a forma de poeira, como Jonathan viu acontecer com as irmãs no castelo de Drácula. Pode diminuir de tamanho, como nós próprios vimos quando Lucy passou por uma fresta estreita na porta do mausoléu. Ele pode, uma vez que acha seu caminho, entrar e sair de qualquer lugar, não importando quão fechado o lugar esteja ou até mesmo fundido pelo fogo, soldado, como vocês dizem. Pode ver no escuro, o que é uma grande coisa em um mundo cuja metade do dia não há luz. Ah, mas ouçam-me. Pode fazer tudo isso, porém não é livre. É tão

52. Palavra latina para alimento. (N. E.)

preso quanto um escravo na galé ou um louco na cela, pois não pode ir aonde quer. Ele que não é da natureza, ainda assim precisa obedecer às suas leis, o porquê nós não sabemos. Não pode entrar em lugar algum sem ser convidado por um morador, mas, depois do primeiro convite, pode entrar à vontade. Seu poder, como o de todas as coisas malignas, cessa com o nascer do dia. Apenas em certas ocasiões tem uma liberdade limitada. Se não está no lugar de seu repouso, só pode mudar de forma ao meio-dia, ou na aurora e no crepúsculo. É isso que as lendas indicam e o que os nossos registros nos permitem inferir.

"Assim, embora possa agir de acordo com seus desejos, guarda certos limites em relação à sua terra, seu túmulo, sua casa infernal, seu lugar profanado, como vimos na cova do suicida em Whitby, só se transforma em horários determinados. Também dizem que só atravessa água corrente na estofa da maré ou quando está cheia. Existem coisas que o afligem tanto que neutralizam seus poderes, como o alho, que nós já sabemos, e entre os objetos sacrossantos, itens como esse meu símbolo, o crucifixo, que estava em nossa presença mesmo agora. Para esses objetos ele não é nada e, diante dele, o repelem, impelindo-o a ficar em silêncio respeitoso. Há ainda outras coisas, que lhes informarei em caso de necessidade durante nossa caçada: um ramo de rosa-silvestre colocado no seu caixão impede sua saída; uma bala abençoada mata-o de verdade; a estaca, que vocês já conhecem; e a decapitação. Vimos com nossos próprios olhos.

"Assim, precisamos descobrir a habitação dessa criatura outrora homem, prendê-la em seu caixão e destruí-la. Mas não podemos esquecer que é inteligente. Pedi ao meu amigo Arminius, da Universidade de Budapeste, que fizesse um relatório e, usando todos os meios disponíveis, o colega me disse quem ele foi. O conde, na verdade, deve ter sido o voivode[53] Drácula, que conquistou esse nome lutando contra os turcos, perto do grande rio da fronteira otomana. Se essa teoria estiver certa, então não se trata de um homem comum, pois, naquele tempo, e nos séculos subsequentes, foi considerado o mais inteligente, o mais astuto e o mais valente dos filhos da 'terra além da floresta'. O cérebro poderoso e a determinação incansável foram com ele para a sepultura e agora

53. Cf. Nota 15 deste volume. (N. E.)

agem contra nós. Segundo Arminius, os Drácula eram uma linhagem grande e nobre, embora, de tempos em tempos, os contemporâneos dos descendentes acreditassem que alguns deles fizessem pacto com o diabo. Descobriram seus segredos na Scholomance,[54] entre as montanhas da região do lago Hermanstadt, onde o diabo exige que o décimo aluno lhe faça companhia. Nos registros de Arminius, aparecem palavras como *stregoica*, bruxa; *ördög* e *pokol*, Satanás e inferno; e, em um dos manuscritos, o próprio Drácula é referido como um *wampyr*, termo que podemos compreender muito bem. Da linhagem desse homem saíram grandes homens e boas mulheres, e suas sepulturas tornam sagrada a terra em que só esse monstro pode habitar. Como se já não fossem poucos os seus terrores, essa essência maléfica tem raízes profundas em tudo o que é bom, e, por isso, não consegue descansar em solo destituído de lembranças sagradas."

O Sr. Morris, que estava olhando atentamente para a janela enquanto o professor falava, nesse momento, levantou-se sem barulho e saiu do aposento. Houve uma pequena pausa, e o professor prosseguiu:

— E, agora, precisamos decidir o que fazer. Nós temos muitos dados e devemos prosseguir com nossos planos. Sabemos da pesquisa de Jonathan que do castelo vieram para Whitby cinquenta caixas de terra, todas as quais foram entregues em Carfax, também sabemos que pelo menos algumas dessas caixas foram deslocadas. Parece-me que a primeira coisa que devemos fazer é verificar se o restante das caixas está na casa vizinha deste manicômio, além dessa parede que olhamos agora ou, se alguma outra foi removida, nesse caso, precisaremos rastreá-la.

Fomos interrompidos por um susto. Um tiro de pistola, disparado do lado de fora, atravessou a vidraça da janela e a bala, após ricochetear, acabou cravada no alto da parede do outro aposento. Receio ser uma grande covarde, pois gritei. Todos os homens se puseram de pé. lorde Godalming correu até a janela e a abriu. Ouvimos, então, a voz do Sr. Morris, vinda do lado de fora:

— Perdão! Desculpem-me por tê-los assustado. Entrarei e lhes explicarei tudo.

Um minuto mais tarde, tendo voltado, ele nos disse:

54. Escola mítica de magia negra presente no folclore do Leste Europeu. (N.E.)

— Foi tolice minha, e peço-lhes mil desculpas. Sra. Harker, receio tê-la assustado muito. Mas é que, enquanto o professor estava falando, apareceu um grande morcego que pousou no peitoril da janela. Por causa destas coisas que têm acontecido, tomei tanto horror desses bichos que não pude me conter e saí para atirar nele, como tenho feito nas últimas noites sempre que vejo um morcego. Você costumava rir de mim por isso, Art.

— E acertou? — perguntou o Dr. Van Helsing.

— Não sei, acho que não, pois ele fugiu para o bosque.

Sem dizer mais nada, ele retomou seu lugar. O professor prosseguiu:

— Precisamos rastrear cada uma daquelas caixas e, quando estivermos prontos, capturar ou matar aquele monstro em seu esconderijo. Outra opção, ainda, por assim dizer, é esterilizar a terra de maneira que ele não possa mais procurar proteção nela. Assim, poderíamos encontrá-lo em sua forma de homem, entre o meio-dia e o pôr do sol, quando ele está mais fraco. Quanto à senhora, madame Mina, esta noite é a última que se envolve nisso até que tudo esteja bem. Você é preciosa demais para correr riscos. Quando nos separarmos hoje, a senhora não deve mais fazer perguntas. Oportunamente, nós lhe diremos tudo. Nós somos homens e somos capazes de aguentar firme, mas a senhora é nossa estrela e nossa esperança, e agiremos mais livremente sabendo que não corre os mesmos perigos que nós.

Todos os homens, até mesmo Jonathan, ficaram aliviados, mas não me pareceu certo que enfrentassem perigos e arriscassem a própria segurança para cuidar da minha. Contudo, estavam decididos apesar de ser uma decisão triste para mim. Nada pude fazer a não ser concordar com seu cuidado cavaleiresco comigo.

— Como não há tempo a perder, proponho irmos imediatamente ver a casa dele — exclamou Morris. — Para combatê-lo, o fator tempo é de máxima importância e agir rapidamente pode impedir que ele faça outra vítima.

Tenho de admitir que senti meu coração fraquejar conforme a hora da ação foi se aproximando, mas não disse nada, pois não queria ser um fardo e nem um obstáculo à tarefa deles. Isso também poderia levá-los a me deixar de fora de suas reuniões completamente. Todos foram para Carfax agora, com tudo de que necessitam para entrar na casa. Mandaram-me para a cama, típico de homem, como se uma mulher pudesse dormir quando aqueles que ela ama estão correndo perigo! Vou me deitar e fingir que estou dormindo para que Jonathan não fique mais angustiado comigo quando chegar.

DIÁRIO DO DR. SEWARD

1º de outubro, 4h da manhã — Justamente quando íamos sair chegou uma mensagem urgente de Renfield, dizendo que queria me ver imediatamente, pois tinha um recado importantíssimo para me dar. Disse ao mensageiro para responder que iria vê-lo na manhã seguinte, pois estava ocupado no momento, mas o guarda observou:

— Ele parece estar muito aflito, nunca o vi tão ansioso, e receio que tenha um acesso de fúria se o senhor não for vê-lo.

Sabia que o enfermeiro não diria aquilo sem motivo, então respondi:

— Está bem, irei agora mesmo.

E pedi aos outros que me esperassem alguns minutos, pois precisava ver meu "paciente".

— Leve-me com você, amigo John — pediu o professor. — A descrição do caso dele em seu diário me deixou muito interessado, e parece ter alguma relação com o *nosso* caso. Gostaria muito de vê-lo, especialmente agora que está com a mente perturbada.

— Posso ir também? — indagou lorde Godalming.

E eu também? — disse Quincey Morris.

— E eu? — acrescentou Harker.

Assenti e fomos todos juntos pelo corredor. Ele foi encontrado em estado de considerável excitação, porém muito mais racional em seu discurso e em seus modos do que eu jamais o vira. Havia uma estranha compreensão de si mesmo, diferente de tudo o que já havia observado em um louco. E ele dava como certo que suas razões convenceriam pessoas inteiramente sãs.

Entramos os cinco no quarto, mas ninguém disse nada a princípio. Ele queria me pedir que lhe concedesse alta do manicômio e o mandasse para casa. Argumentou sobre a completa recuperação e demonstrou a própria sanidade absoluta.

— Apelo aos seus amigos que sirvam, se não for inconveniente, de juízes ao meu caso. A propósito, o senhor ainda não nos apresentou.

Estava tão atordoado que fazer as apresentações de um louco internado nem tinha se passado pela minha cabeça. Além do mais, havia uma certa dignidade no comportamento dele, como se estivesse acostumado a ser tratado de igual para igual. E foi isso que me fez apresentá-los:

— Lorde Godalming; professor Van Helsing; Sr. Quincey Morris, do Texas; Sr. Jonathan Harker; este é o Sr. Renfield.

Ele cumprimentou cada um com um aperto de mão dizendo:

— Lorde Godalming, tive a honra de conhecer seu pai em Windham, e lamento saber, pelo fato de o senhor estar usando o título, que ele já não vive mais. Ele era um homem muito amado e honrado por todos que o conheciam. Sei que, em sua mocidade, inventou um famoso ponche de rum, muito apreciado nas noites de Derby. Sr. Morris, o senhor deve se sentir orgulhoso de seu grande Estado. Sua recepção na União foi um precedente que pode ter consequências de longo alcance, quando o polo e os trópicos puderem se aliar à bandeira listrada e estrelada. O poder do Tratado pode ainda provar ser um precioso instrumento de expansão, quando a doutrina de Monroe tomar seu devido lugar entre os mitos políticos. E o que direi do prazer de conhecer Van Helsing? Não me desculpo por ter dispensado os prefixos cerimoniosos. Quando um indivíduo revoluciona a medicina com sua descoberta sobre a evolução contínua do cérebro, as formas convencionais tornam-se supérfluas, já que iriam limitá-lo como sendo um indivíduo dentro de uma categoria. Os senhores que, pela nacionalidade, hereditariedade ou pela posse de dons naturais, estão em condições de ocupar lugares destacados no mundo, podem ser testemunhas de que tenho o espírito tão lúcido como pelo menos a maioria dos homens que goza de sua liberdade. E estou certo de que o senhor, Dr. Seward, que não é somente um cientista, mas um médico humanitário, irá se sentir no dever moral de tratar-me como alguém que merece ser considerado dentro de circunstâncias especiais.

Ele fez essa última apelação com um refinado ar de convicção acompanhado de seu próprio charme.

Creio que todos ficaram estupefatos. Quanto a mim, fiquei convencido de que, apesar dos antecedentes, o homem tinha recuperado a razão, e tive vontade de dizer-lhe isto e anunciar-lhe que, no dia seguinte, bem cedo, tomaria as devidas providências para que ele fosse posto em liberdade. Mas, refletindo melhor, contive-me e disse-lhe apenas que, de fato, parecia estar melhorando muito e que, no dia seguinte, teria uma longa conversa com ele para estudar a possibilidade de satisfazer seus desejos. Renfield não ficou satisfeito com isso, pois respondeu depressa:

— Dr. Seward, receio que o senhor não tenha entendido o que estou pedindo. Quero sair daqui agora, neste exato momento, de uma vez por todas, se possível. O tempo urge, e isso é parte essencial do nosso acordo tácito com a velha ceifadora. Tenho certeza de que bastaria manifestar esse desejo tão simples, porém tão sério, a um médico tão admirável como o Dr. Seward, para garantir que fosse atendido.

Ele me fitou intensamente e, vendo a negativa em meu semblante, voltou-se para os demais e os analisou de perto. Sem encontrar resposta, prosseguiu:

— Será possível que eu tenha me enganado em minha suposição?

— É possível, sim — respondi, com uma franqueza que na hora me soou brutal.

Fez-se uma pausa considerável, ao final da qual ele prosseguiu lentamente:

— Então suponho que deva apenas mudar as bases de minha súplica. Permita-me que lhe peça essa concessão, esse favor, esse privilégio, como queira chamar. Estou disposto a lhe implorar, não por motivos pessoais, mas visando ao bem de terceiros. Não estou em posição de revelar a totalidade de minhas razões, mas garanto que o senhor pode acreditar que são boas, sólidas e generosas, e surgidas do mais nobre senso de dever. Se o senhor pudesse vasculhar meu coração, aprovaria plenamente os sentimentos que me movem. Não, mais do que isso, o senhor me incluiria entre os seus melhores e mais sinceros amigos.

Mais uma vez ele nos encarou de perto. Crescia minha convicção de que aquela súbita transformação de todo o seu método intelectual não passava de outra fase de sua loucura que estava cada vez maior, e, por isso, decidi deixar que continuasse mais um pouco, sabendo que, por experiência, mais cedo ou mais tarde, como todos os loucos, ele acabaria se traindo.

Van Helsing o encarava com a máxima intensidade, as sobrancelhas grossas quase se tocavam em seu semblante fixo pela concentração. Ele se dirigiu a Renfield em um tom que não me surpreendeu na hora, mas que, pensando em retrospecto, era o tom de quem fala a um igual:

— Você não pode dizer abertamente o verdadeiro motivo de querer sair hoje à noite? Dou a minha palavra de que, se o revelar a mim, que sou um estrangeiro sem preconceitos e com o costume de manter a mente aberta, o Dr. Seward vai lhe conceder, por seu próprio risco e responsabilidade, o privilégio que deseja.

Renfield negou tristemente com a cabeça e uma expressão pungente de remorso surgiu em seu rosto. O professor prosseguiu:

— Pense bem. Você reivindica o privilégio da razão no mais alto grau, porque pretende nos impressionar com sua total sensatez. É você quem age assim, você, de cuja sanidade temos motivos para duvidar, já que ainda não foi liberado do tratamento médico por esse mesmo defeito. Se não nos ajudar em nosso esforço de escolher o melhor caminho, como desempenharemos o dever a que você mesmo nos impinge? Seja prudente e nos ajude, e nós também o ajudaremos a atingir seu objetivo, caso esteja ao nosso alcance.

Renfield continuou negando com a cabeça e disse:

— Dr. Van Helsing, não tenho nada a dizer. Seu argumento é perfeito, e se eu pudesse contar, não hesitaria sequer um segundo em fazê-lo, mas não sou meu próprio senhor nesse assunto. Só peço que confie em mim. Se isso me for recusado, a responsabilidade não será mais minha.

Achei que era hora de encerrarmos aquela situação, que ia se tornando comicamente solene, e fui até a porta, dizendo apenas:

— Venham, amigos, temos um trabalho a fazer. Boa noite.

Contudo, conforme ia me aproximando da porta, uma nova transformação ocorreu no paciente. Ele veio na minha direção tão depressa que, por um momento, tive medo de que estivesse prestes a cometer outro ataque homicida. Meus temores, no entanto, foram infundados. Ele estendeu as mãos em súplica e repetiu seu pedido de maneira comovente. Conforme foi percebendo que o excesso de emoção operava contra ele mesmo, fazendo com que restabelecêssemos as antigas relações entre nós, tornou-se ainda mais expressivo. Olhei de relance para Van Helsing e vi minha convicção refletida nos olhos dele, de modo que fiquei um pouco mais irredutível em minha atitude, se não mais austero, e deixei claro que seus esforços não lhe adiantariam de nada. Eu já havia presenciado aquela crescente excitação nele quando tinha de fazer um pedido ao qual dava muita importância, como, por exemplo, quando quis um gato, e estava pronto para ver a mesma sombria aquiescência naquele momento.

Minha expectativa não se concretizou, pois quando percebeu que seu apelo não obteria sucesso, Renfield começou a ficar frenético. Atirou-se de joelhos no chão, estendeu as mãos unidas para o céu, entrelaçando os dedos em uma súplica plangente, e despejou uma torrente de solicitações, com lágrimas rolando pela face. O rosto e o corpo inteiro transmitindo a mais profunda emoção.

— Deixe-me implorar de novo, Dr. Seward. Eu suplico! Deixe-me sair desta casa de uma vez. Mande-me embora como quiser e para onde quiser, mande enfermeiros comigo, com chicotes e correntes, deixe que me levem na camisa de força, amarrado, agrilhoado, até mesmo em uma jaula, mas deixe-me sair deste lugar. O senhor não sabe o que faz mantendo-me aqui. Estou falando do fundo do coração, com minha própria alma. O senhor não sabe a quem está prejudicando, nem como, e não posso contar. Pobre de mim! Não posso contar. Por tudo o que for mais sagrado, por tudo o que o senhor quer bem, pelo seu amor perdido, por sua esperança ainda viva, em nome do Todo-Poderoso, tire-me daqui e salve minha alma da culpa! Homem, está me ouvindo? Não entendeu? Não vai aprender nunca? Não sabe que estou são e sincero agora, que não sou nenhum lunático em um surto de loucura, mas um homem são lutando pela própria alma? Escute o que estou dizendo! Preste atenção! Deixe-me ir embora, deixe-me ir embora!

Pensei que quanto mais longe aquilo fosse, mais louco ele ficaria, podendo causar outro surto, então peguei-o pela mão e o levantei.

— Vamos — disse rispidamente —, pare com isso, já foi o bastante. Vá para a cama e tente se comportar.

Ele parou de súbito e me fitou com atenção por alguns momentos. Sem dizer uma palavra, levantou-se e, afastando-se, sentou-se na beira da cama. Como das outras vezes, o colapso havia começado, conforme eu já esperava.

Quando me aproximei da porta, o último a sair do quarto, ele me disse em tom tranquilo e educado:

— Dr. Seward, espero que depois o senhor seja justo comigo e não se esqueça de que fiz o que pude para convencê-lo na noite de hoje.

CAPÍTULO XIX

Os ratos em Carfax

DIÁRIO DE JONATHAN HARKER

1º de outubro, 5h da manhã — Saí com os outros despreocupado, pois tinha a impressão de nunca ter visto Mina tão forte e disposta. Fiquei contente por ela ter concordado em ficar e deixar que os homens se encarregassem do trabalho. De alguma forma, temia que ela estivesse tão envolvida nessa horrenda empreitada, mas agora que a parte dela já estava feita e que, graças a sua energia, inteligência e intuição, toda a história tinha sido organizada de forma que cada detalhe ganhasse sentido, ela pode muito bem considerar sua participação terminada e deixar, daqui para frente, o restante conosco.

Creio que ficamos todos um pouco perturbados com a cena do Sr. Renfield. Quando saímos de seu quarto, permanecemos em silêncio até voltarmos para o escritório. Então o Sr. Morris comentou com o Dr. Seward:

— Jack, se aquele rapaz não estava blefando, deve ser o louco mais são que já vi na vida. Não tenho certeza, mas acho que tinha um objetivo sério, e se tiver mesmo, foi muito duro para ele não conseguir realizá-lo.

Lorde Godalming e eu ficamos calados, mas o Dr. Van Helsing observou:

— Amigo John, você entende mais de doidos do que eu, e sou grato por isso, pois receio que, se dependesse de mim, já o teria liberado antes do último surto histérico. Vivendo e aprendendo, pois, na presente tarefa, não devemos correr nenhum risco, como diria meu amigo Quincey. É melhor assim.

O Dr. Seward explicou aos dois amigos:

— Eu não sei, mas concordo com vocês. Se ele fosse um doido comum, eu poderia ter corrido o risco de confiar nele. Todavia tem alguma estranha ligação com o conde e o caso se complica por isso.

Parece perceber sua presença e tenho medo de cometer algum erro auxiliando-os em seus caprichos. Não posso me esquecer de que, certa vez ele me implorou que lhe arranjasse um gato, quase da mesma maneira e então tentou cortar minha garganta com seus dentes. Além disso, chamou o conde de "meu Mestre" e "meu Senhor" e pode estar querendo sair para ajudá-lo de alguma maneira diabólica. Aquele monstro possui lobos, ratos e sua própria espécie como auxiliares, portanto creio que não seria baixo demais para ele usar um lunático de respeito. Mas, sem dúvida, ele pareceu sincero. Só espero que tenhamos tomado a decisão certa. Essas situações, acrescidas à tarefa implacável que temos em mãos, são suficientes para desencorajar qualquer um.

O professor se aproximou dele e disse, colocando a mão em seu ombro com seu costumeiro jeito sério e gentil:

— Não tema, amigo John. Estamos tentando cumprir nosso dever em um caso triste e terrível. Só nos resta fazer o que nos parecer o melhor. O que mais podemos esperar com exceção da piedade do bom Deus?

Naquele ponto, lorde Godalming, que tinha se afastado por alguns minutos, voltou mostrando um apito prateado e disse:

— É possível que a casa abandonada esteja cheia de ratos, se tiver, arranjei um antídoto.

Depois de pularmos o muro, dirigimo-nos para a casa, tendo o cuidado de nos escondermos nas sombras das árvores quando o luar aparecia. Ao chegarmos à varanda, o professor abriu a valise e dela retirou vários objetos, que separou em quatro grupos, evidentemente uma pilha para cada um de nós, e depois disse:

— Meus amigos, correremos um grande perigo e precisamos de vários tipos de armas. Nosso inimigo não é só espiritual. Lembrem-se de que ele tem uma força prodigiosa e que, embora nossos pescoços e nossas traqueias sejam normais, isto é, passível de serem quebrados e sufocados, os dele não são tão suscetíveis à mera força física. Dependendo das circunstâncias, um homem muito forte ou um grupo de homens pode contê-lo, mas não pode feri-lo do mesmo jeito que ele pode ferir. Precisamos, portanto, evitar contato. Ponham isto perto do coração — E entregou-nos um pequeno crucifixo de prata. — Estas guirlandas de flor de alho em torno do pescoço e, para outros inimigos mais terrenos, usem este revólver e esta faca. Para completar, esta pequena lanterna elétrica que vocês podem prender no peito e, acima de tudo, isto, que não devem usar sem necessidade.

Era uma porção de hóstia sagrada, que ele pôs em um envelope e me entregou. Todos os outros receberam os mesmos objetos.

— Agora, amigo John, onde estão as chaves mestras? Se abrirmos a porta, não precisaremos quebrar as janelas para entrar, como na casa da Srta. Lucy.

O Dr. Seward tirou do bolso duas chaves mestras, dessas que abrem qualquer porta, e com sua habilidade de cirurgião não tardou a abrir a porta da casa, que gemeu de tão enferrujada. Foi impressionante como a cena assemelhava-se com aquela descrita no diário do Dr. Seward em que o mausoléu da Srta. Westenra foi aberto, e imagino que todos os outros pensaram a mesma coisa, pois retraíram-se ao mesmo tempo. O professor foi o primeiro a avançar, dando um passo pela abertura da porta.

— *In manus tuas, Domine*![55] — exclamou, persignando-se ao passar pelo umbral.

Fechamos a porta atrás de nós para não chamarmos atenção de observadores que poderiam ver da rua o brilho de nossas lanternas. O professor testou a fechadura para saber se dava para abri-la rapidamente caso fosse necessário fugir às pressas. Com as lâmpadas devidamente acesas, demos início à busca.

As luzes das pequenas lâmpadas projetavam todo tipo de formas e sombras sinistras no caminho e, conforme os feixes se cruzavam ou eram bloqueados pela massa de nossos corpos, alongavam ainda mais essas sombras. Por mais que eu quisesse, não conseguia parar de sentir que não estávamos sozinhos ali. Acho que tudo isso está reativando a minha memória traumática dos eventos da Transilvânia. Acredito que os demais também se sentiam assim, pois qualquer mínimo ruído e a cada nova sombra esquisita olhavam para trás por cima dos ombros, da mesma forma que eu fazia.

Tudo estava coberto de poeira, a não ser onde havia marcas de pisadas recentes que, ao iluminá-las com minha lanterna, podia ver que

55. Expressão em latim para "Em tuas mãos, Senhor". Referência aos Salmos 30:6 da versão latina da Bíblia (Vulgata), em que encontramos "Em vossas mãos entrego minha alma, vós me resgatastes, ó Senhor, Deus da verdade.". (N. T.)

a camada de poeira se rachava bem nas marcas dos pregos das solas. As paredes estavam afofadas com grossos acúmulos de poeira e dos cantos pendiam massas de teias de aranha, nas quais o pó aderia até parecer trapos rasgados à medida que, pelo peso, se rompiam parcialmente. Em uma mesa do vestíbulo, havia um grande molho de chaves, cada uma com uma etiqueta amarelada pelo tempo. Foram usadas muitas vezes, pois a camada de poeira sobre a mesa apresentava marcas semelhantes às que apareceram quando o professor as pegou.

O professor dirigiu-se a mim:

— Você conhece a casa, Jonathan, afinal copiou muitas plantas dela. Qual é o caminho para a capela?

Tinha apenas uma ideia de sua direção, pois na minha última visita não me foi permitido entrar. Depois de me perder algumas vezes, nos encontramos diante de uma porta baixa de carvalho, arqueada e protegida com barras de ferro.

— É aqui! — disse o professor iluminando com a lanterna um pequeno mapa extraído dos documentos de venda contidos em minha correspondência original.

Com um pouco de dificuldade, encontramos a chave e abrimos a porta. Estávamos preparados para incômodos, pois, ao entrarmos, sentimos um cheiro atravessar as frestas da porta, mas nenhum de nós esperava sentir tamanho fedor como esse com que nos deparamos. Os outros nunca haviam encontrado o conde pessoalmente, e eu sempre o vi em jejum em seus aposentos, ou saciado por sangue fresco, em uma construção em ruínas e a céu aberto. O lugar onde estávamos era pequeno e estreito, e os anos de abandono contribuíram para deixar o ar mais abafado e fétido ainda. Um miasma seco e terroso pairava no ar. Como descrever aquele fedor? Parecia uma mistura de todos os males da mortalidade com o pungente e acre cheiro de sangue, ou melhor, era como se a podridão tivesse apodrecido. Uma ojeriza! Sinto náuseas só de lembrar. Cada respiração exalada por aquele monstro parecia ter se impregnado naquele lugar e intensificado sua repugnância.

Em circunstâncias normais, aquele fedor seria motivo suficiente para encerrarmos nossa busca, mas não se tratava de um caso normal e o propósito que nos envolvia nos dava uma força que ia além de simples incômodos físicos. Após a hesitação involuntária em consequência da primeira lufada nauseante, começamos a trabalhar juntos, como se aquele lugar desgraçado fosse um jardim de rosas.

Examinamos cuidadosamente o local, e o professor disse quando começamos:

— A primeira coisa que precisamos verificar é quantas caixas restam. Temos de olhar por toda a parte, cada buraco, canto e fresta, e ver se conseguimos alguma pista sobre o que teria acontecido com as outras.

Um simples olhar foi suficiente para saber quantas ainda havia, pois os baús de terra eram volumosos e não deixavam dúvidas. Das cinquenta caixas, restavam apenas vinte e nove!

Enquanto estávamos entregues à nossa tarefa, senti, em certo momento, um arrepio de horror: Lorde Godalming virou-se de súbito e começou a olhar para a porta abobadada que dava para um escuro corredor. Olhei também e pensei que meu coração fosse parar. Tive a impressão de ter visto o rosto maligno do conde, seus olhos vermelhos, a proeminência do nariz, sua boca encarnada e sua palidez cadavérica. Mas foi apenas por um momento.

— Pensei ter visto um rosto, mas eram apenas sombras. — disse lorde Godalming e logo voltou para suas tarefas.

Iluminei a passagem com minha lanterna e passei pelo corredor; não vi sinal de ninguém, e não havia nenhum canto, esconderijo ou abertura por onde alguém, mesmo *ele*, pudesse ter passado. Concluí que o medo havia auxiliado a imaginação e não disse nada.

Alguns minutos depois, vi Morris recuar de repente de um canto que estava examinando. Olhamos seu movimento, pois havia um certo nervosismo crescente em nós, e vimos uma massa fosforescente que brilhava como se fosse feita de estrelas. Instintivamente, todos demos um passo para trás. A capela estava se enchendo de ratos que saíam de todos os lados.

Durante alguns momentos todos ficamos atordoados, menos lorde Godalming, que estava preparado para tal emergência. Correu para a pesada porta de carvalho que dava para fora, colocou a chave na fechadura e a abriu. Depois, tirando o apito de prata do bolso, levou-o à boca e soprou-o. A resposta veio em formato de latidos de cães, da parte de trás da casa do Dr. Seward, e, pouco depois, três *terriers* correram e contornaram a esquina. Por reflexo, nós todos tínhamos nos dirigido para a porta. No caminho, notei que a poeira estava muito remexida. As caixas desaparecidas haviam saído por lá. Em menos de um minuto, o número de ratos tinha aumentado de tal maneira que as pequenas criaturas cobriam inteiramente o chão. Pareciam surgir de toda parte, até que a luz da lâmpada que iluminava seus corpos escuros e se refletia em seus cintilantes olhos ameaçadores fez com que o local parecesse um monte de terra coberto por vagalumes. Os cães avançaram, mas, no limiar da porta, pararam rosnando e, erguendo simultaneamente seus focinhos, começaram a uivar da forma mais lúgubre. Os ratos estavam se multiplicando aos milhares, e nós saímos.

Lorde Godalming, carregando um dos cães no colo, levou-o para dentro. No momento em que suas patas tocaram o chão, o animal pareceu recuperar a coragem e investiu contra os seus inimigos naturais. Os ratos fugiram tão rapidamente que o cão só conseguiu exterminar um punhado deles, enquanto os outros dois outros cães — que tinham sido colocados na capela da mesma maneira — apenas conseguiram algumas poucas presas antes de toda a massa desaparecer.

Assim que eles partiram, sentimos como se uma presença maligna também tivesse desaparecido, pois os cães passaram a correr e a latir contentes, brincando subitamente com seus inimigos espalhados pelo chão, revirando-os, e sacudindo-os no ar com movimentos selvagens. Voltamos todos a ficar animados. Talvez fosse pela purificação da atmosfera de morte que se deu com a abertura da porta da capela, ou pelo alívio que sentimos de estarmos ao ar livre. Não sei dizer, mas o que tínhamos certeza era de que a sombra do pavor pareceu se dissipar e a nossa presença ali perdeu um pouco do significado sombrio, mas, mesmo assim, nos mantínhamos resolutos em nossa empreitada.

Fechamos a porta de fora da capela e a trancamos com a barra e o cadeado. Trazendo os cães conosco, fizemos uma busca rigorosa na casa, mas não encontramos nada além de muita poeira. Os cães não demonstraram qualquer sinal de inquietação também e, mesmo quando voltamos para a capela, continuaram correndo perto de nós como se tivessem chegado de uma caça a coelhos no bosque em pleno verão.

Já estava amanhecendo quando saímos. O Dr. Van Helsing tinha tirado do molho a chave da porta da frente, que fechou de modo ortodoxo, enfiando a chave no bolso depois.

— Até agora — disse ele —, tudo transcorreu muito bem. Nada sofremos ainda, como eu receava, e já sabemos quantas caixas estão faltando. E um fato alvissareiro foi o de não ter sido preciso trazer madame Mina conosco nessa primeira, e talvez mais difícil e perigosa missão, ou de lhe perturbar seus pensamentos, acordada ou dormindo, com visões, sons e aromas horríveis que ela talvez jamais conseguisse esquecer. Ficamos sabendo ainda, se for possível afirmar algo *a particulari*[56], que os seres brutos que servem sob as ordens do conde não são suscetíveis ao seu poder espiritual: os ratos que invadiram a capela, obedecendo ao seu chamado, assim como os lobos que chamou em seu castelo para impedir a fuga de Jonathan e para calar o grito daquela pobre mãe, embora tenham vindo, fugiram dos cães do nosso amigo Arthur. Temos outros assuntos diante de nós, outros perigos, outros temores, e esse monstro... Ele não usou seu poder sobre as feras pela última ou única vez na noite de hoje. Acho que fugiu para outro lugar. Hoje pudemos gritar "xeque" nesta partida de xadrez que jogamos pela salvação das almas humanas. Agora vamos para casa. Já está amanhecendo, e temos motivos para comemorar a nossa primeira noite de trabalho. Mas ainda teremos muitas noites e dias pela frente, cheios de riscos, e devemos persistir, e não recuar diante do perigo iminente.

O manicômio estava em silêncio quando voltamos, a não ser por gritos que vinham de uma enfermaria afastada e gemidos que partiam da cela de Renfield. Era evidente que o pobre condenado estava torturando a si mesmo com doloridos pensamentos sem sentido.

Caminhei com a ponta dos pés ao entrar no nosso quarto e encontrei Mina dormindo, respirando tão de leve que tive de aproximar meu ouvido de seu rosto para ouvi-la. Estava mais pálida que de costume. Espero que a reunião que tivemos durante a noite não a tenha deixado chateada. Sinto-me grato de verdade por minha esposa ter sido deixada de fora das próximas tarefas e reuniões. É um sacrifício extremo para uma mulher suportar. No princípio, não pensava assim, mas agora tenho certeza. Fiquei muito contente com o que combinamos. Ela pode ficar apavorada de ouvir certas coisas, embora escondê-las possa ser mais assustador do que lhe contar tudo, caso ela desconfie que estamos

56. Expressão latina para "a partir de um caso singular". (N. E.)

omitindo coisas. De agora em diante, nosso trabalho será um livro fechado para Mina, pelo menos até podermos lhe dizer que acabou e que livramos a terra de um monstro do mundo inferior. Sei que será difícil manter silêncio, pois não mantemos segredos entre nós, mas preciso ser firme nessa decisão, e amanhã não direi nada sobre o que aconteceu nesta noite. Dormirei em um sofá para não a acordar.

1 de outubro, mais tarde — Era natural que estivéssemos com tanta necessidade de dormir depois de um dia e uma noite tão agitados. Até Mina devia estar exausta, pois, embora eu tivesse me levantado quando o sol já estava alto, vi que ela estava dormindo tão profundamente que tive de chamá-la três vezes para acordá-la. Por alguns instantes, pareceu não me reconhecer e encarou-me com uma cara assustada, como alguém que acaba de sair de um pesadelo. Queixou-se de cansaço e deixei-a repousar até mais tarde.

Sabemos, agora, que vinte e uma caixas foram removidas e, se várias foram removidas ao mesmo tempo, poderemos descobrir para onde foram todas. Isso facilitaria imensamente o nosso trabalho e quanto mais rápido o assunto for resolvido, melhor. Procurarei Thomas Snelling, hoje mesmo.

DIÁRIO DO DR. SEWARD

1º de outubro — Era mais ou menos meio-dia quando fui acordado pelo professor, que entrava no meu quarto. Ele estava mais alegre e animado do que em outros dias. Era claro que a tarefa da noite passada o tinha auxiliado a diminuir um pouco a tristeza. Após uma retrospectiva, ele disse:

— Seu paciente me interessa muito — disse ele. — Queria vê-lo essa manhã. Se você estiver muito ocupado, posso ir sozinho. É uma experiência nova para mim encontrar um lunático que filosofa e ainda sabe argumentar tão bem.

Como tinha um trabalho urgente para fazer, pedi a ele que fosse sozinho para que não o deixasse esperando. Chamei um enfermeiro e lhe passei as instruções necessárias. Antes que o professor saísse do quarto, sugeri que tomasse cuidado para não se deixar levar por nenhuma falsa impressão que meu paciente pudesse passar.

— Mas quero que ele fale de si mesmo e da razão da antiga mania de ingerir seres vivos. Ele disse a madame Mina, como li em seu diário de ontem, que houve uma época em que alimentou essa crença. Do que está rindo, amigo John? — indagou o professor.

— Perdoe-me, mas a resposta está aqui — disse, colocando a mão sobre as folhas datilografadas.

— Quando nosso lunático são e erudito mencionou essa *antiga* mania, sua boca na verdade estava cheia de moscas e aranhas que havia acabado de engolir pouco antes da Sra. Harker entrar no quarto.

Van Helsing sorriu também.

— Muito bem! — exclamou ele, rindo de volta. — Sua memória é perfeita, amigo John. Eu devia ter me lembrado disso. No entanto, é essa mesma obliquidade de raciocínio e memória que faz da doença mental um estudo fascinante. Talvez eu adquira mais conhecimentos a partir da loucura desse paciente do que de ensinamentos dos mais sábios. Quem sabe?

Continuei meu trabalho e logo já havia resolvido os assuntos mais importantes. Não me pareceu que houvesse passado muito tempo, mas Van Helsing já estava de volta ao meu escritório.

— Estou interrompendo? — perguntou educadamente junto à porta.

— De forma alguma — respondi. — Entre. Já encerrei meu trabalho e estou disponível. Posso ir agora com você, se preferir.

— Não precisa, já estive com ele!

— E então?

— Infelizmente, parece não ter consideração por mim. Nossa conversa foi breve. Quando entrei, estava sentado em um banco no meio do quarto, com os cotovelos apoiados nos joelhos, e o rosto era um retrato do desgosto. Falei com o maior entusiasmo e demonstrei o máximo de respeito que pude. Ele não disse nada. "Você não me conhece?", perguntei. A resposta não foi positiva: "Conheço bem até demais; você é aquele velho louco do Van Helsing. Por mim, podia pegar essas suas teorias idiotas sobre o cérebro e levá-las para longe daqui. Malditos holandeses!" Não disse mais uma palavra sequer, mas sentou-se de forma indiferente à minha presença, como se eu nem estivesse no quarto. E assim parece que perdi a oportunidade de aprender algo com um lunático tão brilhante. Assim, se não se importa, trocarei algumas palavras felizes e me alegrarei com a doce presença de madame Mina. Amigo John, é uma alegria indescritível que ela não tenha de passar por mais sofrimentos e nem se preocupar com as terríveis tarefas que teremos que cumprir. Por mais que sua ajuda nos faça muita falta, é melhor assim.

— Concordo do fundo do coração — respondi com fervor para que ele não mudasse de opinião sobre o assunto. — É melhor deixarmos a Sra. Harker fora disso. As coisas já estão bem ruins para nós, homens do mundo, que já passamos por muitas situações ruins na vida. Isso não é lugar para uma mulher, e se ela continuasse em contato com o caso, sem dúvida ficaria arrasada com o tempo.

E, assim, Van Helsing foi conversar com o Sr. e Sra. Harker; Quincey e Art estão fora, procurando pistas das caixas de terra. Acabarei meu trabalho para nos reunirmos à noite.

DIÁRIO DE MINA HARKER

1º de outubro — É estranho, para mim, ficar tão às escuras como estou hoje, depois das confidências de Jonathan durante tantos anos, é esquisito vê-lo evitar deliberadamente a conversa sobre certos assuntos comigo, ainda mais esses de tão vital importância. Nessa manhã eu dormi até tarde após a intensa fatiga de ontem e, embora Jonathan tivesse chegado tarde, ele acordou mais cedo. Ele falou comigo antes de sair, da forma mais doce e terna, mas, depois, não me disse uma palavra sobre o que aconteceu na casa do conde e, no entanto, devia saber como eu estava aflita. Pobrezinho! Imagino que isso dever ter mexido com ele mais do que comigo. Eles decidiram que seria melhor que eu não participasse mais desse trabalho tenebroso, e eu concordei. Mas saber que meu marido esconde alguma coisa de mim é difícil! E, agora, eis-me chorando como uma criança, mesmo *sabendo* que essa restrição vem do grande amor de meu marido e da boa vontade daqueles valentes homens.

Pensar isso me deixou melhor. Bem, um dia Jonathan irá me contar tudo. E para que não pense de forma alguma que omitirei algo dele, decidi continuar com meu diário como sempre. Assim, se algum dia desconfiar de mim, mostrarei a ele cada um dos desejos do meu coração, expressos aqui para que seus olhos amados possam ler. Na verdade, sinto-me estranhamente triste e abatida hoje. Acho que é reação à terrível excitação.

Ontem à noite, fui me deitar quando os homens saíram, apenas porque me pediram para deitar-me. Estava sem sono e com terrível ansiedade. Fiquei pensando no que se passou desde que Jonathan veio me ver em Londres, e tudo me pareceu uma tragédia horrível, com o destino não parando de nos levar a um fim sinistro. Tudo o que fazemos parece, por mais correto que seja, nos levar justamente ao que mais lastimamos. Se eu não tivesse ido a Whitby, talvez a pobre Lucy ainda estivesse conosco agora. Ela só foi visitar o cemitério depois que cheguei e, se não tivesse ido até lá durante o dia comigo, não teria voltado para aquele lugar durante um ataque de sonambulismo à noite. E se ela, sonâmbula, não tivesse voltado lá, aquele monstro não a teria destruído como destruiu. Oh, por que eu decidi ir a Whitby? Aqui estou eu chorando novamente! Não sei o que aconteceu comigo hoje. Não posso demonstrar isso a Jonathan, pois se ele souber que chorei duas vezes só hoje de manhã, logo eu, que nunca choro sozinha, e a quem ele nunca fez derramar uma lágrima, deixaria meu marido querido muito abalado. Tentarei manter-me determinada e, se sentir vontade de chorar, ele jamais ficará sabendo. Imagino que seja uma das lições que nós, pobres mulheres, precisamos aprender.

Não me lembro bem de como adormeci. Lembro-me de ter ouvido latidos de cães e ruídos estranhos, como se houvesse alguém rezando ruidosamente no quarto do Sr. Renfield, que fica abaixo do que estou. Depois veio um silêncio tão profundo que me espantou e eu me levantei e olhei pela janela. Tudo estava tranquilo e escuro. O luar lançava sombras negras repletas de um quieto mistério. Tudo estava tão parado e sinistro na natureza como a própria morte ou o destino. Então um fina névoa esbranquiçada que avançava devagar e quase imperceptivelmente sobre o gramado, em direção à casa, parecia senciente e dotada de vida. Acho que a digressão de meus pensamentos me fizera bem, pois, quando voltei à cama, fui tomada por uma letargia. Fiquei deitada por algum tempo, mas não consegui dormir, por isso, levantei-me e tornei a olhar pela janela. A névoa estava se espalhando, já perto da casa, espessando-se de encontro à parede, como se estivesse subindo para as janelas. O pobre homem estava falando mais alto que antes e, embora eu não distinguisse uma palavra do que ele dizia, percebi, pela tonalidade, que estava fazendo uma súplica muito fervorosa. Depois, ouvi o barulho de uma luta e percebi que alguém enfrentava o louco, com certeza os enfermeiros estavam tentando contê-lo. Fiquei com tanto medo que me deitei na cama, cobri minha cabeça e tapei meus ouvidos com as mãos. Acho que não estava com sono, mas devo ter dormido, pois, a não ser pelos sonhos que tive, não me lembro de coisa alguma até de manhã, quando Jonathan me acordou. Creio que foi um esforço para mim e tenha levado algum tempo para perceber onde estava e que era Jonathan quem se inclinava sobre mim. Meu sonho foi esquisito, confundindo-se com meus pensamentos na vigília.

Sonhei que dormia, esperando o regresso de Jonathan. Sentia-me muito ansiosa por ele e impotente para agir. Sentia também meus pés, minhas mãos e minha mente tão pesados que nada parecia funcionar normalmente. E assim foi meu sono: inquieto e repleto de pensamentos. Depois, comecei a ter a impressão de que o ar em torno de mim se adensava, úmido e frio. Tirei a cabeça de baixo das cobertas e, com surpresa, vi que tudo estava escuro. A lamparina a gás que eu deixara a meia-luz para Jonathan era, agora, uma simples faísca vermelha em meio ao nevoeiro, que evidentemente havia se tornado mais espesso e invadia o quarto. Tentei lembrar se teria fechado a janela antes de me deitar, mas não consegui ir verificar, pois uma pesada letargia inibia minha vontade e meus nervos, que estavam pesados como chumbo. Continuei deitada e esperei que passasse, fiz somente isso. Fechei os olhos, mas ainda conseguia enxergar por entre as pálpebras (é incrível como os sonhos conseguem ser traiçoeiros, e como nossa imaginação tem a capacidade de nos fazer ver miragens). O nevoeiro foi se tornando cada vez mais espesso e pude ver que entrou no quarto como fumaça, ou como o vapor branco da água em ebulição, não pela janela, e sim pelas frestas da porta. E então, encorpando-se ainda mais, a névoa pareceu formar uma espécie de coluna, tendo no alto a chama da lamparina a gás, que reluzia como um olho vermelho. Tudo começou a girar, bem como a névoa que turbilhonava ao redor do quarto e por meio dela me vieram as palavras da Escritura "E o Senhor ia adiante deles, de dia numa coluna de nuvem para os guiar pelo caminho, e de noite numa coluna de fogo para os iluminar"[57]. Seria possível que durante o sono eu estivesse recebendo algum tipo de orientação espiritual? Mas a coluna estava composta tanto com o guia para o dia quanto com o guia para a noite, pois o fogo que estava no olho vermelho me deixava fascinada com aquela ideia. Enquanto eu o encarava, o fogo se dividiu e pareceu brilhar para mim em meio a neblina. Senti ter visto, em vez de um só, dois olhos vermelhos assim como os que Lucy descreveu ter visto, em seu momento de divagação mental, quando os débeis raios do crepúsculo atingiam as vidraças da Igreja de Sta. Maria.

De repente, fui tomada de horror, lembrando-me que Jonathan vira aquelas horríveis mulheres se corporificarem saindo da névoa, ao luar, e, no sonho, devo ter desmaiado, pois tudo escureceu-se em torno de mim. O último esforço consciente da minha imaginação foi mostrar-me um rosto lívido saindo da névoa e se debruçando sobre mim.

Preciso tomar cuidado com esses sonhos, pois, se numerosos, eles podem perturbar a sensatez do indivíduo. Não fosse o receio de assustá-los, pediria ao Dr. Van Helsing ou ao Dr. Seward para me receitarem algum opiáceo para dormir. Um sonho desses agora só aumentaria as preocupações que eles já têm comigo. Hoje à noite, me esforçarei para dormir naturalmente. Se não conseguir, amanhã pedirei uma dose de cloral, o que não pode me fazer mal uma vez que só me proporcionará uma boa noite de sono. A noite passada me deixou mais cansada do que se eu não tivesse dormido.

2 de outubro, às 22h — Não sonhei a noite passada. Devo ter dormido profundamente e não acordei quando Jonathan se deitou. No entanto, o sono não foi revigorante, pois hoje me sinto terrivelmente fraca e sem ânimo. Passei o dia todo de ontem tentando ler e tirar cochilos. Quando já estava de tarde, Renfield pediu se poderia ver-me. Coitado! Mostrou-se muito amável e, quando fui vê-lo, beijou minha

57. Citação de Êxodo 13:21, versão Almeida Corrigida. (N. E.)

mão, pedindo que Deus me abençoasse. Fiquei muito emocionada com isso e choro só de lembrar-me dele. Aliás, essa está sendo uma nova fraqueza minha, preciso ter cuidado com essa história de chorar à toa. Jonathan iria sofrer muito, se soubesse disso. Ele e os outros ficaram fora de casa até a hora do jantar e todos voltaram cansados. Fiz o que pude para animá-los e creio que esse esforço tenha me feito bem, pois me esqueci do quanto estava cansada. Depois do jantar, disseram que era melhor que eu fosse dormir e foram fumar, mas eu sabia que queriam conversar sobre o que cada um havia feito no decorrer do dia. Reparei pelo comportamento de Jonathan que tinha algo importante para dizer aos outros. Hoje à noite, como estava sem sono, pedi ao Dr. Seward para me dar algum opiáceo, já que não tinha dormido bem noite passada. Ele gentilmente me preparou um opiáceo e deu-me, dizendo que não me faria mal, pois não era forte. Tomei-o e estou esperando o efeito, mas o sono ainda não chegou. Espero não ter agido mal, pois conforme o sono começou a flertar comigo, senti um novo medo: de que posso ter sido tola ao me privar do poder de despertar. Talvez pudesse querer acordar. Aí vem o sono. Boa noite.

CAPÍTULO XX

ALMAS

DIÁRIO DE JONATHAN HARKER

1º de outubro, à noite — Encontrei Thomas Snelling em sua casa, em Bethnal Green, mas ele estava tão bêbado que não tinha condições de se lembrar de nada. O fato de saber que receberia minha visita desencadeou nele o desejo de embriagar-se com cerveja, e ele havia começado cedo a esbaldar-se em seu vício. Soube de sua mulher, porém, que me pareceu ser uma boa pessoa, pobre alma, disse-me que ele é apenas ajudante de Smollet, que, dos dois, era a pessoa responsável. Assim, parti para Walworth e encontrei o Sr. Joseph Smollet em casa, com trajes leves, levantando de seu pires uma xícara tardia de chá. É trabalhador sério, inteligente, confiável e consciencioso, com pensamentos próprios. Lembrava-se bem do caso das caixas e, tirando de um bolso misterioso na parte de trás de suas calças um caderno com as páginas dobradas em orelhas e repleto de anotações a lápis que me pareceram hieróglifos, informou-me o destino dos caixotes.

Ele me disse que havia seis no carregamento que levou de Carfax para o número 197 da Chicksand Street, Mile End, New Town, e outras seis para Jamaica Lane, Bermondsey.

Se o conde quer espalhar esses seus sinistros refúgios por toda a extensão de Londres, esses lugares devem ter sido escolhidos como primeiro centro de distribuição para que de lá as caixas fossem mais amplamente disseminadas.

A forma metódica como havia organizado tudo aquilo me fez pensar que ele provavelmente não iria se limitar a duas regiões de Londres apenas. Estava agora concentrado no extremo leste da margem norte, no leste da margem sul e no sul da cidade. O norte e o oeste certamente seriam também incluídos em seus planos diabólicos; e obviamente até o próprio centro da cidade e o coração da refinada Londres, ao sudoeste e a oeste. Perguntei a Smollet se não poderia nos dizer se outras caixas tinham sido retiradas de Carfax.

— Olha, patrão, o senhor me tratou muito bem, então estou aqui à disposição — ele disse após eu ter dado meio soberano[58]. — Há uns quatro dias, em um pub de Pincher's Alley, ouvi um homem chamado Bloxam contar que ele e seu companheiro tinham feito um serviço muito poeirento em uma velha casa em Purfleet. Esses trabalhos não são comuns por aqui, então é capaz de se tratar dessas caixas pelas quais o senhor se interessa. Talvez Sam Bloxam possa lhe dar melhores informações.

Perguntei se poderia me dizer onde encontrá-lo. Prometi-lhe outro meio soberano se me arranjasse o endereço de Sam Bloxam. Logo, bebeu o resto de seu chá numa golada e levantou-se, dizendo que ia procurar. Na porta ele parou e me avisou:

— Olha, chefia, não adianta o senhor ficar esperando — disse ele. — Talvez eu me encontre com Sam ainda hoje, mas não é certo; e, mesmo que encontre, não é provável que ele esteja em condições de conversar esta noite. Quando começa a beber, vai longe. Se o senhor deixar um envelope com selo e seu endereço, descobrirei onde Sam pode ser encontrado e mandarei para o senhor esta noite. Mas é bom procurá-lo de manhã. Ele sai sempre cedo, mesmo que tenha bebido muito na véspera.

Foi tudo muito prático; uma das crianças saiu com uma moeda para comprar um envelope e uma folha de papel e ficou com o troco. Quando voltou, escrevi o endereço no envelope e colei o selo. Então, após Smollet prometer mais uma vez que enviaria o endereço sem falta, assim que o encontrasse, tomei o caminho de casa. De qualquer forma, estamos no caminho certo. Estou cansado hoje e preciso dormir. Mina está com o sono pesado e parece um tanto pálida. Seus olhos indicam que chorou. Pobrezinha, não tenho dúvida de que ficou angustiada por não saber mais notícias sobre o caso, o que na certa a deixa duplamente angustiada, comigo e com os outros. Mas é melhor assim. É melhor ficar frustrada e preocupada agora do que sofrer um colapso nervoso depois. Os médicos tinham razão ao insistir que ela

58. Soberano é uma antiga moeda de ouro da Grã-Bretanha que valia uma libra esterlina, apenas batida atualmente para fins comemorativos. (N. E.)

ficasse de fora desse assunto pavoroso. Tenho que ser firme, pois esse fardo de silêncio em particular deve repousar sobre mim. Jamais tocarei no assunto com ela, sob circunstância alguma. No final das contas, talvez não seja uma tarefa árdua, pois ela mesma se mostrou reticente sobre o assunto e não falou mais do conde e de seus malfeitos desde que lhe contamos sobre a nossa decisão.

2 de outubro, à noite — Hoje foi um dia estressante, longo e empolgante. Recebi, pelo primeiro correio, o envelope que encaminhei a mim mesmo e que trazia dentro um pedaço de papel sujo, em que estava escrito o endereço de Sam Bloxam com uma caligrafia irregular feita com lápis de carpinteiro:

Sam Bloxam, Korkrans, Poters Cort, Bartel Street, nº 4, Walworth. Pergunte pelo *carregado*.

Recebi a carta na cama e levantei-me sem acordar Mina, que tem andado pálida, sonolenta e indisposta, com a aparência preocupante. Decidi não a acordar, mas assim que eu voltasse dessa nova expedição, eu a mandaria de volta para Exeter. Creio que ficaria mais feliz em nossa própria casa, com suas tarefas diárias para entretê-la, do que aqui conosco, sem poder saber de nada. Só estive com o Dr. Seward por um momento e disse-lhe aonde ia, prometendo-lhe voltar logo e compartilhar as novas informações, assim que as tivesse encontrado. Fui até Walworth e encontrei, com alguma dificuldade, Potter's Court. O erro de ortografia de Smollet me enganou. No entanto, quando encontrei o endereço, não foi difícil localizar a pensão Corcoran. Quando perguntei pelo "carregado" ao homem que atendeu a porta, ele balançou a cabeça e disse:

— Não conheço, não. Não tem ninguém aqui com esse nome. Nunca ouvi falar em toda a minha vida. Acho que não existe aqui nem em lugar algum.

Peguei a carta de Smollet e, tendo aprendido a lição pelo erro de ortografia do endereço, perguntei:

— O senhor é o quê?

— Sou o encarregado do patrão — respondeu ele.

Percebi que a pista estava certa, o erro de ortografia novamente quase me desviou do caminho. Uma gorjeta de meio soberano colocou o conhecimento do encarregado ao meu dispor e soube que o Sr. Bloxam, que dormiu em Corcoran após várias rodadas de cerveja na noite anterior, saíra às cinco da manhã para trabalhar em Poplar. O informante não sabia onde era o seu local de trabalho, mas tinha uma vaga ideia de que se tratava de "um armazém novo". Dispondo apenas dessa precária informação, segui para Poplar e só ao meio-dia tive uma informação satisfatória a respeito do tal armazém, em um botequim onde alguns operários estavam almoçando. Um deles falou que estavam construindo um "armazém novo" na Cross Angel Street e, como estava de acordo com a descrição de "um armazém novo", logo peguei uma carruagem e fui até lá. Uma conversa com um porteiro mal-humorado e um supervisor ainda mais mal-humorado, ambos amaciados pelas moedas reais, colocou-me no encalço de Bloxam. O supervisor mandou que o chamassem, após garantir-lhe que estava disposto a lhe pagar o dia de seu funcionário, apenas para ter o privilégio de fazer-lhe algumas perguntas em particular. Era um sujeito bem esperto, embora de elocução e comportamento rústicos. Quando prometi pagar-lhe generosamente pela informação, ele me contou que fizera duas viagens entre Carfax e uma casa em Piccadilly, e havia levado nove caixas "muito pesadas", tendo até que contratar um cavalo e uma carroça para fazer o serviço. Perguntei-lhe se poderia dizer-me o número da casa de Piccadilly, e ele respondeu:

— Ih, patrão, num lembro do número, mas sei que fica bem perto de uma igrejona branca, nova. É uma casa muito véia e cheia de poeira, mas não igual àquela porcaria de casa de onde tiramos as caixas.

— Como foi que entrou nas casas se ambas estavam vazias?

— O véio que tinha me contratado tava me esperando na casa de Purfleet. Ajudou a erguê as caixona e por num carrinho. Deus me livre, mas nunca vi um camarada tão forte, apesar de já ser velhote, com o bigode branco e tudo, e tão magrin o senhô pensaria que ele nem sombra tinha!

O comentário trouxe-me calafrios!

— Ele levantou um dos lados duma caixa como se tivesse pegano um pacotinho de chá enquanto eu tava bufano e suano pra conseguir segurá o meu lado, e olha que num sou franguinho, não.

— Como foi que você entrou na casa de Piccadilly?

— Ele tava lá também. Deve tê corrido pra chegá antes de mim, pois quando cheguei lá, já abriu a porta e me ajudou a botá as caixas pra dentro do saguão.

— Todas as nove caixas?

— Isso. Cinco na primeira viagem e quatro na segunda. Foi baita trabalhão, que deu muita sede, e nem me lembro mais como voltei para casa.

Eu o interrompi:

— As caixas ficaram no saguão de entrada?

— Isso mesmo, era um saguão enorme, e num tinha mais nada lá dentro, só as caixas.

Fiz outra tentativa de descobrir mais detalhes:

— Não ficou com nenhuma chave?

— Não, num fiquei com nenhuma chave nem nada em momento algum. O tal do véio abriu a porta e fechou quando eu saí. Não lembro como foi da última vez, mas daí foi por causa da cerveja.

— E não consegue mesmo se lembrar do número da casa?

— Não, senhô, mas num é difícil achar. Tem uma fachada de pedra e uma escada na porta. Conheço bem aqueles degraus depois de levar as caixas com mais três homens que tavam de bobeira na rua e vieram ajudar em troca de uns dinheiro. O véio deu uns xelins pra eles, e depois de perceberem que o véio tinha dinheiro, quiseram mais. Aí ele pegou um deles pelo ombro e tava prestes a jogar ele escada abaixo enquanto os outros fugiram xingando.

Certo de que conseguiria encontrar a casa, graças a essa descrição, e depois de pagar o informante, segui para Piccadilly. Havia feito uma descoberta inquietante. Era óbvio que o conde conseguia transportar as caixas de terra sozinho. Se fosse mesmo verdade, o tempo era valioso, pois como ele tinha conseguido distribuir suas caixas, de certa forma, poderia, a qualquer momento, completar sua missão quando quisesse, sem ser visto por ninguém. Em Piccadilly Circus, desci da carruagem e caminhei para oeste, além do clube Junior Constitucional , avistei a casa descrita e fiquei satisfeito em ver que esse era o próximo esconderijo arranjado por Drácula. A casa evidentemente estava desocupada há muito tempo. As janelas estavam cobertas de poeira, e as persianas, fechadas Toda a argamassa da construção trazia marcas de sujeira e do tempo, e a tinta havia descascado quase completamente das ferragens. Dava para ver que até recentemente havia tido uma grande placa de aviso imobiliário na sacada, mas a placa foi arrancada de forma brusca, pois os arames que a seguravam ainda estavam lá. Atrás da sacada, vi umas pranchas avulsas, de bordas irregulares, que pareciam todas brancas. Gostaria de ter visto a placa pendurada, pois assim talvez conseguiria uma pista sobre o antigo proprietário. Lembrei-me de minha experiência na pesquisa e compra do imóvel de Carfax e fiquei com a sensação de que, se encontrasse o antigo dono, poderia descobrir uma forma de entrar na casa.

Não havia mais nada para verificar na propriedade de Piccadilly e nem nada que eu pudesse fazer, então dei a volta até os fundos para ver se conseguiria mais alguma informação desse quarteirão. As estrebarias estavam em atividade e as casas de Piccadilly estavam quase todas habitadas. Cruzei com alguns cavalariços e homens que vi pelas proximidades e perguntei se sabiam alguma coisa a respeito da casa desocupada. Um deles me informou que, ultimamente, havia um letreiro anunciando que ela estava à venda e que se lembrava de ter visto no anúncio o nome da firma Mitchell, Filhos & Candy, lá os agentes imobiliários poderiam me dizer alguma coisa. Tentei não parecer muito afobado, ou dar margens para que meu informante soubesse ou conjecturasse muita coisa, portanto, agradeci-o da forma usual e fui embora. Já estava quase na hora do crepúsculo e a noite outonal se aproximava e, por isso, não perdi tempo enrolando. Tendo achado o endereço da Mitchell, Filhos & Candy em um catálogo na Berkeley, me dirigi rapidamente até o seu escritório em Sackerville Street. Fui recebido por um cavalheiro muito educado, mas igualmente reticente. Após informar-me que a casa de Piccadilly, que ele se referia como "mansão", estava vendida, deu-se a conversa por encerrada. Ao perguntar-lhe o nome de quem a comprou, arregalou seus olhos e parou por um momento até dizer:

— A casa foi vendida, senhor.

— Desculpe-me — respondi, também com educação –, mas tenho um motivo especial para querer saber quem a comprou.

Ele fez uma nova pausa e arqueou ainda mais as sobrancelhas.

— A casa foi vendida, senhor — repetiu ele laconicamente.

— Certamente o senhor não se importaria em me dar mais alguma informação — insisti.

— Me importaria, sim — retrucou ele. — Os assuntos dos clientes da Mitchell, Filhos & Candy são totalmente sigilosos.

Era um arrogante de primeira classe e não adiantaria discutir com ele. Achei melhor tratá-lo no mesmo nível:

— Seus clientes, senhor, devem estar muito contentes em ter a oportunidade de confiar em um guardião tão determinado para tratar de seus negócios. Eu também sou de sua profissão — disse, entregando-lhe meu cartão. — Não ajo simplesmente motivado por curiosidade, sou procurador de lorde Godalming, que até então julgava estar à venda.

Essas palavras deram um peso diferente na tratativa.

— Eu teria muito prazer em ser útil, Sr. Harker, e especialmente em ser útil a lorde Godalming — disse o homem. — Já fizemos alguns serviços para ele, quando era apenas o honorável Sr. Arthur Holmwood. Se quiser deixar o endereço dele, consultarei os diretores e me comunicarei com lorde Godalming pelo correio da noite. Será um prazer se pudermos nos desviar de nossas regras para dar a informação solicitada ao lorde.

Como eu queria garantir um amigo e não um inimigo, dei-lhe o endereço do Dr. Seward, agradeci-lhe e saí.

Àquela altura, já estava escuro, e eu, cansado e faminto. Parei então para tomar uma xícara de chá na Aërated Bread Company. Tomei o primeiro trem para Purfleet. Encontrei todos os outros em casa. Mina estava abatida e pálida, mas fez um grande esforço para parecer animada. É desagradável ter de esconder as coisas dela e perceber que isso lhe deixava inquieta. Graças a Deus essa seria a última noite em que ela assistiria termos nossa reunião e se sentiria apunhalada pela nossa demonstração de falta de confiança. Foi preciso toda a minha coragem para manter a decisão de mantê-la fora de nossa tarefa sombria. Ela parece estar um pouco mais conformada, ou pode ser que o próprio assunto passou a lhe parecer repugnante, pois quando deixamos escapar algo acidentalmente, ela chegou a estremecer. Estou contente por termos tomado essa decisão a tempo, pois estamos convictos de que, reagindo dessa maneira, o conhecimento cada vez maior sobre o caso acabaria sendo uma tortura para ela.

Não podia contar aos demais a minha descoberta até ficarmos a sós; assim, depois do jantar, seguido por um pouco de música, para salvar as aparências, mesmo entre nós, levei Mina para o quarto e deixei-a na cama.

Minha querida garota demonstrou-me mais afetuosidade que nunca e agarrou-se a mim como se quisesse deter-me, mas havia muito a ser falado, por isso eu tive que deixá-la. Graças a Deus tudo continuou igual entre nós, mesmo eu tendo deixado de lhe contar muita coisa que acontece comigo.

Quando desci novamente encontrei todos os outros reunidos ao redor da lareira do escritório. Eu havia escrito em meu diário durante a viagem de trem e acabei lendo para eles, pois era a melhor forma de manter todos informados. Quando terminei, Van Helsing disse:

— Hoje foi um ótimo dia de trabalho, Jonathan. Não há dúvida de que estamos no encalço das caixas que faltam. Se encontrarmos todas na casa, nosso trabalho estará quase terminado. Mas se alguma estiver faltando, temos de continuar procurando até encontrá-las todas. Então, daremos o golpe final e caçaremos o maldito até a morte definitiva. Sentamo-nos todos em silêncio por alguns instantes, até que o Sr. Morris perguntou:

— Diga-me, como entraremos naquela casa?

— Já entramos na outra — apressou-se em dizer Lorde Godalming.

— Mas o caso é diferente, Art. Entramos na casa de Carfax, mas protegidos pela noite e por um terreno murado. Será muito diferente praticarmos um arrombamento em Piccadilly, de noite ou de dia. Confesso que não vejo como entrar se aquele rapaz arrogante da imobiliária não nos der algum tipo de chave. Talvez saberemos quando você receber a carta dele, amanhã pela manhã.

As sobrancelhas de lorde Godalming se contraíram. Levantou-se da poltrona e perambulou pela sala. Aos poucos foi parando e falou, olhando para cada um de nós:

— Quincey tem razão. A tarefa é difícil, a não ser que a gente consiga as chaves do conde. Essa história de invasão de domicílio é coisa séria. Da primeira vez não aconteceu nada conosco, mas agora a tarefa será mais complicada se não acharmos o molho de chaves do Conde.

Como nada poderia ser feito antes da manhã seguinte, e também porque convinha esperar a comunicação entre Mitchell e lorde Godalming, resolvemos não tomar nenhuma atitude até a hora do café da manhã. Ficamos sentados por um bom tempo fumando e discutindo o caso em todas as formas e abordagens possíveis. Aproveitei para escrever este diário, embora esteja morrendo de sono e deva ir para a cama...

Apenas mais um detalhe. Mina dorme profundamente, com a respiração ritmada. A testa está marcada por pequenas rugas, como se estivesse pensando mesmo durante o sono. Ainda está pálida, mas não parece abatida como hoje pela manhã. Amanhã espero que tudo isso tenha sido sanado. Ela vai ficar à vontade em nossa casa em Exeter. Oh, como estou com sono!

DIÁRIO DO DR. SEWARD

1º de outubro — Estou preocupado com Renfield. Suas mudanças de humor estão cada vez mais repentinas e não tenho conseguido acompanhá-las e, como estão sempre associadas a algo que extrapola seu próprio bem-estar, sei que é muito importante estudá-las. Hoje de manhã, quando fui vê-lo após o repúdio sofrido por Van Helsing, sua postura era a de um homem no comando do destino. Dava para ver que realmente comandava, mesmo sendo de um ponto de vista subjetivo. Não se importava com nada terreno, estava nas nuvens e contemplava lá do alto as fraquezas e deficiências de nós, pobres mortais. Pensei em aproveitar o momento para aprender alguma coisa, então perguntei:

— E como andam as moscas ultimamente?

Ele sorriu para mim mostrando-se superior, até mesmo arrogante — um sorriso que se encaixaria perfeitamente no rosto de Malvólio[59] — e respondeu:

— A mosca, meu caro senhor, possui uma característica curiosa. Suas asas são típicas das potências aéreas das faculdades psíquicas. Os antigos estavam certos ao representarem a alma como uma borboleta!

59. Referência a *Noite de Reis*, de Shakespeare. Malvólio é um mordomo narcisista e pedante. (N. T.)

Decidi levar adiante a analogia até o extremo lógico, então disse rapidamente:

— Agora você está atrás de uma alma, é isso?

Ele apresentou uma expressão curiosa, denotando que a loucura parecia sobrepor a razão. Balançando a cabeça com uma certeza que raras vezes vi nele, Renfield rebateu:

— Oh, não, não! Não estou atrás de alma nenhuma. Só me interessa a vida — respondeu entusiasmado. — Mas isso não me importa agora. A vida está boa. Tenho tudo o que quero. O senhor precisará de um novo paciente se quiser estudar zoofagia, doutor!

Fiquei mais intrigado ainda, por isso, o instiguei:

— Então você comanda a vida. Suponho que seja uma espécie de deus?

Ele sorriu com uma indescritível superioridade inofensiva e disse:

— Não! Longe de mim comparar-me a divindades. Não me interessam sequer seus feitos especificamente espirituais. Se é para declarar minha posição intelectual em relação a coisas puramente terrenas, coloco-me no lugar que Enoque ocupou espiritualmente!

Sua frase deixou-me em apuros, pois não consegui lembrar na hora o papel de Enoque. Por isso, tive de fazer uma pergunta simples, mesmo sentindo que, ao fazê-la, rebaixava-me aos olhos do lunático.

— E por que Enoque?

— Porque ele andou com Deus.

Não entendi a analogia, mas não quis admitir, por isso, voltei a insistir no que ele havia negado.

— Quer dizer que você não se importa com a vida e não quer saber de almas. Por que não? — perguntei depressa e com um tom de severidade proposital, no intuito de desconcertá-lo.

A tentativa surtiu efeito. Por um instante, Renfield retomou inconscientemente a subserviência de antes, inclinou-se diante de mim e literalmente rastejou-se aos meus pés ao dizer:

— Não quero alma nenhuma, é verdade, é verdade! Não quero. Não saberia o que fazer com almas. Almas não me serviriam de nada. Não poderia comê-las nem...

Subitamente, ele parou de falar e voltou a exibir a astúcia que pouco antes estava em seu semblante, como se fosse o vento na superfície da água.

— E, doutor, quanto à vida, o que é ela, afinal? Quando se tem tudo de que se precisa e se sabe que nada lhe faltará, isso basta. Tenho amigos, bons amigos, como o senhor, Dr. Seward — ele disse com um olhar indescritivelmente malicioso. — Sei que nunca me faltarão meios de vida!

Creio que, em meio à sua enevoada insanidade, via em mim certo antagonismo. Ele recuou instantaneamente e recorreu ao último refúgio de alguém como ele: o silêncio acovardado. Após algum tempo, entendi que não adiantava mais insistir. Renfield ficou taciturno, e fui embora.

Mais tarde, naquele dia, mandou me chamar. Usualmente, não teria ido sem um motivo especial, mas estou tão interessado nele que fiz esse esforço com prazer. Além do mais, fiquei contente por ter algo para passar o tempo. Harker saiu, foi atrás de pistas, assim como lorde Godalming e Quincey. Van Helsing está em meu escritório repassando o material preparado pelos Harker. Parece pensar que, ao se apropriar precisamente de todos os detalhes, poderá lançar alguma luz sobre eventuais pistas. Pediu para não ser perturbado em seu trabalho sem motivo. Eu o teria levado comigo para visitar o paciente, mas pensei que, depois da última rejeição, ele podia não querer voltar lá. Havia ainda outro motivo: Renfield talvez não falasse tão abertamente diante de um terceiro como quando estávamos sozinhos.

Encontrei-o sentado no centro do quarto, em sua banqueta, postura que geralmente indicava certa energia mental de sua parte. Quando entrei, ele perguntou de súbito, como se as palavras estivessem na ponta da língua:

— E o que têm as almas?

Estava claro, portanto, que minha suposição estava certa. O processo mental inconsciente estava funcionando, até mesmo com o lunático. Resolvi aprofundar a questão.

— Você que me diga! — devolvi a pergunta a ele.

Ele não respondeu por um momento, mas ficou olhando ao redor, e para cima e para baixo, como se esperasse alguma inspiração para o que diria a seguir.

— Não quero saber de alma nenhuma! — disse baixinho, apologeticamente.

A questão parecia estar consumindo sua mente, e então resolvi insistir, "ser cruel para ser justo"[60]. E, assim, perguntei:

— Você gosta de vida, você quer mais vida?

— Sim! Mas quanto a isso não há nenhum problema. O senhor não precisa se preocupar!

— Mas como você pode obter vida sem a alma junto? — perguntei.

Essa resposta pareceu deixá-lo confuso, por isso, prossegui:

— Você há de passar um mau bocado quando estiver voando lá no céu, com as almas de milhares de moscas, aranhas, pássaros e gatos zumbindo, piando e miando à sua volta. Sabe, você tirou as vidas deles e agora precisa arcar com suas almas!

Aquilo aparentemente afetou sua imaginação, pois Renfield tapou os ouvidos com os dedos e fechou os olhos bem apertados, feito um garotinho quando cai sabão no rosto. Havia algo de patético na cena que me comoveu. Ela também me serviu de lição, pois era como se eu tivesse um menino diante de mim, uma simples criança, embora os traços fossem gastos, e os pelos no queixo, brancos. Era evidente que ele estava passando por algum processo de distúrbio mental, e, sabendo como seus humores no passado deram margem a interpretações de coisas que ele aparentemente desconhecia, achei melhor entrar em sua mente da melhor forma que pudesse e acompanhá-lo. O primeiro passo era restaurar a confiança entre nós. Perguntei bem alto, para que me escutasse mesmo vedando os ouvidos:

— Você quer açúcar para atrair suas moscas de novo?

Ele pareceu acordar de repente e balançou a cabeça, respondendo com uma gargalhada:

— De jeito nenhum! Moscas são pobres seres vivos, afinal! — Após uma pausa, acrescentou: — E também não quero suas almas zumbindo ao meu redor.

— E as aranhas? — insisti.

— Ao inferno com as aranhas! Para que servem aranhas? Nelas não há sequer o que comer ou... — ele parou subitamente como se lembrasse um tema proibido.

60. Referência a Hamlet, de Shakespeare. (N. T.)

"Ora, ora!", pensei comigo mesmo, "é a segunda vez que ele se interrompe de repente antes de pronunciar a palavra 'beber'. O que será que isso quer dizer?"

Renfield pareceu se dar conta do lapso, pois se apressou em acrescentar, como que para desviar minha atenção do fato:

— Não dou a menor importância a esses assuntos. "Ratos, camundongos e esses pequenos gamos"[61], como dizia Shakespeare, poderiam ser chamados de "parca comida na despensa". Já superei todo esse absurdo. Pedir a um homem que comesse moléculas com um par de hashis teria o mesmo efeito em mim que pedir que me interessasse por carnívoros pequenos quando sei o que tenho diante de mim.

— Entendi — prossegui. — Você prefere cravar os dentes em coisas grandes? O que diria de comer um elefante de café da manhã?

— Que coisa ridícula! — Ele estava ficando cada vez mais consciente da situação. Achei melhor continuar pressionando.

— Como será — comentei em tom reflexivo — a alma do elefante?

O efeito que eu desejava foi alcançado. Ele logo caiu de seu trono e se tornou novamente criança.

— Não me interessa a alma do elefante nem nenhuma outra! — exclamou.

Durante alguns momentos ficou sentado, abatido. De repente, levantou-se, com os olhos faiscantes e todos os indícios de uma intensa excitação cerebral.

— Para o inferno, você e as suas almas! — berrou. — Por que me atormenta com isso? Já não tenho o bastante com que me preocupar, dores o suficiente com que me distrair, sem precisar pensar em almas?

Renfield mostrou-se tão hostil que achei que estava prestes a sofrer outro surto homicida, então soprei meu apito. Contudo, no instante em que o fiz, ele ficou calmo e se desculpou:

— Perdão, doutor. Eu me esqueci. O senhor não vai precisar de ajuda. Estou com a cabeça tão ocupada que me irritei. Se soubesse o problema com que estou lidando, que estou tentando resolver, teria pena de mim, me toleraria e, me perdoaria. Eu lhe peço, não me ponha na camisa de força. Quero pensar e não consigo refletir direito quando meu corpo está confinado. Tenho certeza de que o senhor entenderá!

61. Referência a Rei Lear, de Shakespeare. (N. T.)

Ele evidentemente havia recuperado o autocontrole, então, quando os enfermeiros apareceram, dispensei-os. Renfield ficou os observando ir embora. Quando a porta foi fechada, disse com considerável dignidade e doçura:

— Dr. Seward, o senhor mostrou muita consideração comigo. Acredite, sou muito, muito grato ao senhor!

Achei melhor deixá-lo naquele estado e saí de seu quarto. Certamente existe algo a ser ponderado sobre a situação do paciente. Diversos pontos parecem constituir o que um jornalista americano chamaria de "uma matéria", se forem colocados na ordem correta. São eles:

Não diz a palavra "beber".

Teme pensar em ser atormentado pela "alma" de qualquer ser.

Não teme vir a precisar de "vidas" no futuro.

Despreza as formas menores de vida como um todo, embora tema ser assombrado por suas almas.

Logicamente, todas essas coisas apontam para uma mesma direção! Ele tem um tipo de certeza de que vai alcançar alguma forma mais elevada de vida. Tem pavor da consequência disso: o fardo de uma alma. Portanto, a vítima que tem em mente é uma vida humana!

E por que está tão seguro de que pode obtê-la...?

Santo Deus! O conde esteve com ele, e devem estar tramando um novo plano terrível que está prestes a acontecer!

Mais tarde — Comuniquei minha suspeita a Van Helsing. Ele ficou muito sério e, depois de refletir, pediu-me para levá-lo ao quarto de Renfield. Assim o fiz e, enquanto nos aproximávamos da porta do quarto, ouvimos o lunático cantando alegremente, como fazia em um tempo que agora parece ser muito distante. Quando entramos, vimos, com assombro, que o doente tinha espalhado de novo o açúcar para pegar as moscas que, letárgicas no clima outonal, começavam a entrar zumbindo pela sala. Tentamos fazê-lo voltar ao assunto de nossa conversa anterior, mas foi em vão. Continuou a cantar, como se estivesse sozinho. Tinha na mão um pedaço de papel, que dobrou e colocou no meio de um caderno de notas.

Fomos embora tão no escuro quanto quando entramos. Seu caso realmente nos intriga. Vamos analisá-lo com cuidado de noite.

Carta da Empresa Mitchell, Filhos & Candy para lorde Godalming

1º de outubro

Prezado lorde Godalming,

É com o máximo prazer que nos apressamos a satisfazer seu desejo. Com referência à informação, solicitada por intermédio do Sr. Harker, a respeito da compra da propriedade número 347 de Piccadilly, temos a dizer que os vendedores são os testamenteiros do falecido Sr. Archibald Winter-Suffield e o comprador é um nobre estrangeiro, conde de Ville, que fez o pagamento à vista, colocando nota sobre nota no balcão. Peço que me perdoe por essa descrição vulgar. Além disso, nada mais sabemos.

Seus humildes servidores,
Mitchell, Filhos & Candy.

DIÁRIO DO DR. SEWARD

2 de outubro — Coloquei um homem no corredor para prestar atenção em qualquer ruído suspeito que saísse do quarto de Renfield e se ouvisse qualquer coisa estranha que me chamasse imediatamente.

Depois do jantar, quando nos encontramos ao redor da lareira do escritório, após a Sra. Harker ter ido dormir, discutimos as hipóteses e descobertas do dia. Harker foi o único que trouxe resultados, e estamos com muita expectativa de que sua pista seja importante.

Antes de me deitar, aproximei-me do quarto do paciente e observei a cela pela abertura da porta. Renfield estava dormindo profundamente e sua respiração e seu batimento cardíaco estavam regulares.

Pela manhã, o guarda me disse que, um pouco depois da meia-noite, Renfield estava agitado, rezando em voz alta. Perguntei se era tudo o que tinha acontecido e ele me respondeu que foi tudo o que ouviu. Desconfiei do seu modo e, insistindo, fiz com que confessasse que "cochilara" um pouco. É lamentável que não se possa confiar nos homens a não ser que eles estejam sendo vigiados.

Hoje, Harker saiu seguindo a pista que descobriu enquanto Art e Quincey cuidam dos cavalos. Godalming acha que é bom termos cavalos à mão para que, quando tivermos a informação de que necessitamos, não percamos tempo. Temos que esterilizar toda a terra importada entre o nascer e o pôr do sol; assim, apanharemos o conde quando está mais fraco e sem ter para onde fugir. Van Helsing está no Museu Britânico estudando as antigas autoridades da medicina. Os velhos médicos se atentavam para coisas que seus sucessores não aceitam, e o professor está procurando tratamentos para bruxas e demônios, que podem nos ser úteis mais tarde.

Às vezes, penso que nós todos estamos enlouquecendo e que o aconselhável seria acordarmos para a sanidade usando camisas de força.

Mais tarde — Fizemos outra reunião. Finalmente parece que estamos na pista certa e nosso trabalho de amanhã pode ser o princípio do fim. Pergunto-me se o silêncio de Renfield pode ter algo a ver com isso. Seu humor tem até então acompanhado os passos do conde, e talvez o fato de que a destruição do monstro está se aproximando o tenha afetado, mesmo que sutilmente. Se fizéssemos ideia do que se passou em sua mente entre minha discussão com ele hoje e a retomada da caça às moscas, talvez tivéssemos uma pista valiosa. Aparentemente ele está quieto, por enquanto... espere, foi ele que fez isso? Um grito selvagem parece ter vindo de seu quarto. O guarda entrou correndo em meu gabinete e me disse que ocorreu um acidente com Renfield. Disse que o ouviu gritar e, quando entrou, encontrou-o caído de bruços, todo coberto de sangue. Vou para lá imediatamente.

CAPÍTULO XXI

O CONVITE

DIÁRIO DO DR. SEWARD

3 de outubro — Quero repassar com acuidade tudo o que aconteceu desde o meu último registro, da melhor forma que conseguir me lembrar. Não posso esquecer nenhum detalhe, por isso procurarei manter a calma enquanto registro.

Quando entrei no quarto de Renfield, encontrei-o estendido no chão, apoiando-se no lado direito, no meio de uma poça de sangue rútilo. Ao movê-lo, ficou aparente que ele estava gravemente ferido. Não parecia haver nenhuma daquela unidade de intenção entre as partes do corpo, que encontramos mesmo em indivíduos sãos quando estão letárgicos. Verifiquei que seu rosto apresentava grandes hematomas, como se tivesse batido contra o chão. De fato, era dos ferimentos da face que a poça de sangue se originava.

— Acho que ele está com a coluna quebrada — disse o guarda, que se ajoelhou ao lado dele e me ajudava a virá-lo. — Veja, tanto a perna quanto o braço direito, bem como todo o lado direito do rosto estão paralisados.

Como aquilo poderia ter acontecido era algo que deixava o enfermeiro absolutamente consternado. Ele parecia totalmente atordoado e suas sobrancelhas se uniram ao ponderar:

— Não consigo compreender como as duas coisas aconteceram ao mesmo tempo. Ele poderia machucar o rosto batendo a cabeça contra o chão, vi uma moça fazer isso uma vez no Manicômio de Eversfield, antes de ser imobilizada. Ele podia quebrar a coluna caindo de mal jeito da cama se tivesse uma convulsão. Mas, pela minha própria vida, não posso conceber como as duas coisas ocorreram ao mesmo tempo. Se a coluna estava quebrada, ele não teria como bater a cabeça, e se o rosto já estava assim antes de cair da cama, encontraríamos evidências disso na roupa de cama.

— Vá chamar o Dr. Van Helsing e peça-lhe com delicadeza para vir imediatamente, preciso dele aqui sem demora — ordenei ao guarda.

Pouco depois, o professor apareceu, ainda de robe e chinelo. Quando viu Renfield no chão, olhou atentamente para ele e, em seguida, virou-se para mim. Acho que leu meu pensamento, pois disse com tranquilidade para que o enfermeiro o escutasse.

— Um lamentável acidente. É necessário vigiar o doente e prestar muita atenção nele. Eu mesmo ajudarei o Dr. Seward. Vou me vestir, mas voltarei dentro em breve.

O paciente respirava com dificuldade, era óbvio que havia sofrido um golpe violento.

Van Helsing voltou rápido com sua valise de instrumentos cirúrgicos. Evidentemente ele esteve ponderando e tomou uma decisão, pois antes mesmo de olhar para o paciente sussurrou-me:

— Mande o enfermeiro embora. Precisamos estar a sós com o doente quando ele recuperar a consciência após a operação.

Dessa forma, ordenei:

— Acho que podemos assumir a partir de agora, Simmons. Você já fez tudo o que podia. Continue a vigiar os outros pacientes. O Dr. Van Helsing precisa trabalhar. Avise-me imediatamente se algo incomum acontecer em qualquer outro lugar.

O enfermeiro se retirou e passamos a fazer um exame minucioso no paciente. Os ferimentos do rosto eram superficiais; o verdadeiro ferimento era uma fratura do crânio, estendendo-se à direita pela zona motora. Depois de refletir um pouco, o professor observou:

— Precisamos reduzir a pressão e recuperar as condições de normalidade. A velocidade da hemorragia indica que foi um golpe terrível. Toda a zona motora parece afetada. O edema no cérebro vai aumentar depressa. Precisamos fazer a trepanação imediatamente, senão será tarde demais.

Enquanto estava falando, bateram de leve na porta. Fui abrir e vi, no corredor, Arthur e Quincey, de pijama e chinelos.

— Ouvi seu enfermeiro chamar o Dr. Van Helsing e falar algo sobre um acidente. Então, resolvi ir acordar Quincey, ou melhor, chamei-o, já que não estava dormindo. As coisas estão acontecendo muito rapidamente e são estranhas demais. É impossível para qualquer um de nós dormir profundamente de uns tempos para cá. Creio que amanhã à noite tudo pode ser diferente. Teremos que repassar tudo e agir com muito mais cautela. Podemos entrar?

Fiz sinal para que entrassem e fechei a porta depois que entraram. Quando Quincey viu a posição e o estado do paciente, e percebeu a horrível poça de sangue no chão, exclamou baixinho:

— Meu Deus! O que aconteceu com ele? Pobre coitado!

Contamos, em poucas palavras, o que havia acontecido e disse que esperávamos que recobrasse a consciência depois da operação, mesmo que fosse apenas por um breve período, no pior dos cenários. Ele foi até a cama e sentou-se com Godalming a seu lado. Ficamos observando pacientemente.

— Temos que esperar até verificar qual é o melhor ponto para a trepanação para que possamos retirar o coágulo de sangue mais rápido e com precisão. A hemorragia está aumentando. — disse Van Helsing.

Os minutos de espera pareciam intermináveis. Senti um peso horrível no coração e pela expressão facial de Van Helsing deduzi que também estava com receio ou apreensivo diante do que viria a acontecer. Temia o que Renfield poderia dizer. Eu estava definitivamente com medo de pensar, mas a certeza do que iria acontecer tomava conta do meu corpo. Já li relatos de homens que ouviram os besouros relógio-da-morte.[62] O pobre homem respirava com espasmos aleatórios. Parecia que a qualquer minuto iria abrir os olhos e falar, mas então vinha outra respiração demorada e ruidosa, lançando-o de volta a uma prostração mais insensível. Por mais acostumado que eu estivesse com leitos de enfermos e de morte, aquele suspense me deixava cada vez mais aflito. Quase ouvia meu próprio coração bater e o sangue latejava em minhas têmporas como toques de martelo. O silêncio passou a ser agonizante. Olhei para meus companheiros e vi pelos seus rostos corados e suas testas suadas que viviam a mesma tortura que eu.

62. O besouro relógio-da-morte (*Xestobium rufovillosum*) produz um som tilintante que na cultura popular está associado com presságios de desgraças e, principalmente, de morte. (N. E.)

Havia um suspense tenso pairando sobre nós, era como se a qualquer momento o badalar de um sino terrível e poderoso fosse ecoar sobre as nossas cabeças quando menos esperássemos. Chegou um momento em que ficou claro que o paciente estava piorando cada vez mais rápido. Renfield poderia morrer a qualquer momento. Olhei para o professor e percebi que seu olhar estava fixo em mim. A expressão estava séria quando falou:

— Não há tempo a perder. As palavras dele podem valer muitas vidas. Estive pensando aqui e pode haver uma alma em jogo! Operaremos acima da orelha.

E, sem dizer mais nada, iniciou a operação. O paciente continuou a respirar ofegante durante algum tempo, mas, depois, respirou tão profundamente que parecia que seu pulmão se rasgaria. De súbito, seus olhos se abriram e ficaram fixos, de modo selvagem e indefeso. Algum tempo depois, os olhos se abrandaram em uma expressão de surpresa e satisfação, e dos seus lábios saiu um suspiro de alívio. Mexeu-se convulsivamente e disse:

— Ficarei quieto, doutor. Mande tirar a camisa de força. Tive um pesadelo horrível que me deixou tão fraco que não me posso mexer. O que houve no meu rosto? Está inchado e doendo muito.

Ele tentou virar a cabeça, mas o simples esforço fez seus olhos permanecerem fixos novamente, então coloquei a cabeça com cuidado de volta na posição em que estava anteriormente.

— Conte-nos seu sonho, Sr. Renfield — disse Van Helsing em um tom baixo e grave.

— Dr. Van Helsing — disse o doente, com a face mutilada se iluminando em meio às lacerações. — Que bom que veio! Deem-me um pouco de água. Tenho os lábios secos e tentarei lhes contar tudo. Sonhei...

Parou, parecendo que estava desmaiando. Voltei-me para Quincey:

— Traga o conhaque, está em meu escritório, depressa!

Quincey saiu correndo e voltou logo com uma taça, um frasco de conhaque e uma garrafa de água. Umedecemos os lábios ressecados do doente, que voltou a si. Parecia, no entanto, que o pobre cérebro avariado tinha continuado a funcionar nesse intervalo, pois, assim que recuperou a consciência, lançou-me um olhar confuso e agoniado que nunca me esquecerei, e me disse:

— Não devo me iludir. Não foi um sonho, mas a sombria realidade.

Seus olhos percorreram a sala e ao perceber que havia duas pessoas sentadas pacientemente na beira da cama, continuou:

— Se eu ainda tivesse alguma dúvida, eles seriam a prova de que foi real.

Por um momento, seus olhos se fecharam. Não era dor nem sono, era voluntário, como se estivesse fazendo o maior esforço para manter a consciência. Quando os abriu, disse às pressas e com mais energia do que havia demonstrado até aquele instante:

— Depressa, doutor! Estou morrendo! Sinto que só tenho poucos minutos: depois tenho de voltar à morte... ou coisa pior! Umedeça meus lábios com conhaque de novo. Preciso dizer uma coisa antes de morrer. Obrigado! Foi naquela noite, depois que o senhor saiu, quando lhe implorei para me deixar ir embora. Não podia falar, pois sentia a língua presa, mas, a não ser isto, estava perfeitamente são, como estou agora. Fiquei desesperado durante muito tempo assim que o senhor saiu, e depois me tranquilizei de repente. Meu cérebro pareceu se arrefecer e apercebi-me de onde eu estava. Ouvi os cães latindo atrás da casa, mas não sabia onde Ele estava!

Van Helsing o ouvia atentamente, mas senti sua mão apertar a minha com força. No entanto, não deixou transparecer nada, apenas assentiu discretamente com a cabeça.

— Continue — disse Van Helsing.

Renfield prosseguiu:

— Ele subiu pela janela, na névoa, como eu já o vi fazer muitas vezes antes; mas não era mais um fantasma, estava em carne e osso. Seus olhos chamejavam como os de um homem em fúria. Ria com a boca encarnada, os dentes aguçados e brancos brilhavam ao luar quando se virou para olhar para as árvores onde os cães estavam ladrando. A princípio, eu não lhe consenti entrar, embora soubesse que era o que ele queria, o que tinha desejado esse tempo todo. Então ele começou a me prometer as coisas. Não com palavras, mas as demonstrando.

O professor o interrompeu:

— Como assim?

— Ele fazia com que as coisas surgissem, como quando me enviava moscas durante o dia. Moscas grandes e gordas com aço e safira nas asas. E enormes mariposas à noite, com uma caveira e ossos cruzados no dorso.

Van Helsing assentiu e sussurrou para mim sem pensar:

— A *Acherontia atropos*, da família dos esfingídeos, que vocês chamam de esfinge-caveira ou mariposa-da-morte.

O paciente continuou a explicar:

— Então, ele começou a sussurrar. Ratos, ratos e mais ratos! Centenas, milhares, milhões, e cães para comê-los, e gatos também. Muitas vidas! Todos vivos, com sangue vermelho, trazendo anos de vida! Não só moscas barulhentas! Dei uma risada, pois queria ver que mais ele faria. Então os cães uivaram lá longe, depois das árvores escuras da casa dele. E ele me convocou até a janela. Levantei-me e olhei para fora. Ele ergueu as mãos e, aparentemente, chamou sem dizer palavra alguma. Uma massa escura se espalhou pelo gramado e ela se aproximava como se fosse uma chama da fogueira. Ele fez a neblina abrir-se para a direita e para a esquerda, e pude ver que havia milhares de ratos com os olhos vermelhos faiscantes, iguais aos dele, só que menores. Ele levantou a mão de novo e todos os ratos pararam. Pensei tê-lo ouvido dizer para mim: "Eu lhe darei todas essas vidas, sim, e muitas outras mais e maiores, por eras e eras incontáveis, se você se curvar e me idolatrar!". Depois, uma nuvem carmim, cor de sangue, pareceu aproximar-se de meus olhos. E, antes que soubesse o que estava fazendo, abri a janela e disse-lhe: "Entre, meu Amo e Senhor". Todos os ratos haviam desaparecido, mas ele entrou no quarto, embora apenas uma fresta da janela estivesse aberta, como faz a própria lua quando se infiltra pela minúscula rachadura e me visita com todo o seu tamanho e esplendor.

A voz dele estava mais fraca, e tornei a umedecer seus lábios com conhaque, e assim prosseguiu; mas parecia que sua memória tinha continuado a trabalhar nesse meio tempo, pois a narrativa já estava adiantada. Eu estava prestes a pedir que voltasse ao ponto em que havia parado, mas Van Helsing sussurrou para mim:

— Deixe que ele continue. Não o interrompa, pois ele não conseguirá retomar e talvez não possa nem sequer prosseguir se ele perder o fio da meada.

Renfield prosseguiu:

— Durante o dia todo esperei notícias dele, mas não me mandou coisa alguma, nem ao menos uma varejeira, e, no momento em que a lua nasceu, eu estava furioso com ele. Quando ele entrou pela janela, mesmo fechada, sem nem ao menos bater, recebi-o com hostilidade. Sorriu-me desdenhosamente e sua face pálida surgiu de dentro da névoa, com seus olhos escarlates cintilando. Foi em frente, como se comandasse o lugar, e eu não fosse ninguém. Nem o cheiro dele era o mesmo quando passou por mim. Não consegui agarrá-lo. Pensei que a Sra. Harker pudesse, de alguma forma, ter entrado no quarto.

Quincey e Art que estavam sentados na beirada da cama levantaram-se e se aproximaram, ficando de pé atrás de Renfield, onde o homem não conseguia vê-los, mas onde eles conseguiam ouvi-lo melhor. Os dois permaneceram calados. O professor, preocupado, estremeceu. Sua expressão, no entanto, ficou ainda mais sombria e séria. Renfield continuou, sem se dar conta do que acontecia ao seu redor.

— Quando a Sra. Harker veio me ver à tarde, já não era mais a mesma. Não gosto das pessoas pálidas, e sim com muito sangue, e ela parecia ter perdido o dela. Naquela ocasião, não pensei nisso, mas, quando ela saiu, comecei a refletir e fiquei furioso ao saber que Ele estava roubando a vida dela. — Renfield continuava a contar e nesse momento todos estremeceram em silêncio. — Assim, quando ele veio esta noite, estava preparado para enfrentá-lo. Quando vi a névoa esvoaçando para dentro do quarto, agarrei-o com firmeza. Ouvi dizer que os loucos têm uma força prodigiosa, e como sou louco, às vezes pelo menos, decidi usar essa minha força. Ah, Ele também pôde senti-la, pois precisou sair da neblina para lutar comigo. Continuei segurando firme e pensei que fosse derrotá-lo, porque não queria que ele continuasse a roubar a vida da Sra. Harker, até que olhei em seus olhos. Eles penetraram-me, queimando, e minha força dissolveu-se. Ele me levantou e atirou-me ao chão. Uma nuvem vermelha se formou diante de meus olhos, e ouvi um som que parecia um trovão, e a neblina desapareceu por debaixo da porta.

Sua voz estava enfraquecendo, e sua respiração transformando-se em um estertor agonizante. Van Helsing pôs-se de pé instintivamente.

— Sabemos o pior agora — pronunciou. — Ele está aqui e sabemos o que quer. Talvez não seja tarde demais ainda. Vamos nos armar, como na noite passada, mas não podemos perder tempo, nem um instante.

Não havia necessidade de expressar nosso medo, nem nossa convicção em palavras, pois era algo compartilhado por todos. Nós nos apressamos e fomos buscar em nossos respectivos quartos as mesmas coisas que levamos conosco quando entramos na casa do conde. O professor já estava com as suas coisas prontas e, quando nos encontramos no corredor, apontou para elas e disse:

— Trago sempre comigo e continuarei a fazê-lo até esse assunto infeliz terminar. Sejam cautelosos também, meus amigos. Nosso inimigo não é comum. Que tristeza! Que tristeza que a nossa querida madame Mina tenha de sofrer! — disse com a voz embargada e parou de caminhar. Meu coração ficou repleto de fúria ou talvez de terror, não sei dizer ao certo.

Encontramo-nos no corredor e paramos diante da porta do quarto dos Harker. Art e Quincey recuaram, e o último indagou:

— Devemos incomodá-la?

— Nós precisamos— disse Van Helsing. — Se a porta estiver trancada, temos de arrombá-la.

— Mas isso não será um susto terrível para ela? Não se arromba o quarto de uma dama!

Van Helsing disse, solenemente:

— Você sempre tem razão. Mas é um caso de vida ou morte. Todos os quartos são iguais para o médico. E mesmo que não sejam, esta noite serão. Amigo John, quando eu girar a maçaneta, se a porta não abrir, faça um apoio com o ombro e empurre; e vocês também, meus amigos. Agora!

Girou a maçaneta e a porta não se abriu. Lançamo-nos todos contra ela, que foi arrombada e, com o impulso, quase fomos atirados ao chão. O que vi dentro do quarto fez os cabelos de minha nuca se arrepiarem e meu coração parecer parar de bater.

O luar estava tão claro que, mesmo através da cortina da janela, iluminava bastante o interior. No leito, junto da janela, Jonathan Harker, ruborizado e respirando ritmicamente, dormia um sono profundo, como que paralisado. Ajoelhada na beira do leito, estava a silhueta branca de sua esposa. Ao seu lado, estava de pé um homem alto e magro, vestido de preto. Tinha o rosto virado para o outro lado, mas reconhecemos imediatamente o conde, até pela cicatriz na testa. Com a mão esquerda, segurava as duas mãos da Sra. Harker, afastando-as até que seus braços ficassem completamente estendidos, e, com a direita, segurava-a pela nuca, forçando seu rosto contra seu peito. A camisola dela estava manchada com sangue, que escorria, também, pelo peitoral do conde, que estava exposto pela sua camisa rasgada. A posição dos dois era horrivelmente similar à de uma criança enfiando o focinho de um gato à força no pires de leite, obrigando-o a beber tudo.

Quando irrompemos no quarto, o conde virou o rosto para nós, e a expressão demoníaca de seu rosto, que apenas tinha ouvido ser descrita, pareceu se materializar bem à nossa frente. Seus olhos vermelhos flamejaram com uma luxúria infernal. As abas de seu nariz aquilino e pálido se dilataram, vibrando na ponta. Os caninos pontiagudos surgiam por trás dos lábios encharcados de sua boca enxovalhada de sangue corrente e mordiam a esmo, como as mandíbulas de uma fera selvagem. Empurrando violentamente a vítima para o leito, como se fosse jogada de uma grande altura, avançou contra nós. Mas dessa vez o professor Van Helsing caminhou ao seu encontro, segurando o envelope que continha a hóstia sagrada. O conde parou de súbito, como a pobre Lucy havia parado à entrada do túmulo, e recuou. Avançamos, mostrando os crucifixos, e ele foi recuando cada vez mais. A lua foi repentinamente obscurecida por uma pesada nuvem e, quando Quincey riscou um fósforo e acendeu a lamparina a gás, não vimos nada mais do que uma débil névoa passando através das fendas da porta, que, após o impacto do arrombamento, havia balançado de volta a sua posição original e se fechado sozinha. Van Helsing, Art e eu fomos até a Sra. Harker. Naquele momento, ela recuperou seu fôlego e deu um grito tão lancinante, tão estridente e tão desesperado que tenho a impressão de que irei ouvi-lo até o último dia da minha vida. Por alguns segundos ela permaneceu indefesa e desconjuntada. Seu rosto estava cadavérico, com uma palidez acentuada pelo sangue a conspurcava seus lábios, e lhe escorria pelo queixo; fazendo fluir fios de sangue pela sua garganta; os olhos continham um pavor indizível. Escondeu o rosto nas mãos laceradas, revelando na alvura de seus punhos os vergões rubros das terríveis garras do conde. Um gemido baixo e desolado surgiu por entre as palmas, fazendo o grito pavoroso parecer somente uma efêmera expressão da sempiterna desolação. Van Helsing aproximou-se e cobriu delicadamente seu corpo com a manta enquanto Art, depois de observá-la por um momento, saiu correndo do quarto, desesperado.

— Jonathan está no estado de transe que o vampiro o colocou, como sabemos que ele pode bem fazer — murmurou Van Helsing a mim. — Nada podemos fazer pela pobre madame Mina até que ela se recomponha. Precisamos agora despertá-lo!

Molhou uma toalha em água fria e começou a esfregar o rosto de Jonathan. Enquanto isso, a esposa soluçava tão copiosamente que não tinha como não se apiedar, seu rosto ainda escondido nas mãos.

Ergui as cortinas e observei a noite. A lua já brilhava de novo e, olhando pela janela, vi Quincey Morris, que atravessava o gramado correndo e se escondia à sombra de um teixo, o que me intrigou bastante, pois não sabia o porquê ele estava fazendo isso. Naquele momento, porém, ouvi a voz de Harker, que estava recuperando os sentidos, e virei em direção à cama. Como era de se esperar, sua expressão era de alucinada perplexidade. Por alguns segundos parecia estar atordoado, mas, subitamente, recobrou a consciência e levantou-se assustado. A esposa reagiu ao movimento brusco e virou-se para ele com os braços estendidos, como se fosse abraçá-lo. Em seguida, contudo, ela recolheu os braços rápido e cobriu o rosto. Tremia de uma forma que fez a própria cama ranger.

— Em nome de Deus, o que significa isto? Dr. Seward, Dr. Van Helsing, o que foi isso? O que houve? O que há de errado? Mina, querida, o que aconteceu? Por que todo esse sangue? Meu Deus, meu Deus! O que está acontecendo! — Harker ajoelhou-se, unindo as mãos com força em oração. — Amado Deus, nos ajude! Ajude minha esposa! Por favor, ajude minha esposa!

Com um movimento rápido, levantou-se e começou a se vestir, recompondo toda a sua virilidade para agir diante daquele momento de necessidade.

— Que diabos aconteceu? Diga-me tudo! — gritou, sem parar de colocar suas roupas. — Dr. Van Helsing, sei que o senhor tem grande estima por Mina. Faça alguma coisa para salvá-la. Ainda deve haver tempo. Tome conta dela enquanto eu o procuro!

A esposa, diante do sentimento de terror e aflição, percebeu o perigo que o marido corria.

— Não! — gritou Mina, esquecendo-se do seu próprio sofrimento e agarrando-se ao marido. — Não pode me deixar, Jonathan! Só Deus sabe que já sofri demais esta noite sem o temor de que ele lhe faça algum mal. Você precisa ficar aqui comigo. Ficar com seus amigos que cuidarão de você!

Ela apresentava uma expressão frenética enquanto falava. E quando ele cedeu, ela o levou para a beira da cama e se agarrou ao marido com todas as suas forças.

Van Helsing e eu procuramos acalmar os dois. O professor ergueu um crucifixo dourado e disse com absoluta serenidade:

— Não tenha mais medo, minha filha. Estamos aqui e, enquanto isto estiver junto de você, nenhum mal poderá se aproximar de você — disse à Mina, entregando-lhe o crucifixo. — Está em segurança por esta noite; devemos nos manter calmos e discutir a situação.

Ela estremeceu e ficou em silêncio, escondendo a cabeça no peito do marido. Quando se afastou, a camisa branca de Jonathan estava enodoada de sangue bem no local em que seus lábios tinham encostado e onde o sangue dos pequenos ferimentos de seu pescoço havia pingado. No instante em que avistou as manchas, se afastou e, com um lamento quase inaudível, murmurou entre soluços:

— Imunda! Contaminada! Não devo mais encostar em meu marido ou beijá-lo! Oh, tornei-me, agora, sua pior inimiga e quem lhe causa mais repugnância e medo!

— Deixe de tolice, Mina — retrucou Jonathan, resoluto. — Não diga mais isso. Que vergonha você dizer uma coisa dessas! Não quero nem ouvirei isso de você. Que Deus me julgue e me castigue com sofrimentos ainda mais tristes do que esse que vivemos agora se eu permitir, por alguma atitude ou por vontade própria, que algo nos separe!

Ele abriu os braços e a envolveu em seu peito. Ela continuou soluçando por algum tempo. Jonathan olhou para nós por cima da cabeça inclinada da esposa, e os olhos brilharam, expondo as lágrimas por sobre as narinas dilatadas. A boca estava tensa e imóvel. Quando a Sra. Harker finalmente se acalmou um pouco, Jonathan, falando com uma premeditada calma que transpareceu desafiar seu sistema nervoso ao extremo, pediu-me:

— Agora, Dr. Seward, conte-me tudo, por favor. Sei muito bem o que aconteceu, naturalmente, mas desejo conhecer os detalhes.

Contei-lhe exatamente o que havia acontecido, e ele me ouviu impassível, mas suas narinas voltaram a se dilatar e os olhos faiscaram quando descrevi como as impiedosas mãos do conde haviam segurado sua esposa naquela posição horrorosa, com a boca sobre a ferida aberta em seu peito. Não consegui deixar de notar também a maneira amorosa como ele acariciava os cabelos desalinhados da esposa, apesar de seu rosto pálido se contorcer de forma convulsiva. Quando acabei de contar-lhe tudo, Quincey e Godalming bateram à porta. Eles entraram após nosso aval. Van Helsing olhou-me inquisitivo. Eu entendi o que queria dizer, poderíamos aproveitar a chegada deles para distrair os pensamentos do casal um do outro e deles mesmos. Então, depois que balancei a cabeça em aquiescência, ele perguntou se eles tinham feito ou visto alguma coisa:

— Nem sinal dele no corredor ou em qualquer um dos quartos. Procurei no escritório, mas, apesar de certamente ter passado por lá, já havia ido embora. Contudo ele...

Lorde Godalming parou repentinamente de falar ao ver a pobre figura na cama.

Van Helsing insistiu seriamente:

— Vamos, amigo Arthur, continue. Não há mais motivos para continuarmos escondendo nada. Nossa única esperança agora é saber tudo. Pode falar!

Dessa forma, Art prosseguiu:

— Ele esteve no escritório e, apesar de ter ficado só alguns segundos, o lugar ficou de ponta cabeça. Todo o material datilografado foi queimado, e as chamas azuis ainda brilhavam entre as cinzas brancas. Os cilindros do fonógrafo também foram atirados ao fogo, e a cera só fez as chamas ficarem cada vez mais fortes.

Nesse momento, eu o interrompi, dizendo:

— Graças a Deus há uma cópia que está no cofre!

Vi seu rosto iluminar-se por um instante, mas voltou a se desanimar quando continuou:

— Fui ao quarto de Renfield, mas a única coisa que descobri foi que o pobre coitado morreu — disse Arthur.

A Sra. Harker levantou o rosto e, olhando para cada um de nós disse solenemente:

— Seja feita a vontade de Deus!

Fiquei com a impressão de que Art estava escondendo mais alguma coisa. Mas, como imaginei que havia um motivo para isso, calei-me. Van Helsing se virou para Morris e perguntou:

— E você, amigo Quincey, o que viu?

— Pouca coisa. Pode ser que venha a ser importante mais tarde, mas por enquanto não sei dizer. Achei que seria bom saber para onde o conde iria quando saiu da casa. Não vi o conde, mas vi um morcego sair da janela do quarto de Renfield e voar na direção oeste. Esperava vê-lo voltar a Carfax, sob qualquer forma, mas evidentemente ele procurou outro esconderijo. Não voltará esta madrugada, pois a aurora já enrubesce o céu no Leste e o dia está prestes a nascer. Amanhã teremos muito trabalho a fazer!

Ele lançou essas últimas palavras por entre os dentes cerrados. Ficamos calados por cerca de dois minutos, e acho que deu até para ouvir nossos corações batendo. Van Helsing quebrou o silêncio ao se voltar para a Sra. Harker e dizer:

— E agora, madame Mina, minha querida e doce Mina, conte-nos exatamente o que aconteceu. Só Deus sabe o quanto queria evitar que qualquer sofrimento lhe acometesse, mas temos que saber tudo. O dia em que tudo isso terá fim está próximo, se assim for possível, e agora precisamos sobreviver e aprender.

A pobre jovem tremia, e, pela forma como apertava o marido contra o corpo e abaixava a cabeça cada vez mais em seu colo, dava para notar como estava tensa. De repente, ela levantou o rosto decidida e estendeu a mão a Van Helsing, que a segurou e, depois de se abaixar e beijá-la em uma reverência, apertou-a. Ela manteve a outra mão atrelada a do marido, que a abraçava e a protegia com o outro braço. Depois de uma pausa, naturalmente para organizar seus pensamentos, a desventurada Sra. Harker começou:

— Ontem tomei o opiáceo que o senhor me dera e demorou muito para fazer efeito. Pareceu que cada vez mais ficava desperta e uma miríade de terríveis pensamentos turbilhonava em minha mente: todos conectados com morte, vampiros, sangue e sofrimento. — O marido gemeu inconsciente, e ela disse para ele com carinho: — Não tenha medo, querido. Você precisa ser corajoso e forte, ajudando-me nessa tarefa horrível. Se soubesse o esforço que tenho de fazer para falar dessa coisa pavorosa, entenderia o quanto preciso de seu auxílio. Enfim, percebi que devia ajudar o remédio com minha vontade e empenhei-me em dormir.

"Certamente, o sono deve ter chegado, pois não me lembro de mais nada. Jonathan se deitou e eu nem sequer percebi, porque quando me vi de novo acordada, ele já estava ao meu lado. No quarto havia a mesma névoa fina e branca que eu já notara antes. Aliás, não estou certa se o senhor sabia disso, mas poderá encontrar tudo nos registros do meu diário, que lhe mostrarei depois. Também tive o mesmo terror vago e sensação de presença que tivera naquela noite. Tentei acordar Jonathan, mas ele estava dormindo tão profundamente que parecia ter sido ele que bebera o opiáceo. Tentei, mas ele simplesmente não acordava. Isso me deixou horrorizada. Olhei ao redor e o horror tornou-se ainda maior: junto ao leito, como se tivesse saído da névoa, ou melhor, como se a névoa se tivesse transformado em uma pessoa, estava um homem alto e magro vestido de preto. Reconheci-o imediatamente pela descrição dos outros. O rosto muito pálido, o nariz longo e aquilino, delineado pela luz em fino feixe branco, os lábios escarlates entreabertos, com longos dentes brancos pontiagudos, e os olhos vermelhos que já havia visto no pôr do sol nas vidraças da igreja de Sta. Maria, em Whitby. Reconheci também a cicatriz vermelha na testa no local atingido por Jonathan.

"Por alguns instantes meu coração pareceu parar de bater e eu teria gritado, mas estava paralisada. Nesse momento, apontando para meu marido, ele soltou um murmúrio profundo e cortante: 'Silêncio! Se fizer o menor barulho, eu arrebentarei os miolos dele diante dos seus olhos'. Mortificada, não consegui dizer ou fazer nada. Com um sorriso zombeteiro e segurando firme meu ombro com uma das mãos, desnudou meu pescoço com a outra, dizendo: 'Antes de tudo, um pequeno refresco em recompensa pelos meus esforços. Você pode muito bem ficar quieta, pois essa não é a primeira nem a segunda vez que suas veias apaziguam minha sede!'.

"Sentia-me atordoada e, por mais estranho que pareça, não queria impedir sua ação. Acho que isso faz parte da maldição que ele traz quando toca em uma vítima. E, oh, meu Deus! Meu Deus, tenha piedade de mim! Ele colocou seus fétidos lábios em minha garganta."

Nesse momento, seu marido gemeu novamente. Ela apertou suas mãos mais fortemente e o olhou com tanta pena que parecia ter sido ele a sofrer os ferimentos, mas continuou:

— Senti minhas forças minarem e fiquei meio desfalecida. Não sei quanto tempo durou aquele horror; mas parece ter se passado uma eternidade até retirar sua boca asquerosa, terrível e zombeteira de minha garganta. Eu vi o sangue fresco escorrer!

A lembrança, por um momento, quase a subjugou. Pareceu fraquejar e teria caído não fosse o marido a segurá-la pelo braço. Após grande esforço recompôs-se e prosseguiu:

— Depois, ele me disse, em tom zombeteiro: "Você, bem como os outros, estavam traçando planos contra mim. Você ajudaria esses homens a me caçar e a frustrar meus intentos. Agora você sabe e eles em parte também já sabem, embora saberão completamente em breve, o que acontece quando alguém cruza meu caminho. Eles deveriam ter concentrado a energia em locais mais próximos de sua casa. Eu os ludibriei enquanto competiam inteligência comigo — eu, que comandei nações, lutei por elas e montei milhares de estratégias centenas de anos antes de eles sequer terem nascido. E agora você, quem eles tanto amam, é minha, carne de minha carne, sangue do meu sangue, membro de minha prole. Por enquanto será apenas farta fonte de vinho, mas em breve será minha companheira e ajudante. Você vai ser vingada a seu tempo, pois nenhum deles vai deixar de lhe dar o que você precisa. Ainda assim, você será punida pelo que fez. Você ajudou a tramar contra mim e agora você virá ao meu chamado. Quando meu cérebro lhe disser 'Venha!', você atravessará terra ou mar para me obedecer. Para isso, basta apenas mais uma coisa!" E, desabotoando a camisa, abriu uma veia em seu peitoral com as unhas afiadas. Quando seu sangue começou a jorrar, prendeu-me pelos punhos com uma das mãos e com a outra segurou minha cabeça e pressionou minha boca em seu ferimento, de modo que... para não morrer sufocada, eu tive de engolir. Meu Deus, meu Deus! Que fiz, para merecer tal sorte? Tenha piedade de mim, meu Deus! O que fiz para merecer esse destino, logo eu, que sempre tentei andar no caminho da mansidão e da retidão minha vida toda?

Deus, tenha piedade de mim! Olhe por essa alma infeliz que está em um perigo maior do que a morte. E, em sua misericórdia, tenha pena daqueles que lhe querem bem.

Ela começou a esfregar os lábios como se quisesse limpá-los da impureza. Enquanto Mina contava a terrível história, o céu começou a clarear no leste e a cena foi ficando cada vez mais nítida. Harker estava imóvel e calado, mas, conforme a narrativa pavorosa prosseguia, uma expressão sombria foi cobrindo seu rosto, acentuando-se à medida que a luz da manhã projetava seus primeiros raios, até que, quando o primeiro facho avermelhado da aurora irrompeu no quarto, sua pele pareceu mais escura em contraste com os seus cabelos que se tornaram grisalhos.

Combinamos que um de nós ficaria à disposição do casal infeliz até nos reunirmos para decidir qual seria o próximo passo. Só tenho uma certeza neste momento: não conheço casa mais desgraçada na face da Terra.

CAPÍTULO XXII

Hóstia Sagrada

DIÁRIO DE JONATHAN HARKER

3 de outubro — Como preciso fazer alguma coisa para não enlouquecer, resolvi escrever este diário. Agora são seis da manhã, e em meia hora nos encontraremos no escritório para comermos alguma coisa, pois o Dr. Van Helsing e o Dr. Seward concordaram que precisamos nos alimentar para darmos o melhor de nós. E só Deus sabe que precisaremos do melhor de nós no dia de hoje. Continuarei escrevendo em todos os momentos possíveis, pois não quero parar para pensar. Tudo o que acontecer, por menos importante que pareça, estará registrado aqui. Talvez, no final, possamos aprender mais com os mínimos detalhes. Contudo, todo o nosso aprendizado não impediu que Mina e eu nos encontrássemos na pior situação possível. Temos que, de qualquer forma, confiar e esperar pelo melhor. Pobre Mina! Acabou de me dizer, com lágrimas escorrendo pelo rosto que tanto amo, que é na atribulação e na provação que nossa fé é testada, que devemos continuar confiando, e que Deus vai nos ajudar até o fim. O fim! Ah, meu Deus! Mas que fim? Bom, temos que trabalhar! Trabalhar!

Quando o Dr. Van Helsing e o Dr. Seward retornaram, após terem ido ver o infeliz Renfield, voltamos a pensar no que deveria ser feito. Primeiro, o Dr. Seward disse que, quando ele e o Dr. Van Helsing entraram no quarto do paciente, ele estava deitado no chão. O rosto estava todo machucado e coberto de hematomas, e os ossos do pescoço, quebrados.

O Dr. Seward perguntou ao guarda no corredor se ele tinha escutado alguma coisa. Ele disse que estava sentado — meio dormitando, confessou — quando ouviu vozes no quarto, e então Renfield disse várias vezes em voz alta: "Deus! Deus! Deus!". Depois, o guarda ouviu o som de um corpo caindo e, ao entrar no quarto, ele estava de bruços no chão, como os médicos o haviam encontrado. Van Helsing perguntou se ele havia ouvido "vozes" ou "uma voz", e ele respondeu que não sabia dizer. Que pareceu ter ouvido duas vozes, mas como não havia mais ninguém no quarto, só poderia ter sido uma mesmo. O que conseguia afirmar com certeza era ter ouvido a palavra "Deus" pelo paciente. O Dr. Seward disse, quando estávamos sozinhos, que não quis prolongar o assunto. Havia a possibilidade de um inquérito que nunca seria capaz de esclarecer a verdade dos acontecimentos, uma vez que ninguém acreditaria. Do modo que estava, o testemunho do guarda era suficiente para um atestado de óbito por contusão devido a uma desventurada queda da cama. Se um investigador criminal instaurasse uma sindicância formal, a conclusão seria a mesma.

Quando começamos a discutir o próximo passo a ser dado, a primeira decisão foi que deveríamos confiar totalmente em Mina de novo. Não esconderíamos informação alguma, por mais dolorosa que fosse. Ela mesma concordou que isso seria o melhor a ser feito, e doeu-me vê-la tão corajosa, porém tão triste e tão desesperada.

— Não devemos esconder nada uns dos outros — disse enfática. — Infelizmente, já guardamos segredos demais! Além disso, não há nada no mundo que me cause mais dor do que a que já sofri... ou do que a que estou sofrendo agora! Aconteça o que acontecer, devo renovar minha esperança e minha coragem!

Van Helsing, que não parava de olhar para ela enquanto falava, argumentou com uma gentileza súbita:

— Mas, querida madame Mina, a senhora não está com medo, não pela senhora, mas pelos outros, depois do que aconteceu?

Sua expressão ficou tensa, mas os olhos pareciam cintilar com a devoção de uma mártir ao dizer:

— Não! Já tomei minha decisão!

— Sobre o quê? — perguntou ele com delicadeza enquanto todos nós permanecemos imóveis, pois nós sabíamos, cada um a seu modo, o que Mina estava dizendo. A resposta veio com a objetividade e simplicidade de um fato constatado.

— Porque se eu representar qualquer sinal de perigo, e estarei em vigília atenta, a qualquer um que eu ame, morrerei!

— A senhora está pensando em se matar? — perguntou ele com a voz rouca.

— Sim. Caso não haja ninguém entre os que me amam que possa me salvar desse destino tão desesperador! — ela encarou o professor de forma sugestiva ao falar.

Ele estava sentado, mas levantou-se e aproximou-se dela, colocando a mão em sua cabeça, e declarou de maneira solene:

— Minha filha, se for para o seu bem, haverá uma pessoa. Eu mesmo darei minha palavra a Deus que encontraria essa eutanásia para a senhora até mesmo agora, se isso fosse o mais adequado a ser feito. Melhor ainda, se fosse o mais seguro a ser feito! Mas, minha filha... — Por um momento, o professor pareceu engasgar-se, como se um grande nó tivesse se formado em sua garganta. Ele engoliu em seco e continuou a dizer: — Há vários homens aqui que ficariam entre a senhora e a morte. A senhora não pode morrer. Ninguém irá tirar a sua vida, muito menos você mesma. Enquanto aquele que maculou sua meiga existência não tiver a morte definitiva, a senhora não poderá morrer. Enquanto ele estiver entre os lépidos mortos-vivos, a sua morte a tornaria igual a ele. Não! A senhora precisa viver! Precisa lutar e se esforçar para viver, mesmo que a morte se apresente como um consolo inenarrável. A senhora precisa encarar a Morte em pessoa, seja vindo como aflição ou como alívio, durante o dia ou durante a noite, na segurança ou no perigo! Pela sua alma, exijo que não morra. Nem mesmo pense na morte até todo esse enorme mal passar.

A pobre dama exibiu uma palidez mortal e ficou agitada, remexendo-se no lugar em que estava. Ficamos todos calados. Não havia nada a fazer. Aos poucos, ela foi se acalmando e, virando-se para ele, disse com uma meiguice melancólica, ao mesmo tempo em que estendeu a mão:

— Prometo, meu caro amigo, que se Deus me deixar viver, lutarei por isso. Até que Ele tenha decidido que é chegada a hora de afastar para longe de mim esse horror.

Era tão bondosa e corajosa que todos sentimos o nosso coração se fortalecer para a tarefa e para lutar por ela; começamos a discutir o que faríamos a seguir.

Disse a ela para guardar todos os documentos no cofre, além dos papéis, diários e registros de fonógrafo que pudéssemos usar no futuro, e que continuasse escrevendo em seu diário, como vinha fazendo até ali. Ela ficou contente ao saber que teria uma função, se é que a palavra “contente” pudesse ser usada para se referir a uma empreitada tão macabra. Como sempre, Van Helsing havia pensado em tudo antes de nós e já sabia exatamente a ordem da execução das tarefas.

— Talvez tenha sido bom que, em nossa reunião depois da visita a Carfax, tenhamos decidido não fazer nada com as caixas de terra que estavam lá — explicou ele. — Se tivéssemos feito alguma coisa, o conde poderia ter adivinhado nosso objetivo e certamente teria se antecipado em frustrar esforços similares com relação às outras caixas. Ele não conhece nossas intenções agora. E é bem provável que não saiba que, de fato, estamos em posse de um poder capaz de esterilizar seus antros, de modo que não possa mais utilizá-los. Nosso conhecimento atual sobre a localização das caixas está tão avançado que, após examinarmos a casa de Piccadilly, talvez identifiquemos todas elas. Portanto, o dia de hoje é nosso e é nele que repousa nossa esperança. O sol que veio iluminar nossa tristeza agora cedo nos protegerá em seu trajeto. Até o pôr do sol de hoje, o monstro vai permanecer na forma que assumiu agora. Está confinado dentro dos limites de seu terreno invólucro. Não pode se desfazer no ar e nem desaparecer por fresta alguma. Se quiser passar por uma porta, terá de abri-la como qualquer mortal. Então, temos o dia de hoje para encontrar todos os locais e esterilizá-los. Assim, se não o tivermos capturado e destruído nesse ínterim, faremos com que fique encurralado em um canto até o instante, mais cedo ou mais tarde, de sua captura e destruição.

Nesse momento, levantei-me sobressaltado, pois não podia me conter ao pensar que estávamos desperdiçando minutos e segundos preciosos para salvaguardar a vida e a felicidade de Mina. Não estávamos agindo ao conversarmos. Mas Van Helsing levantou a mão em sinal de alerta.

— Não, amigo Jonathan — disse ele —, neste caso, como diz o seu provérbio, o caminho mais rápido é o mais longo. Quando chegar a hora, teremos de agir, e agir rapidamente. Contudo, o mais provável é que a solução do problema esteja na casa em Piccadilly. O conde pode ter comprado muitas propriedades. E delas deve ter escrituras, contratos de compra e venda, chaves e outras documentos dessas propriedades, como registros escritos, talões de cheque etc. Em algum lugar, devem estar a maioria de seus pertences. Por que não nesse endereço tão central, tão tranquilo, no qual se pode entrar e sair pela porta da frente ou dos fundos a qualquer hora sem ser notado por ninguém devido ao intenso movimento? Faremos uma busca naquela casa e, quando soubermos o que está escondido nela, faremos o que o nosso amigo Arthur chama, segundo seu vocabulário de caçador, de "capturar a velha raposa", certo? Concordam?

— Então, que comecemos imediatamente — exclamei —, pois estamos perdendo um preciosíssimo tempo!

— Mas como entraremos na casa de Piccadilly? — indagou o professor.

— Da maneira que for. Mesmo que seja preciso arrombá-la!

— E a polícia? Onde ela estará e o que pensará disso?

Fiquei sem palavras. Estava ansioso, mas sabia que Van Helsing tinha boas razões para adiar a ação. Então pedi com o máximo de delicadeza que me foi possível:

— Que não esperemos mais do que o necessário. Estou certo de que sabem da angústia em que me encontro.

— Ah, meu filho, eu bem sei. E realmente não há necessidade de aumentar sua angústia — disse Van Helsing. — Mas pense bem, o que podemos fazer até que o movimento esteja intenso lá fora? Então chegará a nossa vez. Eu pensei muito e me parece que quanto mais nossas ações forem simples, melhor será. Agora, precisamos entrar na casa, porém não temos a chave, não é mesmo?

Assenti.

— Agora, vamos supor que você fosse, de fato, o dono da casa. Não conseguindo entrar nela e sem ter a mentalidade de um invasor, o que você faria?

— Arranjaria um chaveiro respeitável e o mandaria abrir a fechadura para mim.

— E a polícia, ela interviria, não?

— Não interviria se soubesse que o homem está trabalhando autorizado.

— Então — ele continuou enquanto me encarava com toda a atenção —, o que está em questão é a consciência de quem contratou o chaveiro e o fato de o policial acreditar na boa-fé desse contratante. A sua polícia deve realmente possuir homens atenciosos e habilidosos para avaliar a intenção dos cidadãos, de modo que se preocupem em fazer isso. Não, não! Amigo Jonathan, você pode abrir a fechadura de centenas de casas vazias em Londres, ou de qualquer cidade no mundo, mas somente se agir adequadamente e na hora certa é que ninguém interferirá no assunto. Li sobre um sujeito que tinha uma bela casa em Londres; ao deixá-la trancada para passar o verão na Suíça, um ladrão arrombou uma janela dos fundos e conseguiu entrar. Ele andou pela casa, abriu as janelas que davam para a rua, e entrou e saiu pela porta da frente, diante dos olhos da polícia. Depois, organizou um leilão na propriedade, com anúncio e placa no portão. E quando chegou o dia, vendeu, com ajuda de um leiloeiro experiente, todos os bens que aquele outro homem possuía. Depois foi até uma imobiliária e vendeu a casa, combinando que a casa deveria ser demolida e o entulho retirado dentro de determinado prazo. E a polícia e outras autoridades o ajudaram em tudo o que foi preciso. Quando o dono voltou das férias na Suíça, encontrou apenas um buraco no terreno onde antes ficava sua casa. Tudo isso foi feito *en règle*[63], e o nosso trabalho também deverá ser feito *en règle*. Se chegarmos cedo demais, o policial, que nessa hora não tem muito o que pensar, poderá ficar desconfiado. Vamos depois das dez, quando há muita gente por lá, e será uma hora em que essas coisas seriam feitas se fôssemos realmente os donos da casa.

Não havia como não concordar com ele e o terrível desespero no rosto de Mina pareceu se suavizar ao pensar nisso. Havia esperança naquele bom conselho. Van Helsing continuou:

— Talvez encontremos mais pistas dentro da casa. De qualquer forma, enquanto alguns de nós estivermos fazendo essa busca, os demais podem procurar outros lugares em que ele talvez tenha mais caixas de terra: em Bermondsey e em Mile End.

Lorde Godalming se levantou.

— Posso ser útil nisso — disse. — Enviarei um telegrama pedindo para o meu pessoal mandar cavalos e carruagens aonde for mais conveniente.

— Veja bem, velho camarada — interveio Morris —, é uma ideia sensacional deixar tudo pronto caso precisemos de cavalos, mas você

63. De acordo com as regras —em francês. (N. T.)

não acha que suas carruagens adornadas com os brasões de família chamariam atenção demais para o nosso propósito se estiverem em uma ruazinha de Walworth ou de Mile End? Acho melhor usarmos carruagens de aluguel quando formos para o sul ou para o leste. E até mesmo deixá-los a uma certa distância da vizinhança aonde formos.

— O amigo Quincey tem toda razão! — concordou o professor. — Como dizem os jovens, ele realmente tem cabeça boa. Está vendo adiante. Temos uma tarefa difícil a cumprir, e não queremos observadores, se isso for possível.

Mina estava se interessando por tudo, e regozijei-me vendo que as exigências das tarefas que tínhamos de realizar a faziam se esquecer um pouco das angústias da noite. No entanto, estava tão pálida — quase cadavérica — lívida e magra que seus lábios estavam repuxados, revelando dentes um tanto protuberantes. Não comentei nada com ela, para não a magoar desnecessariamente, mas senti meu sangue enregelar-se ao pensar no que havia ocorrido à pobre Lucy depois que o conde sugou seu sangue. Ainda não havia sinal de que os dentes estivessem ficando afiados, mas era tudo muito recente, e temi pelo que poderia vir a acontecer.

Quando passamos a discutir a sequência de nossas tarefas, resolvemos que, em vez de começar em Piccadilly, deveríamos esterilizar o esconderijo do conde mais próximo. Caso ele descobrisse antes da hora, ainda estaríamos à sua frente em nosso trabalho. E a presença dele na sua forma puramente material e mais vulnerável, poderia ser uma nova vantagem para nós.

Quanto à distribuição de forças, o professor sugeriu que, depois de nossa visita a Carfax, nós todos fôssemos à casa de Piccadilly e que eu e os dois médicos ficássemos lá, enquanto lorde Godalming e Quincey fossem descobrir e destruir os esconderijos de Walworth e Mile End. O professor achou que seria possível, até mesmo provável, que o conde aparecesse em Piccadilly durante o dia e, se isso acontecesse, de fato teríamos que resolver a situação ali mesmo, naquele exato momento. De qualquer forma, poderíamos persegui-lo unindo forças. Opus-me a esse plano, já que não queria sair de casa e me separar de Mina, achei que a decisão estivesse tomada, mas ela não concordou comigo, incentivando-me a ir, pois, como advogado, poderia ser muito útil no exame dos documentos jurídicos do conde, cujas pistas presentes eu poderia avaliar ainda melhor pela minha experiência na Transilvânia. Na verdade, a união de todas as nossas forças seria necessária para lidar com o poder extraordinário do conde. Acabei concordando, pois Mina estava resoluta. Acrescentou ainda que a única esperança que *lhe* restava era que todos nós trabalhássemos juntos.

— Quanto a mim, não tenho medo — exclamou. — O pior já aconteceu e o que quer que aconteça, só poderá trazer esperança e conforto. Vá, meu marido! Deus, se assim quiser, pode me proteger sozinha.

— Então — disse eu —, em nome de Deus, partamos imediatamente e não percamos tempo. O conde pode aparecer mais cedo em Piccadilly do que pensamos.

— Não mesmo! — disse Van Helsing, levantando a mão.

— Mas por quê? — perguntei.

— Está se esquecendo de que ele se banqueteou fartamente na noite passada e que, portanto, vai dormir até tarde? — retrucou Van Helsing.

Como poderia me esquecer! Jamais me esquecerei! Como qualquer um de nós poderia esquecer aquela cena terrível! Mina se esforçou muito para manter a expressão de coragem, mas a dor foi mais forte que ela, e ela cobriu o rosto com as mãos, gemendo trêmula.

Van Helsing não tinha a intenção de fazê-la se lembrar da experiência apavorante. Em seu esforço intelectual, acabou se esquecendo dela e de sua participação. Mal acabara de falar, arrependeu-se de sua distração e tentou consolá-la:

— Madame Mina — desculpou-se —, minha querida madame Mina, perdoe-me! Logo eu, que a prezo tanto, fui dizer algo tão descabido. Meus velhos lábios idiotas e minha estúpida cabeça de velho não merecem, mas a senhora se esquecerá disso, certo? — E curvou-se em uma reverência para ela assim que acabou de falar.

— Não, não irei — disse ela com a voz embargada, pegando a mão do professor e olhando em seus olhos. — É uma coisa que eu mesma não conseguirei esquecer, no entanto, com ela me vêm ternas lembranças do senhor, então essas memórias virão todas juntas. Agora, no entanto, vocês devem se preparar para partir. O café está pronto e vocês todos precisam se alimentar.

A refeição foi muito estranha a todos nós. Tentamos, em vão, animar uns aos outros, e Mina foi a que mais se esforçou. Ao terminarmos, Van Helsing disse:

— Ponhamo-nos, agora, a caminho de nossa terrível jornada, meus amigos! Todos estão armados contra ameaças fantasmagóricas e como carnais, tal como estávamos naquela noite em que estivemos pela primeira vez no esconderijo do inimigo?

Todos assentimos.

— Então está bem! Quanto à senhora, madame Mina estará em plena segurança aqui até o pôr do sol. Nós voltaremos antes dele... se voltarmos. Mas, antes de partirmos, quero vê-la armada contra um ataque pessoal. Já preparei seu quarto com as coisas que o impedirão de entrar. Agora tratarei de protegê-la diretamente, encostando a hóstia sagrada em sua testa, em nome do Pai, do Filho e do...

Ouvimos um grito horrível que nos cortou o coração. Ao tocar a testa de Mina, a hóstia a queimou. Sua pele fora queimada como que por uma chapa de ferro incandescente. O sistema nervoso de minha pobre e amada esposa processou o significado do que ocorrera tão rapidamente quanto processou a dor infligida, e os dois sobrecarregaram-na de tal maneira que sua natureza extenuada extravasou em um cortante grito. Todavia as palavras para expressar seu pensamento logo vieram aos seus lábios. O eco de seu grito ainda não tinha cessado de ressoar pelo ambiente quando a reação de seu corpo chegou: ajoelhou-se no chão em um agonizante abatimento e cobrindo o rosto com os belos cabelos, como antigamente os leprosos faziam com suas capas, vociferou lamuriosamente:

— Impura! Impura! Até o Todo-Poderoso evita a minha carne contaminada! Ficarei com essa marca de vergonha na testa até o dia do Juízo Final!

Todos ficaram paralisados. Atirei-me ao chão e a abracei tentando consolá-la, enquanto nossos amigos desviavam o rosto, procurando esconder as lágrimas. Van Helsing se virou para nós e disse muito sério, como uma voz que parecia-lhe ser exterior, tal qual em assomo de inspiração divina:

— Sim, é possível que você leve esta marca até que o próprio Deus considere adequado, como certamente Ele irá considerar, no dia do

Juízo, para redimir todos os males da Terra e de Seus filhos que aqui Ele colocou. Madame Mina, minha querida, queridíssima, rezo para que nós, que a amamos, possamos estar lá para ver quando essa cicatriz vermelha, sinal de que Deus sabe o que acontece, seja apagada e deixe sua testa pura assim como é o seu coração. Creia que essa cicatriz sumirá completamente quando Deus julgar pertinente aliviar o fardo de nossos ombros. Até então, temos de carregar nossa cruz, como Seu filho carregou, em obediência à Sua vontade. Pode ser que tenhamos sido escolhidos como instrumentos de sua vontade e que devamos nos elevar a ele por meio de chicotadas e vergonha, lágrimas e sangue, dúvidas e temores e tudo aquilo que constitui a diferença entre Deus e os homens.

Havia esperança nas palavras dele, e consolo. Expressavam sua resignação. Tanto Mina quanto eu pudemos sentir isso e, juntos, pegamos as mãos do velho e nos inclinamos para beijá-las. E assim, sem dizer mais nenhuma palavra, nos ajoelhamos e, de mãos dadas, juramos lealdade uns aos outros. Juramos tirar o véu do sofrimento de cima daquela mulher que, cada um à sua maneira, todos nós amávamos. E imploramos por ajuda e orientação na terrível tarefa que tínhamos diante de nós.

Era tempo de partir. Despedi-me de Mina. Uma despedida que nunca mais nos esqueceremos em nossa vida, e partimos.

Já tenho uma decisão tomada: se Mina realmente se transformar em vampira, não irá sozinha para aquela terra desconhecida e terrível. Creio que era assim que, nos velhos tempos, os vampiros se multiplicavam; do mesmo modo que seus horríveis corpos só podiam descansar em terra sagrada, assim também era o mais sagrado amor quem recrutava suas sinistras legiões.

Entramos em Carfax sem dificuldade e encontramos tudo como estava na primeira ocasião. Não era fácil acreditar que aquele cenário de abandono, poeira e decadência pudesse conter o pavor que já conhecíamos. Se não tivéssemos certeza e não tivéssemos as terríveis memórias que nos assombravam, dificilmente teríamos levado adiante nossa missão. Não encontramos documento algum nem sinais de que alguém tivesse usado a casa. Na antiga capela, as grandes caixas pareciam ter permanecido iguais à última vez em que a vimos.

— E agora, meus amigos — exclamou o Dr. Van Helsing, solenemente —, temos que esterilizar a terra tão santificada por memórias sagradas que ele trouxe de um país distante para uso tão sórdido. Ele escolheu essa terra porque era sagrada. Então, vamos derrotá-lo com suas próprias armas, pois a tornaremos ainda mais sacrossanta. Ela foi santificada para uso do homem, agora a santificaremos para Deus.

Enquanto falava, tirou da valise uma chave de fenda e um grifo e abriu logo o primeiro caixote. A terra tinha cheiro de mofo, mas nem nos importamos com isso, pois nossa atenção estava voltada para o professor, que tirou da valise um pedaço da hóstia sagrada e colocou-a reverentemente sobre a terra. Logo em seguida, tratou de parafusar novamente a tampa do caixote com nossa ajuda.

Fizemos o mesmo em todas as caixas, uma a uma, e as deixamos do mesmo jeito como as encontramos, exceto pelo pedaço de hóstia. Quando fechamos a porta atrás de nós, o professor concluiu solenemente:

— Já fizemos muito! Pode ser que tenhamos o mesmo sucesso com todas as outras, e então, no pôr do sol de hoje, o sol poderá brilhar sobre a testa da madame Mina, deixando-a tão branca e imaculada quanto marfim!

Ao passarmos diante do manicômio, a caminho da estação, olhei ansiosamente para a janela e vi Mina em nosso quarto; acenei-lhe com a mão, e meneei a cabeça afirmativamente para informar-lhe que tínhamos sido bem-sucedidos. Ela acenou de volta, mostrando ter entendido e a última coisa que vi foi ela lançar um gesto de despedida com a mão. Foi com o coração pesado que partirmos para tomar o trem na estação, o qual já se preparava para partir assim que chegamos à plataforma. Aproveitei para escrever na viagem.

Piccadilly, 12h30 — Antes de chegarmos a Fenchurch Street, lorde Godalming me disse:

— Quincey e eu procuraremos um chaveiro. É melhor não vir conosco, pois pode haver alguma dificuldade. Para nós, leigos, não seria tão absurdo tentarmos entrar em uma casa vazia, mas você cursou direito e a Ordem dos Advogados poderia dizer que tinha plena ciência do que estava fazendo.

Discordei, pois estava disposto a participar de qualquer perigo e a correr qualquer risco, até mesmo do repúdio, mas ele continuou:

— Além do mais, um grupo menor vai chamar menos atenção. Meu título será útil para arranjar as coisas com o chaveiro e com algum policial que possa aparecer. É melhor seguir com Jack e Van Helsing para Green Park e esperar lá, onde possam ter visão da casa e, quando o chaveiro for embora e a porta estiver aberta, encontrem conosco lá. Esperaremos vocês e lhes daremos acesso.

— O conselho é bom — concordou Van Helsing.

Não dissemos mais nada. Godalming e Morris tomaram uma carruagem, e nós seguimos em outra. Na esquina da Arlington Street, os médicos e eu descemos e caminhamos até Green Park. Senti o coração bater com muita força ao avistar a casa em que se concentravam as nossas esperanças se elevando agourenta e silenciosa, desoladamente sombria em meio às animadas e arrumadas casas vizinhas. Sentamo-nos em um banco e começamos a fumar, de maneira a atrair o menos possível a atenção dos transeuntes. Os minutos se arrastavam enquanto esperávamos pelos outros.

Finalmente, vimos parar na frente da casa uma carruagem de quatro rodas. Muito à vontade, Lorde Godalming e Morris desceram, ao mesmo tempo em que saltava da boleia um homem carregando uma maleta de ferramentas. Morris pagou o cocheiro, que agradeceu e partiu. Lorde Godalming indicou ao chaveiro o que queria que fizesse. O homem tirou o paletó, pendurando-o na grade que havia em frente da casa, enquanto dizia alguma coisa a um policial que acabara de passar na rua. O policial sacudiu a cabeça em concordância e se afastou enquanto o chaveiro ajoelhava-se e posicionava sua maleta ao seu lado. Depois de remexer em seus pertences, pegou várias ferramentas e as organizou no chão. Levantou-se, olhou pelo buraco da fechadura, assoprou dentro dele e, virando-se para os clientes, fez um comentário. Lorde Godalming sorriu, e o rapaz pegou um grande molho de chaves. Após escolher uma delas, começou a experimentá-la na fechadura para ver se a abriria. Depois de tentar a primeira chave, experimentou uma segunda e, por fim, uma terceira. De repente, a porta se abriu com um leve empurrão, e os três entraram no saguão. Permanecemos sentados. Meu charuto ainda queimava com toda a força, mas o de Van Helsing já estava apagado. Aguardamos pacientemente o chaveiro sair e recolher seus materiais. Então ele manteve a porta entreaberta com os joelhos ao colocar uma chave na fechadura. Por fim, entregou a chave a lorde Godalming, que lhe pagou pelo trabalho. O homem agradeceu, pegou sua maleta, vestiu o casaco e foi embora. Não houve testemunha alguma durante o processo. Quando o chaveiro estava longe o suficiente, atravessamos a rua e batemos à porta. Quincey Morris abriu-a imediatamente. Lorde Godalming estava ao lado dele, acendendo um charuto.

— A casa está com um cheiro horrível — disse o último.

Era o mesmo cheiro de Carfax e não havia dúvida de que o conde estava utilizando livremente a casa. Tratamos logo de examiná-la, ficamos todos juntos para caso fôssemos atacados, pois sabíamos que nosso inimigo era forte e astuto e, até então, não sabíamos se o conde estava ou não na casa. Na sala de jantar, um cômodo atrás do corredor principal, encontramos apenas oito das nove caixas que estávamos procurando. Estava faltando uma! Nosso trabalho não estava terminado nem estaria enquanto não tivéssemos localizado a última das caixas. Primeiramente, abrimos as cortinas da janela que dava para um pequeno pátio de pedras, nos fundos de um estábulo que parecia imitar a fachada de uma casa em miniatura. O estábulo não tinha janelas, por isso não havia preocupação com testemunhas. Não perdemos tempo examinando as caixas. Com as ferramentas que havíamos trazido conosco, abrimos uma por uma e repetimos o procedimento realizado na antiga capela. Obviamente, o conde não estava na casa, e passamos a analisar quaisquer vestígios que ele pudesse ter deixado para trás.

Depois de uma busca rigorosa nos outros cômodos, chegamos à conclusão de que estavam na sala de jantar todos os objetos pertencentes ao conde. Eles estavam dispostos em uma espécie de ordem desordenada na mesa e consistiam nas escrituras das casas de Piccadilly, Mile End e Bermondsey, papéis para carta, envelopes, canetas e tinta, tudo embrulhado por causa da poeira, e também uma escova de roupa, um pente, um jarro e uma bacia com água suja, que parecia avermelhada com sangue. Havia, finalmente, um molho de chaves de todas as espécies e tamanhos, provavelmente pertencentes às outras casas. Lorde Godalming e Morris tomaram nota dos endereços dessas casas e, munidos de suas chaves, partiram para destruir as caixas que estavam naqueles lugares. O restante de nós, com o que nos sobrou de paciência, aguardamos o regresso deles, ou o aparecimento do conde.

CAPÍTULO XXIII

HIPNOSE

DIÁRIO DO DR. SEWARD

3 de outubro — Pareceu-nos incrivelmente longo o tempo que tivemos de esperar pelo regresso de Godalming e Quincey Morris. O professor procurou nos distrair, conversando sem parar e notei, pela maneira como se dirigia a Harker, que estava preocupado principalmente com ele, o que era natural. O pobre coitado está sobrecarregado por uma miséria que é dolorosa de ver. Ontem à noite, parecia um homem feliz, com uma expressão forte, jovem e cheia de energia. Os cabelos eram castanho-escuros. Hoje parece um velho, acabado, derrotado, com os cabelos brancos combinando com as olheiras e com a vermelhidão das escleras, e as linhas de expressão marcando a tristeza em seu rosto. A energia manteve-se inabalável, ele é uma chama viva, e talvez seja essa a sua salvação, pois, se tudo der certo, é isso que o ajudará a superar esse período aterrorizante. De alguma forma, ele acabará acordando de novo para as realidades da vida. Coitado, e eu que pensava que meus próprios problemas eram graves, mas os dele...!

O professor sabe disso e está fazendo o possível para manter a mente dele ativa. O que ele disse foi, nessas circunstâncias, de grande interesse. Tentarei reproduzir suas palavras conforme as lembro:

— Eu tenho estudado, lido e relido todo o material relacionado a esse monstro desde que tive acesso a ele, e quanto mais estudo, maior me parece a necessidade de destruí-lo de forma definitiva. Em todos os relatos, é possível perceber seu avanço. Não apenas em termos de poder, mas também de conhecimento em relação a esse poder. Analisei as pesquisas de meu amigo Arminius, de Budapeste, e descobri que, enquanto viveu, o conde foi um homem espetacular. Foi bem-sucedido enquanto soldado, político e também na alquimia, que era o ápice do desenvolvimento científico de sua época. Tinha um cérebro privilegiado, com uma erudição que não se podia comparar e um coração que não conheceu medo nem arrependimento. Frequentou a Scholomance, e não havia um único ramo do conhecimento de sua época que fosse incapaz de discutir. Os poderes existentes em seu cérebro sobreviveram à morte física, embora a memória não pareça estar completa. Em alguns aspectos mentais, ele permanece apenas um menino. Mas está crescendo, e algumas coisas que pareciam infantis no início agora amadurecem para atitudes de um homem. Ele está experimentando e tem obtido sucesso. Se não tivéssemos cruzado seu caminho ele seria, e ainda pode vir a ser, caso falhemos, o pai ou fundador de uma nova ordem de seres, cujo caminho a ser trilhado seria o da Morte, e não o da Vida.

Harker gemeu e disse:

— E tudo isso está contra minha amada! Mas o que o senhor quer dizer com experimentando? Saber disso pode nos ajudar a derrotá-lo!

— Todo esse tempo, desde que chegou, ele vem experimentando seu poder de forma lenta, porém certeira. O grande cérebro de criança está progredindo, mas, mesmo assim, não deixa de ser, felizmente, um cérebro infantil. Se ele tivesse ousado arriscar desde o início, estaria além de nossos esforços há muito tempo. De qualquer forma, pretende ser bem-sucedido, e um homem que possui séculos de vida pode se dar ao luxo de esperar e avançar lentamente. "*Festina lente*"[64] pode muito bem ser o seu lema.

— Não entendi — comentou Harker, denotando exaustão. — Seja mais claro, por favor! Talvez a tristeza e as preocupações tenham obnubilado meu raciocínio.

O professor colocou a mão em seu ombro com toda delicadeza e disse:

— Serei mais claro, meu filho. Você não percebe que, recentemente, esse monstro vem ganhando conhecimento de forma experimental? Vem usando o paciente zoófago para conseguir acesso à casa do amigo John, pois o vampiro só pode entrar pela primeira vez em uma casa se for convidado por um morador, embora depois disso possa entrar e sair como bem entender.

"Mas esses não foram seus experimentos mais importantes. Vocês não perceberam que todas as grandes caixas foram transportadas por

64. Apressa-te devagar — em latim. (N. T.)

outros no começo? Tudo o que sabia na época era que precisava ser assim. Mas durante todo esse tempo, seu grande cérebro infantil se desenvolveu e começou a se questionar se ele mesmo não poderia mover as caixas. Passou, assim, a auxiliar os carregadores. Finalmente, quando descobriu que poderia carregá-las, tentou movê-las sozinho. E foi o que fez, espalhando as próprias sepulturas. Só ele sabe onde as escondeu. Talvez pretenda enterrá-las profundamente, para que possa usá-las à noite ou nas horas em que for possível mudar de forma; todas as caixas têm a mesma utilidade para ele, e ninguém pode saber que são seus esconderijos!

"Não se desespere, meu filho, ele se deu conta disso tarde demais! Agora, com exceção de um, todos os seus covis foram esterilizados. E antes do anoitecer, esterilizaremos esse último. Dessa forma, ele não terá onde descansar nem se esconder. Demorei a agir pela manhã para que pudéssemos ter certeza. Temos mais a perder do que ele, não é mesmo? Então devemos redobrar nossos cuidados! Pelo meu relógio, é uma hora da tarde, portanto, se tudo deu certo, os amigos Arthur e Quincey devem estar chegando a qualquer momento. Hoje é o nosso dia, e temos de ir adiante sem fraquejar, mesmo que o façamos devagar. O importante é não perder nenhuma oportunidade. Veja! Seremos cinco quando os outros dois chegarem aqui."

Enquanto conversávamos, bateram à porta, com a dupla batida característica do correio, e nós todos corremos instintivamente para a entrada, mas Van Helsing, com um gesto, impôs silêncio e foi abrir a porta. O carteiro entregou o telegrama, e o professor fechou a porta de novo. Depois de olhar para todos os lados, abriu-o e leu-o em voz alta:

CUIDADO COM D. SAIU DE CARFAX ÀS PRESSAS AGORA MESMO, ÀS 12H45, E SEGUE EM DIREÇÃO AO SUL. PARECE ESTAR FAZENDO UMA RONDA E PODE ENCONTRAR VOCÊS. — MINA

— Agora, graças a Deus, vamos encontrá-lo dentro em pouco! — exclamou Harker após uma pausa.

— Deus saberá agir oportunamente e como lhe parecer melhor. Não tema, mas também não comemore ainda. Aquilo que ansiamos pode ser nosso fim — respondeu Van Helsing.

— Neste momento, nada mais me importa senão aniquilar esse monstro da face da Terra — Jonathan respondeu com ardor. — Venderia minha alma para isso!

— Acalme-se, meu filho! — disse Van Helsing. — Deus não compra almas, e o Diabo, embora as compre, não mantém sua palavra. Deus é piedoso e justo, e conhece a sua dor e a sua dedicação à madame Mina. Pense bem em como a dor dela seria dupla se ouvisse suas palavras descontroladas. Não tenha receio de nenhum de nós, somos todos dedicados a esta causa, e hoje tudo vai terminar. Está chegando a hora de agirmos. Hoje este vampiro está limitado aos poderes do Homem e, antes do anoitecer, não vai poder se transformar. Vai demorar até chegar aqui. Veja, já é uma e vinte. Ainda temos um tempo até que ele apareça, por mais rápido que se desloque. Só precisamos torcer para que lorde Arthur e Quincey cheguem primeiro.

Meia hora depois, bateram de novo à porta. Era uma pancada comum, como qualquer pessoa costuma bater, mas fez o coração do professor, bem como o meu, palpitar arrítmico. Olhamos um para o outro e dirigimo-nos juntos ao saguão, prontos a nos valermos de nossos diversos armamentos. Os espirituais na mão esquerda e os mortais na direita. Van Helsing girou o trinco e, mantendo a porta entreaberta, recuou, deixando as mãos livres para agir. A alegria de nossos corações deve ter transparecido nas nossas faces quando vimos lorde Godalming e Quincey Morris na escada, perto da porta. Eles entraram rapidamente e fecharam a porta. Lorde Godalming disse ao atravessar o saguão:

— Tudo correu bem. Encontramos seis caixas em cada casa e destruímos todas.

— Destruíram? — perguntou o professor.

— Para ele!

Ficamos calados por um tempo.

— Agora, nada nos resta senão esperar — disse Quincey. — Se, contudo, ele não aparecer até as cinco horas, deveremos voltar, pois é perigoso deixar a Sra. Harker sozinha após o pôr do sol.

— Ele não vai demorar muito a chegar — anunciou Van Helsing após consultar suas anotações. — Estejam todos preparados! *Nota bene*[65], segundo o telegrama da madame, ele saiu de Carfax em direção

65. Expressão latina para "note bem" ou "preste atenção". (N. T.)

ao sul. Isso quer dizer que atravessaria o rio, mas ele só pode fazer isso com a maré baixa, o que deve ter acontecido pouco antes da uma da tarde. Ter ido para o sul nos explica muita coisa. Por enquanto, está apenas desconfiado e saiu de Carfax a caminho do local em que menos esperaria encontrar alguma interferência. Vocês devem ter estado em Bermondsey pouco antes dele. O fato de não estar aqui ainda demonstra que foi a Mile End logo depois. Isso demandou-lhe algum tempo, pois precisaria ser transportado sobre o rio de alguma forma. Podem acreditar em mim, meus amigos, não teremos que esperar muito tempo agora. Devemos preparar um plano de ataque para não desperdiçar nenhuma oportunidade. Vamos, não há tempo a perder. Peguem suas armas! Estejam preparados!

Enquanto falava, o professor levantou a mão em sinal de alerta, pois todos ouvimos uma chave ser inserida com delicadeza na fechadura da porta da frente.

Não pude deixar de admirar como, mesmo em um momento tão crítico, cada um de nós manifestava as tendências de sua personalidade.

Em todas as nossas caçadas e aventuras, em diferentes partes do mundo, Quincey Morris sempre organizava o plano de ação, e eu e Arthur estávamos acostumados a segui-lo. O velho hábito pareceu renovar-se instintivamente. Quincey olhou rapidamente em torno e, sem dizer uma palavra, com simples gestos, colocou-nos cada um em uma posição. Van Helsing, Harker e eu ficamos atrás da porta, de maneira que, quando ela fosse aberta, o professor pudesse ficar de guarda enquanto nós dois nos colocássemos entre o recém-chegado e a saída. Godalming e Quincey, perto da janela, estavam prontos a entrar em ação logo que fosse preciso.

Esperamos com ansiedade. Os segundos se arrastaram com uma lentidão de pesadelo. Ouvimos passos lentos e cuidadosos no vestíbulo. Certamente o conde estava preparado para alguma surpresa, ou pelo menos receava alguma.

De repente, surgiu em um pulo e passou por nós tão rápido que não tivemos tempo sequer de levantar uma mão para segurá-lo. Seus movimentos de pantera e sua velocidade inumana nos trouxe de volta à realidade após o choque inicial de sua entrada. O primeiro a agir foi Harker, que se lançou diante da porta que dava para o quarto da frente.

Ao nos ver, o conde soltou um rugido e mostrou os dentes aguçados. O sorriso maligno logo se transformou em um olhar fixo e frio, tal qual leão desdenhoso. Sua expressão se alterou novamente quando, com um único impulso, todos fomos em sua direção. Foi uma pena que não tivéssemos organizado melhor nosso plano de ataque, pois, na hora, não soube exatamente o que fazer. Nem conseguia dizer se nossas armas mortíferas se mostrariam úteis. Harker estava evidentemente disposto a testar, pois tinha sua faca kukri preparada e com ela desfechou repentinamente um golpe, cortando-o impiedosamente. O ataque foi feroz, apenas a rapidez diabólica do conde o salvou. Se estivesse se desviado um segundo mais tarde, a afiada lâmina teria atravessado seu coração, mas pegou de raspão, somente abrindo o tecido de sua capa e, pelo rasgo, um punhado de notas e uma enxurrada de moedas de ouro se espalharam pelo chão. A expressão do rosto tornou-se demoníaca, e receei pela vida de Harker, embora alçasse mais uma vez sua mão para desferir novo golpe. Instintivamente, avancei para protegê-lo, levantando o crucifixo e a hóstia na mão esquerda. Senti um fluxo de poder fluir pelo meu braço e foi com surpresa que vi o monstro recuar antes que os outros, espontaneamente, repetissem o meu gesto. É impossível descrever a expressão de ódio e malignidade que estampou a fisionomia do conde. Sua palidez de estátua de cera começou a exibir uma cor amarelo-esverdeada, contrastando com os olhos flamejantes, e a cicatriz vermelha na pele lívida da testa parecia latejar. Em seguida, escapou por baixo do braço de Harker antes do segundo golpe. Com um ágil movimento, afastou-se de Harker e, depois de ter apanhado no chão um punhado de dinheiro, atravessou o quarto correndo e se jogou da janela. Entre cacos de vidro e estilhaços, caiu no pátio lá embaixo e, durante o estrondo, pude ouvir o som de algumas moedas de ouro que escaparam de suas mãos.

Corremos à janela e o vimos levantar-se ileso e, subindo os degraus, atravessou o terreno e escancarou a porta do estábulo. Virou-se para trás e disse:

— Pensam que podem me enfrentar? — gritou para nós. — Vocês com essas carinhas pálidas, como cordeiros no abatedouro. Ainda vão sofrer muito, cada um de vocês! Pensam que me deixaram sem lugar para descansar, mas tenho mais. Minha vingança está apenas começando! Ela perpetua-se ao longo de séculos, pois o tempo está ao meu lado. As mulheres que vocês amam já são minhas. E, por elas, vocês todos serão minhas criaturas, submissas, meus cães de caça quando eu quiser me alimentar.

Soltou uma gargalhada cheia de desdém e zombaria e passou rapidamente pela porta. Deu para ouvir a tranca enferrujada ranger quando a trancou atrás de si. Houve o ruído de outra porta que se abriu e bateu em seguida.

O professor foi o primeiro a falar. Percebemos como seria difícil acompanhá-lo no estábulo e corremos para o saguão de entrada.

— Ficamos sabendo de uma coisa — disse o professor. — Apesar de suas bazófias, ele está com medo de nós, do tempo e da necessidade! Por que teria pressa se não fosse isso? Posso estar enganado, mas sinto que a própria maneira como falou o traiu. Por que pegar aquele dinheiro? Depressa, sigam-no. Vocês são caçadores de animais selvagens e entendem do assunto. Ficarei aqui e destruirei tudo que ele tem, se por acaso tentar voltar.

E, assim falando, pôs no bolso o dinheiro que sobrara e colocou na lareira as escrituras e os demais objetos, ateando fogo em tudo. Godalming e Morris tinham corrido ao pátio, e Harker pulou da janela para perseguir o conde. Ele, no entanto, trancara a porta do estábulo, e no momento em que conseguiram arrombá-la, já não havia mais sinal dele. Van Helsing e eu tentamos verificar algo nos fundos da casa, mas a estrebaria estava vazia, e ninguém havia visto nada. Já era final de tarde e logo anoiteceria. Tivemos de admitir que a luta havia terminado por hoje. Com o coração pesado, concordamos com o professor quando ele disse:

— Vamos voltar para a querida madame Mina. Minha pobre querida garota. Tudo o que podíamos fazer agora está feito, e lá, pelo menos, poderemos protegê-la. Não nos desesperemos. Só existe mais uma caixa de terra, e tentaremos encontrá-la. Quando conseguirmos, talvez tudo volte a ficar bem.

Dava para notar o tom de coragem em sua voz tentando consolar Harker. O pobre homem havia ficado muito abalado, e, de vez em quando, não conseguia reprimir seus gemidos. Só pensava em sua esposa.

Com os corações entristecidos, voltamos para minha casa, onde encontramos a Sra. Harker à nossa espera, com uma aparência alegre que revelava bastante sua coragem e altruísmo. Quando viu nossos semblantes abatidos, o rosto ficou pálido feito a morte. Durante um ou dois segundos, os olhos se fecharam como se fizesse uma oração secreta. E então ela disse, com voz entusiasmada:

— Jamais conseguirei agradecer a todos vocês por tudo. Oh, meu querido! — Enquanto falava, pegou a cabeça grisalha do marido nas mãos e a beijou. — Encoste a cabeça aqui e descanse. Vai ficar tudo bem, meu querido! Deus há de nos proteger, se Ele assim o desejar em Sua infinita bondade.

O pobre homem gemeu. Não havia lugar para palavras em sua angústia sublime.

Juntos, realizamos uma breve ceia, e creio que isso tenha nos animado um pouco. Talvez tenha sido somente o simples conforto primevo e animalesco de aplacar nossa fome — nenhum de nós havia comido desde o café da manhã —, ou quem sabe a sensação de amizade que nos unia cada vez mais, mas o fato é que nos sentimos menos infelizes e a perspectiva do dia seguinte não se revelou totalmente desprovida de esperança. Fiel à nossa promessa, relatamos à Sra. Harker tudo o que havia acontecido. E, embora ficasse branca como a neve quando o perigo parecia ameaçar seu marido, e às vezes enrubescesse quando a dedicação dele se manifestava, escutou com coragem e serenidade. Quando chegamos à parte em que Harker atacou o conde tão arriscadamente, ela agarrou o braço do marido e apertou, como se assim pudesse protegê-lo de um eventual perigo futuro.

Contudo, não se manifestou até a narrativa acabar e o assunto se encaminhar para o presente. Então, sem soltar a mão do marido, Mina se levantou e decidiu falar. Como eu gostaria de poder descrever a cena com todos os seus detalhes! A mulher tão meiga e boa, em toda a radiante beleza de sua juventude e entusiasmo, com a cicatriz vermelha na testa, da qual tinha plena consciência e que nos fazia ranger os dentes pela lembrança de quando e como havia sido feita, a bondade amorosa contrastando com o nosso ódio macabro, a fé terna em oposição aos nossos medos e dúvidas; nós sabíamos que ela, com toda a sua bondade, pureza e fé, era uma excluída de Deus.

— Jonathan — começou ela. A palavra soou como música em seus lábios, de tanto amor e ternura contida —, querido Jonathan, e todos vocês, meus caros e verdadeiros amigos, quero que tenham uma coisa em mente durante todo esse tempo de pavor. Sei que ainda precisam lutar. Que devem destruí-lo como destruíram a falsa Lucy para que a verdadeira Lucy pudesse alcançar a vida eterna. Mas essa não deve ser uma missão de ódio. Aquela pobre alma que foi envolvida em toda essa desgraça é o caso mais triste de todos. Apenas pensem na alegria que ele também terá quando sua pior parte for destruída para que sua melhor parte alcance a imortalidade espiritual. Vocês devem ter pena dele também, ainda que isso não impeça suas mãos de destruí-lo.

Enquanto Mina falava, pude ver o rosto de seu marido se enrugar, mais sombrio, como se a fúria dentro dele o sugasse até o âmago. Instintivamente, a mão da esposa apertou a sua com ainda mais força até os nós de seus dedos ficarem brancos. Ela não hesitou diante da dor que eu sabia que deveria estar sentindo, mas fitou-o com olhos mais suplicantes que nunca. Quando concluiu, Harker levantou-se, quase arrancando a própria mão das que a seguravam, e exclamou:

— Que Deus me permita ter esse monstro diante de mim só o tempo suficiente para destruir sua existência terrena. Se, além disso, eu puder enviar sua alma para arder eternamente no inferno, eu também o farei!

— Acalme-se! Acalme-se, em nome de Deus. Não diga essas coisas, Jonathan, meu marido amado, ou você vai me deixar arrasada de medo e horror. Pense bem, meu querido... tenho refletido sobre isso o dia inteiro... que... talvez... um dia... eu também possa vir a precisar dessa compaixão, e que alguém como você, e com igual motivo para a raiva, pode vir a negá-la a mim! Meu esposo! Meu querido, eu o teria poupado desse pensamento se fosse realmente possível. Mas peço a Deus para que Ele não tenha levado em consideração suas palavras disparatadas, entendendo que não passaram de lamentos magoados de um homem muito apaixonado e abalado pelo sofrimento. Meu Deus, que esses pobres cabelos brancos sirvam de prova de tudo o que ele sofreu. Uma pessoa que nunca fez mal algum a ninguém, mas que teve de enfrentar tantas tristezas.

Todos os homens presentes começaram a chorar naquele momento. Não havia como evitar as lágrimas, e choramos copiosamente.

Ela também chorou, ao ver que seus doces conselhos haviam prevalecido. O marido se atirou a seus pés e, abraçando-a, escondeu o rosto nas dobras de seu vestido. Van Helsing fez sinal para que saíssemos da sala, deixando os dois corações apaixonados com seu Deus.

Antes que o casal fosse dormir, o professor preparou o quarto contra qualquer tentativa de invasão do vampiro e garantiu à Sra. Harker que ela poderia descansar em paz. Ela tentou se convencer disso e, claramente pelo bem do marido, fez um esforço para se mostrar satisfeita. Foi uma atitude corajosa e tenho certeza de que será recompensada por isso. Van Helsing havia deixado à mão um sino que cada um deveria tocar em caso de emergência. Depois que o casal se recolheu, Quincey, Godalming e eu combinamos que ficaríamos acordados, dividindo a noite em turnos entre nós, para garantir a segurança da pobre dama aflita.

O primeiro turno coube a Quincey, portanto devemos todos dormir assim que pudermos. Godalming já foi se deitar, pois será o segundo a ficar de vigia. Agora que meu trabalho está encerrado, também dormirei.

DIÁRIO DE JONATHAN HARKER

3-4 de outubro, quase meia-noite — O dia de ontem me pareceu interminável. Pairou sobre mim um desejo de dormir. Talvez por um instinto cego que soubesse que, ao acordar, tudo estaria mudado e que essas mudanças só poderiam ser para melhor. Antes de nos separarmos, discutimos a respeito de qual deveria ser nossa próxima providência, mas não chegamos a um acordo. A única coisa que sabemos é que resta uma caixa de terra, e só o conde sabe onde ela está. Se ele resolver ficar escondido, pode nos enfrentar durante anos. Não gosto nem de pensar numa coisa destas! Uma coisa é certa para mim: se alguma vez existiu uma mulher que reunisse toda a perfeição, essa mulher é minha pobre e querida amada. Amo-a mil vezes mais após a doce piedade exposta na noite anterior, uma compaixão que fez meu ódio pelo monstro parecer desprezível. Certamente, Deus não irá permitir que o mundo seja empobrecido pela perda dessa doce mulher. Essa é a minha esperança.

Estamos todos navegando sem destino, só a fé pode nos orientar. Graças a Deus, Mina está dormindo tranquilamente. Tenho medo dos sonhos que ela possa ter, uma vez que os momentos terríveis que vivemos podem muito bem servir de alicerce para fundamentá-los. Desde o anoitecer que não me parece tão calma quanto agora. Então, durante certo tempo, sua face enrubesceu-se, como um jorro de primavera após lufada invernal. Pensei ter sido apenas a luz do crepúsculo lhe iluminando a face, mas agora, acho que foi por um motivo mais profundo. Não estou com sono, embora esteja exausto... mortalmente exausto. Eu também preciso dormir. Não descansarei até...

Mais tarde — Peguei no sono sem querer. Fui acordado por Mina, que estava sentada na cama, muito assustada. A iluminação do quarto, que não fora apagada, fazia com que eu pudesse ver tudo com nitidez. Ela colocou a mão sobre minha boca em sinal de alerta.

— Há alguém no corredor! — murmurou no meu ouvido.

Levantei-me, na ponta dos pés, e abri a porta. O Sr. Morris estava no corredor, estendido em um colchão, mas bem acordado. Ergueu a mão pedindo silêncio enquanto sussurrava:

— Vá para a cama. Está tudo bem. Um de nós vai ficar aqui a noite toda. Não queremos correr nenhum risco.

Sua expressão e gesto não permitiam qualquer discussão, então voltei e contei a Mina. Ela suspirou, esboçando um sorriso em seu pobre rosto pálido, enquanto me abraçava e murmurava:

— Graças a Deus existem homens bons e corajosos!

Com outro suspiro, tornou a dormir. Escrevo agora porque estou sem sono, embora devesse tentar dormir de novo.

4 de outubro, de manhã — Mais uma vez, Mina me acordou durante a noite, mas já havíamos dormido bastante, pois a manhã cinzenta iluminava as formas alongadas das janelas, e a chama do gás parecia mais uma fagulha do que um aro de luz. Ela me disse agitada:

— Vá chamar o professor. Preciso vê-lo imediatamente.

— Para quê?

— Tive uma ideia. Creio que essa ideia surgiu durante a noite e foi amadurecendo sem que eu soubesse. Ele deve me hipnotizar antes do amanhecer e poderei falar. Vá depressa, querido. O tempo está passando.

Fui até a porta. O Dr. Seward estava descansando no colchão e, ao me ver, logo se levantou.

— Algum problema? — perguntou preocupado.

— Não — respondi —, mas Mina deseja falar com o Dr. Van Helsing agora mesmo.

— Vou chamá-lo — respondeu ele e apressou-se até o quarto do professor.

Dois ou três minutos depois, o Dr. Van Helsing apareceu no quarto e ainda estava de *robe de chambre*. Enquanto isso, Morris e lorde Godalming estavam na porta fazendo perguntas ao Dr. Seward. Quando Van Helsing viu Mina sorrir, um confiante sorriso que afugentou a ansiedade do rosto do professor, esfregou suas mãos e disse:

— Oh, minha querida madame Mina, vejo que realmente uma mudança aconteceu. Veja, amigo Jonathan! Nossa querida madame Mina de antes está de volta hoje! — Então, virando-se para ela, perguntou entusiasmado: — O que posso fazer pela senhora? Pois não me chamaria em uma hora como essa para nada.

— Quero que o senhor me hipnotize — disse Mina—, antes de amanhecer, pois sinto que nesse momento eu posso falar livremente. Seja rápido, pois há pouco tempo.

Sem dizer uma palavra sequer, o professor fez um sinal para que se sentasse na cama. Olhando fixamente para ela, começou a fazer passes com as mãos, do alto da cabeça para baixo, uma de cada vez. Mina ficou imóvel, sem tirar os olhos dele; meu coração batia descompassadamente, pois sentia que estava prestes a experenciar alguma crise. Pouco a pouco, os olhos dela foram se fechando, e ela sentou-se e ficou imóvel. Apenas o delicado peito ofegante indicava que estava viva. O professor fez mais alguns passes e parou, e pude ver que sua testa estava coberta de suor. Mina abriu os olhos, mas não parecia a mesma mulher. Tinha uma expressão vaga, e a voz parecia sonhadora e triste ao mesmo tempo, algo que não havia presenciado ainda. Levantando a mão para impor silêncio, o professor fez um sinal para que eu fosse buscar os demais. Eles entraram na ponta dos pés, fechando a porta, e ficaram parados ao pé da cama, observando. Dava para ver que Mina aparentemente não os enxergava. Van Helsing quebrou o silêncio, falando baixinho para não interferir na linha de raciocínio dela.

— Onde você está?

Ela respondeu de forma neutra:

— Não sei. O sono não possui morada.

O silêncio permaneceu por algum tempo. Mina estava tensa e o professor a encarou fixamente. Todos nós permanecemos imóveis, fazendo força até para respirar com cuidado. O quarto estava ficando mais claro. Sem tirar os olhos do rosto de Mina, o Dr. Van Helsing fez sinal para que eu abrisse a cortina. Obedeci e o dia estava claro lá fora. Uma faixa vermelha erguia-se no horizonte, e uma luz rosada pareceu penetrar em todo o quarto. Naquele momento, o professor perguntou novamente:

— Onde você está agora?

A resposta veio difusa, mas sua intenção era clara. Era como se ela estivesse interpretando. Já tinha ouvido Mina usar o mesmo tom ao ler suas anotações taquigrafadas.

— Não sei — respondeu Mina, com uma voz muito esquisita. — Tudo é inteiramente desconhecido para mim.

— O que está vendo?

— Não consigo ver coisa alguma; tudo está escuro.

— O que está ouvindo? — Eu conseguia identificar a distensão na voz paciente do professor.

— O barulho da água. O marulho e pancadas de pequenas ondas. Posso ouvi-las lá fora.

— Quer dizer que você está em um navio?

Nós todos nos entreolhamos, tentando extrair algo um do outro. Tínhamos medo de pensar. A resposta veio rápida:

— Estou!

— O que mais está ouvindo?

— Homens que caminham por cima de onde estou. O ruído de uma corrente, o ranger de um cabrestante correndo na catraca.

— O que é que você está fazendo?

— Estou imóvel, tão imóvel! É como a morte!

A voz desapareceu em suspiros profundos e Mina abriu os olhos. O sol já se levantara, e estávamos iluminados pela luz do dia. O Dr. Van

Helsing segurou Mina pelos ombros e pôs sua cabeça no travesseiro. Ela dormiu tranquilamente durante algum tempo; depois, suspirando, acordou e olhou ao redor.

— Falei dormindo? — Foi tudo o que disse.

Mas parecia conhecer a situação antes mesmo que a contássemos, embora estivesse ansiosa para saber o que tinha falado. O professor repetiu a conversa, e ela exclamou:

— Não podemos perder nem um segundo! Talvez ainda não seja muito tarde!

O Sr. Morris e lorde Godalming foram em direção à porta, mas o professor os conteve.

— Acalmem-se, meus amigos! — disse ele. — Aquele navio estava levantando âncora no momento em que ela falou. São muitos os navios que levantam âncora no porto de Londres. Qual deles será? Graças a Deus, temos de novo uma pista, embora não saibamos ainda aonde ela poderá nos levar. Estivemos como que cegos, cegos como os homens costumam ser, uma vez que podemos olhar para trás e ver o que poderíamos ter visto olhando para a frente se fôssemos capazes de ver o que poderíamos ter visto! Ai de mim! Essa frase soou como um enigma, não é? Agora podemos entender melhor qual foi a ideia do conde ao correr para pegar aquele dinheiro, quando Jonathan tão corajosamente o colocou em tamanho perigo que até ele próprio sentiu medo. Ele queria fugir. Ouviram-me? FUGIR! Viu que, dispondo apenas de uma caixa de terra e com um grupo de homens a persegui-lo como cães atrás de uma raposa, não havia lugar para ele em Londres. Levou a última caixa de terra para um navio e deixou este país. Acha que vai escapar, mas está enganado. Iremos atrás dele. *Tally Ho!*[66] Como diria o amigo Arthur quando veste sua casaca vermelha! Nossa velha raposa é esperta. Mas nós também dispomos de esperteza para caçá-la. Sinto que consigo pensar como ele pensa às vezes. Enquanto isso, descansaremos tranquilos, pois há águas entre nós que ele não pretende transpor, e nem poderia, mesmo se quisesse... a não ser que o navio aporte. Mesmo assim, isso só acontecerá com a maré cheia. Vejam, o sol já nasceu, e temos o dia inteiro para descansar. Por enquanto,

66. Expressão inglesa usada quando uma presa é avistada durante a temporada de caça à raposa. (N. T.)

trataremos de tomar banho, de nos vestirmos e de comermos, o que todos nós precisamos fazer, e faremos mais confortavelmente, já que ele não se encontra na mesma terra que nós.

— Mas, se ele está fugindo de nós, por que persegui-lo? — perguntou Mina em tom suplicante.

Ele pegou sua mão e fez um gesto carinhoso ao responder:

— Não pergunte mais nada agora. Depois de comermos, responderei todas as perguntas. — Ele não disse mais nada, e fomos todos trocar de roupa.

Após o café da manhã, Mina repetiu a pergunta. O professor olhou para ela com austeridade e respondeu com tristeza:

— Agora, minha caríssima madame Mina, é que precisamos segui-lo, mesmo que seja necessário irmos aos confins do inferno!

Ela empalideceu-se e perguntou com a voz fraca:

— Por quê?

— Porque — respondeu ele solenemente — ele pode viver séculos, e a senhora é apenas uma mulher mortal. O tempo é agora algo a temer, desde que ele deixou aquele sinal em seu pescoço.

Corri bem a tempo de segurar Mina em meus braços enquanto ela caía para frente, desmaiando.

CAPÍTULO XXIV

Czarina Catherine

DIÁRIO FONOGRÁFICO DO DR. SEWARD, GRAVADO POR VAN HELSING

Este recado é para Jonathan Harker.

Deve ficar com madame Mina. Vamos sair para fazer novas investigações, se é que posso chamar assim, uma vez que não investigaremos, mas confirmaremos. No entanto, para você nada há de mais importante que ficar ao lado dela. Cuidar de Mina é o seu melhor e mais sagrado dever. Hoje você não terá outro compromisso. Direi a você o que nós quatro sabemos, pois já contei aos outros. Nosso inimigo está voltando para o seu castelo na Transilvânia. Estou tão certo disso quanto se uma colossal mão de fogo o tivesse escrito na parede. Ele deve ter se preparado para essa fuga de alguma forma, e aquela última caixa de terra provavelmente já estava pronta para ser embarcada em algum lugar. Por isso pegou o dinheiro. Por isso fugiu apressadamente, para que não o pegássemos antes de anoitecer. Era sua última esperança, a não ser que fosse se esconder no mausoléu da Srta. Lucy, pensando que ela o tivesse deixado aberto para recebê-lo, uma vez que a julgava ainda ser como ele. Mas não havia tempo para isso. Dessa forma, recorreu à última estratégia, que ouso chamar de seu último trabalho terreno, caso quisesse criar uma *double entente*[67]. Ele é perspicaz demais! Ele sabia que seu jogo aqui havia terminado, então, decidiu voltar para casa. Achou um navio voltando pela mesma rota que ele veio e deve ter embarcado nele. Agora vamos encontrar esse navio e descobrir seu destino, e então, logo que voltarmos, contaremos tudo. Assim, traremos consolo para você e para a pobre madame Mina com novas esperanças, pois sempre há esperança, mesmo quando você acha que não há, nem tudo está perdido. Este monstro que perseguimos levou centenas de

67. "Duplo sentido" em francês. (N. T.)

anos para conseguir chegar a Londres. E o expulsamos em um único dia, logo que descobrimos seu paradeiro. Ele tem limites, embora seja bem mais poderoso e resistente do que nós. Mas também somos fortes, temos nossos objetivos, e somos ainda mais fortes juntos. Acalme seu coração, caro esposo da madame Mina. A batalha apenas começou e iremos vencê-la, estou tão certo quanto que Deus Altíssimo se senta em seu trono celestial para contemplar seus filhos. Portanto, fique em paz até voltarmos.

Van Helsing

DIÁRIO DE JONATHAN HARKER

4 de outubro — Quando li para Mina o recado que Van Helsing deixou no fonógrafo, ela ficou muito animada. A certeza de que o conde já não estava mais no país foi-lhe um santo bálsamo. E o consolo parece que a fortaleceu. Quanto a mim, agora que esse perigo horrível se afasta de nós, sinto ser quase impossível crer que tudo o que vivemos foi real. Até minhas próprias experiências terríveis no castelo Drácula parecem um sonho esquecido pelo tempo. Aqui, em pleno outono e com o brilho do sol...

Ai de mim! Quão rápido consigo esquecer! Em meio à névoa de meus pensamentos, meu olhar pousou na cicatriz vermelha que marcava a testa branca de minha pobre amada. Enquanto aquela cicatriz estiver ali, não tenho como não de acreditar na realidade. Mesmo depois que sair, a lembrança desse fato manterá nossa fé inabalável. Mina e eu temos medo de não estarmos sendo úteis, então lemos e relemos todos os diários. De alguma forma, embora a realidade pareça cada vez maior, a dor e o medo parecem diminuir. Há um objetivo que nos guia, e deu para perceber isso em todos os relatos, o que nos trouxe conforto. Mina diz que talvez sejamos instrumentos para um bem maior. Talvez! Tentarei pensar como ela. Ainda não falamos sobre o futuro. É melhor esperarmos que o professor e os outros concluam a investigação. O dia está passando mais rápido do que eu poderia imaginar. Já são três horas da tarde.

DIÁRIO DE MINA HARKER

5 de outubro, 17h — Relatório da reunião. Estavam presentes: professor Van Helsing, lorde Godalming, Dr. Seward, Sr. Quincey Morris, Jonathan Harker e Mina Harker.

O Dr. Van Helsing descreveu o que havia acontecido durante o dia para descobrir em qual navio o conde Drácula embarcou e qual o seu destino:

— Como eu sabia que o conde queria voltar à Transilvânia, deduzi que ele devia ir pela foz do Danúbio ou por algum porto do Mar Negro, caminho pelo qual veio. Havia um terrível vazio diante de nós. *Omne ignotum pro magnifico*[68], e assim, com o coração pesado, fomos procurar os navios que haviam partido para o Mar Negro na noite de ontem. Pela descrição de madame Mina do barulho das velas sendo içadas, era um veleiro. E esse tipo de barco não é tão importante para fazer parte da lista das embarcações do *Times*. Assim, acatando a sugestão de lorde Godalming, recorremos ao Lloyd's, que registra todas as embarcações em atividade, por menores que sejam. Desse modo, conseguimos saber que apenas um dos navios tinha partido para o Mar Negro e chegamos à conclusão de que se trata de uma escuna, a *Czarina Catherine*, que partiu para Varna do cais de Doolittle.

"— É este — eu disse. — Este é o navio em que o conde está.

"Dirigimo-nos, então, a esse cais, e ali encontramos um empregado em um pequeno escritório de madeira, tão apertado que fazia o homem parecer maior que o cubículo. Por meio dele obtivemos informação a respeito do *Czarina Catherine*. Ele era desbocado, tinha o rosto avermelhado e falava muito alto, mas, de forma geral, parecia ser um bom rapaz. Quando Quincey lhe apresentou uma moeda brilhante, ele aceitou, colocou-a em uma bolsinha dentro da roupa, e nos atendeu de forma ainda mais solícita e humilde. Saiu conosco e fez perguntas a vários homens broncos e irritadiços espalhados por lá, que também se tornaram bons rapazes após o mesmo incentivo.

68. Tudo que é desconhecido tende a ser magnífico — citação latina do historiador romano Tácito, na obra *Agrícola,* 30.3. (N. E.)

“Eles falaram, xingaram e gritaram várias coisas que não entendi, apesar de ter inferido o significado. De qualquer forma, nos contaram tudo que queríamos saber: que na véspera, ao anoitecer, um homem alto, magro e pálido, de nariz adunco, dentes muito brancos e olhos que pareciam fosforescentes, vestido todo de preto, exceto por um chapéu de palha que não combinava nem com ele nem com a o clima do outono, aparecera apressado, distribuindo dinheiro em troca de informação sobre embarcações com destino ao Mar Negro. Alguns funcionários o levaram para o escritório e, em seguida, para o navio, no qual ele não subiu, mas estacou na beirada do cais, em cima da prancha de desembarque, e solicitou que o capitão viesse vê-lo. O capitão veio, após saber que seria bem pago, e, embora inicialmente tivesse praguejado, concordou com os termos. Então, o esguio homem retirou-se, após ser informado onde cavalos e carroças poderiam ser alugados. Voltou logo em seguida, conduzindo sozinho uma carroça com uma enorme caixa. Ele mesmo retirou o caixote, demonstrando uma força prodigiosa, afinal, foram necessários vários homens para colocá-lo a bordo.

“O homem insistiu muito sobre o lugar em que a caixa deveria ser colocada, a tal ponto que o capitão perdeu a paciência e, lançando imprecações em várias línguas, acabou dizendo que se quisesse ele mesmo poderia entrar e verificar o local em que as caixas estariam dispostas. Ele recusou, dizendo ter muito a fazer antes do embarque. Desse modo, o capitão, usando a palavra “inferno”, recomendou-lhe se apressar, pois o navio deixaria essa “porcaria” de lugar antes da virada da “maldita” maré. O homem, então, sorriu e disse que certamente ele deveria partir quando julgasse conveniente, mas que talvez se surpreendesse ao não embarcar tão cedo assim. O capitão mais uma vez xingou em várias línguas, poliglota que era, mas o esguio homem apenas curvou-se, em agradecimento, disse que não iria mais abusar de sua boa-vontade e garantiu que voltaria a tempo. Enfim, o capitão, já muito vermelho e misturando várias línguas, avisou-lhe que não queria nenhum francês “sórdido” e “canalha” em seu navio. Então, após perguntar onde poderia adquirir os formulários náuticos, foi embora.

“Ninguém sabia aonde “infernos” ele tinha ido nem ligavam, pois tinham outros assuntos dos “diabos” para resolver. Logo ficou óbvio que a escuna *Czarina Catherine* não poderia partir na hora esperada, porque um nevoeiro vindo do rio adensou-se de tal forma que a envolveu completamente. O capitão poliglota — muitíssimo poliglota em xingamentos, na verdade — imprecava com "infernos" e "diabos", mas estava impotente diante daquela situação. A água subia cada vez mais e ele temia perder o impulso da maré. Estava de muito mau humor, quando o homem magro apareceu de novo na prancha do cais, durante a preamar, pedindo para ver onde estava armazenado seu caixote. O capitão respondeu que desejava que ele e sua caixa estivessem no colo do diabo. O homem, porém, não se ofendeu e, levado pelo imediato, embarcou para ver onde estava a caixa. Ao voltar, parou no convés, coberto pelo nevoeiro. Deve ter ido embora sozinho; na verdade, ninguém reparou quando ele saiu. De fato, a tripulação não se preocupou muito com ele, pois logo em seguida o nevoeiro se desfez, e o barco pôde se preparar para partir. Meus amigos desbocados riram ao me contar quão pitoresco estava o capitão, vociferando palavrões estrangeiros mais do que o normal. Marinheiros que estavam em outras localidades naquele momento negaram ter visto qualquer nevoeiro, exceto por alguns que viram uma densa bruma ao redor do cais. No entanto, o navio zarpou durante a vazante e, sem dúvidas, pela manhã já teria ultrapassado a foz. Quando recebemos essas informações, a escuna já estava em alto-mar.

"Assim, cara madame Mina, devemos agora descansar um pouco, pois nosso inimigo está no mar, com o nevoeiro à sua volta, a caminho da foz do Danúbio. Velejar leva tempo, a escuna não consegue ir tão rápido assim. Conseguimos viajar mais depressa por terra e o cercaremos lá. Nossa grande esperança é encontrá-lo na caixa entre o nascer e o pôr do sol, assim ele não poderá lutar, mas nós poderemos lidar com ele da forma correta. Temos alguns dias para traçar nossos planos. Nós sabemos para onde está indo, pois encontramos o dono do navio, que nos mostrou toda a papelada existente. A caixa, segundo apuramos, deve ser desembarcada em Varna e será recebida por um agente chamado Ristics, que apresentará suas credenciais e esse será seu envolvimento na tarefa. Quando perguntou se havia algum problema, pois poderia telegrafar para Varna e pedir que uma investigação fosse feita, dissemos para não fazer isso, afinal nossa missão não é trabalho para a polícia ou para a alfândega. Nós mesmos devemos executá-la, sozinhos, e à nossa maneira."

Quando Van Helsing terminou seu relato, perguntei-lhe se tinha certeza de que o conde estava a bordo do navio.

— Temos a melhor prova nesse sentido: suas próprias palavras, quando em transe hipnótico, hoje de manhã — respondeu.

Perguntei, ainda, se seria realmente necessário perseguir o conde. Não queria que Jonathan se separasse de mim, e ele, naturalmente, faria questão de ir se os outros fossem. O professor me respondeu de forma inflamada, mantendo a voz baixa no começo. Porém, conforme prosseguia, mostrava-se cada vez mais irritado e incisivo, até que, por fim, ficava claro o autodomínio que fez dele um mestre entre os demais.

— Sim! É indispensável. Completamente indispensável, indispensabilíssimo! Para seu próprio bem, em primeiro lugar, e para o bem da humanidade. Esse monstro já fez muito mal, mesmo tendo tido pouco tempo e um estreito campo de ação, quando era apenas um corpo executando pequenas ações no escuro e na ignorância. Tudo isso já disse a eles. A senhora, minha cara madame Mina, vai saber pelo fonógrafo de meu amigo John ou pelo registro de seu marido. Contei a todos que a decisão do conde de partir de sua inabitável e deserta terra para vir a uma nova em que a vida humana é abundante foi um trabalho centenário. Se fosse um outro morto-vivo que tentasse fazer o mesmo, talvez não conseguisse nem com a passagem de todos os séculos presentes e passados deste mundo. No caso dele, todas as forças da natureza que são arcanas, abismais e portentosas devem ter agido juntas de alguma forma assombrosa. O próprio local em que viveu como morto-vivo por todos esses séculos é cheio de aspectos estranhos do mundo geológico e químico. Há cavernas profundas e fendas que alcançam lugares que nem podemos imaginar. Há vulcões cujas aberturas ainda fazem jorrar águas de estranhas propriedades, e gases que matam ou concedem vida.

"Não podemos duvidar de que há algo magnético ou elétrico em algumas dessas combinações de forças ocultas que afetam a vida física de maneira estranha, e o próprio conde apresentou características extraordinárias desde o começo. Em tempos mais severos e mais beligerantes, ele foi celebrado por ter nervos de aço, um cérebro capaz de refinadas estratégias e um coração mais valente do que qualquer homem. Há nele alguma força vital que parece ter estranhamente encontrado sua expressão máxima. E, assim, como seu corpo conservou-se forte, crescendo e prosperando, sua mente também se desenvolveu. Tudo isso sem ajuda diabólica, com a qual ele certamente compactua, mas que, mesmo elas, devem prostrar-se aos poderes que advém dos símbolos do bem. E isso é o que ele para nós. Ele a contaminou... oh, perdoe-me, minha querida, mas preciso dizer isso, pois falo para seu próprio bem. Ele a contaminou de tal modo que, mesmo que não repita sua ação, basta que a senhora viva como antes sua doce existência e, no tempo certo, ao chegar o fim comum: a morte, ainda que sob aval divino, você se tornará como ele. E isso não pode acontecer! Juramos juntos que não acontecerá. Somos, portanto, ministros da própria vontade de Deus e precisamos garantir que o mundo pelo qual seu filho morreu não seja entregue a monstros, cuja própria existência aviltaria a Dele. Ele já nos permitiu redimir uma alma e, agora, como os antigos Cruzados, redimiremos outras. Como eles, viajaremos rumo ao leste e, também como eles, se cairmos, teremos caído em defesa de uma nobre causa!

Ele fez uma pausa e eu perguntei:

— Mas será que o conde não aprendeu com a nossa reação? Uma vez que foi expulso da Inglaterra, porventura não a evitaria, tal qual tigre ao se desviar da aldeia que o escorraçou?

— Essa imagem do tigre é muito boa, e a usarei de agora em diante. Esse devorador de homens, como é chamado na Índia o tigre que prova sangue humano, não se interessa mais por outra caça, mas fica espreitando incansavelmente até conseguir mais vítimas. Não, não é próprio dele se retirar e permanecer afastado. Durante o tempo em que esteve vivo, realmente vivo, foi à fronteira da Turquia e atacou o inimigo na própria terra. Foi obrigado a recuar, mas isso não o impediu de continuar tentando. Voltou inúmeras vezes. Perceba como persiste e resiste. Com sua mentalidade infantil, levou muito tempo para elaborar a ideia de vir para uma cidade grande. E o que ele fez? Encontrou o lugar do mundo que lhe pareceu mais promissor. Então deliberadamente passou a se dedicar a essa tarefa. Descobriu com toda a paciência a extensão de sua força e de seus poderes. Estudou novas línguas. Aprendeu novas condutas sociais, novos cenários de velhos costumes, política, lei, finanças, ciência, enfim, todo os hábitos de uma nova terra e de um novo povo que surgiu durante sua existência. Tudo isso só o deixou com mais desejo e apetite. E foi toda essa empreitada que colaborou com o crescimento do seu cérebro, pois provou que todas suas conjecturas estavam certas. Ele fez tudo isso sozinho! A partir de um mausoléu em ruínas em uma terra esquecida. O que mais não poderá fazer quando o mundo dos amplos pensamentos estiver aberto para ele? Ele sorrirá para a morte, e sabemos que fará isso. Doenças que matam povos inteiros não poderão detê-lo. Ah, se ele fosse fruto da criação de Deus, e não do Diabo, que força espetacular para o bem ele seria neste nosso velho mundo! Contudo juramos libertar o mundo. Devemos cumprir nossa missão em silêncio, e não podemos divulgar nossos esforços. Vivemos em uma época esclarecida, em que os homens não acreditam no que veem e, dessa forma, a dúvida dos mais inteligentes seria a maior força do vampiro. Essa seria sua maior arma para nos destruir, nós, seus inimigos e dispostos a arriscar as próprias almas para salvar a vida de alguém que amamos. Pelo bem da humanidade, e pela honra e glória de Deus.

Depois de uma discussão geral, ficou resolvido não tomarmos nenhuma decisão definitiva hoje à noite. Devemos todos procurar ter uma boa noite de sono e tentar refletir na melhor solução. Amanhã iremos nos reunir novamente durante o café da manhã a fim de dividirmos as conclusões alcançadas por cada um de nós e, finalmente, decidir qual é o melhor plano de ação.

Essa noite senti-me muito tranquila e em paz, como se uma presença desagradável tivesse se afastado de mim. Talvez...

Minha suposição foi interrompida, como não poderia ser após ter visto refletida no espelho a marca vermelha em minha testa. Sei que ainda estou contaminada.

DIÁRIO DO DR. SEWARD

5 de outubro — Levantamo-nos todos muito cedo, e o sono certamente nos fez bem. Quando nos reunimos na refeição matinal, estávamos mais alegres do que acreditaríamos ser possível estar outra vez.

Que bênção é a resiliência da natureza humana. Assim que todos os obstáculos são removidos, quaisquer que sejam e da maneira que for, até pela morte, voltamos rapidamente aos princípios fundamentais da esperança e do prazer. Mais de uma vez, conforme estávamos sentados à mesa, arregalei os olhos de espanto, perguntando-me se os últimos dias não teriam sido apenas um sonho. Somente quando vi de relance a mancha vermelha na testa da Sra. Harker fui trazido de volta à realidade. Mesmo agora, quando penso com muita seriedade nesse assunto, é quase impossível conceber que o motivo de toda a nossa aflição ainda exista. Até a Sra. Harker parece esquecer suas aflições durante longos períodos. Apenas de vez em quando algo lhe traz essa lembrança e ela pensa na terrível cicatriz.

Em meia hora, nos reuniremos outra vez, aqui em meu escritório, para decidirmos os próximos passos. Por enquanto, vejo apenas uma dificuldade imediata, e, mesmo assim, sei disso apenas por instinto, e não pelo uso da razão. Agora, temos de falar tudo abertamente; e, no entanto, misteriosamente, receio que a Sra. Harker não vai conseguir dizer nada. *Sei* que ela tem suas próprias conclusões e, por tudo o que já aconteceu, posso imaginar como devem ser brilhantes e verdadeiras. Mas não vai dizer, ou conseguir dizer, nada. Comentei isso com Van Helsing e trataremos do assunto novamente quando estivermos sozinhos. Suponho que seja aquele veneno horrível penetrando em suas veias que tenha começado a fazer efeito. O conde tinha seus propósitos quando deu a ela o que Van Helsing chamou de "batismo vampírico de sangue". Contudo, pode existir um veneno destilado a partir de coisas boas. Em uma época em que a existência das ptomaínas[69] é um mistério, não devemos nos espantar com nada! De uma única coisa tenho certeza: se meu instinto estiver certo sobre o silêncio da pobre Sra. Harker, então teremos uma dificuldade terrível e um perigo desconhecido na tarefa que temos diante de nós. O mesmo poder que faz com que ela fique calada pode fazer com que fale também. Nem ouso pensar além disso. Fazê-lo seria desonrar em pensamento uma mulher nobre!

Mais tarde — Quando o professor chegou, conversamos sobre como estavam as coisas. Pude notar que tinha algo em mente que queria me contar, mas hesitava em abordar o assunto. Depois de alguns rodeios, disse de repente:

69. Composto químico relacionado ao amoníaco, é extremamente venenoso e forma-se a partir da decomposição de matéria orgânica. (N. E.)

— Amigo John, nós dois precisamos conversar sobre uma coisa sozinhos, pelo menos a princípio. Depois, talvez precisemos confiar nos outros. — Então ele parou, e eu fiquei esperando até retomar o assunto: — Madame Mina, nossa pobre querida madame Mina, está se transformando.

Um calafrio percorreu meu corpo diante da confirmação de meus piores medos.

Van Helsing continuou:

— Com a triste experiência da Srta. Lucy, dessa vez precisamos redobrar nossas atenções antes que seja tarde demais. Nossa tarefa agora, na verdade, é mais difícil do que nunca, e essa nova preocupação faz com que cada hora seja de máxima importância. Posso ver as características do vampiro surgindo no rosto dela. Por enquanto é algo ainda muito sutil. Mas pode-se ver, se tivermos olhos para reparar bem, sem preconceito. Seus dentes estão mais afiados e, às vezes, seus olhos estão mais ferinos. Mas isso não é tudo, ela anda cada vez mais calada, e esses períodos de silêncio também aconteceram com a Srta. Lucy. Ela não falava, mesmo enquanto escrevia aquilo que desejava ser conhecido posteriormente. Agora meu medo é o seguinte: se ela, durante nosso transe hipnótico, pode nos contar tudo o que o conde vê ou escuta, será que ele, que a hipnotizou primeiro, que bebeu seu sangue e a fez beber do dele, não é capaz também, se quiser, de obrigá-la a revelar a ele tudo o que sabe?

Balancei a cabeça em assentimento e ele continuou:

— Então, o que precisamos fazer é evitar que isso aconteça. Ela não pode saber de nossas intenções, pois assim não pode contar a ele o que não sabe. Trata-se de uma missão dolorosa! Tão dolorosa que parte meu coração só de pensar, mas é preciso que seja assim. Quando nos encontrarmos, terei que explicar a ela que, por um motivo que não podemos revelar, ela não deve mais tomar parte nas nossas reuniões, mas, simplesmente, ser protegida por nós.

Ele enxugou a testa, pois não parava de transpirar ao pensar na dor que infligiria àquela pobre alma já tão torturada. Estava certo de que seria um alívio para ele saber que eu também havia chegado à mesma conclusão. Pelo menos, isso afastaria a dor da dúvida. Contei isso a ele, e o efeito foi como o previsto.

Está quase na hora de nossa reunião geral. Van Helsing saiu para se preparar para o doloroso papel que vai ter de desempenhar. Na verdade, creio que sua intenção seja de rezar sozinho.

Mais tarde — Logo no começo da reunião geral, Van Helsing e eu tivemos um grande alívio: a Sra. Harker mandou um recado, pelo marido, dizendo que não se juntaria a nós hoje, pois achava melhor estarmos livres para discutirmos os próximos passos sem sua presença para nos embaraçar. Professor Van Helsing e eu nos entreolhamos por um instante e vislumbramos o alívio na face um do outro. De minha parte, achei que, se a própria Sra. Harker havia percebido o risco, muito aborrecimento e perigo poderiam ser evitados. Diante da situação atual, concordamos. Lancei um olhar inquisitivo e a resposta foi um dedo sobre os lábios, sinalizando que deveríamos guardar nossas suspeitas para nós mesmos até podermos discuti-las a sós novamente. Fomos então para o plano de ação.

Van Helsing resumiu a situação em poucas palavras:

— A *Czarina Catherine* saiu do Tâmisa ontem de manhã e deverá levar, velejando em velocidade máxima, pelo menos três semanas para chegar a Varna, ao passo que nós, viajando por terra, poderemos chegar a essa cidade em três dias. Se admitirmos uma subtração de dois dias para a viagem do navio, devido às influências meteorológicas que sabemos que o conde tem poderes para manipular, e se contarmos com um dia e uma noite para os atrasos que possam ocorrer conosco, teremos uma vantagem de cerca de duas semanas. Portanto, a fim de não corrermos risco algum, devemos partir daqui, no máximo, dia 17. Desse modo, chegaremos a Varna na véspera da chegada do navio e poderemos tomar as providências necessárias. Naturalmente, iremos armados com nossas armas materiais e espirituais.

— Sei que o conde é de um país onde há muitos lobos — observou Quincey Morris. — Proponho, portanto, que acrescentemos carabinas Winchester ao nosso armamento. Confio na minha Winchester para esse tipo de situação. Você se lembra, Art, quando estávamos com aquela alcateia atrás de nós em Tobolsk? Ah, o que não daríamos por um rifle repetidor para cada um!

— Ótimo — disse Van Helsing. — Tragam as Winchesters. Quincey tem sempre a cabeça no lugar, sobretudo quando se trata de caça, embora minha metáfora seja uma desonra maior para a ciência do que o perigo que os lobos podem representar para o homem. E outra coisa: acho que, no momento, nada nos prende aqui. Creio que nenhum de nós conheça Varna e, por isso, talvez fosse mais interessante partirmos logo. Tanto adianta esperar aqui como lá. Até amanhã, podemos arranjar todos os preparativos e, se tudo correr bem, podemos, nós quatro, partir para a viagem.

— Nós quatro? — perguntou Harker.

— Sim — apressou-se em dizer o professor. — Você deve ficar para tomar conta de sua mulher.

Harker ficou calado por um tempo, por fim disse em voz calma:

— Falemos sobre isso depois. Primeiro quero consultar Mina.

Achei que era a hora de Van Helsing alertá-lo para não revelar nosso plano à esposa, mas ele não se deu conta disso. Olhei fixamente para o professor e pigarreei. Em resposta, ele levou o dedo aos lábios e saiu.

DIÁRIO DE JONATHAN HARKER

5 de outubro, à tarde — Por certo tempo, após nossa reunião, eu não conseguia pensar. O rumo que as coisas tomaram me intriga de tal modo que não há espaço em minha mente para atividade mental. Achei esquisita a resolução de Mina de não participar da reunião e não consegui discutir sobre esse assunto com ela. Simplesmente tentei supor sobre o que se tratava e, por enquanto, ainda estou muito longe de uma resolução satisfatória. Também a maneira como os outros receberam o fato me chamou atenção; da última vez em que conversamos sobre o assunto, tínhamos resolvido que nada mais seria ocultado entre nós. Mina está dormindo como uma criança. Seus lábios estão entreabertos e seu semblante transparece felicidade. Graças a Deus há para ela momentos de tranquilidade.

Mais tarde — É estranho. Fiquei contemplando o sono de Mina e me senti quase feliz, apesar de tudo. Conforme a noite se aproximava e a Terra era sombreada pelo mergulho do sol, a sala foi tomada por um silêncio que, para mim, tornava-se cada vez mais solene. De repente, Mina abriu os olhos e, encarando-me com ternura, disse:

— Jonathan, quero que me prometa uma coisa, sob palavra de honra. Torne-a inquebrantável sob juramento divino. Uma promessa para ser cumprida mesmo que eu me ajoelhe a seus pés e lhe peça, chorando, que a quebre. Prometa-me imediatamente.

— Não posso fazer uma promessa assim, de imediato, Mina — retruquei. — Não tenho o direito de fazê-la.

— Mas sou eu que desejo, querido, e não é para mim mesma — disse ela com tamanha intensidade espiritual que seus olhos cintilaram como as estrelas polares. — Pode perguntar ao Dr. Van Helsing se não tenho razão; você pode fazer o que quiser. E mais ainda: se vocês todos concordarem, você estará livre da promessa, posteriormente.

— Prometo! — eu disse.

E, durante um momento, Mina pareceu muito feliz, embora, para mim, toda a felicidade lhe fosse negada pelo sinal vermelho da testa.

— Prometa-me — disse ela — que você não me contará coisa alguma dos planos organizados para a campanha contra o conde. Nem sequer uma palavra, inferência ou sugestão que dê algo a entender sobre eles enquanto isto aqui estiver em mim!

E apontou para a mancha vermelha.

— Prometo! — exclamei.

E tive a impressão de que, naquele momento, uma porta se fechara entre nós.

Mais tarde, meia-noite — Mina parecia muito entusiasmada e contente a noite toda. Sua alegria era tanta que contagiou todo mundo com coragem. Parecia, até mesmo a mim, que toda aquela nuvem de melancolia que pairava sobre nós tivesse sido retirada de alguma forma. Todos fomos nos deitar mais cedo. Mina agora está dormindo como um bebê. É uma maravilha que sua capacidade de adormecer continue intacta em meio a sua terrível aflição. Graças a Deus, pois pelo menos assim ela pode esquecer suas preocupações. Quem sabe o exemplo dela não me afete como sua alegria nos afetou hoje à noite? Tentarei dormir. Que venha um sono sem sonhos.

6 de outubro, de manhã — Outra surpresa. Mina acordou cedo, quase na mesma hora de ontem, e pediu-me para chamar o Dr. Van Helsing. Pensei que ela queria ser hipnotizada de novo e, sem nada perguntar, fui chamar o professor. Ele evidentemente devia estar esperando algum chamado, pois estava vestido em seu quarto; sua porta estava entreaberta e, portanto, escutou quando abri a porta do meu quarto. Veio me encontrar na mesma hora e, ao entrar, perguntou a Mina se os outros poderiam vir também.

— Não — respondeu ela de forma seca —, não vai ser necessário. Você pode contar a eles depois: o senhor precisa me levar na viagem.

O Dr. Van Helsing ficou tão espantado quanto eu e perguntou, depois de um pequeno silêncio:

— Por quê?

— Precisa me levar. Estarei mais segura com o senhor, e o senhor também estará mais seguro comigo.

— Mas, por qual motivo, madame Mina? Sabe que sua segurança constitui para nós um dever sagrado. Enfrentaremos perigos aos quais a senhora está mais suscetível do qualquer um de nós, em vista das circunstâncias... das coisas que ocorreram.

E o professor parou de falar, envergonhado.

— Eu sei — disse Mina, apontando para sua testa. — É por isso que preciso ir. Posso dizer-lhe agora, enquanto o sol está nascendo; talvez não possa dizer novamente mais tarde. Sei que, quando o conde quiser, terei de ir. Sei que, se ele me disser para ir escondida, lançarei mão de todas as astúcias, iludindo até mesmo Jonathan.

Só deus sabe a expressão que me lançou enquanto falava, se existe mesmo um anjo que registra os atos humanos, ele concedeu a ela honras eternas por esse olhar. Apenas consegui apertar-lhe a mão; não pude falar, e minha emoção era tão avassaladora que nem sequer conseguia exprimi-la em lágrimas.

— Vocês são fortes e valentes — continuou Mina. — São capazes de, juntos, desafiar aquele que derrotaria a resistência humana de alguém que precisasse se proteger sozinho. Além disso, posso ser útil, pois o senhor poderá me hipnotizar e ficar sabendo o que até eu mesma não sei.

— Tem razão, como sempre, madame Mina — replicou Van Helsing de forma solene. — Deve vir conosco. Juntos, faremos o que tem de ser feito.

Como Mina não disse mais nada, olhei para ela. Tinha tornado a se deitar e estava dormindo profundamente. Não acordou nem mesmo quando abri as cortinas e deixei os raios da manhã penetrarem no ambiente. Van Helsing me fez um sinal para que o acompanhasse, e saímos do quarto. Fomos para seus aposentos e, pouco depois, chegaram lorde Godalming, Dr. Seward e o Sr. Morris. O professor contou-lhes o que Mina lhe dissera e acrescentou:

— De manhã, partiremos para Varna. Temos de contar, agora, com um novo fator: madame Mina. Oh, mas sua alma é verdadeira. É uma agonia para a pobre moça nos dizer tudo que ela disse, mas é o mais certo e fomos avisados a tempo dessa vez. Não podemos perder nenhuma oportunidade e, em Varna, devemos estar prontos para agir quando o navio chegar.

— O que devemos fazer? — perguntou o Sr. Morris, laconicamente.

— Em primeiro lugar, devemos entrar naquele navio — respondeu o professor depois de refletir um pouco. — Depois, quando tivermos identificado a caixa, colocaremos em cima dela um ramo de rosa-silvestre. Precisaremos deixá-lo preso, pois desse modo, ninguém poderá sair de dentro da caixa, conforme diz a superstição. E, a princípio, temos de acreditar na superstição. Antigamente ela a fé dos homens, e ainda hoje ela tem suas raízes na fé, Por fim, quando tivermos a oportunidade que estamos procurando, sem ninguém por perto para testemunhar, abriremos a caixa e... tudo vai dar certo.

— Não esperarei oportunidade alguma — disse Morris. — Quando encontrar a caixa, a abrirei e destruirei o monstro, mesmo que mil homens estejam observando, e nem que eu seja atirado para fora do navio em seguida!

Agarrei a mão dele de forma instintiva e descobri que era firme como aço. Creio que ele entendeu meu olhar. Espero que tenha entendido.

— Você é um rapaz valente e abnegado, meu filho! — exclamou Van Helsing. — Deus o abençoe por isso. Meu filho, acredite em mim, ninguém irá recuar de medo. Apenas digo o que poderemos fazer, mas, na verdade, não poderemos afirmar o que, de fato, faremos. Muitas coisas podem ainda acontecer e, até o momento exato, nada podemos dizer. Devemos estar armados e dispostos e, quando chegar a hora de acabarmos com ele, não faltará recursos. Agora, organizaremos os assuntos por ordem. Resolvam tudo o que diz respeito às demais pessoas e aos entes queridos que contam conosco, pois não saberemos quando e nem como isso terminará. Quanto a mim, meus próprios negócios estão em ordem e já não tenho mais nada pendente. Exatamente por isso, arranjarei tudo o que for necessário para a viagem. Em breve, terei todas as passagens em mãos.

Não havia necessidade de se dizer mais nada, e nos separamos. Arrumarei meus negócios terrenos e ficarei pronto para qualquer coisa que vier...

Mais tarde — Todas as providências foram tomadas; fiz meu testamento. Mina, se continuar viva, será minha única herdeira. Em caso contrário, os outros, que têm sido tão bons conosco, receberão os meus bens.

Aproximava-se a hora do crepúsculo. A inquietação de Mina me chamou atenção para este fato. Tenho certeza de que existe algo em sua mente que será revelado na hora exata do pôr do sol. Essas ocasiões estão se tornando momentos angustiantes para todos, pois a cada aurora e a cada alvorecer a perspectiva de um novo perigo se abre para nós, ou um novo sofrimento que, no entanto, queira Deus, acredito que possam ser os caminhos estreitos que conduzem a um final auspicioso. Escrevo todos esses fatos em meu diário, pois minha amada não os pode ouvir agora. Mas, caso tenha oportunidade de ler isto mais tarde, já deixarei tudo pronto.

Ela está me chamando agora.

CAPÍTULO XXV

VARNA

DIÁRIO DO DR. SEWARD

11 de outubro, à noite — Jonathan Harker me pediu para escrever isto. Ele disse que a tarefa está além de suas forças e que deseja guardar um registro exato dos fatos.

Creio que nenhum de nós ficou surpreso quando ele pediu que fôssemos ver a Sra. Harker pouco antes do anoitecer. Recentemente, compreendemos que a aurora e o crepúsculo fazem com que ela sinta uma peculiar liberdade. Sua prévia personalidade se manifesta sem nenhum controle a subjugá-la ou a restringi-la nessas horas, e nada parece querer dominar sua ação. Esse estado de espírito ou condição tem início cerca de meia hora antes da aurora ou do crepúsculo, e sua duração vai até o momento em que o sol já corre alto no céu ou em que as nuvens ainda ardem com os raios que se projetam do horizonte. A princípio, ocorre uma espécie de condição negativa, como se alguma amarra fosse solta, e então se segue rapidamente uma absoluta liberdade. Quando, contudo, a liberdade termina, a transformação rapidamente se reverte ou retorna ao estado anterior, precedida apenas por um silêncio significativo.

Esta noite, quando nos reunimos, parecia estar contida, exibindo todos os indícios de um conflito interno. Atribuí isso ao violento esforço que faz nos primeiros instantes de liberdade. Poucos minutos depois, no entanto, já estava em pleno domínio de si, sinalizando para que o marido se sentasse a seu lado no sofá em que estava recostada. Fez o restante de nós trazer as cadeiras para perto e começou a falar, segurando a mão do marido:

— Talvez esta seja a última vez em que estaremos aqui, juntos, em liberdade! Sei que você vai ficar sempre ao meu lado, até o fim. — disse ela, virando-se para o marido, cuja mão, como pudemos notar, apertou a dela. — Pela manhã, partiremos em nossa missão, e só Deus sabe o que pode estar reservado para qualquer um de nós. Vocês terão a bondade de me levar. Sei que tudo o que homens sinceros e corajosos puderem fazer por uma pobre mulher abatida, cuja alma talvez já esteja perdida... não, não, ainda não, mas que de todo modo corre esse risco... vocês farão. Mas também devem se lembrar de que não sou como vocês. Em meu sangue, em minha alma, corre um veneno que pode vir a me destruir, que irá me destruir, a não ser que encontremos algum socorro. Meus amigos, vocês sabem tão bem quanto eu que minha alma está em risco. E, embora eu tenha consciência de que existe uma saída para mim, vocês não devem, e eu tampouco, recorrer a ela! — ela olhou para cada um de nós, começando e terminando no marido, e todos percebemos a súplica em seu olhar.

— Que saída é essa? — perguntou Van Helsing com a voz rouca. — Que saída é essa a que não devemos nem podemos recorrer?

— Minha imediata morte, seja pelas minhas próprias mãos ou pelas mãos de outra pessoa, antes que o mal maior me domine inteiramente. Sei, e vocês também, que, se eu estivesse morta, vocês poderiam e acabariam libertando meu espírito imortal da mesma forma que fizeram com minha pobre Lucy. Se a morte, ou o medo da morte, fosse a única coisa que estivesse no caminho, eu não hesitaria em morrer agora entre amigos que me amam. Mas a morte não é tudo. Não posso acreditar que morrer, neste caso, quando existe uma esperança diante de nós e uma missão amarga a ser cumprida, seja a vontade de Deus. Portanto, da minha parte, abro mão aqui da certeza do descanso eterno e saio no escuro onde podem estar as coisas mais sombrias deste mundo ou do mundo inferior!

Ficamos todos calados. Sabíamos instintivamente que aquilo era apenas um prelúdio. Todos estavam com os rostos sérios, e o semblante de Harker adquiriu uma palidez acinzentada. Talvez tenha adivinhado melhor do que qualquer um de nós o que viria pela frente. Sua esposa continuou:

— É assim que eu posso contribuir na colação de bens do inventário. — Não pude deixar de notar a expressão jurídica fora de contexto que escolheu usar em um momento como aquele, e com toda seriedade. — E o que cada um de vocês pode oferecer? Suas vidas, já sei — continuou rapidamente. — Isso é fácil para homens corajosos. Suas vidas pertencem a Deus, e vocês podem devolvê-las a Ele, mas o que vão oferecer a mim? — Ela voltou a nos encarar de forma inquisitiva, mas desta vez evitou o marido. Quincey pareceu entender e assentiu, e o rosto dela se iluminou. — Vou lhes dizer francamente o que quero. Não deve haver nenhuma dúvida a partir de agora. Vocês devem me prometer, cada um de vocês, até mesmo você, meu amado esposo, que, se chegar o momento, vão me matar.

— E quando vai ser o momento? — A voz era de Quincey, mas soou baixa e aflita.

— Quando se convencerem de que estou tão transformada que estarei melhor morta do que viva. Quando eu estiver morta na carne, vocês, sem hesitação, cravem uma estaca no meu peito e cortem fora a minha cabeça ou façam o que for necessário para que eu descanse!

Quincey foi o primeiro a se levantar depois da pausa. Ele se ajoelhou diante dela e, tomando sua mão, disse solenemente:

— Sou bruto e talvez não tenha vivido como um homem deveria para conquistar tamanha distinção, mas juro à senhora, por tudo o que é mais sagrado e caro para mim, que, quando chegar o momento, não hesitarei diante do dever que a senhora nos impõe. E prometo também que só agirei na certeza, pois na dúvida posso supor que é chegado o momento a qualquer hora!

— Meu verdadeiro amigo! — Foi tudo o que ela conseguiu dizer entre copiosas lágrimas, enquanto se inclinava e beijava a mão dele.

— Juro a mesma coisa, minha cara madame Mina! — prometeu Van Helsing.

— Eu também! — acrescentou lorde Godalming, ambos ajoelhando, um de cada vez, diante dela, ao fazerem o juramento.

Em seguida, foi a minha vez. Por fim, o marido se virou para ela, triste e com uma palidez esverdeada que suavizou a brancura nevada de seus cabelos, e perguntou:

— E eu devo também fazer essa promessa, minha esposa?

— Você também, meu mais amado — respondeu ela, com um infinito anseio por compaixão em sua voz e em seus olhos. — Você não pode recuar. No mundo inteiro, você é a pessoa mais próxima que tenho e a que mais amo. Nossas almas estão interligadas como uma só para toda a vida e para todo o sempre. Pense, querido, que houve uma época em que homens corajosos matavam suas esposas e as mulheres de seu sangue para evitar que elas caíssem nas mãos do inimigo. As mãos deles não hesitaram, porque aquelas que eles amavam imploraram para que as matassem. É um dever dos homens para com suas amadas em tempos de duras provações! Meu querido, se for preciso que eu enfrente a morte pelas mãos de alguém, que seja pela mão daquele que mais me ama. Dr. Van Helsing, não esqueci sua compaixão no caso da pobre Lucy com aquele que a amava... — Ela parou e corou subitamente, então alterou a frase: — Para aquele que mais direito tinha de lhe conceder a paz definitiva. Se isso acontecer de novo, conto com o senhor para fazer disso uma lembrança feliz de meu marido, que seja a mão amorosa dele a que me libertará do pavoroso jugo ao qual fui atrelada.

— Mais uma vez, prometo! — Foi a resposta incisiva do professor.

A Sra. Harker esboçou um sorriso de satisfação e, ao se recostar, soltou um suspiro de alívio e acrescentou:

— E agora, uma palavra de alerta que vocês não devem esquecer jamais: esse momento, se vier, pode ser rápido e inesperado. Nesse caso, não haverá tempo a perder diante da oportunidade. Nessa hora, eu mesma posso estar... não! Se isso acontecer, *estarei* ao lado do inimigo contra vocês.

Em seguida, tornou-se muito solene ao dizer:

— Mais um pedido. Não é vital e necessário como o primeiro, mas quero que vocês façam uma coisa por mim, se puderem.

Todos assentimos, mas em silêncio. Não havia necessidade de falar.

— Quero que me seja lida as exéquias. — Mina foi interrompida por um gemido grave do marido. Tomando a mão dele, a posicionou sobre o coração e continuou: — Vocês, de todo modo, as leriam para mim algum dia. Qualquer que seja o desfecho dessa pavorosa situação, será um doce pensamento para todos ou para alguns de nós. Espero que você, meu adorado, também as leia, pois assim ficarão gravadas para sempre em minha memória com a sua voz, haja o que houver!

— Minha amada — implorou ele —, a morte ainda está longe de você.

— Não — contestou ela, levantando a mão em sinal de alerta. — Estou mais afundada na morte neste momento do que se sete palmos de terra pesassem sobre mim!

— Minha esposa, tenho mesmo que ler? — perguntou, antes de começar.

— Seria um consolo para mim, meu esposo! — Foi tudo o que ela disse, e ele se pôs a ler quando ela lhe estendeu o livro das exéquias.

Como poderei — como qualquer um poderia — relatar aquela estranha cena, sua solenidade, sua desolação, sua tristeza, seu horror e, contudo, sua doçura? Até mesmo um cético, que não enxerga nada além de um arremedo da amarga verdade em qualquer coisa sagrada ou emocional, teria o coração derretido ao ver aquele pequeno grupo de amigos amorosos e dedicados se ajoelhar à volta daquela dama abatida e triste; ou ao ouvir a terna paixão da voz do marido, enquanto, de forma aquebrantada e emotiva que muitas vezes o obrigava a se interromper, lia a simples e bela oração funerária. Não consigo mais escrever. As palavras... me faltam...

Mina estava certa em seu instinto. Por mais estranho e bizarro que pudesse parecer, depois daquilo sentimos a poderosa influência da oração, que nos consolou bastante. E o silêncio, que indicou que a Sra. Harker voltava ao estado posterior à liberdade de sua alma, não nos pareceu tão cheio de desespero quanto temíamos que fosse.

DIÁRIO DE JONATHAN HARKER

15 de outubro, Varna — Partimos de Charing Cross na manhã do dia 12, chegamos na noite do mesmo dia a Paris e tomamos os lugares que nos estavam reservados no Expresso do Oriente. Viajamos durante a noite e o dia, chegando aqui cerca de cinco horas da tarde. Lorde Godalming foi ao consulado, a fim de ver se havia chegado algum telegrama para ele, enquanto o restante de nós veio para este hotel, o Odessus. A viagem pode ter tido alguns percalços, porém estava tão ávido por embarcar que não os notei.

Até que o *Czarina Catherine* chegue a este porto, coisa alguma do mundo me interessará. Graças a Deus, Mina está passando bem; parece estar se fortalecendo e está mais corada. Ela está muito sonolenta, dormiu durante quase toda a viagem. Antes do dia amanhecer e do pôr do sol, contudo, fica muito desperta e agitada; e já se tornou um hábito de Van Helsing hipnotizá-la nessas ocasiões. A princípio, era preciso muito esforço e muitos passes, mas agora o sono hipnótico vem com grande facilidade, como que pelo costume, e pouca ação é requerida. O professor sempre lhe pergunta o que ela está vendo e ouvindo, e ela responde, invariavelmente:

— Não estou vendo coisa alguma; tudo está escuro. Ouço as ondas baterem contra o navio e a água correr. O som das velas se esticando e os mastros rangendo com a tensão do cordame. O vento está forte, posso ouvi-lo passar por entre o massame, e a proa devolvendo espuma para o mar.

É claro que o *Czarina Catherine* ainda está em alto-mar a caminho de Varna.

Lorde Godalming acaba de voltar, trazendo quatro telegramas, um para cada dia desde que partimos e todos com o mesmo conteúdo:

O LLOYD'S AINDA NÃO RECEBEU INFORMAÇÃO DE NENHUM LUGAR SOBRE O CZARINA CATHERINE. LORDE GODALMING PROVIDENCIOU, ANTES DE SAIR DE LONDRES, QUE LHE TELEGRAFASSEM DIARIAMENTE, TRANSMITINDO INFORMAÇÕES SOBRE O NAVIO. DEIXOU INSTRUÇÕES PARA LHE MANDAREM TELEGRAMAS MESMO SE NÃO TIVESSEM INFORMAÇÕES A FIM DE GARANTIR QUE A VIGILÂNCIA ESTAVA SENDO REALMENTE MANTIDA.

Jantamos e fomos dormir cedo. Amanhã iremos procurar o vice-cônsul para ver se conseguimos entrar a bordo do navio assim que chegar. Diz Van Helsing que a nossa chance será subir no navio entre o nascer e o pôr do sol. O conde, mesmo se tomar a forma de um morcego, não pode atravessar a água corrente por vontade própria e, portanto, não poderá sair do navio. Como não se atreverá a tomar a forma humana sem despertar suspeitas — o que, evidentemente, deseja evitar — terá que ficar dentro da caixa. Assim, se entrarmos no navio depois do nascer do sol, ele ficará à nossa mercê, poderemos abrir a caixa e destruí-lo, como fizemos com a pobre Lucy, antes que ele acorde. Que tipo de mercê ele terá de nós é outra história. Acredito que não teremos problemas com os oficiais ou com os marinheiros. Graças a Deus, estamos em um país onde tudo se consegue com suborno, e temos bastante dinheiro.

Só precisamos garantir que o navio não atraque entre a aurora e o crepúsculo sem aviso prévio para que tenhamos segurança. Espero que isso seja resolvido com propina.

16 de outubro — Mina continua a fazer as mesmas revelações: ondas batendo, água corrente, escuridão e ventos favoráveis. Com certeza chegamos com tempo de sobra e, quando tivermos notícias do *Czarina Catherine*, já estaremos mais que prontos. Naturalmente, como a escuna precisa atravessar os Dardanelos, é certo que chegará alguma notícia.

17 de outubro — Tudo foi providenciado. Acho que estamos em condições de receber o conde. Godalming disse aos oficiais do porto que desconfiava que a caixa embarcada no navio continha objetos roubados de um amigo seu e que ele o autorizou a abrir a caixa, por sua conta e risco. O dono do navio enviou-lhe uma autorização, para ser apresentada ao capitão, que lhe fornecia livre acesso e permissão para proceder como quisesse a bordo do navio, uma autorização similar também foi entregue a um de seus agentes em Varna. Fomos visitar o agente, que está encantado pela maneira como Godalming o trata e está disposto a fazer tudo que estiver ao seu alcance para atender nossos pedidos.

Já combinamos como devemos agir quando abrirmos a caixa. Se o conde estiver lá dentro, Van Helsing e Seward cortarão imediatamente sua cabeça e atravessarão seu coração com uma estaca. Morris, Godalming e eu impediremos a interferência de terceiros, ainda que tenhamos de utilizar as armas que possuímos, as quais já estarão prontas. O professor afirma que, se fizermos isso com o corpo do conde, ele se transformará em poeira imediatamente. Em tal caso, não haveria prova contra nós no caso de surgir suspeita de homicídio. Mas, mesmo que isso não aconteça, temos que permanecer firmes e, talvez, algum dia este próprio registro sirva de prova a nosso favor caso o cadafalso e a corda venham a se apresentar a algum de nós. De minha parte, receberia esse destino, se viesse, de bom grado. Seja como for, estamos dispostos a executar nossa missão. Combinamos com algumas autoridades que, logo que o *Czarina Catherine* for avistado, deveremos ser avisados por um mensageiro especial.

24 de outubro — Uma semana inteira de espera, Godalming recebe diariamente um telegrama, mas sempre anunciando que não há informações. As respostas de Mina, pela manhã e à tarde, durante seu sono hipnótico, são invariáveis: ondas batendo contra o casco, água correndo e rangidos de velas e cordames.

Telegrama, 24 de outubro,

De Rufus Smith, do Lloyd's de Londres, para lorde Godalming, aos cuidados de Sua Majestade Britânica, vice-cônsul em Varna.

"INFORMAMOS QUE, NESTA MANHÃ, A PASSAGEM DE CZARINA CATHERINE POR DARDANELOS FOI NOTIFICADA."

DIÁRIO DO DR. SEWARD

25 de outubro — Estou sentindo muita falta do fonógrafo. É-me penoso escrever um diário à pena e tinta, mas Van Helsing acha que devo registrar. Ficamos todos muito excitados ontem quando Godalming recebeu o telegrama do Lloyd's. Sei agora como os homens se sentem quando, no campo de batalha, são chamados à ação. Apenas a Sra. Harker não demonstrou qualquer sinal de emoção. Afinal, não é estranho que ela aja dessa forma, pois tomamos cuidado para que não ficasse sabendo de nada a respeito e tentamos não ficar eufóricos na presença dela. Se fosse antes de tudo, ela teria certamente percebido, por mais que tentássemos disfarçar, mas ela mudou muito nas últimas três semanas. A letargia progride e, embora seu corpo esteja mais forte e sua face mais corada, Van Helsing e eu não estamos satisfeitos. Conversamos bastante a respeito dela, mas não dissemos nada aos demais. Se o pobre Harker soubesse de nossas suspeitas sobre o assunto, seu coração ficaria partido, e ele sem dúvida perderia a coragem. Van Helsing, segundo me disse, tem examinado seus dentes com muito cuidado durante os transes hipnóticos, e diz que, enquanto seus dentes não começarem a se afiar, não há perigo de transformação. Se ocorresse tal mudança, seria necessário tomar certas medidas! Nós dois sabemos quais seriam essas medidas, embora não tenhamos coragem de falar sobre isto, assunto terrível de encarar. "Eutanásia" é uma palavra confortadora! Sou grato a quem a inventou.

Dos Dardanelos até aqui, de acordo com o tempo gasto pelo *Czarina Catherine* depois que saiu de Londres, seria um trajeto de cerca de 24 horas. A escuna deve chegar, portanto, pela manhã; como não havia possibilidade de atracar antes disso, nos retiramos cedo para descansar. Combinamos de acordar uma da manhã para nos prepararmos.

25 de outubro, meio-dia — Nenhuma notícia da chegada do navio. A informação hipnótica da Sra. Harker hoje de manhã foi a mesma de sempre, por isso, é possível que recebamos notícias a qualquer momento. Todos nós estamos em uma excitação febril, com exceção de Harker, que está calmo; suas mãos estão frias como gelo e, há uma hora, encontrei-o amolando um facão de que não se separa. Coitado do conde se a lâmina dessa faca kukri encostar em seu pescoço movida por aquela mão severa e gelada!

Van Helsing e eu ficamos hoje um pouco preocupados com a Sra. Harker. Por volta do meio-dia, ela entrou em uma espécie de prostração de que não gostamos nada. Embora não tenhamos comentado com os outros, nenhum de nós ficou feliz com aquilo. Pela manhã, estava agitada, e, a princípio, ficamos contentes em saber que havia adormecido. Mas, quando o marido comentou casualmente que estava mergulhada em um sono tão profundo que não conseguia acordá-la, fomos ao seu quarto para vermos com nossos próprios olhos. Estava respirando naturalmente e parecia tão bem e serena que concordamos que dormir era mesmo a melhor coisa naquele momento. Pobrezinha, tem tanto para esquecer que dormir parece ser a melhor opção. Se lhe traz o esquecimento, faz-lhe bem.

Mais tarde — Nossa hipótese foi confirmada, pois quando ela acordou parecia muito mais animada e bem-disposta do que nos últimos dias. Ao pôr do sol, a Sra. Harker fez a habitual revelação hipnótica.

Onde quer que ele esteja no Mar Negro, o conde está se encaminhando para o seu destino, para o seu aniquilamento, espero!

26 de outubro — Mais um dia sem notícia do *Czarina Catherine*. O navio já devia estar aqui. Que ele continua a navegar em *algum lugar* é evidente, pois as revelações da Sra. Harker na aurora dessa manhã foram as mesmas. É possível que a escuna tenha sido retardada por um nevoeiro, alguns dos marinheiros que chegaram ontem à noite em navios a vapor relataram trechos de nevoeiro a norte e a sul do porto. Devemos continuar vigiando, pois o navio pode ser avistado a qualquer momento.

27 de outubro — É estranho! Nenhuma notícia do navio. As revelações da Sra. Harker ontem à noite e hoje de manhã foram as mesmas: "ondas batendo no casco e água correndo", embora tenha acrescentado "ondas muito fracas". Os telegramas de Londres comunicam que não chegaram outras informações. Van Helsing está extremamente aflito, e acaba de me contar que teme que o conde esteja escapando de nós.

— Não estou gostando da letargia de Madame Mina — acrescentou significativamente. — As almas e a memória podem fazer coisas estranhas durante o transe.

Eu ia pedir que me explicasse com mais detalhes, mas Harker entrou na mesma hora, e o professor fez um gesto para que eu me calasse. Hoje, ao crepúsculo, tentaremos fazê-la falar mais durante a hipnose.

Telegrama, 28 de outubro,

De Rufus Smith, do Lloyd's de Londres, para lorde Godalming, aos cuidados de Sua Majestade Britânica, vice-cônsul em Varna.

"INFORMAMOS QUE CZARINA CATHERINE ENTROU EM GALATZ HOJE ÀS TREZE HORAS."

DIÁRIO DO DR. SEWARD

28 de outubro — Quando descobrimos que o navio estava em Galatz, acredito que nenhum de nós ficou tão perplexo quanto poderíamos imaginar. É verdade que não sabíamos ao certo de onde, como ou quando viria um imprevisto, mas creio que estávamos todos preparados para que algo de inesperado pudesse ocorrer. O atraso da chegada a Varna havia deixado claro que as coisas não ocorreriam conforme o planejado. Só estávamos aguardando para saber que ponto sofreria uma mudança. Contudo, não deixou de ser uma surpresa para todos. Acho que a natureza opera de maneira tão esperançosa que acreditamos, mesmo que contra nós mesmos, que tudo será sempre como deveria ser e não como deveríamos saber que será. O transcendentalismo é guia luminoso para os anjos, embora seja centelha para o Homem. Foi uma estranha experiência e todos nós a processamos de forma diferente. Van Helsing elevou a mão acima da cabeça por um momento, como que protestando contra os Céus, mas não disse nenhuma palavra e pouco depois levantou-se com a expressão recomposta. Lorde Godalming empalideceu, arfando enquanto se sentava. Eu mesmo estava em uma espécie de estupor e mirava cada um do grupo com espanto. Quincey Morris apertou o cinto com um gesto rápido, mania que nós conhecíamos bem: em nossas prévias aventuras, significava que estava pronto para agir. A Sra. Harker ficou lívida, de tal modo que a cicatriz na testa pareceu estar queimando, mas juntou as mãos recatadamente e começou a rezar. Harker sorriu — de fato, sorriu — amargamente como alguém que tivesse perdido as últimas esperanças. Ao mesmo tempo, contudo, sua mão procurou o punho da inseparável faca kukri e fechou-se nele.

— A que horas parte o primeiro trem para Galatz? — perguntou Van Helsing, sem se dirigir a nenhum de nós em particular.

— Às seis e meia da manhã! — Nós todos nos espantamos, pois foi a Sra. Harker quem respondera.

— Mas, pelos céus, como sabe? — perguntou Art.

— Você se esqueceu... ou, talvez, não soubesse, embora Jonathan e Dr. Van Helsing saibam, que eu sou especialista em horários de trem — respondeu a Sra. Harker. — Em Exeter sempre tomava nota dos horários para ajudar meu marido. Essa prática me foi tão útil, que agora se tornou um hábito sempre executá-la. Eu sabia que, se tivéssemos de ir ao Castelo de Drácula, tínhamos de ir por Galatz, ou, de qualquer modo, passando por Bucareste, então decorei os horários. Infelizmente, não há necessidade de decorar muito. Como já disse, o primeiro trem só parte amanhã, às seis e meia.

— Que mulher excepcional! — murmurou o professor.

— Não conseguiremos arranjar um trem especial? — sugeriu lorde Godalming.

— Infelizmente, creio que não — respondeu Van Helsing. — Este país é muito diferente do seu e do meu. Mesmo se conseguíssemos um trem especial, provavelmente ele não iria partir antes do trem comum. Precisamos refletir. O melhor a se fazer é deixarmos tudo organizado. Você, amigo Arthur, vá à estação comprar as passagens e providencie que tudo esteja em ordem para partirmos amanhã cedo. Você, amigo Jonathan, vá procurar o agente do navio e obtenha uma carta dele ao agente de Galatz, autorizando-nos a revistar o navio, assim como faríamos aqui. Você, Quincey Morris, vá procurar o vice-cônsul e providencie que seu colega de Galatz facilite tudo para nós a fim de não perdermos tempo no Danúbio. Você, John, ficará comigo e com madame Mina para discutirmos. Pode ser que vocês se demorem, mas não importa, pois quando o sol se pôr, estarei aqui com a madame Mina para fazer os registros da sessão de hipnose.

— Quanto a mim, farei tudo que estiver em minhas mãos para ajudá-los — disse a Sra. Harker animada, evocando sua antiga personalidade, o que não via fazer há muito tempo. —Pensarei em estratégias e escreverei todos os acontecimentos, como costumava fazer. Tenho a impressão de que algo estranhamente se afasta de mim e sinto-me mais livre como não me sentia há tempos!

Os três rapazes ficaram alegres ao ouvirem aquelas palavras, mas Van Helsing e eu nos entreolhamos preocupados. Não dissemos nada, contudo.

Quando os três se retiraram, Van Helsing pediu à Sra. Harker para ir buscar uma cópia do diário de Harker escrito no castelo e, quando ela saiu, fechando a porta, disse para mim:

— Você pensa o mesmo que eu! Pode falar primeiro.

— Acho que houve uma mudança. É uma esperança que deixa preocupado, pois pode nos enganar.

— Exatamente. Sabe por que pedi para que ela trouxesse o diário?

— Não! — respondi. — A não ser que seja para ter uma oportunidade de conversar.

— Em parte, sim, amigo John, mas apenas em parte. Também quero lhe dizer uma coisa. Oh, amigo, assumirei uma tremenda responsabilidade, mas acho que estou fazendo bem. No momento em que madame Mina disse aquilo que nos deixou tão surpresos, veio-me uma inspiração. No transe, há três dias, o conde enviou-lhe seu espírito para ler seu pensamento, ou melhor, levou-a consigo até a caixa de terra a bordo do navio com o baque das ondas, uma vez que também está mais livre na aurora e no crepúsculo. Ele ficou sabendo, então, que estamos aqui, pois ela, estando livre, com olhos para ver e ouvidos para ouvir, tem muito mais a lhe falar do que ele, confinado em seu caixão. Agora está fazendo todo o esforço para escapar de nós. No momento, ele não a quer.

"Está plenamente convicto de que ela atenderá ao seu chamado. Mas cortou o contato com ela, pois pode fazer isso, graças a seu poder, para que ela não venha até ele. E tenho esperança de que nossos cérebros de homens, que assim são há muito tempo e que não perderam a graça de Deus, possam chegar mais longe que seu cérebro de criança que jaz na tumba há séculos e que só atua para satisfazer seu próprio egoísmo, não tendo crescido para se igualar ao nosso. Mas madame Mina está voltando. Nem uma palavra a respeito de seus transes! Ela nada sabe e iria ficar desesperada, no momento que mais precisamos que ela tenha esperança, coragem e seu brilhante cérebro, que é treinado como o de um homem, apesar de conservar a docilidade de mulher e possuir um poder especial que o conde a concedeu, e que ele não lhe pode mais arrancar totalmente, mesmo não sabendo disso. Silêncio! Deixe-me falar e você apenas ouça e entenda. John, meu amigo, estamos em uma enrascada. Estou com medo, como nunca estive antes. Só podemos confiar em Deus. Silêncio! Lá vem ela!"

Pensei que o professor fosse ter um ataque histérico, como tinha acontecido na morte de Lucy, mas ele se esforçou muito para se controlar e estava completamente sereno quando a Sra. Harker entrou na sala. Ela estava feliz e animada e, concentrando-se no trabalho, nem se lembrava da desgraça que a acometia. Ao entrar, entregou várias folhas datilografadas a Van Helsing, que as examinou com atenção e disse:

— Amigo John, para você que já tem tanta experiência, e a senhora também, cara madame Mina, que é mais jovem, aprendam uma lição. Nunca tenham medo de pensar. Um pensamento incompleto estava se formando em meu cérebro, mas tinha medo que não evoluísse. Mas agora tenho mais conhecimento e volto ao momento em que esse pensamento incompleto começou a se esboçar e vejo que não estava incompleto. Na verdade, era um pensamento completo, mas ainda muito jovem e sem força suficiente para se manifestar. Assim como o "patinho feio" de meu amigo Hans Andersen[70], meu pensamento não era um patinho coisa alguma, mas um grande cisne, que navega de forma nobre com asas enormes, até chegar a hora de usá-las de fato. Prestem atenção, lerei o trecho do diário de Jonathan:

"'Sim, foi esse Drácula quem inspirou o outro de sua raça, muito depois, que lançou suas forças pelo grande rio nas terras dos turcos. Quando foi abatido, voltou, e tornou a voltar muitas vezes, embora tivesse vindo sozinho do sangrento campo de batalha, onde suas tropas eram massacradas, pois sabia que, no fim, ele sozinho acabaria conquistando a vitória!'

"O que isso nos revela? Pouco? Não! O pensamento pueril do conde não enxerga nada, por isso ele fala de forma tão livre. Até vocês, com seus raciocínios amadurecidos, não enxergam nada. Meu raciocínio de homem também não enxergava nada até agora. Não! Mas então chegam palavras de alguém que fala sem pensar porque essa pessoa também não sabe o que isso quer dizer, o que *pode* significar. Da mesma forma que existem elementos estáticos que repousam na natureza e, de súbito, quando por algum motivo no curso dos tempos eles se cruzam e se tocam, então *puf!* Ergue-se um clarão do tamanho do céu, que cega, mata e destrói. Mas, ao mesmo tempo, também ilumina toda a terra por quilômetros sem fim. Entendem? Então, permita-me explicar. Para começar, vocês já estudaram filosofia criminal? 'Sim' e 'não'. Você, John, que respondeu sim, pois faz parte do estudo das doenças mentais. Já a senhora, madame Mina, não, pois eles não são do seu interesse, exceto

70. Escritor dinamarquês famoso por seus contos de fada. (N. T.)

um. Ainda assim, sua mente funciona normalmente e não procura *particulari ad universale*[71].

"Existe uma peculiaridade nos criminosos. É algo tão constante, em todos os países e em todos os tempos, que até a polícia, que não se interessa muito por filosofia, acaba aprendendo, empiricamente, que ela *existe*. Isso é ser empírico. O criminoso está sempre envolvido em crimes, isto é, o criminoso autêntico que é predestinado ao crime e que não faz mais nada na vida. Esse criminoso não possui um cérebro de adulto inteiramente desenvolvido. Ele é inteligente, astuto e engenhoso, mas não é um adulto do ponto de vista cerebral. Tem, por assim dizer, um cérebro infantil. Esse nosso criminoso em questão também é predestinado ao crime, tem uma mentalidade infantil, pois seus atos assim a revelaram. O passarinho, o peixinho e outros pequenos bichos não aprendem por princípio, mas empiricamente. E, quando aprendem algo, então conquistam um ponto de apoio para fazer mais. Como disse Arquimedes: *Dos pou sto*: 'Dê-me base a partir dela moverei o mundo!'. O primeiro aprendizado é a base a partir da qual o cérebro infantil se desenvolve em um cérebro adulto e, até encontrar estímulo para tomar nova atitude, repetirá a mesma coisa sempre, tal como já fez antes! Ah, minha cara, vejo que seus olhos estão arregalados, e que para a senhora o clarão ilumina todos os confins da terra."

A Sra. Harker havia começado a bater palmas, e seus olhos reluziram. Ele prosseguiu:

— Agora, madame, diga a estes dois velhos cientistas qual a leitura que a senhora faz com seus olhos tão brilhantes?

O professor tomou a mão da Sra. Harker e a segurou enquanto a ouvia, e manteve o indicador e o polegar próximos ao pulso dela. Parecia ter feito isso de uma forma instintiva e inconsciente.

— O conde é um criminoso, um típico criminoso. — Mina começou a explicar. — Nordau e Lombroso também o classificariam assim, e, enquanto tal, é um criminoso dono de uma mente malformada. Assim, diante da dificuldade, tem de recorrer aos hábitos. Seu passado é uma pista, e o que sabemos sobre ele, contado por ele mesmo, nos mostrou que antigamente, quando se deparou com o que o Sr. Morris chamaria

71. Inferir o universal de uma ocorrência singular — em latim. (N. T.)

de uma "enrascada", deixou a terra que pretendia invadir e voltou ao próprio país, mas manteve firme seu propósito, pois preparou-se para uma nova batalha. Desta vez, foi mais bem equipado para a tarefa e venceu. E fez a mesma coisa agora: foi para Londres a fim de invadir um novo território, foi derrotado e, quando toda esperança de sucesso estava perdida e sua existência corria perigo, fugiu pelo mar de volta para casa, da mesma forma que outrora fugiu das terras da Turquia pelo Danúbio.

— Bom, muito bom! A senhora é uma dama tão inteligente! — exclamou Van Helsing entusiasmado, levantando-se e beijando-lhe a mão.

No momento seguinte, ele me dirigiu a palavra com toda calma, como se estivéssemos no quarto de um doente em consulta:

— Setenta e dois de pulso mesmo com toda essa excitação. Tenho esperanças.

Virando-se novamente para ela, acrescentou com aguda expectativa:

— Mas continue. Não pare! A senhora tem mais coisas para me contar, se quiser. Não tenha medo. John e eu já sabemos. Em todo caso, eu pelo menos sei e lhe direi se está certa. Fale sem medo!

— Tentarei. Mas perdoem-me se parecer muito egocêntrica.

— De modo algum! Não tenha medo. Precisamos que seja egocêntrica, pois é precisamente na senhora que estamos centrados.

— Enfim, ele é um criminoso, portanto, um egoísta. E, como seu intelecto é escasso, e suas ações se baseiam no individualismo, prende-se a um propósito. Um propósito implacável. Da mesma forma como fugiu pelo Danúbio, deixando suas tropas serem despedaçadas, seu único intento agora é se safar, em detrimento de tudo o mais. Assim, o seu próprio egoísmo libertou minha alma de alguma forma do terrível poder que ele adquiriu sobre mim naquela noite pavorosa. Eu sinto! Posso sentir! Graças a Deus, por Sua infinita piedade! Minha alma está mais livre agora como nunca esteve desde aquela funesta ocasião. E o único receio que me assombra neste momento é não saber se, em algum transe ou sonho meu, ele não terá utilizado meus conhecimentos a seu favor.

O professor levantou e disse:

— Ele, de fato, usou sua mente, e por isso nos deixou aqui em Varna, enquanto o navio que o levava sumiu no nevoeiro e apareceu em Galatz, onde, sem dúvida, havia feito preparativos para fugir de nós. Mas sua mente infantil só previu até esse ponto. E pode ser que, como sempre ocorre, em se tratando da providência divina, o malfeitor seja derrotado justamente por aquilo que considera ser, em seu egoísmo, seu maior trunfo. O caçador cai na própria armadilha, como diz, em outras palavras, o grande salmista. Agora que está livre de nós e que escapou há tantas horas, imagino que seu cérebro infantil o mande dormir. Ele ainda acha que, como cortou a conexão que permitia conhecer sua mente, a senhora não terá mais como acessar os conhecimentos dele. Aí é que se engana! Aquele terrível batismo de sangue deu à senhora acesso espiritual a ele, como tem demonstrado em seus momentos de liberdade, quando o sol nasce e quando o sol se põe. Nessas horas, a senhora age guiada por mim, e não por ele. E este poder que beneficia tanto a senhora quanto os outros, você conquistou a partir de seu sofrimento nas mãos dele. Isso agora é ainda mais precioso, porque ele não tem ciência nenhuma e, para se proteger, cortou o acesso ao conhecimento de nossa localização. Nós, no entanto, não somos egoístas e acreditamos que Deus está conosco em meio às trevas e nos acompanha nessas longas horas sombrias. Vamos atrás dele e não desistiremos, mesmo que corramos o risco de nos tornarmos como ele. Amigo John, esta foi uma hora grandiosa e nos fez avançar bastante em nosso caminho. Você deve registrar e escrever tudo isso, para que, quando os outros voltarem de suas tarefas, você possa lhes mostrar seus registros, e eles vão saber tanto quanto nós.

E assim redigi isto aqui enquanto esperávamos pelos outros, e a Sra. Harker passou a limpo em sua máquina de escrever tudo o que ocorrera desde que veio nos trazer o manuscrito.

CAPÍTULO XXVI

Pelos rios

DIÁRIO DO DR. SEWARD

29 de outubro — Estou escrevendo no trem, em viagem de Varna para Galatz. Ontem à noite, reunimo-nos um pouco antes do anoitecer. Cada um de nós tinha executado a tarefa que lhe competia da melhor maneira possível. Em relação às reflexões, aos esforços e ao aproveitamento das oportunidades, nós estávamos bem preparados para a viagem e para o trabalho que executaríamos quando chegássemos a Galatz. Na hora de sempre, a Sra. Harker preparou-se para ser hipnotizada; e, depois de um esforço mais sério e mais prolongado por parte de Van Helsing do que era habitualmente necessário, ela entrou em transe. Em geral, ela responde a uma simples insinuação, mas dessa vez o professor teve de insistir nas perguntas — e perguntas bem diretas — antes que conseguisse saber de qualquer coisa. Afinal, veio a resposta:

— Não estou vendo coisa alguma; estamos parados; não há batida de ondas, mas apenas o de água correndo junto às amarras. Ouço marinheiros, longe e perto, e o rolar e ranger de remos nas forquetas. Um tiro foi disparado; o eco parece longínquo. Por cima, há o ruído de passos; cordas, cabos e correntes são arrastados. Que é isto? Surge um raio de luz; sinto uma lufada de vento me atingir.

Naquele ponto, ela ficou em silêncio. Levantou-se do sofá por impulso e ergueu ambas as mãos com as palmas viradas para cima como se estivesse carregando um peso. Van Helsing e eu logo compreendemos e nos entreolhamos. Quincey arqueou as sobrancelhas e olhou fixamente para ela enquanto a mão de Harker instintivamente se fechou sobre o cabo da faca kukri. Houve um silêncio bem prolongado. Todos sabíamos que o tempo em que ela poderia falar alguma coisa estava acabando, mas achamos inútil fazer qualquer comentário. De repente, a Sra. Harker se sentou e abriu os olhos, oferecendo com delicadeza:

— Nenhum de vocês quer uma xícara de chá? Vocês devem estar exaustos!

A única coisa que podíamos fazer era deixá-la feliz, então concordamos. Ela se levantou depressa, e, assim que saiu, Van Helsing disse:

— Como estão vendo, meus amigos, ele está perto da terra: saiu da caixa. Mas ainda precisa chegar à praia. De noite, pode ficar escondido em algum lugar, mas, se não for carregado para a praia ou o navio não tocar terra firme, não poderá atravessar as águas e alcançar a margem. Nesse caso, se já estiver de noite, pode mudar de forma e pular na água ou voar até a costa como fez em Whitby. Mas, se tiver amanhecido antes que possa ter ido para terra firme, então, a não ser que seja carregado, não poderá escapar. E se ele for carregado, os funcionários da alfândega poderão descobrir o que a caixa contém. Ou seja, se ele não escapar esta noite, antes do amanhecer, perderá um dia inteiro. Talvez ainda possamos chegar a tempo. Se ele não fugir durante a noite, o encontraremos durante o dia, dentro da caixa e à nossa disposição. Ele não ousa se mostrar em sua forma verdadeira, acordado e visível, para não ser descoberto.

Não havia mais nada a ser dito, portanto, esperamos, com paciência, até o amanhecer, quando poderíamos saber mais alguma coisa por intermédio da Sra. Harker.

Hoje cedo ouvimos, com a respiração contida pela ansiedade, suas respostas em transe. O sono hipnótico custou a vir mais ainda do que no dia anterior. Quando veio, faltava tão pouco para o completo nascer do sol que começamos a ficar aflitos. Foi preciso um esforço descomunal de Van Helsing; mas, por fim, em obediência à sua vontade, ela respondeu:

— Tudo está escuro. Ouço as pancadas da águano mesmo nível em que estou, e um ruído como de madeira sobre madeira.

Parou, e o sol surgiu vermelho. Temos que esperar até a noite. Viajamos rumo a Galatz na agonia da expectativa. Deveríamos chegar entre duas e três da manhã, mas já estávamos com três horas de atraso quando chegamos em Bucareste, então definitivamente não conseguiremos chegar antes da aurora. Portanto, temos pela frente duas mensagens hipnóticas da Sra. Harker! Talvez uma delas, ou as duas, possa nos dizer o que realmente está acontecendo com o conde.

Mais tarde — Felizmente, ao anoitecer, não estávamos em uma estação, pois, se isso tivesse acontecido, não teríamos conseguido a calma e o isolamento necessários para a hipnose. A Sra. Harker entrou em transe com mais dificuldade ainda que de manhã. Receio que seu poder de ler as sensações do conde esteja minguando justamente quando mais precisávamos dele. Até agora, quando entrava em transe, costumava se ater aos fatos, mas no momento parece-me que tem dado asas à imaginação. Se isso continuar assim, podemos acabar nos confundindo e nos desviando. Se a influência do conde sobre ela também diminuir com a perda do poder que ela tem de saber o que acontece com ele, isso já me deixaria feliz. No entanto, receio esse não ser o caso. Quando finalmente falou, suas palavras foram enigmáticas:

— Algo saiu do lugar; posso sentir que passa por mim como um vento frio. Posso ouvir, muito longe, sons confusos, de homens conversando em línguas estranhas, forte queda de água e uivos de lobo.

Naquele instante, foi tomada por um tremor convulsivo que se intensificou por alguns segundos e acabou travando seu corpo, parecia uma espécie de paralisia e, depois disso, nada mais disse, apesar das perguntas imperiosas do professor. Quando despertou do transe, estava gelada, exausta, fraca, mas sua mente estava alerta. Não se lembrava de nada, mas perguntou o que tinha dito. Após lhe dizermos, refletiu profundamente por um longo tempo, calada.

30 de outubro, 7h da manhã — Estamos perto de Galatz e talvez eu não tenha tempo de escrever mais tarde. O amanhecer de hoje foi ansiosamente esperado por nós. Em vista da crescente dificuldade de conseguir o transe hipnótico, Van Helsing começou os passes mais cedo que de costume, mas eles só produziram efeito nela, que cedeu com ainda mais dificuldade, um minuto antes do sol nascer. O professor não perdeu tempo na interrogação, e a resposta veio logo:

— Tudo está escuro. Ouço a água passar, à altura dos meus ouvidos, e o ranger de madeira sobre madeira. Mugidos distantes de bois. Há outro ruído esquisito, parecido com… — Ela parou de falar, empalidecendo-se mais a cada segundo.

— Vamos, continue, continue! Eu ordeno! — exclamou Van Helsing com voz aflita.

Os olhos dele revelavam certo desespero, pois o sol já estava alto e avermelhava até mesmo a face mortalmente pálida da Sra. Harker. Ela, porém, abriu os olhos e, para nosso espanto, murmurou de forma doce e aparentemente descontraída:

— Professor, para que me mandar fazer o que não posso? Não me lembro de nada.

Então, observando o espanto em nossas faces, perguntou, dirigindo-se a cada um de nós com um olhar contrariado:

— O que foi que eu disse? O que foi que eu fiz? Não sei de nada, só sei que estava aqui deitada, quase dormindo, e ouvi o senhor dizer "continue, continue, eu ordeno!". E achei engraçado ouvir o senhor me dar ordens, como se eu fosse uma criança malcriada!

— Ah, madame Mina — ele disse com tristeza —, isto é prova, se fosse necessária mais alguma prova, de como eu a amo e a adoro; a razão pela qual uma palavra dita pelo seu bem, dita da forma mais sincera possível, ter soado tão estranha, pé porque foi uma ordem dada àquela a quem orgulhosamente obedeço!

O trem está apitando. Estamos perto de Galatz e enlouquecidos de ansiedade.

DIÁRIO DE MINA HARKER

30 de outubro — O Sr. Morris levou-me ao hotel onde tínhamos mandado reservar quartos por telegrama, sendo ele, que não fala nenhuma língua estrangeira, responsável por me fazer companhia. Os outros estavam ocupados em outras tarefas. Os grupos foram divididos como tinham sido em Varna, com a diferença de que era o lorde Godalming que procuraria o vice-cônsul, pois seu título poderia servir de garantia imediata para o oficial, uma vez que estamos com muita pressa. Jonathan e os dois médicos foram procurar o agente do navio para saber os pormenores da chegada do *Czarina Catherine*.

Mais tarde — Lorde Godalming voltou. O cônsul não estava, e o vice-cônsul encontrava-se doente. Então foi atendido por um funcionário, que foi muito solícito e se colocou à disposição para fazer tudo o que estivesse a seu alcance.

DIÁRIO DE JONATHAN HARKER

30 de outubro — Às nove horas, o Dr. Van Helsing, o Dr. Seward e eu procuramos a firma Mackenzie & Steinkoff, agentes da firma Hapgood, de Londres. Eles tinham recebido um telegrama da matriz londrina em resposta a um pedido de lorde Godalming para que a filial nos atendesse com a máxima deferência possível. Receberam-nos com muita amabilidade e nos levaram imediatamente a bordo do *Czarina Catherine*, que estava ancorado no porto fluvial. Fomos apresentados ao comandante, Donelson, que nos contou a viagem:

— Nunca vi uma viagem tão fácil assim na minha vida! — disse. — Tivemos até medo de ter que compensar essa benesse com algum azar, para manter as coisas equilibradas. Viemos de Londres até o Mar Negro com vento favorável, a tal ponto que parecia que o próprio diabo estava soprando as velas para o seu proveito, por algum motivo. E não enxergávamos um palmo a nossa frente. Sempre que passávamos por um porto ou um embarcação, o navio era tomado por um nevoeiro que nos acompanhava, até que depois se dissolvia e já não conseguíamos ver mais nada. Passamos por Gibraltar sem podermos fazer nenhum sinal. Até chegarmos aos Dardanelos, onde tivemos de parar para obter licença para prosseguir, não conseguimos nos comunicar com ninguém. Primeiro, pensei em soltar as velas e ficar por ali até o nevoeiro passar, mas depois achei que se o Diabo queria nos levar logo para o Mar Negro, acabaria conseguindo com ou sem a nossa ajuda. Se fizéssemos uma viagem rápida, o patrão ficaria feliz conosco e não prejudicaríamos nossas entregas, e o Velho Bode, atendido em sua maleficência, ficaria grato por não termos atrasado sua vida.

Aquele misto de delicadeza e esperteza, de superstição e sensatez comercial, estimulou Van Helsing, que comentou:

— Amigo, esse Demônio é mais esperto do que algumas pessoas pensam e sabe quando encontra alguém à sua altura!

O capitão gostou do elogio e continuou a falar:

— Quando passamos pelo Bósforo, os marinheiros começaram a resmungar; alguns deles, os romenos, vieram me pedir para atirar ao mar uma caixa que tinha sido colocada a bordo por um velho esquisito antes de partirmos de Londres. Eu percebi que eles tinham olhado horrorizados para o tal velho e tinham feito um sinal de proteção com os dois dedos para se livrar do mau-olhado. Olha, como essas superstições estrangeiras são ridículas! Mandei os romenos voltarem depressa ao trabalho, mas, no mesmo instante, o nevoeiro se fechou ao nosso redor, e por um momento pensei que eles talvez tivessem razão sobre aquilo, embora não achasse que fosse por causa daquele caixotão. O nevoeiro não nos deixou durante cinco dias, e permiti que o vento nos levasse, pois, se o diabo queria ir a algum lugar, lá chegaria. E se não quisesse, ficaríamos de olho, de qualquer modo. Não resta dúvida de que a viagem foi boa e navegamos em alto-mar o tempo todo. Há dois dias, quando o nevoeiro se dissipou, vimos que estávamos no rio, em frente a Galatz. Os romenos ficaram furiosos e queriam de qualquer jeito pegar a caixa e atirá-la ao rio. Tive de enfrentá-los decididamente para impedi-los de fazer aquilo, pois, com diabo ou sem diabo, tenho de entregar devidamente a carga que me foi confiada e não a jogar no Danúbio. Já tinham até tirado a caixa do porão, levado até o convés e estavam prestes a atirá-la. Como a caixa estava marcada com "Galatz, via Varna", resolvi descarregá-la no porto, livrando-me dela para sempre. Tivemos de passar a noite ancorados por causa da neblina, mas, de manhã, uma hora antes do amanhecer, apareceu um homem a bordo, com uma ordem enviada da Inglaterra, para receber uma caixa destinada a um tal de conde Drácula. Tinha todos os papéis em ordem e dei graças a Deus de lhe entregar a maldita encomenda, pois eu mesmo tinha começado a ficar irrequieto com ela. Agora, se o diabo tinha bagagem a bordo, não me resta dúvidas de que era aquela caixa mesmo!

— Como se chamava esse homem? — perguntou o Dr. Helsing sem esconder a ansiedade.

— É fácil saber — disse o capitão, que, indo à sua cabine, voltou, trazendo um recibo assinado por Immanuel Hildesheim, cujo endereço era Burgenstrasse, número 16.

Concluímos que aquilo era tudo o que o capitão sabia, então agradecemos e fomos embora. Logo em seguida, fomos encontrar Hildesheim em seu escritório. Era um judeu do tipo encenado no teatro

Adelphia, com nariz adunco e um chapéu fez na cabeça. Com alguns monetários argumentos convincentes de nossa parte e um pouco de barganha ele nos contou o que queríamos. A informação foi simples, mas importante. Ele recebera uma carta do Sr. De Ville, procedente de Londres, encarregando-o de receber, se possível antes do amanhecer, para evitar a alfândega, uma caixa que chegaria a Galatz pelo *Czarina Catherine*. A caixa tinha de ser entregue a um tal de Petrof Skinsky, camarada que negociava com os eslovacos que faziam o transporte para o porto através do rio. Realizou-se o pagamento em papel-moeda inglês, que foi trocado em ouro no Banco Internacional do Danúbio. Quando Skinsky procurou por Hildesheim, o levou ao navio e entregou-lhe a caixa, a fim de evitar as despesas de transporte. Isso era tudo que sabia.

Fomos, então, procurar Skinsky, mas não conseguimos encontrá-lo. Um de seus vizinhos, que não parecia, aliás, estimá-lo de modo algum, informou-nos que ele partira há dois dias e ninguém sabia para onde. Isso foi confirmado pelo dono da casa, que recebera, por um mensageiro, as chaves da casa e o aluguel devido, em dinheiro inglês, entre dez e onze horas da noite da véspera. Havia diante de nós um novo impasse.

Enquanto estávamos conversando, apareceu um homem correndo, ofegante, para anunciar que o corpo de Skinsky tinha sido encontrado dentro do cemitério da igreja de St. Peter, com o pescoço estraçalhado por algum animal selvagem. As pessoas que falavam conosco saíram às pressas para ver aquele horror, e as mulheres aos gritos:

— Isso é coisa daqueles eslovacos!

Nós escapamos sem demora para não sermos envolvidos na confusão, e voltamos para o hotel e para Mina com o coração apertado. No trajeto, não conseguimos chegar a nenhuma conclusão definitiva. Estávamos convencidos de que a caixa estava a caminho, por água, para algum destino, mas ainda precisávamos descobrir para qual.

Quando nos reunimos, a primeira questão a resolver foi se Mina deveria participar de novo de nossas conversas. A situação está ficando desesperadora, mas isso era, pelo menos, uma chance, embora fosse muito perigoso. Desse modo, fui liberado da promessa que fiz a ela.

DIÁRIO DE MINA HARKER

30 de outubro, à noite — Eles estão tão cansados, abatidos e desanimados que não adianta tentar fazer coisa alguma enquanto não tiverem descansado; por isso, pedi-lhes para se deitarem por pelo menos meia hora. Sou grata a quem inventou a máquina de escrever portátil e ao Sr. Morris, que arranjou uma para mim. Eu me sentiria muito perdida se tivesse de escrever à mão.

Terminei. Meu querido Jonathan deve ter sofrido tanto, e ainda está sofrendo! Está deitado no sofá e mal respira, e todo o seu corpo parece dolorido. As sobrancelhas franzidas. O rosto está tenso de dor. Pobre querido, talvez esteja pensando, e posso ver como seu rosto se contorce com a concentração de seus pensamentos. Se pudesse ajudar de alguma maneira... Farei o que puder para isso.

Eu pedi ao Dr. Van Helsing e ele me providenciou toda a papelada que eu ainda não tinha visto... Enquanto eles estão descansando, lerei tudo atentamente e, talvez, possa chegar a alguma conclusão. Tentarei seguir o exemplo do professor, refletindo sobre os fatos sem formulações preconcebidas antes que eu...

Creio que, com a ajuda de Deus, fiz uma descoberta. Preciso agora consultar os mapas...

Estou cada vez mais convencida de que tenho razão. Minha nova conclusão está pronta, e reunirei o pessoal para ler o memorando em voz alta. Deixarei que julguem por si próprios. É essencial sermos objetivos, pois cada minuto nos é muito precioso.

MEMORANDO DE MINA HARKER

(anexado ao diário)

Assunto a ser analisado:
o retorno do conde Drácula ao seu castelo.

(a) Ele tem de ser *levado de volta* por alguém. Isso é evidente, pois, se tivesse o poder de mover-se sozinho, ele poderia ir sob a forma de homem, lobo, morcego ou qualquer outra. Evidentemente, ele tem medo de ser descoberto ou detido no estado de impotência em que deve estar, do nascer ao pôr do sol, em sua caixa de madeira.

(b) *Como será levado?* A esse respeito, será útil aplicar um método de exclusão. Pela estrada comum, pela estrada de ferro ou por água.

1. *Pela estrada comum*: haveria grandes dificuldades, especialmente para sair da cidade, pois:

(x) Há pessoas e pessoas conservam naturalmente a curiosidade inerente ao Homem. Uma suspeita, conjectura ou dúvida a respeito do que conteria a caixa poderiam ser fatais ao conde.

(y) Há, ou pode haver, funcionários aduaneiros e cobradores de *octroi*[72] pelo trajeto.

(z) Pode ser perseguido. Isso é o que mais ele teme; e, para impedir de ser traído, ele repeliu, tanto quanto pôde, até mesmo sua vítima: eu!

2. *Pela estrada de ferro*: não há ninguém encarregado de tomar conta da caixa. Isso tornaria provável seu atraso, e o atraso também poderia ser fatal a ele, sobretudo com os inimigos em seu encalço. Na verdade, ele pode escapar de noite; mas de que adiantaria se fosse deixado em um lugar estranho, sem um refúgio para onde pudesse ir? Isso não está em seus planos e não está disposto a correr riscos desnecessários.

3. *Por água*: esse é o caminho mais seguro, sob um aspecto, porém mais perigoso, sob outro. Na água, ele é impotente, exceto à noite. Mesmo durante esse período, ele apenas pode invocar o nevoeiro, a tempestade, a neve e seus lobos. Mas, se naufragasse, a água corrente o sorveria. Impotente, ele estaria perdido. Poderia levar a embarcação para terra, mas, se fosse em território de inimigos, sem conseguir se deslocar livremente, ficaria em uma situação desesperadora.

Sabemos pelos registros que ele, de fato, estava viajando por transporte marítimo, nos resta saber agora *por quais* águas.

A primeira coisa a avaliar consiste em compreender exatamente o que ele já fez até agora; assim poderemos, então, ter um indício de qual será seu próximo passo.

Em primeiro lugar, temos que diferenciar o que fez em Londres como parte de seu plano geral de ação, quando estava sem tempo e teve de se arranjar da melhor maneira que pôde.

---

72. Palavra francesa para pedágio, imposto. (N. T.)

Em segundo lugar, devemos deduzir, pelos fatos que sabemos, o que ele já fez aqui.

Quanto ao primeiro ponto, evidentemente ele pretendia chegar a Galatz e mandou a fatura para Varna para nos iludir, caso descobríssemos sua rota de fuga da Inglaterra. Seu objetivo imediato e único era fugir. A prova disso são as instruções dadas a Immanuel Hildesheim para liberar e recolher a caixa *antes do sol nascer*. Há, ainda, as instruções dadas a Petrof Skinsky. Quanto a essas, só podemos supor, mas deve ter havido alguma carta ou mensagem, já que Skinsky procurou Hildesheim.

Sabemos que, até agora, seus planos foram bem-sucedidos. O *Czarina Catherine* fez uma viagem extraordinariamente rápida, de tal forma que acabou levantando suspeitas do capitão Donelson. Mas sua superstição, bem como sua esperteza, favoreceu o conde, e ele veio com ventos favoráveis às cegas pelos nevoeiros até chegar a Galatz. Que os preparativos do conde foram bem executados, já temos a prova. Hildesheim resgatou a caixa, levou-a consigo e a entregou a Skinsky. Skinsky levou a caixa, e então perdemos sua pista. Sabemos apenas que está em algum lugar sobre a água, em movimento. A alfândega e os coletores de *octroi*, se houve algum, foram evitados.

Agora, resta saber o que o conde deve ter feito depois de sua chegada em *terra firme* a Galatz.

A caixa foi entregue a Skinsky antes do amanhecer. Ao raiar do sol, o conde podia aparecer em sua própria forma. Então por que Skinsky foi escolhido para executar o trabalho? No diário de meu marido, há uma menção a esse homem, dizendo que trabalhava com os eslovacos, cujo serviço era transportar carga do rio ao porto. Além disso, ao que me parece, os eslovacos são muito malvistos aqui, pois um dos vizinhos comentou que o assassinato de Skinsky fora "obra dos eslovacos". Isso favorece o conde, que procura isolamento.

Minha hipótese é a seguinte: ainda em Londres, o conde resolveu voltar ao seu castelo por água, como o meio mais seguro e secreto. Na sua vinda, ele fora trazido do castelo pelos ciganos e, provavelmente, eles entregaram a carga aos eslovacos que, por sua vez, levaram o carregamento até Varna, onde, então, fora exportado para Londres. Assim, o conde já conhecia as pessoas capazes de executar esses serviços. Quando a caixa estava em terra, entre o anoitecer e o amanhecer, ele saiu do seu refúgio, esteve com Skinsky e deu-lhe instruções sobre como providenciar o transporte da caixa pelo rio. Quando soube que suas ordem foram cumpridas, apagou as pistas e assassinou o agente.

Examinei o mapa e cheguei à conclusão de que os eslovacos devem estar subindo o rio Pruth ou o Sereth. Li no diário que, em meu transe, ouvi o mugido de vacas, água correndo à altura de meus ouvidos, e o ruído de madeira. O conde, então dentro da caixa, estava em um rio, em um barco aberto, provavelmente movido a remos, subindo contra a corrente, porque se fosse na direção oposta, os sons seriam diferentes.

Posso estar errada, é claro, mas acho válido investigar as possiblidades dos dois rios. Naturalmente, tanto pode ser o Sereth como o Pruth. O Pruth é mais facilmente navegável, mas o Sereth na altura de Fundu, junta-se ao rio Bistrita, que contorna o passo Borgo e, portanto, passa muito mais perto do castelo de Drácula.

DIÁRIO DE MINA HARKER

(continuação)

Quando acabei a leitura, Jonathan tomou-me em seus braços e beijou-me. Os outros cumprimentaram-me, efusivamente, e o Dr. Van Helsing disse:

— Mais uma vez, madame Mina foi a nossa mestra. Seus olhos viram quando nós estávamos cegos. Agora, estamos mais uma vez no caminho certo e, dessa vez, podemos ser bem-sucedidos. Nosso inimigo está desamparado; se pudermos apanhá-lo de dia, sobre a água, nossa tarefa estará terminada. Ele tem vantagem, mas está sem forças para acelerar a viagem, já que não pode sair da caixa para não despertar suspeitas nos carregadores. Se desconfiassem de alguma coisa, acabariam atirando a caixa no rio, e lá ele pereceria. Ele sabe disso, portanto não sairá. Agora, vamos ao nosso Conselho de Guerra! Precisamos decidir o que cada um de nós fará.

— Arranjarei uma lancha a vapor para segui-lo — disse lorde Godalming.

— E eu arranjarei cavalos para segui-lo pela margem do rio a fim de vigiar caso tente desviar por terra — disse o Sr. Morris.

— Muito bem! — disse o professor. — Mas ninguém deve ir sozinho. Devemos dispor de força para o caso de necessidade; os eslovacos são fortes e perigosos, e levam armas poderosas.

Os homens riram, pois trouxeram consigo um pequeno arsenal.

— Eu trouxe algumas espingardas Winchester — disse o Sr. Morris. — São muito úteis em multidões, e pode haver lobos. O conde, vocês se lembram, tomou outros cuidados. Ele fez alguns pedidos que a Sra. Harker não ouviu ou não entendeu. Devemos estar preparados para tudo.

— Acho que é melhor eu ir com Quincey — disse o Dr. Seward. — Estamos acostumados a caçar juntos e, estando armados, seremos páreos para o que quer que seja. Você não deve ir sozinho, Art. Pode haver necessidade de enfrentar os eslovacos. Creio que não levem armas de fogo, porém um golpe imprevisto pode arruinar nossos planos. Não facilitaremos desta vez. Não podemos descansar enquanto a cabeça e o corpo do conde não tiverem sido separados e sem a certeza de que ele não poderá reencarnar.

Olhou para Jonathan enquanto falava, e Jonathan olhou para mim. Percebi perfeitamente o que o torturava. Naturalmente, queria ficar comigo; mas a expedição de lancha seria, muito provavelmente, a que iria destruir... o... o... vampiro (por que hesitei ao escrever essa palavra?). Jonathan estava em silêncio absoluto.

— Amigo Jonathan — disse o Dr. Van Helsing —, você é que deve ir com ele, por dois motivos. Em primeiro lugar, porque é jovem e valente e pode lutar com todas as energias que serão necessárias; e, em segundo lugar, porque tem o direito de destruí-lo, de destruir aquele que trouxe tantos males para você e para a sua esposa. Não se preocupe com a madame Mina; farei tudo que estiver ao meu alcance para protegê-la. Estou velho e minhas pernas não são tão velozes para correr como já foram. Não estou acostumado a cavalgar longas distâncias ou a caçar como este caso exige, nem lutar com armas mortais. Mas posso prestar outros serviços, posso lutar à minha maneira. E, se for preciso, saberei morrer, como os homens mais moços. Deixe-me explicar o que tenho em mente: enquanto lorde Godalming e o amigo Jonathan sobem o rio na lancha, John e Quincey acompanharão por terra, à margem do rio, onde talvez ele desembarque. Eu levarei madame Mina bem no coração do território inimigo. Enquanto a velha raposa estiver presa dentro de sua caixa — que não pode ser aberta, a fim de que os eslovacos não o abandonem à própria sorte e perdição—, flutuando em água corrente, de onde não pode escapar para a terra, iremos refazer o roteiro seguido por Jonathan, indo de Bistritz ao Borgo, e até o castelo de Drácula. O poder hipnótico de madame Mina sem dúvida nos será útil, e encontraremos nosso caminho que, de outra forma, seria obscuro e desconhecido, depois dos primeiros raios do nascer do sol, quando estivermos próximos do lugar fatídico. Temos muita coisa a fazer e muitos lugares a santificar para que aquele ninho de víboras seja obliterado.

— Quer dizer, professor Van Helsing — exclamou Jonathan muito exaltado —, que o senhor pretende levar Mina, enquanto ela está nesse triste estado e marcada por essa doença infernal, bem para dentro daquela armadilha mortal? Por nada nesse mundo! Nem pelos céus nem pelo inferno!

Durante certo tempo, sua emoção foi tão grande que nem o deixou falar, depois prosseguiu:

— Sabe o que é aquele lugar horripilante? Você já viu aquele funesto covil de infâmia infernal, em que o próprio luar espectral ganha vida com formas pavorosas e cada partícula de poeira turbilhona como embriões de monstros vorazes? Já sentiu os lábios do vampiro em sua garganta? — Neste momento, ele virou-se para mim e pousando os olhos na minha cicatriz, lançou seus braços aos céus e berrou — Meu Deus, o que fizemos para ter esse horror sobre nós?

E deixou-se cair sentado em um sofá, completamente abatido.

— Meu amigo — disse o professor com um tom de voz claro, compreensivo e que parecia vibrar no ar, trazendo calma a todos nós—, é porque quero salvar madame Mina daquele lugar horripilante que devo ir. Deus não permita que eu a tenha de levar. Lá deve ser feito um trabalho medonho, que seus olhos não devem ver. Todos os homens aqui, exceto você, Jonathan, viram com os próprios olhos o que deve ser feito para purificar o lugar. Lembre-se de que estamos passando por uma situação difícil. Se o conde escapar desta vez, e ele é forte, sutil e esperto, pode decidir dormir por mais um século, e então, com o tempo, nossa querida — ele tomou minha mão e continuou — vai acabar se tornando companheira dele, assim como aquelas outras que você, Jonathan, conheceu pessoalmente. Você mesmo nos contou sobre seus lábios maliciosos. Você ouviu a gargalhada voluptuosa que deram quando agarraram o saco que o conde atirou para elas. E estremeceu de medo, com toda a razão. Perdoe-me por provocar essa dor, mas é necessário. Meu amigo, não se trata de uma necessidade extrema na qual estou apostando minha própria vida? Se alguém deve ir para aquele lugar e ali ficar para sempre, serei eu a fazer companhia para ele.

— Faça como quiser — disse Jonathan, com um suspiro que o fez tremer de alto a baixo. — Estamos nas mãos de Deus!

Mais tarde — Deleitou-me ver o modo como esses valentes homens trabalharam. Como pode uma mulher não amar homens que são tão sinceros, verdadeiros e corajosos! E isso também me fez pensar no maravilhoso poder do dinheiro! No que o dinheiro pode fazer quando bem empregado. Graças a Deus, lorde Godalming é rico, e tanto ele como o Sr. Morris, que também tem uma considerável fortuna, mostram-se dispostos a gastar seu dinheiro generosamente. Sem isso, nossa pequena expedição não poderia partir tão depressa nem tão bem-equipada. Não faz nem três horas que resolvemos o que cada um de nós faria, e lorde Godalming e Jonathan já dispõem de uma ótima lancha a vapor, que partirá ao primeiro sinal. O Dr. Seward e o Sr. Morris já estão com meia dúzia de bons cavalos aparelhados. Dispomos de todos os mapas e instrumentos de que necessitamos. O professor Van Helsing e eu partiremos no trem das 23h40 de hoje para Veresti, onde arranjaremos uma carruagem para atravessarmos o passo Borgo. Levaremos conosco uma boa quantia em dinheiro, pois precisaremos comprar uma carruagem e cavalos. Vamos sozinhos, pois não podemos confiar em mais ninguém em um momento como esse. O professor fala vários idiomas, o que facilitará muito as coisas. Nós todos seguiremos armados, até eu, que agora tenho um revólver de cano longo; Jonathan não conseguiria ficar tranquilo se eu não estivesse armada como os outros. Infelizmente, não posso usar uma arma que os outros podem: a mancha de minha testa o impede. O Dr. Van Helsing me consolou de forma afetuosa, dizendo que estou perfeitamente munida, pois deve haver lobos. O tempo está ficando cada vez mais frio com o passar das horas, e breves tempestades de neve vêm e vão como sinais de alerta.

Mais tarde — Foi preciso toda a coragem para me despedir de meu marido. Talvez nunca mais nos vejamos. Força, Mina! O professor me fita atentamente, seu olhar é um sinal. Agora não é ocasião para choro, a não ser que Deus me conceda derramar lágrimas de alegria.

DIÁRIO DE JONATHAN HARKER

30 de outubro, à noite — Estou escrevendo no clarão da fornalha da lancha que lorde Godalming está atiçando. Ele tem grande experiência com lanchas, tendo uma no Tâmisa e outra em Norfolk. No que diz respeito aos nossos planos, estamos convencidos de que a dedução de Mina estava correta e de que, se o conde estiver fugindo para seu castelo por um rio, o Sereth, seguido pelo Bistrita, no encontro das águas, seria o caminho ideal. Chegamos à conclusão de que o lugar escolhido para a travessia da região, entre o rio e os Cárpatos, deve ser mais ou menos a 47 graus de latitude norte. Não temos receio de subir o rio à noite a boa velocidade, pois ele é largo e bem profundo, sendo possível navegar mesmo na escuridão. Lorde Godalming me disse para dormir um pouco, pois já tinha ficado de vigia tempo o suficiente. Não posso dormir, lembrando-me do perigo terrível que ameaça minha querida Mina e de que ela vai àquele lugar maldito. Meu único consolo é que estamos nas mãos de Deus. Só por essa crença será mais fácil morrer do que viver, e assim ficar livre de toda atribulação de uma vez por todas.

O Sr. Morris e o Dr. Seward partiram antes de nós em sua longa cavalgada; estão seguindo pela margem direita, mas afastados do rio, pelo planalto, de onde podem ter uma vista ampla do curso d'água e evitar seguir suas curvas. Não querendo despertar suspeitas, no princípio do percurso, levaram dois homens para tomar conta dos cavalos de reserva, quatro ao todo. Dentro em pouco, dispensarão os homens, e eles mesmos cuidarão dos animais. Pode ser necessário que juntemos nossas forças, nesse caso, teremos montaria para todos nós. Uma das selas tem arção removível e poderá ser transformada rapidamente para adaptar-se à Mina em caso de necessidade.

Nossa aventura é selvagem. Estamos aqui, percorrendo as trevas, sentindo o frio do rio, que parece subir e nos atingir; cercados pelas vozes misteriosas da noite, adentrando lugares desconhecidos por caminhos incertos e mergulhando em um mundo de fenômenos sombrios e pavorosos. Godalming está fechando a porta da fornalha, ficarei sem luz...

31 de outubro — Continua a viagem. O dia nasceu, e Godalming está dormindo. Estou de vigia. A manhã nos açoita com um frio cortante, e é agradável ficar junto à fornalha com nossos casacos de pele. Há pouco tempo, passamos por alguns barcos abertos, mas nenhum deles conduzia qualquer caixa ou volume parecido com o que procurávamos. Os tripulantes ficavam amedrontados e caíam de joelhos, rezando sempre que voltávamos sobre eles o foco da lanterna elétrica.

1º de novembro, entardecer — Nenhuma novidade durante todo o dia, não encontramos nada. Entramos agora no Bistrita, e se nossas suposições sobre os rios estiverem erradas, teremos perdido nossa chance. Revistamos todas as embarcações encontradas, grandes ou pequenas. Hoje de manhã, a tripulação de um barco nos confundiu com as autoridades, tratando-nos com o máximo de respeito. Isso nos deu uma ideia, e em Fundu, na junção de Bistrita com o Sereth, arranjamos uma bandeira da Romênia, que hasteamos ostensivamente. O truque deu resultado com todas as embarcações que revistamos depois, nos trataram com deferência e não tivemos nenhuma objeção em nossas exigências. Alguns eslovacos nos disseram que um grande barco passou por eles, navegando a uma velocidade superior a habitual, com uma tripulação dupla. Isso aconteceu antes de eles chegarem a Fundu, de modo que não podiam dizer se o barco entrara em Bistrita ou continuara pelo Sereth. Em Fundu, ninguém nos deu notícia de tal barco, portanto, é bem provável que tenha passado de noite. Estou sentindo muito sono. O frio começou a me afetar e eu preciso descansar. Godalming insiste em fazer o primeiro plantão de vigia. Deus que o abençoe por tudo que tem feito por Mina e por mim.

2 de novembro, pela manhã — É dia claro. O bom homem não me acordou. Diz que teria sido um pecado, pois eu dormia tranquilamente, esquecido dos sofrimentos. Parece ter sido um brutal egoísmo eu ter dormido tanto, deixando-o velar a noite toda. Ele estava certo, no entanto, e sinto-me outro; e enquanto Godalming dorme eu consigo cuidar do motor, pilotar o timão e ficar de vigia. Posso sentir minha força e energia fluindo de volta. Pergunto-me onde estarão agora Mina e Van Helsing. Devem ter chegado a Veresti lá pelo meio-dia de quarta-feira. Levariam algum tempo até conseguir uma carruagem e os cavalos. Sendo assim, se já partiram e viajaram em boa velocidade, devem estar chegando ao passo Borgo agora. Que Deus os guie e os ajude! Tenho medo até de pensar no que pode acontecer. Quem dera pudéssemos ir mais depressa. Mas não podemos. Os motores estão vibrando intensamente e já trabalham quase em potência máxima. Como será que o Dr. Seward e o Sr. Morris estão se saindo? Parece haver inúmeros afluentes descendo das montanhas e desaguando neste rio, mas, como nenhum deles é muito largo — pelo menos por enquanto, embora sem dúvida sejam terríveis no inverno quando a neve derrete —, nossos cavaleiros talvez não tenham encontrado nenhum obstáculo. Espero vê-los antes de chegarmos a Strasba. Se até lá não tivermos conseguido derrotar o conde, talvez seja necessário nos reunirmos para deliberar sobre quais serão nossos próximos passos.

DIÁRIO DO DR. SEWARD

2 de novembro — Três dias na estrada. Nenhuma novidade e nenhum tempo para escrever. Cada minuto é precioso. Descansamos apenas o necessário para os cavalos. Mas estamos suportando tudo de forma esplêndida. Nossas aventuras de antigamente estão vindo bem a calhar. Temos de nos apressar; nós não ficaremos satisfeitos enquanto não avistarmos a lancha de novo.

3 de novembro — Soubemos em Fundu que a lancha subiu pelo Bistrita. Gostaria que não estivesse tão frio. Há indícios de neve; se cair muito pesada, ficaremos presos e nos atrasaremos. Nesse caso, teremos de arranjar um trenó e prosseguir viagem à moda russa.

4 de novembro — Soubemos hoje que a lancha foi detida por um acidente quando tentava forçar caminho em uma corredeira. Os barcos eslovacos sobem bem com a ajuda de um cabo e de um piloto experiente. Poucas horas antes, alguns tinham passado. Godalming é inteligente e aposto que consertou o problema sozinho. Por fim, foram bem-sucedidos em subir a corredeira com ajuda dos moradores locais e prosseguem na caçada. Creio que a lancha não esteja nas melhores condições depois do acidente, pois os camponeses nos disseram que a lancha seguiu pelas águas calmas, mas parava de tempos em tempos por todo o percurso em que foi avistada. Precisamos continuar com mais força do que nunca. Nossa ajuda pode ser necessária em breve.

DIÁRIO DE MINA HARKER

31 de outubro — Chegamos a Veresti ao meio-dia. O professor me contou que hoje, ao amanhecer, mal conseguiu me hipnotizar e que a única coisa que pude dizer foi: "escuro e quieto". Ele saiu para comprar uma carruagem e cavalos. Mais tarde ele disse que comprará cavalos de reserva, para podermos mudá-los durante a viagem. Temos aproximadamente cem quilômetros diante de nós. A paisagem é maravilhosa e muito interessante. Se ao menos estivéssemos aqui em outra situação, teria sido magnífico visitar tudo isso. Se Jonathan e eu estivéssemos a passeio sozinhos, teria sido tão prazeroso! Parar e ver as pessoas, aprender algo sobre suas vidas, e encher nossas mentes de lembranças com todas as cores e peculiaridades desse país selvagem, bonito, peculiar e com o povo exótico! Mas, infelizmente, não se trata disso...

Mais tarde — O Dr. Van Helsing voltou. Arranjou os cavalos e a carruagem; jantaremos e partiremos em uma hora. A dona do hotel preparou um enorme cesto de provisões para viagem que parece dar para um batalhão. O professor a estimula e sussurra para mim que pode ser que fiquemos uma semana sem conseguir outro alimento. Ele também fez compras e trouxe um magnífico conjunto de peles e todo tipo de agasalhos para nos manter aquecidos. Não há a menor possibilidade de passarmos frio.

Partiremos em breve. Tenho medo de pensar no que pode acontecer conosco. Estamos realmente nas mãos de Deus. Só Ele sabe o que está guardado para nós, e rezo para que Ele, com toda a força de minha alma triste e humilde, olhe por meu amado esposo. Que, aconteça o que acontecer, Jonathan saiba que o amei e o honrei mais do que posso dizer e que meu último e mais sincero pensamento será seu.

CAPÍTULO XXVII

A ÚLTIMA MORTE

DIÁRIO DE MINA HARKER

1º de novembro — Viajamos durante o dia inteiro em boa velocidade. Os cavalos parecem reconhecer que são bem tratados, pois não precisam ser atiçados para galoparem em ritmo acelerado. Já fizemos várias trocas e o resultado não foi diferente, então acreditamos que será uma viagem tranquila. O Dr. Van Helsing tem se mostrado lacônico; diz aos camponeses que estamos com pressa para chegar a Bistritz e os paga bem para fazerem a troca dos cavalos. Bebemos sopa quente, café ou chá e partimos logo em seguida. A paisagem é adorável, repleta de todo tipo de beleza imaginável, e o povo é ousado, forte e simples, e parecem ser todos detentores de muitas qualidades. São muito supersticiosos, *muito mesmo*. Na primeira casa em que paramos, quando a mulher que nos atendeu viu a cicatriz na minha testa, persignou-se e fez um sinal de proteção com dois dedos em minha direção, para afastar o mau-olhado. Creio até que se deram ao trabalho de acrescentar mais alho em nossa comida, e não suporto alho. Desde então, tomo cuidado para não tirar o chapéu ou o véu, e tenho conseguido não despertar suspeita. Viajamos depressa, e como não temos um cocheiro para espalhar boatos, temos evitado escândalos. Mas eu diria que o medo do mau-olhado nos acompanhará ao longo de todo o caminho.

O professor parece incansável. Não fechou os olhos nem por um instante durante o dia, mas me fez dormir longamente. Ao anoitecer, hipnotizou-me e disse que reagi como sempre, "escuro, água batendo e rangidos de madeira". Então, nosso inimigo ainda está no rio. Tenho medo de pensar em Jonathan, mas, de alguma maneira, não temo por ele nem por mim mesma. Escrevo numa fazenda enquanto esperamos aprontarem nossos cavalos. O Dr. Van Helsing dormiu agora. Pobre amigo, parece muito cansado, envelhecido, grisalho, mas sua expressão facial permanece firme como a de um conquistador. Até dormindo é imbuído de resolução. Mais adiante farei com que descanse enquanto conduzo a carruagem. Argumentarei que temos dias pela frente, e ele não pode fraquejar quando sua força for mais necessária... Tudo pronto. Partiremos em breve.

2 de novembro, de manhã — Consegui tomar as rédeas da carruagem enquanto Van Helsing descansava e, assim nos revezando, viajamos durante toda a noite. Agora, estamos em plena luz do dia, que, apesar de frio, está bem claro.

Há na atmosfera um peso estranho, digo "peso" por falta de um termo melhor. Ambos nos sentimos oprimidos. Está frio demais e apenas nossos casacos de pele nos aquecem. Ao amanhecer, Van Helsing me hipnotizou e disse que eu respondi: "escuridão, madeira estalando e água agitada", o que quer dizer que o rio está mudando, à medida que sobe. Espero que meu marido não esteja correndo mais perigo do que o necessário; mas estamos nas mãos de Deus.

2 de novembro, à noite — Viajamos o dia todo. A paisagem vai ficando mais selvagem conforme avançamos. As grandes rochas dos Cárpatos, que em Veresti jaziam tão distantes e baixas no horizonte, agora parecem nos rodear e nos cobrir à nossa frente. Estamos bem-dispostos. Creio que ambos fazemos esforços para animar um ao outro, e assim acabamos entusiasmando a nós mesmos. O Dr. Van Helsing disse que pela manhã chegaremos ao passo Borgo.

Agora há pouquíssimas casas, e o professor comentou que teremos que seguir com os últimos cavalos que conseguimos, já que talvez não seja mais possível fazer trocas. Ele comprou mais dois, além dos dois que trocamos, de modo que agora teremos apenas os quatro que nos levam. Nossos queridos cavalos são pacientes e bons, não nos dão trabalho algum. Não estamos preocupados com outros viajantes, de modo que até eu mesma posso conduzir.

Devemos chegar ao passo no fulgor da luz do dia. Não queremos chegar antes disso. Então diminuímos o ritmo, e cada um descansou bastante ao fazermos revezamento. O que terá nos reservado o amanhã? Vamos em busca do lugar em que meu pobre amado sofreu tanto. Deus permita que não nos desviemos de nosso caminho, e que Ele zele pelo meu marido e por todos aqueles que nos são caros e que enfrentam um perigo mortal. Quanto a mim, não sou digna aos olhos d'Ele. Ai de mim, sou impura a Seus olhos e assim devo continuar até que Ele me permita estar em Sua presença como alguém que não incorreu em Sua ira.

MEMORANDO DE ABRAHAM VAN HELSING

4 de novembro — Isto é para o meu velho e leal amigo John Seward, médico de Purfleet, em Londres, para o caso de não me ver nunca mais. Isso pode servir como explicação. É manhã e escrevo junto de uma fogueira que eu e madame Mina conservamos acesa durante toda a noite. Está fazendo muito, mas muito frio, tão frio que o céu acinzentado já derrama a neve, que permanecerá no solo congelado até o fim do inverno. Sinto que madame Mina foi afetada pelo frio, de modo que esteve tão aérea durante o dia que nem parecia ser ela mesma. Ela dorme, dorme e dorme! Como sempre é tão ativa, é estranho que não tenha feito absolutamente nada durante o dia todo. Nem apetite teve. Não fez registro algum em seu diário, justo ela que escrevia assiduamente a cada parada. Algo me diz que isso não é bom. Ela parece mais animada agora à noite. Dormir bastante deve tê-la restaurado. Ao anoitecer, tentei hipnotizá-la, mas, infelizmente, sem resultado. O poder da hipnose, que vinha diminuindo a cada dia, chegou ao fim de vez esta noite. Que seja feita a vontade de Deus, qualquer que seja ela e em qualquer lugar a que ela nos leve.

Como madame Mina não está fazendo seus registros, é melhor que eu mesmo os faça, à moda antiga, sem estenografia, para que haja um registro diário.

Chegamos ao passo Borgo logo depois do amanhecer de ontem. Ao ver os sinais da aurora, preparei-me para hipnotizar madame Mina. Paramos a carruagem e descemos a fim de que não houvesse nenhuma perturbação. Preparei uma cama com peles, fiz com que ela se deitasse; entrou em estado hipnótico muito vagarosamente e, quando entrou, foi pelo período mais curto até agora. Como antes, veio a resposta: "escuridão e o burburinho da água". Depois, acordou, muito disposta e radiante, e logo chegamos ao passo. Nessa ocasião, um novo poder direcionador pareceu se manifestar nela, que apontou para a estrada, dizendo:

— Este é o caminho.

— Como sabe? — perguntei.

— É claro que o conheço — disse ela, acrescentando, depois de uma pausa. — Jonathan viajou por aqui e descreveu a viagem, lembra?

A princípio, achei estranho, mas depois vi que só existia aquele caminho transversal. Era um caminho pouco usado e muito diferente da estrada de Bucovina a Bistritz, que é mais ampla, mais plana e com mais tráfego. Seguimos pela estrada menor. Aos poucos, fomos encontrando locais que Jonathan descreveu em seu diário. Viajamos durante muitas horas. Eu recomendei à madame Mina que dormisse, e ela, de fato, dormiu durante muito tempo, tanto que fiquei desconfiado e tentei acordá-la. Entretanto, ela continuou dormindo e pode ser que eu nem consiga acordá-la, mesmo tentando. Não quero machucá-la, e, por isso, não insistirei. Ela sofreu muito e dormir pode ser mesmo o melhor para ela. Acho que eu mesmo cochilei, pois tive a sensação de me sentir culpado, como se tivesse feito alguma coisa errada. Estava em meu assento, com as rédeas na mão, e com os cavalos trotando como sempre. Mina ainda dorme. É quase noite e o sol esparramado pela neve deixava um tom de amarelo e projetava sombras alongadas nos pontos íngremes das montanhas. Estamos agora subindo, subindo e tudo é tão... Oh! Tudo é tão selvagem e rochoso, como se estivéssemos na borda do mundo.

Depois de muito tempo, consegui despertar madame Mina, dessa vez sem muito esforço. Tentei hipnotizá-la, mas não consegui. Era como se eu nem estivesse ali. Quando terminei as minha inúteis tentativas, escurecera totalmente. Madame Mina deu uma risada , eu virei para olhá-la. Está acordada, agora, e não a vejo tão disposta desde aquela noite em Carfax, quando entramos, pela primeira vez, na casa do conde.

Estou um tanto intrigado e irrequieto, mas ela está tão alegre e atenciosa comigo que me esqueço de todos os temores. Acendi uma fogueira e, enquanto ela preparava a comida, fui cuidar dos cavalos, alimentando-os e amarrando-os em um abrigo. Quando voltei, a comida já estava pronta, mas, quando fui servi-la, ela não quis comer comigo, dizendo com um sorriso que estava com tanta fome que não aguentara me esperar. Não gostei daquilo, tenho dúvidas sobre a veracidade do que me falou, mas tive medo de assustá-la e nada disse. Ela me serviu e comi sozinho. Logo depois, nos enrolamos em peles e nos aproximamos da fogueira, recomendei-lhe dormir enquanto eu ficava de vigia. No final, esqueci-me totalmente de vigiar e quando de repente me lembrei, achei-a acordada e encarando-me fixamente com olhos cintilantes. Isso aconteceu mais umas duas vezes. Consegui dormir bastante até pouco antes do amanhecer quando acordei e tentei hipnotizá-la, mas sem resultado. Ela não entrou em transe apesar de ter fechado os olhos obedientemente.

O sol já corria alto quando finalmente ela adormeceu. Seu sono foi tão profundo que não consegui acordá-la e, por isso, tive de carregá-la para a carruagem, depois de ter selado e atrelado os animais. Ela continua a dormir, parecendo mais saudável e corada que nunca. Não estou gostando nada disso. E eu tenho medo, medo, muito medo! Tenho medo até de pensar, mas não posso parar. O que está em jogo é uma questão de vida ou morte, ou até de algo maior que isso, e não podemos hesitar.

5 de novembro, de manhã — Tenho que ser preciso em todos os detalhes, pois, apesar de termos visto muitas coisas estranhas juntos, pode ser que você pense que eu, Van Helsing, estou louco e que os horrores e toda essa tensão em meus nervos acabaram destruindo meu cérebro.

Viajamos ontem o dia inteiro, aproximando-nos cada vez mais das montanhas e atravessando uma região cada vez mais selvagem, repleta de precipícios e quedas d'água, como se a Natureza se revolvesse em um pitoresco carnaval. Madame Mina continuava dormindo. Não consegui acordá-la mesmo na hora de comer, quando senti fome, comi sozinho. Temo que a bruxaria fatal do lugar esteja agindo sobre ela, maculada como está pelo batismo do vampiro. Imaginei que teria de me privar do sono da noite caso ela continuasse dormindo. Estávamos em uma estrada ruim, antiga e muito irregular quando repousei a cabeça e adormeci. Acordei de novo com aquela sensação de culpa de que muito tempo havia se passado. Madame Mina ainda dormia e o sol estava baixando. Mas, de repente, a paisagem mudou: as montanhas pareciam afastar-se, e chegamos perto do alto de uma colina íngreme com um castelo igual ao que Jonathan descreveu em seu diário. Regozijei-me e estremeci ao mesmo tempo: agora, para o bem ou para o mal, o fim estava próximo.

Acordei madame Mina e mais uma vez tentei hipnotizá-la em vão. Uma escuridão funesta nos cercou, pois mesmo depois do sol se pôr os céus refletiam na neve a luminosidade do crepúsculo. Retirei os arreios dos cavalos e os alimentei diante do único local de abrigo que consegui encontrar. Acendi uma fogueira e conduzi madame Mina para perto do fogo. Ela estava acordada e encantadora como sempre. Aconcheguei-a em suas mantas e preparei a comida, mas ela não comeu, alegando, simplesmente, falta de apetite. Não a forcei, sabendo que seria em vão, mas tratei de comer, pois precisava estar muito forte para enfrentar o que tinha pela frente. Depois, temeroso, tracei uma grande circunferência em torno do lugar em que estava madame Mina e, sobre ela, espalhei uma parte da hóstia, que eu pulverizei até tornar-se bem fina, de maneira que nenhum lugar da circunferência ficasse descoberto. Madame Mina ficou sentada, durante todo aquele tempo, imóvel como se estivesse morta, e foi empalidecendo até se tornar mais branca do que a neve; e não dizia uma palavra. Quando me aproximei, ela se agarrou a mim, e sabia que sua pobre alma a fazia tremer da cabeça aos pés. Isso cortou meu coração, ela estava em pânico. Quando se acalmou, perguntei:

— Não quer se aproximar da fogueira?

Queria testar e ver o que ela faria. Ela se levantou, mas, depois de dar um passo, parou.

— Por que não vem? — insisti.

Ela sacudia a cabeça e tornou a sentar-se onde estava. Com os olhos arregalados, como alguém que desperta, exclamou:

— Não posso!

Ficamos em silêncio e eu fiquei aliviado, pois o que ela não pudesse fazer, os outros vampiros também não poderiam. Embora houvesse perigo para seu corpo, sua alma estava a salvo!

Pouco depois, de repente, os cavalos começaram a relinchar e a empinar, quebrando suas amarras. Tratei de ir acalmá-los. Quando sentiram minhas mãos em seus pelos, mostraram-se alegres, lambendo minhas mãos e, por fim, aquietaram-se. Muitas vezes, durante a noite, o fato se repetiu. Tive que me levantar várias vezes durante a noite e eles sempre se acalmavam quando eu me aproximava.

Pela madrugada, a fogueira começou a se apagar e fui atiçá-la, pois a neve estava começando a cair em flocos, e o frio tornava-se mais cortante, com uma bruma gelada. No meio da escuridão havia uma espécie de luz, como sempre há na neve que, caindo, unia-se à bruma e parecia assumir formas humanas de mulheres arrastando vestidos compridos. O silêncio mortal e funesto era quebrado apenas pelo relincho dos cavalos, que pareciam apavorados. Comecei a sentir medo, um medo terrível. Entretanto, a sensação de segurança dentro da circunferência me acalmou. Conclui que a minha imaginação pudesse ser fruto da noite, da escuridão, da agitação vivida e de toda a angústia terrível. Parece que as minhas lembranças da pavorosa experiência descrita por Jonathan estavam brincando com a minha mente, pois os flocos de neve estavam rodopiando e nos rodeando, e vi algo parecido com o vulto das mulheres que beijaram Jonathan. Os cavalos começaram a se encolher e a gemer em completo terror, como homens na agonia da dor. Pareciam estar privados até mesmo da loucura da dor, pois não conseguiam nem sequer se mexerem para fugir. Tive medo por madame Mina quando aqueles vultos malditos se aproximaram, cercando-a. Olhei-a, mas ela estava calma, contemplando-me e sorrindo para mim. Como eu dei um passo em direção à fogueira, para avivá-la, ela me agarrou pelo braço, sussurrando com uma voz que a gente só ouve em sonhos, tão baixa era:

— Não! Não vá! Não saia daqui! Aqui está seguro!

Encarei-a nos olhos e perguntei:

— Mas, e a senhora? É pela senhora que tenho medo!

— Medo por *mim*? Por quê? Ninguém está mais em segurança no mundo que eu! — disse ela, soltando uma gargalhada baixa e etérea.

Quando procurava refletir sobre o significado de suas palavras, um sopro de vento avivou as chamas e, à luz da fogueira, vi a cicatriz vermelha na testa da pobre moça. Então, compreendi. De qualquer maneira, teria compreendido logo em seguida, pois as figuras que giravam na névoa e na neve se aproximaram, mantendo-se, porém, sempre fora do círculo sagrado. E começaram a materializar-se até que vi com meus próprios olhos — se Deus não me privou da razão — as três mulheres que Jonathan vira na sala, quando elas beijaram sua garganta. Reconheci suas formas oscilantes, seus olhos de um fulgor cruel, os alvos caninos, a pele avermelhada e os lábios lascivos. Elas sorriam o tempo todo para madame Mina. Suas risadas quebravam o silêncio da noite e elas se abraçavam e apontavam para ela, dizendo com a intolerável doçura aguda que Jonathan comparou a taças de vidro com água tocadas pelas mãos de um instrumentista habilidoso:

— Venha, irmã! Venha conosco! Venha! Venha!— chamavam.

Com medo olhei para Mina e senti uma alegria profunda ao ver a repulsa e o terror estampado em seus olhos, pois eles diziam tudo. Graças a Deus, não era ainda delas! Peguei uma tora de madeira que usaria para atiçar o fogo e avancei, com uma hóstia em riste, em direção à fogueira. Elas recuaram, gargalhando de forma horrorosa. Alimentei o fogo sem medo, pois sabia que, dentro do espaço circunscrito, estávamos protegidos. Elas não se aproximariam de mim, pois eu estava armado, nem madame Mina, pois estava dentro do círculo, dentro do qual elas também não poderiam transpassar. Os cavalos fizeram silêncio e ficaram imóveis. A neve caía sobre eles e foram ficando cada vez mais brancos. Soube que o terror havia acabado para os pobres animais.

E assim ficamos até o rubro amanhecer despontar e lançar luz sobre a neve soturna. Eu me sentia abatido e amedrontado, em completa angústia e terror, mas, quando o sol começou a subir pelo horizonte, o ânimo voltou ao meu espírito. Aos primeiros alvores da aurora, as figuras malditas se dissolveram em um turbilhão de névoa e neve, que desapareceu translúcido na direção do castelo.

Vendo que o amanhecer se aproximava, virei-me instintivamente para madame Mina, disposto a hipnotizá-la, mas ela adormecera, de súbito, profundamente, e não consegui acordá-la. Tentei fazer o procedimento mesmo em seu sono, mas não adiantou de nada. Amanheceu, por fim, e ainda tenho medo de me mexer. Tratei da manutenção da fogueira e fui ver os cavalos: todos estavam mortos. Tenho muita coisa para fazer hoje. Preciso esperar o sol estar mais alto no céu, pois tenho muitos lugares para ir hoje, onde a luz do dia, embora obscurecida pela nevasca e pela névoa, garantirá minha segurança. Comerei para me fortalecer e, depois, mãos à obra! Executarei meu terrível trabalho. Madame Mina continua dormindo. Graças a Deus, seu sono está calmo...

DIÁRIO DE JONATHAN HARKER

4 de novembro, à noite — O acidente com a lancha foi um golpe terrível para nós. Se não fosse por isso, já teríamos alcançado o barco há muito tempo, e minha querida Mina estaria livre. Não gosto nem de lembrar dela perto daquele lugar horrível. Arranjamos cavalos e estamos seguindo por terra. Escrevo enquanto Godalming faz os últimos preparativos. Estamos armados até os dentes. Os ciganos que se cuidem se desejarem briga. Oh, se ao menos Morris e Seward estivessem conosco! Resta-nos apenas ter esperança! Se eu nunca mais escrever aqui, adeus, Mina! Que Deus a abençoe e a proteja.

DIÁRIO DO DR. SEWARD

5 de novembro — Ao amanhecer, avistamos um grupo de ciganos se afastarem às pressas da margem do rio em sua carroça. Cercaram-na, aglomerando-se rapidamente como se estivessem sendo atacados. A neve caía suavemente e havia uma atmosfera estranha no ar. Pode ser que sejam nossos próprios pensamentos, mas a opressão é bizarra. Ao longe, ouço uivos de lobos; a neve, que cai sem cessar, fez com que saíssem das montanhas, e o perigo nos ameaça de todos os lados. Os cavalos estão quase prontos, logo partiremos. Sinto que alguns de nós não sairão vivos. Só Deus sabe quem, onde, o que, quando ou como isso acontecerá...

MEMORANDO DO DR. VAN HELSING

5 de novembro, à tarde — Pelo menos, não estou louco. Devo agradecer a Deus por essa graça, depois dos terrores pelos quais passei. Deixei madame Mina dormindo dentro do círculo sagrado e tomei o rumo do castelo. O martelo de ferreiro que peguei em Veresti foi útil, pois, embora as portas estivessem abertas, com ele, quebrei todas as dobradiças enferrujadas, para que as portas não fossem fechadas pelo acaso ou por alguém com um maléfico intento, fazendo com que não conseguisse mais sair. Lembrando-me do diário de Jonathan e de sua dolorosa experiência, encontrei o caminho da capela. O ar estava poluído; tive a impressão de que ali havia algum vapor sulfuroso e, às vezes, deixava-me inteiramente tonto. Ou havia um perpétuo barulho em meus ouvidos ou estava ouvindo os uivos de lobo ao longe. Lembrei-me, então, de madame Mina e fiquei em uma terrível situação. Rasgado em dois por um profundo dilema.

Não me atrevi a levá-la junto comigo e deixei-a protegida contra o vampiro naquele círculo sagrado. Mesmo assim, lá ainda há o perigo dos lobos! Mas a tarefa que eu tinha de executar estava aqui e, quanto aos lobos, tínhamos de nos resignar se essa fosse a vontade de Deus. À nossa frente havia apenas morte ou liberdade, e, sendo assim, escolhi por ela. Se eu me encontrasse em sua situação, preferiria morrer na boca do lobo à sepultura do vampiro! Dessa forma, decidi dar andamento ao meu trabalho.

Eu sabia que tinha que encontrar pelo menos três sepulturas habitadas. Procurei bastante e encontrei uma. Ali estava ela, em seu sono vampírico, tão cheia de vida e voluptuosa beleza que estremeci lembrando-me que tinha ido para matá-la. Não duvido que, em outros tempos, quando isso acontecia, muitos homens tentavam as mesmas coisas e eram traídos pelos seus corações, perdendo a coragem. Adiavam a tarefa e acabavam hipnotizados pela beleza e pelo fascínio da morta-viva. Ficavam ali mesmo, aguardando o anoitecer, até que, por fim, a vampira acordasse de seu sono mortal. Os lindos olhos da mulher pálida se abriam, aparentando ternura, e sua boca lasciva buscava um beijo. E então os homens fraquejavam. Era assim que mais vítimas acabavam no covil da vampira. Mais discípulos para o conglomerado de mortos-vivos.

Sentia-me fascinado, sem dúvida, pela simples presença daquela mulher, embora estivesse em uma sepultura arruinada pelo tempo, coberta pelo pó dos séculos, e também tomada pelo cheiro horrível que ali havia, como nos esconderijos do conde. E eu, Van Helsing, com todo o meu propósito e todo o meu justificado ódio, senti-me imobilizado. Com uma vontade de postergar tudo, até meu pensamento e minha alma pareciam tomados por uma paralisia. Talvez fosse a vontade de dormir e a opressiva atmosfera que estivesse tomando conta de mim. Estava realmente quase caindo em um sono, com os olhos abertos em uma espécie de devaneio que tende a um doce fascínio. E então, através do espaço nevado, veio aos meus ouvidos um lamento sofrido, que me despertou como um toque de clarim. Era a voz de madame Mina lá fora.

Voltei a concentração novamente a minha sinistra tarefa, arrastando outra tampa sepulcral achei o túmulo de outra das irmãs, a vampira morena. Não me atrevi a parar para olhá-la, como fizera com a primeira, a fim de que não caísse no encanto novamente e continuei procurando até que, pouco depois, encontrei, em um túmulo suntuoso e alto, como que feito para alguém muito amado, a última irmã loira que, como Jonathan, eu tinha visto se corporificar, saindo dos átomos da névoa. Tinha uma beleza tão radiante, tão voluptuosa que meu próprio instinto de homem gritava para amá-la e protegê-la. Minha cabeça parecia rodopiar com esse novo sentimento. Mas, Deus seja louvado, o gemido angustiante de madame Mina não saíra de meus ouvidos e, antes que o encantamento tivesse efeito sobre mim, eu tinha terminado o pavoroso trabalho.

Eu já procurara em todos os túmulos da capela, ao que parecia, e tinha visto apenas três daqueles mortos-vivos durante a noite, então deduzi que não havia mais nenhum deles ali. Adiante, havia um grande túmulo, mais imponente e majestoso que todos os outros. Nele havia apenas uma palavra:

DRÁCULA

Era, portanto, a casa do morto-vivo, do Vampiro-Rei, responsável por tantos outros. O vazio comprovou o que eu já sabia. Antes de fazer com que as mulheres voltassem à condição de verdadeira morte com meu horroroso trabalho, espalhei sobre o túmulo de Drácula um pouco da hóstia, e assim o bani para sempre dali como morto-vivo.

Depois começou minha terrível tarefa, e tive pavor. Se fosse uma só, teria sido relativamente fácil. Mas três! Começar mais duas vezes o macabro procedimento após ter terminado o primeiro! Se tinha sido horrível com a encantadora Srta. Lucy, quem dirá com aquelas estranhas, que tinham sobrevivido durante séculos e se fortalecido com a passagem dos anos e que, se pudessem, lutariam por suas repulsivas vidas...

Foi um trabalho de carniceiro, amigo John. Se eu não tivesse fortalecido meus nervos em memória dos mortos e pela lembrança dos vivos ameaçados, não teria ido adiante. Eu tremi muito e estremeço até agora, mesmo já tendo cumprido a tarefa.

Graças a Deus, meus nervos não fraquejaram. Se não tivesse visto a expressão de repouso da primeira, e a alegria que demonstrou antes da dissolução final, revelando uma compreensão de que sua alma fora salva, eu não teria ido adiante em minha carnificina. Não poderia suportar as horríveis contorções quando as estacas atravessaram seus peitos, nem os lábios expelindo espumas sangrentas. Teria fugido aterrorizado sem terminar o trabalho. Mas já acabou! Pobres almas! Agora sinto piedade delas, tão calmas em seus sonos da morte, um instante antes de desaparecer. De fato, amigo John, mal minha faca cortara a cabeça de cada uma delas, os corpos começaram a se desmanchar e transformaram-se no pó original, como se a morte, que as esperava há séculos, tivesse afinal aparecido de uma vez e pronunciasse claramente: "Eu estou aqui!".

Antes de sair do castelo, consagrei suas entradas para que nunca mais o conde ali penetrasse como morto-vivo.

Quando entrei no círculo onde madame Mina estava dormindo, ela acordou e, ao me ver, lançou um terrível grito repleto de uma dor lancinante:

— Vamos sair deste lugar horrível! Vamos encontrar meu marido, que, tenho certeza, está se aproximando de nós.

Estava pálida e fraca, mas seus olhos denotavam pureza e fervor ardente. Ver sua palidez e sua doença alegrou-me e tirou da minha mente o horror das malditas vampiras adormecidas, que estavam coradas e voluptuosas.

E, cheio de esperança e confiança, porém, ao mesmo tempo, de medo, caminhamos para o leste, a fim de nos encontrarmos com nossos amigos e com *ele*, que madame Mina me afirmara *saber* estar vindo em nossa direção.

DIÁRIO DE MINA HARKER

6 de novembro — A tarde já ia muito adiantada quando o professor e eu seguimos rumo ao leste, por onde eu sabia que Jonathan estava vindo. Não caminhamos depressa, embora o caminho fosse uma acentuada descida, pois tínhamos que levar peles para nos proteger do frio, era uma situação inimaginável ficar sem qualquer proteção contra o frio naquela nevasca. Tivemos que levar provisões também, pois estávamos completamente isolados do mundo, pelo que eu consegui ver através da neve que caía, não havia sinal de qualquer habitação. Quando tínhamos caminhado cerca de um quilômetro, cansei-me com o peso e me sentei. Olhamos para trás e vimos o castelo de Drácula recortando o céu, imponente sobre um precipício tão escarpado que do ângulo e da perspectiva que tínhamos, os Cárpatos estavam abaixo dele. Vimos com inteireza toda sua grandiosidade, empoleirado sobre o absoluto abismo que abria um enorme cânion com todas montanhas adjacentes em qualquer direção. Tinha algo selvagem e sobrenatural naquele lugar. Ao longe, ouviam-se uivos de lobos. Estavam longe, e o som chegava abafado pela sufocante neve que caía, mas não deixava de ser pavoroso.

A forma como Van Helsing se movimentava me fez deduzir que ele estava procurando um local estratégico para não ficarmos tão expostos em caso de ataque. A estrada esburacada ainda continuava descendo, conseguimos identificá-la em meio a neve amontoada.

Dentro em pouco, o professor, que se adiantara, fez um sinal para mim e levantei-me, indo me juntar a ele. Tinha descoberto um lugar maravilhoso, uma espécie de gruta na rocha, cuja entrada parecia um portal entre dois enormes rochedos. O professor colocou dentro da gruta as peles que tínhamos trazido e as provisões, e, tomando minha mão, me ajudou a entrar.

— Aqui está segura e, se os lobos aparecerem, enfrentaremos um por vez.

Organizou as peles em uma espécie de ninho e insistiu comigo para comer, mas não consegui; a comida me causa repugnância. Por mais que quisesse agradá-lo não conseguia nem tentar. Ele ficou triste, mas não me censurou. O professor tirou da caixa seu binóculo e ficou em pé no alto do rochedo, olhando o horizonte. De repente, gritou:

— Venha ver, madame Mina! Venha ver!

Subi para junto dele, que me entregou o binóculo, apontando na direção correta. A neve estava caindo mais intensamente, e o vento a arrastava com força. Às vezes, porém, havia pausas nas rajadas de vento, e eu podia ver boa parte dos arredores. Da altura em que estávamos era possível enxergar a uma boa distância e, ao longe, além de um grande espaço coberto pela neve, pude ver um rio, que parecia uma fita escura que dava floreios pelo caminho. Bem em frente de nós, e não muito distante — de fato, tão perto que fiquei admirada de não ter avistado antes — vinha um grupo de homens montados a cavalo, rodeando uma carroça que, na estrada acidentada, balançava de um lado para o outro como a cauda de um cão. A neve proporcionava um destaque que fazia com que eu pudesse ver o contorno de suas vestimentas, pareciam ser camponeses ou ciganos.

Sobre a carroça, havia uma grande caixa quadrada. Meu coração bateu furiosamente ao avistar aquilo, e compreendi que o fim estava se aproximando. A noite chegava e eu sabia que, quando o sol se escondesse, a "coisa" que ainda estava aprisionada na caixa adquiriria liberdade e poderia fugir. Voltei-me para o professor, mas verifiquei, consternada, que ele não estava mais lá. Logo em seguida, eu o vi embaixo do rochedo, e ele havia traçado um círculo igual àquele que eu me abriguei na noite anterior. Quando terminou, voltou para junto de mim e disse:

— Pelo menos aqui a senhora ficará protegida *dele!*

Tomou o binóculo de minhas mãos e exclamou em um momento de calmaria da nevasca:

— Veja. Estão vindo depressa; chicoteiam os cavalos e galopam com a maior velocidade que podem.

Pausou de repente e continuou falando com uma voz lúgubre:

— Querem chegar antes do anoitecer. É possível que seja tarde demais. Deus, seja feita a vossa vontade!

Uma rajada de neve bloqueou a visão da paisagem diante de nós, e quando conseguimos enxergar novamente, Dr. Van Helsing ergueu o binóculo e ficou olhando para o terreno. De súbito, gritou:

— Veja, madame, veja! Dois cavaleiros avançam vindos do sul, a galope. Deve ser Quincey e John. Tome o binóculo e olhe antes que a neve cubra tudo de novo!

Peguei o binóculo e olhei. Os dois homens podiam mesmo ser o Dr. Seward e o Sr. Morris. De qualquer maneira, eu sabia que nenhum deles era Jonathan. Ao mesmo tempo, sabia que Jonathan não estava longe; e, olhando em torno, vi dois outros homens galopando a toda velocidade ao norte. Um deles eu sabia que era Jonathan e deduzi que o outro era lorde Godalming. Eles também estavam perseguindo o grupo de homens com a carroça. Quando contei ao professor, ele deu gritos de satisfação como um menino e, depois de olhar atentamente até a neve impedir a visão, preparou seu rifle Winchester e o deixou encostado na entrada da gruta.

— Estão vindo para cá. Logo haverá ciganos por todos os lados.

Eu tirei o revólver, disposta a utilizá-lo também, já que, enquanto conversávamos, os uivos dos lobos estavam ficando cada vez mais perto.

Quando a neve diminuiu por um momento, tornamos a olhar. Era estranho como a neve caía em flocos tão pesados sobre nós, mas à distância o sol estava brilhando mais e mais, enquanto mergulhava no horizonte montanhoso. Perscrutando tudo com o binóculo, pude ver, pelas encostas da montanha, pontos escuros que se moviam sozinhos, em duplas, em trios e em grupos. Eram lobos se reunindo para atacar.

Cada instante de espera parecia uma eternidade enquanto aguardávamos. O vento vinha em severas lufadas e a neve alçava-se furiosamente e passava por nós em torvelinhos. Às vezes, não enxergávamos um palmo diante do nariz e, logo, nossa vista chegava ao longe quando o vento cortante parecia varrer o lugar. Estávamos tão acostumados a esperar por amanheceres e crepúsculos que já sabíamos exatamente o momento em que aconteceriam. Era difícil de acreditar que menos de uma hora se passou desde que tínhamos começado a observar, posicionados naquele abrigo rochoso, os vários corpos convergirem à nossa frente. O vento começou a ficar mais feroz, e do norte vinham rajadas mais constantes. Aparentemente afastaram as nuvens e a neve caía apenas de forma ocasional. Agora dava para ver nitidamente os membros de cada grupo: perseguidos e perseguidores. Era estranho como os perseguidos não pareciam perceber nem sem importar com os perseguidores. Mas, enfim, aceleravam o ritmo conforme o sol descia entre os picos das montanhas.

Estavam cada vez mais perto e eu e o professor nos agachamos na pedra com as armas prontas. Ele estava decidido a deter a passagem dos inimigos. Eles nem faziam ideia de que estávamos ali.

De repente, duas vozes gritaram:

— Parem!

Uma era de Jonathan, alta e emocionada; outra, do Sr. Morris, calma e de uma imperiosa resolução. Os ciganos podiam não entender a língua, mas o tom era inconfundível em qualquer língua em que a palavra fosse dita. Eles puxaram as rédeas instintivamente e pararam. Foram flanqueados pelo lorde Godalming e Jonathan de um lado, e pelo Dr. Seward e o Sr. Morris do outro. O chefe dos ciganos, um homem de aspecto magnífico, que parecia um centauro, fez um gesto para que não se aproximassem e, em seguida, mandou os companheiros seguirem em frente com um tom de voz brutal. Açoitaram os cavalos, mas os nossos quatro homens apontaram as Winchesters e ordenaram que parassem.

Na mesma hora, o Dr. Van Helsing e eu saímos do nosso esconderijo e apontamos nossas armas para eles. Viram que estavam cercados e puxaram as rédeas, permanecendo nas montarias. O chefe virou-se para eles e deu nova ordem. Os ciganos sacaram suas armas e se prepararam para a luta com facas e pistolas. O confronto era inevitável.

Com um rápido movimento das rédeas, o chefe lançou o cavalo para frente, apontando primeiro para o sol — que estava quase desaparecendo no alto da montanha — e depois para o castelo. Disse alguma coisa que não pudemos compreender. Em resposta, nossos quatro companheiros desmontaram e avançaram contra a carroça. Eu deveria estar com um medo terrível de ver Jonathan correr tal perigo, mas o ardor da batalha deve ter me empolgado como aos demais; não senti medo, apenas um desejo frenético de agir. Ao ver o movimento dos nossos homens, o líder dos ciganos deu mais uma ordem e imediatamente seus homens cercaram a carroça na tentativa de defendê-la, os ombros dos homens se tocavam. Empurravam-se e seus ombros se esbarravam na ânsia de cumprir a ordem de cerco.

Vi Jonathan de um lado do círculo de homens e Quincey de outro, forçando passagem para a carroça. Estavam resolutos a cumprir sua tarefa antes do pôr do sol e nada parecia detê-los nem os atrasar. Nem as armas em riste, nem o reflexo das facas dos ciganos, nem o uivo dos lobos ao fundo pareciam ter efeito sobre eles. A impetuosidade de Jonathan atordoou os que estavam à sua frente, pois instintivamente recuaram para o lado e o deixaram passar. Ele conseguiu galgar a carroça e, com força inacreditável, ergueu a grande caixa e a atirou no chão por cima da roda. Enquanto isso, o Sr. Morris tivera de empregar a força para romper o círculo dos ciganos e alcançar a carroça pelo outro lado. Enquanto eu, contendo a respiração, observava Jonathan, de soslaio vi que o Sr. Morris, ao tentar desesperadamente abrir caminho, sofria golpes de faca ao avançar. Vi-o defender-se com a sua faca tipo *bowie*, e inicialmente tive a impressão de que também conseguira escapar aos ataques. Entretanto, assim que chegou ao lado de Jonathan, vi que apertava o flanco ferido com uma das mãos e que o sangue lhe escorria por entre seus dedos. O ferimento, contudo, não o deteve. Enquanto Jonathan tentava desesperadamente levantar, com a faca kukri, a tampa do caixote, Quincey forçava a abertura pelo outro lado freneticamente com sua faca *bowie*. Um esforço conjunto levou a tampa a ceder, os pregos eram arrancados com um rápido e agudo som e, finalmente, a parte de cima da caixa foi removida.

Enquanto isto, os ciganos, vendo-se ameaçados pelos rifles do lorde Godalming e do Dr. Seward, tinham desistido de resistir. O sol estava quase totalmente coberto pelos cumes da montanha, e as sombras de todo o grupo se alongavam sobre a neve. Vi o conde estendido dentro da caixa por cima da terra. O forte impacto sofrido pela caixa ao ser arremessada fez com que parte da terra se espalhasse sobre ele. Estava mortalmente pálido, parecendo uma estátua de cera, e seus olhos vermelhos cintilavam com aquela expressão horrivelmente vingativa que eu conhecia tão bem.

Enquanto olhava fixamente para ele, percebi que seus olhos notaram que o sol se punha, e a expressão de ódio transformou-se em uma expressão de triunfo. Mas, naquele instante, o facão de Jonathan brilhou. Estremeci ao vê-lo cortar o pescoço do conde; ao mesmo tempo, a faca *bowie* do Sr. Morris atravessou-lhe o coração. Foi como um milagre diante dos nossos próprios olhos. Em menos de um segundo, o corpo do conde se transformou em pó e desapareceu de nossa vista.

Enquanto viver, terei a alegria de lembrar que, no momento da dissolução final, houve no rosto do conde uma expressão de paz como jamais supus que pudesse haver nele. Essa cena me trará alegria e alívio para sempre. O castelo Drácula erguia-se contra o céu avermelhado e cada pedra de suas ameias em ruínas destacava-se na luz do sol poente.

Os ciganos, atribuindo a nós a causa do desaparecimento extraordinário do cadáver do homem, fugiram sem uma palavra. Os que não estavam a cavalo pularam na carroça, gritando para que o condutor não os desertasse. Os lobos, que tinham se mantido a certa distância durante o combate, seguiram os ciganos e nos deixaram livres.

O Sr. Morris, que tinha caído no chão, apoiou-se no cotovelo e tentava se levantar com a mão apertando o flanco; o sangue continuava a escorrer entre os seus dedos. Corri ao encontro dele, pois o círculo sagrado já não me detinha; os dois médicos fizeram o mesmo. Jonathan ajoelhou-se por trás dele, e o ferido encostou a cabeça em seu ombro. Com um suspiro, Morris segurou minha mão. Deve ter visto a angústia estampada em meu rosto, pois sorriu, dizendo:

— Sinto-me feliz por ter sido útil! Meu Deus! — gritou, esforçando-se para se sentar, e apontou para mim. — Vale a pena morrer por isso! Olhem! Olhem!

O sol bem por trás do topo de uma montanha lançou seus raios avermelhados que iluminaram em cheio meu rosto. Impulsivamente, os homens caíram de joelho, exclamando profunda e sinceramente:

"Amém".

— Graças a Deus que tudo não foi em vão! — disse o moribundo. — Vejam! A neve não é mais imaculada que sua fronte! É o fim da maldição!

E, para nossa amarga tristeza, com um sorriso e em silêncio, morreu um galante cavalheiro.

Nota

Há sete anos, todos nós atravessamos um inferno. Creio que a felicidade que recaiu sobre alguns de nós depois disso compensou tudo que sofremos. Mina e eu estamos satisfeitos pelo fato de o aniversário de nosso filho ocorrer na mesma data da morte de Quincey Morris. Ela acredita que algo do espirito corajoso de nosso amigo passou para o nosso menino. Seu nome completo é uma homenagem a todo o nosso grupo de amigos, mas nós o chamamos de Quincey.

No verão deste ano, fizemos uma viagem à Transilvânia e percorremos os lugares tão cheios de terriveis recordações para nós. É quase impossivel acreditar que o que vimos com nossos próprios olhos e ouvimos com nossos próprios ouvidos tenha sido verdade. Todos os vestígios do passado foram apagados. O castelo permanece como antes, erguendo-se imponente sobre uma paisagem de desolação.

Ao regressarmos para casa, falamos dos velhos tempos, dos quais podemos lembrar sem desespero, pois tanto Godalming como Seward estão casados e muito felizes. Tirei os papéis do cofre, onde estavam guardados desde nosso regresso, há tanto tempo.

Ficamos chocados ao repararmos que, em todo o material, não há nenhum único documento autêntico; tudo se resume a papel datilografado, com exceção das últimas anotações feitas por mim, Mina e Seward, e do memorando de Van Helsing. Não poderiamos exigir que alguém aceitasse tais documentos como provas de acontecimentos tão horrendos. Van Helsing resumiu tudo enquanto carregava nosso filho no colo, dizendo:

— Não precisamos de provas. Não pedimos a ninguém que acredite em nós! Este menino saberá um dia como sua mãe foi valente e corajosa. Já conhece sua dedicação e carinho. Mais tarde, saberá como alguns homens a amaram tanto que se atreveram a tais coisas para sua salvação.

Jonathan Harker

(WIKICOMMONS)